Dec. 2017

El redentor

El redentor

Jo Nesbø

Traducción de
Carmen Montes y Ada Berntsen

R

ROJA Y NEGRA

El redentor

Título original: *Frelseren*

Primera edición en España: julio, 2017
Primera edición en México: septiembre, 2017

D. R. © 2005, Jo Nesbø
Publicado por acuerdo con Salomonsson Agency

D. R. © 2017, Penguin Random House Grupo Editorial, S. A. U.
Travessera de Gràcia, 47-49, 08021, Barcelona

D. R. © 2017, derechos de edición mundiales en lengua castellana:
Penguin Random House Grupo Editorial, S. A. de C. V.
Blvd. Miguel de Cervantes Saavedra núm. 301, 1er piso,
colonia Granada, delegación Miguel Hidalgo, C. P. 11520,
Ciudad de México

www.megustaleer.com.mx

D. R. © 2012, Carmen Montes Cano y Ada Berntsen, por la traducción
Traducción cedida por acuerdo con RBA Libros, S. A.
La traducción de este libro ha recibido el apoyo de NORLA

ISBN: 978-607-315-716-2

Impreso en México – *Printed in Mexico*

El papel utilizado para la impresión de este libro ha sido fabricado a partir de madera procedente
de bosques y plantaciones gestionadas con los más altos estándares ambientales, garantizando
una explotación de los recursos sostenible con el medio ambiente y beneficiosa para las personas.

Penguin
Random House
Grupo Editorial

¿Quién es este que viene de Edom, con las ropas al rojo vivo de Bosrá? ¿Quién es este de espléndido vestido, que camina con plenitud de fuerza? —Soy yo, que proclamo justicia, que tengo poder para salvar.

Isaías, 63

PRIMERA PARTE

ADVIENTO

1

Agosto, 1991.
Las estrellas

Tenía catorce años y estaba segura de que, si cerraba los ojos y se concentraba, podría ver las estrellas a través del techo.

A su alrededor respiraban varias mujeres. Era una respiración propia del sueño, acompasada, profunda. Solo una roncaba, la tía Sara, a la que habían colocado en un colchón bajo la ventana abierta.

Cerró los ojos e intentó respirar como las demás. Era difícil dormir, en particular desde que todo lo que la rodeaba se había vuelto de pronto tan nuevo y diferente. Los sonidos de la noche y del bosque que se extendía al otro lado de la ventana en Østgård eran distintos. Las personas a las que tan bien conocía de las reuniones en el Templo y de los campamentos de verano ya no eran las mismas. Ella tampoco era la misma. Aquel verano, la cara y el cuerpo que le devolvía el espejo del lavabo parecían otros. Al igual que sus sentimientos, esas extrañas oleadas de frío y calor que le recorrían el cuerpo cuando alguno de los chicos la miraba. En concreto, cuando la miraba uno de ellos. Robert. Aquel año, él también se había convertido en otra persona.

Abrió los ojos de par en par. Sabía que Dios tenía poder para hacer grandes cosas, incluso para dejarle ver las estrellas a través del techo. Si Él quería.

Había sido un día largo y lleno de acontecimientos. El viento seco del verano silbaba entre las espigas de los campos, y las hojas

11

de los árboles bailaban una danza febril de modo que la luz se vertía a raudales sobre los veraneantes tumbados en el césped del patio. Estaban oyendo a uno de los cadetes de la Escuela de Oficiales del Ejército de Salvación hablar sobre su trabajo como predicador en las islas Feroe. Era atractivo y se expresaba con gran sensibilidad y entusiasmo.

Pero ella se había entretenido espantando un abejorro que le zumbaba alrededor de la cabeza y, cuando este desapareció repentinamente, el calor ya la había dejado aletargada. Cuando el cadete terminó, los ojos de todos los presentes se posaron en el comisionado, David Eckhoff, que les devolvió la mirada con unos ojos risueños y jóvenes pese a tener más de cincuenta años. Realizó el saludo propio del Ejército de Salvación que consistía en levantar la mano derecha por encima del hombro, apuntar con el dedo índice hacia el reino de los cielos y pronunciar un rotundo «¡Aleluya!». Luego pidió que bendijeran la labor del cadete entre pobres y marginados, recordando a todos lo que dice el Evangelio de san Mateo, a saber, que Jesús, el Redentor, podía andar vagando entre ellos por las calles como un extraño, quizá como un presidiario, sin comida ni ropa. Y que los justos, los que hubieran ayudado a los necesitados, alcanzarían la vida eterna en el día del Juicio Final. Aquel discurso prometía ser largo, pero entonces se oyó un murmullo y él se echó a reír diciendo que, según el programa, había llegado el momento del Cuarto de Hora de la Juventud, y que hoy le tocaba el turno a Rikard Nilsen.

Ella se dio cuenta de que Rikard intentaba que su voz sonara más adulta cuando dio las gracias al comisionado. Como de costumbre, Rikard llevaba el discurso por escrito y se lo había aprendido de memoria. Y allí estaba, hablando acerca de aquella lucha a la que quería dedicar su vida, la lucha de Jesús por el reino de Dios. Lo hizo con un tono nervioso pero monótono y soporífero al mismo tiempo. Detuvo sobre ella la mirada ceñuda e introvertida. Ella parpadeó al reparar en el labio superior, que, sudoroso, se movía a medida que formaba frases conocidas, confiadas, aburridas. Así que no reaccionó cuando una mano le tocó la espalda. No hasta que las yemas de los dedos descendieron por la columna hacia la región lumbar y más abajo, y le provocaron un escalofrío bajo la tela ligera del vestido veraniego.

Se dio la vuelta y vio los ojos marrones y sonrientes de Robert. Le habría gustado tener la piel tan morena como la suya para disimular el rubor de las mejillas.

—¡Silencio! —dijo Jon.

Robert y Jon eran hermanos. A pesar de que Jon era un año mayor, de pequeños mucha gente los tomaba por gemelos. Pero Robert ya tenía dieciséis años, y, aunque ambos conservaban el parecido, las diferencias resultaban más obvias. Robert era alegre, despreocupado, le gustaba tomar el pelo a la gente y tocaba muy bien la guitarra, pero nunca llegaba puntual a los sermones que se celebraban en el Templo, y a veces se pasaba un poco con sus bromas, sobre todo si se daba cuenta de que los demás le reían la gracia. En esas ocasiones, Jon solía intervenir. Era un chico honrado y responsable. La gente pensaba que iría a la Escuela de Oficiales y, aunque no lo decían expresamente, también pensaban que encontraría novia en el seno del Ejército, lo que no podía considerarse tan evidente tratándose de Robert. Jon era dos centímetros más alto que su hermano, pero, curiosamente, este parecía más alto. Eso se debía a que a los doce años Jon empezó a encorvarse, como si llevara todo el peso del mundo sobre sus espaldas. Ambos eran morenos y tenían rasgos delicados y atractivos, pero Robert poseía algo que a Jon le faltaba. Algo que se adivinaba detrás de sus ojos, algo oscuro y juguetón que ella no estaba segura de querer descubrir.

Mientras Rikard hablaba, ella recorrió con la mirada las muchas caras conocidas de la congregación. Un día se casaría con un chico del Ejército de Salvación, puede que los destinaran a otra ciudad, a otra parte del país. Pero siempre volverían a Østgård, al lugar que el Ejército acababa de comprar, y que desde ahora sería el destino común de sus vacaciones.

Apartado de la congregación, en la escalera de la casa, se había sentado un chico rubio que acariciaba a un gato que tenía en el regazo. Por la expresión de su cara, ella supo que había estado mirándola, pero le había dado tiempo de apartar la mirada antes de que lo sorprendiera. Era la única persona allí presente a la que no conocía, pero sabía que se llamaba Mads Gilstrup, que era nieto de los que habían sido los dueños de Østgård, que era un par de años mayor que ella y que la familia Gilstrup era rica. Sí, bueno, era bastante guapo, pero tenía un aire solitario. Por cierto, ¿qué estaría haciendo allí? Había llegado la noche anterior y lo habían visto deambulando por ahí con semblante enojado, sin hablar con nadie. Pero ella ya había advertido su mirada un par de veces. Todo el mundo la miraba aquel año. Eso también era una novedad.

Robert vino a sacarla de sus pensamientos cogiéndole la mano y, depositando un objeto en ella, le dijo:

—Ven al granero cuando el aspirante a general haya terminado. Quiero enseñarte algo.

Robert se puso de pie y se marchó, y ella estuvo a punto de soltar un grito cuando se miró la mano. Se tapó la boca con la otra mano y dejó caer al suelo lo que le había dado. Era un abejorro. Aún se movía, pero no tenía patas ni alas.

Rikard terminó por fin, y ella se quedó mirando cómo sus padres y los de Robert y Jon se acercaban a las mesas donde servían el café. Ambas eran lo que el Ejército llamaba «familias fuertes» dentro de sus respectivas congregaciones de Oslo, y ella sabía que la tenían vigilada.

Se dirigió a la letrina y, al doblar la esquina y comprobar que nadie la veía, echó a correr en dirección al granero.

—¿Sabes qué es esto? —preguntó Robert con ojos risueños y esa voz grave que no tenía el verano anterior.

Estaba tumbado en el heno tallando una raíz con la navaja que siempre llevaba en el cinturón.

Levantó la raíz y ella vio de qué se trataba. Lo había visto en dibujos. Esperaba que estuviera suficientemente oscuro como para que él no se diera cuenta de que volvía a sonrojarse.

—No —mintió, y se sentó a su lado en el heno.

Y él la miró burlón, como si supiera de su persona algo que ni siquiera ella misma conocía. Y ella le devolvió la mirada y se recostó apoyándose en los codos.

—Algo que debe llegar hasta aquí —dijo y, en un abrir y cerrar de ojos, tenía la mano debajo del vestido.

Ella sintió la raíz dura en la parte interior del muslo. Aún no había tenido tiempo de cerrar las piernas, cuando notó que le rozaba las braguitas. Sintió en el cuello la respiración cálida de Robert.

—No, Robert —susurró.

—Es que lo he hecho especialmente para ti —dijo él.

—Para, no quiero.

—¿Me estás rechazando? ¿A mí?

Ella se quedó sin resuello, sin poder contestar ni gritar, cuando, de repente, oyeron la voz de Jon desde la puerta del granero.

—¡Robert! ¡No, Robert!

Ella notó que soltaba la mano, que la apartaba, y la raíz quedó atrapada entre sus piernas.

—¡Ven aquí! —dijo Jon con un tono que parecía reservado a un perro desobediente.

Robert se levantó riendo; le guiñó un ojo y echó a correr hacia el sol, donde se encontraba su hermano.

Ella permaneció sentada, sacudiéndose el heno y sintiéndose aliviada y avergonzada al mismo tiempo. Aliviada porque Jon había interrumpido aquel juego alocado. Avergonzada porque parecía que él se lo había tomado como algo más de lo que era: un juego.

Más tarde, durante la oración de la cena, miró los ojos castaños de Robert y vio que formaba con los labios una palabra que ella no entendió, pero se echó a reír de todos modos. ¡Estaba loco! ¿Y ella…? ¿Lo estaba ella? Loca, ella también lo estaba. Loca. ¿Y enamorada? Sí, enamorada, exactamente. Y no enamorada como a los doce o trece años. Ahora tenía catorce, y todo era más serio. Más importante. Y más emocionante.

Sintió que la risa le subía otra vez, como burbujas, mientras intentaba atravesar el techo con la mirada.

La tía Sara gruñó y dejó de roncar bajo la ventana. Se oyó ulular a un animal. ¿Sería un búho?

Tenía que hacer pis.

Le daba pereza, pero tenía que hacerlo. Debía caminar sobre la hierba húmeda de rocío y pasar junto al granero que, de noche, estaba oscuro y totalmente transformado. Cerró los ojos, pero de nada le sirvió. Salió del saco de dormir, metió los pies en las sandalias y se encaminó de puntillas hacia la puerta.

Unas cuantas estrellas se dejaban ver en el cielo, pero volverían a desaparecer al cabo de una hora, cuando el sol saliera por el este. El aire fresco le acariciaba la piel mientras corría oyendo sonidos nocturnos cuya procedencia ignoraba, insectos que permanecían quietos durante el día, animales cazando. Rikard dijo que había visto zorros en la arboleda. O quizá eran los mismos animales que se movían durante el día, pero emitían sonidos diferentes. Cambiaban. Como si mudaran la piel.

La letrina quedaba apartada, sobre una pequeña colina que se alzaba tras el granero. Vio cómo iba aumentando de tamaño conforme se acercaba. La cabaña, sorprendente e inclinada, estaba hecha de tablones de madera sin pintar que, de tan viejos, se veían torcidos, agrietados y grises. Sin ventanas, solamente un corazón en la puerta. Pero lo peor de la letrina era que resultaba imposible saber si ya había alguien sentado allí dentro.

Y ella tuvo la firme sensación de que había alguien.

Tosió para que la persona que la estaba usando le advirtiese que estaba ocupada.

Una urraca alzó el vuelo desde una rama en la orilla del bosque. Por lo demás, todo estaba en calma.

Subió el peldaño de piedra. Agarró el taco de madera que hacía de picaporte y tiró de él. Entonces se desveló ante ella un espacio cavernoso.

Lanzó un suspiro. Había una linterna junto al asiento de la letrina, pero no la necesitaba. Corrió la tapa de la letrina antes de cerrar la puerta y echar el gancho. Se levantó el camisón, se bajó las braguitas y se sentó. En el silencio que siguió después, le pareció oír algo. Algo que no provenía de un animal, ni de la urraca ni de los insectos que habían abandonado el capullo. Algo que se movía rápidamente sobre la hierba alta que crecía tras la letrina. El ruido se acalló en cuanto empezó a caer el chorro. Pero el corazón ya había empezado a latirle con fuerza.

Cuando acabó, se subió rápidamente las braguitas y esperó en la oscuridad, aguzando el oído. Pero lo único que pudo distinguir fue un suave susurro entre las copas de los árboles y su propia sangre bombeándole en las sienes. Esperó hasta que se le reguló el pulso, quitó el gancho y abrió la puerta. La oscura silueta llenaba prácticamente todo el hueco. Había estado esperando en el peldaño, totalmente inmóvil. De pronto, se vio sobre el asiento del retrete con él de pie, inclinado sobre ella. Cerró la puerta tras de sí.

−¿Tú? −preguntó ella.

−Yo −respondió con una voz extraña, temblorosa y bronca.

Se abalanzó sobre ella. Los ojos le brillaban en la oscuridad. Le mordió el labio inferior hasta hacerla sangrar y coló una mano por debajo del camisón para quitarle las bragas con violencia. Y ella se quedó paralizada bajo el filo de la navaja que le quemaba la piel del cuello mientras él, cual perro en celo, la embestía con los genitales incluso antes de haberse quitado los pantalones.

−Una palabra, y te corto en pedazos −susurró.

Pero ella nunca pronunció una palabra. Porque tenía catorce años y estaba segura de que, si cerraba los ojos con fuerza y se concentraba, podría ver las estrellas a través del techo. Dios tenía poder para hacer cosas así. Si Él quería.

2

Domingo, 13 de diciembre de 2003.
Visita a domicilio

Observó sus propios rasgos faciales en el reflejo de la ventanilla del tren. Trató de averiguar qué era, dónde estaba el secreto. Pero no vio nada especial por encima del pañuelo rojo, solamente una cara sin expresión con unos ojos y un cabello que, contra la pared del túnel entre Courcelles y Ternes, parecían tan negros como la noche eterna del metro. El diario *Le Monde* que tenía en el regazo anunciaba nieve, pero sobre él discurrían las calles de París todavía frías y desnudas bajo una capa de nubes impenetrable. Se le dilataron las fosas nasales al aspirar el olor débil pero inequívoco a cemento mojado, a sudor humano, a metal chamuscado, a agua de colonia, a tabaco, a lana mojada y a bilis, un olor que jamás lograron eliminar de los vagones.

La presión de aire ejercida por un tren que venía en dirección contraria hizo vibrar el cristal de la ventanilla, y la oscuridad se vio temporalmente reemplazada por tenues cuadrados de luz que pasaban vacilantes. Se subió la manga del abrigo y miró el reloj, un Seiko SQ50 que un cliente le había entregado como pago parcial. Tenía el cristal rayado, así que no estaba seguro de que fuera auténtico. Las siete y cuarto. Era domingo, y el vagón solo iba medio lleno. Miró a su alrededor. La gente dormía en el metro, siempre lo hacía. Sobre todo, los días entre semana. Se relajaban, cerraban los ojos, dejando que el viaje diario se convirtiera en un espacio de nada, sin sueños, con la línea roja o azul del mapa del metro como un trazo mudo que unía trabajo y libertad. Había leído algo sobre un hombre que permaneció durante todo un día en el metro sentado en aquella postura, con los ojos cerrados, ida y vuelta, y cuando llegó la noche y se disponían a vaciar el vagón, se dieron cuenta de que estaba muerto.

Tal vez hubiese descendido a aquellas catacumbas precisamente con esa intención, para tener paz y trazar una línea azul entre la vida y el más allá en aquel ataúd de color amarillo pálido.

Él mismo estaba a punto de trazar una línea en sentido contrario. Hacia la vida. Quedaban el trabajo de esta noche y el de Oslo. El último trabajo. Y entonces dejaría las catacumbas para siempre.

Se oyó el grito discorde de una alarma antes de que se cerrasen las puertas en Ternes. Volvieron a acelerar.

Cerró los ojos e intentó evocar ese otro olor. El olor a pastillas desodorantes para retretes, a orina fresca y caliente. El olor a libertad. Claro que tal vez fuese cierto lo que dijo su madre, la maestra. Eso de que el cerebro humano puede reproducir, con todo lujo de detalles, una imagen grabada en la memoria de algo que se ha visto u oído, pero jamás puede recordar el olor más básico.

Olor. Las imágenes empezaron a desfilar por la parte interior de los párpados. Tenía quince años y estaba sentado en el pasillo del hospital de Vukovar oyendo a su madre repetir la oración al apóstol Tomás, el patrón de los albañiles, rogando a Dios que salvara a su marido. También oyó el estruendo provocado por la artillería serbia que disparaba desde el río, y los gritos de aquellos a los que operaban en la sala de neonatos, donde ya no había bebés porque las mujeres de la ciudad habían dejado de dar a luz desde el asedio. Él había trabajado de chico de los recados en el hospital y había aprendido a no oír los sonidos, ya fuesen gritos o descargas de artillería. No sucedía lo mismo con los olores. Había uno que destacaba por encima de todos. Antes de hacer una amputación, los médicos debían cortar la carne hasta el hueso y, para que el paciente no se desangrara, utilizaban algo que parecía un soldador para quemar las arterias y cerrarlas. Y ese olor a carne quemada y a sangre no se parecía a ningún otro.

Un médico salió al pasillo y los invitó a pasar a su madre y a él con un gesto de la mano. Cuando se acercaron a la cama, no se atrevió a mirar a su padre; clavó la vista en la mano grande y morena que se aferraba al colchón, como si quisiera partirlo en dos. Y apostaba a que lo lograría porque aquellas manos eran las más fuertes de la ciudad. Su padre era torcedor de hierro, llegaba a las obras cuando los albañiles habían acabado su jornada, ponía sus grandes manos alrededor de los extremos de las barras de refuerzo que emergían del cemento y, con un movimiento rápido pero minuciosamente ensayado, torcía las barras de hierro para que quedaran enredadas. Había visto trabajar a su padre, como si estuviese retorciendo un paño. Hasta ahora, nadie había inventado una máquina que hiciera el trabajo mejor que él.

Cerró los ojos al oír a su padre gritando de dolor y de desesperación:

—¡Saca al chiquillo de aquí!

—Pero si él ha insistido…

—¡Fuera!

La voz del médico:

—¡Ya no sangra! ¡Empecemos!

Alguien lo cogió por las axilas y lo levantó. Él intentó resistirse, pero era muy pequeño, muy ligero. Entonces distinguió el olor. A carne quemada y a sangre.

Lo último que oyó fue la voz del médico otra vez:

—La sierra.

La puerta se cerró de un golpe a sus espaldas; él cayó de rodillas y retomó la oración allí donde la madre la había dejado. Sálvalo. Déjalo lisiado, pero sálvalo. Dios tenía poder para hacer cosas así. Si Él quería.

Notó que alguien lo miraba, abrió los ojos y allí estaba, de vuelta en el metro. En el asiento que quedaba justo enfrente había una mujer con el mentón tenso y una mirada soñadora y cansada que se reavivó bruscamente al encontrarse con la suya. El segundero del reloj de pulsera se movía a sacudidas mientras él repetía la dirección para sus adentros. Se examinó a sí mismo. El pulso parecía normal. La mente despejada, pero no demasiado. No tenía frío ni sudaba, no sentía miedo ni júbilo, ni malestar ni placer. Empezó a reducirse la velocidad. Charles de Gaulle-Étoile. Echó un último vistazo a la mujer. Ella lo miró con atención, pero si volvía a verlo, aquella misma noche quizá, no lo reconocería.

Se levantó y se colocó junto a las puertas. Los frenos protestaron suavemente. Pastillas desodorantes y orina. Y libertad. Tan imposible de imaginar como un olor. Se abrieron las puertas.

Harry salió al andén y se quedó aspirando el aire caliente del sótano mientras releía el papelito con la dirección. Oyó que se cerraban las puertas y sintió en la espalda una ligera corriente de aire cuando el tren se puso otra vez en movimiento. Se encaminó hacia la salida. Un cartel de publicidad colgado sobre la escalera mecánica anunciaba que existían formas de evitar los catarros. Tosió a modo de respuesta, pensando: «Ni de coña». Metió la mano dentro del hondo bolsillo del abrigo de lana y encontró el paquete de cigarrillos bajo la petaca y la caja de pastillas Colostrum.

Le bailaba el cigarrillo entre los labios mientras cruzaba la puerta acristalada de salida, mientras dejaba atrás el calor húmedo y antinatural del metro de Oslo y subía corriendo la escalera hasta el frío y la oscuridad completamente naturales del mes de diciembre en Oslo. Se encogió automáticamente. La plaza Egertorget. La pequeña plaza era un cruce de calles peatonales en el corazón de Oslo, si es que la ciudad tenía corazón en aquella época del año. Los comercios estaban abiertos ese domingo, ya que era el penúltimo fin de semana antes de Navidad, y la plaza estaba abarrotada de gente que se apresuraba de un lado a otro bajo la luz amarilla que emanaba de las tiendas situadas en los modestos edificios comerciales de cuatro plantas que la rodeaban. Harry miró las bolsas de regalos y se recordó a sí mismo que debía comprar algo para Bjarne Møller, ya que el día siguiente era su último día de trabajo en la Comisaría General. El jefe de Harry, y su más ferviente defensor en el cuerpo durante todos aquellos años, por fin había puesto en marcha su plan de reducción y, a partir de la semana siguiente, pasaría a ser investigador especial veterano en la comisaría de Bergen, lo que en la práctica significaba que Bjarne Møller podría hacer lo que le diera la gana hasta la jubilación. No estaba mal, pero ¿Bergen? Lluvia y montañas húmedas. Møller ni siquiera era de allí. A Harry siempre le había gustado Møller, pero no siempre le entendía.

Un hombre con un traje acolchado pasó caminando como un astronauta mientras sonreía y expulsaba vaho de unas mejillas rechonchas y sonrosadas. Espaldas vencidas por el frío y rostros que reflejaban el encierro del invierno. Harry vio a una mujer pálida con una chaqueta fina de cuero negro y con un agujero en el codo, que, junto a la relojería, daba pataditas de impaciencia en el suelo sin dejar de mirar a su alrededor, con la esperanza de localizar pronto a su camello. Sentado en el suelo, apoyado en la farola en una postura de yoga, con la cabeza inclinada como si estuviese meditando y con un vaso marrón de capuchino delante, había un mendigo de pelo largo y sin afeitar, pero con ropa juvenil, moderna y abrigada. Harry se había dado cuenta de que el número de mendigos había aumentado aquel último año y le daba la impresión de que todos se parecían. Hasta los vasos de papel eran los mismos, como si se tratara de un código secreto. Tal vez los extraterrestres estuvieran apoderándose de su ciudad, de sus calles, sin que nadie lo advirtiese. ¿Y qué? Venga, adelante.

Harry entró en la relojería.

—¿Puedes arreglarlo? —preguntó al joven que estaba plantado detrás del mostrador al tiempo que le daba un típico reloj de abuelo, que, precisamente, era el reloj de su abuelo.

Se lo habían regalado cuando él era niño, en Åndalsnes, el día que enterraron a su madre. Se asustó un poco, pero su abuelo lo tranquilizó diciendo que los relojes de bolsillo eran algo que se regalaba y que él también tendría que acordarse de regalárselo a alguien.

—Antes de que sea demasiado tarde.

Harry se había olvidado por completo del reloj hasta aquel otoño, cuando Oleg fue a visitarlo al piso de la calle Sofie. Fue él quien, buscando la Game Boy de Harry, encontró el reloj de plata en un cajón. Y Oleg, que tenía nueve años, pero que hacía mucho que había derrotado a Harry en su pasión común, el Tetris, ese juego pasado de moda, se olvidó de la partida que tanta ilusión le hacía y se puso a arreglar el reloj, en vano.

–Está roto –dijo Harry.

–Bueno –dijo Oleg–. Todo tiene arreglo.

Harry esperaba de todo corazón que aquello fuese cierto, pero había días en que lo dudaba. Aun así, se preguntó si debía enseñarle a Oleg quiénes eran Jokke & Valentinerne, y su álbum titulado *Todo tiene arreglo*. Pensándolo mejor, Harry llegó a la conclusión de que a Rakel, la madre de Oleg, no le haría gracia ese panorama: que su ex novio alcohólico enseñara a su hijo canciones sobre un alcohólico, compuestas e interpretadas por un consumidor muerto.

–¿Tiene arreglo? –preguntó al joven que había al otro lado del mostrador y que, a modo de respuesta, abrió el reloj con movimientos rápidos y precisos.

–No merece la pena.

–¿Cómo que no merece la pena?

–Cualquier anticuario puede venderte un reloj de estos que funcione, por menos dinero del que te costará poner este en marcha.

–Inténtalo de todas formas –dijo Harry.

–Vale –contestó el joven, que ya había empezado a escrutar las entrañas del reloj y parecía bastante contento con la decisión de Harry–. Vuelve el miércoles de la semana que viene.

Al salir de la tienda, Harry oyó el tenue sonido de una sola cuerda a través de un amplificador. El tono subió cuando el guitarrista, un chico de barba rala y con mitones, giró una de las clavijas. Había llegado el momento de uno de los conciertos típicos de Navidad, en los que una serie de artistas conocidos actuaban gratis para el Ejército de Salvación en la plaza Egertorget. La gente ya había empezado a agolparse frente al grupo que se había colocado tras la negra olla navideña del Ejército de Salvación, que colgaba de un soporte en mitad de la plaza.

—¿Eres tú?

Harry se dio la vuelta. Era la mujer con mirada de drogadicta.

—Eres tú, ¿verdad? ¿Vienes de parte de Snoopy? Necesito un cero-uno inmediatamente, tengo…

—*Sorry* —la interrumpió Harry—. Te confundes.

Ella lo miró. Ladeó la cabeza entornando los ojos, como tratando de averiguar si le mentía.

—Sí, yo a ti te he visto antes.

—Soy policía.

La mujer enmudeció de repente. Harry tomó aire. La reacción de la mujer llegó con retraso, como si el mensaje tuviera que dar varios rodeos por unos nervios chamuscados y por sinapsis neuronales arruinadas, y, tal y como Harry esperaba, la luz mate del odio terminó por aflorarle a los ojos.

—¿Madero?

—Creí que habíamos acordado que os quedaríais en la zona de Plata —dijo Harry mirando al vocalista.

—Ya —dijo la mujer, que se había colocado justo delante de él—. Tú no eres de los estupas. Eres ese tipo de la tele, el que mató a…

—Delitos Violentos. —Harry la cogió por el brazo—. Oye, encontrarás lo que quieres en Plata. No me obligues a llevarte a comisaría.

—No puedo. —Ella se soltó.

Harry se arrepintió enseguida y levantó ambas manos.

—Al menos dime que no vas a comprar nada aquí y ahora, para que pueda irme. ¿De acuerdo?

Ella ladeó la cabeza. Se le tensaron ligeramente los labios finos y exangües, como si la situación tuviese su punto de gracia.

—¿Quieres que te diga por qué no puedo bajar hasta ese lugar? Harry esperó.

—Porque mi chaval suele dejarse caer por allí.

Harry sintió que se le hacía un nudo en el estómago.

—No quiero que me vea así. ¿Lo comprendes, madero?

Harry observó su expresión desafiante mientras intentaba formar una frase.

—Feliz Navidad —dijo ella dándole la espalda.

Harry dejó caer el cigarrillo en la nieve en polvo de color marrón y echó a andar. Quería terminar aquel trabajo. Caminaba sin mirar a las personas con las que se cruzaba, y ellas tampoco lo miraban a él, sino que avanzaban con la vista clavada en el hielo, como si tuvieran remordimientos, como si a pesar de ser ciudadanos de la socialdemocracia más generosa del mundo, se sintiesen avergonzados. «Porque mi chaval suele dejarse caer por allí.»

Harry se detuvo en la calle Fredensborgveien, junto a la biblioteca Deichmanske, frente al número que figuraba en el sobre que llevaba consigo. Miró hacia arriba. La fachada era de color gris y negro, recién renovada. El sueño erótico de cualquier grafitero. En algunas ventanas ya colgaban adornos de Navidad, como siluetas bajo la luz amarilla y cálida que emanaba de lo que parecían hogares acogedores y seguros. Y Harry se obligó a pensar que tal vez lo fuesen. Se esforzó, porque resulta imposible ser policía durante doce años y no contagiarse de la misantropía inherente a ese trabajo. Pero él se resistía, había que reconocerle el mérito.

Encontró el nombre junto al timbre, cerró los ojos e intentó dar con el modo correcto de expresar lo que debía decir. No lo consiguió. La voz de la mujer seguía interfiriendo:

«No quiero que me vea así…».

Harry se dio por vencido. ¿Hay algún modo de expresar lo imposible?

Presionó el frío botón de metal con el pulgar y, en algún lugar de la casa, sonó el timbre.

El capitán Jon Karlsen soltó el timbre, dejó las pesadas bolsas de plástico en la acera y echó un vistazo a la fachada. El edificio parecía haber sufrido un ataque de la artillería ligera. Se veían grandes trozos de cemento desconchados y, en la segunda planta, las ventanas de uno de los pisos, alcanzadas por el fuego, estaban cubiertas con tablones. Se le había pasado el edificio azul de Fredriksen, como si el frío hubiese absorbido todo el color haciendo que las fachadas de la calle Hausmannsgate parecieran iguales. No se dio cuenta de que se lo había pasado hasta que no reparó en el edificio ocupado, en cuya fachada alguien había escrito «Cisjordania». Una fisura en la puerta de entrada trazaba una V. La señal de la victoria.

Jon se estremeció bajo el anorak y se alegró de que el uniforme del Ejército de Salvación que llevaba debajo fuera de pura lana bien gruesa. Al terminar la formación en la Escuela de Oficiales y llegado el momento de recibir el uniforme nuevo, resultó que no le quedaba bien ninguna de las tallas que tenían en el departamento comercial. Así que tuvo que llevar la tela a un sastre que le echaba el humo en la cara y que, sin que nadie le hubiese preguntado, declaró que había renegado de Jesús como redentor personal. Sin embargo, el hombre hizo un buen trabajo y Jon le dio las gracias de todo corazón, ya que no estaba acostumbrado a que la ropa le sentara bien. Decían que tenía la espalda demasiado encorvada. Quienes lo hubieran visto subir aquella tarde por Hausmannsgate seguramente habrían pensado que andaba encorvado para resguardarse del gélido viento de diciembre, que barría agujas de hielo y basura congelada de las aceras, a lo largo de las cuales el tráfico pesado circulaba estrepitosamente. Pero los que lo conocían decían que Jon Karlsen doblaba la espalda para disimular su estatura. Y también para llegar a quienes estaban por debajo de él. Como en aquel momento, precisamente, en que se agachó para encestar la moneda de veinte coronas en el vaso de papel marrón que, a un lado del portal, sujetaba una mano sucia y temblorosa.

—¿Qué tal? —preguntó Jon al bulto humano que había sentado en la acera con las piernas cruzadas sobre un trozo de cartón, en medio de la ventisca.

—Estoy haciendo cola para recibir tratamiento con metadona —contestó el desgraciado con tono neutral y entrecortado, como un salmo mal ensayado, mientras miraba las rodillas del pantalón del uniforme de Jon.

—Deberías darte una vuelta por nuestra cafetería de la calle Urtegata —dijo Jon—. Calentarte un poco, comer algo y…

El resto se vio acallado por el rugido del tráfico, que se reanudó cuando el semáforo que tenían detrás se puso en verde.

—No tengo tiempo —dijo el bulto—. ¿No tendrás un billete de cincuenta?

A Jon no dejaba de sorprenderle el punto de mira imperturbable de los drogadictos. Lanzó un suspiro y metió en el vaso un billete de cien.

—Mira a ver si encuentras algo de ropa de abrigo en la tienda Fretex. Si no, en Fyrlyset hemos recibido nuevas chaquetas de invierno. Te vas a morir de frío con esa chaqueta vaquera tan fina.

Lo dijo con la resignación propia del que ya sabe que acabarán comprando droga con su dinero, ¿y qué? Siempre era la misma canción, uno de los muchos dilemas morales imposibles que dominaban sus días.

Jon tocó el timbre otra vez. Vio su propio reflejo en el sucio escaparate de la tienda contigua al portal. Thea le decía que él era grande. No era grande, en absoluto. Era pequeño. Un soldadito. Pero más tarde, el soldadito recorrería Dumpa, en la calle Møllerveien, cruzando el río Akerselva hasta donde empezaba Grünerløkka y el este de la ciudad, pasando por el Sofienbergparken hasta la calle Gøteborggata 4, propiedad del Ejército de Salvación, que alquilaba apartamentos a sus empleados; después, entraría en el portal B, tal vez saludara a alguno de los otros inquilinos que esperaba que dieran por sentado que se dirigía a su apartamento de la cuarta planta. Cuando, en realidad, su intención era coger el ascensor hasta la quinta planta, cruzar el pasillo del desván y llegar a la entrada A, aguzar el oído para comprobar que no hubiese nadie por allí antes de acercarse rápidamente a la puerta de Thea y llamar según el modo convenido. Entonces ella le abriría la puerta y también los brazos, donde él podría refugiarse para entrar en calor.

Sintió una sacudida.

Primero creyó que se trataba del suelo, de la ciudad, de sus cimientos. Dejó una de las bolsas en el suelo y rebuscó en el bolsillo.

El móvil le vibraba en la mano. En la pantalla aparecía el número de Ragnhild. Hoy era la tercera vez. Sabía que no podría aplazarlo más, tenía que decírselo. Decirle que Thea y él iban a comprometerse. Cuando encontrara las palabras adecuadas. Volvió a meter el móvil en el bolsillo y evitó mirar su reflejo. Pero tomó una decisión. Dejaría de comportarse como un cobarde. Sería más valiente. Llegaría a ser un gran soldado. Por Thea, la de la calle Gøteborggata. Por su padre, que vivía en Tailandia. Por el Señor que estaba en el cielo.

—¿Qué pasa? —resonó la pregunta malhumorada por el altavoz del telefonillo.

—Ah, hola. Soy Jon.

—¿Qué?

—Jon, del Ejército de Salvación.

Jon esperó.

—¿Qué quieres? —dijo la voz, y se oyó un chisporroteo.

—Traigo comida. Tal vez necesitéis…

—¿Tienes cigarrillos?

Jon tragó saliva y pateó la nieve con las botas.

—No, esta vez solo tenía dinero para comida.

—Mierda.

Hubo un silencio.

—¿Hola? —gritó Jon.

—Que sí. Estoy pensando.

—Si quieres, vuelvo más tarde.

Sonó el mecanismo de apertura y Jon se apresuró a empujar la puerta.

En la escalera había papel de periódico, botellas vacías y zonas amarillas de orina congelada. Suerte que, gracias al frío, Jon no tuvo que inhalar la pestilencia penetrante y agridulce que inundaba la entrada en los días cálidos.

Intentó andar a paso ligero, pero lo que hizo fue pisar con fuerza. La mujer que lo estaba esperando en la puerta tenía la mirada puesta en las bolsas. Para evitar mirarlo directamente a él, pensó Jon. Tenía la piel de la cara hinchada, a consecuencia de muchos años de adicción, sufría sobrepeso y llevaba una camiseta blanca sucia debajo de la bata. Por la puerta salía un hedor empalagoso.

Jon se detuvo en el rellano y dejó las bolsas en el suelo.

—¿Está tu marido en casa?

—Sí, está en casa —respondió ella en francés.

Era guapa. Pómulos salientes, ojos grandes y almendrados. Labios finos y pálidos. Iba bien vestida. Al menos la parte de ella que vislumbraba por la rendija de la puerta estaba bien vestida.

Se ajustó el pañuelo rojo.

El cierre de seguridad que los separaba era de latón sólido y quedaba unido a una puerta pesada de roble sin placa. Mientras esperaba frente al edificio de la avenida Carnot a que la portera le abriese se había fijado en que todo parecía nuevo y caro: las bisagras de las puertas, el timbre, los cilindros de las cerraduras. Y el hecho de que la fachada de color amarillo pálido y las persianas blancas luciesen una sucia capa de contaminación negra no hacía sino subrayar la solera y la antigüedad de aquel barrio parisino. En la entrada colgaban óleos originales.

—¿De qué se trata?

La mirada y el tono de voz no eran amables ni todo lo contrario, aunque tal vez ocultasen algo de escepticismo, dada su mala pronunciación del francés.

—Un mensaje, madame.

Ella vaciló. Pero al final reaccionó del modo esperado.

—De acuerdo. Puede esperar aquí, voy a buscarlo.

Cerró la puerta y la cerradura, bien engrasada, emitió un suave clic. Él dio una patada en el suelo. Debía mejorar su francés. Su madre le había obligado a practicar el inglés por las tardes, pero jamás llegó a dominar el francés. Clavó la mirada en la puerta. Apertura francesa. Una visita breve. Guapa.

Pensó en Giorgi. Giorgi y su sonrisa blanca. Era un año mayor que él, de modo que ya tendría veinticuatro. ¿Seguiría siendo tan guapo? Rubio, menudo y delicado como una muchacha. Él estuvo enamorado de Giorgi, sin prejuicios e incondicionalmente, como solo pueden enamorarse los niños.

Oyó pasos en el interior. Los pasos de un hombre. Alguien trasteando la cerradura. Un trazo azul entre el trabajo y la libertad, desde este lugar hasta el detergente barato y la orina. Pronto llegaría la nieve. Se preparó.

La cara del hombre apareció en la puerta.

—¿Qué coño quieres?

Jon levantó las bolsas de plástico e intentó sonreír.

—Pan recién hecho. Huele bien, ¿verdad?

Fredriksen puso la mano grande y morena sobre el hombro de la mujer y la apartó.

—Yo solo huelo a sangre de cristiano…

Pronunció aquellas palabras con una dicción clara y sobria, pero el iris aguado en la cara sin afeitar indicaba otra cosa.

Intentó concentrarse en las bolsas de la compra. Parecía un hombre grande y fuerte que se hubiese encogido por dentro. Como si el esqueleto e incluso el cráneo se hubiesen reducido bajo la piel que, con tres tallas de más, le colgaba, pesada, del rostro malicioso. Fredriksen se pasó el dedo sucio por los cortes recientes que le abrían el puente de la nariz.

—¿No me vas a predicar? —preguntó Fredriksen.

—No, en realidad solo quería…

—Vamos, soldado. Tú buscas alguna compensación, ¿no? Mi alma, por ejemplo.

Jon se estremeció dentro del uniforme.

—Yo no me ocupo del alma, Fredriksen. Pero puedo ofrecer un poco de comida, así que…

—¿En serio? Tal vez antes quieras predicar un poco.

—Como ya te he dicho…

—¡Que prediques te digo!

Jon se quedó mirando a Fredriksen.

–¡Predica con esa boca chorreante de mierda que tienes! –gritó Fredriksen–. Predica para que podamos comer con la conciencia tranquila, cristiano cabrón y condescendiente. Venga, termina de una vez. ¿Cuál es el mensaje de Dios para hoy?

Jon abrió la boca y volvió a cerrarla. Tragó saliva. Lo intentó de nuevo y, esta vez, logró hacer resonar las cuerdas vocales.

–El mensaje es que su hijo murió… por nuestros pecados.

–¡Mientes!

–No, desgraciadamente no estoy mintiendo –aseguró Harry contemplando el miedo reflejado en la cara del hombre que estaba en la puerta frente a él.

Olía a comida y se oía de fondo el tintineo de cubiertos. Un hombre de familia. Un padre. Hasta aquel momento. El hombre se rascaba el antebrazo y tenía la mirada fija en algún punto por encima de la cabeza de Harry, como si hubiera alguien inclinado sobre él. Cuando se rascaba, producía un sonido desagradable.

Cesó de pronto el tintinear de los cubiertos. Detrás del hombre se detuvieron unos pasos discretos y una mano pequeña se le posó en el hombro. Enseguida asomó una cara de mujer de ojos grandes y asustados.

–¿Qué pasa, Birger?

–Este agente de policía ha venido a traernos un mensaje –dijo Birger en tono monocorde.

–¿Qué pasa? –preguntó la mujer mirando a Harry–. ¿Se trata de nuestro hijo? ¿Se trata de Per?

–Sí, señora Holmen –dijo Harry viendo cómo la angustia empañaba los ojos de la mujer. Volvió a buscar esas palabras imposibles–. Lo encontramos hace dos horas. Vuestro hijo ha muerto.

Tuvo que apartar la mirada.

–Pero él… él… ¿dónde…?

Fue mirando alternativamente a Harry y a su marido, que no dejaba de rascarse el brazo.

«Si sigue así, se va a hacer sangre», pensó Harry. Carraspeó.

—En un contenedor de Bjørvika. Y, tal como temíamos, llevaba muerto bastante tiempo.

De pronto, Birger Holmen pareció perder el equilibrio, se tambaleó hacia atrás en el pasillo iluminado y se agarró a un perchero. La mujer ocupó entonces el hueco de la puerta y Harry pudo ver al hombre caer de rodillas detrás de ella.

Harry tomó aire y metió la mano dentro del abrigo. Sintió el gélido metal de la petaca contra las yemas de los dedos. Sacó un sobre. No había leído la carta, pero conocía de sobra el contenido. El mensaje oficial y escueto, despojado de palabras innecesarias, que comunica la muerte de alguien. Un certificado de defunción, como un trámite burocrático.

—Lo siento, pero entregaros esto es mi trabajo.

—¿Que tu trabajo es qué? —preguntó el hombre bajito de mediana edad con una pronunciación exageradamente mundana del francés que no caracteriza a la clase alta, sino más bien a quienes aspiran a formar parte de ella.

El visitante lo observó. Todo coincidía con la foto del sobre, hasta el nudo tacaño de la corbata y el batín, lacio y de color rojo.

Desconocía el delito que había cometido aquel hombre. Dudaba de que hubiese causado daño físico a alguien porque, a pesar de la aparente irritación de su expresión, el lenguaje corporal era defensivo, casi compungido, incluso allí en la puerta de su propio domicilio. ¿Habría robado dinero, malversado fondos? A juzgar por su aspecto, debía de trabajar con números. Pero no se trataba de cantidades importantes. Y aunque tenía una mujer guapísima, parecía más bien alguien a quien le gustara ir de flor en flor. ¿Habría sido infiel, se habría acostado con la mujer del hombre equivocado? No. A los hombres bajitos que poseían una fortuna ligeramente superior a la media y estaban casados con mujeres bastante más atractivas que ellos les solía preocupar lo contrario, que sus mujeres les fuesen infieles. Aquel hombre lo sacaba de quicio. Tal vez fuese precisamente eso. Tal vez solo había importunado a alguien. Metió la mano en el bolsillo.

—Mi trabajo... —dijo, y colocó el cañón de una Llama Mini-Max que había comprado por solo trescientos dólares contra la cadena de latón tensada— es este.

Apuntó usando el silenciador como guía. Se trataba de un sencillo tubo de metal con un paso de rosca que un herrero de Zagreb le había taladrado por encargo en el cañón. La cinta negra que quedaba enrollada alrededor de la junta solo servía para hermetizarlo. Estaba claro que podía haber comprado un silenciador de calidad por algo más de cien euros, pero ¿para qué? De todos modos, nada lograba silenciar el ruido que hace la bala al romper la barrera del sonido, del gas caliente que topa con el aire frío, de las piezas mecánicas de metal que se encuentran en el interior de la pistola. Eso de que las pistolas provistas de silenciador sonaran como palomitas solo sucedía en la realidad de Hollywood.

El estallido sonó como un azote que estampó la cara contra la estrecha abertura.

El hombre de la foto había desaparecido de la puerta, se había caído hacia atrás sin hacer el menor ruido. En el pasillo de la escalera brillaba una luz tenue, pero en el espejo de la pared vio reflejada la del vestíbulo y su propio ojo muy abierto enmarcado en oro. El muerto yacía sobre una alfombra gruesa de color borgoña. ¿Persa? Quizá sí que tuviese dinero, después de todo.

Ahora solo tenía un pequeño agujero en la frente.

Alzó la vista y se encontró con la mirada de la esposa. Si es que era la esposa. Estaba en el umbral de otra habitación. Detrás de ella colgaba una lámpara grande y amarilla de papel de arroz. Se había llevado la mano a la boca y lo miraba fijamente. Él hizo una leve inclinación. Cerró la puerta con cuidado, metió la pistola en la funda y se encaminó a la escalera. Nunca utilizaba el ascensor cuando se marchaba, ni coches de alquiler ni motos, nada que pudiesen detener. Y tampoco corría. No hablaba ni gritaba, la voz podía describirse.

La retirada era la parte más crítica del trabajo, pero también la que más le gustaba. Era como volar, una nada sin sueños.

La portera había salido y estaba en el bajo, delante de la puerta de su apartamento, mirándolo desconcertada. Él susurró un adiós, pero ella siguió mirándolo, sin mediar palabra. Cuando la policía la interrogase una hora más tarde, le pedirían una descripción. Y ella les daría una. La de un hombre de estatura media con aspecto corriente. Veinte años. O quizá treinta. Cuarenta, no, sin duda. O eso creía.

Salió a la calle. París resonaba con estruendos suaves, como una tormenta que no acaba de estallar, pero que tampoco cesa. Tiró la Llama MiniMax en un contenedor de basura en el que se había fijado antes. En Zagreb lo esperaba un par de pistolas nuevas de la misma marca. Le habían hecho descuento por llevarse dos.

Media hora más tarde, cuando el autobús del aeropuerto pasaba por la porte de la Chapelle, en la autovía que unía París con el aeropuerto Charles de Gaulle, inundaron el aire unos copos de nieve que se fueron adhiriendo a las escasas briznas de hierba de tono amarillo pálido que se alzaban ateridas hacia el cielo gris.

Después de facturar y de pasar el control de seguridad, se fue directamente al aseo. Se detuvo en el último urinario blanco de la fila, se desabrochó el pantalón y dejó que el chorro impactara de lleno en las pastillas desodorantes de color blanco que descansaban en el fondo de la taza. Cerró los ojos concentrándose en el olor dulzón del paradiclorobenceno y del perfume de limón de J&J Chemicals. Al trazo azul que conducía a la libertad solo le quedaba una parada. Saboreó el nombre. Os-lo.

3

Domingo, 13 de diciembre.
Mordedura

En la zona roja de la sexta planta de la Comisaría General, en el interior del coloso de hormigón y cristal que acogía la mayor concentración de policías de Noruega, estaba Harry, recostado en su silla de la oficina 605. Era la misma oficina a la que Halvorsen, el joven oficial con el que Harry compartía aquellos diez metros cuadrados, le gustaba llamar «la oficina de esclarecimientos». Y la misma que Harry, cuando tenía que bajarle los humos a Halvorsen, llamaba «la oficina de docencia».

Pero Harry estaba solo, mirando fijamente la pared donde habría estado situada la ventana si «la oficina de esclarecimientos» hubiera tenido alguna.

Era domingo, ya había redactado el informe y podía irse a casa. Entonces ¿por qué no lo hacía? A través de la ventana imaginaria, vio el puerto vallado de Bjørvika, donde los copos de nieve recién caídos se posaban como confeti sobre los contenedores verdes, rojos y azules. El caso estaba resuelto. Per Holmen, un joven heroinómano cansado de la vida, se había chutado por última vez dentro de un contenedor. Junto a una pistola. No había signos externos de violencia y la habían hallado junto al cadáver. Según los de vigilancia, Per Holmen no debía dinero a nadie. En cualquier caso, cuando los camellos se cargan a alguien que tiene deudas, no se molestan en encubrirlo. Más bien todo lo contrario. Por tanto, se trataba de un suicidio, sin lugar a dudas. Así que ¿por qué perder la tarde buscando algo en un puerto de contenedores desapacible y poco acogedor donde, de todas formas, no encontraría más que pena y desesperación?

Harry miró el abrigo de lana colgado en el perchero de pie. La pequeña petaca que guardaba en el bolsillo interior estaba llena. Y sin tocar desde octubre, cuando fue al Vinmonopolet a comprar una botella de su peor enemigo, Jim Beam, y la llenó antes de vaciar el resto en el fregadero. Desde entonces siempre llevaba el veneno consigo, casi como los dirigentes nazis que guardaban píldoras de cianuro en las suelas de los zapatos. ¿A qué venía aquella ocurrencia tan ridícula? No lo sabía. No le importaba. El caso era que funcionaba.

Harry miró el reloj. Casi las once. En casa tenía una cafetera muy usada y un DVD reservado para una noche como aquella. *Eva al desnudo*, la obra maestra de 1950, dirigida por Mankiewicz e interpretada por Bette Davis y George Sanders.

Deliberó consigo mismo. Supo que elegiría el puerto de contenedores.

Harry se había subido el cuello del abrigo y estaba de espaldas al viento del norte que soplaba a través de la valla haciendo que la nieve se acumulara en montones alrededor del contenedor que había al otro lado. El puerto, con sus grandes superficies vacías, por la noche parecía un desierto.

La zona vallada de los contenedores estaba iluminada, pero las farolas se balanceaban a merced de las ráfagas de viento y las sombras corrían por entre las calles, por entre los cofres metálicos apilados de dos en dos o de tres en tres. El contenedor que Harry estaba mirando era rojo, un tono que no pegaba con el naranja de la cinta policial. Pero en Oslo, en pleno diciembre, aquel contenedor, del mismo tamaño y con las mismas comodidades que ofrecía el calabozo de la Comisaría General, era un buen refugio.

En el informe que había redactado el grupo con la descripción de la escena del crimen —a decir verdad, más que un grupo, era una pareja formada por un investigador y una agente de la policía científica—, decía que el contenedor llevaba un tiempo vacío. Y sin cerrar. El vigilante explicó que no se preocupaban de cerrar un contenedor vacío, puesto que la zona estaba cercada y, además, vigilada. Aun así, un drogadicto había conseguido colarse. Lo más probable era que Per Holmen fuese uno de los muchos que andaban por Bjørvika, ya que quedaba a un tiro de piedra del supermercado de los drogadictos en Plata. Cabía la posibilidad de que, de vez en cuando, el vigilante hiciese la vista gorda con unos contenedores que se utilizaban como refugio. Tal vez considerara que, así, salvaba alguna que otra vida.

El contenedor no tenía cerradura, pero la puerta de la verja lucía un candado imponente. Harry se arrepentía de no haber llamado desde la Comisaría General avisando de que iba. Si realmente había vigilantes allí, él, desde luego, no veía a nadie.

Echó un vistazo al reloj. Miró hacia la parte superior de la verja y la sopesó unos instantes. Estaba en buena forma. Hacía tiempo que no estaba tan bien. No había vuelto a probar el alcohol desde aquella recaída fatal del verano, y había entrenado regularmente en el gimnasio de la comisaría. Más que regularmente. Antes de que llegasen las nieves, batió el viejo récord de Tom Waaler en el circuito de obstáculos de Økern. Días más tarde, Halvorsen le preguntó con suma cautela si tanto entrenamiento tenía algo que ver con Rakel. ¿Por qué le daba la sensación de que ya no se veían? Harry le explicó al joven agente, de una manera escueta pero clara, que el hecho de que compartieran despacho no significaba que tuviesen que compartir intimidades. Halvorsen se limitó a encogerse de hombros y quiso saber con quién más había estado hablando Harry y, cuando este se levantó y salió de la oficina 605, vio confirmadas sus sospechas.

Tres metros. Ninguna alambrada. Fácil. Harry se agarró a la valla lo más arriba que pudo, apoyó los pies contra el poste y se encaramó. Primero levantó el brazo derecho y luego el izquierdo, y quedó suspendido hasta dar con un lugar donde volver a apoyar los pies. Movimiento larvario. Pasó al otro lado.

Levantó el pasador y abrió la compuerta del contenedor. Sacó la linterna Army, negra y contundente, se agachó bajo la cinta policial y se metió dentro.

Allí dentro reinaba un silencio extraño, como si también se hubieran congelado los sonidos.

Harry encendió la linterna y enfocó con ella el interior del contenedor. Reconoció el dibujo de tiza en el suelo, donde habían encontrado a Per Holmen. Beate Lønn, la responsable de la policía científica de la calle Brynsalléen, le había enseñado las fotos. Habían hallado a Per Holmen sentado con la espalda contra la pared con un agujero en la sien derecha y con la pistola en el suelo, también a su derecha. Poca sangre. Esa era la ventaja de los disparos en la cabeza. La única. La pistola tenía una munición de calibre bajo, así que la herida de entrada era pequeña y no había herida de salida. Es decir, el forense encontraría la bala dentro del cráneo, donde probablemente se había movido como una bola en un tablero de pinball haciendo papilla lo que Per Holmen solía utilizar para pensar. Lo que utilizó para tomar aquella decisión. Y para, finalmente, ordenar al dedo índice que apretara el gatillo.

«Incomprensible», solían decir sus colegas cuando daban con algún joven suicida. Harry suponía que lo decían para protegerse a sí mismos, para rechazar esa idea. De lo contrario, no comprendía a qué venía eso de «incomprensible».

Y, sin embargo, fue precisamente esa la palabra que utilizó aquella tarde, en el pasillo penumbroso desde el cual vio al padre de Per Holmen de rodillas, con la espalda encorvada temblándole a cada sollozo. Y como Harry desconocía palabras de consuelo sobre la muerte, Dios, la salvación, la vida en el más allá o el sentido de todo, murmuró:

–Incomprensible…

Harry apagó la linterna, la guardó en el bolsillo del abrigo y la oscuridad se condensó a su alrededor.

Pensó en su propio padre. Olav Hole. El profesor de instituto jubilado que vivía en una casa de Oppsal, en sus ojos, que se iluminaban una vez al mes, cuando recibía la visita de Harry o la de su hija Søs, y que, al igual que la luz, se iban apagando lentamente mientras tomaban café y hablaban de cosas sin mucha importancia. Porque lo único que significaba algo se encontraba en una foto que descansaba sobre el piano que ella solía tocar. Olav Hole ya apenas hacía nada. Solo leía sus libros. Sobre países y reinos que nunca llegaría a visitar y que realmente tampoco le apetecía ver, puesto que ella ya no podía acompañarlo. «La pérdida más grande», lo llamaba las pocas veces que hablaban de ella. Y en eso estaba pensando Harry en aquel momento. ¿Cómo lo llamaría Olav Hole el día que fueran a comunicarle la muerte de su hijo?

Harry salió del contenedor y se dirigió hacia la valla. Se sujetó a ella con ambas manos. Entonces llegó uno de esos extraños momentos de calma súbita y absoluta en que el viento aguanta la respiración para aguzar el oído o reflexionar acerca de algo, y todo lo que se oye es el murmullo reconfortante de la ciudad en la oscuridad del invierno. Eso, y el sonido de un papel que el viento arrastra sobre el asfalto. Pero el viento había dejado de soplar. Papeles no, eran pasos. Pasos rápidos y ligeros. Más ligeros que los pasos de pies.

Patas.

El corazón le latía descontrolado. Dobló rápidamente las rodillas y las pegó a la valla. Se enderezó. Harry no recordaría qué era lo que le había asustado tanto hasta más tarde. Fue el silencio y que, en ese silencio, no se oyera nada, ningún gruñido, ninguna señal de agresión. Como si lo que estaba detrás de él, en la oscuridad, no quisiera asustarlo. Todo lo contrario. Lo estaba acechando. Y si Harry hubiese sabido algo más sobre perros, seguro que habría reconocido la única raza de perro que nunca gruñe, ni cuando tiene miedo ni cuando ataca. Un macho de metzner negro. Harry estiró los brazos y volvió a doblar las piernas cuando se dio cuenta de que el ritmo se interrumpía. Entonces se hizo el silencio y él supo que el animal había saltado. Tomó impulso y saltó.

La afirmación de que no se siente dolor cuando el miedo bombea adrenalina en la sangre es imprecisa, en el mejor de los casos. Harry soltó un grito cuando los dientes de aquel perro grande y delgado dieron con la carne de la pantorrilla derecha y se hundieron más y más, hasta cerrarse alrededor de la sensible membrana que recubre el hueso. La valla resonó, la fuerza de gravedad los atrajo a ambos hacia el suelo, pero, por pura desesperación, Harry logró mantenerse agarrado. En realidad, debería estar asustado. Cualquier otro perro con el peso corporal de un metzner negro adulto habría tenido que soltarse. Pero se trataba de un metzner negro con unos dientes y una musculatura mandibular pensados para machacar huesos, de ahí el rumor sobre su parentesco con la hiena manchada, devoradora de huesos. Por eso se quedó colgando, aferrado a la pantorrilla de Harry con los dos colmillos de la mandíbula superior arqueados ligeramente hacia dentro, y uno de la mandíbula inferior que se encargaba de estabilizar la mordedura. El otro colmillo de la mandíbula inferior se lo había roto a los tres meses de edad al arremeter contra una prótesis de acero.

Harry logró subir el codo izquierdo por encima de la valla e intentó tirar de ambos, pero al perro se le había quedado una pata atrapada en la valla. Tanteó con la mano derecha intentando dar con el bolsillo del abrigo, lo encontró y agarró el mango de goma de la linterna. Entonces miró hacia abajo y vio al animal por primera vez. Atisbó un brillo débil en los ojos negros de una cabeza también negra. Harry blandió la linterna. Le asestó tal golpe entre las orejas que pudo oír cómo se quebraba. Levantó la linterna y arremetió otra vez. Le dio en el morro, una zona sensible. Después se cebó a la desesperada con aquellos ojos que no habían parpadeado ni una sola vez. Se le cayó la linterna al suelo. El perro seguía agarrado. A Harry apenas le quedaban fuerzas para seguir sujetándose a la valla. No quería ni pensar en lo que podría venir a continuación, pero no podía evitarlo.

—¡Socorro!

El viento, que ya arreciaba, engulló su débil grito. Apoyó el peso en la otra mano y sintió una necesidad súbita de reír. ¿Era así como acabaría? ¿Lo hallarían en un puerto de contenedores con la garganta desgarrada por un perro guardián? Harry tomó aire. Las púas de la valla se le clavaban en la axila, los dedos perdían fuerza.

Tendría que soltarse al cabo de unos segundos. Si hubiera tenido un arma… Si hubiera tenido una botella en vez de una petaca, podría haberla roto y habérsela clavado al perro.

¡La petaca!

Con un último esfuerzo, Harry consiguió meter la mano en el bolsillo interior y sacar la petaca. Se llevó el cuello a la boca, agarró el corcho de metal entre los dientes y giró. El corcho cedió y, sin soltarlo, el alcohol le llenó la boca. Sintió como una descarga por todo el cuerpo. Dios mío. Apretó la cara contra la valla de forma que los ojos quedaron casi cerrados y las luces lejanas de Plata y el hotel Opera se convirtieron en líneas blancas sobre un fondo negro. Con la mano derecha bajó la petaca hasta colocarla justo encima de la boca ensangrentada del perro. Escupió el corcho y el alcohol, murmuró «Salud», y le dio la vuelta a la petaca. Durante dos largos segundos los ojos negros del perro se clavaron en Harry llenos de desconcierto mientras el líquido dorado salía a borbotones y le resbalaba por la pantorrilla hasta llegar a las fauces abiertas. Y el animal se soltó. Harry reconoció el chasquido de la carne contra el asfalto. Siguió al ruido una especie de estertor y un gemido tenue, antes de que las patas rascaran el suelo y lo engullese la oscuridad de la que había salido.

Harry consiguió flexionar las piernas y saltó la valla. Dobló el bajo de la pernera. Incluso sin linterna pudo constatar que aquella noche vería *Urgencias* en lugar de *Eva al desnudo*.

Jon estaba tumbado con la cabeza en el regazo de Thea, con los ojos cerrados, disfrutando del zumbido ininterrumpido de la tele. Era una de esas series que a ella tanto le gustaban. *El Rey del Bronx.* ¿O era *Queens*?

—¿Le has preguntado a tu hermano si hará la guardia de la plaza Egertorget? —dijo Thea.

Le había puesto a Jon la mano en los ojos y él notó el olor dulzón en la piel, lo que significaba que acababa de ponerse la inyección de insulina.

—¿Qué guardia? –dijo Jon.

Thea apartó la mano bruscamente y lo miró sin dar crédito.

Jon se echó a reír.

—Tranquila. Hace mucho que hablé con Robert. Dijo que sí.

Ella suspiró un tanto irritada. Jon le cogió la mano y volvió a colocársela sobre los ojos.

—Pero no le he dicho que era tu cumpleaños –añadió–. De lo contrario, no habría aceptado.

—¿Por qué no?

—Porque está loco por ti, y tú lo sabes.

—¡Eso son imaginaciones tuyas!

—Y además él no te gusta.

—¡No es verdad!

—Entonces ¿por qué te pones tensa cada vez que pronuncio su nombre?

Thea soltó una risita. Tal vez algo que había visto en *Bronx*. O en *Queens*.

—¿Conseguiste mesa en el restaurante? –dijo ella.

—Sí.

Thea sonrió y le apretó la mano. De pronto, frunció el ceño.

—He estado pensando que es posible que alguien nos vea.

—¿Del Ejército? Imposible.

—¿Y si alguien nos ve?

Jon no contestó.

—Puede que ya vaya siendo hora de que lo anunciemos –dijo ella.

—No sé –dijo él–. ¿No es mejor que esperemos hasta que estemos totalmente seguros de…?

—¿No estás seguro, Jon?

Le apartó la mano y la miró sorprendido.

—Thea, sabes que te quiero más que a nada en el mundo. No es eso.

—Entonces ¿qué es?

Jon suspiró, se levantó y se sentó a su lado.

—Tú no conoces a Robert, Thea.

Ella esbozó una sonrisa irónica.

—Lo conozco desde que éramos críos, Jon.

Se volvió hacia ella.

—Sí, pero hay cosas que no sabes. No sabes lo furioso que se pone a veces. Es como si se transformara en otra persona. Es algo que ha heredado de nuestro padre. Se vuelve peligroso, Thea.

Ella apoyó la cabeza en la pared y miró fijamente al frente.

—Propongo que lo pospongamos un poco. —Jon se retorció las manos—. También tenemos que pensar en tu hermano.

—¿En Rikard? —preguntó ella sorprendida.

—Sí. ¿Qué diría él si tú, su hermana, anuncia su compromiso precisamente conmigo y precisamente ahora?

—Ah, eso. ¿Es porque ambos habéis solicitado el puesto de nuevo jefe de administración?

—Sabes muy bien que el Consejo Superior valora que los oficiales que ocupan puestos importantes tengan por cónyuge a un oficial reputado. Está claro que sería tácticamente correcto anunciar que me voy a casar con Thea Nilsen, la hija de Frank Nilsen, la mano derecha del comisionado. Pero ¿sería moralmente correcto?

Thea se mordió el labio inferior.

—¿Por qué es ese puesto tan importante para ambos?

Jon se encogió de hombros.

—El Ejército nos ha pagado la Escuela de Oficiales y cuatro años de económicas en la facultad. A los dos. Supongo que Rikard piensa como yo. Que cuando en el Ejército se ofertan puestos de trabajo para los que se está cualificado, uno ha de presentar su candidatura.

—Tal vez no os lo den a ninguno. Papá dice que nadie menor de treinta y cinco años ha ocupado nunca el puesto de jefe de administración en el Ejército.

—Lo sé —dijo Jon con un suspiro—. No se lo digas a nadie, pero si le diesen el puesto a Rikard me alegraría mucho.

—¿Te alegrarías? —repitió Thea—. ¿Tú, el responsable en Oslo de todas las propiedades de alquiler desde hace más de un año?

−Sí, pero el jefe de administración cubre toda Noruega, Islandia y las islas Feroe. ¿Sabías que, solo en Noruega, la empresa inmobiliaria del Ejército posee cerca de doscientas cincuenta propiedades con trescientos edificios? −Jon se dio un ligero golpe en la barriga y miró al techo con ese semblante preocupado tan suyo−. Hoy he visto mi reflejo en un escaparate de una tienda y me he dado cuenta de lo pequeño que soy.

Por lo visto, Thea no lo estaba escuchando.

−Alguien le ha dicho a Rikard que la persona designada para el puesto se convertirá en el próximo CT.

−¿El próximo comandante territorial? −dijo Jon en tono jocoso−. Pues, entonces, sí que no me interesa.

−No digas tonterías, Jon.

−No digo tonterías, Thea. Tú y yo somos mucho más importantes. Digo que no me interesa el puesto de jefe de administración y anunciamos nuestro compromiso. Puedo desempeñar otro trabajo importante. En los distintos cuerpos también necesitan economistas.

−No, Jon −dijo Thea horrorizada−. Eres el mejor que tenemos, tienes que ocupar el puesto donde más se te necesita. Rikard es mi hermano, pero no tiene… tu sensatez. Podemos esperar a anunciar nuestro compromiso hasta después del nombramiento.

Jon se encogió de hombros.

Thea miró el reloj.

−Hoy tienes que irte antes de las doce. Ayer, en el ascensor, Emma me dijo que estaba preocupada porque había oído a alguien abrir mi puerta en mitad de la noche.

Jon puso las piernas en el suelo.

−De verdad, no entiendo cómo aguantamos vivir aquí.

Ella le regañó con la mirada.

−Aquí por lo menos nos cuidamos el uno al otro.

−Como tú digas −dijo él, y soltó un suspiro−. Nos cuidamos el uno al otro. Buenas noches.

Ella se le acercó y le metió la mano por debajo de la camisa; Jon notó con sorpresa que tenía la mano húmeda y pegajosa de sudor, como si la hubiese tenido cerrada, sujetando algo. Ella se apretó contra él y empezó a jadear…

—Thea —dijo—. No debemos…

Ella se puso rígida. Lanzó un suspiro y retiró la mano.

Jon estaba sorprendido. Hasta ahora, Thea no se le había insinuado, todo lo contrario, tenía la impresión de que abrigaba cierto temor por el contacto físico. Y él había llegado a apreciar ese pudor. La vio bastante aliviada cuando, después de la primera cita, él le recordó que los estatutos decían: «El Ejército de Salvación declara la abstinencia prematrimonial como modelo cristiano». Y a pesar de que había gente que opinaba que existía una gran diferencia entre «modelo» e «imposición», palabra que utilizaban en los estatutos cuando se referían al tabaco y al alcohol, él no veía en esos matices ninguna razón para romper una promesa hecha a Dios.

Le dio un abrazo, se levantó y se fue al baño. Cerró la puerta y abrió el grifo. Dejó que el agua le corriese por entre las manos mientras miraba la superficie lisa de arena fundida del espejo, que reflejaba las expresiones faciales de una persona que, con toda probabilidad, tenía razones para ser feliz. Debía llamar a Ragnhild. Acabar con esto de una vez. Jon inspiró profundamente. Era feliz. Pero algunos días resultaban algo más complicados que otros.

Se secó la cara y volvió con ella.

Una luz blanca y dura inundaba la sala de espera de Urgencias de Oslo, en el número 40 de la calle Storgata. Había allí la selección habitual de la fauna normal a aquellas horas de la noche. Un drogadicto tembloroso se puso de pie y se marchó veinte minutos después de que Harry llegara. Por lo general, no aguantaban quedarse sentados más de diez minutos. Harry lo entendía a la perfección. Aún tenía el sabor del alcohol en la boca, había despertado a los enemigos de antaño, que ahora tironeaban de las cadenas ocultas en lo más profundo. La pantorrilla le dolía a rabiar. Y, como el noventa por ciento de toda investigación, la excursión al puerto de contenedores había resultado infructuosa. Se prometió que la próxima vez respetaría su cita con Bette Davis.

—¿Harry Hole?

Harry miró al hombre de la bata blanca que se le plantó delante.

—¿Sí?

—¿Puedes acompañarme?

—Gracias. Pero creo que le toca a ella —dijo Harry señalando con un gesto a una chica que estaba sentada en la fila de delante, con la cabeza entre las manos.

El hombre se inclinó hacia delante.

—Es la segunda vez que viene esta noche. Se pondrá bien.

Harry siguió a la bata blanca renqueando por el pasillo que conducía hasta una oficina con un escritorio y una estantería sencilla. No vio objetos personales.

—Creía que vosotros, la policía, teníais vuestros propios curanderos —dijo la bata.

—Pues no. Normalmente, ni siquiera tenemos prioridad en la cola. ¿Cómo sabes que soy policía?

—Perdona. Soy Mathias. Pasaba por la sala de espera y te he visto.

El médico sonrió y le tendió la mano. Harry vio que tenía los dientes muy rectos, tanto que habría sospechado que eran postizos si no hubiese sido porque el resto de la cara era igualmente simétrico, limpio y de corte perfecto. Tenía los ojos azules, con pequeñas arrugas de expresión alrededor; el apretón de manos, firme y seco. «Como sacado de una novela de médicos —pensó Harry—. Un médico de manos calientes.»

—Mathias Lund-Helgesen —subrayó el hombre, que miraba a Harry inquisitivo.

—Supongo que crees que debería saber quién eres —aventuró Harry.

—Nos vimos una vez. El verano pasado. En una fiesta en casa de Rakel.

Harry se encogió al oír el sonido de su nombre en labios de otro.

–¿Ajá?

–Soy yo –se apresuró a decir Mathias Lund-Helgesen en voz baja.

–Muy bien –asintió lentamente Harry–. Estoy sangrando.

–Ya veo. –Lund-Helgesen frunció el ceño con gesto compasivo.

Harry se subió el dobladillo del pantalón.

–Aquí.

–Ya, sí. –Mathias Lund-Helgesen sonrió, ligeramente confuso–. ¿Cómo te lo has hecho?

–Me ha mordido un perro. ¿Puedes hacer algo?

–No hay mucho que hacer. Dejará de sangrar. Voy a limpiar la herida y a ponerte algo. –Se inclinó–. Veo tres heridas de dientes. Voy a ponerte la antitetánica.

–Llegó hasta el hueso.

–Sí, es la sensación que se suele tener.

–No, quiero decir que llegó de verdad…

Harry enmudeció y respiró por la nariz. Acababa de darse cuenta de que Mathias Lund-Helgesen creía que estaba borracho. ¿Y por qué creer lo contrario? Un policía con el abrigo desgarrado, mordedura de perro, mala reputación y con un aliento que sugería que acababa de beber alcohol. ¿Sería esa la descripción que le haría a Rakel cuando le contara que su ex había vuelto a recaer?

–Con fuerza –dijo Harry.

4

Lunes, 14 de diciembre.
Despedida

—*Trka!*

Se desplomó en la cama y oyó el eco de su propia voz entre las paredes del hotel, blancas y desnudas. El teléfono sonó en la mesilla de noche. Cogió el auricular.

—*This is your wake-up call…*

—*Hvala* —dio las gracias aun sabiendo que se trataba de una voz grabada en una cinta.

Se encontraba en Zagreb. Hoy iría a Oslo para realizar el trabajo más importante. El último.

Cerró los ojos. Había vuelto a soñar. No con París, no con los otros trabajos, nunca soñaba con ellos. Siempre era con Vukovar, siempre con aquel otoño, con aquel asedio.

Aquella noche soñó que corría. Como siempre, corría bajo la lluvia y, también como siempre, era la misma noche que le amputaron el brazo a su padre, en la sala de neonatología. Cuatro horas más tarde, su padre moría súbitamente, pese a que los médicos aseguraron que la operación había sido un éxito. Había dejado de latirle el corazón, según ellos. Entonces él salió corriendo, dejó atrás a su madre; corrió hacia la oscuridad y hacia la lluvia, hacia el río, con la pistola del padre en la mano, hacia donde se encontraban los serbios. Ellos lanzaban señales luminosas y abrían fuego contra él, pero a él no le importaba, oía el suave impacto de las balas contra el suelo, que desaparecía de repente desvelando el gran

48

cráter, vestigio de una bomba, en cuyo interior él caía durante su carrera. Y el agua se lo tragaba, se tragaba todos los sonidos y se hacía el silencio, y él seguía corriendo bajo el agua, sin llegar a ninguna parte. Y mientras notaba que se le entumecían las articulaciones y que el sueño lo anestesiaba, divisaba algo rojo que se movía sobre el fondo negro cual pájaro que bate las alas a cámara lenta. Y cuando recobró la conciencia, se vio envuelto en una manta y, sobre él, se balanceaba una simple bombilla mientras tronaba la artillería de los serbios y le caían pequeños cascotes en los ojos y en la boca. Escupió, y alguien se inclinó sobre él diciendo que era Bobo, el capitán en persona, quien lo había sacado del cráter empantanado. Señaló a un hombre calvo que estaba al lado de la escalera que arrancaba desde el búnker. Llevaba uniforme y una bufanda roja alrededor del cuello.

Volvió a abrir los ojos y miró el termómetro que había dejado encima de la mesilla. La temperatura de la habitación no había pasado de dieciséis grados desde noviembre a pesar de que en recepción insistían en que la calefacción estaba a tope. Se levantó. Tenía que darse prisa, el autobús del aeropuerto estaría delante del hotel dentro de media hora.

Se miró en el espejo del lavabo e intentó imaginar el rostro de Bobo. Pero al igual que la aurora boreal, la imagen se desvaneció imperceptiblemente mientras la contemplaba. El teléfono volvió a sonar.

—Da, *majka*.

Después de afeitarse se secó y se vistió apresuradamente. Sacó una de las dos cajas negras de metal que guardaba en la caja fuerte y la abrió. Una Llama MiniMax Sub Compact de siete balas, seis en el cargador y una en la recámara. Desmontó el arma y repartió las piezas entre los cuatro compartimentos diminutos expresamente dispuestos bajo los refuerzos de las esquinas de la maleta. Si le paraban en la aduana y escaneaban la maleta, el metal de los refuerzos de las esquinas ocultaría las piezas del arma. Antes de salir se aseguró de que llevaba el pasaporte y el sobre con el billete de avión que ella le había dado, la foto del objetivo y la información que necesitaba sobre el lugar y el momento. Debía hacerlo a las siete de la tarde del día siguiente, en un lugar público. Ella le había advertido que aquel trabajo era más arriesgado que el anterior. Aun así, no tenía miedo. A veces pensaba que había perdido el don, que se lo habían amputado aquella noche junto con el brazo de su padre. Bobo decía que, sin miedo, uno no puede sobrevivir mucho tiempo.

Fuera, Zagreb acababa de despertar sin nieve, gris, con niebla y con la cara cansada. Se quedó frente a la entrada del hotel y pensó que, al cabo de un par de días, partirían rumbo al mar Adriático, hacia un lugar pequeño y un hotel pequeño, con precio de temporada baja y un poquito de sol. Y hablarían de la casa nueva.

El autobús del aeropuerto ya debía de estar allí. Miró fijamente al corazón de la niebla. Miró tan fijamente como aquel otoño en que, acurrucado al lado de Bobo, intentaba en vano vislumbrar algo más allá del humo blanco. Su trabajo consistía en ir corriendo a entregar mensajes que nadie se atrevía a enviar a través del enlace radiofónico, ya que los serbios podían oír todo el espectro de frecuencias y se enteraban de todo. Y como él era tan pequeño, era capaz de atravesar las trincheras a toda velocidad sin tener que agacharse. Le dijo a Bobo que quería aniquilar tanques.

Bobo negó con la cabeza.

—Eres mensajero. Estos mensajes son importantes, hijo. Ya tengo hombres que se encargan de los tanques.

—Pero ellos tienen miedo. Yo no tengo miedo.

Bobo enarcó una ceja.

—No eres más que un crío.

—No me haré mayor porque las balas me alcancen aquí en lugar de ahí fuera. Y tú mismo has dicho que, si no logramos detener los carros de combate, tomarán el control de la ciudad.

Bobo se quedó mirándolo un buen rato.

—Déjame pensar —dijo al final. Estuvieron sentados en silencio contemplando el fondo blanco, sin saber distinguir la niebla otoñal del humo que emanaban las ruinas de la ciudad en llamas. Al cabo de un rato, Bobo carraspeó—. Esta noche he enviado a Franjo y a Mirko a la abertura de la empalizada por donde salen los carros de combate. Su misión era esconderse para colocar minas en los carros a su paso. ¿Sabes qué ha ocurrido?

Asintió otra vez con la cabeza. Había visto los cadáveres de Franjo y Mirko gracias a los prismáticos.

—Si hubiesen sido más pequeños, habrían podido esconderse en una zanja —dijo Bobo.

El chico se limpió los mocos con la mano.

—¿Cómo sujeto las minas a los tanques?

Al amanecer de la mañana siguiente, volvió arrastrándose a sus propias filas, tiritando de frío y cubierto de fango. A su espalda, sobre la cima de la empalizada, dos carros de combate serbios humeaban destrozados por las escotillas abiertas. Bobo lo bajó a la trinchera gritando triunfalmente:

—¡Nos ha nacido un pequeño redentor!

Y aquel mismo día, cuando Bobo dictó el mensaje que había de enviarse por radio al Cuartel General del centro, él recibió el nombre en clave que luego mantendría hasta que los serbios ocuparon y arrasaron su ciudad natal, mataron a Bobo, masacraron a médicos y pacientes en el hospital, y encarcelaron y torturaron a cuantos opusieron resistencia. Qué paradoja tan amarga. El nombre que le puso uno de todos aquellos a los que no pudo salvar. *Mali spasitelj.* El pequeño redentor.

Y un autobús rojo surgió del mar de niebla.

La sala de reuniones de la zona roja de la sexta planta bullía de conversaciones susurrantes y de risas contenidas cuando Harry llegó y pudo confirmar que había calculado correctamente el momento de su aparición. Demasiado tarde para la toma de contacto inicial, la degustación de pasteles y el intercambio de sarcasmos corporativos y de las bromas a las que suelen recurrir los hombres cuando van a despedirse de alguien a quien aprecian. A tiempo para el reparto de regalos y los discursos prolijos y altisonantes que los hombres se atreven a soltar cuando se encuentran delante de un público nutrido y no de una sola persona.

Harry recorrió la sala con la mirada y encontró tres caras que sí eran amistosas. La de su jefe, Bjarne Møller. La del agente Halvorsen. La de Beate Lønn, la joven responsable de la policía científica. No intercambió miradas con nadie más. Y nadie más las intercambió con él. Harry sabía muy bien que no era muy apreciado entre los de la sección de Delitos Violentos. Møller dijo una vez que si hay algo que a la gente le disgusta más que un alcohólico arisco, es un alcohólico arisco que, además, es grande. Harry era un alcohólico arisco de un metro noventa y dos de estatura, y tampoco jugaba a su favor el hecho de que, además, fuera un investigador brillante. Todo el mundo sabía que, de no haber sido por la mano protectora de Bjarne Møller, a Harry lo habrían apartado de las filas del cuerpo hacía mucho tiempo. Y ahora que Møller se marchaba, todo el mundo tenía claro que los de jefatura esperaban la próxima metedura de pata de Harry. Por paradójico que pudiera parecer, lo que ahora le servía de protección era precisamente lo que en su día le valió la fama de eterno disidente: el haber acabado con un compañero. El Príncipe, Tom Waaler, comisario de la sección de Delitos Violentos, uno de los responsables de un importante caso de tráfico de armas en Oslo, al que habían dedicado los últimos ocho años. Tom Waaler acabó sus días en un charco de sangre en el sótano de un bloque de apartamentos de Kampen, y en la breve ceremonia celebrada en la cantina tres semanas más tarde, el comisario jefe de la policía judicial expresó a regañadientes la gratitud debida a Harry por su contribución al poner orden en sus propias filas. Y Harry dio las gracias.

«Gracias —dijo mirando a los que habían ido solo para comprobar si Harry intercambiaba alguna mirada cómplice con alguien. A priori, había pensado limitar su discurso a esa única palabra, pero al ver las caras que se volvían para ocultar sonrisitas irónicas, nació en él una rabia súbita, así que añadió—: Supongo que ahora será más difícil suspenderme de empleo y sueldo. La prensa podría pensar que quien me eche lo hace por miedo a que también vaya tras él.»

Y entonces sí que lo miraron todos. Con la incredulidad en los ojos. Así que prosiguió:

«No hay razón para tanto pasmo. Tom Waaler era comisario aquí, en Delitos Violentos, y, gracias a su posición, pudo hacer lo que hizo. Se autodenominaba el Príncipe, y, como sabéis… —Harry hizo una pausa de efecto mientras contemplaba los rostros de todos los asistentes, uno tras otro, hasta que se detuvo en el comisario jefe de la policía judicial—, donde hay un príncipe suele haber un rey.»

—Hola, vejestorio. ¿Dándole al coco?

Harry levantó la vista. Era Halvorsen.

—Bueno, estaba pensando en reyes y cosas por el estilo —murmuró Harry cogiendo la taza de café que le ofrecía el joven agente.

—Ya. Pues ahí tenemos al nuevo —dijo señalando con la mano.

Junto a la mesa de los regalos había un hombre con traje azul que estaba hablando con el comisario jefe de la policía judicial y con Bjarne Møller.

—¿Ese es Gunnar Hagen? —preguntó Harry, aún con la boca llena de café—. ¿El nuevo jefe de sección?

—Ya no se llama jefe de sección, Harry.

—¿Ah, no?

—Jefe de grupo. Hace más de cuatro meses que cambiaron la denominación del grado.

—¿En serio? Estaría enfermo ese día. ¿Tú sigues siendo oficial?

Halvorsen sonrió.

Al nuevo jefe se le veía muy ágil y joven para tener los cincuenta y tres años que constaban en la circular. Más que alto, de estatura media, constató Harry. Y delgado. La red de músculos faciales bien perfilados alrededor de la mandíbula y a lo largo del cuello apuntaba a un estilo de vida ascético. La boca expresaba rectitud y resolución, y el mentón destacaba de una forma que bien podría llamarse enérgica o quizá prominente. El poco pelo que le quedaba era negro y formaba un cerco alrededor de la coronilla, pero lo tenía tan espeso y tupido que podría decirse que el nuevo jefe había elegido un peinado un tanto excéntrico. Las cejas pobladas y algo diabólicas indicaban, por lo menos, que el vello corporal gozaba de buenas condiciones de crecimiento.

–Directamente de Defensa –dijo Harry–. Quizá nos impongan toque de diana matutino.

–Se dice que fue un buen policía antes de cambiar de campo.

–¿Si nos atenemos a lo que escribe sobre sí mismo en la circular, quieres decir?

–Me alegra ver que tienes una actitud positiva, Harry.

–¿Yo? Claro. Siempre dispuesto a conceder una oportunidad razonable a la gente nueva.

–Con el acento en «una». –Era Beate, que se les unía en aquel momento. Hizo un gesto para apartarse de la cara el cabello corto y rubio–. Harry, me ha parecido verte cojear cuando has entrado por la puerta.

–Me encontré con un perro guardián algo agresivo en el puerto de contenedores ayer por la noche.

–¿Qué hacías allí?

Harry miró a Beate antes de contestar. El puesto de jefa de la calle Brynsalléen le había sentado bien. Y también le había sentado bien al grupo de la policía científica. Beate siempre había sido una gran profesional, pero Harry tenía que admitir que nunca detectó dotes de mando evidentes en la tímida y hasta abnegada jovencita cuando llegó a la sección de Atracos al acabar la Academia de Policía.

–Echar un vistazo al contenedor donde encontraron a Per Holmen. Dime, ¿cómo logró entrar en esa zona?

–Cortó la cerradura con unos alicates. Lo hallamos junto al cadáver. ¿Y tú, cómo entraste?

–¿Algo más, aparte de los alicates?

–Harry, no hay indicios de que…

–Yo no he dicho eso. ¿Algo más?

–¿Tú qué crees? Droga, una dosis de heroína y una bolsa de plástico con tabaco. Ya sabes, sacan el tabaco de las colillas que encuentran. Y ni una miserable corona, claro.

–¿Y la Beretta?

–El número de serie está borrado, pero las marcas del lijado son conocidas. Arma de contrabando de los días del Príncipe.

Harry se dio cuenta de que Beate evitaba mencionar el nombre de Tom Waaler.

–Ya. ¿Han llegado los resultados de los análisis de sangre?

–Sí –dijo ella–. Por extraño que parezca, estaba limpio; al menos no se había chutado recientemente. Así que estaba consciente y era perfectamente capaz de suicidarse. ¿Por qué lo preguntas?

–Tuve el placer de comunicárselo a los padres.

–Vaya –dijeron Lønn y Halvorsen al unísono.

Esto ocurría cada vez más a menudo, a pesar de que solo llevaban un año y medio saliendo.

El comisario jefe superior carraspeó, y los asistentes guardaron silencio y dirigieron la mirada a la mesa de los regalos.

–Bjarne ha pedido la palabra –dijo el comisario jefe de la policía judicial balanceándose sobre los talones y haciendo una pausa calculada–. Y se la hemos concedido.

La gente rió entre dientes. Harry pudo ver la sonrisa recatada que Bjarne Møller le dedicó a su superior.

–Gracias, Torleif. Y gracias a ti y al comisario jefe superior por el regalo de despedida. Y gracias especialmente por el cuadro tan bonito que me habéis regalado entre todos.

Señaló hacia la mesa llena de regalos.

–¿Todos? –susurró Harry a Beate.

–Sí. Skarre y algunos más recaudaron el dinero.

–Yo no me he enterado de eso.

–Quizá se olvidaron de preguntarte.

–Ahora me toca repartir regalos a mí –dijo Møller–. Los dejo en herencia, se podría decir. Para empezar, esto de aquí es una lupa.

La sostuvo delante de la cara y los demás estallaron en carcajadas al reparar en los rasgos ópticamente distorsionados del ex comisario.

–Es para una chica que es tan buena investigadora y policía como lo fue su padre. Alguien que se niega a aceptar un cumplido por el trabajo que realiza y que prefiere dejar que nosotros, todos los del grupo de Delitos Violentos, quedemos como los buenos. Como sabéis, ha sido objeto de investigación por parte de neurólogos especialistas ya que es uno de los pocos casos de personas con giro fusiforme, que le permite recordar todas las caras que ve.

Harry observó que Beate se sonrojaba. No le gustaba ser el centro de atención, y menos aún si tenía que ver con ese don tan poco corriente que hacía que la siguieran utilizando para reconocer fotos granuladas de delincuentes con antecedentes en vídeos de atracos.

—Espero —dijo Møller— que tampoco te olvides de esta cara pese a que pasarás una temporada sin verla. Y si tienes dudas, te vendrá bien utilizar esto.

Halvorsen dio a Beate un pequeño empujón en la espalda. Cuando Møller, además de la lupa, le dio un abrazo y la gente aplaudió, se arreboló hasta la frente.

—La siguiente pieza que dejo en herencia es mi silla de escritorio —dijo Bjarne—. La verdad es que me he enterado de que mi sucesor, Gunnar Hagen, ha pedido una nueva de piel negra, respaldo alto y esas cosas.

Møller sonrió a Gunnar Hagen, quien no le devolvió la sonrisa, solo inclinó ligeramente la cabeza.

—La silla es para un policía de Steinkjer que, desde que llegó, se vio obligado a compartir oficina con el mayor liante de la casa. En una silla defectuosa. Junior, creo que ya iba siendo hora.

—¡Yupi! —dijo Halvorsen.

Todo el mundo se volvió hacia él entre risas, que Halvorsen secundó.

—Y para terminar. Una herramienta de trabajo para una persona que es muy especial para mí. Ha sido mi mejor investigador y mi peor pesadilla. Para el hombre que siempre sigue su propio instinto, su propia agenda y, desgraciadamente para los que intentamos que os presentéis puntuales a las reuniones matutinas, su propio reloj. —Møller sacó un reloj de pulsera del bolsillo de la chaqueta–. Esperemos que este te ayude a seguir el mismo horario que el resto de los colegas de Delitos Violentos. Y sí, Harry, hay mucho entre líneas.

Hubo algunos aplausos cuando Harry se acercó y recogió el reloj de una marca que le era desconocida y que lucía una sencilla correa de piel negra.

–Gracias –dijo Harry.

Se dieron un abrazo.

–Lo he adelantado dos minutos para que llegues a tiempo a lo que creas que te has perdido –susurró Møller–. Ningún consejo más, tú haz lo que tengas que hacer.

–Gracias –repitió Harry, pensando que Møller lo sujetaba demasiado fuerte y durante demasiado tiempo.

Se recordó que debía darle el regalo que había traído de casa. Suerte que no le dio tiempo de quitarle el plástico a *Eva al desnudo*.

5

Lunes, 14 de diciembre.
Fyrlyset

Jon encontró a Robert en el patio trasero de Fretex, la tienda de artículos de segunda mano del Ejército de Salvación, situada en la calle Kirkeveien.

Estaba apoyado en el marco de la puerta, de brazos cruzados, observando a los hombres que cargaban grandes bolsas negras de basura desde el camión hasta el almacén de la tienda. De los hombres salían bocadillos de viñeta que se llenaban de palabrotas en diferentes dialectos e idiomas.

—¿Buena cosecha? —preguntó Jon.

Robert se encogió de hombros.

—La gente dona con gusto toda la ropa de verano para comprar más el año que viene. Pero lo que ahora necesitamos es ropa de invierno.

—Tus chicos tienen un lenguaje muy vivo. ¿Están aquí por el párrafo doce, pagando con trabajos comunitarios?

—Ayer estuve contándolos. Los que están aquí por el párrafo doce son ahora el doble de los que han abrazado la fe en Jesús.

Jon sonrió.

—Un terreno virgen para los misioneros. Solo hay que ponerse manos a la obra.

Robert interpeló a uno de los chicos, que le lanzó un paquete de cigarrillos. Se colocó entre los labios un «palillo letal» sin filtro.

—Deja eso —dijo Jon—. Es promesa de soldado. Pueden despedirte.

—No lo voy a encender, hermano. ¿Qué quieres?

Jon se encogió de hombros.

—Solo charlar un poco.

—¿De qué?

Jon rió.

—Es bastante normal que los hermanos hablen de vez en cuando.

Robert asintió con la cabeza mientras se quitaba las briznas de tabaco de la lengua.

—Siempre que quieres hablar, acabas diciéndome cómo he de vivir mi vida.

—Qué exagerado.

—Bueno, ¿qué quieres?

—¡Nada! Solo quería saber qué tal estás.

Robert se quitó el cigarrillo de la boca y escupió en la nieve. Miró con los ojos entornados hacia la capa de nubes que colgaba alta y blanca en el cielo.

—Estoy hartísimo de este trabajo. Estoy hasta las narices del apartamento. Estoy hasta las narices de esa mayor tan mustia e hipócrita que lleva la batuta aquí. Si no fuera tan fea, me... —Robert esbozó una mueca—, me follaría ahora mismo a ese pellejo, como castigo.

—Tengo frío —dijo Jon—. ¿Entramos?

Robert entró en la minúscula oficina y se sentó en una silla que apenas cabía entre un escritorio atestado de papeles, una ventana estrecha con vistas al patio interior y una bandera roja y amarilla con el escudo del Ejército de Salvación que proclamaba el lema «Fuego y Sangre». Jon bajó una pila de papeles —algunos eran tan viejos que ya amarilleaban— de la silla de madera que, según sabía, Robert había robado del local contiguo, que ocupaba la banda de música de Majorstua.

—Dice que te ausentas —dijo Jon.

—¿Quién?

—La mayor Rue. —Esbozó una sonrisa irónica—. El pellejo ese.

—Vaya, ¿así que te llamó? ¿Hasta ese punto ha llegado? —Robert hurgó en el escritorio con la navaja antes de exclamar—: ¡Claro, lo había olvidado! Eres el nuevo jefe de administración, el jefe de toda la panda.

—Todavía no han elegido a nadie. Puede que sea Rikard.

—*Whatever.* —Robert trazó dos líneas curvas en el escritorio y formó un corazón—. Ya has dicho lo que querías decir. Pero antes de que te vayas, ¿me puedes dar las quinientas de la guardia de pasado mañana?

Jon sacó el dinero de la cartera y lo dejó delante de su hermano, encima del escritorio. Robert se pasó el filo de la navaja por el mentón, rascándose la barba rala.

—Y quiero recordarte otra cosa.

Jon tragó saliva; sabía lo que iba a decirle.

—¿Qué?

Vio por encima del hombro de Robert que había empezado a nevar, pero el calor que ascendía de las casas que rodeaban el patio hacía que los copos de nieve tenues y blancos se quedaran suspendidos en el aire, al otro lado de la ventana, como si estuvieran escuchándolos.

Robert se puso la punta de la navaja en el centro del corazón.

—Si me entero de que vuelves a andar cerca de la chica que tú ya sabes… —Rodeó el extremo del mango del cuchillo con la mano y se inclinó hacia delante. El peso del cuerpo hizo que la hoja penetrara en la madera seca emitiendo un crujido—. Acabaré contigo, Jon, lo juro.

—¿Molesto? —interrumpió una voz desde la puerta.

—En absoluto, señora Rue —dijo Robert—. Mi hermano ya se iba.

El comisario jefe de la policía judicial y el nuevo jefe de grupo, el comisario jefe Gunnar Hagen, dejaron de hablar en cuanto Bjarne Møller irrumpió en su despacho. Que, en realidad, ya no era suyo.

—Bueno, ¿te gustan las vistas? —preguntó Møller con lo que confiaba fuese un tono alegre, y añadió—: ¿Gunnar?

El nombre le producía una extraña sensación en la boca.

–Lo cierto es que Oslo es deprimente en diciembre –dijo Gunnar Hagen–. Pero vamos a ver si podemos arreglar eso también.

A Møller le entraron ganas de preguntar qué quería decir con ese «también», pero se mordió la lengua cuando vio que el comisario jefe de la policía judicial asentía con aprobación.

–Le estaba contando a Gunnar un par de detalles sobre las personas que hay aquí. En confianza.

–Es cierto, vosotros dos ya os conocíais.

–Sí –dijo el comisario jefe de la policía judicial–. Gunnar y yo nos conocemos desde que éramos cadetes en lo que entonces llamaban «Escuela de Policía».

–En la circular decía que sueles participar todos los años en la carrera de esquí de Birkebeineren –dijo Møller dirigiéndose a Gunnar Hagen–. ¿Sabías que el comisario jefe superior también participa?

–Claro que sí. –Hagen le sonrió al comisario jefe superior–. Incluso hemos esquiado juntos en algunas ocasiones. Y cuando llega el esprint final vemos quién machaca a quién.

–Vaya –dijo Møller con tono jovial–. Si el comisario jefe de la policía judicial formara parte del consejo de nombramientos, podríamos acusarlo de haber colocado a un amigo.

El comisario jefe superior rió entre dientes y lanzó una mirada de advertencia a Bjarne Møller.

–Acabo de hablarle a Gunnar del hombre al que tan generosamente le hiciste ese regalo.

–¿Harry Hole?

–Sí –respondió Gunnar Hagen–. Me he enterado de que ese hombre mató a un comisario relacionado con ese lamentable caso de contrabando. Me han dicho que le arrancó un brazo en el ascensor. Y que sospechan que fue él quien filtró la información a la prensa. Poco acertado por su parte.

–En primer lugar, eso que llamas «lamentable caso de contrabando» era, en realidad, una banda profesional con ramificaciones en la policía que, durante años, estuvo inundando Oslo de armas baratas —dijo Bjarne Møller intentando en vano disimular el tono de irritación en la voz—. Un asunto que Hole, mal que le pese a más de uno en esta casa, resolvió él solito tras varios años de trabajo policial concienzudo. En segundo lugar, mató a Waaler en defensa propia y fue el ascensor el que le arrancó el brazo. Y en tercer lugar, no sabemos absolutamente nada sobre quién filtró qué.

Gunnar Hagen y el comisario jefe de la policía judicial intercambiaron una mirada.

—De todos modos —dijo el comisario jefe superior—, es alguien a quien debes vigilar, Gunnar. Según tengo entendido, acaba de dejarle la novia. Y ya sabemos que algo así hace que los hombres que tienen las malas costumbres de Harry sean aún más vulnerables. Algo que, por supuesto, no podemos tolerar, aunque haya resuelto bastantes casos en este grupo.

—Lo mantendré a raya —aseguró Hagen.

—Es comisario —dijo Møller cerrando los ojos—. No soldado raso. Y tampoco le hace mucha gracia que le marquen la raya por la que tiene que ir.

Gunnar Hagen asintió despacio con la cabeza mientras se pasaba la mano por la corona de tupido cabello.

—¿Cuándo empezabas en Bergen… —Hagen bajó la mano—, Bjarne?

Møller apostaba a que su nombre también sonaría raro en boca de otro.

Al bajar por la calle Urtegata, Harry se fijó en los zapatos que calzaban los que se cruzaban con él de camino a Fyrlyset. Los chicos del grupo de Estupefacientes solían decir que nadie hacía más por la identificación de drogadictos que el almacén de excedentes del ejército. Porque, por medio del Ejército de Salvación, el calzado militar terminaba antes o después en los pies de un drogadicto. En verano eran zapatillas azules; ahora, en invierno, botas militares negras que, junto con la bolsa de plástico verde que el Ejército de

Salvación entregaba con la comida, formaban parte del uniforme del yonqui callejero.

Harry entró por la puerta y saludó con la mano al guarda que llevaba la sudadera con capucha del Ejército de Salvación.

—¿Nada? —preguntó el guarda.

Harry se dio unos golpecitos en los bolsillos.

—Nada.

Un cartel en la pared anunciaba que el alcohol se entregaba a la entrada y se recogía a la salida. Harry sabía que habían renunciado a que les entregasen la droga y los artilugios necesarios, ningún drogadicto lo haría.

Entró, se sirvió una taza de café y se sentó en el banco que había pegado a la pared. Fyrlyset era la cafetería del Ejército de Salvación, el comedor social del nuevo milenio, donde daban rebanadas de pan y café gratis a los necesitados. Un local acogedor y luminoso cuya única diferencia con una cafetería corriente y moliente en la que sirvieran capuchinos era la clientela que la frecuentaba. El noventa por ciento eran drogadictos masculinos; el resto, drogadictas femeninas. Comían rebanadas de pan blanco con queso, leían el periódico y mantenían conversaciones apacibles alrededor de las mesas. Era un espacio de libertad, una posibilidad de descongelarse y respirar antes de salir en busca del primer chute del día. A pesar de que la policía se pasaba de vez en cuando, existía un acuerdo tácito de no detener a nadie allí dentro.

El hombre que estaba sentado en la mesa contigua a la de Harry se había quedado petrificado en mitad de una reverencia exagerada. Tenía la cabeza a escasos centímetros de la mesa y sujetaba un papel de fumar entre los dedos mugrientos. En la mesa había unas colillas vacías.

Harry miró la espalda uniformada de una mujer diminuta que cambiaba las velas consumidas en una pequeña mesa donde había cuatro portarretratos. Tres de ellos contenían fotografías de una persona; el cuarto, solo una cruz y un nombre sobre un fondo blanco. Harry se levantó y se acercó a la mesa.

—¿Qué es esto? —preguntó.

No sabía si era por la nuca esbelta y la suavidad de sus movimientos, o por el cabello liso y negro como la noche y de un brillo anormal, pero el caso es que antes de que se diese la vuelta a Harry le pareció estar observando un gato. La impresión se intensificó, pues aquella cara pequeña lucía una boca desproporcionadamente grande y una nariz que solo era visible como una elevación imperativa, como los personajes de los tebeos japoneses de Harry. Pero, sobre todo, fue por los ojos. No podía explicarlo, pero aquello le olía mal.

—Noviembre —contestó ella.

Tenía una voz pausada, grave y templada de contralto que hizo que Harry se preguntara si era natural o si se esforzaba por hablar de aquella forma. Había conocido a mujeres que hacían eso, que cambiaban de voz como otros cambian de ropa. Una voz para casa, otra para causar una buena primera impresión y para la vida social, una tercera para la noche y la intimidad.

—¿Qué quieres decir? —preguntó Harry.

—Nuestros fallecimientos ocurren en noviembre.

Harry miró las fotos y se dio cuenta de a qué se refería.

—¿Cuatro? —dijo en voz muy baja.

Delante de una de las fotos había una carta escrita a lápiz con caligrafía vacilante.

—Hay un promedio de un cliente muerto a la semana. Cuatro es bastante normal. El recordatorio tiene lugar el primer miércoles de cada mes. ¿Hay alguien…?

Harry negó con la cabeza. «Mi querido Odd— empezaba la carta—. Nada de flores.»

—¿Te puedo ayudar en algo? —preguntó ella.

Harry pensó que quizá no tuviese otras voces en su repertorio, solo aquel tono grave y agradable.

—Per Holmen… —empezó Harry, pero no estaba seguro de cómo continuar.

—Sí, pobre Per. Celebraremos un recordatorio por su alma en enero.

Harry asintió con la cabeza.

—El primer miércoles.

—Eso es. Eres bienvenido, hermano.

«Hermano…» Pronunció aquella palabra con una facilidad natural, como un aditamento sobreentendido de la frase que apenas hubiese articulado. Hubo un momento en que Harry casi la creyó.

—Soy investigador policial —dijo Harry.

La diferencia de altura entre ambos era tan notable que la mujer tuvo que echar la cabeza hacia atrás para verlo mejor.

—Es posible que te haya visto antes, pero habrá sido hace mucho tiempo.

Harry asintió con la cabeza.

—Quizá haya pasado por aquí, pero yo no te recuerdo.

—Trabajo media jornada. El resto del tiempo estoy en el Cuartel General del Ejército de Salvación. ¿Trabajas en Estupefacientes?

Harry negó con la cabeza.

—Homicidios.

—¿Homicidios? Pero a Per no lo…

—¿Podemos sentarnos un rato?

Ella miró vacilante a su alrededor.

—¿Estás muy ocupada?

—Todo lo contrario, esto está inusualmente tranquilo. En un día normal servimos mil ochocientas rebanadas de pan. Pero hoy es el día de pago de la pensión.

Llamó a uno de los chicos que estaban detrás del mostrador, que le aseguró que la sustituiría. De paso, Harry se quedó con su nombre. Martine. La cabeza del hombre del papel de fumar vacío había descendido unos centímetros más.

—Hay un par de cosas que no me cuadran —dijo Harry una vez que hubieron tomado asiento—. ¿Qué clase de persona era?

—Es difícil decirlo —suspiró ella al reparar en la expresión inquisitiva de Harry—. Cuando se ha sido toxicómano durante tantos años como lo fue Per, el cerebro queda tan dañado que es difícil apreciar la personalidad. La necesidad de colocarse lo domina todo.

—Eso lo entiendo, pero yo me refiero... para la gente que lo conocía bien...

—Lo siento. Puedes preguntarle al padre de Per qué quedaba de la personalidad de su hijo. Él vino varias veces a recogerlo. Al final, se dio por vencido. Dijo que Per había empezado a actuar de una forma amenazante porque guardaban bajo llave todas las cosas de valor cuando él iba a casa. Me pidió que cuidara del chico. Le dije que haríamos todo lo posible, pero que no podíamos prometer un milagro. Y tampoco lo conseguimos...

Harry la miró. En aquel rostro no se leía más que la resignación habitual de un trabajador social.

—Tiene que ser un infierno —dijo Harry rascándose la pantorrilla.

—Sí, supongo que hay que ser adicto para entenderlo del todo.

—Me refería a ser padre.

Martine no contestó. Un chico con un anorak roto se había sentado a la mesa de al lado. Abrió una bolsa de plástico transparente y volcó un montón de tabaco seco de lo que sin duda fueron cientos de colillas. El montón cubría tanto el papel de fumar como los dedos negros del chico.

—Feliz Navidad —murmuró el joven y abandonó la mesa con los andares de viejo propios de los drogatas.

—¿Qué es lo que no te cuadra? —preguntó Martine.

—Según el resultado de los análisis de sangre, estaba casi limpio —explicó Harry.

—¿Y qué?

Harry miró al hombre de la mesa vecina. Intentaba desesperadamente liarse un pitillo, pero los dedos se negaban a obedecerle. Por la mejilla parduzca le rodaba una lágrima.

—Sé algunas cosas del asunto ese de colocarse —dijo Harry—. ¿Sabes si debía dinero?

—No.

Su respuesta fue contundente. Tan contundente que Harry ya se imaginaba la respuesta a su siguiente pregunta.

—Pero a lo mejor podrías...

—No —lo interrumpió ella—. No puedo atosigarlos con preguntas. Mira, nadie más se preocupa por estas personas y yo estoy aquí para ayudar, no para perseguirlos.

Harry se quedó mirándola.

—Tienes razón. Siento haber preguntado. No se volverá a repetir.

—Gracias.

—Solo una última pregunta.

—Adelante.

—¿Querrías…? —Harry vaciló, pensó que estaba a punto de cometer un error—. ¿Me creerías si te dijera que me preocupo?

Ella ladeó la cabeza escrutando a Harry.

—¿Debería?

—Bueno. Estoy investigando un caso que para todo el mundo no es más que el suicidio de una persona por la que nadie se preocupaba.

Ella no contestó.

—Buen café. —Harry se levantó.

—Que aproveche —dijo ella—. Y que Dios te bendiga.

—Gracias —dijo Harry y, para su asombro, notó que le ardían los lóbulos de las orejas.

Al salir, Harry se detuvo delante del guarda y se dio la vuelta, pero ella ya había desaparecido.

El chico de la sudadera con capucha le ofreció una bolsa de plástico verde con la merienda del Ejército de Salvación, pero él le respondió que no, gracias, se resguardó bajo el abrigo y salió a la calle, donde el sol se batía ya en rojiza retirada sobre el fiordo de Oslo. Se fue andando hacia el río Akerselva. Cerca del Eika, el célebre roble próximo al río, había un chico en medio del montón de nieve con la manga de un plumón roto subida y una jeringa colgándole del antebrazo. Sonreía mientras parecía mirar a través de Harry y de aquella niebla helada que se extendía sobre Grønland.

6

Lunes, 14 de diciembre.
Halvorsen

A Pernille Holmen se la veía aún más pequeña sentada en aquel sillón de la calle Fredensborgveien mientras miraba fijamente a Harry con sus ojos grandes y llorosos. En el regazo tenía un marco de cristal con una fotografía de su hijo Per.

—En esta tenía nueve años —dijo.

Harry tuvo que tragar saliva. En parte, porque ningún niño de nueve años ataviado con un chaleco salvavidas creería que va a terminar sus días en un contenedor con una bala en la cabeza. Y en parte, también, porque la fotografía le hizo pensar en Oleg, que a veces le llamaba «papá». Harry se preguntó cuánto tiempo pasaría antes de que llamase «papá» a Mathias Lund-Helgesen.

—Birger, mi marido, solía salir en busca de Per cuando llevaba varios días sin aparecer —explicó ella—. Pero yo le rogué que dejase de hacerlo: ya no soportaba tener a Per en casa.

A Harry le llamó la atención la última frase.

—¿Por qué no?

Harry se había dejado caer por allí sin avisar y, cuando llamó al timbre, la mujer le dijo que Birger Holmen estaba en la funeraria.

—¿Has convivido alguna vez con un drogadicto? —se lamentó la mujer.

Harry no contestó.

—Robaba todo lo que pillaba. Lo aceptamos. Es decir, Birger lo aceptó, él es el más cariñoso de los dos. —Hizo una mueca que Harry interpretó como una sonrisa—. Siempre defendía a Per. Hasta este otoño, cuando Per me amenazó.

—¿Te amenazó?

—Sí. De muerte. —Miraba fijamente la foto mientras frotaba el cristal, como si se hubiera ensuciado—. Una mañana, Per llamó a la puerta y yo no quise dejarle entrar, porque estaba sola. Lloraba e imploraba, pero yo ya había pasado por eso antes, así que me mantuve firme. Regresé a la cocina y me senté. No sé cómo entró, pero, de repente, lo tenía allí delante pistola en ristre.

—La misma pistola que…

—Sí. Sí, eso creo.

—Continúa.

—Me obligó a abrir el armario donde guardaba las joyas. Es decir, las pocas joyas que me quedaban; él ya se lo había llevado casi todo. Y luego se marchó.

—¿Y tú?

—¿Yo? Me desmayé. Birger llegó y me llevó al hospital —resopló—. Y allí se negaron a darme más pastillas. Decían que ya había tomado suficientes.

—¿Qué clase de pastillas?

—¿Tú qué crees? Tranquilizantes. ¡Imagínate! Cuando tienes un hijo que te tiene despierta toda la noche por temor a que vuelva… —Enmudeció y se llevó el puño a la boca. Se le llenaron los ojos de lágrimas y susurró algo en voz tan baja que Harry a duras penas logró entender las palabras—: Se te quitan las ganas de vivir…

Harry miró el bloc de notas. Estaba en blanco.

—Gracias —dijo.

—*One night, is that correct, sir?*

La recepcionista del hotel Scandia, situado en las inmediaciones de la Estación Central de Oslo, se dirigió a él sin levantar la vista de la reserva que aparecía en la pantalla del ordenador.

—*Yes* —confirmó el hombre.

La recepcionista reparó en el abrigo de color marrón claro que llevaba. Pelo de camello. Alguna imitación.

Las largas uñas de la mujer, pintadas de rojo, se deslizaban sobre el teclado como cucarachas asustadas. Imitaciones de camello en la Noruega invernal. ¿Por qué no? Había visto fotos de camellos en Afganistán, y su novio decía en sus cartas que allí podía hacer tanto frío como en Noruega.

—*Will you pay by VISA or cash, sir?*

—*Cash.*

Dejó sobre el mostrador el formulario de registro junto con un bolígrafo y pidió que le enseñase el pasaporte.

—*No need* —contestó él—. *I will pay now.*

Hablaba inglés casi como un británico, pero había algo en su forma de pronunciar las consonantes que le hizo pensar en algún país de Europa del Este.

—Tengo que ver su pasaporte de todos modos, sir. Normas internacionales.

Él asintió con la cabeza y le entregó un billete de mil nuevecito y el pasaporte. ¿Republika Hrvatska? Uno de los nuevos países del Este, seguramente. Le dio la vuelta, puso el billete de mil en la caja y se dijo que debía examinarlo bajo la luz en cuanto el cliente se marchara. Intentaba mantener cierto nivel de vida, aunque debía admitir que, de momento, trabajaba en uno de los hoteles más modestos de la ciudad. Y aquel cliente no parecía un estafador, sino más bien un… Bueno, ¿qué parecía? Le entregó la llave digital y le dio toda una charla sobre la planta, el ascensor, el horario de desayuno y la hora de salida.

—*Will there be anything else, sir?* —preguntó con voz cantarina, consciente de que tanto su inglés como su atención para con el cliente eran demasiado buenos para aquel hotel.

No tardarían mucho en trasladarla a un puesto mejor. Y si eso no fuera posible, dejaría de ser tan atenta con los clientes.

Él se aclaró la voz antes de preguntar dónde estaba el *phone booth* más cercano.

Ella le explicó que podía llamar desde la habitación, pero él negó con la cabeza.

Trató de hacer memoria. El teléfono móvil había hecho desaparecer con suma eficacia la mayoría de las cabinas telefónicas de Oslo, pero estaba casi segura de que había una muy cerca, en la plaza Jernbanetorget. Pese a que se encontraban a solo unos cien metros de distancia, sacó un pequeño plano y le dio las señas pertinentes. Como hacían en el Radisson y en los hoteles Choice. Cuando levantó la vista para comprobar que la había entendido, se sintió algo desconcertada por un momento, sin saber por qué.

—¡Venga, Halvorsen, somos nosotros contra ellos!

Harry gritó su saludo matutino al irrumpir en su despacho compartido.

—Dos mensajes —dijo Halvorsen—. Debes presentarte en el despacho del nuevo jefe de grupo. Y ha llamado una mujer preguntando por ti. Tenía una voz muy agradable.

—¿Ah, sí?

Harry lanzó el abrigo en dirección al perchero de pie. La prenda aterrizó en el suelo.

—Vaya —dijo Halvorsen—. ¿Por fin lo has superado?

—¿Cómo dices?

—Vuelves a lanzar la ropa al perchero. Y dices eso de «nosotros contra ellos». No hacías nada de eso desde que Rakel te de…

Halvorsen enmudeció en cuanto reparó en la mirada de advertencia que le lanzaba su colega.

—¿Qué quería la mujer?

—Dejarte un mensaje. Se llamaba… —Halvorsen buscó entre los papelitos amarillos que tenía delante—. Martine Eckhoff.

—No la conozco.

—Del Ejército de Salvación, la cafetería Fyrlyset.

—¡Sí!

—Dijo que fuiste a indagar un poco por allí. Y que nadie había oído nada que indicara que Per Holmen tuviese deudas.

—¿Eso dijo? Vaya. Tal vez deba llamarla y averiguar si sabe algo más.

—Eso pensé yo, pero cuando le pedí el número de teléfono me dijo que no tenía nada más que añadir.

—¿En serio? Vale. Bueno.

—¿Ah, sí? Entonces ¿a qué viene esa cara de decepción?

Harry se agachó para recoger el abrigo del suelo, pero en lugar de colgarlo en el pechero, se lo puso.

—¿Sabes qué, Junior? Tengo que salir otra vez.

—Pero el comisario…

—… tendrá que esperar.

La verja del puerto de contenedores estaba abierta, pero había un cartel que anunciaba claramente que la entrada de vehículos estaba prohibida y remitía al aparcamiento que quedaba fuera. Harry se rascó la pantorrilla; le dolía. Echó una mirada al enorme pasillo que se abría entre los contenedores y entró con el coche. La oficina del guarda estaba situada en un edificio de poca altura parecido a los módulos de Moelven, que habían ido ampliando regularmente durante los últimos treinta años. Lo cual no se alejaba demasiado de la verdad. Harry aparcó frente a la entrada y recorrió los metros restantes a paso ligero.

El guarda se repantigó en la silla, sin mediar palabra, con las manos detrás de la cabeza y masticando una cerilla mientras Harry le explicaba el motivo de su visita. Y lo que había ocurrido la noche anterior.

La cerilla era lo único que se movía en la cara del guarda, pero Harry creyó ver el amago de una sonrisa cuando le contó su lucha con el perro.

—Un metzner negro —dijo el guarda—. Primo del rhodesian ridgeback. Casi se niegan a enviármelo. Es un perro guardián cojonudo. Y muy silencioso.

—Ya me di cuenta.

La cerilla se balanceaba alegremente.

—El metzner es un cazador, así que se acerca a hurtadillas. No quiere asustar a su presa.

—¿Dices que el animal tenía planeado… comerme?

—Bueno, lo que se dice comer…

El guarda no dio más explicaciones, sino que se limitó a lanzar una mirada inexpresiva a Harry. Las manos, entrelazadas por detrás, le enmarcaban la cabeza, y Harry pensó que o tenía unas manos inusitadamente grandes o la cabeza inusitadamente pequeña.

—¿De modo que no visteis ni oísteis nada cuando se supone que dispararon a Per Holmen?

—¿Le dispararon?

—Bueno, se pegó un tiro él solito. ¿Nada?

—El guarda permanece dentro durante el invierno. Y como ya te he dicho, el metzner es silencioso.

—¿No es eso poco práctico? Me refiero a que no avise.

El guarda se encogió de hombros.

—Hace su trabajo. Y nosotros no tenemos que salir.

—No descubrió a Per Holmen cuando entró.

—Es una zona bastante grande.

—¿Y más tarde?

—¿Te refieres al cadáver? Bueno. Estaba congelado. Y al metzner no le interesan las cosas muertas; coge a sus presas vivas.

Harry se estremeció.

—El informe policial dice que aseguraste que nunca habías visto a Per Holmen por aquí.

—Eso es correcto.

—Acabo de hablar con su madre y me ha dejado una fotografía familiar.

Harry dejó la foto en la mesa del guarda.

—¿Puedes mirarla y afirmar con seguridad que no has visto antes a esta persona?

El guarda bajó la mirada. Se apartó la cerilla hasta la comisura de los labios para contestar, pero guardó silencio. Se quitó las manos de detrás de la cabeza para coger la fotografía. La miró un buen rato.

—Al parecer, estaba equivocado. Sí que lo he visto. Pasó por aquí este verano. No era tan fácil reconocerlo… tal y como lo encontraron en el contenedor.

—Lo entiendo perfectamente.

Un par de minutos más tarde, cuando Harry se encontraba en la puerta dispuesto a marcharse, la entreabrió primero y asomó la cabeza. El guarda sonrió.

—De día lo tenemos encerrado. Además, los dientes de un metzner son muy finos. Las heridas se curan rápidamente. Pensé en comprar un terrier de Kentucky. Ese tiene los dientes como sierras. Arranca trozos enteros. Tuviste suerte, comisario.

—Bueno —dijo Harry—. Más vale que vayas preparando a nuestro amigo Cancerbero, pronto vendrá una señora que le dará a morder otra cosa.

—¿El qué? —preguntó Halvorsen maniobrando con cuidado mientras lo adelantaba una máquina quitanieves.

—Algo suave —dijo Harry—. Una especie de arcilla. Beate y su gente la meten después en un molde, la dejan solidificar y… ¡Tachán! Ya tienes un modelo de mandíbula canina.

—Ya. ¿Y eso bastará para demostrar que alguien mató a Per Holmen?

—No.

—Pero ¿no decías…?

—He dicho que es lo que necesito para demostrar que fue asesinato. *The missing link* en la cadena de pruebas.

—Ya. ¿Y cuáles son los otros eslabones?

—Los de siempre. Móvil, arma y oportunidad. Es aquí, a la derecha.

—No lo entiendo. Has dicho que tus sospechas se basan en que Per Holmen utilizó unos alicates para entrar en la zona de los contenedores.

—He dicho que eso fue lo que me hizo dudar. Y no solo eso, hablamos de un heroinómano que está tan mal que tiene que buscar refugio en un contenedor, pero que al mismo tiempo está tan lúcido que ha pensado en hacerse con unos alicates para entrar por la puerta. Así que investigué un poquito. Puedes aparcar aquí.

—Lo que no entiendo es cómo puedes afirmar que sabes quién es el culpable.

—Piensa un poco, Halvorsen. No es difícil, y dispones de todos los datos.

—Te odio cuando haces eso.

—Solo quiero que te conviertas en un buen detective.

Halvorsen miró a su colega veterano para asegurarse de que no le estaba tomando el pelo. Salieron del coche.

—¿No vas a cerrar? —preguntó Harry.

—La cerradura se congeló anoche. Partí la llave esta mañana. ¿Cuánto hace que sabes quién es el culpable?

—Un tiempo.

Cruzaron la calle.

—Dar con el autor es la parte más fácil. Siempre es el candidato obvio. El marido. El mejor amigo. El tío con antecedentes. Y nunca es el mayordomo. Ese no es el problema, el problema consiste en demostrar lo que tu cabeza y tu estómago ya te dijeron hace mucho. —Harry pulsó el timbre que quedaba junto al nombre de «Holmen»—. Y eso es lo que vamos a hacer ahora. Procurar que ese pequeño fragmento transforme una información que aparentemente no encaja con nada en una cadena completa de pruebas.

—¿Sí? —crepitó una voz por el altavoz.

—Harry Hole, de la policía. ¿Podemos…?

La cerradura zumbó.

—Se trata de actuar con rapidez —dijo Harry—. La mayoría de los casos de asesinato se resuelven durante las primeras veinticuatro horas o no se resuelven nunca.

—Gracias, pero eso ya lo había oído —dijo Halvorsen.

Birger Holmen los estaba esperando al final de la escalera.

—Pasen —dijo, mientras los guiaba hasta el salón. Junto a la puerta del balcón francés se alzaba un árbol de Navidad desnudo, listo para que lo adornasen–. Mi mujer está descansando –añadió antes de que Harry pudiera preguntar.

–Hablaremos bajito –dijo Harry.

Birger Holmen sonrió con tristeza.

–No se despertará.

Halvorsen lanzó una mirada rápida a Harry.

–Ya –contestó el comisario–. ¿Ha tomado algún tranquilizante, quizá?

Birger Holmen asintió con la cabeza.

–El entierro es mañana.

–Sí, debe de ser muy duro. Bueno, gracias por prestármela.

Harry dejó la fotografía en la mesa. Per Holmen aparecía sentado, con la madre y el padre de pie a cada lado. Arropado. O rodeado, según se mire. Se quedaron callados y el silencio se adueñó de la habitación. Birger Holmen se rascó el antebrazo por encima de la camisa. Halvorsen se inclinó hacia delante en la silla, y luego hacia atrás.

–¿Sabes mucho sobre drogodependencia, Holmen? –preguntó Harry sin levantar la vista.

Birger Holmen frunció el ceño.

–Mi mujer solo ha tomado un somnífero. Eso no significa…

–No estoy hablando de tu mujer. Puede que a ella logres salvarla. Hablo de tu hijo.

–Saber, lo que se dice saber… Bueno… Él estaba enganchado a la heroína. Eso fue lo que lo hizo tan desgraciado. –Iba a añadir algo más, pero guardó silencio. Miró fijamente la foto que había sobre la mesa–. Lo que nos hizo desgraciados a todos.

–No lo dudo. Pero si hubieses estado familiarizado con la drogodependencia, habrías sabido que la droga es lo primero.

De repente, la voz de Birger Holmen adoptó un tono colérico.

–¿Insinúas que no lo sé, comisario? ¿Insinúas…? Mi mujer fue… él… –Pero las lágrimas le ahogaron la voz–. Su propia madre…

–Lo sé –dijo Harry en voz baja–. Pero el colocón está por encima de las madres. Por encima de los padres. Por encima de la vida. –Harry tomó aire–. Y por encima de la muerte.

—Estoy cansado, comisario. ¿Adónde quieres llegar con todo esto?

—Los análisis de sangre demuestran que tu hijo estaba limpio cuando murió. Así que se encontraba mal. Cuando un heroinómano se encuentra mal, la necesidad de salvación es tan poderosa que puede llegar a amenazar a su propia madre con una pistola con tal de conseguirla. Y la salvación no la da un tiro en la cabeza, sino un chute en el brazo, el cuello, la ingle o cualquier otro sitio donde uno pueda dar con una vena sana. Cuando encontraron a tu hijo llevaba todos los artilugios necesarios y una bolsa de heroína en el bolsillo, Holmen. No se pudo pegar un tiro. Como ya te he dicho, el colocón está por encima de todo. Por encima de…

—La muerte. —Birger Holmen seguía con la cabeza entre las manos, pero la voz era totalmente nítida—. ¿Así que, en tu opinión, murió asesinado? ¿Por qué?

—Esperaba que tú pudieses respondernos.

Birger Holmen no contestó.

—¿Lo hiciste porque la amenazaba? —preguntó Harry—. ¿Lo hiciste para darle paz a tu mujer?

Holmen levantó la cabeza.

—¿De qué estás hablando?

—Apuesto a que estuviste merodeando por los alrededores de Plata, esperándolo. Y cuando llegó, aguardaste a que hubiese comprado su dosis para seguirlo. Lo llevaste hasta el puerto de contenedores, porque a veces iba allí cuando no tenía otro sitio.

—¡Cómo iba a saber yo eso! Esto es inaudito, yo…

—Por supuesto que lo sabías. Le enseñé esta foto al guarda, que reconoció a la persona que yo le indiqué.

—¿A Per?

—No, a ti. Tú estuviste allí este verano, fuiste a pedir permiso para buscar a tu hijo en los contenedores vacíos. —Holmen lo miró fijamente, y Harry prosiguió—: Lo habías planeado minuciosamente. Unos alicates para entrar, un contenedor vacío, es decir, un lugar que un drogadicto podría haber elegido para terminar con su vida, donde nadie pudiera oírte ni verte cuando disparases. Con una pistola que sabías que la madre de Per identificaría como la de su hijo.

Halvorsen se mantenía alerta sin dejar de observar a Birger Holmen, que no parecía dispuesto a hacer nada. Respiraba pesadamente por la nariz y se rascaba el antebrazo con la mirada perdida.

—No puedes demostrarlo —dijo con un tono de resignación, como si lo lamentara.

Harry esbozó un gesto de duda. En el silencio que se hizo a continuación pudieron distinguir un alegre tintineo procedente de la calle.

—No deja de picarte, ¿verdad? —dijo Harry.

Holmen dejó de rascarse al instante.

—¿Se puede saber por qué te pica tanto?

—No es nada.

—Podemos hacerlo aquí o en comisaría. Tú eliges, Holmen.

El tintineo cobraba intensidad. ¿Un trineo? ¿Allí, en medio de la ciudad?

Halvorsen tenía la sensación de que algo estaba a punto de explotar.

—Está bien —masculló Holmen, que se desabrochó el botón del puño y se subió la manga de la camisa.

El antebrazo blanco y peludo lucía dos pequeñas heridas con costra. La piel de alrededor tenía un color rojo intenso.

—Gira el brazo —le dijo Harry.

Holmen tenía una herida igual en la parte inferior del brazo.

—Esas mordeduras de perro deben de picar mucho, ¿verdad? —preguntó Harry—. Sobre todo, al cabo de entre diez y catorce días, cuando empiezan a cicatrizar. Me lo contó un médico de Urgencias que insistió en que debía procurar no rascarme. Tú también deberías haberlo hecho, Holmen.

Holmen se miró las heridas con semblante inexpresivo.

—¿Debería?

—Tres agujeros en la piel. Con el modelo de la mandíbula podemos demostrar que el perro que te ha mordido es el del puerto de contenedores, Holmen. Espero que pudieras defenderte un poco.

Holmen negó con la cabeza.

—Yo no quería… Solo quería liberarla.

El tintineo de la calle cesó de repente.

—¿Quieres confesar? —preguntó Harry, haciendo una señal a Halvorsen, que se apresuró a meter la mano en el bolsillo interior, pero no encontró bolígrafo ni papel.

Harry puso los ojos en blanco y sacó su propio bloc de notas.

—Dijo que estaba muy cansado —dijo Holmen—. Que no podía aguantarlo más. Que quería dejarlo de verdad. Yo le conseguí una habitación en el Heimen, el centro de desintoxicación del Ejército de Salvación. Una cama y tres comidas al día por mil doscientas coronas al mes. Y le tenían prometida una plaza en el proyecto de metadona; solo había que esperar un par de meses. Pero no tuve más noticias suyas, y cuando llamé al Heimen me dijeron que había desaparecido sin pagar el alquiler, y… entonces, se presentó aquí otra vez. Con la pistola.

—¿Y tomaste la decisión en ese momento?

—Estaba perdido. Ya había perdido a mi hijo. Y no podía permitir que también se la llevara a ella.

—¿Cómo lograste dar con él?

—No fue en Plata. Lo encontré en el Eika, y le dije que le quería comprar la pistola. La llevaba encima y me la enseñó, pero quería que le diese el dinero allí mismo. Yo insistí en que no llevaba nada encima, que mejor nos veíamos la noche siguiente cerca de la puerta trasera del puerto de contenedores. ¿Sabéis?, en realidad me alegra que hayáis… Yo…

—¿Cuánto? —dijo Harry.

—¿Cómo?

—¿Cuánto ibas a pagar?

—Quince mil coronas.

—Y…

—Se presentó. Resultó que no tenía munición para el arma, dijo que nunca había tenido.

—Pero, obviamente, ya lo habías imaginado y, como era un calibre estándar, te lo agenciaste tú mismo.

—Sí.

—¿Le pagaste primero?

—¿Cómo?

—Olvídalo.

—Lo que tenéis que entender es que no éramos solo Pernille y yo los que sufríamos. Para Per, cada día era una prolongación de su sufrimiento. Mi hijo era una persona muerta que solo esperaba que… que alguien parase ese corazón que se negaba a dejar de latir. Un… un…

—Redentor.

—Sí, eso. Un redentor.

—Pero ese no es tu trabajo, Holmen.

—No, es trabajo de Dios.

Holmen miró al suelo y murmuró algo.

—¿Cómo? —preguntó Harry.

El hombre levantó la cabeza, pero tenía la mirada perdida, desenfocada.

—Pero cuando Dios no hace su trabajo, alguien tiene que hacerlo.

Una luz crepuscular de color marrón empañaba las luces amarillas. Ni siquiera a medianoche, cuando la nieve cubrió Oslo, se impuso una oscuridad total. Los sonidos estaban envueltos en algodón y el crujir de la nieve bajo las botas sonaba a fuegos artificiales remotos.

—¿Por qué no nos lo llevamos? —preguntó Halvorsen.

—No irá a ningún sitio, tiene algo que confesar a su mujer. Enviaremos un coche dentro de un par de horas.

—Menudo actor es ese tipo.

—¿Ah, sí?

—Sí, cuando le comunicaste la muerte de su hijo, ¿no lloró tanto que casi se le salen las tripas por la boca?

Decepcionado, Harry negó con la cabeza.

—Tienes mucho que aprender, Junior.

Halvorsen se cabreó y dio una patada a la nieve.

—Ilumíname, ¡oh, gran sabio!

—Cometer un asesinato es un acto tan extremo que muchos lo reprimen y pueden guardarlo en su interior como una especie de pesadilla que apenas recuerdan. Lo he visto en más de una ocasión. No se dan cuenta de que no solo existe en su cabeza, sino que realmente ha sucedido, hasta que alguien ajeno a todo ello lo dice en voz alta.

—Bueno. Pero es un tipo frío, como mínimo.

—¿No te diste cuenta de que el hombre estaba totalmente hundido? Lo más probable es que Pernille Holmen tuviera razón cuando dijo que Birger Holmen era el más cariñoso de los dos.

—¿Cariñoso? ¿Un asesino? —La voz de Halvorsen sonaba afilada por la indignación.

Harry puso la mano en el hombro del agente.

—Piensa un poco. ¿Acaso no es un último acto de amor? ¿Entregar a tu unigénito?

—Pero…

—Sé lo que piensas, Halvorsen, pero tienes que acostumbrarte. Este es el tipo de paradojas morales que dominarán tus días.

Halvorsen agarró el tirador de la puerta del coche, pero se había quedado atascado por el frío. En un ataque de ira súbita tiró con fuerza y la goma de la puerta se soltó de la carrocería emitiendo un chirrido.

Se sentaron en el coche, y Harry miró a Halvorsen, que giraba la llave de contacto con una mano mientras con la otra se daba una fuerte palmada en la frente. El motor se encendió con un rugido.

—Halvorsen… —empezó Harry.

—De todas formas, el caso está resuelto y seguro que el jefe de grupo se alegrará —dijo Halvorsen girando justo delante de un camión que tocó el claxon. Le sacó el índice por el espejo—. Así que vamos a alegrar esas caras y salgamos a celebrarlo. ¿Qué te parece?

Bajó la mano y volvió a golpearse la frente.

—Halvorsen…

—¿Qué pasa? —le dijo.

—Aparca junto a la acera.

—¿Cómo?

—Ahora.

Halvorsen se acercó a la acera, soltó el volante y miró fijamente por el parabrisas con los ojos encendidos. Durante el tiempo que estuvieron en casa de Holmen, las rosas formadas por la escarcha lograron adentrarse por el parabrisas como un ataque fulminante de hongos. La respiración de Halvorsen siseaba al ritmo del movimiento ascendente y descendente del pecho.

—Hay días en que este trabajo es una mierda —dijo Harry—. No permitas que pueda contigo.

—No —contestó Halvorsen, respirando aún con dificultad.

—Tú eres tú, y ellos son ellos.

—Sí.

Harry puso la mano en la espalda de Halvorsen y aguardó. Al cabo de un rato notó que la respiración de su colega se calmaba.

—Eres un tío fuerte —dijo Harry.

Ninguno de los dos dijo una palabra mientras, entorpecido por el tráfico de la tarde, el coche avanzaba a duras penas de camino a Grønland.

7

Martes, 15 de diciembre.
El anonimato

Estaba en el punto más alto de Karl Johan, la calle peatonal más concurrida de Oslo, llamada así por el rey de Suecia y Noruega. Había memorizado el plano que encontró en el hotel y supo que el edificio cuya silueta asomaba por el oeste era el Palacio Real, y que en el lado este quedaba la Estación Central de Oslo.

Se estremeció.

En la parte superior de una pared brillaban los grados bajo cero en neón rojo. Cada soplo de aire, por mínimo que fuera, le recordaba a una era glacial que penetrara el abrigo de pelo de camello del que tan satisfecho se había sentido hasta ese momento, sobre todo teniendo en cuenta que lo había comprado en Londres a un precio curiosamente bajo.

El reloj que quedaba junto a los grados bajo cero indicaba las 19.00. Se puso en marcha rumbo al este de la ciudad. Aquello tenía buena pinta. Estaba oscuro, había mucha gente y las únicas cámaras de vigilancia que veía se hallaban en el exterior de dos bancos, enfocadas a sus respectivos cajeros. Ya había descartado el metro como alternativa de retirada, dada la combinación del gran número de cámaras de vigilancia allí instaladas y la escasez de viajeros. Oslo era más pequeño de lo que había imaginado.

Entró en una tienda de ropa donde encontró un gorro azul por cuarenta y nueve coronas, y una chaqueta de lana por doscientas, pero cambió de opinión en cuanto se topó con un chubasque-

83

ro fino que estaba a ciento veinte. Cuando entró en el probador para ver cómo le quedaba, descubrió que las pastillas desodorantes de París seguían en el bolsillo de la chaqueta, pulverizadas y parcialmente pegadas a la tela.

El restaurante se encontraba cien metros más abajo, en el lado izquierdo de la calle peatonal. Lo primero que constató fue que el guardarropa era de autoservicio. Bien, eso facilitaba las cosas. Entró en el restaurante. Estaba medio lleno. Parecía fácil de controlar: desde donde se encontraba podía ver todas las mesas. Un camarero se le acercó y reservó una mesa al lado de la ventana para las seis del día siguiente.

Antes de irse inspeccionó el aseo. No tenía ventanas. La única salida posible era la cocina. Podía valer. Ningún sitio resultaba perfecto y era poco probable que fuera a necesitar una vía alternativa de retirada.

Salió del restaurante, miró el reloj y se encaminó calle abajo a la Estación Central. La gente miraba al suelo o hacia otro lado. Era una ciudad pequeña pero poseía ese distanciamiento indiferente propio de una gran ciudad. Bien.

Volvió a mirar el reloj en el andén del tren de alta velocidad que iba al aeropuerto. Seis minutos desde el restaurante. El tren salía cada diez minutos y llegaba a y diecinueve. Así que estaría en el tren a las diecinueve veinte y en el aeropuerto a las diecinueve cuarenta. El vuelo directo a Zagreb salía a las veintiuna diez, y el billete lo llevaba en el bolsillo. A precio promocional de la compañía SAS.

Satisfecho, salió de la nueva terminal de tren, descendió por una escalera que se extendía bajo un techo de cristal que, al parecer, era la antigua zona de salidas y donde ahora había tiendas, y apareció en la plaza. «Jernbanetorget», ponía en el plano. En medio de la plaza había un tigre el doble de grande de lo normal, congelado con la pata en el aire, entre raíles de tranvías, vehículos y personas. Pero no vio la cabina telefónica que le había indicado la recepcionista. Al final de la plaza, al lado de la parada cubierta de autobús, había un grupo de personas. Se acercó. Varias charlaban con las cabezas encapuchadas muy juntas. Tal vez viniesen del mismo lugar, quizá fueran vecinos que esperaban el mismo autobús. Pero aquello le recordó otra cosa. Vio cómo se pasaban cosas de mano en mano, antes de que unos hombres enjutos se marcharan apresurados encorvando la espalda para protegerse del viento gélido. Y supo de qué se trataba. Ya había visto compraventa de heroína en Zagreb y en otras ciudades de Europa, pero en ningún sitio tan a la vista como allí. Enseguida supo lo que le evocaba todo aquello: las filas a las que él había pertenecido después de que se fueran los serbios. Le recordaba a los refugiados.

Por fin llegó un autobús. Era blanco y se detuvo un poco más allá de la parada. Las puertas se abrieron, pero nadie subió, aunque se apeó una chica vestida con un uniforme que él reconoció enseguida. El Ejército de Salvación. Aminoró el paso.

La chica se acercó a una de las mujeres y le ayudó a subir al autobús. Dos hombres las siguieron.

Él se paró y se quedó mirando. Una casualidad, pensó. Nada más. Se dio la vuelta. Y allí, en la pared de una pequeña torre con un reloj, vio tres teléfonos públicos.

Cinco minutos más tarde la llamó a Zagreb para decirle que, al parecer, todo iría bien.

—El último trabajo —dijo ella.

Y Fred le había dicho que en el estadio de Maksimir, en el descanso, los leones azules, el Dinamo de Zagreb, iban ganando al Rijeka por 1-0.

La llamada le costó cinco coronas. Los relojes de la torre indicaban las diecinueve veinticinco. Había empezado la cuenta atrás.

El grupo utilizaba la casa parroquial de la iglesia de Vestre Aker.

Se alzaban montones de nieve a ambos lados del camino de gravilla que conducía hasta la pequeña casa de hormigón, junto a la cuesta del cementerio. Había catorce personas sentadas en un local de reuniones sencillo con sillas de plástico apiladas a lo largo de las paredes y una mesa larga en el centro. Si uno hubiera entrado en la habitación por casualidad, quizá habría pensado que se trataba de una reunión de vecinos, pero ni las caras, ni la edad, ni el sexo ni la indumentaria revelaban a qué clase de comunidad pertenecían. La luz dura se reflejaba en las ventanas y en el suelo de linóleo. Los asistentes murmuraban bajito y manoseaban vasos de papel. Alguien abrió una botella de agua Farris, cuyo tapón emitió un siseo al ceder.

A las siete en punto una mano hizo sonar una campanilla al final de la larga mesa acallando el parloteo. Todos volvieron la vista hacia una mujer de unos treinta años. Ella les sostuvo la mirada firme y directa. Tenía los labios finos y, aunque se los había pintado para suavizar su expresión, esbozaba una mueca severa. Llevaba el pelo largo y rubio sujeto con un pasador sencillo y sus grandes manos descansaban serenas y firmes sobre la mesa. Era lo que normalmente llamamos mona, es decir, que tenía unas facciones bonitas, pero no el encanto suficiente para calificarla de lo que se suele llamar guapa. Su lenguaje corporal mostraba un autocontrol y una fuerza subrayados por la firmeza de la voz que, de repente, inundó la frialdad de la sala.

—Hola, me llamo Astrid y soy alcohólica.

—¡Hola, Astrid! —contestó el grupo al unísono.

Astrid se inclinó sobre el libro que tenía delante y comenzó a leer.

—La única condición para ser miembro de A. A. es querer dejar de beber.

Mientras proseguía, las personas que había alrededor de la mesa y conocían de memoria los Doce Pasos movían los labios. En las pausas, cuando tomaba aliento, se oía cantar al coro de la parroquia que estaba ensayando en el piso de arriba.

—El tema de hoy es el Primer Paso —dijo Astrid—. Y trata de lo siguiente: «Admitimos que somos impotentes frente al alcohol, y que nuestras vidas se habían vuelto ingobernables». Puedo empezar y seré breve, ya que considero que he superado el Primer Paso.

Tomó aire y sonrió.

—Llevo siete años sobria y lo primero que hago cada día cuando me despierto es decirme a mí misma que soy alcohólica. Mis hijos no lo saben, ellos creen que su madre solía emborracharse muy fácilmente y que dejó de beber porque se enfadaba mucho cuando lo hacía. Mi vida necesita una dosis justa de verdad y otra de mentira para equilibrarse. Todo puede irse a la mierda, pero procuro vivir al día, evito la primera copa y en estos momentos estoy trabajando con el Undécimo Paso. Gracias.

—Gracias, Astrid —contestó el grupo, que aplaudió mientras el coro cantaba alabanzas desde el segundo piso.

Astrid señaló con la cabeza a un hombre alto de pelo rubio y corto que estaba a su izquierda.

—Hola, me llamo Harry —dijo el hombre con voz un tanto ronca. La delicada red de vasos sanguíneos que se extendía por su gran nariz testimoniaba una larga vida fuera de las filas de los sobrios—. Soy alcohólico.

—Hola, Harry.

—Soy bastante nuevo aquí, esta es mi sexta reunión. O la séptima. Yo no he acabado aún con el Primer Paso. Es decir, sé que soy alcohólico, pero creo que puedo controlarlo. Así que el hecho de que me encuentre aquí hoy es una especie de contradicción. Pero he venido porque le hice una promesa a un psicólogo, un amigo que se preocupa por mí. Insiste en que si puedo aguantar que se hable de Dios y de lo espiritual las primeras semanas, me daré cuenta de que funciona. Bueno, no sé si los alcohólicos anónimos se pueden ayudar a sí mismos, pero estoy dispuesto a intentarlo. ¿Por qué no?

Se volvió hacia la izquierda para indicar que había terminado. Pero antes de que el fragor de los aplausos cobrara fuerza, intervino Astrid.

—Creo que es la primera vez que dices algo en nuestras reuniones, Harry. Qué bien. Pero tal vez quieras contarnos un poco más, ya que has empezado.

Harry la miró. Los demás también, porque presionar a un miembro del grupo constituía una clara violación del método.

Ella resistió la mirada de Harry. Él ya se había percatado de sus miradas en reuniones anteriores, pero solo le había devuelto el gesto en una ocasión. Entonces, al contrario que ahora, le dio un repaso visual completo, de arriba abajo y de abajo arriba. En realidad, le complacía lo que había visto, pero lo que más le gustó fue que, al volver la vista arriba, comprobó que Astrid estaba visiblemente ruborizada. Y en la siguiente reunión, lo trató como si fuera aire.

—No, gracias —dijo Harry.

Aplausos vacilantes.

Harry la miró de reojo mientras hablaba la siguiente persona.

Después de la reunión, ella le preguntó dónde vivía y se ofreció a llevarlo a casa en el coche. Harry vaciló mientras, en el piso de arriba, el coro insistía en sus alabanzas al Señor.

Una hora y media más tarde ambos fumaban en silencio sus respectivos cigarrillos, contemplando el humo que teñía el dormitorio de azul. La sábana mojada de la estrecha cama de Harry aún estaba caliente, pero el frío de la habitación hizo que Astrid se subiese el fino edredón blanco hasta la barbilla.

—Ha sido maravilloso —dijo.

Harry no contestó. Pensó que tal vez no fuese una pregunta.

—Me he corrido —dijo Astrid—. La primera vez que estamos juntos. ¿No es…?

—¿Así que tu marido es médico? —preguntó Harry.

—Es la segunda vez que lo preguntas. Y la respuesta sigue siendo sí.

Harry asintió con la cabeza.

—¿Oyes ese sonido?

—¿Qué sonido?

—El tictac. ¿Es tu reloj?

—No tengo reloj. Tiene que ser el tuyo.

—Digital. No hace tictac.

Ella se llevó la mano a la cadera. Harry salió de la cama. El linóleo helado le hería las plantas de los pies.

—¿Quieres un vaso de agua?

—Mmm.

Harry fue al baño y se miró en el espejo mientras corría el agua. ¿Qué es lo que había dicho? ¿Que veía soledad en su mirada? Se inclinó hacia delante, pero no vio más que un iris azul alrededor de unas pupilas pequeñas, y deltas de venas en el blanco de los ojos. Cuando Halvorsen se enteró de que la relación con Rakel se había acabado, le dijo a Harry que debía encontrar consuelo en otras mujeres. O según él lo expresó tan poéticamente: «Borrar la melancolía follando». Pero Harry ni quería ni tenía ganas. Porque sabía que cualquier mujer que tocase se transformaría en Rakel. Y lo que necesitaba era olvidar, sacarla de su sangre, y no un tratamiento a base de metadona de amor.

Claro que tal vez él estuviese equivocado y Halvorsen tuviera razón. Porque se sentía bien. Había disfrutado. Y en lugar de la sensación de vacío al intentar calmar un deseo satisfaciendo otro, se sentía lleno. Y, al mismo tiempo, relajado. Ella se había quedado a gusto. Y a él le gustaba la forma en que lo hizo. Tal vez pudiera ser igual de sencillo para él.

Dio un paso atrás y observó su cuerpo en el espejo. Había adelgazado en el último año. Menos grasa, pero también menos músculo. Empezaba a parecerse a su padre. Lógicamente.

Volvió a la cama con un vaso grande de medio litro de agua que compartieron. Después, ella se acurrucó junto a él. Al principio, sintió la piel de Astrid húmeda y fría, pero al cabo de un rato empezó a darle calor.

—Ahora puedes contármelo —dijo ella.

—¿El qué?

Harry miraba el humo que se elevaba para formar una letra.

—¿Cómo se llamaba ella? Porque hay una «ella», ¿verdad?

La letra se desdibujó.

—¿Te has unido a nosotros por ella?

—Puede ser.

Harry vio que el ascua consumía lentamente el cigarrillo mientras se lo contaba. Primero un poco. La mujer que yacía a su lado era una extraña, estaban a oscuras y las palabras se elevaban y se desdibujaban, y él imaginó que debía de ser como estar en un confesionario. Soltarlo. O admitirlo, como lo llamaban en A. A. Así que le contó un poco más. Le habló de Rakel, que le había echado de casa hacía un año porque, según ella, él estaba obsesionado con cazar a un topo en la policía. El Príncipe. Y de Oleg, el hijo de Rakel, al que secuestraron en su dormitorio y al que utilizaron como rehén cuando Harry por fin tuvo al Príncipe a tiro. Oleg reaccionó bien, teniendo en cuenta las circunstancias del secuestro y que fue testigo de cómo Harry mataba al secuestrador en un ascensor en Kampen. Lo de Rakel fue peor. Dos semanas después del secuestro, cuando ya conocía todos los detalles, le dijo que ya no quería que formase parte de su vida. O, mejor dicho, de la vida de Oleg.

Astrid asintió.

−¿Te dejó por el daño que les habías causado?

Harry negó con la cabeza.

−Por el daño que no les había causado… todavía.

−¿Y eso?

−Dije que el asunto estaba cerrado, pero ella insistía en que yo estaba obsesionado, que nunca acabaría mientras siguiesen estando ahí fuera. −Harry apagó el cigarrillo en el cenicero de la mesilla de noche−. Y si no eran ellos, yo terminaría encontrando a otros. Otros que podrían hacerles daño. Dijo que no podía asumir esa responsabilidad.

−Pues parece que la obsesionada es ella.

−No −dijo Harry con una sonrisa−. Tiene razón.

−¿Ah, sí? ¿Te importaría explicármelo?

Harry se encogió de hombros.

−Un submarino… −comenzó, pero lo interrumpió un ataque de tos.

−¿Qué dices de un submarino?

−Lo dijo ella. Que yo era un submarino. Que desciendo hasta lo más oscuro y lo más frío, allí donde no se puede respirar, y solamente subo a la superficie una vez cada dos meses. No quería hacerme compañía allí abajo. Es lógico.

−¿La quieres todavía?

Harry no estaba seguro de si le gustaba el cariz que estaba tomando la conversación. Aspiró hondo. Reprodujo mentalmente la última conversación que mantuvo con Rakel. Su propia voz susurrante, como solía volverse cuando estaba enfadado o tenía miedo:

—¿Así que un submarino?

La voz de Rakel:

—Ya sé que no es una metáfora muy buena, pero tú me entiendes...

Harry levantó las manos.

—Claro. Una metáfora excelente. ¿Y qué es tu... médico? ¿Un portaaviones?

Ella dejó escapar un suspiro.

—Él no tiene nada que ver con esto, Harry. Se trata de ti y de mí. Y de Oleg.

—No utilices a Oleg como excusa.

—¿Utilizar...?

—Lo estás utilizando como rehén, Rakel.

—¿Que lo estoy utilizando como rehén? ¿YO? ¿Fui yo quien secuestró a Oleg y le puso una pistola en la sien para que TÚ saciaras tu sed de venganza?

Le palpitaban las venas del cuello y su voz adquirió un tono tan estridente que resultaba desagradable, como si fuese la voz de otra persona, pues las cuerdas vocales de Rakel no bastaban para desprender semejante ira. Harry se fue, cerrando la puerta suavemente, casi en silencio, tras de sí.

Se volvió hacia la mujer que estaba en su cama.

—Sí, la quiero. ¿Amas tú a tu marido, el médico?

—Sí.

—Entonces ¿por qué haces esto?

—Porque él no me quiere a mí.

—Ya. ¿Así que te vengas?

Ella lo miró sorprendida.

—No. Me siento muy sola. Y tengo ganas de ti. Las mismas razones que tienes tú, supongo. ¿Te gustaría que fuese más complicado?

Harry se echó a reír.

—No. No, así está bien.

—¿Cómo lo mataste?

—¿A quién?

—¿Hay varios? Al secuestrador, claro.

—Eso no tiene importancia.

—Tal vez no, pero me gustaría oírte contar… —le puso la mano entre las piernas, se acercó más a él y le susurró al oído—: los detalles.

—No creo.

—Te equivocas.

—De acuerdo, pero no me gusta…

—Venga… —dijo irritada cogiéndole el miembro con firmeza. Harry la miró. Los ojos le brillaban duros y azules en la oscuridad. Ella se apresuró a sonreír y añadió con voz dulzona—: Por mí.

Al otro lado de la ventana del dormitorio la temperatura bajaba sin cesar, haciendo crujir y cantar los tejados de Bislett, mientras Harry le contaba los pormenores. Ella se puso rígida primero, luego apartó la mano, y finalmente le susurró que ya era suficiente.

Cuando se marchó, Harry se quedó de pie en el dormitorio, aguzando el oído. Los crujidos. Y el tictac.

Luego se inclinó sobre la chaqueta que había tirado al suelo junto con el resto de la ropa durante la carrera desde la puerta hasta la habitación. En el bolsillo encontró la fuente del sonido. El regalo de despedida de Bjarne Møller. El cristal del reloj brillaba.

Lo metió en el cajón de la mesilla de noche, pero aquel tictac le acompañó todo el camino hasta el país de los sueños.

Secó el aceite de las piezas del arma con una de las toallas blancas del hotel.

El ruido del tráfico le llegaba como un estruendo constante amortiguado por el sonido del pequeño televisor de la esquina que solo ofrecía tres canales, con imágenes granulosas, en una lengua que suponía que era noruego. La chica de recepción había ido a recoger la chaqueta y le había prometido que a la mañana siguiente estaría limpia. Dejó las piezas del arma encima de un periódico, una al lado de la otra. Cuando acabó de limpiar todas las piezas, volvió a montar la pistola, apuntó hacia el espejo y disparó. Se produjo un chasquido deslizante y pudo notar el movimiento del acero propagándose hasta la mano y el brazo. Un disparo seco. Una ejecución falsa.

Así fue como intentaron rendir a Bobo.

En noviembre de 1991, después de tres meses de asedio y bombardeos continuos, Vukovar acabó capitulando. Llovía a mares cuando los serbios entraron en la ciudad. Acompañado por el resto de la unidad de Bobo, unos ochenta prisioneros de guerra croatas, muertos de cansancio y de hambre, les ordenaron que se pusiera en fila delante de las ruinas de lo que había sido la calle principal de su ciudad. Los serbios les dijeron que no podían moverse, y ellos se metieron en sus tiendas caldeadas. La lluvia caía con tanta fuerza que comenzó a manar espuma del fango. Al cabo de dos horas, empezaron a caer los primeros. Cuando el teniente de Bobo abandonó la fila para ayudar a uno de los que había caído al lodo, un joven soldado serbio, apenas un muchacho, salió de la tienda y le pegó un tiro en el estómago al teniente. Después de aquello, nadie más se movió, solo miraban cómo la lluvia iba borrando las colinas a su alrededor, a la espera de que el teniente dejara de gritar. Él mismo se echó a llorar, pero entonces oyó la voz de Bobo a su espalda: «No llores». Y paró.

Cayó la tarde y después el crepúsculo. Llegó un jeep militar descapotable. Los serbios de la tienda salieron en tromba a saludar. Comprendió que el hombre que ocupaba el asiento del pasajero debía de ser el comandante, «La piedra de voz suave», lo llamaban. En el asiento trasero del coche se sentaba un hombre vestido de paisano, con la cabeza gacha. El coche aparcó justo delante de la unidad y, como él estaba en primera fila, oyó al comandante pedirle al que iba de paisano que observase a los prisioneros de guerra.

Lo reconoció en cuanto levantó la cabeza. Era uno de los vecinos de Vukovar, el padre de un chico del colegio. La mirada del padre recorrió las filas, llegó hasta él, pero no pareció reconocerlo, así que siguió su camino. El comandante dejó escapar un suspiro, se puso de pie en el coche y gritó sin suavidad, imponiendo su voz al ruido de la lluvia:

—¿Quién de vosotros responde al nombre en clave de «pequeño redentor»?

Nadie de la unidad se movió.

—¿No te atreves a revelar tu identidad, *Mali spasitelj*? ¿Tú que has volado doce de nuestros carros de combate, que has arrebatado los maridos a nuestras mujeres y que has dejado sin padre a niños serbios?

Esperó.

—Bueno. ¿Quién de vosotros es Bobo?

Tampoco en esta ocasión se movió nadie.

El comandante miró al hombre de paisano, que, con el índice tembloroso, señaló a Bobo en la segunda fila.

—Da un paso al frente —gritó el comandante.

Bobo anduvo los pocos pasos que lo separaban del jeep y del conductor, que se había apeado y estaba de pie junto al vehículo. Cuando Bobo se irguió y saludó, el conductor le quitó la gorra de un manotazo y esta cayó en el barro.

—A través del radioenlace hemos sabido que el pequeño redentor está bajo tu mando —dijo el comandante—. Indícame quién es, si eres tan amable.

—Nunca he oído hablar de ningún redentor —dijo Bobo.

El comandante levantó una pistola y le asestó un golpe. Un hilo rojo de sangre le brotó de la nariz.

—Rápido, me estoy mojando y la cena está lista.

—Yo soy Bobo, capitán del ejército cro…

El comandante hizo un gesto de asentimiento al conductor, que agarró a Bobo del pelo y tiró de manera que la cara quedó mirando hacia arriba y la lluvia le fue limpiando la sangre que le salía de la nariz y de la boca para desembocar en el pañuelo rojo.

—¡Idiota! —vociferó el comandante—. ¡No existe el ejército croata, solo son traidores! Puedes elegir entre la ejecución aquí y ahora o ahorrarnos tiempo. Lo encontraremos de todas formas.

—Y tú nos ejecutarás de todas formas —gimió Bobo.

—Por supuesto.

—¿Por qué?

El comandante empuñó la pistola. Las gotas de lluvia se deslizaban por la culata. Puso el cañón contra la sien de Bobo.

—Porque soy un oficial serbio. Y un hombre tiene que respetar su trabajo. ¿Estás listo para morir?

Bobo cerró los ojos: de las pestañas colgaban unas gotas de lluvia.

—¿Dónde está el pequeño redentor? Cuento hasta tres y disparo. Uno…

—Soy Bobo…

—¡Dos!

—… capitán del ejército croata, yo…

—¡Tres!

A pesar del martilleo de la lluvia, el chasquido sonó como un estallido.

—Perdón, parece que he olvidado cargar la pistola —se mofó el comandante.

El conductor entregó un cargador al comandante. Lo introdujo en la culata, cargó y levantó la pistola otra vez.

—¡Última oportunidad! ¡Uno!

—Yo… mi unidad… es…

—¡Dos!

—… primer batallón de infantería de… de…

—¡Tres!

Un nuevo chasquido seco. El padre, que seguía en el asiento trasero, dejó escapar un sollozo.

—¡Vaya! Cargador vacío. ¿Probamos con uno de esos tan flamantes y tan bonitos?

Fuera cargador, uno nuevo dentro, empuñar la pistola.

—¿Dónde está el pequeño redentor? ¡Uno!

El murmullo de Bobo:

—*Oče naš*… Padre nuestro…

—¡Dos!

Se había abierto el cielo y la lluvia caía emitiendo un rugido, como si tratara desesperadamente de interrumpir lo que estaban haciendo los seres humanos, y ver a Bobo acabó con sus fuerzas, no pudo soportarlo más y abrió la boca para gritar que era él, él era el pequeño redentor, era él a quien querían, no a Bobo, solo a él, él les entregaba su sangre. Pero en ese momento la mirada de Bobo barrió la fila sin detenerse en él y entonces atisbó en sus ojos una plegaria salvaje e intensa, y lo vio negar con la cabeza. Un espasmo sacudió a Bobo cuando la bala cortó la conexión entre el cuerpo y el alma, y vio cómo se le apagaba la mirada vaciándose de vida.

—Tú —gritó el comandante apuntando a uno de los hombres de la primera fila—. Te toca a ti. ¡Ven aquí!

En ese momento vino corriendo el joven soldado serbio que había disparado al teniente.

—Hay un tiroteo cerca del hospital —dijo.

El comandante soltó una maldición y llamó la atención del conductor. Acto seguido, el motor se encendió con un rugido y el coche desapareció en la luz crepuscular. Les podría haber contado que los serbios no tenían razones para inquietarse ya que en el hospital no había ningún croata que pudiese disparar. No tenían armas.

Habían dejado a Bobo tumbado con la cara hundida en el fango negro. Y cuando estaba tan oscuro que los serbios de la tienda no podían verlos, él dio un paso al frente y se inclinó sobre el capitán muerto para aflojarle el nudo del pañuelo y llevárselo.

8

Miércoles, 16 de diciembre.
La comida

Eran las ocho de la mañana y aún estaba oscuro en lo que se anunciaba como el 16 de diciembre más frío de los últimos veinticuatro años en la ciudad de Oslo. Harry abandonaba la Comisaría General tras haber firmado en la oficina de Gerd la recogida de la llave del apartamento de Tom Waaler. Llevaba subido el cuello del abrigo, y cuando tosía tenía la sensación de que el sonido desaparecía en una bola de algodón, como si el frío transformara el aire en algo pesado y compacto.

Impulsada por las prisas matutinas, la gente apretaba el paso por las aceras, deseosa de dejar atrás la calle, pero Harry caminaba con paso largo y tardo, flexionando ligeramente las rodillas para que la suela de goma de las Dr. Martens no resbalara en el hielo acerado.

Cuando entró en el céntrico apartamento de soltero de Tom Waaler, el cielo que se divisaba tras la colina de Ekeberg había palidecido. El apartamento llevaba varias semanas cerrado, desde la muerte de Waaler, pero la investigación no les había facilitado ninguna pista que apuntara a unos posibles cómplices en el negocio de tráfico de armas. Eso fue lo que dijo el comisario jefe de la policía judicial cuando informó de que concederían menor prioridad al asunto, ya que había «otras investigaciones más urgentes».

Harry encendió la luz del salón y se percató del silencio peculiar de un apartamento cuyo inquilino ha muerto. En la pared que quedaba frente al sofá de piel colgaba una pantalla grande de plasma con torres de altavoces de un metro de altura a cada lado, que, como era obvio, formaban parte del equipo de sonido del apartamento. De las paredes también colgaban varios cuadros de dibujos de formas cúbicas en azul, lo que Rakel llamaba arte de regla y compás.

Entró en el dormitorio. Una luz gris se filtraba por la ventana. La habitación estaba ordenada. En el escritorio había una pantalla de ordenador, pero no vio la torre. Habrían venido a recogerla para ver si contenía alguna pista. Pero no la había visto entre las pruebas que se guardaban en la comisaría. A él le habían denegado el permiso para inmiscuirse en el asunto. La explicación oficial era que el departamento de Asuntos Internos (SEFO) lo estaba investigando por el asesinato de Waaler. Sin embargo, él sabía que entre ellos había alguien a quien no le convenía que se metiese en aquel asunto.

Harry estaba a punto de salir del dormitorio cuando lo oyó.

Ya no había un silencio total en el apartamento del difunto.

Un sonido, un tictac lejano, le atravesaba la piel del brazo y le ponía el vello de punta. Provenía del armario. Vaciló un instante. Abrió la puerta del armario. En el suelo descansaba una caja de cartón abierta y enseguida reconoció la chaqueta que Waaler llevaba aquella noche en Kampen. Sobre la chaqueta había un reloj de pulsera que hacía tictac. El mismo tictac que sonó después de que Waaler atravesara el cristal de la puerta del ascensor con el brazo, en su afán de alcanzarlos, y de que el ascensor se pusiese en marcha de nuevo y le amputara el brazo. El mismo que sonó cuando se sentaron en el ascensor con el brazo amputado allí en el suelo, cerúleo y muerto, como una pieza arrancada de un maniquí, con la particularidad de que esta llevaba un reloj. Un reloj que hacía tictac, que se negaba a detenerse, que vivía, como en aquella historia que su padre le había leído cuando él era pequeño, la del latido del corazón de la víctima que no dejó de sonar hasta que el asesino se volvió loco.

Se trataba de un tictac claro, enérgico, intenso. Un tictac que no se olvida. Era un Rolex. Pesado y, con total seguridad, increíblemente caro.

Harry cerró la puerta del armario con fuerza. Pisaba tan fuerte de camino a la salida que las paredes retumbaban a su paso. Hizo ruido con el llavero cuando cerró la puerta y fue tarareando frenéticamente hasta que llegó a la calle, donde el bendito tráfico ahogó todos los sonidos.

A las tres de la tarde se proyectaban alargadas las sombras en la plaza Kommandør T. I. Øgrim, número 4, y empezaban a brillar las luces en las ventanas del Cuartel General del Ejército de Salvación. A las cinco ya era de noche, y el mercurio había bajado por debajo de los quince grados bajo cero. Unos copos de nieve solitarios y extraviados caían sobre el techo del pequeño coche de aspecto cómico en el que Martine Eckhoff esperaba sentada.

—Ven, papá —murmuró al tiempo que miraba preocupada el indicador de la batería.

No estaba segura de cómo respondería al frío el coche eléctrico que la Casa Real había regalado al Ejército de Salvación. Se había acordado de todo antes de cerrar la oficina; había colgado en la red toda la información sobre reuniones nuevas y canceladas, había actualizado las listas de guardias para el reparto de alimentos a los necesitados y la olla de la plaza Egertorget, y había corregido la carta de respuesta a la oficina del primer ministro en relación con el concierto de Navidad en el auditorio.

La puerta del coche se abrió y el frío entró junto a un hombre de tupido cabello blanco bajo la gorra del uniforme y los ojos más claros y azules que Martine había visto jamás. Por lo menos en alguien mayor de sesenta. Le costó un poco acomodar las piernas en el pequeño espacio entre el asiento y el salpicadero.

—Nos vamos —dijo el hombre, sacudiendo la nieve de los galones de comisionado que indicaban que era el jefe superior del Ejército de Salvación en Noruega. Lo dijo con la alegría y la autoridad natural propias de las personas que están acostumbradas a que se cumplan sus órdenes.

—Llegas tarde —dijo ella.

—Y tú eres un ángel. —Le acarició la mejilla con el dorso de la mano y sus ojos azules resplandecieron llenos de vigor y alegría—. Démonos prisa.

—Papá…

—Un momento. —Bajó la ventanilla—. ¡Rikard!

Frente a la entrada del Templo que quedaba en un lateral, bajo el mismo techo que el Cuartel General, había un joven que se sobresaltó y se acercó rápidamente a ellos, con las piernas encorvadas y los brazos pegados al cuerpo. Resbaló y estuvo a punto de caerse, pero, haciendo en el aire unos molinetes con los brazos, recuperó el equilibrio. Llegó al coche jadeando.

—¿Sí, comisionado?

—Llámame David, como todos los demás, Rikard.

—De acuerdo. David.

—Pero no en cada frase, por favor.

Rikard miró alternativamente al comisionado David Eckhoff y a su hija Martine, antes de volver a concentrarse en el primero. Se pasó dos dedos por el bigote, que tenía cubierto de sudor. Martine se había preguntado muchas veces cómo podía sudarle con tanta intensidad una zona tan específica del cuerpo, independientemente del clima. Sobre todo, cuando venía a sentarse a su lado durante el sermón o en otros lugares, y le susurraba algo, algo que pretendía que fuera gracioso y que quizá podría haberlo sido de no ser por su nerviosismo mal disimulado y la intensidad algo excesiva de sus sentimientos. Vamos, con el labio superior sudoroso. A veces, cuando Rikard estaba cerca de ella y todo quedaba sumido en el silencio, podía oír la fricción que ocasionaba al pasarse el dedo por el labio superior. Porque, además de sudor, Rikard Nilsen producía barba, una cantidad inusitada. Por la mañana llegaba al Cuartel General recién afeitado y con la piel lisa como la de un bebé, pero después del almuerzo su piel blanca había adquirido un tono azulado. Ella había advertido en varias ocasiones que volvía a afeitarse para acudir a las reuniones que se celebraban por la tarde.

—Estoy tomándote el pelo, Rikard —dijo David Eckhoff, sonriendo.

Martine sabía que su padre no hacía aquellas bromas con mala intención. Pero a veces parecía no darse cuenta de que intimidaba a la gente.

—Ah, bueno —dijo Rikard, que logró soltar una risita. Se inclinó hacia delante—. Hola, Martine.

—Hola, Rikard —dijo Martine, fingiendo estar ocupada con el indicador de la batería.

—Me preguntaba si puedes hacerme un favor —dijo el comisionado—. Hay mucho hielo en la carretera estos días y mi coche solo tiene neumáticos de invierno sin clavos. Debería haberlos cambiado, pero voy a bajar a Fyrlyset…

—Lo sé —contestó Rikard diligente—. Vas a cenar con el ministro de Sanidad y Política Social. Esperamos la llegada de muchos periodistas. He hablado con el jefe de información.

David Eckhoff sonrió con indulgencia.

—Me parece muy bien que estés al tanto, Rikard. Lo que pasa es que mi coche está aquí, en el garaje, y cuando vuelva me gustaría que llevase los neumáticos de clavos. No sé si me entiendes…

—¿Están en el maletero?

—Sí. Pero hazlo si no tienes nada más urgente. Estaba a punto de llamar a Jon, me ha dicho que él sí que podía…

—No, no —dijo Rikard negando efusivamente con la cabeza—. Esto lo arreglo yo enseguida. Puedes confiar en mí… David.

—¿Seguro?

Rikard miró, confuso, al comisionado.

—¿Que si puedes fiarte de mí?

—Que no tienes nada más urgente que hacer.

—Ah, eso. Es un placer. Me gusta trabajar con coches y… y…

—¿Cambiar llantas?

Rikard tragó saliva y asintió al reparar en que el comisionado sonreía de oreja a oreja.

Cuando subió la ventanilla y salieron de la plaza, Martine le dijo a su padre que le parecía muy mal que se aprovechase de la diligencia de Rikard.

—De su sumisión, querrás decir —dijo el padre—. Tranquila, querida, solo es una prueba.

—¿Una prueba? ¿Del espíritu de sacrificio o del temor a la autoridad?

—De lo último —contestó el comisionado, riendo entre dientes—. Hablé con Thea, la hermana de Rikard, y me contó por casualidad que Rikard está haciendo lo que puede para terminar el presupuesto. El plazo acaba mañana. Si es así, debería dar prioridad a eso y dejar que Jon se encargara de mi coche.

—¿Y qué? Es posible que Rikard solo esté siendo amable.

—Sí, Rikard es amable y capaz. Trabajador y serio. Solo quiero asegurarme de que tiene la fortaleza y el valor necesarios para un puesto importante de jefe.

—Todo el mundo da por sentado que el puesto será para Jon.

David Eckhoff bajó la vista hacia las manos y sonrió de un modo casi imperceptible.

—¿Eso hacen? Aprecio que defiendas a Rikard.

Martine no apartó los ojos de la carretera, pero notó la mirada de su padre cuando prosiguió:

—Ya sabes que nuestras familias llevan muchos años siendo amigas. Son buena gente. Con un sólido anclaje en el Ejército.

Martine respiró hondo para calmar su irritación.

El trabajo exigía una única bala.

Aun así, metió todos los cartuchos en el cargador. En primer lugar, porque el arma solo conservaba un equilibrio total cuando el cargador estaba lleno. Y también porque eso minimizaba las posibilidades de fallos de funcionamiento. Seis en el cargador y una en la recámara.

Se colgó la funda del hombro. La había comprado usada, y tenía un cuero suave que exhalaba un olor salado y amargo a piel, aceite y sudor. La pistola encajaba. Se colocó delante del espejo y se puso la chaqueta. La pistola pasaba desapercibida. Las grandes eran más precisas, pero él no pensaba dedicarse al tiro de precisión.

Se puso el chubasquero. Luego el abrigo. Metió el gorro en el bolsillo y se aseguró de que el pañuelo rojo se encontraba en el bolsillo interior.

Miró el reloj.

—Fortaleza —dijo Gunnar Hagen—. Y valor. Son dos de las cualidades que considero importantes en mis comisarios.

Harry no contestó. Pensó que tal vez no fuera una pregunta. Echó una ojeada al despacho donde tantas veces había estado sentado, exactamente como ahora. Pero aparte de la situación —el jefe de grupo le cuenta al comisario cómo funcionan las cosas—, todo había cambiado. Los montones de papeles de Bjarne Møller habían desaparecido junto con los fascículos del Pato Donald encajados entre libros jurídicos e informes policiales en la estantería, una fotografía de familia y otra más grande en la que aparecía el golden retriever que les habían regalado a los niños y que estos habían olvidado, porque hacía nueve años que murió, aunque Bjarne Møller siguiera guardándole luto.

No quedaba más que una mesa limpia con una pantalla de ordenador y un teclado, un pequeño pie de plata con un pequeño trozo de hueso blanquísimo y los codos sobre los que Gunnar Hagen se apoyaba en estos momentos mientras miraba fijamente a Harry desde los dos acentos circunflejos que eran sus cejas.

—Pero hay una tercera cualidad que aún considero más importante, Hole. ¿Adivinas cuál?

—No —dijo Harry inexpresivo.

—Disciplina. Dis-ci-pli-na.

Al ver al jefe de grupo vocalizando de aquel modo, Harry casi temió una clase de lingüística sobre los orígenes de la palabra, pero Hagen se puso en pie y empezó a andar de un lado a otro con las manos a la espalda, una forma de marcar territorio que Harry siempre había encontrado bastante cómica.

—Mantengo esta conversación cara a cara con todos los de la división para que quede claro lo que espero de ellos.

—El grupo.

—¿Perdona?

—Nunca se ha llamado división. Aunque antes se llamaba jefe de sección. Solo para que lo sepas.

—Gracias, pero estoy al tanto, comisario. ¿Por dónde iba?

—Dis-ci-pli-na.

Hagen miró fijamente a Harry. Este no se inmutó, así que el jefe de grupo reanudó el paseo.

—Me he pasado los últimos diez años enseñando en la Academia de Guerra. Mi especialidad es la guerra de Birmania. Apuesto a que te sorprende oír que eso tiene gran relevancia para mi trabajo aquí, Hole.

—Bueno. —Harry se rascó la pantorrilla—. Me lees como un libro abierto, jefe.

Hagen pasó un dedo por el alféizar de la ventana y acto seguido lo observó con desaprobación.

—En 1942, unos cien mil soldados japoneses conquistaron Birmania. Birmania era el doble de grande que Japón y, en ese momento, estaba ocupada por tropas británicas que eran muy superiores a los japoneses tanto en número de hombres como en armamento. —Hagen levantó el dedo índice sucio—. Pero había un terreno en el que los japoneses eran superiores, algo que les permitió echar a palos a los británicos y a los mercenarios indios. Disciplina. Cuando los japoneses marcharon hacia Rangún, andaban durante cuarenta y cinco minutos y dormían quince. Se tumbaban en el camino con las mochilas puestas y los pies al frente, para no meterse en la acequia o emprender la marcha en dirección contraria cuando despertaran. La dirección es importante, Hole. ¿Comprendes, Hole?

Harry se imaginaba lo que vendría a continuación.

—Comprendo que probablemente llegaran a Rangún, jefe.

—Efectivamente. Todos llegaron. Porque hicieron lo que les ordenaron. Acabo de enterarme de que has retirado las llaves del apartamento de Tom Waaler. ¿Es correcto, Hole?

—He ido a echar un vistazo, jefe. Por razones terapéuticas.

–Eso espero. Ese asunto está enterrado. Ir a husmear al apartamento de Waaler no solo es una pérdida de tiempo, sino que además va contra las órdenes que el comisario jefe de la policía judicial te dio en su momento, y contra las que yo te estoy dando ahora. No creo que deba entrar en detalles en cuanto a las consecuencias del incumplimiento de una orden, solo digo que los oficiales japoneses le pegaron un tiro a uno de sus soldados por beber agua fuera del horario. No por sadismo, sino porque la disciplina procura cortar los tumores malignos de raíz. ¿Está claro, Hole?

–Claro como… Bueno, claro como algo que está muy claro, jefe.

–Eso es todo por ahora, Hole. –Hagen se sentó en la silla, cogió un papel del cajón y empezó a leer con verdadera dedicación, como si Harry ya hubiese salido del despacho. Cuando levantó la cabeza y vio que Harry seguía sentado delante de él, se mostró sorprendido–. ¿Algo más, Hole?

–Bueno, me preguntaba una cosa. ¿No es verdad que los japoneses perdieron la guerra?

Gunnar Hagen se quedó mirando el papel, sin fijar la vista, un buen rato después de que Harry se hubiese marchado.

El restaurante estaba medio lleno. Exactamente como el día anterior. Un camarero joven y bien parecido, con los ojos azules y el pelo rubio lo recibió en la puerta. Se parecía tanto a Giorgi que se lo quedó mirando un instante. Y supo que lo habían pillado en cuanto el joven esbozó una amplia sonrisa. Mientras dejaba el abrigo y el chubasquero en el guardarropa notó cómo lo miraba.

–*Your name?* –preguntó este, y él murmuró su respuesta.

El camarero pasó un dedo largo y delgado por la página del libro de reservas antes de detenerse en seco.

–*I got my finger on you now* –dijo el camarero, que le sostuvo aquella mirada de ojos azules hasta que él tuvo la sensación de que se sonrojaba.

No parecía un restaurante muy exquisito, pero si los cálculos que hacía no le fallaban, los precios de la carta eran desorbitados. Pidió pasta y un vaso de agua. Tenía hambre. El corazón le latía a ritmo constante y apacible. El resto de la clientela hablaba, sonreía y se divertía, como si nada malo pudiera pasarles. Siempre le había extrañado el hecho de pasar desapercibido, de no tener una aureola negra, que de su cuerpo no manara frío o un hedor a putrefacción.

O, mejor dicho, que nadie más se diera cuenta.

Fuera, el reloj del Ayuntamiento tocaba sus tres notas hasta seis veces.

—Un lugar agradable —dijo Thea mirando a su alrededor.

El restaurante estaba bien ubicado; su mesa tenía vistas a la calle. De unos altavoces ocultos surgía el murmullo casi imperceptible de música meditativa New Age.

—Quería que fuese algo especial —contestó Jon mirando la carta—. ¿Qué quieres comer?

La mirada de Thea iba bajando al tuntún por la página de la carta.

—Antes tengo que beber un poco de agua.

Thea bebió mucha agua. Jon sabía que tenía que ver con la diabetes y los riñones.

—No es fácil decidirse —dijo la joven—. Todo parece muy rico.

—Pero no puedes comerte todo lo que hay en la carta.

—No…

Jon tragó saliva. Las palabras se le habían escapado sin querer. Alzó la mirada. Por lo visto, Thea no se había dado cuenta.

De repente, ella levantó la cabeza.

—¿Qué has querido decir con eso?

—¿Con qué? —dijo en voz baja.

—Con eso de «todo lo que hay en la carta». Insinúas algo. Te conozco, Jon. ¿Qué pasa?

Él se encogió de hombros.

—Antes de comprometernos, acordamos que nos lo contaríamos todo, ¿verdad?

—¿Sí?

—¿Estás segura de que me lo has contado… todo?

Ella suspiró, desalentada.

—Estoy segura, Jon. No he estado con nadie. No, de esa manera.

Pero él notó algo en la mirada, advirtió en su cara algo que no había visto antes. Un músculo que se contrajo junto a la boca, algo que le ensombrecía los ojos, como la abertura de un diafragma que se cierra. Y no pudo evitarlo.

—¿Con Robert tampoco?

—¿Qué?

—Robert. Recuerdo que coqueteasteis el primer verano que estuvimos en Østgård.

—¡Yo tenía catorce años, Jon!

—¿Y qué?

Primero lo miró con incredulidad, que fue remitiendo hasta apagarse y perderse. Jon le cogió la mano, se inclinó hacia delante y le susurró:

—Perdona, perdona, Thea. No sé qué me ha pasado. Yo… ¿Podemos olvidar lo que te he preguntado?

—¿Os habéis decidido ya?

Ambos miraron al camarero.

—Espárragos frescos de primero —dijo Thea, entregándole la carta.

—Chateaubriand con setas de calabaza de segundo.

—Buena elección. ¿Me permitís que os recomiende un buen tinto que acabamos de recibir a un buen precio?

—Por supuesto que te lo permitimos, pero bastará con que nos pongas agua —dijo Thea con una amplia sonrisa—. Mucha agua.

Jon la miró. Admiraba su capacidad para ocultar lo que sentía.

Cuando el camarero se retiró, Thea volvió a dirigir la atención hacia Jon.

—¿Has terminado con el interrogatorio? ¿Qué te pasa?

Jon sonrió y negó con la cabeza.

—Tú nunca tuviste novia —dijo Thea—. Ni siquiera en Øst-gård.

—¿Y sabes por qué? —preguntó Jon poniendo la mano sobre la de ella.

Ella negó con la cabeza.

—Porque ese verano me enamoré de una chica —dijo Jon, mirándola de nuevo a los ojos—. Solo tenía catorce años. Y desde entonces sigo enamorado de ella.

Él sonrió, ella le devolvió la sonrisa, y Jon pudo percibir que Thea salía de su escondite para encontrarse con él.

—La sopa está deliciosa —dijo el ministro de Sanidad y Política Social dirigiéndose al comisionado David Eckhoff, pero lo suficientemente alto como para que también lo oyeran los representantes de la prensa allí presentes.

—Nuestra propia receta —dijo el comisionado—. Sacamos un libro de recetas hace un par de años y pensamos que quizá al ministro...

El comisionado hizo una señal, Martine se acercó a la mesa y puso el libro junto al plato de sopa del ministro.

—... podría interesarle que le preparasen una comida rica y nutritiva en su apartamento.

Los pocos periodistas y fotógrafos que se habían presentado en la cafetería de Fyrlyset reían entre dientes. En realidad, había poca gente, solo un par de ancianos del Heimen, una señora cabizbaja con abrigo, y un drogadicto con una herida sangrante en la frente, que temblaba porque le daba miedo subir al Feltpleien, la enfermería del segundo piso. No era de extrañar que hubiese tan poca gente. En condiciones normales, Fyrlyset no estaba abierto a aquellas horas del día. Pero, por desgracia, la visita matutina no encajaba con el calendario del ministro, que no pudo comprobar lo lleno que solía estar entonces, tal como se lo explicó el comisionado. Así como lo bien que funcionaba todo y cuánto dinero se gastaba. El ministro de Política Social asentía todo el rato con la cabeza, mientras, por compromiso, se llevaba una cucharada de sopa a la boca.

Martine miró el reloj. Las siete menos cuarto. El secretario del ministro les había dicho que a las siete en punto. A esa hora tendrían que irse.

—Gracias por esta comida —dijo el ministro de Política Social—. ¿Nos da tiempo de saludar a algunos invitados?

El secretario asintió con la cabeza.

Coquetería, pensó Martine. Por supuesto que les daba tiempo a una ronda de saludos, ese era el motivo de su presencia allí. No era para donar dinero, eso podían haberlo hecho por teléfono, sino para invitar a la prensa y alardear de un ministro que se mueve entre los necesitados, que come la sopa de los necesitados, estrecha la mano de los drogadictos y los escucha con empatía y compromiso.

La portavoz de prensa hizo una señal a los fotógrafos indicando que podían sacar fotos. O, mejor dicho, que quería que sacasen fotos.

El ministro de Política Social se levantó y se abrochó la chaqueta mientras miraba a su alrededor. Martine intentaba adivinar cómo sopesaría sus tres alternativas. Los dos hombres mayores parecían inquilinos normales de una residencia de ancianos y no le servirían para su propósito: así saluda el ministro a los drogadictos y así a las prostitutas. El drogadicto lesionado tenía pinta de no ser responsable de sus actos y, de todas formas, saludarlo era pasarse. Pero la mujer… Ella parecía una ciudadana cualquiera, una persona con la que todo el mundo podría identificarse, a la que ayudarían con mucho gusto, preferiblemente, después de escuchar su desgarradora historia.

—Dígame, ¿cómo valora el hecho de poder venir aquí? —dijo el ministro tendiéndole la mano.

La mujer lo miró. El ministro se presentó diciéndole su nombre.

—Pernille… —comenzó la mujer, pero el ministro la interrumpió.

—El nombre de pila es suficiente, Pernille. La prensa está presente, ¿sabes? Quieren sacar una foto. ¿Te parece bien?

—Holmen —dijo la mujer lloriqueando con el pañuelo en la boca—. Pernille Holmen. —Señaló con el dedo la mesa donde había una vela encendida ante una de las fotografías—. He venido a honrar la memoria de mi hijo. ¿Podrían dejarme en paz, por favor?

Martine se quedó de pie junto a la mesa de la mujer mientras el ministro y su séquito se retiraban a toda prisa. Se dio cuenta de que, finalmente, se decantaban por los dos hombres mayores.

—Siento mucho lo que le pasó a Per —dijo Martine bajito.

La mujer la miró con la cara hinchada de tanto llorar. Y de tanta pastilla, pensó Martine.

—¿Conocías a Per? —susurró.

Martine prefería decir la verdad. Por duro que fuese... No por educación, sino porque se había dado cuenta de que, a la larga, hacía la vida más fácil. Pero, en la voz ahogada por el llanto, advirtió una súplica. La súplica de que alguien dijera que su hijo no había sido un drogadicto más, una carga de la que la sociedad ya se había librado, sino un ser humano del que alguien pudiera decir que lo había conocido, que lo había tenido como amigo, incluso que lo había querido.

—Señora Holmen —dijo Martine, y tragó saliva—. Yo lo conocía. Y era un buen chico.

Pernille Holmen parpadeó sorprendida sin mediar palabra. Intentó sonreír, pero no alcanzó sino a esbozar una mueca. Apenas logró susurrar un «Gracias» antes de que las lágrimas empezasen a rodarle por las mejillas.

Martine vio que el comisionado la llamaba con un gesto desde la mesa, pero ella se sentó.

—Ellos... Ellos también se llevaron a mi marido —sollozó Pernille Holmen.

—¿Cómo?

—La policía. Dicen que fue él.

Cuando Martine dejó a Pernille Holmen, pensó en el agente de policía alto y rubio. Le había parecido muy sincero cuando dijo que estaba preocupado. Se sintió ultrajada. Pero también desconcertada. No entendía por qué se enfadaba con alguien a quien no conocía. Miró el reloj. Las siete menos cinco.

Harry había preparado sopa de pescado. Una bolsa de Findus que había mezclado con leche y que completó con unos trozos de pudin de pescado. Y una baguete. Todo ello comprado en Niazi, la pequeña tienda de comestibles de su calle, que regentaba el vecino de abajo junto con su hermano. Al lado del plato de sopa que tenía en la mesa del salón había un vaso de medio litro con agua.

Harry metió un CD en el reproductor y subió el volumen. Dejó la mente en blanco, se concentró en la música y en la sopa. Sonido y sabor. Solo eso.

Con el plato a medio terminar y a la tercera canción, sonó el teléfono. Sopesó la posibilidad de dejarlo sonar. Pero se levantó al octavo tono y bajó el volumen.

—Harry.

Era Astrid.

—¿Qué haces?

Hablaba bajo pero su voz resonaba un poco. Pensó que quizá se había encerrado en el baño de su casa.

—Estoy comiendo. Y escuchando música.

—Voy a dar una vuelta. Cerca de tu casa. ¿Tienes planes para el resto de la noche?

—Sí.

—¿Y cuáles son?

—Escuchar más música.

—Ya. Parece que no tienes ganas de compañía.

—Bueno.

Pausa. Ella dejó escapar un suspiro.

—Avísame si cambias de idea, ¿vale?

—¿Astrid?

—¿Sí?

—No eres tú, ¿vale? Soy yo.

—No tienes que disculparte, Harry. Lo digo por si estuvieras en el error de creer que esto es cuestión de vida o muerte para cualquiera de los dos. Solo pensé que podía ser agradable.

—En otra ocasión, quizá.

—¿Como cuándo?

—Como en otra ocasión.

—¿En una ocasión totalmente diferente?

—Algo así.

—De acuerdo. Pero me gustas, Harry. No lo olvides.

Después de colgar, Harry se quedó allí plantado, inconsciente del silencio repentino. Estaba demasiado sorprendido. Al oír la voz de Astrid, había visto una cara en su interior. No le sorprendió la cara en sí, sino el hecho de que no fuese la de Rakel. Ni tampoco la de Astrid. Se desplomó en la silla y decidió no pensar más en aquel asunto. Si aquello significaba que la medicina del tiempo había empezado a surtir efecto y que Rakel estaba desapareciendo de su sistema, eran buenas noticias. Tan buenas que no quería complicar el proceso.

Subió el volumen del equipo de música. Y dejó la mente en blanco.

Pagó la cuenta. Dejó el palillo en el cenicero y miró el reloj. Las siete menos tres minutos. La funda del hombro le rozaba el pectoral. Sacó la foto del bolsillo interior y le echó un vistazo. Había llegado la hora.

Ninguno de los clientes del restaurante, incluida la pareja de la mesa vecina, le prestó atención cuando se levantó y se fue a los servicios. Se encerró en uno de los lavabos, esperó un minuto; logró resistir la tentación de comprobar que la pistola estaba cargada. Lo había aprendido de Bobo. Si uno se acostumbraba al lujo de comprobar las cosas dos veces, podía bajar la guardia en cualquier momento.

Los minutos pasaron. Se acercó al guardarropa, se puso el chubasquero, se ató el pañuelo rojo al cuello y se encajó el gorro hasta las orejas. Abrió la puerta y salió a la calle Karl Johan.

Se dirigió a buen paso hasta el punto más alto de la calle. No porque tuviera prisa, sino porque era la velocidad que había observado que utilizaba la gente, la velocidad que te permitía no llamar la atención. Pasó por delante de la farola donde estaba el cubo de basura en el que había tirado la pistola el día anterior, cuando regresaba, en medio de una calle peatonal repleta de gente. La policía la encontraría, pero no importaba. Lo importante era que no lo atrapasen con ella encima.

Pudo oír la música mucho antes de llegar.

Había unas doscientas personas congregadas en un semicírculo delante de los músicos, que estaban terminando una canción en el momento en que él llegó. Durante el aplauso, un carillón le confirmó que había llegado a tiempo. En el interior del semicírculo, a un lado y frente a la banda, colgaba de un soporte de madera una olla negra, y junto a ella se encontraba el hombre de la foto. Lo cierto era que solo quedaba iluminado por las farolas de la calle y dos antorchas, pero no cabía duda. Sobre todo, porque llevaba el abrigo y la gorra del uniforme del Ejército de Salvación.

El vocalista gritó algo por el micrófono y la gente estalló en vítores y aplausos. Un flash centelleó cuando empezaron. Tocaban muy alto. El batería estiraba bien la mano derecha cada vez que se disponía a golpear el diminuto tambor militar.

Sorteó la muchedumbre hasta quedar a tres metros del hombre del Ejército de Salvación y comprobó que no hubiese nadie tras él para cuando llegase el momento de la retirada. Tenía delante a dos jovencitas cuyo aliento a chicle salía blanco al frío de tantos grados bajo cero… Eran más bajas que él. No estaba pensando en nada especial, no quería precipitarse; hizo lo que había ido a hacer, sin ceremonias. Sacó la pistola y extendió el brazo, lo que redujo la distancia en cerca de dos metros. Apuntó. El hombre que había a un lado de la olla se convirtió en dos. Dejó de apuntar y las dos figuras volvieron a fundirse en una.

—Salud —dijo Jon.

La música surgía de los altavoces como el relleno espeso de un pastel.

—Salud —dijo Thea alzando el vaso a su vez.

Después de beber, se miraron y él dio forma muda con los labios a las palabras: «Te quiero».

Ella se ruborizó y bajó la mirada, pero sonrió.

—Tengo un pequeño obsequio para ti —dijo él.

—¿Sí? —dijo ella en tono juguetón y coqueto.

Él metió la mano en el bolsillo de la chaqueta. Bajo el teléfono móvil, notó en los dedos el plástico duro de la cajita de la joyería. Se le aceleró el corazón. Dios mío, cómo había temido y anhelado a la vez aquella noche, aquel momento.

El teléfono móvil empezó a vibrar.

—¿Pasa algo? —preguntó Thea.

—No, yo… Perdona. Vuelvo enseguida.

Cuando llegó a los aseos, sacó el móvil y miró la pantalla. Dejó escapar un suspiro y apretó el botón de respuesta.

—Hola, cariño. ¿Qué tal te va?

Hablaba con voz risueña, como si acabara de oír algo divertido, algo que la hubiese hecho pensar en él y la hubiese animado a llamarlo impulsivamente, pero en la pantalla había seis llamadas perdidas suyas.

—Hola, Ragnhild.

—Qué sonido más raro. ¿Estás…?

—Estoy en los servicios. En un restaurante. Thea y yo estamos comiendo. Hablaremos otro día.

—¿Cuándo?

—Otro día.

Pausa.

—Vale.

—Tenía que haberte llamado, Ragnhild. Tengo que decirte algo. Supongo que sabes lo que es. —Tomó aire—. Tú y yo no podemos…

—¿Jon? Es casi imposible oír lo que dices.

Jon dudaba de que fuera verdad.

—¿Puedo ir a tu casa mañana por la noche? —preguntó Ragnhild—. ¿Y me lo explicas entonces?

—No estaré solo mañana por la noche. Ni ninguna otra noche...

—Vente a Grand a almorzar. Te enviaré un SMS con el número de habitación.

—Ragnhild, no...

—No te oigo. Llámame mañana, Jon. No, vaya, voy a estar reunida todo el día. Yo te llamaré. No apagues el teléfono. Pásalo bien, cariño.

—¿Ragnhild?

Jon miró la pantalla. Le había colgado. Podía salir afuera y llamarla para acabar de una vez por todas, ya que se lo había propuesto. Era lo único correcto. Lo único sensato. Darle a aquella historia el golpe de gracia, quitársela de en medio.

Estaban uno frente al otro, pero parecía que el hombre del uniforme del Ejército de Salvación no lo veía. Respiraba tranquilamente, puso el dedo en el gatillo con firmeza y fue bajándolo poco a poco. Sus miradas se cruzaron. Y no creyó ver ninguna expresión de sorpresa, de susto, de temor en la cara del soldado. Al contrario, tuvo la sensación de que se le iluminaba la cara al comprender, como si al ver la pistola hubiese obtenido la respuesta a una pregunta. Y entonces estalló el disparo.

Si hubiese sonado a la vez que el redoble del tambor, quizá la música habría logrado acallarlo, pero disparó de forma que varias personas se volvieron hacia el hombre del chubasquero. Hacia su pistola. Y hacia el soldado del Ejército de Salvación que ahora tenía un agujero en el ala del sombrero, justo debajo de la «A», y que ya caía hacia atrás con los brazos balanceándose hacia delante como los de un muñeco.

Harry se sobresaltó en la silla. Se había quedado dormido. La habitación estaba en silencio. ¿Qué le había despertado? Aguzó el oído, pero el murmullo constante, suave y tranquilizador de la ciudad era cuanto se oía. No, distinguió otro sonido. Afinó el oído. Allí estaba. Era un sonido apenas perceptible, pero cuando lo identificó y mentalmente fijó la impresión sonora, se volvió más nítido. Era un tictac que resonaba quedamente.

Harry se quedó sentado en la silla con los ojos cerrados.

De repente, la ira se apoderó de él y, sin pensárselo dos veces, se fue al dormitorio, abrió el cajón de la mesilla de noche y cogió el reloj de pulsera de Møller. Abrió la ventana y lo lanzó con todas sus fuerzas hacia la oscuridad. Oyó cómo el reloj impactaba primero contra el muro del edificio vecino y luego sobre el gélido asfalto de la calle. Cerró la ventana con vehemencia, ajustó los cierres, volvió al salón y subió el volumen tan alto que vio aletear las membranas de los altavoces, el tiple le perforaba agradablemente los tímpanos y sintió que la densidad del bajo le llenaba la boca.

Los congregados se habían vuelto hacia el hombre que yacía en la nieve. La gorra del uniforme había salido rodando por el suelo y había ido a detenerse ante el soporte del micrófono del vocalista de la banda, que aún no se había dado cuenta de lo sucedido y seguía tocando.

Las dos chicas que se encontraban más cerca del hombre dieron unos pasos hacia atrás. Una de ellas empezó a gritar.

El vocalista, que hasta ese momento había estado cantando con los ojos cerrados, los abrió y se dio cuenta de que ya no contaba con la atención del público. Se dio la vuelta y vio al hombre en la nieve. Buscó con la mirada la de algún guardia de seguridad, algún organizador, algún encargado de la gira, alguien que pudiera controlar la situación, pero aquello no era más que un sencillo concierto callejero, y todo el mundo esperaba a otras personas y el acompañamiento seguía sonando.

La muchedumbre empezó a moverse y la gente se apartó para dejar paso a la mujer.

—¡Robert!

Tenía la voz áspera y ronca. Estaba pálida y llevaba una chaqueta de piel fina con aberturas en los codos. Llegó hasta el hombre que yacía sin vida y cayó de rodillas a su lado.

—¿Robert?

Le puso una mano delicadísima en el cuello y señaló al grupo agitando el dedo índice en el aire.

—¡Dejad de tocar, joder!

Los miembros de la banda dejaron de tocar uno tras otro.

—Este chico se está muriendo. Avisad a un médico. ¡Rápido!

Volvió a ponerle la mano en el cuello. Seguía sin localizar el pulso. Se había visto muchas veces en situaciones similares. En ocasiones terminaban bien. Aunque, normalmente, no. Estaba confusa. No podía tratarse de una sobredosis, un chico del Ejército jamás se pincharía. Había empezado a nevar y los copos se le fundían en la mejilla, los ojos cerrados y la boca entreabierta. Era un chico guapo. Y ella pensó que así, con las facciones relajadas, se parecía a su hijo cuando dormía. Pero entonces descubrió la raya roja que, solitaria, arrancaba del pequeño agujero negro que se le abría en la cabeza y le cruzaba oblicuamente la frente y la sien hasta llegarle al oído.

Un par de brazos la agarraron y la levantaron apartándola de allí, mientras otro hombre se inclinaba sobre el chico. Tuvo una última visión fugaz de aquella cara, identificó el agujero y pensó, con una certeza dolorosa, que aquel era el destino que le aguardaba a su hijo.

Caminaba rápido. No demasiado rápido, no estaba huyendo. Miraba las espaldas que tenía delante, vio a uno que iba medio corriendo y decidió seguir su ritmo. Nadie había intentado pararle los pies. Por supuesto que no. El ruido de una pistola hace retroceder a la gente. Verla los ahuyenta. Y en aquel caso, la mayoría ni siquiera se había percatado de lo sucedido.

El último trabajo.

Oyó que la banda seguía tocando.

Había empezado a nevar. Bien, eso haría que la gente mirase más hacia abajo para protegerse los ojos.

Varios cientos de metros calle abajo avistó el edificio amarillo de la estación de ferrocarril. Experimentó la sensación que le sobrevenía de vez en cuando, la de que todo flotaba, la de que nada podía ocurrirle, la de que los carros de combate T-55 del ejército serbio eran colosos de hierro lentos, ciegos y sordos, y la sensación de que su ciudad estaría en su sitio cuando él volviera a casa.

Alguien se había adueñado del lugar que había escogido para deshacerse de la pistola.

La ropa de aquella persona parecía nueva y moderna, a excepción de las zapatillas de deporte azules. Pero tenía la cara llena de cortes y tostada como la de un herrero. Por lo visto, el hombre, el chico o lo que fuere pretendía quedarse un rato, ya que tenía todo el brazo derecho dentro de la ranura del cubo de basura verde.

Miró el reloj sin detenerse. Hacía dos minutos que había disparado y faltaban once para que saliese el tren. Y todavía llevaba el arma. Pasó por delante del cubo de basura y siguió hacia el restaurante.

Un hombre venía andando hacia él y, aunque lo miraba fijamente, no se volvió cuando se cruzaron.

Fue hacia la puerta del restaurante y la empujó.

En el guardarropa había una madre inclinada sobre un niño, luchando con la cremallera de la chaqueta. Ninguno de ellos lo vio. El abrigo marrón de pelo de camello seguía colgado donde debía. La maleta estaba debajo. Se llevó las dos cosas a los servicios de caballeros y se encerró en uno de los dos cubículos, se quitó el chubasquero, metió el gorro en el bolsillo y se puso el abrigo. Pese a que no había ventanas, podía oír el sonido de la sirena. Varias sirenas. Miró a su alrededor. Tenía que deshacerse de la pistola. No había muchos sitios para elegir. Se subió a la taza del váter, se estiró hasta alcanzar el respiradero blanco de la pared e intentó colar dentro la pistola, pero había una rejilla en la parte interior.

Se bajó. Le costaba respirar y tenía calor. Ocho minutos para la salida del tren. Por supuesto, podía coger uno más tarde, no suponía un problema. El problema estaba en que habían pasado nueve minutos sin que se hubiera deshecho del arma, y ella siempre decía que todo lo que pasara de cuatro minutos era un riesgo inaceptable.

Claro que podía dejar la pistola en el suelo, sin más, pero uno de los principios de su trabajo consistía en evitar que encontrasen el arma hasta que él estuviese en un lugar seguro.

Salió del cubículo y se dirigió al lavabo. Se lavó las manos mientras examinaba el lugar sin gente. *Upomoć!* De repente se fijó en el recipiente de jabón que había sobre el lavabo.

Jon y Thea salían abrazados del restaurante de la calle Torggata.

Thea soltó un grito al resbalar en la calle peatonal a causa del hielo que se extendía bajo la nieve traicionera que acababa de caer. Estuvo a punto de arrastrar a Jon consigo, pero él la salvó en el último momento. La risa de Thea tintineó, deliciosa, en sus oídos.

—¡Has dicho que sí! —dijo mirando al cielo y notando cómo se le derretían los copos de nieve en la cara—. ¡Has dicho que sí!

Una sirena aullaba en la noche. Varias sirenas. El sonido venía de la calle Karl Johan.

—¿Vamos a ver qué pasa? —preguntó Jon cogiéndole la mano.

—No, Jon —se opuso Thea con el ceño fruncido.

—¡Sí, ven!

Thea plantó los pies en el suelo, pero las suelas resbalaban y se negaban a agarrarse.

—No, Jon.

Pero Jon se echó a reír y tiró de ella como si fuese un trineo.

—¡He dicho que no!

El sonido de su voz hizo que Jon la soltase inmediatamente. La miró sorprendido.

Thea dejó escapar un suspiro.

—No quiero ver ningún incendio en estos momentos. Quiero acostarme. Contigo.

Jon se quedó mirándola un buen rato.

—Soy muy feliz, Thea. Me has hecho muy feliz.

Pero Jon no pudo oír su respuesta, porque ella tenía la cara hundida entre los pliegues de su chaqueta.

SEGUNDA PARTE

EL REDENTOR

9

Miércoles, 16 de diciembre.
Nieve

Los focos de la policía científica tiñeron de amarillo la nieve que caía con fuerza en la plaza Egertorget.

Harry y Halvorsen se encontraban en la puerta del bar 3 Brødre, observando a los curiosos y periodistas que se agolpaban dándose codazos detrás de las cintas policiales. Harry se sacó el cigarrillo de la boca y expectoró con violencia.

–Mucha prensa –dijo.

–Han acudido muy rápido. Estamos a un tiro de piedra de sus oficinas.

–Buenas noticias para los periódicos. Un asesinato en la calle más conocida de Noruega, en medio del trajín propio de los preparativos navideños. Y con una víctima a la que todos identifican como el tío que vigilaba la olla del Ejército de Salvación. Mientras tocaba un grupo conocido. ¿Qué más pueden pedir?

–¿Una entrevista con el famoso investigador Harry Hole?

–De momento, nos quedamos aquí –dijo Harry–. ¿Sabes la hora de la muerte?

–Un par de minutos después de las siete.

Harry miró el reloj.

–Hace casi una hora. ¿Por qué no me ha llamado nadie antes?

–No lo sé. Yo recibí una llamada del jefe de grupo justo antes de las siete y media. Creí que estarías aquí cuando yo llegase.

–¿Así que me llamaste por iniciativa propia?

–Bueno, eres el comisario.

–¿Cómo que bueno? –murmuró Harry arrojando el cigarrillo al suelo, que se abrió camino fundiendo la leve capa de nieve hasta desaparecer.

–Las pistas de la investigación técnica no tardarán en hallarse bajo medio metro de nieve –auguró Halvorsen–. Típico.

–No vamos a encontrar ninguna pista técnica –le aseguró Harry.

Beate se dirigía hacia ellos con unos cuantos copos adheridos a la melena rubia. Llevaba entre los dedos una pequeña bolsa de plástico que contenía un casquillo.

–Error –se mofó Halvorsen, y sonrió triunfalmente a Harry.

–Nueve milímetros –explicó Beate con una mueca–. La munición más corriente que existe. Y es todo lo que tenemos.

–Olvida lo que tenéis o dejáis de tener –dijo Harry–. ¿Cuál es tu primera impresión? No pienses, habla.

Beate sonrió. Ya conocía a Harry. Primero, intuición; después, datos. Porque la intuición también puede ser un dato, toda la información que te proporciona el lugar de los hechos y que el cerebro no es capaz de explicar en primera instancia.

–No hay mucho que decir. En Egertorget se concentran los metros cuadrados más transitados de Oslo, de modo que el lugar de los hechos está contaminado, pese a que llegamos veinte minutos después del asesinato. Todo indica que el asesino es un profesional. El médico está examinando a la víctima en estos momentos, pero parece que ha recibido un único disparo. En plena frente. Muy profesional. Sí, esa es mi impresión.

–¿Es esa la forma de trabajar, basándose en una impresión, comisario?

Los tres se volvieron hacia la voz que resonó a sus espaldas. Era Gunnar Hagen. Llevaba una chaqueta de color verde militar y un gorro de lana negro. Apenas se advertía un atisbo de sonrisa en la comisura de los labios.

–Probamos todo aquello que pueda sernos útil, jefe –dijo Harry–. ¿Qué te trae por aquí?

—¿No es aquí donde se cuece todo?

—En cierto modo, sí.

—Supongo que Bjarne Møller prefería la oficina. Yo, personalmente, creo que un jefe debe estar en el campo de batalla. ¿Se produjo más de un disparo, Halvorsen?

Halvorsen se sobresaltó.

—No, al menos eso es lo que afirman los testigos con los que hemos hablado.

Hagen movía los dedos dentro de los guantes.

—¿Alguna descripción?

—Un hombre. —Halvorsen miraba alternativamente al jefe de grupo y a Harry—. Es cuanto sabemos, de momento. La gente estaba oyendo cantar al grupo y todo ocurrió muy deprisa.

—Con tanta gente, alguien tuvo que ver al que disparó —resopló Hagen.

—Sería lo más lógico —admitió Halvorsen—. Pero ignoramos cuál era la posición exacta del asesino entre la muchedumbre.

—Comprendo. —Y, una vez más, esa sonrisa imperceptible.

—Estaba justo delante de la víctima —intervino Harry—. A unos dos metros de distancia, como mucho.

—¿Ah, sí? —Hagen y los otros dos se volvieron hacia Harry.

—Nuestro asesino sabía que para matar a una persona con un arma de pequeño calibre hay que disparar a la cabeza —explicó Harry—. Solo ha disparado una vez, de modo que estaba seguro del resultado. Ergo, o bien se encontraba lo bastante cerca como para ver el agujero en la frente, o bien sabía que no podía fallar. Si examináis la ropa de la víctima, encontraréis los residuos del impacto que demuestran mi teoría. Dos metros, como mucho.

—Un metro y medio —matizó Beate—. En la mayoría de las pistolas, el casquillo sale disparado hacia la derecha, pero no muy lejos. Este lo hemos encontrado en la nieve, a ciento cuarenta y seis centímetros del cadáver. Y la víctima tenía hilos de lana chamuscados en la solapa del abrigo.

Harry observó a Beate. Lo que más apreciaba de ella no era su capacidad innata para diferenciar rostros humanos, sino su inteligencia, su celo, y esa idea estúpida que ambos compartían, la de que su trabajo era importante.

Hagen dio una patada a la nieve.

–Bien, Lønn. Pero ¿quién demonios dispararía a un oficial del Ejército de Salvación?

–No era oficial –rebatió Halvorsen–. Solo un soldado raso. Los oficiales son fijos, los soldados son voluntarios o tienen un contrato de trabajo. –Abrió su bloc de notas–. Robert Karlsen. Veintinueve años. Soltero, sin hijos.

–Pero no sin enemigos, como es obvio –observó Hagen–. ¿Tú qué dices, Beate?

Beate no miró a Hagen sino a Harry cuando contestó.

–Que quizá no fuera contra esa persona en particular.

–¿Y eso? –sonrió Hagen–. ¿Contra quién iba entonces?

–Contra el Ejército de Salvación, tal vez.

–¿Qué te hace pensar eso?

Beate se encogió de hombros.

–Opiniones controvertidas –apuntó Halvorsen–. Homosexualidad. Mujeres sacerdotes. Aborto. Tal vez fuera un fanático...

–Teoría anotada –dijo Hagen–. Muéstrame el cadáver.

Beate y Halvorsen lanzaron una mirada inquisitiva a Harry, que hizo un gesto de asentimiento a Beate.

–Vaya –dijo Halvorsen cuando Hagen y Beate desaparecieron–. ¿Se va a meter a investigar ahora el jefe de grupo?

Harry se frotó el mentón mientras contemplaba la zona de las cintas policiales, donde los flashes de los fotógrafos de la prensa iluminaban la oscuridad invernal.

–Un profesional –repitió.

–¿Cómo?

–Según Beate, el autor es un profesional. Así que empecemos por ahí. ¿Qué es lo primero que hace un profesional después de cometer un asesinato?

–¿Huir?

–No necesariamente. Pero se deshace de todo lo que pueda implicarlo en el crimen.

—El arma homicida.

—Correcto. Yo comprobaría todas las alcantarillas, contenedores, cubos de basura y patios interiores en un radio de cinco manzanas alrededor de la plaza Egertorget. Ahora. Si es necesario, pide gente del turno de guardia.

—De acuerdo.

—Y recoge todos los vídeos de las cámaras de vigilancia de las tiendas situadas en ese perímetro, todas las grabaciones que cubran el periodo anterior y posterior a las diecinueve horas.

—Le diré a Skarre que se ocupe de ello.

—Y otra cosa más. El periódico *Dagbladet* es uno de los organizadores de esos conciertos callejeros y suele cubrirlos. Comprueba si su fotógrafo ha sacado fotos del público.

—Por supuesto. No había pensado en eso.

—Y luego envíaselas a Beate para que les eche un vistazo. Y quiero a todos los investigadores en la sala de reuniones de la zona roja a las diez de mañana. ¿Haces tú la ronda?

—*Yes.*

—¿Dónde están Li y Li?

—Interrogando a unos testigos en la Comisaría General. Hay un par de chicas que se encontraban muy cerca del tipo que disparó.

—De acuerdo. Dile a Ola que consiga una lista de familiares y amigos de la víctima. Empezaremos por comprobar si hay algún móvil aparente.

—¿No acabas de decir que se trata de un profesional?

—Tenemos que barajar varias hipótesis, Halvorsen. Y empezar a buscar donde divisemos algo de luz. Los familiares y amigos suelen ser fáciles de localizar. Y en ocho de cada diez asesinatos, el autor…

—… es alguien a quien la víctima conocía —remató Halvorsen con un suspiro.

Una voz que gritaba el nombre de Harry Hole los interrumpió. Se volvieron justo a tiempo de ver a los chicos de la prensa, que se abrían paso a la carrera a través de la ventisca.

—Bueno, ya empieza la función —dijo Harry—. Remítelos a Hagen. Yo me voy a la Comisaría General.

Tras facturar la maleta en el mostrador de la línea aérea, se dirigió al control de seguridad. Se sentía entusiasmado. Había concluido el último trabajo. Estaba de tan buen humor que decidió realizar la prueba del billete. La vigilante de Securitas negó con la cabeza cuando sacó el sobre azul del bolsillo interior con la intención de enseñarle el billete.

—¿Teléfono móvil? —preguntó ella en noruego.

—*No.*

Dejó el sobre con el billete sobre la mesa que había entre el equipo de rayos X y el arco de seguridad. Al quitarse el abrigo de piel de camello, se dio cuenta de que aún llevaba el pañuelo anudado, así que se lo quitó y lo metió en un bolsillo. Colocó el abrigo en la bandeja que le ofrecía la vigilante y pasó bajo el arco de seguridad ante la atenta mirada de otros dos guardias. Contando a la vigilante de Securitas, que miraba fijamente la imagen del abrigo, y al que aguardaba al final de la cinta, había un total de cinco personas cuyo único trabajo consistía en impedir que él llevase algún objeto susceptible de usarse como arma a bordo del avión. Se puso el abrigo al otro lado del arco de seguridad y volvió para recoger el sobre del billete que estaba encima de la mesa. Nadie lo detuvo cuando pasó por delante de los guardias de Securitas. Así de fácil habría sido pasar una hoja de cuchillo dentro del sobre del billete. Llegó al enorme vestíbulo de salidas. Lo primero que le llamó la atención fue la vista a través de la gran ventana panorámica que se alzaba justo delante de él. Que no hubiese nadie. Que la nieve se extendiera como una cortina blanca en el paisaje.

Martine conducía inclinada hacia los limpiaparabrisas que apartaban la nieve.

—El ministro se ha mostrado positivo —dijo David Eckhoff, satisfecho—. Muy positivo.

—Eso lo sabías de antemano —contestó Martine—. Esa gente no viene a tomar sopa ni invita a la prensa si piensa decir que no a algo. Los elegirán.

—Sí —suspiró Eckhoff—. Los elegirán. —Miró por la ventanilla—. Rikard es un buen chico, ¿verdad?

—Te repites, papá.

—Solo necesita un poco de orientación, y puede convertirse en un hombre muy valioso para nosotros.

Martine giró hacia el garaje que había bajo el Cuartel General, pulsó el control remoto y la puerta de acero se abrió. Cuando entraron, los neumáticos de clavos chirriaron sobre el suelo de hormigón del garaje.

Bajo una de las lámparas del techo, junto al Volvo azul del comisionado, estaba Rikard con el mono y los guantes de trabajo. Pero ella no lo miró a él, sino al hombre alto y rubio que había a su lado y al que reconoció enseguida.

Aparcó junto al Volvo, pero se quedó sentada buscando algo en el bolso mientras su padre salía del coche. Dejó la puerta abierta y Martine pudo oír la voz del policía.

—¿Eckhoff? —Su voz resonó contra las paredes de hormigón desnudas.

—Correcto. ¿Puedo ayudarte, joven?

Martine reconoció el tono de voz que adoptó su padre. Un tono amable, pero autoritario, de comisionado.

—Me llamo Harry Hole, comisario del distrito policial de Oslo. Se trata de uno de vuestros empleados. Robert…

Martine notó la mirada del policía en cuanto bajó del coche.

—… Karlsen —continuó Hole, volviéndose otra vez hacia el comisionado.

—Un hermano —matizó David Eckhoff.

—¿Perdón?

—Nos gusta pensar en nuestros compañeros como si fueran miembros de la familia.

—Comprendo. En ese caso debo informar de que ha habido una muerte en la familia, Eckhoff.

Martine sintió que se le encogía el pecho. El policía aguardó un instante, como si quisiera darles tiempo para que procesaran la información, antes de proseguir:

—A Robert Karlsen le han pegado un tiro a las siete de la tarde en la plaza Egertorget.

—¡Dios mío! —exclamó el padre—. ¿Cómo ha ocurrido?

—Solo sabemos que un desconocido que se había mezclado con la muchedumbre le disparó y luego desapareció.

El padre negaba con la cabeza, sin dar crédito a lo que acababa de oír.

—Pero… Pero ¿a las siete, dices? ¿Por qué…? ¿Por qué no me han informado antes?

—Porque el procedimiento habitual exige que se informe primero a la familia. Y, desgraciadamente, no hemos podido localizarla.

A juzgar por el tono del policía, paciente y ecuánime, Martine supo que estaba acostumbrado a que la gente reaccionara a la noticia de una muerte con aquel tipo de preguntas irrelevantes.

—Comprendo —dijo Eckhoff, que infló las mejillas antes de dejar escapar el aire por la boca—. Los padres de Robert ya no viven en Noruega. Pero al hermano, Jon, deberías haberle localizado.

—No está en su casa y tampoco contesta al móvil. Me dijeron que cabía la posibilidad de que se encontrara aquí, en el Cuartel General, trabajando hasta tarde. Pero aquí solo estaba este joven.

Señaló con la cabeza a Rikard, que parecía un gorila tristón de mirada vidriosa, con los grandes guantes de trabajo rematándole los brazos, que le colgaban flácidos, y el bigote negruzco, perlado de sudor.

—¿Alguna idea sobre dónde puedo encontrar al hermano? —preguntó el policía.

Martine y el padre se miraron y negaron con la cabeza.

—¿Alguna idea sobre quién querría matar a Robert Karlsen?

Volvieron a negar con la cabeza.

–Bueno. Pues ya estáis enterados. Ahora tengo prisa, pero nos gustaría volver mañana con algunas preguntas.

–Por supuesto, comisario –dijo el comisionado mientras se levantaba–. Pero, antes de irte, podrías darme más detalles sobre lo ocurrido.

–Consulta la página de noticias del teletexto. Tengo que irme.

Martine vio que a su padre le cambiaba el color de la cara. Se volvió hacia el policía y lo miró a los ojos.

–Lo siento –se disculpó este–. El tiempo es un factor muy importante en esta fase de la investigación.

–Podrías… Podrías ir a casa de mi hermana, Thea Nilsen. –Los tres se volvieron hacia Rikard. El muchacho tragó saliva–. Vive en un edificio propiedad del Ejército, en la calle Gøteborggata.

El policía hizo un gesto afirmativo. Antes de marcharse, se volvió otra vez hacia Eckhoff.

–¿Por qué no viven los padres en Noruega?

–Es una historia muy larga. Fallaron.

–¿Fallaron?

–Perdieron la fe. Las personas que crecen en el seno del Ejército suelen tener dificultades cuando eligen otro camino.

Martine observó a su padre. Pero ni siquiera ella, su hija, pudo advertir la mentira en su rostro de granito. El policía les dio la espalda y ella notó cómo le brotaban las primeras lágrimas. Se extinguió el sonido de los pasos del comisario y entonces se oyó el carraspeo discreto de Rikard.

–He dejado los neumáticos de verano en el maletero.

Para cuando la megafonía del aeropuerto de Oslo anunció la noticia, él ya lo sabía.

–*Due to weather conditions, the airport has been temporarily closed.*

Sin dramatismos, se dijo a sí mismo. Como hacía una hora, cuando oyó el primer mensaje que anunciaba un retraso en el vuelo debido a la nieve.

Se dispusieron, pues, a esperar, mientras un manto mullido de nieve cubría los aviones allí fuera. Inconscientemente, empezó a buscar con la mirada a personas uniformadas. Supuso que en los aeropuertos iban uniformados. Y cuando la mujer vestida de azul que estaba detrás del mostrador de la puerta de salida 42 se llevó el micrófono a la boca, lo supo, lo vio en la expresión de su cara. Que el vuelo a Zagreb se había cancelado. La mujer lo lamentaba. Y añadió que saldría a las diez cuarenta del día siguiente. Los pasajeros dejaron escapar un lamento unísono, aunque moderado. La mujer siguió diciendo, con tono jovial, que la compañía aérea les pagaría el tren de vuelta a Oslo y una habitación en el hotel de SAS para los pasajeros de tránsito o para los que viajaban con billete de vuelta.

Sin dramatismos, se repitió mientras el tren cruzaba silbando el paisaje nocturno a toda velocidad. Solo se detuvo una vez antes de llegar a Oslo, junto a un grupo de casas plantadas en un campo blanco. Un perro tiritaba sentado bajo un banco de la estación mientras, en los conos de luz de las farolas, la nieve se agitaba en remolinos. Se parecía a Tinto, el perro juguetón y sin dueño que solía correr por el vecindario de Vukovar cuando él era pequeño. Giorgi y algunos de los chicos mayores le pusieron un collar donde ponía: «Nombre: Tinto. Dueño: Svi». Todos. Nadie quería hacerle daño a Tinto. Nadie. Pero a veces eso no era suficiente.

El tren emitió un profundo suspiro antes de reemprender su carrera bajo la nevada.

Jon fue al otro extremo de la habitación, un rincón que no quedaba visible desde la puerta de entrada de Thea, mientras ella iba a abrir. Distinguió la voz de Emma, la vecina:

—Lo siento, Thea, pero, por lo visto, a este hombre le urge encontrar a Jon Karlsen.

—¿A Jon?

Una voz de hombre:

–Sí, me han dicho que quizá lo encontrara en casa de Thea Nilsen, en esta dirección. No aparece ningún nombre en el timbre de abajo, pero esta señora me ha guiado hasta aquí.

–¿Jon, aquí? No sé cómo…

–Soy policía. Mi nombre es Harry Hole. Se trata del hermano de Jon.

–¿Robert?

Jon se acercó a la puerta. Un hombre de su misma estatura, con ojos de un intenso azul claro, lo miraba desde el umbral.

–¿Ha hecho Robert algo malo? –preguntó, intentando ignorar a la vecina que estaba de puntillas para ver por encima del hombro del policía.

–No lo sabemos –contestó el hombre–. ¿Puedo entrar?

–Por favor –dijo Thea.

El policía entró y cerró la puerta ante la cara de decepción de la vecina.

–Me temo que traigo malas noticias. Quizá sea mejor que toméis asiento.

Los tres se sentaron en torno a la mesa del salón. Jon experimentó la sensación de haber recibido un golpe en el estómago y cayó automáticamente hacia delante cuando el policía les contó lo sucedido.

–¿Muerto? –oyó susurrar a Thea–. ¿Robert?

El policía se aclaró la voz y siguió hablando. Las palabras llegaban hasta Jon como sonidos enigmáticos, crípticos, casi incomprensibles. Fijó la mirada en un punto mientras escuchaba al policía, quien explicaba las circunstancias de la muerte. La boca entreabierta de Thea, el rojo brillante de sus labios húmedos. Su respiración era entrecortada y rápida. Jon no se dio cuenta de que el policía había dejado de hablar hasta que distinguió la voz de Thea.

–¿Jon? Te ha hecho una pregunta.

–Perdona. Yo… ¿Cuál ha sido la pregunta?

–Sé que es un momento muy difícil, pero me preguntaba si sabes de alguien que pudiera desear la muerte de tu hermano.

–¿De Robert? –Jon tuvo la sensación de que todo a su alrededor sucedía a cámara lenta, incluso su propio gesto de negación.

–De acuerdo –dijo el policía sin anotar nada en el bloc que había sacado–. ¿Algo en su trabajo o en su vida privada que pudiese despertar la enemistad de alguien?

Jon oyó su propia risa fuera de lugar.

–Robert formaba parte del Ejército de Salvación –repuso–. Nuestro enemigo es la pobreza. Material y espiritual. Rara vez nos matan por eso.

–Ya. Eso es trabajo, pero ¿qué pasa con la vida privada?

–Lo que acabo de decir vale para el trabajo y la vida privada.

El policía esperó.

–Robert era buena persona –contestó Jon, que ya notaba que la voz empezaba a fallarle–. Leal. Caía bien a todo el mundo. Él... –Se le quebró la voz.

El policía echó un vistazo alrededor de la habitación. No estaba demasiado cómodo con la situación, pero esperó. Y esperó.

Jon tragaba saliva una y otra vez.

–Quizá fuese un poco alocado de vez en cuando. Un tanto... impulsivo. Es posible que algunos lo tomaran por cínico. Pero era su forma de ser. En el fondo, era inofensivo.

El policía se volvió hacia Thea y miró el bloc de notas.

–Tú eres Thea Nilsen, la hermana de Rikard Nilsen, según tengo entendido. ¿Concuerda eso con tu impresión sobre Robert Karlsen?

Thea se encogió de hombros.

–Yo no conocía muy bien a Robert. Él... –Se cruzó de brazos y evitó la mirada de Jon–. Por lo que yo sé, nunca ha hecho daño a nadie.

–¿Dijo Robert algo que indujese a pensar que tenía problemas con alguien?

Jon negó firmemente con la cabeza, como procurando deshacerse de lo que tenía dentro. Robert estaba muerto. Muerto.

–¿Debía Robert dinero a alguien?

–No. Bueno, sí, un poco a mí.

—¿Estás seguro de que no debía nada a ninguna otra persona?

—¿Qué quieres decir?

—¿Robert se drogaba?

Jon miró incrédulo al policía antes de contestar otra vez:

—Rotundamente, no.

—¿Cómo puedes estar tan seguro? No siempre…

—Trabajamos con drogadictos. Conocemos los síntomas. Y Robert no tomaba drogas, ¿vale?

El policía asintió con la cabeza y tomó nota.

—Lo siento, pero tenemos que hacer este tipo de preguntas. Naturalmente, no podemos descartar que la persona que disparó solo fuera un perturbado mental, y Robert, una víctima elegida al azar. O bien, dado que el soldado del Ejército de Salvación que vigila la olla navideña se ha convertido prácticamente en un símbolo, cabe la posibilidad de que el asesinato fuera un acto contra la organización. ¿Sabéis si hay algo que pueda apoyar esta teoría?

Como si estuvieran sincronizados, ambos jóvenes negaron con la cabeza.

—Gracias por vuestra ayuda. —El policía guardó el bloc de notas en el bolsillo del abrigo y se levantó—. No hemos conseguido el número de teléfono ni la dirección de tus padres…

—Yo me encargo —dijo Jon con la mirada perdida en el vacío.

—¿Estáis seguros?

—¿Seguros de qué?

—De que se trata de Robert.

—Sí, me temo que es él.

—Pero eso es todo lo que sabéis con certeza —dijo Thea, de repente—. Porque no sabéis nada más.

El policía se detuvo ante la puerta, reflexionando sobre lo que la joven acababa de decir.

—Creo que eso resume la situación con bastante exactitud —admitió al fin.

A las dos de la madrugada dejó de nevar. Las nubes que habían planeado sobre la ciudad como un telón negro y pesado fueron retirándose, y vino a sustituirlas una luna grande y amarilla. Bajo el cielo desnudo, la temperatura empezó a bajar otra vez, haciendo crujir las paredes de las casas.

10

Jueves, 17 de diciembre.
El incrédulo

Siete días antes de Navidad amaneció con un frío tal que se diría que un guante de acero atenazaba a quienes, raudos y silenciosos, se movían por las calles de Oslo, concentrados en llegar a cualquier sitio donde evitar sus garras.

Harry estaba en la sala de reuniones de la zona roja de la Comisaría General, escuchado la deprimente explicación de Beate Lønn mientras intentaba ignorar los periódicos que tenía delante, sobre la mesa. Todos dedicaban la primera página al asesinato, todos mostraban las fotos granuladas de la plaza Egertorget sumida en la oscuridad del invierno, y remitían a las dos o tres páginas del periódico en las que desarrollaban la noticia. El *VG* y el *Dagbladet* habían logrado reproducir algo que, con un poco de buena voluntad, podría llamarse un retrato de Robert Karlsen basado en conversaciones casuales recopiladas de amigos y conocidos. «Un gran tipo.» «Siempre dispuesto a ayudar.» «Trágico.» Harry los había leído sin concederles el menor interés. No habían conseguido localizar a los padres, y el *Aftenposten* era el único que había conseguido citar a Jon. «Incomprensible», rezaba el sucinto titular que acompañaba la foto de un chico, que, con el pelo revuelto y expresión desconcertada, posaba delante del edificio de la calle Gøteborggata. Firmaba la noticia un viejo conocido, Roger Gjendem.

Harry se rascó el muslo a través de un agujero en el vaquero y lamentó no haberse puesto unos leotardos. Acababa de llegar al trabajo, a las siete y media de la mañana, cuando se dirigió al despacho de Hagen dispuesto a averiguar quién sería el responsable de la investigación. Hagen lo miró y contestó que el jefe superior de la policía judicial y él habían decidido que fuera Harry. «De momento», añadió. Y Harry, que no quiso pedirle que explicara qué quería decir con ese «de momento», asintió con la cabeza y se marchó.

Doce investigadores del grupo de Delitos Violentos, además de Beate Lønn y Gunnar Hagen, que solo quería «estar al corriente», llevaban reunidos desde las diez de la mañana.

El resumen ofrecido por Thea Nilsen la noche anterior seguía siendo válido.

En primer lugar, no contaban con ningún testigo. Ninguno de los presentes en la plaza Egertorget había visto nada relevante. Seguían comprobando las grabaciones de las cámaras de vigilancia de los alrededores, pero, hasta el momento, no habían revelado ningún dato de interés. Ninguno de los empleados de las tiendas y los restaurantes de Karl Johan con los que habían hablado notaron nada fuera de lo normal, y no se había presentado ningún otro testigo. Beate, que había recibido las instantáneas tomadas la noche anterior por el fotógrafo del *Dagbladet*, se vio obligada a informar de que o bien eran fotografías tomadas muy de cerca, de grupos de niñas que sonreían felices, o bien eran planos generales demasiado pixelados como para distinguir los rasgos de la gente. Se había encargado de ampliar las partes en las que aparecía gente delante de Robert Karlsen, pero no se veía un arma ni ninguna otra cosa que les permitiera identificar a la persona que buscaban.

En segundo lugar, no tenían ninguna prueba técnica aparte de la que había aportado el experto en balística de la científica al confirmar que la bala que perforó la cabeza de Robert Karlsen pertenecía al casquillo que habían encontrado.

Y en tercer lugar, no tenían móvil.

Beate Lønn concluyó su exposición, y Harry le dio la palabra a Magnus Skarre.

—Esta mañana he estado hablando con la encargada de la tienda Fretex, en la calle Kirkeveien, donde trabajaba Robert Karlsen

—dijo Skarre, a quien el destino, con esa tendencia suya al humor retorcido, había otorgado esa forma de hablar con la erre parisina que sugería su apellido—. Estaba muy afectada y ha comentado que Robert caía bien a todo el mundo, que era un hombre encantador, que siempre estaba de buen humor. Ahora bien, dijo que podía ser un tanto caprichoso. Que de vez en cuando no se presentaba en el trabajo y esas cosas. Pero no creía que tuviera enemigos.

—Lo mismo han dicho las personas con las que he hablado yo —añadió Halvorsen.

Gunnar Hagen permaneció sentado durante toda la conversación, con las manos en la nuca mirando a Harry con una sonrisa leve y expectante, como si estuviera asistiendo a la exhibición de un mago y esperara que Harry sacase el conejo de la chistera. Pero él no guardaba ningún conejo, sino los inquilinos de siempre. Las teorías.

—¿Hipótesis? —dijo Harry en voz alta—. Venga, ahora podéis decir gilipolleces, el permiso termina en cuanto acabe esta reunión.

—Lo asesinaron de un tiro delante de todo el mundo y a plena luz del día —dijo Skarre—. Solo hay un gremio que se dedique a esas cosas. Se trata de una ejecución realizada de forma profesional para servir de ejemplo a otros que no pagan sus deudas con las drogas.

—Podría ser —dijo Harry—. Pero ninguno de los informantes de Estupefacientes ha visto ni oído hablar de Robert Karlsen. Está limpio, no hay nada en el registro penal ni en el SSP, el registro policial central. ¿Alguien conoce a algún adicto sin blanca al que no hayan detenido nunca por algo?

—Y el forense no encontró rastro de sustancias ilegales en los análisis de sangre —añadió Beate—. Ni menciona marcas de agujas u otros indicios.

Hagen carraspeó y los demás se volvieron hacia él.

—Naturalmente, un soldado del Ejército de Salvación no está involucrado en asuntos de esa índole. Continúa.

Harry vio que a Magnus Skarre le salían unas manchas rojas en la frente. Skarre era un chico bajo, ex gimnasta, con el pelo castaño y liso y la raya a un lado. Era uno de los investigadores más jóvenes, un trepa arrogante y ambicioso cuya manera de ser recordaba a la del joven Tom Waaler, pero sin su inteligencia y talento excepcionales para el trabajo policial. Durante el último año habían minado un tanto la autoestima de Skarre, y Harry empezaba a pensar que, a pesar de todo, no era imposible que llegase a ser un buen policía.

—Por otro lado, parece que Robert Karlsen era de natural curioso —dijo Harry—. Y sabemos que en las tiendas Fretex trabajan drogadictos que cumplen libertad condicional. Curiosidad y posibilidad constituyen una mala combinación.

—Exacto —dijo Skarre—. Y cuando pregunté a la señora de Fretex si Robert era soltero, dijo que creía que sí. Pero que una chica extranjera que parecía muy joven había ido a preguntar por él varias veces. Cree que la chica era de algún lugar de Yugoslavia. Apuesto a que es albanokosovar.

—¿Por qué? —preguntó Hagen.

—Albanokosovar. Drogas, ¿no es verdad?

—Vaya —dijo Hagen balanceándose en la silla—. Se diría que tienes unos prejuicios muy arraigados, joven.

—Correcto —dijo Harry—. Y nuestros prejuicios resuelven casos. Porque no se basan en la falta de conocimiento, sino en hechos y experiencia. Por lo tanto, en esta sala nos reservamos el derecho a discriminar a todo el mundo, sin distinción de raza, religión o sexo. Nuestra única defensa es que no solo se discrimina a los más débiles.

Halvorsen sonrió. Ya había oído aquel discurso.

—Según las estadísticas, los homosexuales, los creyentes y las mujeres observan más la ley que los hombres heterosexuales de entre dieciocho y sesenta años. Pero si eres mujer, homosexual, creyente y albanokosovar, la probabilidad de que vendas droga es mayor que la que existe si eres un motero feo y gordo, llevas un tatuaje en la frente y hablas noruego. Si tenemos que elegir, y eso es lo que debemos hacer, traemos primero a la albanesa para interrogarla. ¿Injusto para con los albanokosovares que cumplen la ley? Por supuesto. Pero como trabajamos con probabilidades y recursos limitados, no podemos permitirnos despreciar el conocimiento allí donde podamos hallarlo. Si la experiencia nos hubiera enseñado que una mayoría sorprendente de los que cogimos en la aduana de Gardermoen utilizaban sillas de ruedas y pasaban droga en los orificios corporales, los habríamos levantado de las sillas, nos habríamos puesto los guantes de látex y nos los habríamos follado con el dedo, uno a uno. Claro que nos callamos estas cosas cuando hablamos con la prensa.

—Una filosofía interesante, Hole. —Hagen miró a su alrededor para ver la reacción de los demás, pero los rostros impasibles de los presentes no revelaban ninguna opinión—. Pero volvamos al asunto que nos ocupa.

—Vale —dijo Harry—. Continuamos donde lo dejamos, buscando el arma, pero ampliamos el perímetro de búsqueda a un radio de seis manzanas. Seguimos interrogando a testigos y vamos a las tiendas que ayer estaban cerradas. No vamos a perder más tiempo viendo más cintas de vigilancia hasta que no tengamos algo concreto que buscar. Li y Li, vosotros ya tenéis la dirección y la orden de registro del apartamento de Robert Karlsen. En la calle Gørbitz, ¿verdad?

Li y Li asintieron.

—Registrad también su despacho, puede que encontréis algo interesante. Traed la correspondencia y los discos duros de ambos lugares, si los hay, para que podamos comprobar con quién ha mantenido contacto. He hablado con los de KRIPOS, hoy mismo se pondrán en contacto con la Interpol para averiguar si tienen algún caso en Europa que se parezca a este. Halvorsen, tú me acompañarás al Cuartel General del Ejército de Salvación. Beate, quiero hablar contigo cuando acabe la reunión. ¡Moveos!

Ruido de sillas y pies que se mueven.

—¡Un momento, caballeros!

Silencio. Todos miraron a Gunnar Hagen.

—Veo que algunos de vosotros habéis venido a trabajar en vaqueros agujereados y prendas con publicidad de lo que supongo que es el club de fútbol de Vålerengen. Es posible que el anterior jefe aceptara ese tipo de indumentaria, pero yo no pienso permitir-lo. La prensa sigue todos nuestros movimientos con suspicacia. A partir de mañana no quiero ver prendas con agujeros ni publici-dad de ninguna clase. Tenemos un público y queremos dar la im-presión de ser funcionarios serios y neutrales. Me gustaría que quie-nes ostenten el rango de comisario o superior se quedaran un momento.

Cuando todos salieron, solo quedaron Harry y Beate.

—Voy a redactar un escrito dirigido a todos los comisarios del grupo comunicándoles que, a partir del lunes de la semana que viene, deben llevar el arma reglamentaria —dijo Hagen.

Harry y Beate lo miraron, incrédulos.

—La guerra se recrudece ahí fuera —dijo Hagen, levantando la barbilla—. Tenemos que aceptar que las armas serán necesarias en el futuro y los jefes deben ir por delante y mostrar el camino. El arma no ha de ser un elemento extraño, sino una herramienta normal, como el móvil y el ordenador. ¿De acuerdo?

—Bueno —dijo Harry—. Yo no tengo permiso de armas.

—Supongo que es una broma —dijo Hagen.

—No me presenté a la prueba de tiro este otoño, así que entre-gué el arma.

—Pues te firmaré un permiso, tengo autoridad para hacerlo. Dejaré una solicitud en tu taquilla para que recojas el arma. Aquí no se escaquea nadie. En marcha.

Y Hagen se fue.

—Está loco de remate —dijo Harry—. ¿Qué coño pintamos no-sotros con armas?

—¿Así que ahora hay que remendar los pantalones y comprar un cinturón para el revólver? —dijo Beate con ojos risueños.

—Mmm… Me gustaría echar un vistazo a las fotos de la plaza Egertorget que publicaron en el *Dagbladet*.

—Toma —dijo Beate entregándole una carpeta amarilla—. ¿Pue-do preguntarte una cosa, Harry?

—Por supuesto.

—¿Por qué lo has hecho?

—¿El qué?

—¿Por qué has defendido a Magnus Skarre? Sabes que es un racista y tú no te crees nada de lo que has dicho sobre la discriminación. ¿Lo haces para provocar al nuevo jefe de grupo? ¿Para asegurarte la impopularidad desde el primer día?

Harry abrió el sobre.

—Luego te las devuelvo.

Se encontraba en el hotel SAS Radisson de la plaza Holberg contemplando por la ventana la gélida blancura de la ciudad al amanecer. Los edificios eran de poca altura e insignificantes, le resultaba extraño que aquella ciudad fuera la capital de uno de los países más ricos del mundo. El Palacio Real era un edificio amarillo y anónimo, un compromiso entre una democracia pietista y una monarquía pobre. Por entre las ramas de los árboles desnudos divisó un gran balcón. Desde allí se dirigiría el rey a sus súbditos. Empuñó un fusil imaginario, guiñó un ojo y apuntó. El balcón se deshizo y se quebró en dos mitades.

Había soñado con Giorgi.

La primera vez que vio a Giorgi estaba en cuclillas al lado de un perro gemebundo. El perro era Tinto, pero ¿quién era ese chico de ojos azules y pelo rubio y rizado? Juntos metieron a Tinto en una caja de madera y lo llevaron al veterinario del pueblo, que vivía en una casa de hormigón gris de dos habitaciones con un jardín de manzanos cubierto de vegetación. El veterinario les dijo que al animal le dolían las muelas y que él no era dentista. ¿Quién iba a pagar el tratamiento de un viejo perro sin amo, que, de todos modos, perdería el resto de los dientes? Era mejor sacrificar al perro y evitar que sufriera y muriese lentamente de hambre. De pronto, Giorgi se puso a llorar. Fue un llanto claro, desgarrador, casi melódico. Cuando el veterinario le preguntó por qué lloraba, Giorgi dijo que quizá el perro fuese Jesús, porque su padre le había dicho que Jesús estaba entre nosotros, como uno de nuestros niños, sí, o tal vez como un perro miserable y pobre al que nadie da cobijo ni comida. El veterinario meneó la cabeza, pero llamó al dentista. Cuando Giorgi y él regresaron al salir del colegio, el veterinario les presentó a un Tinto que movía el rabo y que lucía en la boca cuatro empastes negros estupendos.

A pesar de que Giorgi estaba en un curso superior al suyo, después de aquello jugaron juntos alguna que otra vez. Pero solo unas semanas, porque luego empezaron las vacaciones de verano. Y cuando se reanudaron las clases en otoño, Giorgi parecía haberse olvidado de él. Lo ignoraba, como si no quisiera volver a relacionarse con él.

Él logró olvidar a Tinto, pero no a Giorgi. Varios años más tarde, durante el asedio, encontró a un perro enflaquecido entre las ruinas de la puerta sur de la ciudad. Se le acercó y le lamió la cara. Ya no llevaba collar, y no supo que se trataba de Tinto hasta que reparó en los empastes negros.

Miró el reloj. El autobús que les llevaba de vuelta al aeropuerto salía al cabo de diez minutos. Cogió la maleta, echó un último vistazo a la habitación para asegurarse de que no se dejaba nada. Oyó el crujido del papel cuando abrió la puerta. Había un periódico en el suelo. Miró a lo largo del pasillo y vio que el mismo periódico yacía delante de varias de las habitaciones. La fotografía de la escena del crimen se distinguía claramente en la primera página. Se agachó para recoger el grueso diario, que tenía un nombre indescifrable en letras góticas.

Intentó leer mientras esperaba el ascensor, pero, aunque algunas de las palabras le recordaban al alemán, no logró entender gran cosa. Pasó las páginas hasta dar con las del artículo. En ese instante, se abrieron las puertas del ascensor, y decidió dejar el aparatoso diario en el cubo de basura que había entre los dos ascensores. Pero el ascensor llegó vacío, así que se lo llevó dentro, pulsó el cero y se concentró en las fotografías. Reparó en uno de los pies de foto. Primero no pudo creer lo que leía. Pero en el momento en que el ascensor empezaba a bajar, lo comprendió con una claridad tan espeluznante que por un momento se le nubló la vista y tuvo que apoyarse en la pared. El periódico estuvo a punto de escapársele de las manos, y no se dio cuenta de que ya se estaba abriendo la puerta del ascensor.

Cuando por fin levantó la vista, vio la oscuridad y comprendió que estaba en el sótano y no en la recepción, que, por alguna razón, en aquel país se encontraba en la primera planta.

Salió del ascensor y las puertas se cerraron. Y allí en la oscuridad, se sentó e intentó pensar con claridad. Porque aquello lo ponía todo patas arriba. Faltaban ocho minutos para que saliera el autobús del aeropuerto. Era el tiempo del que disponía para tomar una decisión.

—Intento ver unas fotos —dijo Harry un tanto harto.

Halvorsen lo miró desde su mesa, que estaba enfrente de la de Harry.

—Adelante.

—Si dejas de chasquear los dedos, quizá pueda. ¿Qué estás haciendo?

—¿Esto? —Halvorsen se miró los dedos, los chasqueó en el aire y rió ligeramente avergonzado—. No es más que una vieja costumbre.

—¿Y eso?

—Mi padre era seguidor de Lev Yashin, aquel portero ruso de los sesenta. —Harry aguardó a que continuara con la explicación—. Mi padre quería que yo fuera portero del Steinkjer. De modo que cuando era pequeño solía chasquearme los dedos delante de los ojos. Así. Para hacerme fuerte y que no me asustara en los tiros a puerta. Por lo visto, el padre de Yashin hacía lo mismo con su hijo. Si no parpadeaba, me daba un terrón de azúcar.

Un silencio sepulcral siguió a aquellas palabras.

—Estás de coña —dijo Harry.

—No. Uno de esos terroncitos marrones, buenísimos.

—Me refería a lo de chasquear los dedos. ¿Es verdad?

—Pues claro. Los chasqueaba todo el tiempo. Durante la cena, cuando veíamos la tele, incluso cuando estaba con mis amigos. Al final empecé a chasqueármelos a mí mismo. Escribí el nombre de

Yashin en todas mis mochilas del colegio y lo tallé en mi pupitre. Incluso ahora, siempre utilizo «Yashin» con los programas de ordenador y esas cosas que te exigen una contraseña. Y eso que sabía que me estaba manipulando. ¿Comprendes?

—No. ¿Te ayudó en algo eso de chasquear?

—Sí, no me dan miedo los tiros a puerta.

—Así que…

—No. Resultó que no tenía talento para la pelota.

Harry se pellizcó el labio superior.

—¿Sacas algo de esas fotos? —preguntó Halvorsen.

—No mientras sigas chasqueando los dedos. Y hablando.

Halvorsen meneó la cabeza despacio.

—¿No íbamos a visitar el Cuartel General del Ejército de Salvación?

—¡Cuando termine, Halvorsen!

—¿Sí?

—¿Tienes que respirar de una forma tan… extraña?

Halvorsen cerró la boca apretando con fuerza y contuvo la respiración. Harry levantó rápidamente la vista y volvió a bajarla enseguida. Halvorsen creyó haber visto una pequeña sonrisa. Aunque no lo habría jurado. Una sonrisa que ahora desaparecía para dar paso a la profunda arruga que se formó en la frente del comisario.

—Ven a ver esto, Halvorsen.

Halvorsen rodeó la mesa. Harry tenía delante dos fotografías, ambas del público que se concentraba en la plaza Egertorget.

—¿Ves al tipo del gorro y el pañuelo, a este lado? —Harry señaló una cara borrosa—. Desde luego, está justo enfrente de Robert Karlsen, a un lado del grupo, ¿verdad?

—Sí…

—Pero mira la otra foto. Aquí. El mismo gorro y el mismo pañuelo, pero en el centro, justo enfrente del grupo.

—¿Y qué tiene de raro? Quizá se desplazara hacia el centro para oír y ver mejor.

—¿Y si lo hizo al revés? —Halvorsen no contestó, así que Harry continuó—: Uno no cambia de sitio para colocar la cabeza dentro del altavoz y no poder ver al grupo que tiene delante. A no ser que tenga una buena razón.

–¿Como disparar a alguien?

–Déjate de bromas.

–Vale, pero no sabes cuál de las fotos sacaron primero. Yo apuesto a que se desplazó hacia el centro.

–¿Cuánto?

–Doscientas.

–De acuerdo. Mira la luz de la farola en ambas fotos. –Harry le dio una lupa a Halvorsen–. ¿Ves alguna diferencia?

Halvorsen asintió lentamente con la cabeza.

–Nieve –dijo Harry–. En la fotografía que aparece a un lado ha empezado a nevar. Así que debieron de sacarla después. Cuando empezó a nevar ayer por la tarde, no paró hasta bien entrada la noche. O sea que esta fue la segunda instantánea. Tenemos que llamar a ese tal Wedlog que trabaja en el *Dagbladet*. Si utiliza una cámara digital con reloj incorporado, podremos saber la hora exacta en que la hizo.

Hans Wedlog, del periódico *Dagbladet*, era de los que preferían la cámara réflex y los carretes. Por esa razón, no pudo cumplir las expectativas del comisario Hole en cuanto a la hora en que hizo cada foto.

–De acuerdo –dijo Hole–. Pero ¿fuiste tú quien sacó las fotos del concierto de anteayer?

–Sí, Rødberg y yo cubrimos todo lo de los músicos callejeros.

–Si utilizas carretes, conservarás las fotos que hiciste del público de esa noche, ¿verdad?

–Sí, las tengo. Y no las habría tenido si hubiera utilizado una cámara digital; las habría borrado hace mucho.

–Eso es lo que pensaba. Pues verás, quería pedirte un favor.

–¿Sí?

–¿Podrías echar una ojeada a las fotos del público de anteayer y ver si encuentras a un tío con gorro y chubasquero negro? Y un pañuelo. Tenemos una de tus fotos donde aparece este hombre. Si estás cerca de tu ordenador, Halvorsen puede escanearla y enviártela.

Harry notó que Wedlog dudaba.

—Puedo enviaros las fotos, pero repasarlas me parece más un trabajo policial y prefiero no mezclar demasiado las cartas.

—Vamos muy justos de tiempo. ¿Quieres que te demos una fotografía de la persona que le interesa a la policía en este asunto o no?

—¿Quiere eso decir que nos dejas utilizarla?

—Sí.

La voz de Wedlog se relajó.

—Estoy en el laboratorio, puedo comprobarlo ahora mismo. Suelo sacar muchas fotos del público, así que quizá encuentre alguna. Cinco minutos.

Halvorsen escaneó y envió la foto, y Harry se quedó sentado tamborileando con los dedos mientras esperaban.

—¿Qué te hace estar tan seguro de que estuvo allí la noche de anteayer? —preguntó Halvorsen.

—No estoy seguro de nada —dijo Harry—. Pero si Beate tiene razón y se trata de un profesional, lo más seguro es que hiciera un reconocimiento, preferiblemente a la misma hora, cuando las circunstancias fueran las más similares a las de la hora en que planeaba cometer el asesinato. Y eso lo sitúa en el concierto callejero de anteayer.

Pasaron los cinco minutos. El teléfono sonó a las once.

—Wedlog. *Sorry*. Nada de gorros ni chubasqueros negros. Tampoco el pañuelo.

—Mierda —dijo Harry alto y claro.

—Lo siento. ¿Te las envío y lo compruebas tú mismo? Aquella noche enfoqué uno de los proyectores al público, así que las caras se ven mejor.

Harry vaciló. Tenía que elegir bien las prioridades para optimizar el poco tiempo que tenían, sobre todo durante las primeras veinticuatro horas.

—Envíalas; las miraremos más tarde —dijo Harry, y estuvo a punto de dar su dirección de correo a Wedlog, pero cambió de opinión–. Por cierto, envíaselas a Lønn, de la policía científica. Ella tiene una facultad especial para las caras, quizá detecte algo. –Harry le dio la dirección a Wedlog–. Y nada de mencionar mi nombre en el periódico de mañana, ¿de acuerdo?

–No, dirá: «Fuente policial anónima». Un placer hacer negocios con usted.

Harry colgó e hizo un gesto de asentimiento a Halvorsen, que se había quedado con los ojos como platos.

–Vale, junior, vamos al Cuartel General del Ejército de Salvación.

Halvorsen miró a Harry. El comisario pateaba el suelo con impaciencia mientras leía los anuncios del tablón donde se informaba acerca de predicadores ambulantes, prácticas musicales y listas de turnos de guardia. La recepcionista, uniformada y de pelo cano, terminó por fin de atender las llamadas y se volvió sonriente hacia ellos.

Harry le explicó brevemente el motivo de su visita y ella asintió con la cabeza, como si los hubiera estado esperando, y les indicó el camino.

No mediaron palabra mientras esperaban al ascensor, pero Halvorsen reparó en las gotas de sudor que cubrían la frente del comisario. Sabía que a Harry no le gustaban los ascensores. Se bajaron en el quinto piso y Halvorsen se apresuró a seguir a Harry a través de unos pasillos amarillos que terminaban frente a una puerta de despacho abierta. Harry se detuvo tan bruscamente que Halvorsen estuvo a punto de chocar con él.

–Hola –dijo Harry.

–Hola –dijo una voz de mujer–. ¿Tú otra vez?

La figura corpulenta de Harry llenaba el hueco de la puerta impidiendo que Halvorsen viera a la persona que hablaba, pero el agente percibió una ligera alteración en la voz de Harry.

–Sí, eso parece. ¿El comisionado?

–Os está esperando. Podéis entrar.

Halvorsen le siguió a través de la pequeña antesala y alcanzó a saludar con la cabeza a la mujer diminuta que estaba sentada detrás de un escritorio. Las paredes del despacho del comisionado estaban cubiertas de escudos de madera, máscaras y lanzas. Sobre la estantería, repleta de libros, había tallas africanas en madera y fotos de lo que Halvorsen supuso que era la familia del comisionado.

—Gracias por recibirnos pese a haber avisado con tan poca antelación, Eckhoff —dijo Harry—. Este es el agente Halvorsen.

—Qué tragedia —contestó Eckhoff, que se había levantado y señalaba con la mano las dos sillas vacías—. La prensa lleva todo el día dándonos la lata. Cuéntame qué sabéis hasta ahora.

Harry y Halvorsen intercambiaron una mirada.

—Preferimos no hablar de eso en estos momentos, Eckhoff.

Las cejas del comisionado descendieron acercándose peligrosamente a los ojos y Halvorsen exhaló un suspiro mudo, como preparándose para otra de las peleas de gallos de Harry. Pero en ese momento las cejas del comisionado volvieron a elevarse hasta la posición normal.

—Perdóname, Hole. Gajes del oficio. Como jefe superior, olvido de vez en cuando que no todo el mundo debe informarme a mí. ¿Qué puedo hacer por vosotros?

—En pocas palabras, me preguntaba si tienes idea de algún móvil plausible para lo ocurrido.

—Bueno, naturalmente, he estado pensando en ello. Y me cuesta encontrar una explicación. Robert era un chico desordenado, pero simpático. Muy diferente a su hermano.

—¿Jon no es simpático?

—No es desordenado.

—¿En qué tipo de lío estaba metido Robert?

—¿Lío? Insinúas algo que se me escapa. Yo solo quería decir que Robert no tenía rumbo fijo en la vida, no como su hermano. Yo conocía bien a su padre. Josef era uno de nuestros mejores oficiales. Pero perdió la fe.

—Dijiste que era una larga historia. ¿Puedes contarme la versión abreviada?

—Buena pregunta. —El comisionado suspiró profundamente y miró por la ventana—. Josef trabajó en China durante las inundaciones. Allí pocas personas habían oído hablar del Señor, y estaban cayendo como moscas. Según la interpretación que Josef dio a la Biblia, nadie que no haya recibido a Jesús puede ser redimido y, por lo tanto, arderá en el infierno. Estuvieron en la región de Hunan, repartiendo medicinas. Las inundaciones trajeron consigo un montón de víboras de Russel que surcaban las aguas y mordían a mucha gente. Aunque Josef y su gente disponían de una bandeja entera de suero, casi siempre llegaban demasiado tarde, porque esa clase de víbora te inocula un veneno hemotóxico que desintegra las paredes de las venas y hace que la víctima empiece a sangrar por los ojos, los oídos y todos los orificios corporales, hasta que muere una hora o dos más tarde. Yo mismo fui testigo del veneno hemotóxico cuando estuve de misionero en Tanzania y vi a personas que habían sufrido la mordedura de la serpiente boomslang. Un espectáculo espantoso.

Eckhoff cerró los ojos un instante.

—En fin. El caso es que Josef y su enfermera fueron a uno de los poblados para administrar penicilina a dos gemelos que habían cogido una pulmonía. Y en ello estaban cuando entró el padre de los pequeños: una víbora de Russel acababa de morderle en el agua del arrozal. A Josef Karlsen le quedaba una dosis de suero y le pidió a la enfermera que cogiese una jeringa para inyectársela al hombre. Mientras tanto, Josef salió para aliviarse, porque, como todos los demás, tenía diarrea y dolores de estómago. Y mientras estaba acuclillado en el agua de las inundaciones, una víbora le mordió en los testículos. Fue tal el grito que todo el mundo supo enseguida lo que había pasado. Cuando entró de nuevo en la casa, la enfermera le dijo que el pagano chino se había negado a que le pusiera la inyección, porque prefería que reservasen el suero para Josef, por si le mordía alguna víbora. Si Josef sobrevivía, podría salvar a más niños, y él no era más que un campesino que ni siquiera tenía granja.

Eckhoff tomó aire.

—Josef me contó que tenía tanto miedo que ni siquiera contempló la posibilidad de rechazar la oferta, y dejó que la enfermera le pusiera inmediatamente la inyección. Entonces se echó a llorar mientras el campesino chino intentaba consolarlo. Y cuando Josef se serenó y pidió a la enfermera que preguntase al pagano chino si había oído hablar de Jesús, esta no tuvo tiempo de hacerlo porque, de repente, los pantalones del campesino se tiñeron de rojo. Murió en cuestión de segundos.

Eckhoff los miró, como dándoles tiempo para digerir la historia. El silencio retórico de un predicador con experiencia, pensó Harry.

—¿Así que ese hombre arde ahora en el infierno?

—Sí, según la interpretación que Josef Karlsen hacía del texto. En cualquier caso, Josef reinterpretó el texto después.

—¿Esa es la razón por la que perdió la fe y se marchó del país?

—Eso fue lo que me dijo.

Harry, que había preguntado sin dejar de tomar notas en el bloc, asintió con la cabeza.

—En otras palabras, ahora Josef está condenado a arder en el infierno porque no fue capaz de aceptar esta... mmm, esta paradoja de la fe. ¿Lo he entendido bien?

—Has entrado en un campo teológico muy problemático, Hole. ¿Eres creyente?

—No, soy investigador. Creo en las pruebas.

—¿Y eso qué quiere decir?

Harry echó un vistazo a su reloj y vaciló antes de contestar, rápido y con voz monocorde:

—Yo tengo problemas con una religión que dice que la fe en sí es el billete de entrada al cielo. Es decir, que se trata de tu capacidad para manipular tu propia sensatez con el objeto de que acepte algo que tu inteligencia rechaza. Es el mismo modelo de sumisión intelectual que han utilizado las dictaduras a lo largo de la historia, la idea de una sensatez superior a la que no se deben exigir pruebas.

El comisionado hizo un gesto de afirmación.

—Una objeción meditada, comisario. Y, por supuesto, no eres la primera persona que la esgrime. Aun así, hay muchas personas que creen y que son bastante más inteligentes que tú y que yo. ¿No te resulta una paradoja?

—No —dijo Harry—. He conocido a un sinfín de personas mucho más inteligentes que yo. Algunas de ellas matan a otras personas por razones que ni ellos ni yo comprendemos. ¿Crees que el asesinato de Robert podría ser un atentado contra el Ejército de Salvación?

El comisionado se irguió en la silla.

—Si estás pensando en grupos de algún signo político, lo dudo. El Ejército de Salvación siempre se ha mantenido al margen de la política. Y hemos sido bastante consecuentes. Durante la Segunda Guerra Mundial ni siquiera condenamos oficialmente la ocupación alemana, pero intentamos por todos los medios continuar con nuestro trabajo como antes.

—Enhorabuena —dijo Halvorsen, ganándose con ello una mirada displicente de Harry.

—Creo que la única ocupación que tuvo nuestra bendición fue la de 1888 —explicó Eckhoff sin inmutarse—. El Ejército de Salvación sueco decidió ocupar Noruega, y levantamos el primer comedor en el barrio de obreros más pobre de Oslo, que, por cierto, amigos míos, se hallaba donde se encuentra actualmente la Comisaría General de Policía.

—No creo que nadie os guarde rencor por eso —dijo Harry—. Mi impresión es que el Ejército de Salvación goza de más popularidad que nunca.

—Sí y no —dijo Eckhoff—. Tenemos la confianza del pueblo, eso lo sabemos. Pero el reclutamiento ha ido regular. Este otoño solo hemos tenido once cadetes en la Escuela de Oficiales de Asker, un internado con camas para sesenta. Y dado que nos decantamos por la interpretación conservadora de la Biblia en cuestiones como, por ejemplo, la homosexualidad, no somos igual de populares en todos los sectores. Ya los alcanzaremos, solo que las cosas van un poco más despacio entre nosotros que en otras comunidades religiosas más liberales. Pero ¿sabes qué? Creo que en estos tiempos tan cambiantes no importa que haya cosas que evolucionen un poco más despacio. –Sonrió a Halvorsen y a Harry, como si hubieran expresado su conformidad–. De todas formas, los jóvenes asumirán el mando. Con una actitud más despreocupada, supongo. En estos momentos estamos contratando a un nuevo jefe de administración, y los candidatos al puesto son muy jóvenes.

Se llevó la mano al estómago.

–¿Era Robert uno de ellos?

El comisionado negó con la cabeza sin dejar de sonreír.

–Puedo garantizarles que no. Pero su hermano, Jon, sí. La persona elegida controlará propiedades muy valiosas, entre otras, todos nuestros inmuebles, y Robert no era la clase de persona a la que uno pudiera confiar esas responsabilidades. Tampoco se había licenciado en la Academia de Oficiales.

–Esos inmuebles, ¿son los de la calle Gøteborggata?

–Tenemos varios. En la calle Gøteborggata solo viven los empleados del Ejército, pero hay zonas como la calle de Jacob Aall, donde damos cobijo a refugiados de Eritrea, Somalia y Croacia.

–Ya. –Harry miró el bloc de notas, dio un golpecito en el reposabrazos con el bolígrafo y se puso de pie–. Creo que ya hemos abusado bastante de tu tiempo, Eckhoff.

–No ha sido para tanto. Este asunto nos concierne a todos.

El comisionado los acompañó hasta la puerta.

–¿Puedo hacerte una pregunta personal, Hole? –preguntó el comisionado–. ¿Dónde te he visto antes? Nunca olvido una cara, ¿sabes?

–Puede que en televisión o en los periódicos –dijo Harry–. Se armó un poco de jaleo en torno a mí por un caso de asesinato que acabó en Australia.

–No, esas caras las olvido. Tiene que haber sido en persona, ¿comprendes?

–¿Te importa ir a sacar el coche? –preguntó Harry a Halvorsen.

Cuando su colega se despidió, Harry se volvió hacia el comisionado.

154

—No lo sé, pero vosotros me ayudasteis una vez —dijo—. Me recogisteis de la calle un día de invierno en que estaba tan borracho que era incapaz de cuidar de mí mismo. El soldado que me encontró quería llamar a la policía porque pensaba que ellos se harían cargo de mí. Pero le expliqué que yo era policía y que llamarlos comportaría mi despido. Así que me llevó a la enfermería, donde me pusieron una inyección que me permitió dormir. Estoy en deuda con vosotros.

David Eckhoff hizo un gesto de aprobación.

—Me imaginaba que se trataba de algo así, pero no quería decirlo. En cuanto a la deuda, más vale que la dejemos para más adelante. Seremos nosotros quienes estemos en deuda con vosotros si encontráis al asesino de Robert. Que Dios te bendiga, Hole. A ti y al trabajo que realizas.

Harry asintió y salió a la antesala, donde permaneció un instante contemplando la puerta cerrada de Eckhoff.

—Os parecéis bastante —dijo Harry.

—¿Ah, sí? —preguntó la mujer con voz grave—. ¿Ha estado seco?

—Me refiero a la fotografía que había ahí dentro.

—Nueve años —dijo Martine Eckhoff—. Te felicito por reconocerme.

Harry negó con la cabeza.

—Iba a llamarte. Quería hablar contigo.

—¿Ah, sí?

Harry se dio cuenta de cómo habían sonado sus palabras y se apresuró a añadir:

—Sobre Per Holmen.

—No merece la pena hablar de eso. —Martine se encogió de hombros, pero se le enfrió la voz—. Tú haces tu trabajo. Yo hago el mío.

—Puede ser. Pero yo... Bueno, solo quería decir que no fue exactamente lo que parecía.

—¿Y qué parecía?

—Te dije que Per Holmen me importaba. Y terminé destruyendo lo que quedaba de su familia. Mi trabajo a veces es así.

Ella estaba a punto de replicar, pero en ese momento sonó el teléfono. Cogió el auricular y aguardó.

—En la iglesia de Vestre Aker —dijo—. Lunes, día 21, a las doce. Sí.

Martine colgó el teléfono.

—Todo el mundo quiere ir al entierro —dijo mientras hojeaba unos papeles—. Políticos, clérigos y gente famosa. Todos quieren participar con nosotros en el momento del dolor. Ayer llamó el representante de una de las nuevas cantantes noruegas para comunicarnos que se ofrecía a cantar en el entierro.

—Bueno —dijo Harry, preguntándose qué quería decir con aquello—. Es…

Pero el teléfono volvió a sonar. Así que desistió en su intento de averiguarlo. Vio que ya era hora de irse, se despidió con la cabeza y se encaminó a la puerta.

—He apuntado a Ole para Egertorget el jueves —la oyó decir Harry a su espalda—. Sí, en lugar de Robert. En ese caso, la cuestión es si tú puedes venir conmigo en el autobús de reparto de sopa de esta noche.

Ya en el ascensor, Harry maldijo en voz baja y se pasó las manos por la cara. Luego rió con desgana. Como se ríe uno de los payasos sin gracia.

Aquel día, el despacho de Robert parecía todavía más pequeño que de costumbre. E igual de caótico. El estandarte del Ejército de Salvación se erguía al lado de la escarcha de la ventana y de la navaja que tenía clavada en el escritorio, junto a un montón de papeles y sobres sin abrir. Jon estaba sentado paseando la mirada por las paredes. Se detuvo en una fotografía en la que aparecían Robert y él. ¿De cuándo sería? La tomaron en Østergård, naturalmente, pero ¿qué verano? A juzgar por su expresión, Robert había intentado mantenerse serio para la foto, pero al final no pudo evitar sonreír. Su propia sonrisa, por el contrario, le pareció muy forzada.

Había leído los periódicos del día. Y, aunque ya conocía todos los detalles, seguía pareciéndole un sueño, como si la víctima fuese otra persona, no Robert.

Se abrió la puerta. Al otro lado aguardaba una mujer alta y rubia, ataviada con una cazadora de piloto de color verde. Tenía los labios finos y pálidos; la mirada, dura e impasible; el semblante, inexpresivo. Tras ella había un tío de baja estatura y pelo rojizo, con la cara mofletuda de un anuncio de Butterball y ese tipo de sonrisa que parece grabada en la cara de algunas personas, que la tienen siempre a punto, ya tengan o no un buen día.

—¿Quién eres tú? —preguntó la mujer.

—Jon Karlsen. —Y cuando la mirada de la mujer se endureció aún más, añadió—: Soy el hermano de Robert.

—Lo siento —dijo la mujer en un tono inexpresivo, atravesando el umbral de la puerta con el brazo extendido—. Toril Li. Inspectora del grupo de Delitos Violentos. —Le dio un apretón firme, pero cálido—. Este es el inspector Ola Li.

El hombre saludó con la cabeza y Jon le devolvió el saludo.

—Sentimos lo sucedido —dijo la mujer—. Pero, como se trata de un caso de asesinato, tenemos que precintar la habitación.

Jon asintió con la cabeza mientras volvía de nuevo la vista hacia la foto de la pared.

—Eso significa que debemos pedirte que…

—Ah, sí, por supuesto —repuso Jon—. Lo siento, estoy algo ausente.

—Es totalmente comprensible —contestó Toril Li con una sonrisa. No una sonrisa amplia y efusiva, sino una escueta y afable que se ajustaba a la situación.

Jon pensó que los agentes de policía que trabajaban con asesinatos y esas cosas debían de tener experiencia en situaciones como aquella. Como los pastores. Como su padre.

—¿Has tocado algo? —preguntó ella.

—¿Que si he tocado algo? No. ¿Por qué iba a hacerlo? Me he pasado todo el rato aquí sentado.

Jon se levantó y, sin saber por qué, sacó la navaja del escritorio, la cerró y se la guardó en el bolsillo.

—A vuestra disposición —dijo antes de salir de la habitación.

La puerta se cerró silenciosamente a su espalda.

Ya en la escalera, se dio cuenta de que había cometido una estupidez largándose con la navaja, de modo que regresó para devolverla. De repente, se detuvo frente a la puerta cerrada y distinguió la voz risueña de la mujer.

—¡Dios mío, qué susto! Es igual que su hermano, al principio creía que estaba viendo un fantasma.

—No se parece en absoluto —dijo la voz del hombre.

—¡Sobre todo, si solo lo has visto en foto!

Un horrible presentimiento se apoderó de Jon.

El vuelo SK 655 con destino a Zagreb despegó puntual del aeropuerto de Oslo a las diez cuarenta, viró a la izquierda sobre el lago de Hurdal antes de poner rumbo hacia el sur y al radiofaro de Ålborg. Como hacía un día inusualmente frío, la tropopausa había descendido tanto que el avión MD-81 la atravesó cuando sobrevolaba el centro de Oslo. Y como en la tropopausa el avión expulsa las estelas de condensación que a veces se observan en el cielo, si hubiese mirado hacia arriba mientras tiritaba junto a una cabina telefónica de la plaza Jernbarnetorget, habría visto el avión cuyo billete guardaba en el bolsillo del abrigo de pelo de camello.

Había metido la bolsa en una taquilla de la Estación Central de Oslo. Debía encontrar una habitación de hotel. Luego tendría que acabar el trabajo, lo que significaba que necesitaba un arma. Pero ¿cómo consigue uno un arma en una ciudad donde no tiene ningún contacto?

Oyó a la mujer de información de la compañía telefónica, que, con el inglés melódico propio de los escandinavos, le aclaró que en Oslo existían diecisiete abonados con el nombre de Jon Karlsen y que, desgraciadamente, no podía darle la dirección de todos. Pero podía facilitarle el número del Ejército de Salvación.

La mujer que contestó en el Cuartel General del Ejército de Salvación dijo que solo tenían un Jon Karlsen, pero que aquel día libraba. Él le explicó que quería enviarle un regalo de Navidad y le preguntó si tenía la dirección de su casa.

–Vamos a ver, la calle Gøteborggata 4, código postal 0566. Está muy bien que alguien piense en él en estos momentos, pobrecito.

–¿Pobrecito?

–Sí, ayer mataron a su hermano.

–¿A su hermano?

–Sí, en la plaza Egertorget. Sale en el periódico de hoy.

Dio las gracias y colgó.

Algo le golpeó en el hombro y se volvió rápidamente.

Era el vaso de papel que revelaba lo que quería el joven. Tenía la chaqueta vaquera algo sucia, pero llevaba un corte de pelo moderno, iba recién afeitado, vestía ropa de calidad y lucía una mirada despierta y alerta. El joven dijo algo, pero cuando él se encogió de hombros dando a entender que no hablaba noruego, cambió a un inglés perfecto.

–*I'm Kristoffer. I need money for a room tonight. Or else I'll freeze to death.*

Sonaba como si lo hubiera aprendido en un curso de comercio, un mensaje corto y conciso en el que decía su nombre para crear una cercanía emocional efectiva. Acompañó la petición con una sonrisa de oreja a oreja.

Él negó con la cabeza, y estaba a punto de marcharse cuando el mendigo se le plantó delante con el vaso de papel.

–¿Mister? ¿Alguna vez has tenido que dormir a la intemperie y te has pasado la noche llorando de frío?

–*Yes, actually I have.*

En el impulso del momento, sintió deseos de contarle que una vez había pasado cuatro noches en una madriguera de zorro inundada, esperando un carro de combate serbio.

–Entonces sabes de qué estoy hablando, mister.

Asintió lentamente con la cabeza. Metió la mano en el bolsillo, sacó un billete y se lo dio a Kristoffer sin mirarlo.

–Vas a dormir a la intemperie de todas formas, ¿verdad?

Kristoffer metió rápidamente el billete en el bolsillo antes de hacer un gesto afirmativo y sonreír disculpándose.

–Tengo que dar prioridad a mi medicina, mister.

–¿Dónde sueles dormir?

–Allí abajo. –El drogadicto tendió la mano y él siguió el dedo índice delgado y largo con una uña bien cuidada–. El puerto de contenedores. Este verano empiezan las obras para la construcción de una ópera. –Kristoffer sonrió una vez más de oreja a oreja–. Y a mí me encanta la ópera.

–¿No hace frío allí ahora?

–Esta noche puede que vaya al Ejército de Salvación. Siempre tienen una cama libre en el Heimen.

–¿Ah, sí?

Miró al chico. Parecía bien aseado y, al sonreír, dejaba ver una dentadura blanca y bien alineada. Aun así, olía a putrefacción. Si aguzaba el oído, casi creía oír los chasquidos de miles de mandíbulas, el sonido que producen al consumir la carne desde dentro.

11

Jueves, 17 de diciembre.
El croata

Halvorsen estaba sentado al volante y esperaba pacientemente a que avanzara un coche con matrícula de Bergen que, pisando a fondo, patinaba sobre el hielo delante de ellos. Harry hablaba con Beate por el móvil.

—¿Qué quieres decir? —preguntó Harry a gritos para imponerse al estruendo del coche.

—Que no parece que la persona de ambas fotos sea la misma —repitió Beate.

—Llevan el mismo gorro, el mismo chubasquero y el mismo pañuelo. Tiene que ser la misma persona.

Ella no contestó.

—¿Beate?

—Las caras no se ven bien. Hay algo raro, no sé exactamente qué. Quizá tenga que ver con la luz.

—Ya. ¿Crees que estamos equivocados?

—No lo sé. Su posición justo delante de Karlsen concuerda con las pruebas técnicas. ¿Qué es ese ruido?

—Bambi patinando sobre hielo. Hablamos.

—¡Espera!

Harry esperó.

—Hay otra cosa más —dijo Beate—. He mirado las otras fotos, las del día anterior.

—¿Sí?

—No he encontrado ningún rostro idéntico a los que aparecen en las fotos del día anterior. Pero hay un pequeño detalle. Se ve a un hombre con un abrigo amarillo, quizá de pelo de camello. Lleva una bufanda…

—Ya. ¿Quieres decir un pañuelo?

—No, parece una bufanda normal, de lana. Pero anudada de la misma manera que el pañuelo del otro, o de los otros. El lado más alto se sale del nudo. ¿Te has fijado?

—No.

—Nunca he visto a nadie anudar la bufanda de esa forma —aseguró Beate.

—Envía las fotos por correo electrónico y les echaré un vistazo.

Lo primero que hizo Harry al llegar al despacho fue imprimir las fotos que le había enviado Beate.

Cuando fue a recogerlas a la sala de la impresora, vio que Gunnar Hagen ya estaba allí.

Harry lo saludó y los dos hombres se quedaron callados mientras observaban cómo la máquina gris escupía hoja tras hoja.

—¿Alguna novedad? —preguntó Hagen por fin.

—Sí y no —dijo Harry.

—La prensa no deja de darme la lata. Sería estupendo tener algo que darles.

—Ah, sí, casi lo olvidaba, jefe. Les di un soplo; les dije que andamos buscando a este hombre.

Harry sacó una hoja del montón de copias y señaló al hombre del pañuelo.

—¿Que has hecho qué? —preguntó Hagen.

—Les di un soplo a los de la prensa. Concretamente, a los del *Dagbladet*.

—¿Sin mi permiso?

—Es como suele hacerse, jefe. Lo llamamos «filtración constructiva». Decimos que la información procede de una fuente policial anónima para que el periódico pueda fingir que detrás de todo esto hay un trabajo de investigación periodístico. Eso les gusta, así pueden sacar titulares más grandes que si les hubiésemos pedido oficialmente que publicasen las fotos. Ahora será más fácil obtener información del público para identificar al hombre. Y todos contentos.

—Yo no, Hole.

—Si es así, lo siento mucho, jefe —dijo Harry subrayando la sinceridad de su respuesta con una expresión de preocupación en el rostro.

Hagen lo miraba moviendo las mandíbulas con movimientos desacompasados, un gesto que a Harry le pareció propio de un rumiante.

—¿Y qué pasa con este hombre? —preguntó Hagen quitándole la hoja a Harry.

—No estamos seguros. Quizá sean varios. Beate Lønn opina que han… bueno, que se han atado el pañuelo de una forma particular.

—Eso es un nudo de *kravatt*, un nudo de croata. —Hagen volvió a mirar la foto—. ¿Qué tiene de raro?

—¿Qué dices que es, jefe?

—Un nudo de croata.

—Ya sé que *kravatt* significa «corbata» en sueco. ¿Quieres decir que es un nudo de corbata?

—Un nudo de croata, hombre.

—¿Cómo?

—Son conocimientos básicos de historia, ¿no?

—Te agradecería que me lo explicaras, jefe.

Hagen se llevó las manos a la espalda.

—¿Qué sabes de la guerra de los Treinta Años?

—Poco, supongo.

—Durante la guerra de los Treinta Años, cuando el rey Gustavo Adolfo pretendía invadir Alemania, amplió su ejército, disciplinado pero reducido, con los mejores soldados de Europa. Se los consideraba los mejores porque no conocían el miedo. Reclutó a mercenarios croatas. ¿Sabías que la palabra noruega *krabat* viene del sueco y originalmente significaba «croata», es decir, «loco temerario»?

Harry negó con la cabeza.

—A pesar de que los croatas luchaban por un país que no era el suyo y vistieron el uniforme del rey Gustavo Adolfo, se les permitió conservar algo que los distinguía de los demás: el pañuelo del jinete. Era un pañuelo que los croatas anudaban de una manera especial. El pañuelo fue adoptado y refinado por los franceses, pero lo llamaron *cravate* en honor a los croatas.

—*Cravate. Kravatt.*

—Exacto.

—Gracias, jefe. —Harry cogió la última hoja de fotos de la bandeja de la impresora y miró la fotografía del hombre de la bufanda que Beate había marcado con un círculo—. Puede que acabes de proporcionarnos una pista.

—No tenemos que darnos las gracias por hacer nuestro trabajo, Hole.

Hagen cogió el resto de las hojas y se fue.

Halvorsen levantó la vista cuando Harry irrumpió en el despacho.

—Una pista cogida con pinzas —dijo Harry. Halvorsen suspiró. Aquella expresión solía implicar mucho trabajo y cero resultados. Pero Harry añadió—: Voy a llamar a la Europol para hablar con Alex.

Halvorsen sabía que la Europol era la hermana menor de la Interpol en La Haya, un organismo creado por la Unión Europea en 1994. El terrorismo internacional y el crimen organizado eran su especialidad. Pero Halvorsen no entendía por qué habría de ayudarles el tal Alex cuando Noruega no era miembro de la Unión Europea.

—*Alex? Harry in Oslo. Could you check on a thing for me, please?*

Halvorsen fue testigo de cómo Harry, con un inglés seco pero eficaz, le pedía a Alex que buscase en la base de datos todos los delitos cometidos en Europa en los últimos diez años por un supuesto criminal internacional. Palabras clave: «asesino a sueldo» y «croata».

–*I'll wait* –dijo Harry. De repente, sorprendido, exclamó–: *Really? That many?*

Se rascó el mentón y le pidió a Alex que añadiera a los criterios de búsqueda las palabras «pistola» y «calibre nueve milímetros».

–¿Veintitrés resultados, Alex? ¿Veintitrés asesinatos con un croata como posible autor? ¡Jesús! Sé que las guerras son caldo de cultivo de muchos asesinos profesionales, pero... Inténtalo añadiendo «Escandinavia». ¿Nada? Vale. ¿Tienes algún nombre, Alex? ¿Ninguno? *Hang on a sec.*

Harry miró a Halvorsen como si tuviera la esperanza de que llegase a mencionar algo esclarecedor, pero su colega se limitó a encogerse de hombros.

–De acuerdo, Alex –dijo Harry–. Un último intento.

Pidió a Alex que lo intentara añadiendo «pañuelo rojo» o «bufanda» a los criterios de búsqueda.

Halvorsen oyó la risotada de Alex.

–Gracias, Alex. Hablaremos.

Harry colgó.

–¿Y? –preguntó Halvorsen–. ¿Aún se sostiene tu teoría?

Harry afirmó con la cabeza. Se había hundido un poco más en la silla, pero de pronto se irguió muy decidido.

–Hay que empezar de nuevo. ¿Qué tenemos? ¿Nada? Estupendo, me gustan las hojas en blanco.

Halvorsen recordó que Harry había dicho una vez que lo que diferenciaba al buen investigador del mediocre era su capacidad para olvidar. Un buen investigador olvida todas las ocasiones en las que le ha fallado la intuición, no recuerda las pistas en las que había confiado antes de darse cuenta de que lo habían desviado del objetivo. Y un buen investigador era el que, con espíritu ingenuo y olvidadizo, volvía a empezar de cero con renovado entusiasmo.

Sonó el teléfono y Harry cogió el auricular.

–Harr... –Pero la persona que llamaba se le había adelantado.

Harry se levantó detrás de la mesa y Halvorsen vio que tenía los nudillos blancos de tanto apretar el teléfono.

–*Wait, Alex.* Voy a pedirle a Halvorsen que tome nota.

Harry tapó el auricular con la mano y se dirigió a Halvorsen:

—Ha hecho un último intento, solo por diversión. Ha omitido «croata», «nueve milímetros» y todo lo demás y ha buscado exclusivamente «bufanda roja». Ha obtenido cuatro resultados. Cuatro asesinatos realizados con pistola por un profesional, en los cuales los testigos apuntan a un supuesto autor con bufanda roja. Anota Zagreb en 2000 y 2001, Munich en 2002 y París en 2003.

Harry volvió al auricular.

—*This is our man, Alex*. No, no estoy seguro, pero mi estómago sí lo está. Y la razón me dice que dos asesinatos en Croacia no son fruto de la casualidad. ¿Tienes algún otro detalle de su descripción que Halvorsen pueda anotar?

Halvorsen vio que Harry se quedaba boquiabierto.

—¿Qué quieres decir con «ninguna descripción»? Si se acordaban de la bufanda, deberían haberse fijado en algo más. ¿Cómo? ¿Estatura normal? ¿Eso es todo?

Harry negaba incrédulo con la cabeza mientras escuchaba.

—¿Qué dice? —susurró Halvorsen.

—Que ahí hace aguas la cosa —dijo Harry en voz baja.

Halvorsen anotó «hace aguas».

—Sí, estaría bien que me enviaras los detalles por correo electrónico. Bueno, gracias por todo, Alex. Si encuentras más información, como un posible paradero o algo así, llámame, ¿vale? ¿Cómo? Ja, ja, ja. Sí, pronto te enviaré una grabación con mi mujer.

En cuanto colgó, notó la mirada inquisitiva de su colega.

—Una vieja broma —dijo Harry—. Alex cree que todos los matrimonios escandinavos graban películas porno caseras.

Mientras buscaba otro número de teléfono, se dio cuenta de que Halvorsen seguía mirándolo. Lanzó un suspiro.

—Ni siquiera he estado casado, Halvorsen.

Magnus Skarre tuvo que gritar para acallar el ruido de la cafetera, que sonaba como si padeciera una grave enfermedad pulmonar.

—Quizá sean diferentes asesinos que pertenecen a una liga hasta ahora desconocida que utiliza bufandas rojas a modo de uniforme.

—Bobadas —dijo Toril Li con voz monótona poniéndose detrás de Skarre en la cola del café.

Llevaba en la mano una taza vacía con una leyenda que rezaba: «La mejor mamá del mundo».

Ola Li dejó escapar una risita gutural. Estaba sentado a la mesa, tras la pequeña cocina que, en la práctica, hacía las funciones de cantina del grupo de Violencia y Delitos Sexuales.

—¿Bobadas? —repitió Skarre—. Tal vez sea terrorismo, ¿no? Guerra Santa contra los cristianos. Musulmanes. En ese caso, se desatará el infierno en la tierra. O a lo mejor son *españacos*, usan bufandas rojas...

—Ellos prefieren que los llamen españoles —se mofó Toril Li.

—Vascos —dijo Halvorsen, que estaba sentado a la mesa enfrente de Ola Li.

—¿Qué?

—Carreras de toros. San Fermín, en Pamplona. Navarra.

—¡ETA! —gritó Skarre—. ¡Joder! ¿Cómo no lo hemos pensado?

—Habrías sido un buen guionista —dijo Toril Li.

Ola Li se rió de buena gana, pero, como de costumbre, no hizo comentario alguno.

—Vosotros dos deberíais limitaros a los atracadores de bancos consumidores de Rohypnol —dijo Skarre refiriéndose a Toril Li y Ola Li, que no estaban ni casados ni emparentados, pero ambos procedían del grupo de Atracos.

—Ya, lo que ocurre es que los terroristas son los únicos que suelen reivindicar los asesinatos que cometen —dijo Halvorsen—. Los cuatro casos de los que nos informaron desde la Europol han sido del tipo *hit and run*, y después silencio total. La mayoría de las víctimas se han visto involucradas en algún asunto sucio. Las dos víctimas de Zagreb eran serbios a los que declararon inocentes con relación a crímenes de guerra; la de Munich había amenazado la hegemonía de un reyezuelo local del gremio del tráfico de personas. Y la de París tenía dos condenas por pederastia.

Harry Hole entró con una taza en la mano. Skarre, Li y Li llenaron sus tazas de café y, en vez de sentarse, se marcharon. Halvorsen ya sabía que Harry era capaz de provocar ese efecto entre sus colegas. El comisario se sentó y Halvorsen advirtió que venía con el ceño fruncido.

—Ya casi han pasado veinticuatro horas —dijo Halvorsen.

—Sí —contestó Harry mirando el interior de la taza, que seguía vacía.

—¿Pasa algo?

Harry parecía vacilar.

—No lo sé. He llamado a Bergen para hablar con Bjarne Møller, por si podía darme alguna idea constructiva.

—¿Y qué te ha dicho?

—Nada, en realidad. Me ha parecido... —Harry buscaba la palabra— solitario.

—¿No está la familia allí con él?

—Por lo visto, llegarán más adelante.

—¿Problemas?

—No lo sé. No sé nada.

—Entonces ¿qué te preocupa?

—Que estaba borracho.

Halvorsen golpeó sin querer la taza y derramó un poco de café.

—¿Møller? ¿Borracho en el trabajo? Estarás de coña.

Harry no contestó.

—Quizá estuviera enfermo... —dijo enseguida Halvorsen.

—Reconozco la voz de un borracho, Halvorsen. Tengo que ir a Bergen.

—¿Ahora? Harry, estás al frente de una investigación de asesinato.

—Será ir y volver. Tendrás que ocuparte mientras esté fuera.

Halvorsen sonrió.

—¿Te estás haciendo viejo, Harry?

—¿Viejo? ¿A qué te refieres?

—Viejo y humano. Es la primera vez que te veo darle prioridad a los vivos por encima de los muertos.

Halvorsen se arrepintió de lo que acababa de decir en cuanto vio la expresión de Harry.

—No quería…

—No pasa nada —dijo Harry levantándose rápidamente—. Quiero que consigas las listas de pasajeros de las compañías aéreas que ofrezcan vuelos de ida y vuelta a Croacia. Pregunta en la comisaría del aeropuerto de Oslo si necesitas una petición del abogado policial. Si te exigen una orden judicial, ve al juzgado y que te la den en el acto. Cuando tengas las listas, llama a Alex de la Europol y pídele que nos haga el favor de comprobar los nombres. Dile que es para mí.

—¿Tan seguro estás de que querrá prestarnos su ayuda?

Harry asintió con la cabeza.

—Mientras tanto, Beate y yo iremos a hablar con Jon Karlsen.

—¿Ah, sí?

—Hasta ahora solo nos han contado historias bonitas sobre Robert Karlsen. Creo que hay algo más.

—¿Y por qué no me llevas a mí?

—Porque, al contrario de lo que te ocurre a ti, Beate sabe cuándo alguien miente.

Tomó aire antes de subir la escalera del restaurante Biscuit.

A diferencia de la noche anterior, ahora apenas había gente. En cualquier caso, el camarero que se apoyaba en el marco de la puerta que daba al comedor era el mismo. El de los rizos como los de Giorgi y los ojos azules.

—*Hello there* —dijo el camarero—. No te había reconocido.

Parpadeó sorprendido al darse cuenta de que aquel saludo significaba que alguien lo había reconocido.

—Reconozco el abrigo —dijo el joven—. Muy elegante, por cierto. ¿Es camello?

—Eso espero —sonrió vacilante.

El camarero rió y le puso la mano en el brazo. No advirtió temor en sus ojos, así que llegó a la conclusión de que no sospechaba nada. Confiaba en que su actitud implicara que la policía no había estado allí ni tampoco había encontrado el arma.

—No voy a comer —dijo—. Solo quería utilizar los servicios.

—¿Los servicios? —preguntó el joven, y él notó cómo aquellos ojos azules buscaban los suyos—. ¿Has venido hasta aquí para utilizar los servicios? ¿En serio?

—Solo una visita rápida —dijo tragando saliva.

La presencia del camarero lo incomodaba.

—Una visita rápida —repitió el camarero—. *I see.*

En los servicios no había nadie y olía a jabón. Pero no a libertad.

El olor a jabón se volvió aún más intenso cuando levantó la tapa de la jabonera que había sobre el lavabo. Se subió la manga de la chaqueta y metió la mano en el pastoso líquido verde y frío. Por un instante temió que hubiesen cambiado la jabonera. Pero entonces la notó. Fue sacándola despacio hacia arriba y el jabón chorreante parecía una prolongación de los dedos, ahora largos y verdes, que se extendían hacia la porcelana blanca del lavabo. Tras un buen lavado y un poco de lubricante, la pistola quedaría como nueva. Y aún le quedaban seis balas en la recámara. Se apresuró a enjuagarla y, cuando estaba a punto de meterla en el bolsillo del abrigo, se abrió la puerta.

—*Hello again* —dijo el camarero sonriendo de oreja a oreja.

Pero la sonrisa se le borró de la cara al ver la pistola.

Dejó que el arma se deslizara rápidamente dentro del bolsillo, murmuró un «Goodbye» y pasó apresuradamente a su lado antes de cruzar el estrecho umbral de la puerta. Al pasar, notó en la cara la respiración jadeante del camarero; y también notó la erección en el muslo…

No volvió a sentirse el corazón hasta verse fuera, en el frío. Los latidos. Como si tuviera miedo. La sangre fluía de nuevo por su cuerpo procurándole calidez y liviandad.

Jon Karlsen salía cuando Harry llegó a la calle Gøteborggata.

—¿Ya es la hora? —preguntó Jon mirando el reloj un tanto confuso.

—Llego un poco pronto —dijo Harry—. Mi colega vendrá luego.

—¿Tengo tiempo de comprar leche?

Llevaba una chaqueta fina; el pelo, recién peinado.

—Por supuesto.

La tienda quedaba en la esquina, al otro lado de la calle. Mientras Jon sacaba la cantidad necesaria para pagar un litro de leche semidesnatada, Harry contemplaba fascinado la suntuosa selección de adornos para el árbol de Navidad que había entre el papel higiénico y los paquetes de cereales. Ninguno de los dos dijo nada al reparar en el soporte de periódicos que habían colocado delante de la caja, donde, en llamativos titulares, se leía: «El asesinato de la plaza Egertorget». La primera página del *Dagbladet* exhibía una parte borrosa y muy pixelada de la fotografía del público que hizo Wedlog, con un círculo rojo alrededor de la persona que llevaba la bufanda y el siguiente pie de foto: «El hombre que busca la policía».

Salieron, y Jon se detuvo delante de un mendigo pelirrojo de bigote largo estilo años setenta. Hurgó un buen rato en el bolsillo hasta encontrar algo que dejó caer en el vaso de papel marrón.

—No tengo gran cosa que ofrecer —dijo Jon a Harry—. Si te soy sincero, el café lleva bastante tiempo en la cafetera. Lo más probable es que sepa a asfalto.

—Bien, me gusta así.

—¿A ti también? —Jon Karlsen esbozó una sonrisa tímida—. ¡Ay! —Jon se llevó la mano a la cabeza y miró al mendigo—. Pero ¿qué haces? ¿Me has tirado el dinero? —preguntó sorprendido.

El mendigo resopló indignado bajo el bigote y gritó con voz clara:

—¡Solo se admiten monedas de curso legal! ¡Gracias!

El apartamento de Jon Karlsen era idéntico al de Thea Nilsen. Estaba limpio y ordenado, pero la decoración interior tenía un aire inconfundible a soltería. Harry se hizo tres suposiciones rápidas: que los muebles, viejos pero cuidados, venían del mismo establecimiento que los suyos, Elevator, en la calle Ullevålsveien; que Jon no había visitado la exposición de arte que publicitaba el solitario cartel de la pared del salón; y que había comido más veces encorvado sobre la mesita que había frente al televisor que en la mesa de comedor que tenía en la cocina americana. Sobre la estantería, no demasiado llena, descansaba la fotografía de un hombre que lucía el uniforme del Ejército de Salvación y que miraba hacia la habitación con expresión dominante.

—¿Tu padre? —preguntó Harry.

—Sí —dijo Jon antes de sacar dos tazas del armario de la cocina y verter el café de una jarra de cristal chamuscada.

—Os parecéis.

—Gracias —dijo Jon—. Espero que sea verdad.

Cogió las tazas y las puso en la mesa del salón, donde también dejó el cartón de leche recién comprado, sobre una colección de manchas circulares en la superficie lacada que marcaban la parte de la mesa en la que solía comer. Harry estuvo a punto de preguntar cómo habían recibido sus padres la noticia de la muerte de Robert, pero cambió de idea.

—Empecemos por la hipótesis —dijo Harry—. Es decir, creemos que tu hermano fue asesinado porque le hizo algo a alguien. Engañarlo, pedirle dinero prestado, insultarlo, hacerle daño, lo que sea. Tu hermano era un buen chico, en eso coinciden todos. Y esa suele ser la característica que se nos presenta al principio de un caso de asesinato: la gente prefiere hablar de las virtudes. Pero casi todos nosotros tenemos un lado oscuro. ¿Qué piensas tú?

Jon hizo un gesto afirmativo que Harry no pudo identificar con certeza como una expresión de conformidad.

—Debemos arrojar un poco de luz sobre el lado nocturno de Robert.

Jon le miró sin comprender.

Harry carraspeó.

—Vamos a empezar por el dinero. ¿Robert tenía problemas económicos?

Jon se encogió de hombros.

–No. Y sí. No vivía derrochando, así que dudo que acumulase una deuda muy grande, si te refieres a eso. Si pedía prestado, me lo pedía a mí, o eso creo. Bueno, prestado, lo que se dice prestado… –Jon sonrió melancólicamente.

–¿De qué cantidades estamos hablando?

–No eran sumas demasiado altas. Aparte de la de este otoño.

–¿Cuánto?

–Eh… treinta mil.

–¿Para qué?

Jon se rascó la cabeza.

–Un proyecto, pero no quería contarme de qué se trataba. Solo me comentó que tendría que viajar al extranjero. Que ya me enteraría, dijo. Y sí, me pareció mucho dinero, pero no pago demasiado de alquiler y no tengo coche. Y, por una vez, lo veía entusiasmado. Tenía curiosidad por averiguar de qué se trataba, pero entonces… bueno, pasó esto.

Harry iba tomando nota.

–Ya. ¿Qué hay del lado oscuro de Robert como persona?

Harry aguardó. Concentró la mirada en la mesa y dejó que Jon reflexionara mientras surtía su efecto el vacío del silencio, ese vacío que, tarde o temprano, siempre acaba sacando a la luz algo, una mentira, una digresión desesperada o, en el mejor de los casos, la verdad.

–De joven, Robert era… –empezó Jon, pero enmudeció.

Harry no dijo nada, no parpadeó.

–Le faltaban… escrúpulos.

Harry asintió con la cabeza, sin levantar la vista, animándolo a continuar sin llegar a romper ese vacío.

–Me asustaba lo que pudiera hacer. Era muy violento. Como si albergara en su interior a dos personas distintas. Una de esas personas, de naturaleza calculadora, fría y controlada, sentía curiosidad por… ¿cómo decirlo? Reacciones. Sentimientos. Quizá también sufrimiento… Cosas así.

–¿Podrías ponerme un ejemplo?

Jon tragó saliva.

—Un día, al volver a casa, me dijo que quería enseñarme algo en el lavadero del sótano. Había metido al gato en un pequeño acuario vacío donde mi padre tenía sus guppies, y había introducido la manguera por debajo de una tabla de madera que tapaba el acuario. Abrió el grifo a tope. Fue tan rápido que el agua casi llegó a llenar el recipiente antes de que lograse quitar la tabla de madera y sacar al gato. Robert dijo que solo quería comprobar la reacción del animal, pero a veces me pregunto si lo que pretendía era ver mi reacción.

—Ya. Si era así, es extraño que nadie lo haya mencionado.

—No había muchas personas que conocieran esa faceta de Robert. Supongo que yo tengo parte de culpa. De pequeño mi padre me obligó a prometerle que vigilaría a Robert para que no se le ocurriera cometer ninguna acción realmente mala. Lo hice lo mejor que pude. Y, como decía, no es que no supiera controlar sus acciones. Era frío y cálido al mismo tiempo, si puedo expresarlo así. De modo que, en esencia, solo los más allegados conocieron... la otra cara de Robert. Bueno, y alguna que otra rana —sonrió Jon—. Las soltaba en el aire atadas a un globo de helio. Cuando mi padre lo pilló, le dijo que, en su opinión, era muy triste ser rana y no ver nada con los ojos de un pájaro. Y yo... —Se le quedó la mirada perdida en el vacío y Harry pudo comprobar que los ojos le brillaban con la amenaza del llanto—. Me eché a reír. Mi padre estaba furioso, pero no pude evitarlo. Solo Robert podía hacerme reír de esa manera.

—Ya. ¿Y esas cosas fueron desapareciendo con la edad?

Jon se encogió de hombros.

—Si te soy sincero, no estoy al tanto de a qué se ha dedicado Robert estos últimos años. Cuando mi padre y mi madre se mudaron a Tailandia, Robert y yo perdimos el contacto.

—¿Por qué?

—Esas cosas suelen pasar entre hermanos. No tiene por qué existir una razón.

Harry no contestó, solo esperó. Un portazo resonó en la entrada del bloque.

—También hubo asuntos de faldas —dijo Jon.

El sonido lejano de sirenas de ambulancia. Un ascensor emitía un tarareo metálico. Jon tomó aire y dejó escapar un suspiro.

—Con muchachas jóvenes.

—¿Cómo de jóvenes?

—No lo sé. Pero si Robert no mentía, bastante jóvenes.

—¿Por qué iba a mentir sobre eso?

—Creo que, como te decía, le gustaba ver mi reacción.

Harry se levantó y se acercó a la ventana. Un hombre cruzaba el Sofienbergparken por un sendero que parecía una línea marrón e irregular que un niño hubiese trazado en una hoja blanca. En el lado norte de la iglesia se extendía un pequeño cementerio cercado perteneciente a la Comunidad de Moisés. Ståle Aune, el psicólogo, le había contado que, cien años atrás, el Sofienbergparken había sido un cementerio.

—¿Era violento con algunas de esas chicas? —preguntó Harry.

—¡No! —El grito de Jon resonó en las paredes desnudas.

Harry no dijo nada. El hombre ya había cruzado el parque y ahora atravesaba la calle Helgesen en dirección al edificio.

—No, según él —dijo Jon—. Y si me hubiese confesado lo contrario, no lo habría creído.

—¿Conociste a alguna de las chicas con las que salía?

—No. No las conservaba mucho tiempo. En realidad, solo había una chica que realmente le interesara.

—¿Ah, sí?

—Thea Nilsen. Estaba obsesionado con ella desde jóvenes.

—¿Tu novia?

Jon miró pensativo el interior de la taza de café.

—Podría pensarse que debería haber sido capaz de mantenerme alejado de la única chica a la que mi hermano había decidido querer, ¿verdad? Y sabe Dios que me he preguntado por qué me ha sido imposible.

—¿Y?

—Solo sé que Thea es la persona más fantástica que he conocido.

El tarareo del ascensor cesó de repente.

—¿Sabía tu hermano lo que había entre Thea y tú?

—Descubrió que nos habíamos visto algunas veces. Albergaba sus sospechas, Thea y yo hemos intentado mantenerlo un poco en secreto.

Llamaron a la puerta.

—Es Beate, mi colega —dijo Harry—. Ya abro yo.

Dio la vuelta al bloc de notas, dejó el bolígrafo al lado, en paralelo, y recorrió los pocos pasos que lo separaban de la puerta. Forcejeó un poco hasta que comprendió que debía tirar hacia dentro y logró abrirla. La cara que aguardaba al otro lado estaba tan sorprendida como la suya. Se quedaron mirándose un momento. Harry percibió un olor dulzón y perfumado, como si la otra persona acabara de utilizar un desodorante muy fuerte.

—¿Jon? —preguntó el hombre con tono interrogante y prudente.

—Por supuesto —dijo Harry—. Lo siento, es que esperábamos a otra persona. Un momento.

Harry volvió al sofá.

—Preguntan por ti.

Tan pronto como se hundió en el mullido sillón, se dio cuenta de que había ocurrido algo en ese mismo instante, en los últimos segundos. Comprobó que el bolígrafo seguía paralelo al bloc. Intacto. Pero había algo que el cerebro había registrado y que no había tenido tiempo de contextualizar correctamente.

—Buenas noches —oyó decir a Jon a su espalda.

Un tratamiento educado y reservado. Con entonación interrogante. Como se saluda a una persona que uno no conoce, ni sabe qué quiere. Allí estaba otra vez aquella sensación. Algo pasaba, algo olía mal. Esa persona. Había utilizado el nombre de pila de Jon al preguntar por él, pero obviamente Jon no lo conocía.

—*What message?* —preguntó Jon.

En ese momento, lo vio claro. El cuello. El hombre llevaba algo en el cuello. Un pañuelo. El nudo de croata. Harry dio con ambas rodillas en la mesa de salón al levantarse y las tazas de café se volcaron mientras gritaba:

—¡Cierra la puerta!

Pero Jon estaba hipnotizado mirando al frente. Encorvado, como si quisiera prestarle ayuda a alguien.

Harry tomó impulso, saltó por encima del sofá y corrió hacia delante.

—*Don't…* —dijo Jon.

Harry apuntó bien y se abalanzó. Tuvo la sensación de que la escena se congelaba. Era algo que ya había experimentado con anterioridad, esa sensación que se tiene cuando la adrenalina sube y altera el sentido del tiempo. Era como moverse en el agua. Y sabía que era demasiado tarde. Notó la puerta contra el hombro derecho, la cadera de Jon contra el izquierdo, y en el tímpano la oleada del ruido a pólvora que explota y de la bala que acaba de salir de una pistola.

Y llegó el estallido. De la bala. De la puerta que dio con el marco y se cerró otra vez. Y de Jon, que se desplomó y chocó con el armario ropero y el canto de la encimera de la cocina. Harry se volvió de lado y miró hacia arriba. Y vio que el picaporte bajaba.

—Mierda —susurró poniéndose de rodillas.

Por dos veces tiraron con fuerza de la puerta.

Logró agarrar a Jon del cinturón, ya muerto, y arrastrarlo por el suelo de parqué hacia el dormitorio.

Alguien trajinaba al otro lado de la puerta. Se oyó otro disparo. Saltaron astillas en medio de la puerta y se movió uno de los cojines del sofá; una solitaria y grisácea pluma empezó a elevarse hacia el techo y se oyó un burbujeo procedente del cartón de leche semidesnatada que estaba en la mesa. El chorro de leche trazó una parábola débil y blanca sobre la mesa.

La gente subestima lo que puede hacer un proyectil de nueve milímetros, pensó Harry, colocando a Jon de espaldas. Una única gota de sangre manaba del agujero que tenía en la frente.

Volvió a oírse el ruido. Y un tintineo de cristal roto.

Harry sacó el móvil del bolsillo y pulsó el número de marcación rápida de Beate.

—Sí, pesado, ya voy —dijo Beate después del primer tono—. Estoy fue…

—Escúchame —la interrumpió Harry—. Comunica por radio que queremos que acudan todos los coches patrulla, ahora. Con las sirenas en marcha. Hay alguien fuera del apartamento que pretende cubrirnos de plomo. Y no te acerques. ¿Recibido?

—Recibido. No cuelgues.

Harry dejó el móvil en el suelo a sus pies. Ahora arañaban la pared. ¿Lo habría oído hablar? Se quedó sentado sin moverse. El ruido rasposo se oía más cerca. ¿Qué clase de paredes tenían en aquel edificio? Un proyectil capaz de atravesar un portón insonorizado no tendría el menor problema a la hora de perforar unas planchas de yeso y el aislante térmico de un tabique. Aún más cerca. Dejó de sonar. Harry aguantó la respiración. Y entonces lo oyó. Jon respiraba.

Por encima de los ruidos habituales de la ciudad se elevaba uno que sonó a música en los oídos de Harry. Una sirena de policía. Dos sirenas de policía.

Aguzó el oído por si seguían los arañazos. Nada. Huye, rezó. Lárgate. Y se atendió su ruego. Un ruido de pasos que se precipitaban por el pasillo y luego escaleras abajo.

Harry apoyó la nuca en el frío suelo de parqué y miró al techo. Entraba aire por debajo de la puerta. Cerró los ojos. Diecinueve años. Dios mío. Aún le faltaban diecinueve años para la jubilación.

12

Jueves, 17 de diciembre.
Hospital y ceniza

En el escaparate de una tienda vio el reflejo de un coche de policía que llegaba deslizándose por la calle detrás de él. Continuó andando, pero tuvo que controlarse para no echar a correr, tal y como había hecho unos minutos antes al bajar volando la escalera desde el apartamento de Jon Karlsen y salir precipitadamente a la calle, donde casi se lleva por delante a una joven que hablaba por el móvil, y cruzar el parque a toda velocidad en dirección oeste, hasta las calles llenas de gente donde se encontraba ahora.

El coche de policía iba a la misma velocidad que él. Vio una puerta, la abrió y tuvo la sensación de haber entrado en una película. Una película americana con Cadillacs, corbatas de cordón y jóvenes Elvis. La música que salía de los altavoces se parecía a la de viejos discos de hillbilly al triple de velocidad, y el traje del barman parecía robado de la cubierta del disco.

Estaba mirando a su alrededor en el minúsculo bar, sorprendentemente lleno, cuando se dio cuenta de que el barman le estaba hablando.

—*Sorry?*

—*A drink, sir?*

—¿Por qué no? ¿Qué me propones?

—Tal vez un Slow Comfortable Screw-Up. O mejor un whisky de las islas Orcadas. Parece que lo necesitas.

—Gracias.

Se oía el sonido ondulante de una sirena de la policía. En el bar hacía tanto calor que empezó a sudar. Se quitó el pañuelo y lo guardó en el bolsillo del abrigo. Recibió con alegría el humo del tabaco que inundaba la sala y camuflaba el olor de la pistola que llevaba en el bolsillo del abrigo.

Le dieron la copa y buscó un sitio cerca de la pared, hacia la ventana.

¿Quién sería la otra persona del apartamento? ¿Un amigo de Jon Karlsen? ¿Un familiar? ¿O solo alguien con quien Jon compartía piso? Tomó un trago de whisky. Le supo a hospital y a ceniza. ¿Y por qué se hacía esas preguntas tan estúpidas? Solo un policía podría haber reaccionado como lo hizo ese tío. Solo un policía conseguiría ayuda tan rápidamente. Y ahora sabían cuál era su objetivo. Eso dificultaría el trabajo. Tenía que contemplar la posibilidad de retirarse. Dio otro trago.

El agente había visto el abrigo de pelo de camello.

Se fue a los servicios, guardó la pistola, el pañuelo y el pasaporte en el bolsillo de la chaqueta y metió el abrigo dentro del cubo de basura que había bajo el lavabo. Una vez fuera, se quedó de pie en la acera oteando la calle arriba y abajo, tiritando y frotándose las manos.

El último trabajo. El más importante. Aquel del que dependía todo.

Tranquilo, se dijo. Ellos no saben quién eres. Vuelve al punto de partida. Piensa de forma positiva.

Pero aquel pensamiento le martilleaba sin cesar: ¿quién era el hombre del apartamento?

—No tenemos ni idea —dijo Harry—. Solo sabemos que podría ser el asesino de Robert.

Apartó las piernas para dejar paso al enfermero que arrastraba una cama vacía por el estrecho pasillo.

—¿Podría… podría ser él? —preguntó Thea Nilsen vacilante—. ¿Es que hay varios?

Estaba sentada de lado y se aferraba a la silla de madera como si tuviese miedo de caerse.

Beate Lønn se inclinó y le puso la mano en la rodilla a Thea, como queriendo reconfortarla.

—No lo sabemos. Lo más importante es que todo ha salido bien. El médico dice que solo sufre una conmoción cerebral.

—Que le causé yo —dijo Harry—. Y con el canto de la encimera de la cocina se hizo el hermoso agujero de la frente. La primera bala falló, la encontramos en la pared. La otra acabó dentro del cartón de leche. ¿Te lo imaginas? Dentro del cartón de leche. Y la tercera, en la despensa, entre las pasas y…

Beate lanzó a Harry una mirada que venía a decir que, en aquel momento, Thea no debía de estar interesada por curiosidades balísticas.

—En fin. Jon se encuentra bien, pero estaba inconsciente, así que los médicos lo van a dejar en observación, de momento.

—De acuerdo. ¿Puedo entrar a verlo?

—Por supuesto —dijo Beate—. Solo queremos que mires estas fotos y que nos digas si has visto antes a alguno de estos hombres.

Sacó tres fotos de una carpeta y se las dio a Thea. Eran las de la plaza Egertorget, pero tan ampliadas que los rostros parecían mosaicos de puntos negros y blancos.

Thea hizo un gesto negativo.

—Es difícil, ni siquiera puedo diferenciarlos.

—Yo tampoco —dijo Harry—. Pero Beate es especialista en reconocimiento facial y, según ella, son dos personas distintas.

—Creo que es así —lo corrigió Beate—. Y por si fuera poco, el que salió a la carrera del edificio de la calle Gøteborggata estuvo a punto de arrollarme. Y no me pareció que fuera el de estas fotos.

Harry se sorprendió. Nunca había oído dudar a Beate sobre estos temas.

—Dios mío —susurró Thea—. ¿Cuántos hay?

—Tranquila —dijo Harry—. Hemos puesto vigilancia delante de la habitación de Jon.

—¿Cómo?

Thea lo miró con los ojos como platos y Harry comprendió que ni se le había pasado por la cabeza que Jon pudiese estar en peligro allí, en el hospital de Ullevål. Hasta aquel momento. Estupendo.

—Ven, vamos a ver qué tal está —dijo Beate amablemente.

Sí, pensó Harry. Y deja que el idiota se quede aquí un rato reflexionando acerca de cómo tratar a las personas.

Se volvió al oír el sonido de unos pasos rápidos que se precipitaban desde el fondo del pasillo.

Era Halvorsen, que corría esquivando a pacientes, visitas y enfermeras cuyos zuecos resonaban en el suelo. Se detuvo sin aliento delante de Harry y le entregó un documento escrito con tinta descolorida y la calidad de papel brillante que Harry reconoció como el del fax del grupo de Delitos Violentos.

—Una copia de la lista de pasajeros. Intenté llamarte…

—En lugares como este hay que apagar los móviles —dijo Harry—. ¿Algo interesante?

—Conseguí las listas de pasajeros sin el menor inconveniente. Y se las envié a Alex, que se puso manos a la obra. Un par de pasajeros tienen antecedentes sin importancia, pero nada que los señale como sospechosos. Pero había algo extraño…

—¿Ah, sí?

—Uno de los pasajeros de la lista llegó a Oslo hace dos días y tenía un billete de vuelta para ayer, pero retrasaron el vuelo hasta hoy. Christo Stankic. No se presentó. Es extraño, puesto que volaba con una oferta y ese tipo de billetes no admiten cambios. Según figura en la lista de pasajeros, es ciudadano croata, así que le pedí a Alex que lo cotejara con el registro civil de Croacia. Croacia no es miembro de la Europol, pero como tienen muchas ganas de entrar en la Unión Europea se prestan a cooperar en…

—Al grano, Halvorsen.

—Christo Stankic no existe.

—Interesante. —Harry se rascó la barbilla—. Cabe la posibilidad de que Christo Stankic no tenga nada que ver con nuestro caso.

—Por supuesto.

Harry se fijó en el nombre de la lista. Christo Stankic. Solo era un nombre. Pero un nombre que debía constar en el pasaporte que la compañía aérea debió solicitarle al facturar, ya que el nombre figuraba en la lista de pasajeros. El mismo pasaporte que le pedirían en los hoteles al registrarse.

—Quiero que compruebes las listas de huéspedes de todos los hoteles de Oslo —dijo Harry—. Vamos a ver si alguno de ellos ha dado cobijo a Christo Stankic estos dos últimos días.

—Empiezo enseguida.

Harry se irguió y le hizo a Halvorsen un gesto afirmativo que él esperaba que interpretara correctamente: estaba satisfecho.

—Y yo me voy al psicólogo —dijo Harry.

El despacho del psicólogo Ståle Aune se encontraba en la parte de la calle Sporveisgata, que ofrece una mezcla interesante de diversas formas de caminar por sus aceras. Los pasos de aquel que está seguro de sí mismo, los pasos ágiles de las amas de casa que practican el culto al cuerpo en el gimnasio SATS, los pasos cuidadosos de los dueños de perros guía del edificio de la Asociación de Ciegos y los pasos descuidados de la clientela cansina pero intrépida del hostal de los drogadictos.

—Así que a este Robert Karlsen le gustaban las chicas que aún no habían cumplido la edad mínima para mantener relaciones sexuales —dijo Aune apretando la papada contra la pajarita después de colgar la chaqueta de tweed en el respaldo de la silla—. Esa actitud puede deberse a muchos factores, por supuesto, pero, si no me equivoco, se crió en el ambiente pietista del Ejército de Salvación.

—Sí —dijo Harry contemplando las estanterías atestadas y caóticas de su consejero personal y profesional—. Pero eso de que uno se vuelve perverso si crece en ambientes religiosos estrictos, ¿no es un mito?

—No —dijo Aune—. Los ambientes de sectas religiosas son un caldo de cultivo prolífico por lo que a ese tipo de abusos se refiere.

—¿Por qué?

Aune juntó las yemas de los dedos y chasqueó la lengua satisfecho.

—Cuando unos padres castigan a su hijo por mostrar su sexualidad natural, ya sea durante la infancia o en la adolescencia, repremen esa parte de la personalidad. Tal represión detiene el proceso de maduración y conduce a la desviación de las preferencias sexuales, por así decirlo. Cuando alcanzan la edad adulta, muchos vuelven a la fase en que se les permitía ser naturales, vivir su propia sexualidad.

—Como lo de llevar pañales.

—Sí. O jugar con los excrementos. Recuerdo el caso de un senador de California que…

Harry carraspeó.

—Y los hay que, cuando crecen, vuelven a lo que se llama *core-event* —prosiguió Aune—. Suele ser la última vez que satisficieron sus deseos sexuales, es decir, la última vez que experimentaron el placer sexual. Y puede ser tanto un enamoramiento como un contacto sexual de juventud en que ni los descubrieron ni los castigaron.

—¿Puede ser un caso de abuso?

—Correcto. Una situación donde tenían el control y en la que, por tanto, se sentían fuertes, es decir, no humillados, sino todo lo contrario. Y se pasan el resto de su vida intentando recrear esa situación.

—Pero no puede resultar fácil convertirse en un violador…

—No. De hecho, son muchos los que, aun habiendo recibido verdaderas palizas de críos cuando los pillaban con una revista porno, por ejemplo, desarrollan una sexualidad normal y sana. Pero para aumentar las probabilidades de que una persona llegue a convertirse en un violador, debes equiparlo con un padre violento, una madre invasiva y, a ser posible, sexualmente abusiva, y un ambiente caracterizado por la falta de comunicación y por deseos sexuales que se castigan con la amenaza del fuego del infierno.

El móvil de Harry sonó una vez. Lo sacó y leyó el mensaje de texto de Halvorsen. La noche anterior al asesinato, Christo Stankic había pasado la noche en el hotel Scandia, cerca de la estación Oslo S.

—¿Cómo son las sesiones en A. A.? —preguntó Aune—. ¿Te ayudan a ser abstemio?

—Bueno —dijo Harry poniéndose en pie—. Más o menos.

Un grito lo sobresaltó.

Se volvió y vio unos ojos como platos y una boca cavernosa que le observaban a solo unos centímetros de distancia de la cara. El niño apretó la nariz contra la pared acristalada de la sala de juegos del Burger King, antes de dejarse caer hacia atrás entre chillidos de júbilo para aterrizar en un suelo cubierto de bolas de plástico rojas, amarillas y azules.

Él se limpió los restos de ketchup de la boca, vació la bandeja en el cubo de la basura y salió corriendo a la calle Karl Johan. Intentó hacerse un ovillo dentro de la fina chaqueta del traje, pero el frío era implacable. Decidió comprar un abrigo nuevo en cuanto consiguiera una habitación a buen precio en el hotel Scandia.

Seis minutos más tarde entraba por la puerta y se dirigía a la recepción. Se colocó detrás de una pareja que, obviamente, se registraba en ese momento. La recepcionista lo miró pero no pareció reconocerlo, y se inclinó otra vez sobre los documentos de los nuevos clientes, con los que se comunicaba en noruego. La mujer se volvió hacia él. Una chica rubia. Sonrió. Guapa. Aunque de alguna manera, normal y corriente. Él le devolvió la sonrisa. Apenas fue capaz. Porque la había visto antes. Hacía solo unas horas. Ante el edificio de la calle Gøteborggata.

Sin moverse, agachó la cabeza y metió las manos en los bolsillos de la chaqueta. Notó en los dedos la culata de la pistola dura y tranquilizadora. Levantó la vista con cautela, descubrió el espejo que había detrás de la recepcionista y se miró en él. Pero la imagen se desdibujó, se duplicó. Cerró los ojos, respiró hondo y los abrió de nuevo. Entonces logró concentrar la mirada en aquel hombre corpulento. El pelo corto, la piel pálida, la nariz roja, los rasgos duros y marcados, suavizados por una boca sensual. Era él. El otro hombre del apartamento. El policía. Echó un vistazo a la recepción. Estaban solos. Y como para disipar todo atisbo de duda, entre todas las palabras noruegas, oyó dos bien conocidas. Christo Stankic. Se obligó a no moverse lo más mínimo. No tenía ni idea de cómo lo habían conseguido, pero empezaba a ser consciente de las consecuencias.

La recepcionista le dio una llave a la mujer rubia, y ella cogió algo que parecía un maletín de herramientas y se dirigió al ascensor. El hombre grande dijo algo a la recepcionista y ella tomó nota. El policía se dio la vuelta y sus miradas se cruzaron antes de que aquel se dirigiera hacia la salida.

La recepcionista sonrió, dijo algo amable y ensayado en noruego y le miró interrogante. Él preguntó si tenía una habitación para no fumadores en el último piso.

—Lo compruebo enseguida, sir.

Tecleó en un ordenador.

—*Excuse me*. La persona con quien acabas de hablar, ¿no es ese policía que sale en los periódicos?

—No lo sé —dijo ella sonriendo.

—Sí, es conocido. ¿Cómo se llama?

Ella miró el bloc de notas.

—Harry Hole. ¿Es famoso?

—¿Harry Hole?

—Sí.

—No es ese el nombre. Me habré equivocado.

—Tengo una habitación libre. Si la quiere, deberá rellenar esta tarjeta y mostrarme el pasaporte. ¿Cómo prefiere pagar?

—¿Cuánto cuesta?

Ella dijo el precio.

—Lo siento —dijo él sonriendo—. Demasiado caro.

Salió del hotel y entró en la estación de ferrocarriles, encontró los servicios y se encerró dentro. Una vez seguro, se sentó e intentó ordenar sus ideas. Tenían el nombre. Debía encontrar un sitio donde pasar la noche sin que le pidieran el pasaporte. Y Christo Stankic podía olvidarse de hacer reservas en aviones, barcos, trenes, ni de cruzar cualquier frontera. ¿Qué iba a hacer? Tenía que llamarla a Zagreb.

Salió a la plaza de Jernbanetorget. Un viento helado barría aquel espacio abierto mientras él observaba las cabinas telefónicas. Le castañeteaban los dientes. Vio a un hombre apoyado en un quiosco blanco de salchichas que había en medio de la plaza. Iba ataviado con un traje acolchado que le daba el aspecto de un astronauta. ¿Eran imaginaciones suyas o aquel hombre estaba vigilando las cabinas telefónicas? ¿Habrían rastreado sus llamadas y esperaban que volviese? Imposible. Dudaba. Si estaban interviniendo las cabinas telefónicas, se arriesgaba a descubrirla. Tomó una decisión. La conversación telefónica podía esperar; lo que necesitaba ahora era una habitación con una cama y una estufa. En el tipo de sitio que andaba buscando le pedirían dinero en efectivo, y se había gastado lo que le quedaba en la hamburguesa.

Dentro del vestíbulo de altos techos, entre los comercios y los andenes, encontró un cajero. Sacó la VISA, leyó las instrucciones en inglés que decían que la banda magnética debía quedar hacia abajo a la derecha y acercó la tarjeta a la ranura. Pero se detuvo. La VISA también estaba a nombre de Christo Stankic. Quedaría registrada y, en algún sitio, sonaría una alarma. Dudó de nuevo. Guardó la tarjeta en la cartera. Atravesó lentamente el vestíbulo. Las tiendas estaban a punto de cerrar. Ni siquiera tenía dinero para comprar una chaqueta. Un vigilante de Securitas lo siguió con la mirada. Salió de nuevo a la plaza. El viento del norte lo helaba todo a su paso. El hombre del puesto de salchichas ya no estaba. Pero había otro al lado del tigre de peluche.

—Necesito dinero para dormir a cubierto esta noche.

No era preciso hablar noruego para saber lo que le estaba pidiendo el hombre que tenía delante. Era el mismo drogadicto al que le había dado dinero antes. Un dinero que él mismo necesitaba desesperadamente en aquel momento. Negó con la cabeza y miró al grupo de drogadictos congregados en lo que había tomado por una parada de autobús. El autobús blanco acababa de llegar.

A Harry le dolían el pecho y los pulmones. Un dolor bueno. Le ardían las pantorrillas. Un ardor bueno.

Cuando se encontraba en un callejón sin salida, solía hacer lo que estaba haciendo ahora, bajar al gimnasio del sótano de la Comisaría General y practicar bicicleta. No porque eso le permitiese pensar con más claridad, sino porque le permitía dejar de pensar.

—Me dijeron que te encontraría aquí. —Gunnar Hagen se subió a la bicicleta ergométrica que quedaba a su lado. Más que ocultarlos, aquella camiseta amarilla tan ajustada resaltaba los músculos del cuerpo delgado, casi escuálido, del jefe de grupo—. ¿Qué programa tienes?

—El nueve —dijo Harry respirando con dificultad.

Apoyado en los pedales, Hagen ajustó la altura del asiento y marcó rápidamente los cambios necesarios en el ordenador de la bici.

—Me he enterado de que hoy te has visto expuesto a cierta situación dramática.

Harry asintió con la cabeza.

—Entendería que pidieras una baja por enfermedad —dijo Hagen—. Después de todo, son tiempos de paz.

—Gracias, pero me encuentro bastante bien, jefe.

—Bien. Acabo de hablar con Torleif.

—¿El jefe de la policía judicial?

—Nos gustaría saber más sobre el estado de esta investigación. Hemos recibido algunas llamadas telefónicas. El Ejército de Salvación goza de popularidad y varias personas influyentes de esta ciudad querían saber si lograremos resolver el caso antes de Navidad. La paz navideña, ya sabes, todo eso.

—La paz navideña de los políticos se saldó con seis muertes por sobredosis el año pasado.

—Te acabo de preguntar por el estado de la investigación, Hole.

Harry notó que, con el sudor, le escocían los pezones.

—Bien. No se ha presentado testigo alguno a pesar de las fotos que el *Dagbladet* ha publicado hoy. Beate Lønn dice que las fotografías indican que nos enfrentamos no solo a uno, sino a dos asesinos. Y yo comparto su opinión. El hombre que estuvo en casa de Karlsen llevaba un abrigo de pelo de camello y un pañuelo, y la ropa concuerda con la del hombre de la fotografía tomada en la plaza Egertorget la noche antes del asesinato.

—¿Solo concuerda la ropa?

—No me dio tiempo a verle la cara. Y Jon Karlsen no recuerda gran cosa. Una de las inquilinas ha confesado que dejó entrar a un inglés en el edificio, que dijo que iba a dejar un regalo de Navidad delante de la puerta de Jon Karlsen.

—De acuerdo —dijo Hagen—. Pero debemos mantener en secreto esa teoría de que hay varios asesinos. Continúa.

—No hay mucho más que añadir.

—¿Nada?

Harry miró el cuentakilómetros mientras aumentaba gradualmente la velocidad a treinta y cinco kilómetros por hora.

—Bueno. Tenemos un pasaporte falso de un croata, un tal Christo Stankic, que no subió al avión que debía haber cogido hoy. Hemos averiguado que se hospedó en el hotel Scandia. Lønn está rastreando la habitación en busca de ADN. No tienen muchos clientes, así que esperábamos que los de recepción reconocieran al hombre de nuestras fotos.

—¿Y?

—Desgraciadamente, no.

—¿Qué razones tenemos para pensar que este Stankic es nuestro hombre?

—Realmente, solo el pasaporte falso —dijo Harry, y echó una ojeada al cuentakilómetros de Hagen. Cuarenta kilómetros por hora.

—¿Y cómo piensas encontrarlo?

—Bueno. En la era de la informática, uno siempre deja un rastro, y hemos puesto a todos nuestros contactos fijos en situación de alerta. Si alguien con el nombre de Christo Stankic se registra en un hotel de Oslo, compra un billete de avión o utiliza una tarjeta de crédito, lo sabremos en el acto. Según la recepcionista, preguntó por una cabina telefónica, y ella le indicó que fuera a la plaza Jern-banetorget. Telenor nos enviará una lista de las llamadas realizadas desde esos teléfonos durante las últimas cuarenta y ocho horas.

—Así que todo lo que tienes es un croata con un pasaporte falso que no ha cogido su vuelo —dijo Hagen—. Estás en un callejón sin salida, ¿verdad?

Harry no contestó.

—Intenta pensar en alguna alternativa —dijo Hagen.

—De acuerdo, jefe —dijo Harry con voz monótona.

—Siempre hay alternativas —añadió Hagen—. ¿Te he contado la historia del pelotón japonés que sufrió un brote de cólera?

—Creo que no he tenido ese placer, jefe.

—Se hallaban en la jungla, al norte de Rangún, y vomitaban cuanto comían y bebían. Estaban al borde de la deshidratación, pero el jefe del pelotón se negaba a rendirse y morir, así que les ordenó a todos que vaciasen las jeringas de morfina y que se inyectasen con ellas el agua de las cantimploras por vía intravenosa.

Hagen aumentó la frecuencia de su aparato y Harry aguzó el oído en busca de algún indicio de disnea. Nada.

—Funcionó. Pero al cabo de unos días no les quedaba más que un barril de agua infestada de larvas de mosquito. Entonces el segundo propuso clavar la aguja en la carne de la fruta que crecía por allí, extraer el jugo e inyectarlo directamente en la sangre. En teoría, el zumo de fruta es agua en un noventa por ciento y, además, ¿qué tenían que perder? Inventiva y coraje. Eso salvó al pelotón, Hole. Inventiva y coraje.

—Inventiva y coraje —dijo Harry jadeando—. Gracias, jefe.

Pedaleó con todas sus fuerzas y oyó su propia respiración siseante, como el fuego a través de una puerta de horno entreabierta. El cuentakilómetros señalaba cuarenta y dos. Miró el del jefe de grupo. Cuarenta y siete. Respiración pausada.

Harry recordó una cita de un libro escrito hacía mil años que le había regalado un atracador de bancos, *El arte de la guerra*: «Elige tus batallas». Y sabía que aquella era una batalla de la que debía desistir. Iba a perderla de todos modos.

Harry redujo la velocidad. El cuentakilómetros señalaba treinta y cinco. Y, para su sorpresa, no se sintió decepcionado, sino que le embargó una especie de resignación cansina. Quizá estuviera haciéndose mayor, dejando de ser el idiota que bajaba los cuernos y embestía en cuanto alguien agitaba un trapo rojo. Harry miró a su lado. Las piernas de Hagen iban ahora como pistones y el rostro había adquirido una capa lisa de sudor que brillaba a la luz blanca del gimnasio.

Harry se enjugó el sudor. Aspiró profundamente dos veces. Y pedaleó con fuerza. En unos segundos, volvió a sentir aquel dolor maravilloso.

13

Jueves, 17 de diciembre.
El tictac

Había días en que a Martine le parecía que Plata debía de ser la escalera de descenso al infierno. Pero se escandalizó al oír los rumores según los cuales el consejero de Asuntos Sociales pretendía anular antes de la primavera la ordenanza que permitía la compraventa de estupefacientes allí. El argumento que presentaron los detractores fue que utilizaban la zona para la comercialización de estupefacientes entre los jóvenes. Martine opinaba que quien creyera que la vida en Plata podía ser atractiva, o no había estado allí o estaba loco.

El argumento invisible era que la porción de asfalto marcada con una raya blanca a modo de frontera que quedaba a un lado de la plaza Jernbanetorget deslucía la imagen de la ciudad. ¿Y permitir que las drogas y el dinero circulasen libremente de mano en mano en pleno corazón de la capital? ¿Acaso no era una declaración del flagrante fracaso de la democracia socialista más lograda o, por lo menos, más rica del mundo?

Martine estaba de acuerdo con eso. Era un fracaso. La lucha por una sociedad sin estupefacientes estaba perdida. Ahora bien, si lo que se pretendía era luchar para que la droga no ganase más terreno, más les valía tener la compraventa de droga controlada por las cámaras de vigilancia de Plata que trabajaban incansablemente bajo los puentes del río Akerselva, en los oscuros patios interiores de la calle Rådhusgata y en la parte sur de la fortaleza de Akershus.

Y Martine sabía que, de un modo u otro, la mayoría de los que trabajaban en el mundillo de las drogas de Oslo, policía, asistentes sociales, drogadictos, pastores callejeros y prostitutas, opinaban lo mismo, que Plata era la mejor alternativa.

Pero, desde luego, no era un espectáculo agradable.

—¡Langemann! —vociferó al hombre que aguardaba en la oscuridad, fuera del autobús en el que ellos estaban—. ¿Esta noche no quieres sopa?

Pero Langemann se alejó. Le habrían dado su dosis cero-uno e iría camino a algún lugar donde inyectarse la medicina.

Servía sopa a uno del sur de la ciudad que llevaba una chaqueta azul cuando oyó a su lado un castañetear de dientes y reparó en el hombre que esperaba turno con una chaqueta demasiado fina.

—Ten —dijo sirviéndole la sopa.

—Hola, guapa —le dijo una voz ronca.

—¡Wenche!

—Ven y descongela a una pobre desgraciada —dijo riendo Wenche, la prostituta ya entrada en años que abrazaba efusivamente a Martine.

El olor que exhalaban aquella piel y aquel cuerpo que se movía en el traje ajustado con estampado de leopardo era abrumador. Pero también había algo más, un aroma que reconoció enseguida, que ya estaba allí antes de que los efluvios de Wenche ahogaran el resto.

Se sentaron a una de las mesas vacías.

Pese a que algunas de las prostitutas extranjeras que habían inundado la zona durante el último año también eran drogadictas, la adicción estaba menos extendida que entre las competidoras noruegas. Wenche era una de las pocas noruegas que no se drogaba. Además, dijo que había empezado a trabajar desde casa con una clientela fija, así que Martine y ella se veían muy de cuando en cuando.

—He venido a buscar al hijo de una amiga —explicó Wenche—. Kristoffer. Al parecer lo conocen en este ambiente.

—¿Kristoffer? No sé quién es.

—¡Eh! —dijo desechando la pregunta con un gesto de la mano—. Olvídalo. Veo que tienes otras cosas de las que preocuparte.

—¿Ah, sí, tú crees?

—No mientas. Reconozco a una chica enamorada cuando la veo. ¿Es ese?

Wenche señaló con la cabeza al hombre vestido con el uniforme del ejército que, con una Biblia en la mano, acababa de sentarse junto al hombre de la chaqueta poco abrigada.

Martine resopló.

—¿Rikard? No, gracias.

—¿Seguro? No te ha quitado los ojos de encima desde que he entrado.

—Rikard es un buen tipo. —Soltó un suspiro—. Al menos se ofreció voluntario para hacer esta guardia con tan poco tiempo de aviso. El que debía estar aquí ha muerto.

—¿Robert Karlsen?

—¿Lo conocías?

Wenche asintió con tristeza, pero enseguida se le volvió a iluminar el semblante.

—Olvídate de los muertos y cuéntale a mamá de quién estás enamorada. Por cierto, ya iba siendo hora…

Martine sonrió.

—Ni siquiera sabía que estaba enamorada.

—Venga ya.

—No, es una tontería. Yo…

—¿Martine? —dijo otra voz.

Ella levantó la vista y vio los ojos suplicantes de Rikard.

—Ese hombre, el que está sentado ahí, dice que no tiene ropa ni dinero, ni dónde dormir. ¿Sabes si el Heimen tiene algo disponible?

—Llama y habla con ellos —dijo Martine—. Por lo menos tendrán ropa de invierno.

—De acuerdo.

Rikard se quedó pese a que Martine ya se había vuelto hacia Wenche. No necesitaba levantar la vista para saber que le sudaba el bigote.

Tras murmurar un «Gracias», volvió junto al hombre de la chaqueta de traje.

—Cuenta —susurró Wenche, entusiasta.

Fuera, el viento del norte sacaba munición de pequeño calibre.

Harry caminaba con la bolsa de deporte al hombro y los ojos entornados: el viento arrastraba copos de nieve incisivos, casi invisibles, que se le clavaban provocándole pequeños pinchazos en la córnea. Cuando pasó junto al Blitz, el edificio de la calle Pilestredet tomado por ocupas, sonó el teléfono. Era Halvorsen.

—Durante las últimas cuarenta y ocho horas se han realizado dos llamadas a Zagreb desde las cabinas telefónicas de la plaza Jernbanetorget. He llamado al número y me contestaron de la recepción de un hotel. El hotel Intercontinental. No saben decirme quién ha llamado desde Oslo, ni con quién quería hablar esa persona. Tampoco han oído hablar de Christo Stankic.

—Ya.

—¿Quieres que siga indagando?

—No —resopló Harry—. Lo dejaremos hasta que tengamos algún indicio de que ese Stankic nos interesa. Apaga antes de irte, hablaremos mañana.

—¡Espera!

—No, si no pensaba irme a ningún sitio.

—Hay algo más. El turno de guardia acaba de recibir la llamada de un camarero del Biscuit. Ha dicho que esta mañana se cruzó con uno de los clientes en los servicios.

—¿Qué hacía allí?

—A eso voy. El cliente tenía algo...

—Me refiero al camarero. Los empleados de los restaurantes tienen sus propios aseos.

—Pues no se lo he preguntado —dijo Halvorsen impaciente—. Pero escúchame. Ese cliente tenía en la mano algo verde que goteaba.

—Pues debería ir a ver a un médico.

—Muy gracioso. El camarero jura que era una pistola untada en jabón. Había quitado la tapa de la jabonera.

—El Biscuit —repitió Harry mientras asimilaba la información—. Eso está en la calle Karl Johan.

—A doscientos metros del lugar de los hechos. Apuesto una caja de cerveza a que es nuestra pistola. Eh… *Sorry*, apuesto…

—Por cierto, me debes doscientas. Cuéntame el resto.

—Aquí viene lo mejor. Le pedí que me lo describiera. Fue incapaz.

—Parece el estribillo de este caso.

—Pero me ha dicho que reconoció al tipo por el abrigo. Un abrigo feísimo de pelo de camello.

—*Yes!* —dijo Harry—. El tío del pañuelo que aparece en la fotografía del público de la plaza Egertorget la noche antes de que asesinaran a Robert Karlsen.

—El camarero cree que era una imitación de camello. Y parece que entiende de esas cosas.

—¿Qué quieres decir?

—Ya sabes la forma que tienen ellos de hablar.

—¿Quiénes son «ellos»?

—¡Pues los maricas! En fin. El caso es que el tipo se largó por la puerta con la pistola. Eso es todo lo que tengo, de momento. Voy camino del Biscuit para mostrarle nuestras fotos al camarero.

—Bien —dijo Harry.

—¿En qué estás pensando?

—¿Pensando?

—Empiezo a conocerte, Harry.

—Ya. Me pregunto por qué el camarero no llamó en el acto al turno de guardia de la judicial. Pregúntaselo, ¿vale?

—En realidad, pensaba hacerlo, Harry.

—Por supuesto. Lo siento.

Harry colgó, pero cinco segundos más tarde el teléfono volvió a sonar.

—¿Se te ha olvidado algo?

—¿Cómo?

—Ah, eres tú, Beate. ¿Y bien?

—Buenas noticias. Acabo de terminar en el hotel Scandia.

—¿Has encontrado rastros de ADN?

—Aún no lo sé. Solo tengo un par de pelos que igual son del personal de limpieza o de un huésped anterior. Pero hace media hora que he recibido los resultados de los chicos de balística. El proyectil hallado en el cartón de leche en casa de Robert Karlsen proviene de la misma arma que el que encontramos en la plaza Egertorget.

—Bien. Eso quiere decir que la teoría de varios asesinos pierde fuerza.

—Sí. Y hay algo más. La recepcionista del hotel Scandia se acordó de algo después de que te marcharas. Dice que Christo Stankic llevaba una prenda de vestir particularmente fea. Cree que era una especie de imitación de…

—Deja que lo adivine. ¿Un abrigo de pelo de camello?

—Eso fue lo que dijo.

—¡Y ya estamos en marcha! —gritó Harry tan alto que el muro lleno de grafitis del edificio Blitz le devolvió el eco de su voz en la calle desierta.

Harry colgó y llamó a Halvorsen.

—¿Sí, Harry?

—Christo Stankic es nuestro hombre. Comunica el dato del abrigo de pelo de camello a todas las patrullas. Y…

Harry sonrió a una señora mayor que se le acercaba a paso ligero marcado por el crujido de las botas al contacto con los trocitos de hielo.

—… quiero que la red telefónica esté bajo vigilancia constante, para rastrear cualquier llamada que se efectúe desde Oslo al hotel Intercontinental de Zagreb, y averiguar el número desde donde llama la persona. Habla con Klaus Torkildsen, del centro de operaciones de Telenor, región Oslo.

—Eso es intervención telefónica. Necesitamos una autorización judicial y puede llevarnos días.

—No es una intervención telefónica, solo queremos la dirección de quien realiza la llamada.

—Me temo que Telenor no captará la diferencia.

—Tú dile a Torkildsen que has hablado conmigo, ¿de acuerdo?

—¿Puedo preguntar por qué iba a querer arriesgar por ti su puesto de trabajo?

—Una vieja historia. Lo salvé de una paliza en los calabozos hace unos años. Tom Waaler y sus colegas, ya sabes cómo se ponen algunos cuando pillan a exhibicionistas y ese tipo de gente.

—¿Así que es un exhibicionista?

—Bueno, ex, en todo caso. Y cambia favores por silencio con sumo gusto.

—Entiendo.

Harry colgó. Estaban en marcha, y ya no sentía el viento del norte, ni el bombardeo de las agujas de nieve. A veces el trabajo podía hacerlo verdaderamente feliz. Dio la vuelta y puso rumbo a la Comisaría General.

En su habitación individual del hospital de Ullevål, Jon notó que el teléfono vibraba bajo la sábana y lo cogió enseguida.

—¿Sí?

—Soy yo.

—Ah, hola —dijo sin conseguir ocultar su decepción.

—Se diría que esperabas que fuera otra persona —repuso Ragnhild, con ese tono un poco demasiado alegre que delata a una mujer dolida.

—No puedo hablar mucho —dijo Jon echando un vistazo a la puerta.

—Solo quería decirte que es horrible lo que le ha ocurrido a Robert —dijo Ragnhild—. Y que te acompaño en el sentimiento.

—Gracias.

—Tiene que ser muy doloroso. Por cierto, ¿dónde estás? He intentado llamarte a casa.

Jon no contestó.

—Mads trabaja hasta tarde así que, si quieres, puedo ir a verte.

—No, gracias, Ragnhild, estoy bien.

—He pensado en ti. Está muy oscuro y hace frío. Tengo miedo.

—Tú nunca tienes miedo, Ragnhild.

—Algunas veces sí —dijo fingiendo sentirse dolida—. Aquí hay demasiadas habitaciones vacías.

—Múdate a una casa más pequeña. Tengo que colgar, no nos permiten usar el móvil.

—¡Espera! ¿Dónde estás, Jon?

—Me he agenciado una pequeña conmoción cerebral. Estoy en el hospital.

—¿Qué hospital? ¿Qué habitación?

Jon se sorprendió.

—La mayoría habría empezado por preguntar qué me produjo la conmoción cerebral.

—Sabes que odio no saber dónde estás.

Jon se imaginaba a Ragnhild entrando al día siguiente con un gran ramo de flores en el horario de visitas. Y la mirada interrogante que Thea le lanzaría primero a ella y luego a él.

—Oigo acercarse a la enfermera —susurró—. Tengo que colgar.

Apretó el botón de off. Y miró al techo hasta que el teléfono cesó de emitir su sonido de despedida y la pantalla se apagó. Ragnhild tenía razón. Estaba oscuro. Pero era él quien tenía miedo.

Ragnhild Gilstrup estaba junto a la ventana con los ojos cerrados. Miró el reloj. Mads le había dicho que tenía una reunión de junta y que llegaría tarde. Últimamente siempre hacía lo mismo. Antes concretaba la hora y llegaba puntual o incluso se adelantaba. No es que ella deseara que volviese más pronto a casa, pero le resultaba un tanto extraño. Un tanto extraño, eso era todo. Tan extraño como la lista de llamadas que acompañaba la última factura del teléfono fijo. Ella no había solicitado esa información. Pero allí estaba, cinco hojas en A4 con más datos de lo necesario. Debía dejar de llamar a Jon, pero no podía. Porque tenía esa mirada. La mirada de Johannes. No era una mirada buena, sabia, dulce, nada por el estilo, sino una mirada capaz de leer sus pensamientos antes de que ella pudiera impedirlo. Una mirada que la veía tal como era. Y que, aun así, le gustaba.

Abrió los ojos de nuevo y contempló la parcela de seis mil metros cuadrados de terreno rústico. La vista le recordaba el internado de Suiza. La nieve iluminaba el amplio dormitorio proyectando una luz blanca azulada en el techo y las paredes.

Fue ella quien insistió en que se construyesen allí la casa, en las alturas, encima de la ciudad. Sí, en pleno bosque. Dijo que tal vez así se sentiría menos encerrada y oprimida. Y su marido, Mads Gilstrup, que siempre creyó que se refería a la opresión de la ciudad, se prestó a invertir en ello el dinero que tenían ahorrado. Aquella maravilla les había costado veinte millones. Cuando se mudaron a su nuevo hogar, Ragnhild tuvo la sensación de haber salido de la celda al patio. Sol, aire, espacio. Pero seguía encerrada. Igual que en el internado.

Había ocasiones, como esa noche, en que se preguntaba cómo había podido acabar así. Teniendo en cuenta las circunstancias externas, había ocurrido lo siguiente. Mads Gilstrup era el heredero de una de las mayores fortunas de Oslo. Lo conoció cuando estudiaba en las afueras de Illinois, en Chicago, Estados Unidos, donde ambos cursaron estudios de economía en universidades de clase media más prestigiosas que cualquier buena institución docente de Noruega y, por si fuera poco, más divertidas. Ambos venían de familias acaudaladas, la de él más que la de ella. La familia de él procedía de cinco generaciones de armadores de antigua fortuna, la suya era una familia sencilla de campesinos cuyo dinero aún olía a tinta de imprenta y a piscifactoría. Vivieron en la encrucijada de los subsidios a la agricultura y el orgullo herido, hasta que su padre y su tío vendieron sus respectivos tractores e invirtieron en un pequeño criadero en el fiordo, frente a la ventana de su salón, en una peña del Agder occidental azotada por el viento. Era el momento perfecto, la competencia, mínima, los precios por kilo, astronómicos, y en cuatro años de prosperidad se hicieron multimillonarios. Derribaron la casa de la peña y la sustituyeron por otra con forma de pastel de nata, más grande que el granero, con ocho balcones y garaje doble.

Ragnhild acababa de cumplir dieciséis años cuando su madre la trasladó de una peña a otra. La escuela privada para chicas de

Aron Schüster, que se encontraba en un pueblo suizo a novecientos metros sobre el nivel del mar, donde había seis iglesias y una cervecería. La razón que le dieron a Ragnhild fue que aprendería francés, alemán e historia del arte, asignaturas que le serían muy útiles, dado que el precio del kilo de pescado de piscifactoría subía constantemente.

Pero la verdadera razón del destierro fue, por supuesto, su novio Johannes. Johannes, el de las manos calientes; Johannes, el de la voz suave y aquella mirada que le leía el pensamiento antes de que ella pudiera impedirlo. El campesino Johannes, que no llegaría a ninguna parte. Todo cambió después de Johannes. Ella cambió después de Johannes.

En la escuela privada de Aron Schüster se libró de las pesadillas, del sentimiento de culpabilidad y del olor a pescado, y aprendió todo lo que las chicas jóvenes necesitaban para procurarse un marido de su clase o de una clase superior. Y con el instinto de supervivencia innato que le permitió subsistir en la peña de Noruega, fue enterrando, lenta pero segura, a la Ragnhild que Johannes veía con tanta claridad, y se convirtió en la Ragnhild que viajaba a lugares, que construía su futuro y que no dejaba que nadie se interpusiera en su camino, y mucho menos las arrogantes francesas de clase alta, ni las danesas consentidas que cuchicheaban en los rincones y decían que no importaba el empeño que pusieran las chicas como Ragnhild, porque siempre serían provincianas y vulgares.

Su pequeña venganza fue seducir al señor Brehmer, el joven profesor de alemán del que todas andaban enamoradas. Los profesores vivían en un edificio que quedaba frente al de las alumnas, y ella solo tuvo que cruzar la plaza adoquinada y llamar a la puerta de su pequeña habitación. Lo visitó cuatro veces. Y cuatro noches volvió cruzando la plaza y repiqueteando con los tacones en los adoquines, hasta que el ruido resonaba en los muros de los edificios que se alzaban a ambos lados.

Empezaron a circular los rumores y ella hizo poco o nada para detenerlos. Cuando se enteraron de que el señor Brehmer había renunciado a su puesto y se había marchado a toda prisa para ocupar un puesto de profesor en Zurich, Ragnhild sonrió triunfal ante los rostros compungidos de las jovencitas de la clase.

Tras el último año de colegio en Suiza, Ragnhild regresó a casa. Por fin en casa, pensó. Pero allí estaba la mirada de Johannes. En la plata del fiordo, en las sombras verdinegras del bosque, tras el negro reluciente de las ventanas del templo o en los coches que pasaban a toda prisa dejando tras de sí una nube de polvo amargo que le crujía entre los dientes. Cuando llegó de Chicago la carta con la oferta de una plaza de estudios, *business administration*, tres años para la diplomatura, cinco para el máster, le pidió a su padre que transfiriera enseguida el dinero necesario para pagar los estudios.

Partir fue un alivio. Volvía a ser la nueva Ragnhild. Tenía ganas de olvidar, pero para eso necesitaba un proyecto, una meta. Y la encontró en Chicago. En Mads Gilstrup.

Creyó que le sería fácil puesto que, al fin y al cabo, ya tenía la base teórica y práctica para seducir a chicos de clase alta. Y era guapa. Eso le decía Johannes, y otros lo repitieron después. Sus ojos tenían la culpa. Le había tocado en suerte la bendición de tener el iris azul claro de su madre y una esclerótica especialmente pura y blanca que, según decían y estaba científicamente probado, atraía al sexo opuesto, ya que significaba buena salud y buenos genes. Por esa misma razón, rara vez se la veía con gafas de sol, a no ser que tuviera previsto causar efecto al quitárselas en un momento especialmente favorable.

Había quienes decían que se parecía a Nicole Kidman. Ella entendía a qué se referían. Era guapa de un modo rígido y severo. Tal vez ahí estaba la clave. En lo severo. Porque cuando intentaba acercarse a Mads Gilstrup en los pasillos o en el comedor del campus, este se comportaba como un caballo salvaje y asustado, esquivaba la mirada, hacía un gesto nervioso con el flequillo y huía a una zona segura.

Así que decidió apostarlo todo a una carta.

La noche antes de una de esas muchas fiestas idiotas supuestamente tradicionales, Ragnhild dio dinero a su compañera de habitación para que se comprara un par de zapatos nuevos y reservase una habitación de hotel en la ciudad. Se pasó tres horas delante del espejo. Por primera vez, llegaba pronto a una fiesta. Y lo hizo porque sabía que Mads Gilstrup llegaba pronto a todas las fiestas y quería adelantarse a posibles competidoras.

Él balbuceó y tartamudeó, sin apenas atreverse a mirarla a los ojos, a pesar del iris azul claro y la esclerótica limpia. Y todavía menos al escote, premeditadamente generoso. Y, en contra de lo que había creído hasta el momento, Ragnhild comprobó que la confianza en uno mismo no siempre era fiel compañera de la riqueza. Más tarde llegaría a la conclusión de que el responsable de que Mads tuviese tan mala opinión de sí mismo era la figura de un padre brillante y exigente que despreciaba la debilidad y que no entendía por qué no le habían bendecido los dioses haciendo que su hijo se le pareciera más.

Pero ella no se dio por vencida; se plantó delante de Mads Gilstrup como un cebo y se mostró tan claramente asequible que vio cómo chismorreaban las otras chicas, las mismas a las que ella llamaba amigas y viceversa, ya que, al fin y al cabo, eran animales de manada. Tras seis cervezas americanas sin alcohol y la incipiente sospecha de que Mads Gilstrup era homosexual, el caballo salvaje se atrevió a salir a campo abierto y, dos cervezas sin alcohol más tarde, abandonaron la fiesta.

Ella dejó que la montara, pero en la cama de la compañera de habitación. Después de todo, era un par de zapatos muy caro. Y tres minutos más tarde, cuando Ragnhild limpiaba la colcha de ganchillo que había hecho la madre de su compañera, supo que acababa de ponerle el cabestro. Arreos y montura vendrían poco a poco.

Al acabar los estudios, regresaron a sus respectivos hogares como una pareja comprometida. Mads Gilstrup volvió para administrar la fortuna familiar junto a su padre. Estaba convencido de que nunca tendría que competir para abrirse paso en la vida. Su trabajo consistiría en encontrar los asesores adecuados.

Ragnhild solicitó y consiguió trabajo con un administrador de fondos de inversión que nunca había oído hablar de las universidades mediocres, pero sí de Chicago, y al que le gustó lo que oyó. Y bueno. No era muy brillante, pero sí exigente y, en este sentido, encontró en Ragnhild un alma gemela. Por esa razón, y tras un periodo relativamente breve, la apartaron de su puesto de analista de acciones, un trabajo intelectualmente bien considerado, pero demasiado absorbente, y la destinaron a una de las mesas de «la cocina», como llamaban a la sala de los agentes, delante de una pantalla y un teléfono. Y allí Ragnhild Gilstrup (había renunciado a su nombre de soltera al comprometerse y adoptado el de Gilstrup, ya que era «más práctico») resultó útil de verdad. Si no bastaba con asesorar a los inversores institucionales y presuntamente profesionales de la empresa de asesores para que compraran Opticom, ella estaba dispuesta a ronronear, flirtear, manipular, mentir y llorar. Ragnhild Gilstrup era capaz de engatusar a un hombre, o a una mujer, dado el caso, de forma mucho más eficaz que ninguno de sus análisis. Pero su mejor baza era su profundo conocimiento de la motivación más importante en el mercado de valores: la codicia.

De la noche a la mañana, se quedó embarazada. Y, para su sorpresa, se dio cuenta de que contemplaba la posibilidad de abortar. Hasta aquel momento había creído sinceramente que deseaba tener un hijo, por lo menos uno. Ocho meses más tarde dio a luz a Amalie. Y aquello la hizo tan feliz que pronto olvidó la idea del aborto. Dos semanas más tarde, Amalie ingresó en el hospital con mucha fiebre. Ragnhild se dio cuenta de que los médicos andaban inquietos, pero no sabían explicar lo que le pasaba a la pequeña. Una noche, Ragnhild pensó que podría rezar, pero no lo hizo. A la noche siguiente, veintitrés horas más tarde, la pequeña Amalie moría de pulmonía. Ragnhild se encerró y lloró durante cuatro días seguidos.

—Fibrosis quística —dijo el médico—. Es genético, lo que significa que tú o tu marido sois portadores de la enfermedad. ¿Sabes si alguien de tu familia o la de él la ha padecido? Por ejemplo, puede causar que la persona tenga frecuentes episodios de asma o algo parecido.

—No —contestó Ragnhild—. E imagino que sabrás que estás obligado a guardar el secreto profesional.

Recurrió a la ayuda de un psicólogo para enfrentarse a la pérdida. Al cabo de unos meses consiguió volver a hablar con otras personas. Llegado el verano, se fueron a la cabaña que los Gilstrup tenían en la costa oeste de Suecia, donde intentó quedarse embarazada de nuevo. Pero una noche Mads Gilstrup encontró a su mujer llorando delante del espejo del dormitorio. Ragnhild le dijo que era un castigo por haber deseado abortar. Él la consoló, pero cuando sus dulces caricias se volvieron más insistentes, ella lo apartó de un empujón y le anunció que sería la última vez en bastante tiempo. Mads creyó que se refería a los partos y accedió enseguida. De modo que cuando se enteró de que se refería al acto en sí, se sintió defraudado y desesperado. Mads Gilstrup se había aficionado a la copulación y, sobre todo, a la dosis de autoestima que le proporcionaba provocar lo que él percibía como orgasmos pequeños pero numerosos. Aun así, aceptó su explicación sobre el dolor por la pérdida y los cambios hormonales posteriores al parto. Ragnhild consideraba que no podía contarle que los dos últimos años acostarse con él había sido para ella una obligación, y que el poco deseo que Mads lograba despertar en ella se esfumó en la sala de partos cuando reparó en la estúpida expresión bobalicona y horrorizada de su cara. Y que cuando, llorando de felicidad, se le cayeron las tijeras a la hora de cortar el cordón que era el triunfo de todo padre, le entraron ganas de abofetearlo. Y tampoco le parecía bien revelarle que, el último año, ella y el mediocre de su jefe habían ido satisfaciendo juntos las exigencias de sus necesidades sexuales.

Ragnhild era la única corredora de Bolsa de Oslo a la que le habían ofrecido convertirse en socia de pleno derecho al inicio de su permiso de maternidad. Pero, para sorpresa de todos, renunció a su puesto. Le habían propuesto otro trabajo. Administrar la fortuna familiar de Mads Gilstrup.

Durante su cena de despedida, le explicó al jefe que, en su opinión, ya era hora de que los corredores de Bolsa la adulasen a ella, y no al contrario. Y no dijo ni una palabra sobre la verdadera razón: que, por desgracia, Mads Gilstrup había fallado a la hora de encontrar buenos asesores, su único cometido, y que la fortuna familiar había menguado a una velocidad tan alarmante que ella y su suegro, Albert Gilstrup, tuvieron que intervenir. Aquella fue la última vez que Ragnhild vio al jefe corredor de Bolsa. Unos meses más tarde se enteró de que estaba de baja por enfermedad, tras mucho tiempo de padecimientos relacionados con el asma que sufría.

A Ragnhild no le gustaba el círculo de amistades de Mads y, por lo que tenía entendido, tampoco a él le gustaba. Sin embargo, asistían a sus fiestas cuando los invitaban, ya que, al fin y al cabo, era peor la posibilidad de quedar fuera del círculo de personas que pintaban o poseían algo. Una cosa eran los hombres pomposos y engreídos, convencidos de que su dinero les proporcionaba razones para serlo. Pero lo de sus mujeres («esos vejestorios», como las llamaba Ragnhild para sí misma) era peor. Amas de casa cotorras, derrochadoras y obsesionadas con el aspecto físico, con unas tetas que parecían de verdad y aquel bronceado auténtico porque ellas y los niños acababan de pasar dos semanas en Saint-Tropez para «descansar» de niñeras y obreros ruidosos que nunca terminaban las piscinas y las cocinas nuevas. Hablaban con verdadera preocupación de lo mal que se compraba últimamente en Europa, pero, por lo demás, sus miras no alcanzaban más que de Slemdal a Bogstad y, en última instancia, a Kragerø, en verano. Ropa, retoques de cara y aparatos de gimnasia eran los temas habituales entre las amigas, puesto que esos recursos constituían las herramientas necesarias para retener a sus pomposos maridos; y esa era, en realidad, su única misión en la tierra.

A veces, cuando le venían estos pensamientos a la cabeza, Ragnhild se sorprendía. ¿Tan distintas eran a ella? Tal vez las diferenciase el hecho de que ella trabajaba. ¿Explicaba eso que le resultara insoportable ver sus caras engreídas en el restaurante Vinderen, cuando se quejaban de la fraudulenta distribución de las pensiones y de cómo se escaqueaba lo que, con cierto desdén, llamaban «la sociedad»? ¿O era otra cosa? Porque algo había pasado. Una revolución. Había empezado a preocuparse por otra persona. No se había sentido así desde Amalie. Y Johannes.

Todo empezó con un plan. Los valores seguían bajando debido a las desafortunadas inversiones de Mads, había que tomar medidas drásticas. No se trataba solamente de reinvertir el dinero en activos de menor riesgo; se habían acumulado deudas que había que saldar. En pocas palabras, necesitaban un golpe financiero. El suegro propuso la idea. Y más que a golpe, aquello olía a asalto. Y no a un asalto a bancos bien protegidos, sino a un asalto menor a señoras mayores. Una señora del Ejército de Salvación. Ragnhild había repasado la cartera inmobiliaria del Ejército, que era impresionante. Bueno, los edificios estaban más o menos en buen estado, pero tanto el potencial como la ubicación eran excelentes. Sobre todo los edificios situados en el centro de Oslo, en especial los de Majorstua. La contabilidad del Ejército de Salvación le había revelado dos datos: que el Ejército necesitaba dinero, y que las propiedades estaban muy infravaloradas en el balance. Lo más probable era que no estuviesen al tanto del valor de los bienes que poseían, porque dudaba de que quienes tomaban las decisiones fueran los cuchillos más afilados del cajón. Además, quizá fuese el momento perfecto para comprar, ya que el mercado inmobiliario había bajado igual que las acciones, y otros indicadores importantes empezaban a apuntar hacia arriba.

Solo tuvo que hacer una llamada para concertar una cita.

Y un precioso día de primavera, se dirigió en coche al Cuartel General del Ejército de Salvación.

La recibió David Eckhoff, el comisionado, y ella lo conquistó con su jovialidad en tres segundos. Reconoció en él a un macho alfa de esos que ella sabía manejar tan bien y pensó que aquello podría actuar en su favor. La condujo hasta una sala de reuniones donde había gofres, un café asombrosamente malo, un colega más mayor y dos jóvenes. El mayor era el jefe de administración, un teniente coronel que pronto se jubilaría. Uno de los jóvenes era Rikard Nilsen, un joven tímido que, a primera vista, se parecía a Mads Gilstrup. Nada comparado con la impresión que le causó conocer al otro joven, que, con una sonrisa prudente, le estrechó la mano y se presentó como Jon Karlsen. No fue su figura alta y encorvada, la cara despejada de muchacho ni la calidez de la voz... Fue la mirada. El joven la miró directamente a los ojos. A su interior. Como ya lo hiciera una vez otra persona. Era la mirada de Johannes.

Durante la primera parte de la reunión, mientras el jefe de administración explicaba que el volumen de facturación del Ejército de Salvación ascendía a casi mil millones de coronas, una parte importante de las cuales procedía de los ingresos generados por los alquileres de las doscientas treinta propiedades que tenían repartidas por todo el país, ella permaneció en un estado que rozaba el trance e intentó no mirar al joven. Ni su pelo ni las manos, que descansaban tranquilamente sobre la mesa. Ni los hombros, que no llenaban del todo el uniforme negro, un uniforme que, desde la infancia, Ragnhild había relacionado con señores y señoras mayores que cantaban la segunda voz de canciones de tres acordes y sonreían a pesar de que no creían en la vida antes de la muerte. Llegó a la conclusión, sin darle demasiadas vueltas, de que el Ejército de Salvación era para aquellos que no encajaban en ningún otro sitio, para los simples, para los que no eran alegres ni listos, para aquellos con los que nadie quería jugar, los que veían en el Ejército una hermandad en la que hasta ellos cumplían los requisitos: el de cantar la segunda voz.

Cuando el jefe de administración hubo acabado, Ragnhild dio las gracias, abrió la carpeta que traía y pasó una hoja A4 por encima de la mesa hasta el comisionado.

—Esta es nuestra oferta —dijo—. Deducirá fácilmente cuáles son las propiedades que nos interesan.

—Gracias —dijo el comisionado mirando la hoja.

Ragnhild intentó descifrar su expresión. Pero se dio cuenta de que no significaría gran cosa. Sobre la mesa, delante de él, había unas gafas de cerca.

—Nuestro especialista repasará las cuentas y nos hará las recomendaciones oportunas —dijo el comisionado sonriente antes de pasarle la hoja... a Jon Karlsen.

Ragnhild advirtió el tic en el rostro de Rikard Nilsen.

Ella deslizó por la mesa la tarjeta de visita hasta dejarla delante de Jon Karlsen.

—Si tenéis alguna duda, no dudéis en llamarme —añadió Ragnhild, sintiendo la mirada del joven como un contacto físico.

—Gracias por la visita, señora Gilstrup —dijo el comisionado Eckhoff juntando las manos—. Prometemos dar una respuesta dentro de... ¿Jon?

—Un breve plazo.

El comisionado sonrió jovialmente.

—Dentro de poco.

Los cuatro la acompañaron hasta el ascensor. Nadie dijo nada mientras esperaban. Cuando se abrieron las puertas, ella se inclinó hacia Jon Karlsen y dijo bajito:

—Cuando quieras. Usa el número del móvil.

Intentó captar su mirada para sentirla una vez más, pero no le dio tiempo. Cuando bajaba, ya sola en el ascensor, Ragnhild Gilstrup sintió la oleada violenta y dolorosa de la sangre al bombearle en las venas y empezó a temblar.

Al cabo de tres días, él llamó para rechazar la oferta. La habían considerado y habían llegado a la conclusión de que no querían vender. Ragnhild rebatió frenéticamente sus objeciones haciendo hincapié en el precio, en la débil posición del Ejército de Salvación en el mercado inmobiliario, en la falta de profesionalidad en el modo que tenían de administrar sus propiedades, en que las bajas amortizaciones anotadas en la contabilidad ocultaban las pérdidas derivadas de los bajos alquileres que aplicaban, y que el Ejército de Salvación debía diversificar sus inversiones. Jon Karlsen la escuchó sin interrumpirla.

—Gracias —dijo cuando ella hubo terminado—. Gracias por estudiar a fondo este asunto, señora Gilstrup. Y como economista, no estoy en desacuerdo con lo que dices. Pero...

—Pero ¿qué? El cálculo no deja lugar a dudas... —se oyó decir Ragnhild con la respiración silbante y entrecortada al teléfono.

—Pero está el aspecto humano.

–¿Humano?

–Los inquilinos. Las personas. Personas mayores que llevan viviendo allí toda la vida, soldados del Ejército de Salvación jubilados, refugiados, personas que necesitan seguridad. Ellos son el aspecto humano. Vosotros los echaréis para rehabilitar esos apartamentos y alquilarlos o venderlos con beneficios. El cálculo es, como bien dices, inequívoco. Tu aspecto económico es incontestable, y yo lo acepto. ¿Aceptas tú el mío?

Ella se quedó sin respiración.

–Yo… –empezó.

–Me encantará acompañarte a saludar a esas personas –dijo él–. Así lo entenderás mejor.

Negó con la cabeza sin decir nada.

–Me gustaría aclarar el malentendido en lo que a nuestras intenciones se refiere –dijo ella–. ¿Estás ocupado el jueves por la noche?

–No. Pero…

–¿Por qué no nos vemos en Feinschmäcker a las ocho?

–¿Qué es Feinschmäcker?

Ella no pudo evitar sonreír.

–Un restaurante de Frogner. El taxista sabrá llevarte.

–Si está en Frogner, iré en bici.

–Bien. Nos vemos.

Citó a Mads y al suegro para explicarles lo sucedido.

–Parece que la clave está en ese joven asesor –dijo el suegro, Albert Gilstrup–. Si captamos su atención, los inmuebles serán nuestros.

–Pero ya te digo que no le interesa el precio que pagamos.

–Claro que sí –dijo el suegro.

–¡Que no!

–No, al Ejército de Salvación, no, claro. Ahí puede agitar la bandera. Tenemos que apelar a su codicia personal.

Ragnhild negó con la cabeza.

–Ese hombre no. Él… él jamás se prestaría a eso.

–Todo el mundo tiene un precio –dijo Albert Gilstrup con una sonrisa tristona y moviendo el índice ante la cara de Ragnhild de un lado a otro, como un metrónomo—. El Ejército de Salvación ha abandonado el pietismo, y el pietismo es la forma en que las personas prácticas se acercan a la religión. Por eso fue tan popular aquí en el norte, cuando era una zona económicamente deprimida. Primero pan y luego oraciones. Propongo dos millones.

—¿Dos millones? —repitió Mads dando un respingo—. ¿Por… hacer una recomendación de venta?

—Solamente si se efectúa la venta, por supuesto. *No cure, no pay.*

—Aun así, es una cantidad de locos —afirmó el hijo.

El padre contestó sin mirarlo.

—Aquí la única locura es que haya sido posible mermar una fortuna familiar como la nuestra en una época en la que todo lo demás ha subido.

Mads Gilstrup abrió la boca como un pez, pero de ella no salió sonido alguno…

—Ese asesor suyo no tendrá valor para negociar el precio si opina que la primera oferta es demasiado baja —dijo el suegro—. Tenemos que hacer un *knock-out* en el primer intento. Dos millones. ¿Tú qué dices, Ragnhild?

Ragnhild asintió despacio con la cabeza mientras se concentraba en algún punto fuera de la ventana, porque no podía soportar mirar al marido que estaba sentado en la sombra, con la cabeza inclinada junto al flexo.

Jon Karlsen aguardaba ya sentado a la mesa cuando ella se presentó. Parecía más pequeño de lo que recordaba, pero probablemente se debiera a que había cambiado el uniforme por un traje que parecía un saco, que ella supuso que habría comprado en Fretex. O quizá porque se sintiera fuera de lugar en un restaurante tan elegante. Volcó el florero cuando se levantó para saludarla. Lograron coger las flores con una acción conjunta y se echaron a reír. Después hablaron de todo un poco. Cuando él le preguntó si tenía hijos, ella se limitó a negar con la cabeza.

¿Tendría él niños? No. Ya, pero a lo mejor tenía… Ajá, tampoco.

La conversación derivó hacia las propiedades del Ejército de Salvación, pero Ragnhild se dio cuenta de que argumentaba sin la chispa de siempre. Él sonrió educadamente y tomó un sorbo de vino. Ella subió la oferta un diez por cien. Él negó con la cabeza sin dejar de sonreír e hizo un comentario sobre lo bien que le sentaba el collar, que ella sabía que iba muy bien con el color de su piel.

—Un regalo de mi madre —dijo mintiendo sin el menor esfuerzo.

Pensó que tal vez así la miraría a los ojos. A esos ojos de iris azul claro y esclerótica limpia.

Lanzó la oferta de una recompensa personal de dos millones entre el plato principal y el postre. No tuvo que mirarlo a los ojos porque él estaba observando el interior de la copa de vino sin pronunciar palabra, cuando, de repente, lo vio palidecer.

Al final, preguntó:

—¿Ha sido idea tuya?

—Mía y de mi suegro. —Se dio cuenta de que le costaba respirar.

—¿Albert Gilstrup?

—Sí. Aparte de nosotros dos y de mi marido, nadie más sabrá jamás nada de esto. Si esto sale a la luz, nosotros tenemos tanto que perder como vosotros… quiero decir, como tú.

—¿Es algo de lo que he dicho o hecho?

—¿Cómo dices?

—¿Qué es lo que os ha inducido a pensar que diría que sí por unas cuantas monedas de plata?

Levantó la vista y Ragnhild notó que se sonrojaba. No recordaba haberse sonrojado desde el instituto.

—¿Pasamos del postre? —Él levantó la servilleta del regazo y la dejó en el bajoplato.

—Tómate tu tiempo y reflexiona antes de contestar, Jon —le dijo ella—. Por ti. Esto puede brindarte la oportunidad de cumplir algunos sueños.

Sus palabras resonaron falsas y mezquinas incluso a sus propios oídos. Jon le indicó al camarero que les trajera la cuenta.

—¿Y qué sueños son esos? ¿Los de convertirme en un servidor corrupto, un desertor miserable? ¿El sueño de conducir un buen coche mientras todo lo que uno intenta ser como persona se desmorona a su alrededor?

La rabia hizo que le temblara la voz.

—¿Esos son los sueños que tú tienes, Ragnhild Gilstrup?

Ella era incapaz de contestar.

—Debo de estar ciego —dijo él—. Porque ¿sabes qué? Cuando te miré creí ver… a una persona totalmente diferente.

—Me viste a mí —susurró ella notando que volvía el temblor, el mismo que sufrió en el ascensor.

—¿Qué?

Se aclaró la voz.

—Me viste a mí. Y te he ofendido. Lo siento mucho.

Durante el silencio que siguió, ella tuvo la sensación de estar hundiéndose, de estar atravesando capas de agua frías y calientes.

—Vamos a olvidarnos de todo esto —le rogó Ragnhild cuando el camarero se acercó para coger la tarjeta que ella le ofrecía—. No es importante. Para ninguno de nosotros. ¿Me acompañas al Frognerparken?

—Yo…

—Por favor.

La miró sorprendido.

¿Seguro que estaba sorprendido?

¿Cómo podía sorprenderse aquella mirada que todo lo veía?

Ragnhild Gilstrup contemplaba desde su ventana en Holmenkollen el oscuro cuadrilátero que se extendía allá abajo. Frognerparken. Allí fue donde comenzó la locura.

El reloj marcaba la medianoche, el autobús del reparto de sopa estaba aparcado en el garaje y Martine se sentía agradablemente agotada, pero también bendecida. Se encontraba en la acera, delante del Heimen, en la angosta y oscura calle Heimdalsgata, esperando a que Rikard volviese con el coche, cuando oyó unas pisadas en la nieve a su espalda.

—Hola.

Se volvió y sintió que se le paraba el corazón cuando reparó en la silueta de una figura contra la farola solitaria.

—¿No me reconoces?

El corazón dio un latido. Dos. Luego tres y cuatro. Había reconocido la voz.

—¿Qué haces aquí? —preguntó ella esperando que su voz no delatase el miedo que sentía.

—Me he enterado de que trabajabas en el autobús y de que aparcaba aquí a medianoche. Se ha registrado cierto progreso en el asunto, por así decirlo. He estado pensando un poco. —Él se adelantó y la luz le iluminó el rostro. Estaba más curtido y avejentado de lo que recordaba. Curioso, lo mucho que se puede olvidar en solo veinticuatro horas—. Y tengo algunas preguntas.

—¿Que no podían esperar? —preguntó ella, sonriente, comprobando que su pregunta suavizaba los rasgos del policía.

—¿Estás esperando a alguien? —preguntó Harry.

—Sí. Rikard me va a llevar a casa.

Vio la bolsa que el policía llevaba colgada al hombro. En un lado se leía JETTE, pero parecía demasiado vieja y desgastada para ser una variante retro, tan de moda últimamente.

—Deberías comprar unas plantillas nuevas para las zapatillas que llevas ahí dentro —dijo ella señalando la bolsa.

La miró sorprendido.

—No hay que ser Jean-Baptiste Grenouille para percibir el olor —dijo ella.

—Patrick Süskind —dijo él—. *El perfume.*

—Un policía que lee —dijo ella.

—Una soldado del Ejército de Salvación que lee sobre asesinatos —replicó él—. Lo cual, me temo, nos lleva al asunto que me ocupa.

Un Saab 900 se detuvo delante de ellos. La ventanilla bajó sin hacer ruido.

—¿Nos vamos, Martine?

—Un momento, Rikard. —Se volvió hacia Harry—. ¿Adónde vas?

—A Bislett. Pero preferiría…

—Rikard, ¿te importa que llevemos a Harry hasta Bislett? Tú también vives allí.

Rikard miró hacia la oscuridad antes de contestar con una entonación plana:

—Por supuesto.

—Vamos —dijo Martine tendiendo la mano a Harry, que la miró sorprendido—. Suelas deslizantes —susurró ella cogiéndole la mano.

Sintió la mano cálida y seca de Harry y la apretó automáticamente, como si temiera que se cayese.

Rikard conducía despacio, con la mirada bailando de un espejo a otro, como si temiera un ataque por la espalda.

—¿Y bien? —preguntó Martine desde el asiento delantero.

Harry carraspeó.

—Hoy han intentado disparar a Jon Karlsen.

—¡¿Cómo?! —dijo Martine.

Harry se encontró con la mirada de Rikard en el espejo.

—¿Estabas al corriente? —preguntó Harry.

—No —contestó Rikard.

—¿Quién…? —comenzó Martine.

—No lo sabemos —dijo Harry.

—Pero… Robert y Jon. ¿Tiene algo que ver con la familia Karlsen?

—Creo que, desde el principio, solo iban a por uno de los dos —dijo Harry.

—¿Qué quieres decir?

—El asesino pospuso su regreso a casa. Creo que se dio cuenta de que había matado al hombre equivocado. No era a Robert a quien querían muerto.

—Robert no…

—Por eso tenía que hablar contigo. Creo que tú puedes darme la respuesta que confirme mi teoría.

—¿Qué teoría?

—Que Robert murió porque, desgraciadamente, se prestó a sustituir a Jon en la guardia de la plaza Egertorget.

Martine se volvió en el asiento delantero y miró a Harry alarmada.

—Tú controlas las listas de las guardias —dijo Harry—. La primera vez que fui a visitaros, me fijé en que esas listas están colgadas en el tablón de anuncios de recepción. De modo que cualquiera podía ver quién haría la guardia en Egertorget esa noche. Todos sabían que la haría Jon Karlsen.

—¿Cómo…?

—Me pasé después de ir al hospital y lo comprobé. El nombre de Jon figuraba en la lista. Pero Robert y Jon cambiaron el turno después de que la hubieran imprimido, ¿verdad?

Rikard subía la calle Stensberggata hacia Bislett.

Martine se mordió el labio inferior.

—Todos andan siempre cambiándose el turno y no siempre me entero.

Rikard entró en la calle Sofie. A Martine se le dilataron las pupilas.

—Claro, ahora lo recuerdo. Robert llamó para decirme que había cambiado el turno con su hermano, así que no tenía que hacer nada. Eso explica que no lo haya recordado. Pero… pero eso significa que…

—Jon y Robert se parecen bastante —dijo Harry—. Y de uniforme…

—Y era de noche, y estaba nevando… —dijo Martine quedamente, como hablando para sus adentros.

—Lo que quiero saber es si alguien te llamó y te preguntó por la lista de las guardias. Sobre esa noche en particular.

—No, que yo recuerde —contestó Martine.

—Piénsalo. Te llamaré mañana.

—Claro, por supuesto —dijo Martine.

Harry mantuvo firme la mirada y, a la luz de la farola, reparó otra vez en las irregularidades de las pupilas de la joven.

De repente, Rikard detuvo el coche.

—¿Cómo lo sabías? —preguntó Harry.

—¿Saber qué? —preguntó Martine rápidamente.

—Hablaba con el conductor —dijo Harry—. ¿Cómo sabías que vivo aquí?

—Tú lo has mencionado —dijo Rikard—. Me conozco esto. Como ha dicho Martine, yo también vivo en Bislett.

Harry se quedó en la acera mirando el coche que se alejaba.

Era evidente que el chico estaba enamorado. Había dado un rodeo hasta allí para estar unos minutos a solas con Martine. Para disponer del silencio y de la calma que uno necesita cuando quiere contar algo, mostrar quién es, desnudar su alma, descubrirse y todo eso tan propio de la juventud, algo con lo que él, por suerte, ya había terminado. Cualquier cosa por recibir una palabra amable, por robarle un abrazo y esperar un beso antes de despedirse. Suplicar amor, como hacen los idiotas enamorados. No importa la edad.

Harry se encaminó despacio a la puerta de entrada mientras, por inercia, buscaba con la mano las llaves en el bolsillo del pantalón y, mentalmente, un detalle que se le escapaba cada vez que lo rozaba. Con la mirada buscaba algo que apenas había oído. No era más que un sonido tenue, pero a aquellas horas reinaba una calma absoluta en la calle Sofie. Harry contempló los montones de nieve grisácea apilados por la máquina quitanieves que había pasado por allí durante el día. Le pareció que algo crujía, que se derretía. Imposible, estaban a dieciocho bajo cero.

Harry metió la llave en la cerradura. No era algo que se derretía, sino algo que hacía tictac.

Se volvió despacio y miró hacia el montón de nieve. Allí brillaba un objeto. Cristal.

Harry dio media vuelta, se agachó y cogió el reloj. El cristal del regalo de Møller relucía como un espejo de agua, intacto. Y la hora era correcta, exacta. Con dos minutos de adelanto con respecto a su propio reloj. ¿Qué fue lo que le dijo Møller? Sí, para que llegase a tiempo a lo que creía que no llegaría.

14

Noche del viernes, 18 de diciembre. La oscuridad

La estufa eléctrica de la sala de estar del Heimen hacía ruido, como si alguien le estuviese tirando piedrecitas. El aire caliente se elevaba dejando unas marcas chamuscadas de color marrón en el papel de la pared, que exudaba nicotina, cola y la grasa apestosa de las personas que habían vivido allí pero que ya no estaban. La tapicería del sofá le picaba incluso a través de los pantalones.

Pese al calor seco y chisporroteante de la estufa eléctrica, no podía dejar de temblar mientras veía las noticias en la tele, que habían fijado con un soporte en la parte superior de la pared de la sala de estar. Reconocía las fotografías de la plaza, pero no entendía nada de lo que decían. Sentado en una butaca que había en el rincón, un hombre mayor fumaba unos cigarrillos que había liado muy finos. Cuando ya le quedaba tan poco que estaba a punto de quemarse las yemas de los dedos, ennegrecidas a aquellas alturas, sacaba rápidamente dos cerillas de la caja, sujetaba el resto con ellas e inhalaba hasta quemarse los labios. Desde una mesa colocada en otro rincón se esforzaba por brillar la copa de un pino talada y vestida con adornos navideños...

Pensó en la cena de Navidad a la que asistió en Dalj.

Hacía dos años que había acabado la guerra y los serbios se habían marchado de lo que una vez fue Vukovar. Las autoridades croatas los habían apiñado en el hotel International de Zagreb. Preguntó a varias personas si sabían dónde estaba la familia de

Giorgi y un día se encontró con otro refugiado que sabía que la madre de Giorgi había muerto durante la guerra y que él y su padre se habían mudado a Dalj, una pequeña ciudad fronteriza cerca de Vukovar. El segundo día de Navidad cogió el tren hasta Osijek y de allí continuó hacia Dalj. Habló con el revisor, quien le confirmó que el tren seguía hasta Borovo, la estación final, y estaría de vuelta en Dalj a las seis y media. A las dos bajó del tren en Dalj. Preguntó por la dirección, que lo condujo hasta un edificio bajo tan gris como la ciudad. Entró, encontró la puerta y, antes de llamar, rezó para que estuviesen en casa. Al oír unos pasos ligeros en el interior de la vivienda, notó que el corazón se le aceleraba.

Giorgi abrió. No había cambiado mucho. Estaba más pálido, pero tenía los mismos rizos rubios, los ojos azules y la boca con forma de corazón que siempre le había hecho pensar en un joven dios. Pero el brillo de los ojos había desaparecido como una bombilla fundida.

—¿No me reconoces, Giorgi? —preguntó al cabo de un rato—. Vivíamos en la misma ciudad, íbamos al mismo colegio.

Giorgi frunció el ceño.

—¿Ah, sí? Espera. Esa voz… Debes de ser Serg Dolac. Naturalmente, tú eras el que corría tan rápido. Vaya, cómo has cambiado. Me alegra ver gente conocida de Vukovar. Todos han desaparecido.

—Yo no.

—No, tú no, Serg.

Giorgi lo abrazó y permaneció aferrado a él tanto rato que sintió que su cuerpo helado empezaba a entrar en calor. Luego le invitó a pasar.

Cayó la oscuridad del invierno mientras, sentados en la sala de estar amueblada de forma espartana, hablaban de todo lo ocurrido, de todas las personas que conocían en Vukovar e intentaban imaginar qué habría sido de ellas. Cuando le preguntó a Giorgi si se acordaba de Tinto, el perro, Giorgi sonrió confuso.

Le dijo que su padre no tardaría en llegar y le preguntó si quería quedarse a cenar.

Miró el reloj. El tren llegaría a la estación tres horas más tarde.

El padre se sorprendió mucho al ver que tenían visita de Vukovar.

—Es Serg —dijo Giorgi—. Serg Dolac.

—¿Serg Dolac? —preguntó el padre mirándolo inquisitivo—. Sí, me suena tu nombre. Mmm… Yo conocía a tu padre, ¿verdad?

Al caer la noche, se sentaron a la mesa. El padre les dio unas servilletas grandes y blancas, y se aflojó el pañuelo rojo para anudarse la servilleta al cuello. Rezó una breve oración, se santiguó y saludó en dirección a una foto enmarcada de una mujer.

Cuando el padre y Giorgi cogieron los cubiertos, este inclinó la cabeza y salmodió:

—«¿Quién es este que viene de Edom, con las ropas al rojo vivo de Bosrá? ¿Quién es este de espléndido vestido, que camina con plenitud de fuerza? —Soy yo, que proclamo justicia, que tengo poder para salvar».

El padre lo miró sorprendido. Luego pasó la bandeja llena de trozos de carne generosos y pálidos.

La cena discurrió en silencio. El viento hacía crujir las finas ventanas.

Después de la carne vino el postre. *Palačinka*, unas crepes finas rellenas de mermelada y cubiertas de chocolate. No las había tomado desde que vivía en Vukovar, cuando era niño.

—Ponte otra, querido Serg —dijo el padre—. Es Navidad.

Miró el reloj. Faltaba media hora para que saliese el tren. Había llegado el momento. Carraspeó, dejó la servilleta en la mesa y se levantó.

—Giorgi y yo hemos hablado de todos los que recordamos de Vukovar. Pero hay uno del que todavía no hemos hablado.

—Bien —contestó el padre sonriendo con sorpresa—. ¿De quién se trata, Serg?

El padre volvió un poco la cabeza y lo miró de reojo, como si estuviera intentando averiguar algo que desconocía.

—Se llamaba Bobo.

En los ojos del padre de Giorgi vio que lo sabía. Tal vez lo hubiese estado esperando. Oyó el timbre de su propia voz resonar en las paredes desnudas.

—Tú estabas sentado en el todoterreno, lo señalaste, tal y como te pidió el comandante serbio. —Tragó saliva—. Y Bobo murió.

Se hizo un silencio en la habitación. El padre dejó el cubierto en la mesa.

—Estábamos en guerra, Serg. Todos íbamos a morir. —Lo dijo tranquilamente. Casi con resignación.

Giorgi y su padre se mantuvieron inmóviles mientras él sacaba la pistola de la cinturilla del pantalón, quitaba el seguro, apuntaba hacia el otro lado de la mesa y apretaba el gatillo. Se oyó un ruido breve y seco, y una sacudida atravesó el cuerpo del padre al tiempo que las patas de la silla rascaban el suelo. El padre inclinó la cabeza y miró al agujero de la servilleta que le cubría el pecho. Entonces, el agujero succionó la servilleta y la sangre empezó a extenderse por la tela blanca como una flor roja.

—Mírame —le ordenó enérgico, y el padre levantó la cabeza.

El segundo disparo le estampó un pequeño agujero en la frente. El hombre cayó hacia delante y fue a dar suavemente con la cara en el plato y la *palačinka*.

Se volvió hacia Giorgi, que lo miraba boquiabierto, con un hilillo rojo deslizándosele por la mejilla. Tardó un segundo en comprender que era la mermelada de la *palačinka* del padre. Metió la pistola en la cintura del pantalón.

—Tendrás que matarme a mí también, Serg.

—Contra ti no tengo nada.

Salió de la sala de estar y cogió la chaqueta que había dejado colgada junto a la puerta.

Giorgi lo siguió.

—¡Me vengaré! ¡Si no me matas, te encontraré y te mataré yo!

—¿Y cómo me vas a encontrar, Giorgi?

—No puedes esconderte. Sé quién eres.

—¿Lo sabes? Crees que soy Serg. Pero Serg Dolac era pelirrojo y más alto que yo. Yo no soy muy rápido corriendo, Giorgi. Pero

221

alegrémonos de que no me reconozcas, Giorgi. Eso significa que puedo dejarte con vida.

Se inclinó y le plantó un fuerte beso en la boca antes de abrir la puerta y marcharse.

Los periódicos cubrieron la noticia del asesinato, pero la policía no buscó al autor del crimen. Tres meses más tarde, un domingo, su madre le habló de un croata que había acudido a ella para pedirle ayuda. El hombre no podía pagar mucho, pero había conseguido reunir algo de dinero gracias a sus familiares. Había descubierto que el serbio que había torturado a su hermano vivía en el vecindario. Y alguien había mencionado que lo llamaban el pequeño redentor.

El hombre mayor se quemó la yema de los dedos con el cigarrillo y soltó una maldición en voz alta.

Se levantó y fue a recepción. Detrás del chico, al otro lado de la pared acristalada, estaba el estandarte rojo del Ejército de Salvación.

—*Could I please use the phone?*

El chico lo miró con escepticismo.

—Solo si es una llamada local.

—Lo es.

El chico señaló hacia la diminuta oficina que se encontraba detrás de la ventanilla y él entró. Se sentó ante el escritorio y se quedó mirando el teléfono. Evocó la voz de su madre. Ese tono tan preocupado y asustado como suave y cálido que era como un abrazo. Se levantó, cerró la puerta que daba a la recepción y marcó rápidamente el número del hotel International. Ella no estaba. No le dejó un mensaje. Y se abrió la puerta.

—Está prohibido cerrar la puerta —dijo el chico—. ¿Vale?

—*OK. Sorry.* ¿Tienes una guía telefónica?

El chico puso los ojos en blanco, señaló el grueso volumen que había al lado del teléfono y volvió a salir.

Buscó Jon Karlsen y Gøteborggata 4 y marcó el número.

Thea Nilsen miraba fijamente el teléfono que estaba sonando. Entró en el apartamento de Jon con la llave que él le había dado.

Dijeron que había un agujero de bala en algún lugar. Thea lo buscó y lo encontró en la puerta del armario.

Aquel hombre había intentado asesinar a Jon. Acabar con su vida. La idea le produjo una extraña emoción. No tenía miedo. A veces pensaba que jamás volvería a sentirlo, al menos, no así, no de aquello, no de la muerte.

La policía había estado allí, pero no se esmeraron demasiado. Ningún rastro aparte de las balas, según dijeron.

En el hospital, mientras miraba a Jon, le oyó respirar. Le pareció muy indefenso allí, en aquella cama tan grande. Como si pudiera matarlo colocándole una almohada sobre la cara. Le gustaba esa sensación, le gustaba verlo débil. Quizá el maestro de escuela de Victoria tuviera razón cuando decía que la necesidad de algunas mujeres por sentir compasión las hacía odiar a sus maridos cuando estaban sanos y fuertes y desear secretamente que se convirtieran en inválidos dependientes de su bondad.

Pero ahora se encontraba sola en el apartamento y el teléfono estaba sonando. Miró el reloj. Era de noche. Nadie llamaba a aquellas horas. Nadie con un propósito honrado. Thea no temía a la muerte. Pero sí a aquello. ¿Sería ella, la mujer cuya existencia Jon creía que ella desconocía?

Anduvo dos pasos hacia el aparato. Se detuvo. El timbre sonó por cuarta vez. Al quinto tono de llamada se cortaría. Vaciló. Sonó otra vez. Thea se adelantó presurosa y cogió el auricular.

−¿Sí?

Durante unos segundos solo hubo silencio al otro lado del hilo telefónico, hasta que un hombre empezó a hablar en inglés:

−*Sorry for calling so late.* Me llamo Edom. ¿Está Jon?

−No −dijo aliviada−. Está en el hospital.

−Ah, sí, me he enterado de lo que ha pasado hoy. Soy un viejo amigo y me gustaría hacerle una visita. ¿En qué hospital está?

−Ullevål.

−¿Ullevål?

223

–Sí. No sé cómo se llama la sección en inglés, pero está en neurocirugía. Claro que hay un policía ante la puerta de su habitación y no te dejará entrar. ¿Comprendes lo que digo?

–¿Comprender?

–Mi inglés… no es muy…

–Comprendo perfectamente. Muchas gracias.

Ella colgó y se quedó mirando el teléfono un buen rato.

Y empezó a buscar otra vez. Le habían dicho que encontraría más agujeros de bala.

Le dijo al muchacho de la recepción del Heimen que salía un rato y le dio la llave de la habitación.

El muchacho miró el reloj de la pared, que marcaba las doce menos cuarto, y le pidió que se llevara la llave. Explicó que no tardaría en cerrar y acostarse, pero que la llave de la habitación también abría la puerta principal.

En cuanto salió, un frío mordaz se abalanzó sobre él arañándole la cara. Inclinó la cabeza y echó a andar con paso rápido y decidido. Aquello era arriesgado, desde luego, pero tenía que hacerlo.

Ola Henmo, jefe de operaciones de Hafslund Energi, estaba en la sala de control de la central de operaciones de Montebello, en Oslo, pensando en lo bien que le sabría un cigarrillo mientras miraba una de las cuarenta pantallas que había en la habitación. Durante el día había allí doce personas; de noche, solo tres. Normalmente, cada una estaba sentada en su lugar de trabajo, pero aquella noche el frío de fuera los había reunido alrededor de la mesa que tenían en el centro de la habitación.

Geir y Ebbe discutían como siempre sobre caballos y sobre la quiniela hípica. Llevaban ocho años haciéndolo, y nunca se les había ocurrido jugar por separado.

Ola, por su parte, estaba más preocupado por el transformador de la calle Kirkeveien, entre las calles Ullevålsveien y Sognsveien.

—Treinta y seis por ciento de sobrecarga en T1. Veintinueve de T2 a T4 —dijo.

—¡Dios mío! ¡Cómo abusan de la calefacción! —dijo Geir—. ¿Es que temen morir de frío? Es de noche, ¿no pueden meterse bajo el edredón? ¿Sweet Revenge en la tercera? ¿Has tenido una hemorragia cerebral?

—Aquí nadie ahorra energía —dijo Ebbe—. No en este país. La gente caga dinero.

—No saldrá bien —dijo Ola.

—Claro que sí —dijo Ebbe—. Bombearemos un poco más de petróleo.

—Me refiero a la T1 —dijo Ola señalando la pantalla—. Oscila en torno a los seiscientos ochenta amperios. La capacidad es de quinientos, carga nominal.

—Relájate —contestó Ebbe antes de que sonara la alarma.

—Mierda —dijo Ola—. Se ha ido. Controla la lista y llama a los chicos que vigilan el edificio.

—Mira —dijo Geir—. La T2 también ha caído. Y ahí va la T3.

—¡Bingo! —exclamó Ebbe—. ¿Apostamos a que T4…?

—Demasiado tarde, ya se ha ido —dijo Geir.

Ola miró el plano general.

—De acuerdo —dijo—. Sogn, Fagerbor y Bislett se han quedado sin electricidad.

—¿Qué se habrá roto? Se admiten apuestas —sugirió Ebbe—. Mil a que se trata de un problema de cableado.

Geir guiñó un ojo.

—Es el transformador. Y quinientas es suficiente.

—Corta el rollo —dijo Ola—. Ebbe, llama a los bomberos. Apuesto a que hay un incendio allí arriba.

—Voy —dijo Ebbe—. ¿Doscientas?

Cuando se fue la luz de la habitación del hospital, se hizo tal oscuridad que, al principio, Jon pensó que se había quedado ciego. Que el golpe le había dañado el nervio óptico y el efecto no se había presentado hasta ese momento. Pero entonces oyó los gritos en los pasillos, divisó el contorno de la ventana y comprendió que se había producido un corte en el suministro eléctrico.

Oyó que alguien movía la silla que había fuera y la puerta se abrió.

—Hola, ¿estás ahí? —preguntó una voz.

—Sí —contestó Jon en un tono más nítido de lo esperado.

—Voy a comprobar qué ha pasado. No te vayas a ningún sitio, ¿de acuerdo?

—No, pero...

—¿Sí?

—¿No tienen luces de emergencia?

—Creo que solo en las salas de operaciones y de cuidados intensivos.

—Ah, vale...

Jon oyó cómo se alejaban los pasos del agente de policía mientras miraba el indicador verde de salida que resplandecía sobre el dintel de la puerta. La señal le volvió a despertar la imagen de Ragnhild. También aquella historia había empezado en la oscuridad. Después de cenar, pasearon en medio de la noche por el Frognerparken y se detuvieron en la plaza desierta que había frente al Monolito, orientado hacia el este y el centro de la ciudad. Él le contó la leyenda de Gustav Vigeland, aquel artista de Mandal un tanto excéntrico que accedió a que decorasen el parque con sus esculturas con la condición de que ampliasen la zona. De este modo, el Monolito quedaría emplazado simétricamente respecto a las iglesias de los alrededores. Y la puerta principal debía quedar de forma que pudiera verse directamente desde la iglesia de Uranienborg. Y cuando el representante de la junta municipal explicó que no era factible mover el parque, Vigeland exigió que cambiasen la ubicación de las iglesias.

Ella lo miraba muy seria mientras hablaba, y Jon sintió cierto temor al comprobar lo fuerte e inteligente que era.

—Tengo frío —dijo ella tiritando pese al abrigo.

—Tal vez sea mejor que volvamos... —comenzó él, pero entonces ella le puso la mano en la nuca y lo obligó a mirarla.

Tenía los ojos más extraordinarios que había visto en la vida. De un azul claro, casi turquesa, sobre un blanco tan reluciente que matizaba la palidez de su piel. Y él hizo lo que hacía siempre, encorvó la espalda. Y metió la lengua en la boca de ella, húmeda y caliente; un músculo insistente, una anaconda misteriosa que se retorcía alrededor de su lengua tratando de hacerse con el control. Y sintió el calor fluyendo a través de la gruesa tela de lana de los pantalones de Fretex cuando la mano de Ragnhild aterrizó con una precisión impresionante.

—Ven —le susurró al oído poniendo el pie contra la valla.

Jon bajó la vista y se encontró con la piel blanca de la zona donde acababan las medias, pero se apartó de pronto.

—No puedo —dijo.

—¿Por qué no? —suspiró ella.

—He hecho una promesa. A Dios.

Ella lo miró sin comprender nada. Se le llenaron los ojos de lágrimas y rompió a llorar con la cabeza apoyada en su pecho, asegurando que temía que no lo encontraría jamás. Él no entendió lo que quería decir, pero le acarició el pelo y así empezó todo. Siempre se veían en el apartamento de él y siempre era ella quien tomaba la iniciativa. Las primeras veces, aunque sin gran convicción, trataba de hacerle romper el voto de castidad, pero, al cabo de un rato, se la veía satisfecha con el mero hecho de estar tumbada a su lado. Acariciándolo y disfrutando de sus caricias. De vez en cuando, por razones que a él se le escapaban, ella perdía la compostura y le rogaba que no la abandonara nunca. No hablaban mucho, pero él tenía la impresión de que su abstinencia solo conseguía atarla a él con más fuerza. Sus encuentros tuvieron un abrupto final cuando Jon conoció a Thea. No tanto porque no quisiera seguir viéndola, sino porque Thea se había empeñado en que Jon y ella intercambiasen sus respectivas llaves. Según Thea, era una cuestión de confianza, y a él no se le ocurrió nada que objetar.

Jon se dio la vuelta en la cama del hospital y cerró los ojos. Ahora quería soñar. Soñar y olvidar. Si podía. Estaba a punto de vencerlo el sueño cuando le pareció notar un soplo de aire en la habitación. Instintivamente, abrió los ojos y se dio la vuelta. Se concentró en las sombras y contuvo el aliento lleno de expectación.

Martine se hallaba junto a la ventana de su apartamento de la calle Sorgenfrigata, que también quedó a oscuras cuando se fue la corriente. Aun así, podía vislumbrar el coche que estaba aparcado abajo. Parecía el de Rikard.

Rikard no había intentado besarla cuando salió del coche. Simplemente la contempló con su habitual mirada de perro y le dijo que él sería el nuevo jefe de administración. Había detectado señales. Señales positivas. Lo elegirían a él. Rikard había adquirido una rigidez extraña en la mirada. Y ella, ¿no pensaba lo mismo?

Martine le respondió que estaba convencida de que sería un buen jefe de administración y buscó el pomo de la puerta mientras esperaba que la tocara. Pero no lo hizo. Y ella salió del coche.

Con un suspiro, cogió el móvil y marcó el número que le habían dado.

—Dime.

La voz de Harry Hole sonaba diferente por teléfono. O quizá se debiera a que estaba en su casa, a lo mejor era su voz hogareña.

—Soy Martine —dijo ella.

—Hola.

Resultaba imposible saber si se alegraba.

—Me pediste que pensara en ello —le dijo—. Que recordara si había llamado alguien preguntando por las listas de las guardias. Por la guardia de Jon.

—¿Sí?

—He estado dándole vueltas.

—¿Y?

—No llamó nadie.

Pausa larga.

—¿Has llamado para contarme eso? —Tenía la voz cálida y ronca, como si acabara de despertarse.

—Sí. ¿No debía haberlo hecho?

—Sí. Sí, por supuesto. Gracias por tu ayuda.

—No hay de qué.

Ella cerró los ojos y aguardó hasta que volvió a oír su voz.

—¿Llegaste… bien a casa?

—Mmm. Aquí se ha ido la luz.

—Aquí también —contestó él—. No tardará en volver.

—¿Y si no lo hace?

—¿Qué quieres decir?

—¿Se desataría el caos?

—¿Piensas a menudo en cosas así?

—A veces. Creo que la infraestructura de la civilización es mucho más frágil de lo que nos gusta pensar. ¿Tú qué opinas?

Guardó silencio un buen rato antes de contestar.

—Bueno. Yo creo que todos los sistemas en los que confiamos pueden sufrir un cortocircuito en cualquier momento y arrojarnos a una noche donde no contemos con la protección de las leyes y las normas, donde dominen el frío y las fieras y cada uno tenga que salvar su propio pellejo.

—Eso que dices… —dijo ella al ver que Harry no pensaba continuar—. Es poco apropiado para hacer dormir a las niñas pequeñas. Creo que eres un distópico incurable, Harry.

—Naturalmente, soy policía. Buenas noches.

Colgó antes de que ella pudiera contestar.

Harry se acurrucó bajo el edredón y se quedó mirando la pared. La temperatura del apartamento había caído en picado.

Harry pensó en el cielo de allá afuera. En Åndalsnes. En el abuelo. Y en su madre. El entierro. Y la plegaria que ella le susurraba por las noches con aquella voz suya suave, suave. «Nuestro Señor es un castillo firme». Pero en ese momento ingrávido que precede al sueño pensó en Martine y en su voz, que aún le resonaba en la cabeza.

De repente, el televisor del salón se despertó con un lamento y empezó a emitir un zumbido. Se encendió la bombilla del pasillo, que arrojó un haz de luz por la puerta abierta del dormitorio, hasta alcanzar la cara de Harry. Pero él ya estaba durmiendo.

Veinte minutos más tarde sonó el teléfono. Harry abrió los ojos y soltó un taco. Se fue tiritando al pasillo y cogió el auricular.

—Dime. Pero bajito.

—¿Harry?

—Más o menos. ¿Qué pasa, Halvorsen?

—Tenemos un problemilla.

—¿Un problemilla o un problemón?

—Un problemón.

—Mierda.

15

Noche del viernes, 18 de diciembre.
El golpe

Sail tiritaba en el sendero que discurría parejo al río Akerselva. ¡A la mierda el gilipollas del albano! A pesar de las bajas temperaturas, el río no estaba helado y su color negro acentuaba la oscuridad bajo el sencillo puente de hierro. Sail tenía dieciséis años y había llegado de Somalia con su madre a los doce. Empezó a vender hachís a los catorce años y heroína desde la primavera del año pasado. Hux le había vuelto a fallar y ahora cabía la posibilidad de que tuviera que pasarse allí toda la noche con una mercancía sin vender. Diez dosis cero-uno. Si tuviera dieciocho años, podría bajar a la zona de Plata y venderlas allí. Pero los maderos se llevaban a los menores que frecuentaban Plata. Su territorio estaba allí, junto al río. La mayoría eran chicos de Somalia que vendían a clientes que también eran menores o que tenían otras razones para no aparecer por Plata. A la mierda con Hux, ¡necesitaba esas coronas desesperadamente!

Un hombre se acercaba bajando por el sendero. Pero no era Hux, que todavía renqueaba después de la paliza que le propinó la banda-B por unas anfetas adulteradas. Como si las hubiera sin adulterar. Y tampoco tenía pinta de poli. Ni de drogata, a pesar de la chaqueta azul que le había visto a más de un colgado. Sail miró a su alrededor. Estaban solos.

Cuando el hombre se encontraba lo bastante cerca, Sail emergió de las sombras de debajo del puente.

—¿Cero-uno?

El hombre sonrió, negó con la cabeza y siguió su camino. Pero Sail se puso en medio del sendero. Sail era grande para su edad, cualquiera que fuese. Y su navaja también lo era. Una Rambo First Blood con espacio para la brújula y el hilo de pescar. Costaba alrededor de mil coronas en Army Shop, pero él se la había sacado a un colega por trescientas.

—¿Quieres comprar o solo pagar? —preguntó Sail sujetando la navaja de tal manera que la hoja dentada reflejaba la luz mustia de la farola.

—*Excuse me?*

Idioma extranjero. No era el punto fuerte de Sail.

—*Money.* —Sail oyó su propia voz subir de tono. Siempre se enfadaba cuando atracaba a la gente, no tenía ni idea de por qué—. *Now!*

El extranjero hizo un gesto de afirmación y levantó la mano izquierda para protegerse mientras metía tranquilamente la mano derecha por dentro de la chaqueta. La mano volvió a subir rápidamente. A Sail no le dio tiempo a reaccionar, tan solo susurró un «Joder» al comprobar que lo que tenía delante era el cañón de una pistola. Sintió deseos de salir corriendo, pero era como si aquel ojo negro de metal lo hubiese congelado.

—Yo... —empezó.

—*Run* —dijo el hombre—. *Now.*

Y Sail corrió. Corrió mientras el aire húmedo del río le quemaba los pulmones y las luces del Hotel Plaza y del edificio Postgiro se agitaban rítmicamente en su retina; corrió hasta que el río desembocó en el fiordo y ya no podía seguir corriendo, y, dirigiéndose a las verjas que rodeaban el puerto de contenedores, gritó que un día los mataría a todos.

Un cuarto de hora después de que la llamada de Halvorsen despertara a Harry, un coche de policía se detenía a un lado de la acera en la calle Sofie. Harry se acomodó en el asiento trasero junto a su colega. Murmuró un «Buenas noches» a los agentes de uniforme del asiento delantero.

El conductor, un hombre algo mayor con cara de policía, puso el coche en marcha.

—Dale gas —dijo el joven policía pálido y lleno de granos que ocupaba el asiento del acompañante.

—¿Cuántos somos?

Harry miró el reloj.

—Dos coches aparte de este —contestó Halvorsen.

—Seis, más nosotros dos. No quiero sirenas, intentaremos hacer esto en silencio y tranquilamente. Tú, yo y uno de uniforme realizaremos la detención, los otros cinco solo tendrán que cubrir las posibles vías de escape. ¿Llevas el arma?

Halvorsen se tocó el bolsillo del pecho.

—Bien, porque yo no —dijo Harry.

—¿Todavía no has solucionado lo del permiso?

Harry se inclinó entre los asientos delanteros.

—¿Quién de vosotros quiere participar en la detención de un asesino profesional?

—¡Yo! —dijo el joven del asiento del acompañante.

—Entonces te toca a ti —dijo Harry al conductor, que asintió despacio con la cabeza mirando al espejo retrovisor.

Seis minutos más tarde aparcaban al final de la calle Heimdalsgata, en Grønland. Miraron hacia la entrada donde Harry había estado esa misma noche.

—Nuestro hombre de Telenor estaba seguro de esto, ¿verdad? —preguntó Harry.

—Sí —dijo Halvorsen—. Torkildsen dice que hace cincuenta minutos intentaron llamar al hotel International desde el número interno del centro de alojamiento y entrenamiento.

—Dudo que sea una casualidad —dijo Harry abriendo la puerta del coche—. Es el territorio del Ejército de Salvación. Voy a hacer un reconocimiento y vuelvo dentro de un minuto.

Cuando Harry volvió, el conductor estaba sentado con un subfusil automático en el regazo, un MP-5, arma que, según la nueva ordenanza, estaba permitido llevar bajo llave en el maletero de los coches patrulla.

—¿No tienes nada más discreto? —preguntó Harry.

El hombre negó con la cabeza. Harry se volvió hacia Halvorsen.

—¿Y tú?

—Solo un Smith & Wesson 38, pequeño y precioso.

—Te dejo la mía —dijo animado el policía joven—. Una Jericho 941. Un arma potente. La misma que utilizaba la policía de Israel para volar la cabeza a los cerdos árabes.

—¿Una Jericho? —preguntó Harry. Halvorsen vio que su colega entornaba los ojos—. No pienso preguntarte de dónde has sacado esa pistola. Pero creo que es mi deber informarte de que lo más probable es que proceda de una red de tráfico de armas cuyo jefe era tu antiguo compañero, Tom Waaler.

El policía del asiento del acompañante se dio la vuelta. Le brillaban los ojos azules tanto como los granos furibundos.

—Me acuerdo de Tom Waaler. ¿Y sabes qué, comisario? La mayoría de nosotros opina que era un tío legal.

Harry tragó saliva y miró por la ventana.

—La mayoría de vosotros se equivoca —dijo Halvorsen.

—Dame la radio —dijo Harry.

Dio instrucciones a los otros coches con rapidez y eficacia. Dijo dónde quería que estacionase cada uno sin revelar nombres de calles o edificios que pudieran identificar los oyentes fijos de la radio, periodistas, chicos malos y curiosos que escuchaban aquella frecuencia y que, probablemente, ya se habrían enterado de que algo estaba pasando.

—Empezamos —anunció Harry volviéndose hacia el asiento del acompañante—. Tú quédate aquí y mantén informada a la central de operaciones. Si hay algo, contacta con nosotros por medio del walkie-talkie de tu colega. ¿De acuerdo?

El joven se encogió de hombros.

La tercera vez que Harry llamó al timbre del Heimen apareció un chico en zapatillas. Entreabrió la puerta mirándolos con ojos soñolientos.

—Policía —dijo Harry hurgando en los bolsillos—. Mierda, creo que me he dejado la identificación en casa. Enséñale la tuya, Halvorsen.

—No podéis venir aquí —dijo el chico—. Lo sabéis.

—Se trata de un asesinato, no de drogas.

—¿Cómo?

Con los ojos como platos, el muchacho miró por encima del hombro de Harry al policía que sostenía en alto el MP-5. Abrió la puerta y dio un paso atrás sin prestar atención a la tarjeta de identificación de Halvorsen.

—¿Tienes aquí a un tal Christo Stankic? —preguntó Harry.

El chico negó con la cabeza.

—¿Y a un extranjero con abrigo de pelo de camello? —preguntó Halvorsen mientras Harry se metía detrás del mostrador de la recepción para abrir el libro del registro de huéspedes.

—El único extranjero que hay aquí es uno que vino esta noche en el autobús de reparto —farfulló el chico—. Pero no llevaba un abrigo de pelo de camello. Solo una chaqueta de traje. Por cierto, Rikard Nilsen le dio un chaquetón de invierno del almacén.

—¿Ha hecho alguna llamada desde aquí? —preguntó Harry desde detrás del mostrador.

—Utilizó el teléfono del despacho que tienes detrás.

—¿A qué hora?

—Alrededor de las once y media.

—Concuerda con la llamada a Zagreb —dijo Halvorsen bajito.

—¿Está aquí? —preguntó Harry.

—No lo sé. Se llevó la llave, y yo estaba durmiendo.

—¿Tienes llave maestra?

El chico asintió con la cabeza, sacó una llave del manojo que llevaba colgando del cinturón y se la entregó a Harry.

—¿Habitación?

—Veintiséis. Subiendo esas escaleras. Al final del pasillo.

Harry ya iba escaleras arriba. El policía uniformado lo seguía de cerca agarrando el subfusil automático con ambas manos.

—Quédate en tu habitación hasta que esto termine —dijo Halvorsen al chico mientras sacaba su revólver Smith & Wesson, le guiñaba el ojo y le daba una palmadita en el hombro.

Abrió la puerta, entró y reparó en que el mostrador de recepción estaba vacío. Normal. Tan normal como que hubiese un coche de policía con un agente dentro aparcado en la calle un poco más arriba. Lo cierto era que acababa de comprobar en su propio pellejo que en aquella zona había delincuentes.

Subió la escalera y, en cuanto dobló la esquina del pasillo, distinguió un sonido chisporroteante que ya había oído en los búnkeres de Vukovar: un walkie-talkie.

Levantó la vista. Al fondo del pasillo, delante de la puerta de su habitación, había dos hombres vestidos de paisano y un policía de uniforme con un subfusil automático. Reconoció inmediatamente a uno de los de paisano, el que tenía la mano en el pomo de la puerta. El policía de uniforme levantó el walkie-talkie y dijo algo en voz baja. Los otros dos se habían vuelto hacia él. Era demasiado tarde para una retirada.

Los saludó con la cabeza, se detuvo delante de la puerta de la habitación 22 y meneó la cabeza como para mostrar su desaliento ante el aumento de la delincuencia en el barrio, mientras fingía buscar la llave de la habitación en los bolsillos. Con el rabillo del ojo vio cómo el policía de la recepción del hotel Scandia abría sigilosamente la puerta de su habitación y entraba, seguido de cerca por los otros dos.

En cuanto estuvo fuera del alcance de su vista, se marchó por donde había venido. Bajó la escalera en dos zancadas. Siguiendo su costumbre, en cuanto llegó al Heimen en el autobús blanco, tomó nota de dónde se encontraban todas las salidas, y, por un segundo, contempló la idea de salir por la puerta que daba al jardín. Pero era demasiado obvio. O mucho se equivocaba o habrían apostado a un agente. La mejor salida era la entrada principal. De modo que salió y torció a la izquierda. Se encaminó directamente hacia el coche de policía, pero, por lo menos en esa dirección, no había más que uno. Si lograba pasarlo, podría llegar al río y refugiarse en la oscuridad.

—¡Joder, joder! —gritó Harry cuando constataron que la habitación estaba vacía.

—Quizá esté fuera, paseando —dijo Halvorsen.

Ambos se volvieron hacia el conductor. Él no había dicho nada, pero surgía una voz del walkie-talkie que le colgaba del pecho:

—Es el mismo tipo del que os hablé cuando entraba. Ahora sale otra vez. Viene hacia acá.

Harry respiró hondo. En el aire había un aroma muy particular que creyó reconocer.

—Es él —dijo Harry—. Hemos dejado que nos tome el pelo.

—Es él —dijo el conductor por el micrófono mientras corría detrás de Harry, que ya había salido por la puerta.

—Maravilloso, lo tengo —se oyó chasquear por la radio—. Salgo.

—¡No! —gritó Harry conforme avanzaban por el pasillo—. ¡No intentes detenerlo, espéranos!

El conductor repitió la orden por el micrófono, pero de la radio solo se oyó un carraspeo por respuesta.

Vio cómo se abría la puerta del coche de policía y salir a la luz de la calle a un hombre joven uniformado con pistola.

—¡Alto! —gritó el hombre con las piernas ligeramente abiertas y apuntándole con la pistola.

Poca experiencia, pensó él. Los separaban casi cincuenta metros de calle, estaba oscuro y, a diferencia del joven atracador de debajo del puente, aquel policía carecía de la sangre fría necesaria para esperar a que la víctima no tuviera escapatoria. Por segunda vez esa misma noche sacó la Llama MiniMax. Y, en lugar de salir corriendo, se fue derecho al coche de policía.

—¡Alto! —repitió el agente.

La distancia se redujo a treinta metros. Veinte metros.

Levantó el arma y disparó.

La mayoría de la gente sobreestimaba las posibilidades de alcanzar a otra persona con una pistola a distancias superiores a diez metros. En cambio, solían infravalorar el efecto psicológico del sonido, el restallido de la pólvora combinado con el azote sordo del plomo cuando impactaba contra algo que estaba muy cerca. La bala dio en la ventanilla del coche, que se volvió blanca antes de estallar en mil pedazos. Lo mismo le ocurrió al policía. Se volvió blanco y cayó de rodillas mientras se aferraba a la Jericho 941, demasiado pesada.

Harry y Halvorsen salieron juntos a la calle Heimdalsgata.

—Allí —dijo Halvorsen.

El policía joven seguía de rodillas junto al coche, con la pistola apuntando al cielo. Pero calle arriba vislumbraron la espalda de la chaqueta azul que habían visto en el pasillo.

—Va corriendo hacia el Eika —gritó Halvorsen.

Harry se dirigió al conductor, que se había unido a ellos.

—Dame el MP.

El policía le entregó el arma a Harry.

—No tiene…

Pero Harry ya había echado a correr. Oía a su espalda los pasos de Halvorsen, pero las suelas de goma de sus Dr. Martens le facilitaban el movimiento de impulso en el hielo. El hombre que iba delante le llevaba una ventaja considerable; ya había doblado la esquina hacia la calle Vahl que bordeaba el parque. Harry sujetaba el subfusil automático con una mano y se concentraba en la respiración, a la par que intentaba correr sin agotarse ni perder el ritmo. Aminoró un poco la marcha y logró empuñar el subfusil antes de llegar a la esquina. Intentó no pensar demasiado cuando asomó la cabeza a la derecha.

Nadie lo esperaba.

Tampoco se veía a nadie calle abajo.

Pero un hombre como Stankic no sería tan necio como para colarse en alguno de los patios interiores, que, con sus puertas cerradas, eran una auténtica trampa. Harry escrutó el parque, cuya gran superficie blanca reflejaba la luz de los edificios aledaños. ¿No había visto algo moverse allí? A unos sesenta o setenta metros, una figura avanzaba lentamente en la nieve. Chaqueta azul. Harry cruzó la calle corriendo, tomó impulso, se deslizó por encima del montón de nieve y se abalanzó hacia delante, pero se hundió hasta la cintura en la nieve blanda.

—¡Joder!

Se le cayó el subfusil. La figura que tenía delante se dio la vuelta antes de retomar la lucha para avanzar en la nieve. Harry tanteó bajo el manto blanco buscando el arma mientras observaba cómo Stankic batallaba denodadamente con la abundante nieve en polvo, que no le proporcionaba sujeción alguna y que, al mismo tiempo, imposibilitaba toda propulsión. Dio con algo duro. Ahí estaba. Harry sacó el arma e intentó avanzar de nuevo. Pudo sacar una pierna, la estiró cuanto pudo hacia delante, consiguió que la siguiera el torso, sacó la otra pierna y también la extendió hacia delante. Tras veinte metros, el ácido láctico empezó a quemarle en los muslos, pero había acortado la distancia. Faltaba poco para que el otro alcanzase el sendero y quedase fuera del pantano de nieve. Harry apretó los dientes y logró aumentar el ritmo. Calculó la distancia en unos quince metros. Lo bastante cerca. Se dejó caer boca abajo en la nieve y apuntó. Sopló para retirar la nieve de la mira, quitó el seguro, puso el selector en posición de disparo único y esperó a que el hombre hubiera llegado al cono de luz de la farola que había a la orilla del sendero.

—*Police!* —A Harry no le dio tiempo a pensar en lo cómico de la palabra cuando ya la había gritado—: *Freeze!*

El hombre de delante seguía abriéndose camino por la nieve. Harry llevó el dedo hacia el gatillo.

—Alto o disparo.

Al hombre solo le faltaban cinco metros para llegar al sendero.

—Estoy apuntándote a la cabeza —gritó Harry—. Y no voy a fallar.

Stankic se abalanzó hacia delante, logró agarrar la farola con ambas manos y se levantó de la nieve. Harry vio la chaqueta azul por encima de la mira. Contuvo la respiración y puso en práctica lo que había aprendido sobre cómo controlar el impulso del cerebro medio, que, con la lógica de la evolución, te dice que no debes matar a nadie de tu especie: se concentró en la técnica, en apretar el gatillo sin vacilar. Harry notó que el mecanismo del muelle cedía y oyó un clic metálico, pero no sintió el retroceso en el hombro. ¿Error de funcionamiento? Harry apretó de nuevo el gatillo. Un nuevo clic.

El hombre se levantó de la nieve, que cayó a su alrededor, y salió a la calle con pasos largos y esforzados. Se dio la vuelta y miró a Harry, pero este no se movió. El hombre estaba de pie, con los brazos rectos a ambos lados. Como un sonámbulo, pensó Harry. Stankic levantó la mano. Harry vio la pistola y supo que estaba desamparado en la nieve. Stankic se llevó la mano a la frente y le hizo un saludo irónico. Luego se dio la vuelta y echó a correr sendero arriba.

Harry cerró los ojos y notó que el corazón le latía con fuerza contra las costillas.

Cuando logró llegar hasta el sendero ya hacía un buen rato que la oscuridad había engullido al hombre. Harry soltó el cargador del MP-5 y lo comprobó. Justo. En un ataque de ira repentina, arrojó el arma, que se elevó como un pájaro tenebroso y feo delante de la fachada del hotel Plaza, antes de caer y aterrizar con un chasquido suave en el charco de agua negra que tenía delante.

Cuando llegó Halvorsen, Harry estaba sentado en el montón de nieve con un cigarrillo entre los labios.

Halvorsen se apoyó en las rodillas jadeando sin resuello.

—Joder, cómo corres —dijo ¿Desaparecido?

—Totalmente —dijo Harry—. Volvamos.

—¿Dónde está el MP-5?

—Ah, ¿no era el MP-5 por lo que preguntabas?

Halvorsen miró a Harry y decidió no seguir indagando.

Delante del Heimen había dos coches de policía con las luces rotatorias encendidas. Un puñado de hombres que tiritaban con las cámaras colgadas del cuello se aglomeraba frente a la entrada que, al parecer, estaba cerrada. Harry y Halvorsen bajaban andando por la calle Heimdalsgata. Halvorsen concluyó la conversación que había estado manteniendo por el móvil.

—¿Por qué siempre pienso en la cola de una película porno cuando veo esto? —preguntó Harry.

—Periodistas —dijo Halvorsen—. ¿Cómo se habrán enterado?

—Pregúntale al jovencito que debía estar controlando la radio —dijo Harry—. Apuesto a que se ha ido de la lengua. ¿Qué han dicho en la central de operaciones?

—Enseguida mandarán al río todos los coches patrulla disponibles. El turno de guardia de la judicial envía una decena de soldados de a pie. ¿Tú qué crees?

—Es bueno. No lo encontrarán. Llama a Beate y pídele que venga.

Uno de los periodistas los había visto y ya se acercaba.

—¿Y bien, Harry?

—¿Trasnochas, Gjendem?

—¿Qué pasa?

—Poca cosa.

—¿Y eso? Veo que alguien ha disparado al parabrisas de uno de vuestros coches de policía.

—¿Quién dice que no le han dado un golpe? —preguntó Harry con el periodista siguiéndolo de cerca.

—El que se encontraba dentro. Dice que le han disparado.

—Vaya, tendré que hablar con él —dijo Harry—. ¡Perdonen, señores!

Lo dejaron pasar de mala gana, y Harry llamó a la puerta. Se oía el chasquido de las cámaras y los flashes.

—¿Tiene algo que ver con el asesinato de la plaza Egertorget? —gritó uno de los periodistas—. ¿Hay gente del Ejército de Salvación implicada?

La puerta se abrió ligeramente y el conductor asomó la cabeza.

Se apartó un poco y Harry y Halvorsen entraron. Pasaron por la recepción, donde un agente joven miraba al infinito sentado en una silla, mientras otro colega, acuclillado ante él, le susurraba algo en voz baja…

La puerta de la habitación 26, situada en el segundo piso, estaba abierta.

—Procura tocar lo menos posible —dijo Harry al conductor—. La señorita Lønn querrá sacar algunas huellas dactilares y algo de ADN.

Abrieron las puertas de los armarios y miraron allí y debajo de la cama.

—Vaya —dijo Halvorsen—. Nada de nada. El tío no traía más que lo puesto.

—Tiene que haber una maleta o cualquier cosa en la que guardara el arma —dijo Harry—. Por supuesto, puede haberse deshecho de ella. O haberla depositado en una consigna.

—Ya no hay tantas consignas en Oslo.

—Piensa.

—Bueno. ¿La consigna de alguno de los hoteles donde se ha hospedado? Las consignas de la estación de Oslo S, por supuesto.

—Sigue abundando en esa idea.

—¿Qué idea?

—La de que el tipo anda por ahí ahora mismo, en plena noche, y que tiene una bolsa en algún lugar.

—Sí, supongo que ahora la necesita. Voy a llamar a la central de operaciones para que manden personal al Scandia y a la estación de Oslo S y… ¿En qué otro hotel se había alojado Stankic?

—El SAS Radisson de la plaza Holberg.

—Gracias.

Harry se volvió hacia el conductor y le preguntó si quería salir a fumar un pitillo. Bajaron y salieron por la puerta trasera. En el trocito de jardín nevado del silencioso patio interior había un hombre mayor que fumaba mirando al cielo de color amarillo sucio, pero no les prestó atención.

—¿Qué tal está tu colega? —preguntó Harry mientras encendía los cigarrillos de ambos.

—Bien. Siento lo de los periodistas.

—No es culpa tuya.

—Bueno… Cuando me llamó por radio para avisarme de que alguien acababa de entrar dijo «Heimen». Yo debería haberlo aleccionado mejor, debería poner más énfasis en ese tipo de cosas.

—Deberías poner más énfasis en otras cosas.

El conductor miró a Harry. Parpadeó sorprendido.

—Lo siento. Intenté avisarte, pero saliste corriendo.

—Vale. Pero ¿por qué?

El ascua del cigarrillo brillaba roja en la noche, como avisando cada vez que el conductor daba una calada.

—La mayoría se rinde en cuanto les apuntan con un MP-5 —dijo.

—No es eso lo que te he preguntado.

Los músculos de la mandíbula superior se le tensaban y distendían.

—Es una vieja historia.

—Ya. —Harry miró al agente—. Todos tenemos viejas historias. Pero no por eso ponemos en peligro las vidas de otros colegas llevando el cargador vacío.

—Tienes razón. —El hombre dejó caer el cigarrillo a medio fumar, que desapareció apagándose en la nieve recién caída. Respiró hondo—. No tendrás ningún problema, Hole. Voy a confirmar tu informe.

Harry cambió el peso del cuerpo al otro pie. Miró su cigarrillo. Calculó que el policía debía de tener unos cincuenta años. No eran muchos los que seguían patrullando a su edad.

—Esa vieja historia, ¿es algo que me gustaría oír?

—La has oído antes.

—Ya. ¿Chico joven?

—Veintidós, sin antecedentes.

—¿Resultado mortal?

—Paralizado del pecho para abajo. Le di en el estómago, pero la bala lo atravesó.

El hombre mayor tosió. Harry le miró. Estaba sujetando el cigarrillo con dos cerillas.

El policía joven seguía sentado en recepción, recibiendo consuelo. Harry hizo un gesto al colega que estaba animándolo para que se alejara. Se puso en cuclillas.

—La psicología traumática no ayuda —le dijo Harry al hombre, que estaba pálido—. Tendrás que superarlo tú.

—¿Cómo?

—Tienes miedo porque crees que has estado a punto de morir, que ha sido un tiro fallido. No es cierto. El tipo no estaba apuntándote a ti, sino al coche.

—¿Cómo? —repitió el joven.

—Ese tío es un profesional. Sabe que, de haberle disparado a un policía, no habría tenido escapatoria. Efectuó ese disparo para asustarte.

—¿Cómo sabes…?

—Tampoco me disparó a mí. Repítetelo y conseguirás dormir. Rechaza la ayuda del psicólogo, hay otros que lo necesitan más que tú. —A Harry le crujieron las rodillas al levantarse—. Y recuerda que los que ostentan un rango superior al tuyo son más sabios por definición. Así que la próxima vez, obedece las órdenes, ¿vale?

Iba con el corazón desbocado, como un animal perseguido. Una ráfaga de viento meció las farolas que colgaban de los finos cables de acero que había tendidos sobre la calle y su sombra bailó en la acera. Le habría gustado dar pasos más largos, pero la capa de hielo le obligaba a mantener los pies en el mismo eje que la cabeza casi todo el tiempo.

Debió de ser la llamada a Zagreb desde la oficina lo que condujo a la policía hasta el Heimen. ¡Y muy rápido! Eso significaba que no podría volver a llamarla. Oyó que un coche se acercaba por detrás y tuvo que hacer un esfuerzo para no volverse. Aguzó el oído. No había frenado. Lo adelantó y dejó a su paso un golpe de viento frío y de polvo de nieve que se le adhirió a la escasa porción de piel que no cubría la chaqueta azul. La chaqueta que ya había visto el policía y que, por tanto, había dejado de hacerlo invisible.

Pensó en deshacerse de ella, pero un hombre en mangas de camisa no solo levantaría sospechas, sino que, además, moriría de frío. Miró el reloj. Aún faltaban muchas horas para que la ciudad se despertara, para que abrieran las cafeterías y las tiendas en las que refugiarse. Tenía que encontrar algún lugar. Un escondite, un sitio donde pudiera conservar el calor y descansar hasta el alba.

Iba caminando junto a una fachada amarillenta llena de grafitis. Detuvo la mirada en unas palabras: «La orilla oeste». Unos metros más arriba vio a un hombre encorvado ante una puerta. De lejos, se diría que tuviese la cabeza apoyada en la puerta. Al acercarse un poco vio que el hombre mantenía pulsado un timbre.

Se detuvo y esperó. Aquella podía ser su salvación.

Una voz chisporroteó a través del telefonillo y el encorvado se irguió, se balanceó hacia atrás y gritó unas palabras iracundas. La piel de la cara le colgaba roja y quemada por el alcohol, como la de uno de esos perros de la raza china shar pei. El hombre enmudeció de repente, y su voz, que resonaba en las fachadas en la tranquilidad nocturna de la ciudad, fue muriendo.

La puerta empezaba a cerrarse y él reaccionó rápidamente. Demasiado rápido. La suela del zapato se deslizó sobre el hielo y tuvo el tiempo justo de pegar las palmas de las manos a la superficie congelada antes de que las siguiera el resto del cuerpo. Se incorporó, vio que la puerta casi se había cerrado, se abalanzó sobre ella, metió un pie y sintió el peso de la hoja en el empeine. Se coló dentro y aguzó el oído. Unos pies que se arrastraban. Que casi se detuvieron antes de continuar trabajosamente. Golpes. Se abrió una puerta y una voz de mujer gritó algo en aquel idioma extraño y cantarín. Enmudeció de repente, como si la hubiesen degollado. Tras unos momentos de silencio, distinguió un chillido discreto, como el que dejan escapar los niños cuando se recuperan del susto después de hacerse daño. Luego, la puerta de arriba se cerró de golpe y reinó el silencio.

Dejó que la puerta se cerrara tras él. Entre la basura que había debajo de las escaleras encontró periódicos. En Vukovar utilizó papel de periódico en los zapatos como aislante del frío y para absorber la humedad. Seguía saliéndole vaho por la boca, pero estaba a salvo.

Harry aguardaba en la oficina que había detrás de la recepción del Heimen con el auricular pegado a la oreja, e intentaba imaginarse el apartamento donde sonaba la llamada. Observó las fotos de amigos fijadas en el espejo que colgaba sobre el teléfono. Sonrientes, de fiesta, quizá en un viaje por el extranjero. La mayoría, amigas. Un apartamento sencillo pero acogedor. Sabias sentencias en la puerta de la nevera. Un póster del Che Guevara en el baño. ¿Todavía estaría allí?

—Diga —dijo una voz somnolienta.

—Soy yo.

—¿Papá?

—¿Papá? —Harry tomó aire y notó que se sonrojaba—. Soy el policía.

—Ah, sí —rió bajito. Una risa clara y profunda a la vez.

—Siento haberte despertado, pero…

—No importa.

Hubo uno de esos silencios que Harry quería evitar.

—Estoy en el Heimen —dijo—. Hemos intentado detener a un sospechoso. El recepcionista dice que tú y Rikard Nilsen lo trajisteis aquí esta noche.

—¿Ese pobrecito sin ropa?

—Sí.

—¿Qué ha hecho?

—Sospechamos que asesinó a Robert Karlsen.

—¡Dios mío!

Harry tomó nota de que no lo pronunciaba como era habitual, en una sola secuencia, «diosmío», sino haciendo hincapié en cada una de las palabras.

—Si te parece bien, enviaré a un agente para que hable contigo. Mientras, puedes intentar recordar lo que dijo.

—De acuerdo. Pero tampoco puedo t…

Silencio.

—¿Hola? —dijo Harry.

—No dijo nada —contestó ella—. Como todos los refugiados de guerra. Se ve en el modo en que se mueven. Como sonámbulos. Como si anduviesen con piloto automático. Como si ya estuviesen muertos.

—Ya. ¿Habló Rikard con él?

—Tal vez. ¿Quieres su número?

—Sí, por favor.

—Un momento.

Ella se alejó del auricular. Tenía razón. Harry pensó lo mismo cuando el hombre se incorporó en la nieve. En la nieve cayendo a su alrededor al levantarse, en los brazos que le colgaban inertes y en la inexpresividad de su semblante, como los zombis que se levantaban de las tumbas en *La noche de los muertos vivientes*.

Harry oyó carraspear a alguien y se dio la vuelta en la silla. En la puerta de la oficina se encontraban Gunnar Hagen y David Eckhoff.

—¿Molestamos? —preguntó Hagen.

—Pasad —dijo Harry.

Los dos hombres entraron y se sentaron al otro lado del escritorio.

—Nos gustaría que se nos informara —dijo Hagen.

Antes de que Harry tuviera tiempo de preguntar el significado de aquel «nos» volvió la voz de Martine con el número de Rikard. Harry tomó nota.

—Gracias —dijo—. Buenas noches.

—Me preguntaba…

—Tengo que irme —dijo Harry.

—Ah, claro. Buenas noches.

Harry colgó.

—Hemos venido en cuanto hemos podido —dijo el padre de Martine—. Esto es terrible. ¿Qué ha pasado?

Harry miró a Hagen.

—Cuéntanoslo —dijo Hagen.

Harry describió brevemente la detención fallida, el disparo al coche y la persecución en el parque.

—Pero si estabas tan cerca y tenías un MP-5, ¿por qué no disparaste? —preguntó Hagen.

Harry se aclaró la garganta, pero no dijo nada. Miró a Eckhoff.

—Venga —dijo Hagen con cierta irritación en la voz.

—Estaba demasiado oscuro —dijo Harry.

Hagen se quedó un buen rato mirando a su comisario antes de proseguir:

—Así que él estaba fuera paseando mientras vosotros entrabais en su habitación. ¿Alguna idea de por qué el asesino deambula por las calles de Oslo en plena noche, a veinte grados bajo cero?

El jefe de grupo bajó la voz al contestar:

—Porque doy por sentado que tienes a Jon Karlsen totalmente controlado, ¿verdad?

—¿A Jon? —preguntó David Eckhoff—. ¡Pero si está en el hospital de Ulleval!

—He puesto a un agente delante de la puerta de su habitación —dijo Harry esperando que su voz sonara como si tuviera un control que, en realidad, no poseía.

—Estaba a punto de llamar para preguntar si está todo en orden.

Los primeros acordes de «London Calling» de The Clash resonaban en las paredes desnudas del pasillo del departamento de neurocirugía del hospital de Ulleval. Un hombre en bata y con el pelo aplastado salía a dar una vuelta arrastrando el gotero y, de paso, lanzó una mirada reprobatoria al policía que, haciendo caso omiso de la prohibición de usar móviles, contestaba una llamada.

—Stranden.

—Hole. ¿Algo que contar?

—Poca cosa. Hay un tío que no puede dormir dando vueltas por el pasillo. Tiene una pinta un poco extraña, pero por lo demás parece inofensivo.

El hombre del gotero siguió andando y resoplando.

—¿Ha sucedido algo esta noche?

—Bueno. El Arsenal se cepilló al Tottenham en el White Hart. Y sufrimos un corte de luz.

—¿Y el paciente?

—Ni el menor ruido.

—¿Has comprobado que todo esté en orden?

—Aparte de las almorranas, todo parece ir bien. —Stranden entendió el silencio agorero que siguió a su comentario—. Solo era una broma. Ahora mismo lo compruebo. Espera.

Había un olor dulzón en la habitación. Supuso que serían caramelos. La luz del pasillo se vertió sobre la habitación para desaparecer cuando la puerta se cerró a su espalda, pero tuvo tiempo de vislumbrar la cara sobre la almohada blanca. Se acercó. Reinaba un gran silencio. Demasiado silencio. Como si faltara un sonido. Un sonido.

—¿Karlsen?

Ninguna reacción.

Stranden carraspeó y repitió un poco más alto:

—Karlsen.

La habitación estaba tan silenciosa que la voz de Harry en el móvil se oía alta y clara.

—¿Qué pasa?

Stranden se llevó el teléfono a la oreja.

—Duerme como un niño.

—¿Estás seguro?

Stranden miró la cara de la almohada. Y comprendió que eso era lo que le preocupaba. Que Karlsen durmiera como un niño. Los adultos solían hacer más ruido. Se inclinó sobre la cara para oír su respiración.

—¡Hola! —El grito de Harry Hole se oía débil desde el móvil—. ¡Hola!

16

Viernes, 18 de diciembre.
Fugitivo

El sol le calentaba y una brisa ligera inclinaba las largas briznas de hierba que asentían contentas sobre las dunas. Al final, acabaría bañándose, porque ya notaba húmeda la toalla sobre la que estaba tumbado.

—Mira —dijo su madre señalando.

Tenía las manos sobre los ojos, a modo de visera, para protegerse del sol y contemplaba el brillo del mar Adriático, de un azul extraordinario. Entonces vio a un hombre que, con una gran sonrisa pintada en la cara, caminaba por el agua hacia la orilla. Era su padre. Detrás de él venía Bobo. Y Giorgi. Un perro pequeño nadaba a su lado con el rabito hacia arriba, como una quilla. Y mientras él los contemplaba, otros fueron emergiendo del mar. A algunos los conocía. Como al padre de Giorgi. Otros le resultaban vagamente familiares. Un rostro en una puerta en París. Unas facciones estriadas, irreconocibles, como máscaras grotescas que le hacían muecas. El sol desapareció tras una nube y la temperatura cayó en picado. Las máscaras empezaron a gritar.

Se despertó con un fuerte dolor en el costado y abrió los ojos. Estaba en Oslo. En el suelo, bajo la escalera de un portal. Una figura se inclinaba sobre él gritando con la boca abierta. Reconoció una palabra que era casi la misma en su idioma. «Narco».

La figura, un hombre ataviado con una chaqueta de cuero corta, dio un paso hacia atrás y levantó el pie. Le atizó una patada en el costado, donde ya le dolía, y él rodó gimiendo. Otro tío aguardaba detrás del de la chaqueta de cuero, tapándose la boca entre risas. La chaqueta de cuero señaló la puerta.

Los miró a los dos. Se llevó la mano hacia el bolsillo de la chaqueta y notó que estaba mojada. Y que todavía tenía la pistola. Quedaban dos balas en el cargador. Pero si les amenazaba con la pistola, se arriesgaba a que avisaran a la policía.

La chaqueta de cuero gritó y levantó la mano.

Él se protegió la cabeza con el brazo mientras se ponía de pie. El hombre que se tapaba la boca abrió la puerta con una risa desdeñosa y, al salir, le dio una patada en el trasero.

La puerta se cerró a sus espaldas, y los oyó subir la escalera ruidosamente. Miró el reloj. Las cuatro de la madrugada. La oscuridad era la misma, pero él estaba muerto de frío. Y empapado. Se palpó con la mano y se dio cuenta de que tenía la chaqueta y las perneras mojadas. Olía a pis. ¿Se habría meado encima? No, seguramente se habría tendido sobre una meada. Sobre un charco de orines. En el suelo. Pis congelado que él mismo había derretido con su calor corporal.

Metió las manos en los bolsillos y bajó la calle corriendo, aunque no demasiado rápido. Ya no le preocupaban los pocos coches que pasaban.

El paciente musitó un «Gracias». Mathias Lund-Helgesen cerró la puerta tras de sí y se desplomó en la silla de su consulta. Bostezó y miró el reloj. Las seis. Faltaba una hora para que empezara el turno de mañana. Una hora para volver a casa. Dormir un rato y luego ir a ver a Rakel. Ella estaría ahora bajo el edredón, en ese chalé grande de madera, en Holmenkollen. Todavía no había conseguido conectar con el chico, pero ya encontraría el modo. Mathias Lund-Helgesen solía conseguir lo que se proponía. La cuestión no era que él no le cayese bien a Oleg, el problema radicaba más bien en la relación que unía al chico con su predecesor. El policía. Le extrañaba que un niño pudiera elevar a una persona alcohólica y obviamente trastornada a la figura de padre y de modelo.

Llevaba mucho tiempo queriendo comentárselo a Rakel, pero se había dado por vencido. Eso solo le haría parecer como un tonto desvalido. Sí, quizá eso la hiciera dudar de que él fuera la persona apropiada para ellos. Y él quería serlo. El apropiado. Estaba dispuesto a ser la persona que ellos quisieran con tal de seguir con ella. Y para saber quién era esa persona, tenía que preguntar. Así que preguntó. Preguntó qué tenía de especial ese policía. Y ella contestó que no tenía nada especial. Aparte de que hubo un tiempo en que ella lo quiso. De no haberlo expresado así, él no se habría parado a pensar que ella nunca utilizaba esa palabra refiriéndose a él.

Mathias Lund-Helgesen se quitó esas estupideces de la cabeza, buscó el nombre del siguiente paciente en el ordenador y salió al pasillo, desde donde la enfermera solía acompañarlos a la consulta. Pero a aquellas horas de la madrugada el pasillo estaba vacío, así que se dirigió hacia la sala de espera.

Cinco personas lo miraron como suplicando que fuese su turno. Menos el hombre del rincón, que dormía con la boca abierta y la cabeza apoyada en la pared. Obviamente, un drogadicto, la chaqueta azul y el olor a meados que desprendía eran indicio seguro. Tan seguro como que el tío se quejaría de fuertes dolores y le pediría analgésicos.

Mathias se le acercó con una mueca. Lo zarandeó con fuerza y se retiró raudo de un salto. Frecuentemente, el comportamiento de los drogadictos obedecía a un mismo patrón de reacción, adquirido tras largos años de experiencia, cuando, colocados, les habían robado la droga y el dinero: si alguien los despertaba, automáticamente pegaban o pinchaban.

El hombre abrió los ojos y lanzó a Mathias una mirada sorprendentemente despejada.

—¿Qué te pasa? —preguntó Mathias.

Lo normal era plantear esa pregunta cuando el paciente estaba a solas con el médico, pero Mathias estaba cansado y hasta los cojones de drogadictos y borrachos que le hacían perder el tiempo y robaban su atención a otros pacientes.

El hombre no contestó, sino que se acurrucó bajo la chaqueta.

—¡Oye! Tienes que contarme por qué has venido.

El hombre negó con la cabeza señalando a los demás, como para explicar que no era su turno.

—Esto no es un albergue —dijo Mathias—. Aquí no puedes quedarte a dormir. Largo. Ahora.

—*I don't understand* —dijo el hombre.

—*Leave* —repitió Mathias—. *Or I'll call the police.*

Para su sorpresa, Mathias notó que tenía que controlarse para no echar a patadas a aquel yonqui apestoso. Los que esperaban los observaban desde sus asientos.

El hombre asintió con la cabeza y se levantó despacio. Mathias se quedó de pie mirando la puerta acristalada un buen rato después de que se hubiese cerrado.

—Está bien que echéis a gente como esa —dijo una voz a su espalda.

Mathias asintió, distraído. Quizá no se lo había dicho suficientes veces. Que la quería. Quizá fuera eso.

Las siete y media y aún era de noche fuera, más allá de la habitación 19 de la sección de neurocirugía, donde el agente de policía Stranden contemplaba la cama vacía que Jon Karlsen había ocupado momentos antes. Pronto lo sustituiría otro paciente. Era un pensamiento extraño. Lo que él necesitaba en aquellos momentos era una cama donde descansar. Un buen rato. Bostezó y se aseguró de que no había dejado nada en la mesita de noche, cogió el periódico que estaba en la silla y se volvió para salir.

Había un hombre en la puerta. Era el comisario Hole.

—¿Dónde está?

—Se lo llevaron hace un cuarto de hora. En un coche.

—Ah. ¿Y quién lo ha ordenado?

—El médico jefe que está de guardia. No querían que estuviese aquí más tiempo.

—Me gustaría saber quién se lo llevó. Y adónde.

—Llamó ese nuevo jefe tuyo del grupo de Delitos Violentos.

—¿Hagen? ¿En persona?

—Sí. Han llevado a Jon Karlsen al apartamento de su hermano.

Hole negó lentamente con la cabeza. Y se fue.

Despuntaba el sol por el este cuando Harry subía la escalera del edificio de ladrillos arenosos de la calle Gørbitzgate, una porción de asfalto llena de baches entre las calles Kirkeveien y Fagerborggata. Se detuvo en el segundo piso, como le habían indicado por el telefonillo de la entrada. En la tira de plástico azul claro que había en la puerta entreabierta se leía el nombre en letras blancas: Robert Karlsen.

Harry entró y miró a su alrededor. Era un apartamento pequeño de una sola habitación, donde el desorden confirmaba la primera impresión que uno se llevaba al ver la oficina de Robert Karlsen. Ahora bien, no podía asegurar que Li y Li no hubiesen contribuido al jaleo cuando estuvieron buscando cartas y otros documentos que pudiesen arrojar algo de luz. Una impresión en color de Jesús dominaba una de las paredes y a Harry se le ocurrió que, si le cambiaban la corona de espinas por una boina, se parecería al Che Guevara.

—Así que Gunnar Hagen ha decidido que te trajeran aquí —dijo Harry dirigiéndose a la espalda que había sentada al escritorio, delante de la ventana.

—Sí —contestó Jon Karlsen dándose la vuelta—. Como el asesino conoce la dirección de mi apartamento, dijo que aquí estaría más seguro.

—Ya —dijo Harry mirando a su alrededor—. ¿Has dormido bien?

—No demasiado. —Jon Karlsen sonrió algo avergonzado—. Me he pasado la noche oyendo sonidos inexistentes. Y cuando finalmente logré conciliar el sueño, apareció ese guardia, Stranden, y me dio un susto de muerte.

Harry apartó un montón de tebeos de una silla y tomó asiento.

—Comprendo que tengas miedo, Jon. ¿Has pensado algo más sobre quién podría desear tu muerte?

Jon lanzó un suspiro.

—No he pensado en otra cosa durante los últimos días. Pero la respuesta es la misma, no tengo ni idea.

—¿Has estado alguna vez en Zagreb? —preguntó Harry—. ¿O en Croacia?

Jon negó con la cabeza.

—Lo más lejos que he viajado fuera de Noruega es a Suecia y Dinamarca. Y entonces era un niño.

—¿Conoces a algún croata?

—Solo a los refugiados que cobijamos.

—Ya. ¿Dijeron algo los policías de por qué te instalaron aquí?

Jon se encogió de hombros.

—Yo les conté que tenía una llave de este apartamento. Y está vacío, así que…

Harry se pasó la mano por la cara.

—Aquí había un ordenador —dijo Jon señalando el escritorio.

—Nos lo hemos llevado —contestó Harry, y se volvió a levantar.

—¿Ya te vas?

—Tengo que coger un avión para Bergen.

—Bien —respondió Jon mirando al vacío.

Harry sintió deseos de ponerle la mano en el hombro a aquel joven escuálido.

El tren del aeropuerto llevaba retraso. Por tercera vez consecutiva. «Debido a una parada», era la explicación abreviada y poco concisa. Øystein Eikeland, taxista y el único amigo que Harry conservaba de la infancia, le había explicado que el electromotor de un tren era lo más sencillo que existía, que su hermana pequeña podría hacerlo funcionar, que si los operarios técnicos de las aerolíneas SAS y los ferrocarriles noruegos NSB intercambiasen los puestos de trabajo por un día, todos los trenes cumplirían su horario, y todos los aviones aterrizarían a su hora. Harry prefería que continuara como estaba.

En cuanto salieron del túnel, antes de llegar a Lillestrøm, llamó al número personal de Gunnar Hagen.

—Soy Hole.

—Ya.

—He ordenado que Jon Karlsen cuente con protección las veinticuatro horas. Y que lo saquen de Ullevål.

—Lo último ya lo había decidido el hospital —dijo Hagen—. Y lo primero lo decido yo.

Harry contó tres casas en el campo blanco, afuera, antes de contestar:

—Fuiste tú quien me nombró responsable de esta investigación, Hagen.

—De la investigación, sí, no de los presupuestos para las horas extras. Que, por cierto, deberías saber que hace tiempo que son muy limitados.

—El chico está muerto de miedo —dijo Harry—. Y tú lo metes en el apartamento de la víctima anterior, su propio hermano. Para ahorrar unos cientos de coronas en una habitación de hotel.

El altavoz informó de la próxima parada.

—¿Lillestrøm? —Hagen parecía sorprendido—. ¿Estás en el tren del aeropuerto?

Harry maldijo para sus adentros.

—Un viaje rápido a Bergen.

—¿Ahora?

Harry tragó saliva.

—Estaré de vuelta esta tarde.

—¿Estás loco o qué? Este caso nos tiene en el punto de mira. La prensa…

—Viene un túnel —dijo Harry antes de pulsar el botón de apagado.

Ragnhild Gilstrup se despertó pausadamente de un sueño. La habitación estaba a oscuras. Sabía que ya era de día, pero no lograba identificar aquel sonido. Parecía un reloj grande y mecánico. Claro que en el dormitorio no tenían ningún reloj de ese tipo. Se dio la vuelta en la cama y se llevó un susto. En la penumbra de la habitación entrevió una figura que la observaba inmóvil a los pies de la cama.

—Buenos días, mi amor —dijo él.

—¡Mads! Me has asustado.

—¿Y eso?

Mads acababa de ducharse, era obvio. A su espalda se veía abierta la puerta del baño y le caían del cuerpo pequeñas gotas que impactaban contra el parqué con un sonido suave y profundo.

—¿Llevas mucho tiempo ahí? —preguntó ella arropándose con el edredón.

—¿Por qué lo preguntas?

Ella se encogió de hombros, pero se quedó pensativa. Notó algo raro en el modo en que hizo aquella pregunta. Un tono alegre, casi burlón. Y la sonrisita. Él no solía comportarse de ese modo. Ragnhild se estiró y bostezó. Pensó que estaba fingiendo.

—¿A qué hora llegaste anoche? —preguntó ella—. No me desperté.

—Supongo que dormías el sueño de los inocentes. —Otra vez esa sonrisita.

Lo miró más detenidamente. Había cambiado mucho durante los últimos meses. Siempre había sido delgado, pero ahora se lo veía más fuerte y mejor entrenado. Y había algo en su postura, como si estuviese más erguido. Por supuesto, ella ya había contemplado la posibilidad de que tuviera una amante, pero dicha posibilidad no la atormentaba. O eso creía.

—¿Dónde estuviste? —preguntó.

—Cené con Jan Petter Sissener.

—¿El corredor de Bolsa?

—Sí. Cree que las perspectivas del mercado son buenas. También para el sector inmobiliario.

—¿No es mi trabajo hablar con él? —preguntó ella.

—Me gusta mantenerme informado.

—¿Tienes la impresión de que no te mantengo informado, querido?

Él la miró. Y le sostuvo la mirada hasta que Ragnhild reparó en algo que no le había ocurrido nunca cuando hablaba con Mads: se le estaban subiendo los colores.

—Estoy seguro de que me cuentas todo lo que debo saber, tesoro.

Se dio la vuelta y entró en el baño, donde ella le oyó abrir el grifo.

—He visto un par de propiedades muy interesantes —gritó ella, más que nada por decir algo, algo que pudiera romper el extraño silencio que había seguido tras sus últimas palabras.

—Yo también —gritó Mads a su vez—. Ayer fui a ver una finca en la calle Gøteborggata. La que pertenece al Ejército de Salvación. ¿Te acuerdas?

Ella se puso rígida. El apartamento de Jon.

—Buena finca. Pero ¿sabes qué?, una cinta policial precintaba la puerta de uno de los apartamentos. Uno de los inquilinos me dijo que hubo disparos. ¿No te parece increíble?

—No —dijo ella—. ¿Para qué era la cinta policial?

—Es lo que hace la policía. Cierran el apartamento mientras buscan huellas dactilares y ADN y recogen pistas para determinar quién ha estado allí. En fin, puede que el Ejército de Salvación quiera bajar el precio, ya que ha habido disparos en la casa, ¿no crees?

—No quieren vender, te lo he dicho.

—*No querían* vender, tesoro.

De repente, se le ocurrió algo.

—¿Por qué la policía quiere examinar el apartamento si dispararon desde el pasillo?

Oyó que Mads cerraba el grifo y levantaba la vista. Estaba en el umbral de la puerta, mostrando al sonreír una hilera de dientes que parecían amarillos al contraste con la espuma de afeitar blanca, y con la navaja en la mano. No tardaría en ponerse esa loción para después del afeitado que ella tanto detestaba.

—¿De qué estás hablando? —preguntó él—. Yo no he dicho nada de ningún pasillo. ¿Y por qué te has puesto tan pálida de repente, tesoro?

Había tardado en llegar el día y una fría capa de niebla transparente seguía cubriendo el Sofienbergparken. Ragnhild atravesaba rauda la calle Helgesen mientras respiraba protegiéndose la boca con su pañuelo beige de Bottega Veneta. Ni siquiera una prenda de lana comprada en Milán por nueve mil coronas podía resguardarla del frío aunque, al menos, podía llevar la cara a cubierto.

Huellas dactilares. ADN. Determinar quién había estado allí. Eso no podía pasar; las consecuencias serían catastróficas.

Dobló la esquina de la calle Gøteborggata. Por suerte, no había ningún coche de policía.

La llave entró en la cerradura, ella se coló rápidamente y se dirigió al ascensor. No había estado allí desde hacía mucho. Y la primera vez que lo hizo se presentó sin avisar, naturalmente.

El corazón le latía con fuerza mientras subía el ascensor. No podía dejar de pensar en que habría cabellos suyos en el desagüe de la ducha, fibras de ropa en la alfombra, huellas dactilares por todas partes.

El pasillo estaba desierto. La cinta adhesiva de color naranja que había pegada al marco de la puerta indicaba que no había nadie en casa, pero ella llamó a la puerta de todos modos. Y esperó. Luego sacó la llave y la llevó hacia la cerradura. Se resistía a entrar. Lo intentó otra vez, pero solo logró meter la punta. Dios mío, ¿habría cambiado Jon la cerradura? Tomó aire, giró la llave y rezó.

La llave entró e hizo un suave clic al abrir.

Aspiró el olor del apartamento que tan bien conocía y se acercó al armario ropero donde sabía que él guardaba la aspiradora. Una Siemens VS08G2040 de color negro, el mismo modelo que ellos tenían en casa, de dos mil vatios, la más potente del mercado. A Jon le gustaba la limpieza. La aspiradora emitió un rugido ronco cuando la enchufó. Eran las diez. Una hora debería ser suficiente para pasar la aspiradora por todo el apartamento y un trapo por las paredes y demás superficies. Miró la puerta cerrada del dormitorio y se preguntó si no sería conveniente empezar por allí. Donde los recuerdos eran más fuertes, las huellas más abundantes. No. Se aplicó la boquilla de la aspiradora en el brazo. Sintió como una mordedura. La retiró y comprobó que ya empezaba a formarse un hematoma.

No llevaba más de unos minutos pasando la aspiradora cuando cayó en la cuenta. ¡Las cartas! Dios mío, casi había olvidado que podían encontrar las cartas que le había escrito. Tanto las primeras –donde había pormenorizado sus sueños y sus deseos más íntimos– como las últimas, más desesperadas y sinceras, donde le imploraba que se pusiera en contacto con ella. Dejó la aspiradora encendida, puso el tubo encima de una silla, corrió hasta el escritorio de Jon y empezó a vaciar los cajones. En el primero había bolígrafos, cinta adhesiva, una perforadora de papel. En el otro, guías de teléfono. El tercero estaba cerrado con llave. Naturalmente.

Cogió el abrecartas que había en el escritorio, lo colocó justo encima de la cerradura y presionó el tirador con todas sus fuerzas. Resonó el crujir de la madera vieja y seca. Y cuando ya pensaba que el abrecartas se rompería en dos, la parte delantera del cajón se rajó a lo ancho. Lo sacó de un tirón, quitó las astillas y vio los sobres. Pilas de sobres. Los fue pasando rápidamente con los dedos. Hafslund Energi. DnB. If. El Ejército de Salvación. Un sobre sin remitente. Lo abrió. «Querido hijo», se leía en el encabezamiento. Siguió pasándolos. ¡Allí estaba! El sobre mostraba el nombre del remitente, Gilstrup Invest, en azul claro, en la esquina inferior derecha.

Aliviada, sacó la carta.

Cuando acabó de leerla, la dejó a un lado y notó que las lágrimas le corrían por las mejillas. Como si acabase de abrir los ojos por primera vez, como si hubiese estado ciega y hubiese recobrado la vista y nada hubiera cambiado. Como si todo aquello en lo que un día creyó para luego rechazar se hubiese vuelto realidad. Era una carta breve y, aun así, tras su lectura, todo era diferente.

La aspiradora aullaba insistentemente acallándolo todo menos las frases sencillas y claras de la carta, lo absurdo y lo evidentemente lógico que encerraban. No oía el tráfico de la calle, ni tampoco advirtió el ruido de la puerta ni la persona que se plantó justo detrás de su silla. Pero en cuanto percibió su olor, se le erizó el vello de la nuca.

El avión de SAS aterrizó en Flesland azotado por las ráfagas del viento del oeste. En el taxi, de camino a Bergen, los limpiaparabrisas silbaban a los neumáticos de clavos que crujían contra el asfalto negro y mojado que discurría por colinas de brizna húmeda y árboles desnudos. Invierno del oeste.

Cuando llegaron al valle Fyllingsdalen, Skarre lo llamó.

—Hemos encontrado algo.

—Desembucha.

—Hemos comprobado el disco duro de Robert Karlsen. Lo único de carácter dudoso son unas cookies a unas páginas de pornografía en internet.

—Eso también lo habríamos encontrado en tu ordenador, Skarre. Al grano.

—Tampoco hemos encontrado contactos dudosos en los documentos ni en las cartas.

—Skarre... —dijo Harry, amenazador.

—Pero hemos hallado una copia interesante de un billete de avión —dijo Skarre—. Adivina adónde.

—Te daré una paliza.

—A Zagreb —dijo Skarre enseguida. Y al ver que Harry no contestaba, añadió—: Croacia.

—Ya, gracias. ¿Cuándo estuvo allí?

—En octubre. Salida el 12 con vuelta esa misma noche.

—Ya. Un único día de octubre en Zagreb. No parece un viaje de placer.

—Hablé con su jefa en el Fretex de la calle Kirkeveien y dice que ellos no programaron ningún viaje al extranjero para Robert.

Harry ya había colgado cuando se preguntó por qué no le habría dicho a Skarre que estaba satisfecho de su trabajo. Debería haberlo hecho. ¿Estaba volviéndose un capullo con los años? No, pensó mientras recogía las cuatro coronas del cambio que le daba el taxista, siempre lo había sido.

Harry se apeó y se encontró con el triste goteo gonorreico del típico chaparrón de Bergen, que, según el mito, empezaba una tarde de septiembre y terminaba una tarde de marzo. Anduvo los pocos pasos que lo separaban de la puerta de la cafetería Børs, se quedó de pie observando el local y se preguntó qué haría la inminente ley antitabaco con sitios como aquel. Harry había estado en Børs dos veces y era un lugar en que, instintivamente, se sentía como en casa, pero, al mismo tiempo, ajeno. Los camareros se paseaban con chaquetas rojas y aires de trabajar en un establecimiento de categoría, mientras servían jarras de cerveza de medio litro y chistes resecos a los lugareños, pescadores jubilados, tenaces marineros de la Segunda Guerra Mundial y otros náufragos. La primera vez que visitó el establecimiento, una famosa venida a menos se puso a bailar el tango por entre las mesas con un pescador, mientras una señora mayor con traje de fiesta cantaba romanzas alemanas con acompañamiento de acordeón y, rítmicamente, en las partes instrumentales, dejaba caer obscenidades que pronunciaba con la erre parisina.

Harry localizó lo que buscaba y se acercó a la mesa en la que se veía a un hombre alto y delgado, inclinado sobre un vaso de medio litro ya vacío y otro a punto de estarlo.

—Jefe.

El hombre levantó la cabeza al reconocer el sonido de la voz de Harry. Los ojos siguieron el movimiento con cierto retraso. Tras la acuosa capa de la embriaguez, se le encogían las pupilas.

—Harry. —Tenía la voz sorprendentemente clara e identificable.

Harry cogió una silla libre de la mesa vecina.

—¿De paso? —preguntó Bjarne Møller.

—Sí.

—¿Cómo me has encontrado?

Harry no contestó. Estaba preparado para lo que pudiera encontrar, pero, a pesar de eso, no daba crédito a lo que veía.

—Así que en la comisaría andan murmurando. Vaya, vaya. —Møller dio un buen sorbo—. Curioso cambio de papeles, ¿no te

262

parece? Era yo quien solía encontrarte a ti en estas condiciones. ¿Una cerveza?

Harry se inclinó sobre la mesa.

—¿Qué ha pasado, jefe?

—¿Qué suele impulsar a un hombre adulto a beber en horas laborables, Harry?

—Que lo hayan despedido o que su mujer lo haya dejado.

—No me han despedido, todavía. Que yo sepa —rió Møller en silencio. Los hombros se movían, pero no emitía sonido alguno.

—¿Acaso Kari...? —Harry enmudeció. No sabía cómo decirlo.

—Ella y los chicos no llegaron a venir. De acuerdo. Ya lo habíamos pactado así.

—¿Cómo?

—Echo de menos a mis hijos, por supuesto. Pero voy tirando. Esto solo es... ¿cómo se llama...? ¿Una fase transitoria? Sí, pero hay una palabra más elegante. Trans... No...

Møller bajó la cabeza hacia el vaso.

—Vamos a dar una vuelta —dijo Harry antes de pedir la cuenta.

Veinticinco minutos más tarde, Harry y Bjarne Møller se hallaban dentro de la misma nube, ante la barandilla que hay en la montaña llamada Fløien, y miraban hacia abajo, a lo que posiblemente era Bergen. Un tranvía cortado oblicuamente, como si fuese un pedazo de tarta, tirado por gruesos cables de acero, los llevó allá arriba desde el centro de la ciudad.

—¿Por eso viniste aquí? —preguntó Harry—. ¿Porque Kari y tú estabais pensando en romper?

—Aquí llueve tanto como dicen —dijo Møller.

Harry exhaló un suspiro.

—Beber no ayuda, jefe. Solo empeora las cosas.

—Esa frase es mía, Harry. ¿Qué tal lo lleváis Gunnar Hagen y tú?

—Es bueno dando clases.

—Ten cuidado. No lo subestimes, Harry. Es más que un profesor. Gunnar Hagen estuvo siete años en el comando especial de Defensa.

—¿El comando especial de Defensa? —repitió Harry sorprendido.

—Claro. Me lo acaba de contar el comisario jefe de la policía judicial. Hagen se unió a ellos en 1981, cuando se creó el comando especial de Defensa para proteger nuestras plataformas en el mar del Norte. Como el servicio es secreto, nunca ha figurado en su currículo.

—El comando especial de Defensa —dijo Harry, notando que la gélida lluvia estaba a punto de filtrársele por la tela de los hombros—. He oído que allí son de una lealtad inquebrantable.

—Es como una fraternidad —dijo Møller—. Impenetrable.

—¿Conoces a otras personas que hayan formado parte de ese comando?

Møller negó con la cabeza. Ya se le veía más sobrio.

—¿Alguna novedad en la investigación? He recibido información confidencial.

—Ni siquiera tenemos un móvil.

—El móvil es el dinero —aseveró Møller aclarándose la garganta—. Codicia, la ilusión de que las cosas cambian cuando se tiene dinero, de que uno mismo se transformará cuando lo tenga.

—Dinero. —Harry miró a Møller y dijo vacilante—: Tal vez.

Møller escupió con desdén hacia la charca fangosa que se extendía ante ellos.

—Encuentra el dinero. Encuentra el dinero y rastréalo. Te conducirá a la respuesta.

Harry nunca lo había oído hablar así, con la amarga certeza de poseer unos conocimientos que le habría gustado no tener.

Harry tomó aire y se aventuró.

—Sabes que no suelo andarme por las ramas, jefe, así que ahí va. Tú y yo somos de ese tipo de tíos que no tienen muchos amigos. Y aunque tal vez no me consideres un amigo, por lo menos soy algo parecido.

Harry miró a Møller, pero no hubo reacción.

—He venido aquí para que me digas si hay algo que yo pueda hacer. Si hay algo de lo que quieres hablar…

Seguía sin haber reacción.

—Yo no tengo ni puñetera idea, jefe, pero aquí me tienes.

Møller volvió la cara hacia el cielo.

—¿Sabías que los de Bergen, como no usan el morfema «-a», llaman a esto que tenemos a nuestra espalda *vidden*, montaña, en lugar de *vidda*? Y, en realidad, es lo que es. Una montaña de verdad. A seis minutos en teleférico desde el centro de la segunda ciudad más grande de Noruega, hay gente que pierde el norte y acaba muriendo. Curioso, ¿verdad?

Harry se encogió de hombros. Møller suspiró.

—Nunca dejará de llover. Vamos, tomemos ese vagón de hojalata.

Una vez abajo, se fueron juntos hasta la parada de taxis.

—Fuera de las horas punta, no se tarda más de veinte minutos hasta Flesland —dijo Møller.

Harry asintió y esperó para entrar. La lluvia ya le había calado la chaqueta.

—Sigue el rastro del dinero —dijo Møller poniéndole la mano en el hombro—. Y haz lo que tengas que hacer.

—Tú también, jefe.

Møller levantó la mano y echó a andar, pero se volvió en el momento en que Harry se iba a meter en el taxi y gritó algo que el ruido del tráfico engulló. Harry encendió el móvil mientras atravesaban la plaza Danmark. Un SMS de Halvorsen, que esperaba su llamada. Harry marcó el número.

—Tenemos la tarjeta de crédito de Stankic —dijo Halvorsen—. Anoche, justo antes de las doce, se la tragó un cajero cerca de la plaza Youngstorget.

—Así que venía de allí cuando entramos en el Heimen.

—Sí.

—Youngstorget está bastante lejos del Heimen —dijo Harry—. Supongo que iría hasta allí temiendo que, si seguíamos el rastro de la tarjeta, llegásemos a un lugar cercano al Heimen. Lo que significa que tiene una apremiante necesidad de dinero.

—Ahora viene lo mejor —dijo Halvorsen—. El cajero tiene cámara de vigilancia.

—¿Sí?

Halvorsen hizo una pausa calculada.

—Venga —dijo Harry—. No lleva la cara oculta, ¿es eso?

—Sonríe directamente a la cámara como una estrella de cine —dijo Halvorsen.

—¿Le has dado la grabación a Beate?

—Ahora mismo está en House of Pain repasándola.

Ragnhild Gilstrup pensaba en Johannes. En lo diferente que podría haber sido todo si ella hubiera seguido el impulso de su corazón, que siempre había sido más avispado que su cabeza. Y en lo extraño que resultaba que nunca antes se hubiera sentido tan desgraciada y, al mismo tiempo, con tantas ganas de vivir como en aquel momento.

Vivir un poco más.

Porque ahora lo entendía todo.

Miró aquella boca negra y comprendió lo que tenía delante.

Y lo que estaba a punto de ocurrir.

El rugido del sencillo electromotor de la Siemens VS08G2040 silenció su grito. Una silla cayó al suelo. Tenía cada vez más cerca del ojo la boquilla de la aspiradora, que succionaba a toda potencia. Intentó cerrar los párpados, pero unos dedos muy fuertes la obligaron a mantenerlos abiertos. Querían que lo viera. Y lo vio. Y supo lo que estaba a punto de ocurrir, vaya si lo supo.

17

Viernes, 18 de diciembre.
El rostro

El reloj de la pared que se alzaba tras el mostrador de la gran farmacia marcaba las nueve y media. La gente tosía sentada en los bancos que había a lo largo de la pared, y cerraba los ojos con gesto cansino o miraba alternativamente el número digital rojo de la pantalla que había cerca del techo y su propio número, como si lo que estuviera en juego fuera su suerte en la vida y cada «plin» de la pantalla digital, un nuevo sorteo. Él no había cogido número, solo quería sentarse cerca de los radiadores de la farmacia, aunque tenía la sensación de que la chaqueta azul atraía una atención nada conveniente, porque los dependientes habían empezado a fijarse en él. Miró por la ventana. Más allá de la neblina vislumbró el contorno de un sol pálido y débil. Al cabo de unos minutos, pasó un coche de policía. Allí dentro había cámaras de vigilancia. Tenía que seguir, pero ¿hacia dónde? Sin dinero, lo echaban de las cafeterías y de los bares. Lo tenían acorralado: una vez más, estaba sitiado.

El comedor casi vacío del Biscuit se inundó de los acordes de una flauta de pan. Era el periodo tranquilo que abarcaba desde después del almuerzo hasta antes de la cena, así que Tore Bjørgen se sentó junto a la ventana por la que, con expresión soñadora, contemplaba la calle Karl Johan. Y no porque la vista le llamase especialmente la atención, sino porque los radiadores estaban colocados debajo de las ventanas y últimamente tenía la sensación de que nunca llegaba a entrar en calor. Estaba de mal humor. Tenía que recoger los billetes de avión para Ciudad del Cabo en los dos próximos días y acababa de constatar lo que ya sabía desde hacía tiempo: no tenía dinero. Pese a lo mucho que había trabajado, el dinero parecía haberse esfumado. Claro que estaba el espejo rococó que se había comprado en otoño para el apartamento, pero también se había pasado con el champán, el polvo blanco y otras diversiones costosas. No es que hubiera perdido la cabeza, pero, para ser sinceros, había llegado la hora de salir de aquel círculo vicioso consistente en polvo para las juergas, píldoras para dormir y más polvo para aguantar las horas extras que se veía obligado a hacer para financiar los vicios. Y en aquellos momentos, la cuenta estaba a cero. Los últimos cinco años había celebrado la Navidad y la Nochevieja en Ciudad del Cabo, en lugar de regresar a casa de sus padres en Vegårdshei, a la rigidez religiosa, a las acusaciones mudas de sus padres y a la mal disimulada aversión de sus tíos y primos. Prefería cambiar tres semanas de frío inaguantable, oscuridad deprimente y aburrimiento mortal por sol, gente guapa y una trepidante vida nocturna. Y, además, los juegos. Juegos peligrosos. En diciembre y enero, Ciudad del Cabo se veía invadida por agencias publicitarias europeas, equipos de rodaje y modelos femeninos y masculinos. Y en ese ambiente encontraba él a sus congéneres. El juego que más le gustaba era el de la cita a ciegas. En una ciudad como aquella, siempre había que contar con que se corría cierto riesgo, pero encontrarte en la oscuridad de las chozas de Cape Flats con un desconocido implicaba directamente peligro de muerte. Y aun así, eso era lo que hacía. Ignoraba por qué se dedicaba a tales estupideces, solo sabía que necesitaba el peligro para sentirse vivo, que el juego debía llevar aparejada una pérdida potencial para resultar interesante.

Tore Bjørgen olfateó el aire. Un olor que esperaba que no viniese de la cocina interrumpió su ensueño. Se dio la vuelta.

—*Hello again* —dijo el hombre, que se había colocado justo detrás de él.

Si Tore Bjørgen no hubiese sido un camarero tan profesional, lo habría recibido con una mueca de desaprobación. Aquel hombre no solo llevaba una chaqueta de invierno azul poco favorecedora, que, obviamente, estaba de moda entre los drogadictos de la calle Karl Johan, sino que además no se había afeitado, tenía los ojos enrojecidos y olía a orines.

—*Remember me?* —preguntó el hombre—. *At the men's room.*

Al principio, Tore Bjørgen creyó que se refería a la sala de fiestas del mismo nombre, pero enseguida cayó en la cuenta de que el tipo se refería a los servicios. Y entonces lo reconoció. Es decir, reconoció la voz. Y se asombró de lo mucho que podía influir en el aspecto de un hombre el hecho de pasar veinticuatro horas sin cosas tan imprescindibles como una maquinilla de afeitar, una ducha y ocho horas de sueño.

Como el hombre acababa de interrumpir su ensoñación, concurrieron en el joven camarero dos reacciones totalmente opuestas, en el siguiente orden… En primer lugar, experimentó el dulce instante del deseo. Resultaba obvia la razón por la que aquel hombre había vuelto, tras el flirteo y el contacto corporal efímero pero íntimo que tuvieron la vez anterior. Y en segundo lugar, el miedo al representarse en la retina la imagen del hombre sosteniendo la pistola goteante. Y el hecho de que el policía hubiese estado allí y lo hubiese relacionado con el asesinato de ese pobre soldado del Ejército de Salvación.

—Necesito un sitio donde quedarme —dijo el hombre.

Tore Bjørgen parpadeó nervioso. Casi no podía creerlo. Allí estaba, delante de un posible asesino, sospechoso de haber disparado a un hombre en plena calle. Pero entonces ¿por qué no soltaba todo lo que tenía en las manos y salía corriendo del comedor gritando «¡Policía!»? Es más, el agente le anunció que habría una recompensa para quien facilitara algún dato que condujese a la detención del hombre. Bjørgen miró al fondo del local, donde el maître hojeaba el libro de reservas. ¿Por qué notaba en el diafragma ese regocijo extraño y excitante que se extendía por todo el cuerpo haciéndolo temblar entre escalofríos mientras trataba de pensar en una respuesta que tuviera sentido?

—Solo será una noche —dijo el hombre.

—Hoy trabajo —dijo Tore Bjørgen.

—Puedo esperar.

Tore Bjørgen miró al hombre. «Esto es una locura», pensó mientras el cerebro, lento pero inexorable, conjugaba la apetencia de aquel juego con la posible solución a su problema de dinero. Tragó saliva y descansó el peso del cuerpo en el otro pie.

Harry bajó a toda prisa del tren del aeropuerto, dejó la estación de Oslo S y atravesó la zona de Grønland hasta llegar a la Comisaría General. Cogió el ascensor que daba directamente al grupo de Atracos y trotó por los pasillos hasta llegar a House of Pain, la sala de vídeos de la policía.

Reinaba un ambiente oscuro, caluroso y denso en el reducido cuartucho sin ventanas. Oyó el repiqueteo de unos dedos que volaban sobre el teclado del ordenador.

—¿Qué ves? —le preguntó a la silueta que se recortaba contra las imágenes titilantes que mostraba la pantalla de la pared.

—Algo muy interesante —dijo Beate Lønn sin volverse.

Aunque Harry sabía que tenía los ojos enrojecidos. Había visto trabajar a Beate en otras ocasiones. La había visto pasarse horas mirando la pantalla mientras rebobinaba, paraba la imagen, enfocaba, aumentaba, guardaba. La había visto, pero sin comprender qué buscaba. O qué veía. Aquel era su territorio.

—Y posiblemente, muy esclarecedor —dijo.

—Soy todo oídos.

Harry avanzó en la oscuridad, pero dio con la pantorrilla en una silla y soltó un taco antes de sentarse.

—¿Listo?

—Dispara.

—De acuerdo. Te presento a Christo Stankic.

En la pantalla apareció un hombre que se acercaba a un cajero.

—¿Estás segura? —preguntó Harry.

—¿No lo reconoces?

—Reconozco la chaqueta azul, pero… —dijo Harry percibiendo la confusión que denotaba su voz.

—Espera —dijo Beate.

El hombre había metido una tarjeta en el cajero y estaba esperando. Volvió la cara hacia la cámara e hizo una mueca. Una sonrisa forzada, de esas que significaban lo contrario de lo que uno piensa.

—Se ha dado cuenta de que no le da dinero —dijo Beate.

El hombre de la pantalla pulsaba los botones una y otra vez y, al final, colocó la mano sobre el teclado del cajero.

—Y ahora descubre que no le devuelve la tarjeta —dijo Harry.

El hombre se quedó un buen rato observando la ventanilla del cajero. Se subió la manga, miró el reloj de pulsera, se dio la vuelta y desapareció.

—¿Qué clase de reloj es ese? —preguntó Harry.

—El cristal deslumbra —dijo Beate—. Pero he aumentado el negativo. Pone «Seiko SQ50» en la esfera.

—Buena chica. Pero no veo nada esclarecedor.

—Esto es lo esclarecedor.

Beate tecleó algo rápidamente y enseguida aparecieron en la pantalla dos fotografías del hombre que acababan de ver. Una, de cuando sacaba la tarjeta; la otra, mientras miraba el reloj.

—He elegido estas dos instantáneas porque en ambas mantiene la cara más o menos en la misma posición y así es más fácil verlo. Están sacadas con un intervalo de algo más de cien segundos. ¿Lo ves?

—No —dijo Harry—. Obviamente, se me dan bastante mal estas cosas, ni siquiera logro ver a la misma persona en las dos fotos. Ni tampoco me parece que sea la persona a la que vi junto al río Akerselva.

—Bien, entonces lo has visto.

—¿Qué he visto?

—Esta es la foto de la tarjeta de crédito —dijo Beate pulsando una tecla. Apareció la instantánea de un tipo de pelo corto y cor-

271

bata–. Y esta otra, la que le tomó el *Dagbladet* en la plaza Eger-torget.

Dos fotos nuevas.

–¿Ves si es la misma persona? –preguntó Beate.

–En realidad, no.

–Yo tampoco.

–¿Tú tampoco? Pero si tú no lo ves, ¿significa que no es la misma persona?

–No –dijo Beate–. Significa que tenemos un caso de hipermovilidad. En el ámbito profesional se llama *visage de pantomime*.

–¿De qué hablas?

–De alguien que no necesita maquillaje, disfraz ni cirugía plástica para transformarse.

Antes de tomar la palabra, Harry esperó en la sala de reuniones de la zona roja a que todos los participantes del grupo de investigación se hubieran sentado.

–Ahora sabemos que estamos buscando a un hombre, solo a uno. De momento lo llamamos Christo Stankic. ¿Beate?

Beate encendió el proyector y apareció en la pantalla la fotografía de una cara con los ojos cerrados y una máscara hecha de lo que parecían espaguetis.

–Lo que estáis viendo es una ilustración de nuestra musculatura facial –comenzó Beate–. Músculos que utilizamos para crear expresiones faciales y así cambiar de aspecto. Los más importantes están situados en la frente, alrededor de los ojos y de la boca. Este, por ejemplo, es el *musculus frontalis*, que, junto con el *musculus corrugatus supercilii*, se utiliza para enarcar las cejas y fruncir el ceño. El *orbicularis oculi* se utiliza para contraer o distender los párpados. Etcétera.

Beate pulsó el mando a distancia. La imagen de un payaso con mejillas grandes e hinchadas vino a sustituir a la anterior.

–Tenemos cientos de estos músculos en el rostro, e incluso los que trabajan para crear expresiones faciales utilizan un mínimo porcentaje de sus posibilidades. Actores y payasos ejercitan los músculos faciales hasta conseguir una movilidad máxima, algo que los demás perdemos de jóvenes. Pero hasta los actores y los artistas de pantomima utilizan principalmente el rostro para movimientos mímicos que expresan un sentimiento específico. Y son tan importantes como universales y escasos. Ira, alegría, enamoramiento, sorpresa, risa, carcajada, etcétera. Sin embargo, la naturaleza nos ha dotado de esta máscara de músculos que nos ofrece la posibilidad de varios millones, sí, una cantidad casi ilimitada, de expresiones faciales. Los pianistas entrenan la conexión entre el cerebro y la musculatura de los dedos hasta tal punto que pueden realizar diez tareas diferentes simultáneas y totalmente independientes las unas de las otras. Y en los dedos no tenemos ni por asomo tantos músculos como en la cara. Es decir, con la cara podemos hacer millones de cosas.

Beate cambió a la fotografía de Christo Stankic frente al cajero.

—Podemos hacer esto, por ejemplo.

La cinta pasaba a cámara lenta.

—Apenas es posible percibir los cambios. Son músculos muy pequeños que se contraen y se distienden. La suma de todos esos pequeños movimientos musculares crea una expresión facial distinta. ¿De verdad puede cambiar tanto una cara? No; sin embargo, la parte del cerebro encargada de reconocer rostros, el gyro fusiforme, es extremadamente sensible incluso cuando se trata de cambios nimios, ya que su trabajo consiste en diferenciar miles de rostros fisiológicamente iguales. Por medio del ajuste gradual de la contracción de los músculos faciales, se llega a lo que aparentemente es otra persona. Es decir, esta.

Beate congeló la escena en el último fotograma de la grabación.

—¿Hola? Aquí el planeta Tierra llamando a Marte.

Harry reconoció la voz de Magnus Skarre. Alguien se rió y Beate se sonrojó.

—*Sorry* —dijo Skarre como un relincho, mirando contento a su alrededor—. Sigue siendo el tal Stankic. La *science fiction* es divertida, pero eso de que un hombre aprieta un músculo aquí y afloja otro allá hasta volverse irreconocible me recuerda a los cuentos de fantasmas, si quieres mi opinión.

Harry estuvo a punto de interrumpir, pero cambió de idea. Optó por observar a Beate. Dos años atrás, un comentario como ese la habría destrozado, y él habría tenido que quedarse a recoger los pedazos.

—Pues, en realidad, no, nadie ha pedido tu opinión —dijo Beate con las mejillas aún arreboladas—. Pero ya que piensas así, te pondré un ejemplo que estoy segura de que podrás entender.

—Oye, oye —dijo Skarre alzando las manos al frente—. No era nada personal, Lønn.

—Cuando una persona muere se produce, como ya sabéis, el rígor mortis —continuó Beate aparentemente impasible, pero Harry pudo ver que se le dilataban las fosas nasales—. Los músculos del cuerpo, también los del rostro, se quedan rígidos. Produce el mismo efecto que tensar los músculos. ¿Y qué suele ocurrir cuando un familiar tiene que identificar un cadáver?

En el silencio que siguió a su pregunta, solo se distinguía el ronroneo del ventilador del proyector. Harry ya sonreía.

—No los reconocen —dijo una voz alta y clara. Harry no se había percatado de que Gunnar Hagen había entrado—. Un problema frecuente en situaciones de guerra cuando hay que identificar a los soldados muertos. Llevan uniforme, claro, y hasta los amigos de su propio pelotón tienen que contrastar las chapas de identificación para estar seguros.

—Gracias —dijo Beate—. ¿Te queda más claro ahora, Skarre?

Skarre se encogió de hombros y Harry oyó reír a alguno de sus colegas. Beate apagó el proyector.

—La plasticidad o movilidad del rostro es una capacidad altamente individual. Hay una parte que se puede ejercitar y otra que se supone que es genética. Algunos no saben diferenciar entre el lado derecho y el izquierdo del rostro; otros, con práctica, pueden llegar a hacer funcionar esos músculos de forma independiente. Como un pianista. Y eso se llama, como ya he dicho, hipermovilidad o *visage du pantomime*. Los casos que se conocen apuntan a que es genético, que se trata de una facultad que se desarrolla a edad temprana o en la infancia, y que los que tienen un grado de hipermovilidad extrema suelen padecer trastornos de personalidad y/o han vivido situaciones muy traumáticas en la infancia.

—¿Estás diciendo que ese hombre está loco? —preguntó Gunnar Hagen.

—Mi especialidad son las caras, no la psicología —dijo Beate—. Pero no se puede descartar. ¿Harry?

—Gracias, Beate. —Harry se levantó—. Ya sabéis un poco más sobre a qué nos enfrentamos. ¿Preguntas? ¿Sí, Li?

—¿Cómo se atrapa a una criatura así?

Harry y Beate intercambiaron una mirada elocuente. Hagen carraspeó.

—No tengo ni idea —dijo Harry—. Solo sé que esto no terminará hasta que él haya hecho su trabajo. O nosotros el nuestro.

Cuando Harry volvió al despacho, tenía un mensaje de Rakel. La llamó enseguida para evitar cavilaciones.

—¿Qué tal, Harry? ¿Tirando? —dijo ella.

—Sí, para el Tribunal Supremo —dijo Harry.

Era una expresión que el padre de Rakel solía utilizar. Una broma que, tras la guerra, hacían los que habían luchado en el frente. Rakel se echó a reír. Esa risa cristalina y suave por la que una vez había estado dispuesto a sacrificarlo todo para oírla todos los días. Todavía surtía su efecto.

—¿Estás solo? —preguntó ella.

—No. Halvorsen está aquí escuchando, como siempre.

Halvorsen levantó boquiabierto la cabeza de las declaraciones que habían prestado los testigos de la plaza Egertorget.

—Oleg necesita hablar con alguien —dijo Rakel.

—¿Y?

—Vaya, me he expresado mal. Con alguien no, contigo. Necesita hablar contigo.

—¿Necesita?

—Corrijo otra vez. *Ha dicho* que quería hablar contigo.

—¿Y te ha pedido que llamaras?

—No, no, eso no lo haría jamás.

—No. —Harry sonrió al pensarlo.

—Bueno… ¿Crees que tendrás tiempo una noche de estas?

—Por supuesto.

—Estupendo. Puedes venir a cenar con nosotros.

—¿Nosotros?

—Con Oleg y conmigo.

—Ya.

—Sé que ya conoces a Mathias…

—Sí —dijo Harry—. Parece majo.

—Sí, sí.

Harry no sabía cómo debía o quería interpretar su tono de voz.

—¿Sigues ahí?

—Aquí sigo —dijo Harry—. Verás, tenemos un caso de asesinato y la cosa está que arde. ¿Puedo ver cómo evoluciona el asunto y llamarte cuando encuentre un día que me venga bien?

Pausa.

—¿Rakel?

—Sí, eso estaría bien. ¿Y por lo demás?

Aquello estaba tan fuera de contexto que Harry se preguntó si lo decía irónicamente.

—Van pasando los días —dijo Harry.

—¿No ha habido novedades en tu vida desde la última vez que hablamos?

Harry tomó aire.

—Tengo que irme, Rakel. Te llamo cuando tenga un hueco. Dale recuerdos a Oleg de mi parte. ¿Vale?

—Vale.

Harry colgó.

—¿Y eso? —dijo Halvorsen—. ¿«Un día que me venga bien»?

—Es una cena. Se trata de Oleg. ¿Para qué viajaba Robert a Zagreb?

Halvorsen estaba a punto de decir algo, pero en ese momento se oyó una voz que renegaba soltando tacos en voz baja. Se volvieron. Skarre se encontraba en el umbral de la puerta.

—La policía de Zagreb acaba de llamar —dijo—. La tarjeta de crédito de Stankic se emitió con un pasaporte falso.

—Ya —dijo Harry repantigándose en la silla con ambas manos detrás de la cabeza—. ¿Qué hacía Robert en Zagreb, Skarre?

—Ya sabéis lo que yo pienso.

—Drogas —dijo Halvorsen.

—Skarre, ¿no decías que una chica anduvo preguntando por Robert en el Fretex de la calle Kirkeveien? ¿Y que los de la tienda creían que era yugoslava?

—Sí. Fue la jefa de allí quien…

—Llama al Fretex, Halvorsen.

Nadie pronunció una palabra mientras Halvorsen buscaba en las páginas amarillas y marcaba el número. Harry empezó a tamborilear en la mesa al tiempo que se preguntaba cómo expresar lo satisfecho que se sentía con el trabajo de Skarre. Carraspeó una vez, como tomando impulso, pero Halvorsen le entregó el auricular.

La sargento mayor Rue lo escuchó, le respondió y actuó. Una mujer muy eficaz, pudo confirmar Harry cuando, dos minutos más tarde, colgó y volvió a carraspear.

—Era un serbio, uno de sus chicos del párrafo doce, quien se acordaba de la chica. Cree que se llama Sofia, pero no está seguro. En cambio, sí que recuerda que es de Vukovar.

Harry encontró a Jon tumbado en la cama del apartamento de Robert, con una Biblia abierta sobre el vientre. Se le veía angustiado, con falta de sueño. Harry encendió un cigarrillo, se sentó en la frágil silla de cocina y le preguntó qué creía que habría ido a hacer Robert en Zagreb.

—No tengo ni idea, no me contó nada. Quizá tuviera algo que ver con ese proyecto secreto para el que le presté dinero.

—Vale. ¿Sabes si tenía novia, una joven croata llamada Sofia?

—¿Sofia Miholjec? ¡Estarás de broma!

—Pues no. ¿Quiere eso decir que la conoces?

—Sofia vive en una de nuestras fincas, en la calle Jacob Aall. Su familia estaba entre los refugiados croatas de Vukovar que el comisionado logró traer aquí. Pero Sofia... Sofia tiene quince años.

—Cabe la posibilidad de que estuviese enamorada de Robert. Chica joven. Hombre adulto y atractivo. No es tan raro, ¿sabes?

Jon hizo amago de decir algo, pero se calló.

—Tú mismo dijiste que a Robert le gustaban las chicas jóvenes —añadió Harry.

Jon miró al suelo.

—Te daré la dirección de la familia, así podrás preguntárselo personalmente.

—De acuerdo. —Harry miró el reloj—. ¿Necesitas algo?

Jon echó una ojeada a su alrededor.

—Debería darme una vuelta por mi apartamento. Recoger algo de ropa y artículos de higiene.

—Vale, te llevaré. Ponte una chaqueta y una gorra, hoy hace más frío que de costumbre.

Tardaron veinte minutos en llegar. De camino pasaron junto al viejo y deteriorado estadio de Bislett, que iban a demoler, y también frente al restaurante Schrøder, ante cuya puerta había una persona con gorro y abrigo grueso de lana que Harry reconoció enseguida. Estacionó en lugar prohibido, ante la entrada de la calle Gøteborggata 4, frente a la puerta del ascensor. En la pantalla roja que había encima de la puerta del ascensor vio que se había detenido en la cuarta planta, donde estaba el apartamento de Jon. Aún no habían pulsado el botón de llamada cuando se dieron cuenta de que el ascensor se ponía en movimiento y, una vez más, la pantalla les indicó que bajaba. Harry se frotó las palmas de las manos contra los muslos.

—No te gustan los ascensores —dijo Jon.

Harry lo miró sorprendido.

—¿Tanto se me nota?

Jon sonrió.

—A mi padre tampoco le gustan. Ven, utilicemos la escalera.

Subieron, y al cabo de un rato Harry oyó que la puerta del ascensor se abría en la planta baja.

Entraron en el apartamento y Harry se quedó esperando mientras Jon entraba en el baño para recoger la bolsa de aseo.

—Qué extraño —dijo Jon frunciendo el ceño—. Da la impresión de que alguien ha estado aquí.

—Los técnicos examinaron el apartamento y encontraron las balas —dijo Harry.

Jon se fue al dormitorio y volvió con una bolsa.

—Huele raro —dijo.

Harry echó un vistazo a su alrededor. En la encimera del fregadero había dos vasos, pero sin rastro de leche ni otra bebida en los bordes que pudiera mostrar algo. Ninguna marca de humedad o nieve derretida en el suelo, solo unas astillas delante del escritorio que probablemente venían de la parte delantera de uno de los cajones, que parecía estar rajado.

—Vámonos —dijo Harry.

—¿Qué hace ahí la aspiradora? —preguntó Jon—. ¿La habrá utilizado tu gente?

Harry conocía los procedimientos de criminalística y ninguno implicaba utilizar la aspiradora de la escena del crimen.

—¿Hay alguien más que tenga llaves, aparte de ti? —preguntó Harry.

Jon vaciló.

—Thea, mi novia. Pero ella nunca pasaría la aspiradora por iniciativa propia.

Harry miró las astillas que había delante del escritorio y que serían lo primero que se tragaría una aspiradora. Se acercó al aparato. Habían quitado la boquilla del tubo que conectaba con el extremo de la manguera. En el otro había un tirador de plástico. Sintió un escalofrío que le recorría la espalda. Tiró y miró al interior de la redonda boca negra. Pasó el dedo índice por el borde y se observó la yema del dedo.

—¿Qué pasa? —preguntó Jon.

—Sangre —dijo Harry—. Comprueba que la puerta esté cerrada con llave.

Harry ya lo sabía. Que ahora se hallaba en el umbral de aquel espacio que tanto odiaba y que, pese a todo, no lograba evitar. Retiró la tapa de plástico de la aspiradora. Soltó la bolsa amarilla y la sacó mientras pensaba que allí se encontraba la auténtica morada del dolor. El lugar donde siempre debía recurrir a su capacidad para compenetrarse con la maldad. Una capacidad que, cada día con mayor frecuencia y convicción, pensaba que había desarrollado demasiado.

—¿Qué haces? —preguntó Jon.

La bolsa se veía abombada de tanta basura. Harry cogió un pliegue del grueso papel satinado y tiró hacia atrás. La bolsa reventó y una fina nube de polvo negro se elevó en el aire como el genio de la lámpara. Ascendía ingrávido hacia el techo mientras Jon y Harry observaban el contenido que ahora estaba sobre el parqué.

—Que Dios nos ayude —susurró Jon.

18

Viernes, 18 de diciembre.
El vertedero

—Dios bendito —dijo Jon con un suspiro mientras buscaba una silla a tientas—. ¿Qué ha pasado aquí? Es… es…

—Sí —dijo Harry, quien, acuclillado junto a la aspiradora, se concentraba en respirar pausadamente—. Es un ojo.

El globo ocular parecía una medusa sangrienta naufragada. El polvo se había adherido a la superficie blanca. Harry pudo distinguir las sujeciones de músculos en el reverso ensangrentado y el rabito grueso y blanco que, más que el nervio óptico, parecía una culebra.

—Lo que me pregunto es cómo ha pasado por el filtro y ha caído dentro de la bolsa de polvo sin sufrir daño alguno. Si es que ha sido succionado…

—Quité el filtro —dijo Jon con voz temblorosa—. Así aspira mucho mejor.

Harry sacó un bolígrafo del bolsillo de la chaqueta y lo utilizó para dar la vuelta al ojo con sumo cuidado. Parecía de consistencia blanda, aunque había un núcleo duro. Se apartó un poco para que la luz de la lámpara del techo iluminara la pupila. Era grande, negra y de forma irregular, puesto que la musculatura del ojo ya no la mantenía redonda. El iris claro, casi turquesa, que enmarcaba la pupila, brillaba como los matices de una canica opaca. Harry oyó la respiración acelerada de Jon a su espalda.

—Un iris azul inusualmente claro —dijo Harry—. ¿Alguien que conozcas?

—No, yo… No sé.

—Verás, Jon —dijo Harry sin volverse—. No sé si tienes práctica en esto de las mentiras, pero el caso es que se te dan fatal. No puedo obligarte a que me cuentes detalles íntimos de tu hermano, pero esto… —Harry señaló el globo ocular ensangrentado—. No me queda otra que obligarte a contarme qué es.

Se volvió. Jon estaba sentado en una de las dos sillas de la cocina con la cabeza gacha.

—Yo… Ella… —balbució con la voz ahogada por el llanto.

—Así que ella —repitió Harry para animarlo.

Jon asintió con la cabeza, que aún mantenía hundida.

—Se llama Ragnhild Gilstrup. Nadie más tiene unos ojos así.

—¿Y cómo habrá llegado su ojo hasta tu aspiradora?

—No tengo ni idea. Ella… nosotros… solíamos vernos aquí. Ella tenía una llave. ¿Qué he hecho, Harry? ¿Por qué ha sucedido esto?

—No lo sé, Jon. Pero yo tengo trabajo aquí y antes tenemos que dejarte a ti en algún lugar seguro.

—Volveré a la calle Ullevålsveien.

—¡No! —dijo Harry—. ¿Tienes la llave del apartamento de Thea? Jon asintió.

—De acuerdo, vete allí. Mantén la puerta cerrada y no abras a nadie que no sea yo.

Jon se encaminó a la salida, pero se detuvo.

—¿Harry?

—¿Sí?

—¿Es preciso que lo mío con Ragnhild trascienda? Dejé de verla cuando Thea y yo empezamos a salir.

—Entonces no será tan grave.

—No lo estás entendiendo —dijo Jon—. Ragnhild Gilstrup estaba casada.

Harry asintió lentamente con la cabeza.

—¿El octavo mandamiento?

—El décimo —corrigió Jon.

—No puedo mantenerlo en secreto, Jon.

Jon miró a Harry, asombrado. Luego meneó la cabeza lentamente.

—¿Qué ocurre?

—No puedo creer lo que acabo de decir —dijo Jon—. Ragnhild está muerta y todo lo que me preocupa es salvar mi propio pellejo.

Los ojos de Jon se anegaron en llanto. Y, en un momento de debilidad, Harry sintió compasión por él. No la clase de compasión que podía sentir por la víctima o por sus familiares, sino la que nos inspira ese momento desgarrador en el que uno es consciente de la miseria de su propia humanidad.

Había ocasiones en que Sverre Hasvold se arrepentía de haber abandonado la vida de marinero de navegación internacional para convertirse en portero de la nueva finca de la calle Gøteborggata 4. Especialmente cuando, en días gélidos como aquel, llamaban para avisar de que el vertedero de basura había vuelto a atascarse. Solía ocurrir una vez al mes y la razón era obvia: el vano de la portezuela existente en cada planta tenía las mismas dimensiones que el propio vertedero. Las fincas antiguas eran mucho mejores. Incluso en la década de 1930, cuando aparecieron los primeros vertederos de basura, los arquitectos tuvieron el suficiente sentido común como para diseñar el vano con un diámetro más pequeño, de modo que la gente no pudiera, empujando, colar por él bolsas y objetos que luego se atascaban más abajo en el vertedero. En la actualidad solo se tenía en cuenta el estilo y la luminosidad.

Hasvold abrió el vertedero de la tercera planta, metió la cabeza dentro y encendió la linterna. Las bolsas de plástico blancas brillaban en el fondo y se dio cuenta de que, como de costumbre, el problema se localizaba entre la primera y la segunda planta, donde el vertedero presentaba un levísimo estrechamiento.

Entró en el cuarto de la basura del sótano y encendió la luz. El frío y la humedad eran tales que se le empañaron las gafas. Con un escalofrío, cogió la barra de hierro de casi tres metros que, precisamente para esas ocasiones, guardaba en el suelo, junto a la pared. Le había encajado una bola de plástico en la punta a fin de no agujerear las bolsas de basura cuando desatascaba el vertedero. Vio que algo goteaba en la abertura del vertedero. Golpeó ligeramente el plástico de las bolsas que se apilaban en el contenedor. Las normas de la comunidad decían bien claro que el vertedero solo debía usarse para basura seca guardada en bolsas bien cerradas, pero la gente hacía caso omiso, incluso aquellos que decían ser cristianos.

Y en efecto, entre el crujir de cáscaras de huevo y cartones de leche, se metió en el contenedor y se acercó a la redonda abertura del techo. Miró hacia arriba, pero solo vio oscuridad. Empujó la barra hacia arriba esperando dar con la habitual masa blanda de bolsas de basura, pero la barra se topó con algo duro. Arremetió con más fuerza. No se movía; obviamente, algo se había atascado.

Cogió la linterna que llevaba colgada del cinturón, y la enfocó hacia el interior del vertedero. Una gota se estampó en el cristal de las gafas. Soltó un improperio y, cegado, se quitó las gafas y frotó la lente con la bata azul mientras sujetaba la linterna bajo el brazo. Se apartó un poco y dirigió la mirada miope hacia arriba. Se quedó perplejo. Apuntó con la linterna y enseguida echó a volar la imaginación. Miró con atención mientras sintió que se le ralentizaba el corazón. Incrédulo, volvió a ponerse las gafas. Entonces el corazón se le detuvo del todo.

La barra de hierro se deslizó raspando la pared de hormigón antes de dar en el suelo con un tintineo. Sverre Hasvold comprobó entonces que se había desplomado en el montón de basura y que la linterna se le había caído entre las bolsas. Una nueva gota se estampó con un chasquido en la bolsa que tenía entre los muslos. Se echó hacia atrás a toda velocidad, como si fuese ácido corrosivo. Se levantó y salió corriendo.

Necesitaba respirar aire fresco. Había visto cosas en el mar, pero nada parecido a aquello, aquello no era... normal. Debía de ser algún loco. Empujó la puerta y salió a la acera tambaleándose sin notar la presencia de los dos hombres altos que allí había, ni tampoco el frío. Se apoyó en la pared, mareado y jadeante, y sacó el móvil. Lo contempló desorientado. Habían cambiado los números de emergencia hacía algunos años con la idea de que resultaran más fáciles de recordar, pero, naturalmente, él solo retenía en la memoria los antiguos. Reparó en los dos hombres. Uno estaba hablando por el móvil y reconoció al otro como uno de los inquilinos.

—Disculpa, ¿sabes cómo se llama a la policía? —preguntó Hasvold, y se dio cuenta de que se había quedado afónico, como si se hubiera pasado un buen rato gritando.

El inquilino miró rápidamente al otro hombre, que observó al portero un momento antes de decir por el móvil:

—Espera, puede que, después de todo, no necesitemos a Ivan y al grupo canino.

El hombre bajó el móvil y se dirigió a Sverre Hasvold.

—Soy el comisario Hole de la policía de Oslo. Deja que adivine…

Tore Bjørgen miraba por la ventana del dormitorio hacia el patio interior de un piso próximo a la plaza de Vestkanttorget. Dentro reinaba el mismo silencio que fuera; no se oía el griterío de niños corriendo o jugando en la nieve. Quizá hiciera demasiado frío, puede que estuviese demasiado oscuro. Por otro lado, hacía varios años que no veía niños jugando fuera en invierno. Desde el salón, oyó que el presentador del telediario pronosticaba temperaturas muy bajas y anunciaba que el ministro de Sanidad y Política Social iba a tomar medidas extraordinarias para dar cobijo a todos los sintecho, y que recomendaba subir la calefacción a todas las personas mayores que vivieran solas. El presentador dijo también que la policía buscaba a un ciudadano croata llamado Christo Stankic. Y que cualquier dato que condujera a su detención sería recompensado. Nada dijo de la cantidad, pero Tore Bjørgen supuso que equivaldría al precio de un billete de avión a Ciudad del Cabo, más tres semanas de alojamiento.

Tore Bjørgen se limpió las fosas nasales y se frotó el resto de cocaína de las encías, lo que anuló el poco sabor a pizza que le quedaba en la boca.

Había dicho al jefe del Biscuit que le dolía la cabeza y se marchó pronto. Christo, o Mike, como decía que se llamaba, le esperaba en un banco de la plaza Vestkanttorget, tal como habían acordado. Era evidente que a Christo le había gustado su pizza Grandiosa, que devoró con fruición sin reparar en el sabor que le aportaban los quince miligramos de píldoras machacadas de Stesolid.

Tore Bjørgen contempló a Christo, que ahora dormía boca abajo y desnudo en la cama. Respiraba de forma regular y profunda, a pesar de la mordaza con bola que le había puesto. Mientras Tore montaba su pequeño arreglo, no dio señales de despertar. Tore compró los tranquilizantes, por quince coronas cada uno, a un drogadicto febril que trabajaba en la calle, justo enfrente del Biscuit. El resto tampoco resultó tan caro. Tanto las esposas como las cadenas para los tobillos, la mordaza con bola y las flamantes bolas anales venían en lo que llamaban un paquete para principiantes que adquirió a través de internet en Lekshop.com por tan solo 599 coronas.

El edredón estaba en el suelo y la piel de Christo parecía candente bajo la luz de las velas que Tore había encendido por toda la habitación. Sobre la sábana blanca, su cuerpo formaba una Y. Tenía las manos atadas al cabecero de la sólida cama de latón y los pies separados y atados cada uno a un poste, a los pies de la cama. Tore le había colocado una almohada debajo del abdomen para levantarle el trasero.

Quitó la tapa de la caja de vaselina, cogió un poco con el dedo índice y con la otra mano le separó las nalgas a Christo. Y volvió a pasársele por la cabeza. Aquello era violación. Difícilmente se podía considerar otra cosa. Y solo de pensar en la palabra «violación» se ponía cachondo.

En rigor, no estaba seguro de si a Christo le molestaría demasiado que jugueteases un poco con él. Las señales habían sido confusas. En cualquier caso, resultaba peligroso jugar con un asesino. Deliciosamente peligroso. Pero no insensato. Al fin y al cabo, el hombre que tenía debajo iba a ser encarcelado de por vida.

Contempló su propia erección. Sacó las bolas anales de la caja y tiró fuertemente de ambas puntas del hilo de nailon fino pero sólido que las ensartaba como en un collar de perlas. Las primeras bolas eran pequeñas, pero iban aumentando de tamaño conforme bajaban. La más grande era del tamaño de una pelota de golf. Según las instrucciones, las bolas debían introducirse en el ano y luego había que extraerlas muy lentamente para lograr la máxima estimulación de los nervios que había dentro y alrededor de la sensible abertura anal. Tenían diferentes colores, y quien no supiera que se trataba de bolas anales pensaría que era algo completamente distinto. Tore sonrió al ver su propia imagen distorsionada en la bola más grande. Su padre tal vez se hubiese sorprendido un poco al abrir el regalo navideño que Tore le envió para felicitarlo desde Ciudad del Cabo con la esperanza de que lo utilizaran para adornar el árbol de Navidad. Pero nadie de la familia de Vegårdshei tendría la menor idea de qué bolas eran aquellas que tanto brillaban mientras ellos, siguiendo la tradición, bailaban en corro alrededor del árbol. Ni sabrían de dónde habían salido esas bolas.

Harry condujo a Beate y a sus dos ayudantes por la escalera que iba al sótano, donde el portero les abrió la puerta del cuarto de la basura para que entrasen. Uno de los ayudantes era una chica nueva cuyo nombre Harry retuvo exactamente durante tres segundos.

—Allí arriba —dijo Harry.

Los otros tres, cuya indumentaria se parecía a los monos blancos que llevan los apicultores, se adelantaron con cautela hasta quedar situados bajo la abertura del vertedero, y, un segundo después, los haces de luz de sus linternas desaparecieron en la oscuridad del interior del conducto. Harry observó a la nueva ayudante, esperando verle la reacción en la cara. Cuando se produjo, evocó en Harry la imagen de un coral que se encoge al contacto con los dedos de los submarinistas. Beate negó con la cabeza, en un gesto casi imperceptible, como un fontanero que contempla una avería normal como consecuencia de la helada.

—Enucleación ocular —dijo, y la voz resonó en el vertedero—. ¿Tomas nota, Margaret?

La asistente resopló mientras se tanteaba el interior del traje de apicultor en busca de papel y lápiz.

—¿Perdón?

—Le han extirpado el globo ocular izquierdo. ¿Margaret?

—Estoy en ello —dijo la ayudante mientras tomaba nota.

—La mujer parece estar colgada cabeza abajo, probablemente encajada en el vertedero. Le gotea un poco de sangre de la cuenca del ojo y en la parte interior distingo unas líneas blancas que deben de ser el interior del cráneo visto a través del tejido. La sangre presenta un rojo muy oscuro, lo que indica que coaguló hace un buen rato. Cuando llegue el forense, comprobará la temperatura y la rigidez. ¿Demasiado rápido?

—No, va bien —dijo Margaret.

—Hemos encontrado rastros de sangre en la portezuela de la cuarta planta, la misma donde hallamos el ojo, así que lo más probable es que hayan introducido ahí el cadáver a la fuerza. La abertura es bastante estrecha y, desde aquí, parece que el hombro derecho esté dislocado. Pudo ocurrir cuando la metieron en el conducto, o al detenerse en la caída, cuando llegó a la parte más estrecha… No es fácil determinarlo desde este ángulo, pero creo advertir en el cuello unos cardenales que podrían indicar estrangulamiento. El forense examinará el hombro y determinará la causa de la muerte. Y aquí ya no podemos hacer mucho más. Adelante, Gilbert.

Beate se hizo a un lado y el ayudante masculino tomó varias fotografías del vertedero.

—¿Qué es esa masa de color amarillento que se aprecia en la cuenca del ojo? —preguntó.

—Grasa —contestó Beate—. Echa un vistazo al contenedor y busca objetos que puedan pertenecer a la víctima o a la persona que la asesinó. Después ayuda a los agentes que están fuera a bajarla. Margaret, ven conmigo.

Salieron al pasillo y Margaret se acercó a la puerta del ascensor y pulsó el botón de llamada.

—Mejor subimos a pie —dijo Beate.

Margaret la miró sorprendida antes de seguir a sus dos colegas de más edad.

—Pronto vendrán otros tres de los míos —dijo Beate a modo de respuesta a la pregunta no formulada por Harry. Las largas piernas de Harry subían los peldaños de dos en dos, pero ella le seguía el ritmo pese a su baja estatura—. ¿Testigos?

—De momento, ninguno —contestó Harry—. Pero seguimos comprobándolo. Tres agentes visitan en estos momentos a los vecinos del edificio. Luego probarán suerte en los edificios colindantes.

—¿Y llevan alguna foto de Stankic?

Harry la miró para comprobar si había ironía en su pregunta. No era fácil averiguarlo.

—¿Cuál es tu primera impresión? —preguntó Harry.

—Es un hombre —dijo Beate.

—¿Porque quien la haya metido por la portezuela debe de ser alguien muy fuerte?

—Tal vez.

—¿Algo más?

—Harry, ¿tenemos alguna duda sobre quién es el responsable? —dijo ella con un suspiro.

—Sí, Beate, tenemos dudas. Es una cuestión de principios, dudamos hasta no estar completamente seguros.

Harry se volvió hacia Margaret, que iba ya sin aliento.

—¿Y tu primera impresión?

—¿Cómo?

Llegaron al pasillo del cuarto piso. A la puerta del apartamento de Jon Karlsen había un hombre corpulento con un traje de tweed bajo un abrigo de la misma tela. Al parecer, los estaba esperando.

—Me pregunto cuál ha sido tu sensación al entrar en el apartamento —dijo Harry—. Y al ver el cadáver en el vertedero.

—¿Mi sensación? —dijo Margaret con una sonrisa desconcertada.

—¡Sí! ¡Tu sensación! —dijo Ståle Aune tendiendo una mano que Harry estrechó enseguida—. Pongan atención y aprendan, amigos, porque este es el famoso evangelio de Harry Hole. Antes de entrar en la escena del crimen, debes vaciar la cabeza de todo pensamiento, transformarte en un recién nacido, sin lenguaje, y abrirte a la primera impresión, que es sagrada. Los primeros segundos son importantísimos, tu gran oportunidad, una oportunidad única de ver lo que ha pasado sin conocer los hechos. Suena a conjuro de espíritus, ¿verdad? Bonito traje, Beate. ¿Y quién es tu encantadora colega?

—Te presento a Margaret Svendsen.

—Ståle Aune —dijo el hombre agarrando la mano enguantada de Margaret y plantándole un beso—. Vaya. Sabes a látex, querida.

—Aune es psicólogo —dijo Beate—. Suele echarnos una mano.

—Suele intentar echaros una mano —matizó Aune—. Por desgracia, la psicología es una ciencia que todavía lleva pantalones cortos y no debería atribuírsele valor categórico hasta dentro de cincuenta o cien años. ¿Y cuál es tu respuesta a la pregunta del comisario Hole, querida?

Margaret miró a Beate en busca de ayuda.

—Yo… no lo sé —dijo—. Lo del ojo fue un poco desagradable, claro.

Harry abrió la puerta.

—Sabes que no aguanto la sangre —dijo Aune.

—Tú imagina que es un ojo de cristal —dijo Harry antes de abrir y apartarse—. Camina sobre el plástico y no toques nada.

Aune pisó con cuidado el sendero de plástico negro que cruzaba el suelo. Se puso en cuclillas junto al ojo que seguía sobre el montón de polvo que se apilaba al lado de la aspiradora, pero había adquirido una película gris.

—Por lo visto se llama enucleación —explicó Harry.

Aune enarcó una ceja.

—Realizada con una aspiradora pegada al ojo.

—No se puede extraer un ojo de la cabeza únicamente con una aspiradora —dijo Harry—. Quien haya hecho esto habrá succionado un poco hasta que haya podido colar los dedos por detrás. Los músculos y los nervios ópticos son sólidos.

—Cuánto sabes, Harry.

—Una vez detuve a una mujer que había ahogado a su hijo en la bañera. Mientras estaba en prisión preventiva, se sacó el ojo. El médico me explicó algo de la técnica.

Todos oyeron cómo Margaret tomaba aire detrás de ellos.

—Extirparle un ojo a alguien no tiene por qué ser mortal —dijo Harry—. Beate sospecha que la estrangularon. ¿Qué te dice tu primera impresión?

—Es obvio, esto solo ha podido llevarlo a cabo una persona con un fuerte desequilibrio emocional o intelectual —dijo Aune—. La mutilación indica una ira incontrolada. Por supuesto, el hecho de que haya optado por arrojar el cadáver a la basura puede deberse a razones de tipo práctico.

—Lo dudo —dijo Harry—. Si lo que pretendía era que no hallasen el cadáver enseguida, habría sido más inteligente dejarlo en el apartamento.

—En muchos casos, se trata de actos más o menos simbólicos.

—¿Extirpar un ojo y tratar el resto como si fuera basura?

—Sí.

Harry miró a Beate.

—No me parece propio de un asesino profesional —dijo.

Aune se encogió de hombros.

—Quizá se trate de un asesino profesional enfadado.

—Los profesionales suelen seguir su método. Y hasta ahora, el método de Christo Stankic ha sido disparar a sus víctimas.

—Cabe la posibilidad de que tenga un repertorio más extenso —dijo Beate—. O puede que la víctima lo sorprendiera en el interior del apartamento.

—Es posible que no quisiera disparar para no llamar la atención de los vecinos —dijo Margaret.

Los otros tres se volvieron hacia ella.

La joven sonrió asustada.

—Quiero decir… Tal vez necesitara un rato de paz y tranquilidad en el apartamento. Es posible que estuviera buscando algo.

Harry se dio cuenta de que, de repente, Beate, más pálida que de costumbre, empezaba a respirar ansiosamente por la nariz.

—¿A qué te suena todo esto? —preguntó dirigiéndose a Aune.

—A psicología —dijo Aune—. A muchas preguntas. Sin más respuestas que un montón de hipótesis.

Una vez en la calle, Harry le preguntó a Beate si se encontraba mal.

—Solo estoy un poco mareada —dijo ella.

—¿Ah, sí? Pues te prohíbo que te pongas enferma ahora. ¿Entendido?

Ella le dedicó una sonrisa críptica por respuesta.

Se despertó, abrió los ojos y vio la luz moverse por el techo blanco. Le dolía todo el cuerpo, y la cabeza, y tenía frío. Llevaba algo en la boca. Cuando intentó moverse, notó que estaba encadenado de pies y manos. Levantó la cabeza. En el espejo que había a los pies de la cama, al resplandor de las velas, vio que estaba desnudo. Y tenía algo en la cabeza, algo negro que parecía la cabezada de un caballo. Una correa con una pelota le cruzaba la cara amordazándolo. Tenía las manos esposadas, los pies sujetos con algo negro que parecían grilletes. Miró al espejo. En la sábana, entre las piernas, reparó en el extremo de un hilillo que desaparecía entre las nalgas. Y tenía algo blanco sobre el estómago. Parecía semen. Apoyó de nuevo la cabeza en el almohadón y cerró los ojos. Sentía deseos de gritar, pero era consciente de que la pelota ahogaría cualquier intento con suma eficacia.

Oyó una voz que venía del salón.

—¿Oiga? ¿Policía?

¿Policía? *Polizei? Police?*

Se dio la vuelta en la cama, tironeó angustiado con los brazos y gimió de dolor cuando las esposas le rajaron la piel de los pulgares. Torció las manos de modo que los dedos pudieran agarrar la cadena que unía las esposas. Esposas. Hierro fundido. Su padre le había enseñado que los materiales de construcción solían aguantar la carga en una sola dirección, y el arte de torcer el hierro trataba de saber dónde y en qué dirección opondría menor resistencia. La cadena que unía las esposas estaba hecha de forma que fuese imposible separarlas de un tirón.

Oyó que el tipo seguía hablando por teléfono en el salón, solo un rato más, antes de que todo quedara en silencio.

Colocó el punto donde se unían la cadena y la pulsera de las esposas contra los barrotes del cabecero de la cama, pero, en lugar de tirar, empezó a torcer. Tras un cuarto de vuelta, la cadena se atascó en el barrote. Intentó torcer más, pero la cadena no cedía. Lo intentó de nuevo, pero las manos se le resbalaban contra el hierro.

—¿Oiga? —dijo la voz desde el salón.

Tomó una gran bocanada de aire. Cerró los ojos y evocó la imagen de su padre en la obra, delante de las pilas de hierro fundido, con la camisa de manga corta y aquellos antebrazos enormes, susurrándole al niño que él era entonces: «Descarta la duda. Solo hay lugar para la voluntad. El hierro no tiene voluntad y por eso siempre pierde».

Tore Bjørgen tamborileaba impaciente con los dedos en el espejo rococó con decoraciones de concha gris perla. El anticuario le había explicado que, en realidad, «rococó» era un adjetivo insultante procedente de la palabra francesa *rocaille*, que significa «grotesco». Más tarde, Tore comprendió que eso fue lo que acabó convenciéndolo de que valía la pena pedir un préstamo para pagar las doce mil coronas que costaba.

En la centralita de la policía habían intentado pasarlo con Delitos Violentos, pero, como nadie contestaba, trataban de ponerlo con el grupo de guardia.

Oyó ruidos en el dormitorio. El sonido de las cadenas contra el cabecero de la cama. O sea que el Stesolid no era el somnífero más eficaz.

—Grupo de guardia.

Tore se sobresaltó al oír la voz profunda y tranquila del agente.

—Sí, llamaba por… Se trata de esa recompensa. Relacionada… eh… con el tío que le disparó a otro tío del Ejército de Salvación.

—¿Quién eres y desde dónde llamas?

—Tore. De Oslo.

—¿Puedes ser más preciso?

Tore tragó saliva. Por varios motivos, había recurrido a la opción de ocultar el número de teléfono desde el que llamaba, sabía que tenía derecho a ello y que, en la pantalla del grupo de guardia, aparecería seguramente la leyenda «número desconocido».

—Puedo ayudaros. —La voz de Tore había subido de tono.

—Primero tengo que saber…

—Lo tengo aquí. Encadenado.

—¿Dices que has encadenado a alguien?

—¡Pero si es un asesino, hombre! Es peligroso, yo mismo lo vi con una pistola en el restaurante. Se llama Christo Stankic. Vi el nombre en el periódico.

Hubo un silencio al otro lado de la línea. La voz volvió otra vez, igual de profunda, pero algo menos impasible.

—Vamos a tranquilizarnos. Dime quién eres y dónde estás e iremos enseguida.

—¿Y qué pasa con la recompensa?

—Si tus indicaciones conducen a la detención de la persona correcta, certificaré que nos has ayudado.

—¿Y entonces recibiré la recompensa enseguida?

—Sí.

Tore pensó. En Ciudad del Cabo. En duendes de Navidad bajo el tórrido sol de África. Crujió el teléfono. Tomó aire para contestar y miró su espejo rococó de doce mil coronas. En ese instante, Tore Bjørgen se percató de tres cosas. Que el crujido no venía del teléfono. Que no se consiguen esposas de máxima calidad en internet, y menos si son de un paquete de aficionado al precio de 599 coronas. Y que, con toda probabilidad, él ya había celebrado su última Nochebuena.

—¿Oiga? —dijo la voz del teléfono.

A Tore Bjørgen le habría gustado contestar, pero un hilo de nailon con unas bolas relucientes que se parecían muchísimo a los adornos navideños le obstruyó la vía de acceso del aire necesario para hacer vibrar las cuerdas vocales.

19

Viernes, 18 de diciembre.
Contenedor

Iban cuatro personas en el coche que avanzaba a través de la noche y la nevada, entre altos montones de nieve.

—Østgård está aquí arriba, a la izquierda —dijo Jon desde el asiento trasero, junto a la delgada figura de Thea.

Halvorsen abandonó la carretera. Harry contempló las granjas diseminadas centelleando como faros en lo alto de una cima o en medio de las arboledas.

Cuando Harry dijo que el apartamento de Robert ya no era un escondite seguro, el propio Jon sugirió Østgård. E insistió en que Thea lo acompañara.

Halvorsen entró en un patio situado entre una casa blanca y un granero rojo.

—Tenemos que llamar al vecino y pedirle que venga con el tractor para quitar algo de nieve —dijo Jon mientras caminaban hasta la casa por encima de la nieve recién caída.

—Para nada —dijo Harry—. Nadie debe saber que estáis aquí. Ni siquiera la policía.

Jon se acercó a la pared que había junto a la escalera, contó cinco tablas a la derecha y metió la mano bajo la nieve, por debajo del revestimiento de madera.

—Aquí está —dijo sujetando una llave en el aire.

Parecía que hiciera más frío dentro y que las paredes de madera pintada se hubiesen helado, por lo que las voces sonaban estridentes. Con unos zapatazos, se sacudieron la nieve de las botas y entraron en una cocina grande con una buena mesa de comedor, varios armarios, un banco para sentarse y una estufa Jøtul en el rincón.

—Voy a encender el fuego. —Jon se calentó las manos con el aliento y se las frotó—. Seguro que hay leña en el banco, pero necesitaremos más de la leñera.

—Yo voy a buscarla —dijo Halvorsen.

—Tendrás que quitar la nieve y abrir un sendero. Hay dos palas en la entrada.

—Te acompaño —murmuró Thea.

De repente dejó de nevar y empezó a escampar. Harry fumaba junto a la ventana mientras observaba cómo Halvorsen y Thea quitaban la nieve a la blanca luz de la luna. Se oía el chisporroteo de la estufa. Jon estaba en cuclillas, contemplando las llamas.

—¿Cómo ha reaccionado tu novia a lo de Ragnhild Gilstrup? —preguntó Harry.

—Me ha perdonado —dijo—. Como te dije, pasó antes de estar con ella.

Harry miró su cigarrillo.

—¿Sigues sin saber qué podía hacer Ragnhild Gilstrup en tu apartamento?

Jon negó con la cabeza.

—No sé si te diste cuenta —dijo Harry—, pero parecía que alguien había forzado el último cajón de tu escritorio. ¿Qué guardabas allí?

Jon se encogió de hombros.

—Cosas personales. Cartas, más que nada.

—¿Cartas de amor? ¿De Ragnhild, por ejemplo?

Jon se sonrojó.

—Yo... No me acuerdo. De la mayoría me deshice, pero tal vez conservara una o dos. Mantenía cerrado ese cajón.

—¿Para que Thea no las encontrara si se quedaba sola en el apartamento?

Jon asintió lentamente.

Harry salió a la escalera que daba al patio, dio las últimas caladas al cigarrillo, lo tiró en la nieve y sacó el móvil. Gunnar Hagen contestó al tercer tono.

—He trasladado a Jon Karlsen —dijo Harry.

—Especifica.

—No es necesario.

—¿Cómo dices?

—Está en un lugar más seguro que antes. Halvorsen se quedará aquí esta noche.

—¿Dónde, Hole?

—Aquí.

Harry se imaginó lo que vendría a continuación mientras el silencio resonaba en el auricular. Y volvió a oír la voz de Hagen, bajita pero clara:

—Hole, tu superior acaba de hacerte una pregunta concreta. Negarse a contestarla equivale a negarse a obedecer una orden. ¿Me explico con claridad?

A menudo Harry deseaba habérselo montado de otra manera, haber tenido un poco de ese instinto social de supervivencia que posee la mayoría de la gente. Pero, sencillamente, no podía, nunca había podido.

—¿Por qué es tan importante saberlo, Hagen?

La voz de Hagen temblaba de ira.

—Cuando puedas hacerme tú las preguntas te lo haré saber, Hole. ¿Entiendes?

Harry esperó. Y esperó. Y entonces, al oír que Hagen tomaba aire, lo soltó:

—La finca Skansen.

—¿Cómo?

—Se encuentra al este de Strømmen. El terreno de entrenamiento de la policía, en Lørenskog.

—De acuerdo —dijo Hagen.

Harry colgó y marcó otro número mientras observaba a Thea, que, iluminada por la luz de la luna, miraba en dirección a la letrina. Había dejado de quitar nieve y su figura se había quedado congelada en una postura tiesa y extraña.

—¿Skarre?

—Aquí Harry. ¿Alguna novedad?

—No.

—¿Ningún soplo?

—Nada serio.

—Pero ¿la gente llama?

—Hombre, claro, se han enterado de que hay una recompensa. Mala idea, en mi opinión. No es más que trabajo extra para algunos de nosotros.

—¿Qué dicen?

—¿Qué dicen? Describen caras que creen que se parecen a la del sospechoso. El más gracioso fue un tipo que llamó al grupo de guardia insistiendo en que tenía a Stankic encadenado a la cama de su casa y preguntó si eso le daba derecho a recibir la recompensa.

Harry esperó a que la retumbante risa de Skarre se hubiese aplacado.

—¿Y cómo descubrieron que mentía?

—No tuvieron que hacerlo, acabó colgando. Es obvio que era un loco. Insistía en que había visto a Stankic antes. Con una pistola en un restaurante. ¿Qué estáis haciendo?

—Pues estamos… ¿Qué acabas de decir?

—Me preguntaba…

—No. Lo de que había visto a Stankic con una pistola.

—¡Ja, ja! La gente tiene mucha imaginación, ¿verdad?

—Ponme con la persona del grupo de guardia con la que hablaste.

—Pero…

—Ahora, Skarre.

Harry contactó con el jefe de servicio y, tras intercambiar unas frases, le pidió que aguardase un momento.

—¡Halvorsen! —La voz de Harry llegó hasta el patio.

—¿Sí? —Halvorsen apareció delante del granero, bajo la luz de la luna.

—¿Cómo se llamaba el camarero que había visto a un tío en los servicios con una pistola llena de jabón?

—¿Cómo voy a acordarme?

—Me importa una mierda cómo lo hagas. Hazlo.

Los ecos resonaban en el silencio de la noche entre las paredes de la casa y del granero.

—Tore algo. ¿Puede ser?

—¡Bingo! Tore es el nombre que dijo por teléfono. Y ahora acuérdate del apellido, querido.

—Esto… ¿Børg? No. ¿Børang? No.

—¡Vamos, Lev Yashin!

—Bjørgen. Eso era. Bjørgen.

—Suelta la pala, te dejaré que conduzcas a toda pastilla.

Un coche patrulla los esperaba cuando, veintiocho minutos más tarde, Halvorsen y Harry pasaban junto a la plaza Vestkanttorget y giraban por la calle Schive hasta la dirección de Tore Bjørgen, un dato que el maître del Biscuit había facilitado al agente de guardia.

Halvorsen se detuvo a la altura del coche patrulla y bajó la ventanilla.

—Tercera planta —dijo la policía que llevaba el coche señalando una ventana iluminada en la fachada de hormigón.

Harry se inclinó por encima de Halvorsen.

—Halvorsen y yo subimos. Uno de vosotros se queda aquí y mantiene contacto con el grupo de guardia, y otro se va al patio interior para vigilar la escalera trasera. ¿Lleváis en el maletero algún fusil que podáis prestarme?

—Sí —contestó la mujer.

Su colega masculino se inclinó.

—Tú eres el tal Harry Hole, ¿verdad?

—Correcto, agente.

—Alguien del grupo de guardia dijo que no tienes permiso de armas.

—No tenía, agente.

—¿Ah, sí?

Harry sonrió.

—Me dormí para la primera prueba de tiro que se celebraba este otoño. Pero tengo el placer de informarte de que en la segunda mi resultado ha sido el tercero mejor del cuerpo. ¿Vale?

Los dos policías se miraron.

—De acuerdo —dijo el hombre.

Harry abrió la puerta del coche, las gomas congeladas de la junta protestaron con un chisporroteo.

—Vale, vamos a comprobar si hay algo de cierto en este soplo.

Por segunda vez en dos días, Harry llevaba un MP-5 cuando llamó al portero automático de un tal Sejerstedt y explicó a una angustiada voz de mujer que eran de la policía. Y que si no se fiaba, podía acercarse a la ventana y vería el coche patrulla. Ella hizo lo que le sugería. La agente entró en el patio y se quedó allí mientras Halvorsen y Harry subían la escalera.

El nombre de Tore Bjørgen estaba grabado en negro en una placa de latón, sobre el timbre. Harry pensó en Bjarne Møller, quien, la primera vez que estuvieron de servicio juntos, enseñó a Harry el método más sencillo y más eficaz de saber si había alguien dentro de una vivienda. Pegó el oído contra el cristal de la puerta. No se oía nada.

—¿Cargado y sin seguro? —murmuró Harry.

Halvorsen había sacado su arma reglamentaria y se colocó contra la pared a la izquierda de la puerta.

Harry tocó el timbre.

Contuvo la respiración y aguzó el oído.

Pulsó otra vez el timbre.

—Entrar por la fuerza o no entrar por la fuerza —susurró Harry—. Esa es la cuestión.

—En ese caso, deberíamos haber llamado para pedir la orden de regist…

Harry dio con la culata del MP-5 en la puerta y el tintineo de cristales rotos interrumpió a Halvorsen. Harry se apresuró a meter la mano y abrió la cerradura.

Una vez dentro, señaló las puertas que quería que Halvorsen controlase. Él se dirigió a la sala de estar. Nada. Pero se dio cuenta de que el espejo que había sobre la mesa del teléfono parecía haber sufrido el impacto de algo duro. Se había caído un círculo del cristal del centro y, como si de un sol negro se tratara, irradiaba rayos negros hacia el lujoso marco dorado. Harry se concentró en la puerta entreabierta que se veía al final del salón.

—Nadie en la cocina ni en el baño —susurró Halvorsen detrás de él.

—De acuerdo. Mantente alerta.

Harry avanzó hasta la puerta. Y entonces lo supo. Si allí había algo, lo encontrarían en aquella habitación. En la calle se oía el borboteo del silenciador defectuoso de una moto. Los frenos de un tranvía chillaban a lo lejos como animales heridos. Harry notó que se encogía instintivamente. Como si quisiera hacerse lo más pequeño posible.

Empujó la puerta con el cañón del subfusil automático, entró y se apartó rápidamente del umbral para no convertirse en un blanco fácil. Pegó la espalda a la pared y mantuvo el dedo en el gatillo mientras esperaba a que los ojos se habituasen a la penumbra.

Con la ayuda de la luz que entraba por la puerta distinguió una enorme cama de latón con cabecero y pies. Por debajo del edredón asomaban unas piernas desnudas. Harry se adelantó, cogió una esquina del edredón y tiró fuerte.

—¡Madre mía! —dijo Halvorsen.

Se hallaba en el umbral de la puerta y, muy despacio, empezó a bajar la mano que sostenía el revólver, mirando hacia la cama sin dar crédito a lo que veía.

Calculó la altura a la que se encontraba el alambre de espino que coronaba la valla. Cogió impulso y saltó. Avanzaba reptando como un gusano, como Bobo le enseñó. La pistola que guardaba en el bolsillo le golpeó el estómago al saltar. Cuando se vio al otro lado, sobre el asfalto cubierto de hielo, descubrió a la luz de la farola que se había hecho una buena rasgadura en la chaqueta azul. Por el agujero asomaba una tela blanca.

Un sonido le hizo apartarse de la luz y esconderse entre las sombras de los contenedores apilados en hileras en el gran solar del puerto. Aguzó el oído y miró a su alrededor. Se oyó el discreto silbido del viento al soplar contra las ventanas rotas de una vieja cabaña de madera.

No sabía por qué, pero tenía la sensación de que alguien le observaba. No, no lo observaban, lo habían descubierto, desenmascarado. Como si alguien supiera que estaba allí sin necesidad de haberlo visto. Echó un vistazo a la valla iluminada en busca de posibles alarmas. Nada.

Buscó a lo largo de dos hileras de contenedores hasta que encontró uno abierto. Entró en la impenetrable oscuridad e inmediatamente comprendió que aquello era absurdo, que se moriría de frío si se quedaba a dormir allí. Notó el movimiento del aire cuando cerró la puerta, como si se hallara en el interior de un bloque de algo físico que alguien estuviese moviendo.

El papel de periódico que cubría el suelo crujía bajo sus pies. Tenía que entrar en calor.

Fuera del contenedor volvió a tener la sensación de que alguien lo observaba. Se dirigió a la caseta, agarró el extremo inferior de una tabla y tiró. El listón se soltó con un ruido seco. Le pareció atisbar algo que se movía y se volvió rápidamente. Pero solo vio las luces centelleantes de los hoteles tentadores que ribeteaban la plaza de Oslo S y la oscuridad en el umbral de lo que sería su refugio aquella noche. Después de soltar dos tablas más, se encaminó al contenedor. En los lugares donde la nieve se había amontonado había huellas. De patas. De patas grandes. Un perro guardián. ¿Serían huellas antiguas? Hizo astillas las tablas y las puso contra la pared de acero, por dentro de la entrada del contenedor. Dejó la puerta entreabierta con la esperanza de que saliera el humo. En el mismo bolsillo en el que llevaba la pistola tenía la caja de cerillas de la habitación del Heimen. Cuando logró que el papel de periódico ardiera, puso las manos sobre el calor. Unas llamas escuálidas ascendían por la pared oxidada.

Pensó en la aterrada expresión del camarero cuando, mirando fijamente el cañón de la pistola, empezó a vaciarse los bolsillos mientras le contaba que aquellas monedas eran todo lo que tenía. Suficiente para una hamburguesa y un billete de metro. Poco para un lugar donde esconderse, entrar en calor, dormir. Y el camarero fue tan estúpido como para decir que había avisado a la policía, que estaban de camino. De modo que él hizo lo que tenía que hacer.

Las llamas iluminaban la nieve del exterior. Observó varias huellas de patas justo delante de la entrada. Qué extraño que no las hubiera visto al acercarse al contenedor la primera vez. Oyó su propia respiración, que resonaba en la caja de hierro donde se encontraba como si allí dentro hubiera dos personas, al tiempo que seguía las huellas con la mirada. Se quedó paralizado. Sus propias pisadas se cruzaban con las huellas del animal. Y, en medio de la pisada de su zapato, distinguió una huella de pata.

Cerró la puerta con fuerza y, con el ruido sordo del portazo, se extinguieron las llamas. Solo los bordes del papel de periódico ardían en la densa oscuridad. Empezó a jadear angustiado. Había algo allí fuera, algo que lo perseguía, algo capaz de olerlo y reconocerlo. Aguantó la respiración. Y entonces lo supo: ese algo que lo buscaba no estaba allí fuera; lo que oía no era el eco de su propia respiración. Lo que quiera que fuese estaba dentro. Justo cuando metió la mano en el bolsillo buscando desesperadamente la pistola, pensó que era extraño que no hubiera gruñido, que no hubiera emitido el menor sonido. Hasta aquel momento. E incluso entonces, no se oyó más que el leve raspar de las garras en el suelo de hierro cuando tomó impulso. Tuvo tiempo de levantar la mano antes de que las mandíbulas la aprisionaran con fuerza y la explosión de dolor convirtiera los pensamientos en una lluvia de astillas.

Harry observaba la cama y lo que suponía que sería Tore Bjørgen. Halvorsen se acercó y se detuvo a su lado.

—¡Dios santo! —susurró—. Pero ¿qué ha pasado aquí?

Harry no respondió, sino que abrió la cremallera de la máscara negra que llevaba el tipo y la apartó a un lado. Los labios pintados de rojo y el maquillaje alrededor de los ojos le hicieron pensar en Robert Smith, el vocalista de The Cure.

—¿Es el camarero con quien hablaste en el Biscuit? —preguntó Harry mientras inspeccionaba la habitación.

—Eso creo. ¿Qué demonios es esa vestimenta?

—Látex —dijo Harry pasando la punta de los dedos por unas virutas de metal que halló en la sábana antes de recoger algo que había en la mesilla de noche, junto a un vaso medio lleno de agua.

Era una píldora. La examinó.

—Tiene una pinta totalmente disparatada —suspiró Halvorsen.

—Una especie de fetichismo —dijo Harry—. Y no es más increíble que a ti te guste ver mujeres con minifalda o con faja o lo que sea que te ponga cachondo.

—Uniformes —dijo Halvorsen—. De todo tipo. Enfermeras, guardias de parquímet…

—Gracias —dijo Harry.

—¿Tú qué crees? —dijo Halvorsen—. ¿Suicidio con pastillas?

—Tendrás que preguntárselo tú mismo —dijo Harry antes de levantar el vaso del agua de la mesilla de noche y vaciarlo encima del hombre que yacía en la cama.

Halvorsen miró al comisario boquiabierto.

—Si no te hubieran distraído los prejuicios, te habrías dado cuenta de que respira —dijo Harry—. Esto es Stesolid. No es peor que el Valium.

El hombre dio un respingo. Y se le encogió la cara con un repentino ataque de tos.

Harry se sentó en el borde de la cama y aguardó hasta que aquel par de pupilas aterradas pero diminutas consiguieron enfocarlo.

—Somos de la policía, Bjørgen. Siento irrumpir aquí de esta manera, pero nos han dicho que tenías algo que nosotros queríamos. Aunque parece que ya no lo tienes.

El joven parpadeó un par de veces.

—¿De qué estás hablando? —preguntó con voz pastosa—. ¿Cómo habéis entrado?

—Por la puerta —dijo Harry—. Y no es la primera visita que tienes esta noche.

El hombre negó con la cabeza.

—Eso es lo que le dijiste a la policía —dijo Harry.

—Nadie ha estado aquí. Y yo no he llamado a la policía. Tengo un número secreto. No lo podéis rastrear.

—Sí que podemos. Y yo no he dicho que hayas llamado. Pero lo hiciste y dijiste que tenías a alguien encadenado a la cama, y, en efecto, he encontrado astillas del cabecero en la sábana. Por lo visto, el espejo de ahí fuera también ha recibido un golpe. ¿Se ha largado, Bjørgen?

El hombre miró a Harry, desorientado, luego a Halvorsen y de nuevo a Harry.

—¿Te ha amenazado? —Harry hablaba en todo momento con un tono monótono y apagado—. ¿Ha dicho que va a volver si nos cuentas algo? ¿Es eso? ¿Tienes miedo?

El hombre abrió la boca. Quizá fue la máscara de piel negra lo que hizo pensar a Harry en un piloto extraviado. Robert Smith totalmente perdido.

—Suelen decir esas cosas —dijo Harry—. Pero ¿sabes qué? Si hubiese ido en serio ya estarías muerto.

El hombre miró a Harry.

—¿Sabes adónde iba, Bjørgen? ¿Se llevó algo? ¿Dinero? ¿Ropa? Silencio.

—Venga, hombre, es importante. Ha venido a Oslo a buscar a una persona para matarla.

—No sé de qué estás hablando —susurró Tore Bjørgen sin apartar la vista de Harry—. ¿Podéis marcharos, por favor? ¿Ahora?

—Por supuesto. Pero debo informarte de que es posible que te acusen de haber ocultado a un asesino fugado. Lo que, en el peor de los casos, el juez puede considerar complicidad en un caso de asesinato.

—¿Con qué pruebas? Vale, quizá llamé. Estaba tirándome un farol. Quería divertirme un poco. ¿Y qué?

Harry se levantó de la cama.

—Como quieras. Nos vamos. Prepara algo de ropa. Enviaré a dos de nuestros hombres para recogerte, Bjørgen.

—¿Recogerme?

—O detenerte, como prefieras.

Harry hizo a Halvorsen una señal para indicarle que se iban.

—¿Detenerme a mí? —La voz de Bjørgen empezaba a sonar menos pastosa—. ¿Por qué? No podéis probar una mierda.

Harry le enseñó lo que sujetaba entre el dedo pulgar y el índice.

—El Stesolid es un narcótico que solo puede comprarse con receta médica, igual que las anfetaminas y la cocaína, Bjørgen. De modo que, a menos que me enseñes la receta, me temo que tendremos que detenerte por posesión. Te pueden caer hasta dos años.

—Estarás de coña.

Bjørgen se levantó de la cama y buscó el edredón en el suelo. Al parecer, no se había dado cuenta de que iba vestido.

Harry se encaminó a la puerta.

—Por lo que a mí se refiere, estoy totalmente de acuerdo contigo en que la legislación noruega de estupefacientes es increíblemente dura respecto a las sustancias más suaves, Bjørgen. Y en otras circunstancias quizá habría hecho la vista gorda con la incautación de hoy. Buenas noches.

—¡Espera!

Harry se detuvo. Y esperó.

—Los… eh… sus hermanos —farfulló Tore Bjørgen.

—¿Qué hermanos?

—Dijo que mandaría a sus hermanos a por mí si le pasaba algo aquí en Oslo. Si lo detenían o lo asesinaban, irían a por mí, independientemente de cuál fuese el procedimiento. Dijo que sus hermanos solían utilizar ácido.

—No tiene hermanos —dijo Harry.

Tore Bjørgen levantó la cabeza, miró a aquel agente de policía tan alto y preguntó con una ingenua sorpresa en la voz:

—¿No tiene?

Harry negó con la cabeza.

Bjørgen se retorcía las manos.

—Yo… Yo tomé esas pastillas porque estaba nervioso. Para eso son. ¿Verdad?

—¿Adónde se fue?

—No me lo dijo.

—¿Le diste dinero?

—Solo unas monedas que tenía por ahí. Y se fue. Y yo… me quedé aquí sentado y tenía tanto miedo… —Un súbito sollozo interrumpió la verborrea y el hombre fue a acurrucarse bajo el edredón—. Tengo tanto miedo…

Harry miró al hombre, que había empezado a llorar.

—Si quieres, esta noche puedes dormir en comisaría.

—Me quedo aquí —lloriqueaba Bjørgen.

—De acuerdo. Alguno de los nuestros vendrá a hablar contigo mañana por la mañana.

—Vale. ¡Espera! Si lo cogéis…

—¿Sí?

—La recompensa aún sigue en pie, ¿verdad?

Había logrado encender un buen fuego. Las llamas resplandecían en un trozo triangular de cristal que había quitado de la ventana rota de la cabaña. Había recogido más leña y notaba que el cuerpo empezaba a descongelarse. Sería peor cuando cayera la noche, pero seguía vivo. Se vendó los dedos ensangrentados con unas tiras de la camisa que cortó con el trozo de cristal. Con las mandíbulas, el animal le atenazó la mano que sujetaba la pistola. Y la pistola también.

En la pared del contenedor se proyectaba errante la sombra de un metzner negro que se balanceaba entre el techo y el suelo. Tenía la boca abierta y el cuerpo estirado y paralizado en un último ataque mudo. Tenía las patas traseras atadas con un alambre que había pasado por las ranuras metálicas del techo. La sangre, que le goteaba de la boca y del agujero de la oreja por donde había salido la bala, caía intermitentemente al suelo de metal. Nunca sabría si fueron los músculos del antebrazo o la mordedura del perro lo que hizo que el dedo apretara el gatillo, pero aún podía notar el temblor que aquel disparo provocó en las paredes del contenedor. El sexto desde que había llegado a esa maldita ciudad. Y ahora solo le quedaba una bala.

Sería suficiente, pero ¿cómo encontraría a Jon Karlsen? Necesitaba a alguien que le mostrase el camino. Pensó en el policía. Harry Hole. No parecía un nombre corriente. Quizá no fuera difícil dar con él.

TERCERA PARTE

CRUCIFIXIÓN

20

Viernes, 18 de diciembre.
El Templo

El rótulo luminoso de Vika Atrium indicaba dieciocho grados bajo cero y el reloj del interior marcaba las 21.00 cuando Harry y Halvorsen entraron en el ascensor de cristal y contemplaron cómo la fuente llena de plantas tropicales se volvía cada vez más pequeña a sus pies.

Halvorsen movió los labios; cambió de idea. Los volvió a mover.

—El ascensor de cristal es estupendo —dijo Harry—. Ningún problema con la altura.

—Ya, ya...

—Quiero que te ocupes de la introducción y de las preguntas. Yo entraré poco a poco. ¿De acuerdo?

Halvorsen asintió con la cabeza.

No se habían sentado aún en el coche después de la visita a Tore Bjørgen cuando Gunnar Hagen llamó pidiéndole a Harry que acudiera al Vika Atrium, donde Albert y Mads Gilstrup, padre e hijo, lo esperaban para prestar declaración. Harry señaló que el procedimiento habitual no era llamar a la policía para prestar declaración y que le había pedido a Skarre que se hiciera cargo.

—Albert es un viejo conocido del comisario jefe de la policía judicial —dijo Hagen—. Me acaba de llamar y me ha dicho que no piensan declarar ante nadie que no sea el encargado de la investigación. Lo positivo es que lo hacen sin abogado.

—Bueno...

—Bien. Te lo agradezco.

O sea, que en esta ocasión no se trataba de una orden.

Un hombre menudo con un blazer azul los esperaba fuera del ascensor.

—Albert Gilstrup —dijo abriendo mínimamente una boca sin labios al tiempo que estrechaba la mano de Harry con un gesto firme y decidido.

Gilstrup tenía el pelo cano y la cara curtida surcada de arrugas, pero unos ojos juveniles que observaban a Harry con atención mientras guiaban a los dos agentes hasta una puerta cuya placa anunciaba que allí dentro se encontraba Gilstrup ASA.

—Quiero que tengan en cuenta que mi hijo está muy afectado por lo ocurrido —dijo Albert Gilstrup—. El cadáver estaba destrozado y, por desgracia, él es muy sensible.

Por la forma en que se expresaba Albert Gilstrup, Harry llegó a la conclusión de que se hallaba ante un hombre pragmático que, o bien era consciente de que poco podía hacerse por los muertos, o no le tenía demasiado apego a su nuera.

En la pequeña recepción, exquisitamente amueblada, colgaban pinturas con motivos del romanticismo nacional noruego que Harry había visto infinidad de veces. *Hombre con gato en el patio. El palacio de Soria Moria.* La diferencia era que, en esta ocasión, Harry no estaba seguro de encontrarse ante meras reproducciones.

Cuando entraron en la sala de reuniones hallaron a Mads Gilstrup sentado, mirando por la pared acristalada que daba al patio interior. A un carraspeo de su padre, Mads se volvió, como si lo hubieran despertado de un sueño del que no quisiera alejarse. Lo primero que pensó Harry al verlo fue que el hijo no guardaba el menor parecido con el padre. Tenía la cara alargada, aunque las facciones suaves y redondeadas y el pelo rizado le hacían parecer más joven de los treinta y pico años que Harry calculaba que tendría. O tal vez fuese la mirada, esa desesperanza infantil que reflejaron sus ojos castaños cuando el joven se levantó y los miró.

—Gracias por venir —susurró Mads Gilstrup en tono compungido mientras le estrechaba la mano a Harry con tal sentimiento que a este se le ocurrió que tal vez creyese que quien había ido a verlo era un pastor y no la policía.

—No hay de qué —dijo Harry—. Habríamos querido hablar contigo, de todas formas.

Albert Gilstrup se aclaró la garganta y abrió la boca mínimamente, como una grieta en un rostro de madera.

—Mads quiere agradeceros que hayáis atendido nuestra petición de venir aquí... Pensamos que quizá habríais preferido la comisaría.

—Y yo pensaba que, siendo tan tarde, tal vez habrías preferido celebrar esta reunión en tu casa —dijo Harry dirigiéndose al hijo.

Mads miró inseguro a su padre y, al ver que este asentía con un gesto apenas perceptible, contestó:

—Ahora no soporto estar allí. Está tan... vacío. Esta noche duermo en casa.

—En nuestra casa —dijo el padre a modo de explicación, al tiempo que lanzaba a Mads una mirada que Harry interpretó como compasiva. Aunque, en realidad, denotaba desprecio.

Tomaron asiento y padre e hijo pasaron sus tarjetas de visita por encima de la mesa hacia Harry y Halvorsen. Halvorsen correspondió con dos de las suyas. Gilstrup padre miró inquisitivamente a Harry.

—Yo aún no he mandado hacer las mías —dijo Harry. Algo que, en cierto modo, era verdad, y siempre lo había sido—. Pero Halvorsen y yo somos un equipo, así que podéis llamarle a él.

Halvorsen carraspeó.

—Tenemos algunas preguntas.

Las preguntas de Halvorsen pretendían contrastar los movimientos de Ragnhild antes de lo ocurrido, averiguar qué hacía en el apartamento de Jon Karlsen y descubrir a posibles enemigos. A todas ellas respondió Mads Gilstrup del mismo modo, negando con un gesto...

Harry buscaba un poco de leche para el café. Había empezado a tomarlo con leche. Seguramente, era señal de que se estaba haciendo viejo. Unas semanas atrás, mientras oía la indiscutible obra maestra de los Beatles *Sgt. Pepper's Lonely Hearts Club Band*, quedó algo decepcionado. También había envejecido.

Halvorsen fue leyendo las preguntas que llevaba garabateadas en el bloc y fue tomando nota sin establecer contacto visual. Pidió a Mads Gilstrup que explicase dónde había estado entre las nueve y las diez de esa misma mañana, que era la hora de la muerte estimada por el forense.

—Estaba aquí —dijo Albert Gilstrup—. Llevamos todo el día trabajando en el despacho. Nos encontramos en medio de una importante operación de cambio. —Se dirigió a Harry y añadió—: Sabíamos que preguntaríais eso. He leído que el marido siempre es el primer sospechoso de la policía en casos de asesinato.

—Y con razón —dijo Harry—. Es lo que dicen las estadísticas.

—Bien —dijo Albert Gilstrup—. Pero esto no es estadística, amigo. Esto es la realidad.

Harry se encontró con la chispeante mirada azul de Albert Gilstrup. Halvorsen observaba a Harry como temiéndose algo.

—Entonces, ciñámonos a la realidad —dijo Harry—. Vamos a negar menos con la cabeza y a contar más cosas y con más detalle. ¿Mads?

Mads Gilstrup levantó la vista de repente, como si hubiese estado echando una cabezada. Harry esperó hasta que pudo establecer contacto visual.

—¿Qué sabías sobre la relación entre Jon Karlsen y tu mujer?

—¡Basta! —dijo Albert Gilstrup vociferando, con aquella boca como de muñeco de madera—. Es posible que esa clase de insolencias tengan cabida entre la clientela con la que estáis acostumbrados a tratar, pero aquí no la permito.

Harry dejó escapar un suspiro.

—Tu padre puede quedarse aquí si quieres, Mads. Pero si no me queda otro remedio, lo echaré.

Albert Gilstrup se rió con la risa de una persona acostumbrada a ganar, la de alguien que, por fin, ha encontrado un adversario digno.

–Dime, comisario, ¿me veré obligado a llamar a mi amigo el comisario jefe de la policía judicial para contarle cómo trata su gente a un hombre que acaba de perder a su esposa?

Harry estaba a punto de contestar, pero Mads lo interrumpió levantando la mano con un movimiento extrañamente bello y lento.

–Debemos intentar encontrarlo, padre. Tenemos que ayudarnos mutuamente.

Esperaron a que continuase, pero Mads volvió la vista a la pared acristalada y no añadió nada más.

–*All right* –dijo Albert Gilstrup con acento británico–. Hablaremos, pero con una condición. Trataremos solo contigo, Hole. Tu ayudante deberá esperar fuera.

–No trabajamos así –dijo Harry.

–Estamos intentando colaborar, Hole, pero no es una condición negociable. La alternativa es hablar con nosotros a través de nuestro abogado. ¿Entendido?

Harry aguardó a que la ira hiciera acto de presencia. Al ver que no se presentaba, tuvo la certeza, sin lugar a dudas. Se estaba haciendo viejo. Hizo un gesto a Halvorsen, que, aunque sorprendido, se levantó dispuesto a salir. Albert Gilstrup esperó a que el policía hubiera cerrado la puerta tras de sí.

–Sí, conocíamos a Jon Karlsen. Mads, Ragnhild y yo lo conocimos cuando era asesor financiero del Ejército de Salvación. Presentamos una oferta que le beneficiaba personalmente, pero la rechazó. Sin duda, era una persona con una moral sólida e íntegra. Claro que, aun así, pudo haber cortejado a Ragnhild, no sería el primero. Parece que las aventuras extramatrimoniales ya no son noticia de primera página. Pero lo que hace que lo que insinúas resulte imposible es la propia Ragnhild. Créeme, conocía a esa mujer desde hacía tiempo. No solo era un miembro muy querido de la familia, sino también una persona con un carácter muy firme.

–¿Y si te digo que tenía las llaves del apartamento de Jon Karlsen?

–No quiero hablar más del asunto –dijo Albert Gilstrup.

Harry echó un vistazo a la pared acristalada y reparó en el reflejo del rostro de Mads Gilstrup mientras el padre continuaba:

−Te diré por qué queríamos reunirnos contigo, Hole. Tú eres el responsable de la investigación, y hemos pensado ofrecer una bonificación si atrapas al culpable del asesinato de Ragnhild. Doscientas mil coronas. Discreción total.

−¿Cómo dices?

−*All right* −dijo Gilstrup−. Podemos negociar la cantidad. Lo que queremos es que concedáis la máxima prioridad a este asunto.

−Dime, ¿intentas sobornarme?

Albert Gilstrup esbozó una sonrisa desdeñosa.

−Cuánto dramatismo, Hole. Medítalo, madura la idea. Si luego transfieres el dinero al fondo para las viudas de la policía, nosotros no nos inmiscuiremos.

Harry no contestó. Albert Gilstrup dio con las palmas de las manos en la mesa.

−Bueno, creo que podemos dar la reunión por concluida. Mantendremos las vías abiertas, comisario.

Halvorsen bostezaba mientras el ascensor de cristal descendía silenciosa y suavemente, como él imaginaba que hacían los ángeles.

−¿Por qué no echaste al padre enseguida? −preguntó.

−Porque es un tipo interesante −contestó Harry.

−¿Qué dijo mientras yo estaba fuera?

−Que Ragnhild era una persona estupenda que no podía haber tenido una aventura con Jon Karlsen.

−¿Eso creen ellos?

Harry se encogió de hombros.

−¿Hablasteis de algo más?

Harry vaciló.

−No −dijo con la mirada en el oasis verde con una fuente que destacaba en aquel desierto de mármol.

−¿En qué estás pensando? −preguntó Halvorsen.

−No estoy seguro. He visto sonreír a Mads Gilstrup.

—¿Cómo?

—He visto su reflejo en el cristal. ¿Te has fijado en que Albert Gilstrup parece un muñeco de madera? ¿Uno de esos que utilizan los ventrílocuos?

Halvorsen negó con un gesto.

Iban caminando en dirección al auditorio por la calle Munkedamsveien, por cuyas aceras se apresuraba la gente sobrecargada con las compras navideñas.

—Ha refrescado —dijo Harry tiritando—. Es una pena que el frío congele el humo de los tubos de escape a ras del suelo… Ahoga la ciudad.

—Aun así, es mejor que ese cargante olor a loción para después del afeitado que apestaba la sala de reuniones —observó Halvorsen.

En la entrada de personal del auditorio Konserthuset había un cartel que anunciaba el concierto navideño del Ejército de Salvación. Sentado en la acera, bajo el cartel, había un chico con un vaso de papel vacío en la mano.

—Mentiste a Bjørgen —dijo Halvorsen.

—¿Ah, sí?

—¿Condena de dos años por un Stesolid? No tienes ni idea. Puede que Stankic tenga nueve hermanos sedientos de venganza.

Harry se encogió de hombros y miró el reloj. Llegaba tarde a la reunión de A. A. Decidió que era hora de escuchar la palabra de Dios.

—Pero cuando Jesús vuelva a la tierra, ¿quién será capaz de reconocerlo? —gritó David Eckhoff, doblegando la llama de la vela que tenía delante—. ¿Quién sabe si el Redentor no está ahora mismo entre nosotros, en esta ciudad?

El murmullo inquieto de los congregados recorrió la gran sala de paredes blancas y decoración sencilla. El altar del Templo no tenía retablo ni balaustrada, pero entre los bancos y el podio había un reclinatorio donde uno podía arrodillarse y confesar sus pecados. El comisionado miró a los reunidos e hizo una pausa calculada antes de proseguir:

—Porque, si bien dice Mateo que el Redentor vendrá en su esplendor acompañado por todos los ángeles, también está escrito que «Yo era un forastero y no me recibisteis; estaba desnudo y no me vestisteis; estaba enfermo y en la cárcel y no vinisteis a verme». —David Eckhoff tomó aire, pasó la hoja y levantó la vista hacia los congregados. Sin mirar el texto, prosiguió—: «Entonces le dirán: Señor, ¿cuándo te vimos forastero, desnudo, enfermo o encarcelado y no te ayudamos? Y él les responderá: Lo que no hicisteis con uno de estos, tampoco lo habéis hecho por mí. Y estos recibirán el castigo eterno, en cambio, los justos, la vida eterna». —El comisionado golpeó la tribuna con la mano—. ¡Lo que Mateo presenta aquí es un grito de guerra, una declaración de guerra contra el egoísmo y la crueldad! —vociferó—. Y nosotros, los salvacionistas, creemos que cuando llegue el fin del mundo se celebrará un juicio normal y corriente, que los justos serán eternamente bienaventurados, y que los impíos arderán en el fuego del infierno.

Cuando el comisionado concluyó el sermón, llegó la hora de los testimonios libres. Un hombre mayor habló de la batalla de la plaza Stortorvet, donde vencieron con la palabra de Dios en el nombre de Jesús y en el nombre del valor. Finalmente, un joven informó de que terminarían la reunión con el himno número 617 del libro. Se puso delante de la orquesta uniformada compuesta por ocho instrumentos de viento, donde Rikard Nilsen tocaba el bombo, y contó hasta tres. Interpretaron unos compases y luego el director se volvió hacia los asistentes, que entraron al unísono. El cántico resonó imponente en la sala.

—«¡Dejad que ondee la bandera de la salvación! ¡En marcha, partiremos a la guerra santa!»

Terminado el himno, David Eckhoff se dirigió a la tribuna.

—Queridos amigos, permitidme que acabe esta reunión con la noticia de que hoy el gabinete del primer ministro ha confirmado que él en persona estará presente en el concierto navideño que celebraremos en el auditorio.

La noticia fue acogida con un aplauso espontáneo. La gente se levantó y se encaminó lentamente a la salida mientras se oía el rumor de las manifestaciones de entusiasmo. Solo Martine Eckhoff parecía tener prisa. Harry estaba en el último banco y la observaba mientras se acercaba por el pasillo. Llevaba una falda de lana, medias negras y botas Dr. Martens, como las suyas, y una gorra blanca de punto. Lo miró directamente sin reconocerlo. Hasta que se le iluminó la cara. Harry se levantó.

—Hola —dijo ella ladeando la cabeza y sonriéndole—. ¿Trabajo o sed espiritual?

—Bueno. Tu padre es todo un orador.

—Si hubiera sido pentecostalista, se habría convertido en una estrella mundial.

A Harry le pareció vislumbrar a Rikard entre la muchedumbre, a su espalda.

—Verás, tengo un par de preguntas. Si te apetece pasear con este frío, puedo acompañarte a casa.

Martine parecía dudar.

—Si es que vas a casa, claro —dijo Harry enseguida.

Martine miró a su alrededor antes de contestar:

—Mejor te acompaño yo a ti, ya que tu casa queda de camino.

Fuera soplaba un viento húmedo, denso y con sabor a grasa y al humo salado de los tubos de escape.

—Iré directamente al grano —dijo Harry—. Tú conoces a Robert y a Jon. ¿Es posible que Robert quisiera matar a su hermano?

—¿Qué dices?

—Piensa antes de contestar.

Caminaban de puntillas sobre el hielo de las calles desiertas cuando pasaron por el teatro de revista de Edderkoppen. La temporada de las comidas navideñas estaba a punto de terminar, pero en la calle Pilestredet continuaba el trajín de los taxis cargados de pasajeros que llevaban ropa de fiesta y la mirada empañada de aguardiente noruego.

—Robert era un poco alocado —dijo Martine—. Pero ¿matar? Negó decididamente con la cabeza.

—Quizá consiguió que alguien lo hiciera por él.

Martine se encogió de hombros.

—Yo no tenía mucha relación con Jon y Robert.

—¿Por qué no? Puede decirse que crecisteis juntos.

—Sí. Pero no soy de las que se relacionan con los demás. Prefiero estar sola. Igual que tú.

—¿Yo? —dijo Harry sorprendido.

—Un lobo estepario reconoce a un semejante, ¿sabes?

Harry la miró con el rabillo del ojo y vislumbró su expresión burlona.

—Seguro que eras de esos chicos que iban a lo suyo. Misterioso e inaccesible.

Harry sonrió y negó con la cabeza. Pasaron junto a los bidones de petróleo que había delante de la fachada deteriorada pero llena de colorido del Blitz. Él señaló.

—¿Te acuerdas de cuando ocuparon el edificio en 1982 y había conciertos de música punk con Kjøtt, The Aller Værste y todos esos grupos?

Martine se echó a reír.

—No. Yo apenas había empezado a ir al colegio por aquel entonces. Y el Blitz no era el sitio adecuado para los miembros del Ejército de Salvación.

Harry lanzó una sonrisa irónica.

—No. Pero yo acudí a esos conciertos alguna que otra vez. Por lo menos al principio, cuando creía que tal vez fuera un lugar para gente como yo, para un *outsider*. Pero ahí tampoco encajaba. Porque, al fin y al cabo, en el Blitz también imperaban la uniformidad de ideas y el pensamiento colectivo. Los demagogos campaban allí exactamente igual que...

Harry enmudeció, pero Martine concluyó por él:

—¿Que mi padre en el Templo esta noche?

Harry hundió las manos en los bolsillos.

—Lo que quiero decir es que uno se queda solo cuando decide usar su cerebro para encontrar respuestas.

—¿Y cuáles son las respuestas que ha encontrado tu cerebro solitario?

Martine deslizó la mano bajo el brazo de Harry.

—Que parece que tanto Jon como Robert han tenido unos cuantos líos de faldas. ¿Qué tiene Thea de particular para que ambos la quieran precisamente a ella?

—¿A Robert le interesaba Thea? No me daba esa impresión.

—Eso dice Jon.

—Bueno, como te decía, nunca tuve mucha relación con ellos. Pero me acuerdo de que Thea era popular entre los chicos en aquellos veranos que pasamos juntos en Østgård. Ya sabes, la competición empieza pronto.

—¿La competición?

—Sí, los chicos que aspiran a ser oficiales deben encontrar a una chica en el seno del Ejército.

—¿De verdad? —preguntó Harry, sorprendido.

—¿No lo sabías? En principio, si te casas con alguien de fuera, pierdes tu trabajo en el Ejército. Todo el sistema de destinos está organizado de tal manera que los oficiales casados deben vivir y trabajar juntos. Tener una vocación común.

—Parece muy estricto.

—Somos una organización militar. —Martine lo dijo sin ironía.

—¿Y los chicos sabían que Thea iba a ser oficial? ¿A pesar de ser chica?

Martine sonrió y negó con la cabeza.

—Por lo visto, no sabes mucho del Ejército de Salvación. Dos tercios de los oficiales son mujeres.

—Pero el comisionado es hombre. ¿Y el jefe de administración?

Martine asintió con la cabeza.

—Nuestro fundador, William Booth, dijo que sus mejores hombres eran mujeres. Aun así, nuestro mundo funciona como el resto de la sociedad. Hombres necios y seguros de sí mismos dan órdenes a mujeres inteligentes con miedo a las alturas.

—¿Así que los chicos se pasaban los veranos peleándose porque todos querían ser quien le diera órdenes a Thea?

—Durante un tiempo, sí. Pero ella dejó de ir a Østgård, así que el problema quedó zanjado.

—¿Por qué dejó de ir?

Martine se encogió de hombros.

—Tal vez ella no quisiera. O tal vez sus padres. Tanta gente joven junta a todas horas y a esa edad… Ya sabes.

Harry afirmó con la cabeza. Pero en realidad no tenía ni idea. Él ni siquiera acudió al campamento de la confirmación. Subieron por la calle Stensberggata.

—Aquí nací yo —dijo Martine señalando el muro que rodeaba el Rikshospitalet, antes de que lo derribaran.

Pronto habrían terminado el proyecto de viviendas Pilestredet Park en aquel lugar.

—Han conservado el edificio donde se encontraba la sección de maternidad y lo han convertido en apartamentos —dijo Harry.

—¿De verdad vive alguien ahí? Piensa en todo lo que ha pasado entre esas paredes. Abortos y…

Harry asintió.

—A veces, si paseas por aquí a medianoche, aún pueden oírse llantos de bebé.

Martine miró a Harry con los ojos como platos.

—¡Me tomas el pelo! ¿Estás diciendo que hay fantasmas?

—Bueno —dijo Harry mientras entraban en la calle Sofie—. Quizá sea porque ahí viven familias con niños pequeños.

Martine estalló en carcajadas y le dio una palmada en el hombro.

—No te rías de los fantasmas. Yo creo en ellos.

—Yo también —dijo Harry—. Yo también.

Martine dejó de reírse.

—Aquí vivo. —Harry señalaba una puerta de color azul pálido.

—¿No tenías más preguntas?

—Sí, pero pueden esperar a mañana.

Ella ladeó la cabeza.

—No tengo sueño. ¿Tienes té?

Un coche se aproximaba sigiloso crepitando sobre la nieve, pero se detuvo a un lado de la acera, cincuenta metros calle abajo, cegándolos con una luz blanquiazul. Harry la miró pensativo mientras buscaba las llaves.

—Solo café soluble. Oye, te llamo…

—El café soluble va bien —dijo Martine.

Harry dirigió la llave hacia la cerradura, pero Martine se le adelantó, abrió y empujó la puerta. Harry vio cómo la hoja retrocedía sin atascarse y se quedaba pegada a la pared.

—Es el frío —murmuró—. El edificio se encoge.

Harry empujó la puerta tras ellos, antes de subir la escalera.

—Está todo muy ordenado —dijo Martine mientras se quitaba las botas en la entrada.

—Tengo pocas cosas —dijo Harry desde la cocina.

—¿A cuáles de ellas les tienes más cariño?

Harry reflexionó.

—A los discos.

—¿Y al álbum de fotos no?

—No creo en los álbumes de fotos —contestó Harry.

Martine entró en la cocina y se sentó en uno de los taburetes. Harry observó furtivamente cómo cruzaba las piernas por debajo, con sumo cuidado, como si fuese un gato.

—¿No crees en ellos? —preguntó ella—. ¿Qué significa eso?

—Tienen un efecto destructor sobre la capacidad de olvidar. ¿Leche?

Ella negó con la cabeza.

—Pero crees en los discos.

—Sí. Mienten de una manera más veraz.

—Pero ¿no tienen también un efecto destructor sobre la capacidad de olvidar?

Harry se detuvo con el café a medio servir. Martine rió bajito.

—No termino de creerme esa imagen del comisario arisco y desilusionado. Creo que eres un romántico, Hole.

—Vayamos al salón —dijo Harry—. Acabo de comprar un disco bastante bueno. De momento, no hay ningún recuerdo asociado a él.

Martine se acurrucó en el sofá mientras Harry ponía el primer disco de Jim Stärk. Se sentó en el sillón de orejas y pasó la mano por la tela de lana gruesa al compás de las primeras notas suaves de guitarra. Era obvio que lo había comprado en Elevator, la tienda de objetos usados del Ejército de Salvación. Tosió un poco y se aclaró la garganta.

—Es posible que Robert tuviera una relación con una chica mucho más joven que él. ¿Qué opinas de eso?

—¿Qué opino de las relaciones entre mujeres jóvenes y hombres maduros? —Rió bajito, pero se sonrojó en el silencio que sucedió a su pregunta—. ¿O si creo que a Robert le gustaban las menores de edad?

—No he dicho que lo fuera, quizá adolescente. Croata.

—*Izgubila sam se.*

—¿Perdona?

—Es croata. Mejor dicho, serbocroata. Solíamos pasar el verano en Dalmacia cuando yo era pequeña, antes de que el Ejército de Salvación comprara Østgård. A los dieciocho años, mi padre se fue a Yugoslavia para ayudar en la reconstrucción después de la Segunda Guerra Mundial. Conoció a las familias de algunos de los albañiles. Esa es la razón por la que mi padre tenía tanto interés en que acogiéramos a refugiados de Vukovar.

—A propósito de Østgård. ¿Te acuerdas de un tal Mads Gilstrup, el nieto del que os vendió la propiedad?

—Claro que sí. Estuvo allí durante unos días el verano que nos hicimos cargo de la finca. Yo no hablé con él. Nadie habló con él, recuerdo, parecía enojado y ensimismado. Pero creo que a él también le gustaba Thea.

—¿Qué te hace pensar eso? Si no habló con nadie, quiero decir.

—Me di cuenta de que la miraba. Y cuando estábamos con Thea, él, de repente, se presentaba por allí. Sin mediar palabra. Me pareció bastante raro. Casi un poco tétrico.

—¿Y eso?

—Sí. Dormía en casa de los vecinos los días que estaba allí, pero una noche me desperté en el salón donde dormíamos algunas de las chicas. Y entonces vi una cara pegada a la ventana. Luego desapareció. Estoy casi segura de que era él. Cuando se lo conté a las demás, dijeron que me lo había imaginado. Estaban convencidas de que tenía algún defecto en la vista.

—¿Por qué?

—¿No te has dado cuenta?

—¿De qué?

—Siéntate aquí —dijo Martine señalando el sofá donde estaba sentada—. Te lo enseñaré.

Harry rodeó la mesa.

—¿Ves las pupilas? —preguntó ella.

Harry se inclinó y notó su respiración en la cara. Y entonces lo vio. Las pupilas parecían haberse derramado dentro del iris marrón, que tenía forma de ojo de cerradura.

—Es congénito —explicó ella—. Se llama coloboma ocular. Pero no impide una visión completamente normal.

—Interesante.

Tenía la cara tan cerca de la de Martine que notó el olor de su piel y del pelo. Tomó aire y tuvo la escalofriante sensación de que se sumergía en una bañera de agua caliente. Un ruido resonó fuerte y brevemente.

Transcurrieron unos segundos antes de que Harry entendiera que era el timbre. No el telefonillo. Había alguien llamando a su puerta.

—Seguro que es Ali —explicó mientras se levantaba del sofá—. El vecino.

En los seis segundos que tardó Harry en levantarse del sofá, ir a la entrada y abrir la puerta, tuvo tiempo de pensar que era tarde para que se tratara de Ali. Y que Ali solía aporrear la puerta. Y que si alguien había entrado o salido del edificio después de él y Martine, seguramente se habría dejado la puerta abierta.

Hasta el séptimo segundo no se dio cuenta de que no debería haber abierto la puerta. Miró a la persona que tenía delante y se imaginó lo que se le avecinaba.

—¿A que te alegras de verme? —dijo Astrid con la voz ligeramente empañada.

Harry no contestó.

—Vengo de una cena de Navidad. ¿No me vas a invitar à pasar, Harry querido?

Apretó los labios rojos contra los dientes al sonreír y los altos tacones repicaron contra el suelo cuando se vio obligada a dar unos pasos para guardar el equilibrio.

—Es mal momento —dijo Harry.

Ella entornó los ojos, como si estuviese examinándole la cara. Luego miró por encima de su hombro.

—¿Tienes visita de una dama? ¿Por eso no te has presentado en la reunión de hoy?

—Hablaremos de eso otro día, Astrid. Estás borracha.

—En la reunión de hoy hemos hablado del Paso Tres. «Hemos decidido dejar nuestra vida al cuidado de Dios.» Pero yo no veo a Dios, Harry.

Intentó darle con el bolso, pero sin convicción.

—No existe el tercer paso, Astrid. Cada uno tiene que salvarse solo.

Ella se quedó de piedra y le clavó la mirada mientras, de repente, se le anegaban los ojos de lágrimas.

—Déjame entrar, Harry —susurró.

—Eso no solucionará nada, Astrid. —Le puso la mano en el hombro—. Llamaré a un taxi para que te lleve a casa.

Le apartó la mano de un golpe con una fuerza sorprendente.

—¿A casa? —gritó—. No pienso ir a casa, joder, impotente seductor de mierda.

Se dio la vuelta y empezó a bajar la escalera dando tumbos.

—Astrid…

—¡Déjame! Mejor fóllate a esa otra puta tuya.

Harry se quedó mirándola hasta que desapareció, y la oyó maldecir mientras se peleaba con la puerta, luego el sonido chirriante de las bisagras y finalmente el silencio que vino después.

Cuando se dio la vuelta, vio a Martine justo detrás de él en el pasillo, abrochándose el abrigo.

—Yo… —empezó.

—Es tarde —dijo ella con una sonrisa forzada—. Me parece que, después de todo, tengo sueño.

Eran las tres de la madrugada y Harry seguía sentado en el sillón de orejas. Tom Waits cantaba bajito acerca de Alice mientras las escobillas raspaban sin cesar contra la piel del tambor.

«*It's dreamy weather we're on. You wave your crooked wand along an icy pond.*» Las ideas acudieron a su mente sin querer. Que todos los bares estaban cerrados. Que no había rellenado la petaca después de vaciarla en la boca del perro en el puerto de contenedores. Que podía llamar a Øystein. Que Øystein trabajaba de taxista casi todas las noches y siempre guardaba una botella de ginebra bajo el asiento.

—No servirá de nada.

A no ser que creyera en la existencia de fantasmas, claro. Al menos creía en los que ahora rodeaban la silla y lo miraban con las cuencas de los ojos tenebrosas y vacías. El de Birgitta, que había salido del mar con el ancla alrededor del cuello; el de Ellen, que reía con el bate de béisbol sobresaliéndole de la cabeza; el de Willy, que colgaba como un mascarón de proa en el tendedero; la mujer que, dentro de la cama de agua, miraba a través de la goma azul, y Tom, que había regresado para recuperar su reloj y estaba allí agitando un muñón ensangrentado.

El alcohol no podía liberarlo, solo ofrecerle una puesta en libertad temporal. Y, en aquellos momentos, estaba dispuesto a pagar un alto precio por ella.

Cogió el auricular y marcó un número. Contestaron al segundo tono.

—¿Qué tal vais, Halvorsen?

—Mucho frío. Jon y Thea están durmiendo. Yo estoy en el salón, vigilando la carretera. Mañana dormiré unas horas.

—Ya.

—Tendremos que ir al apartamento de Thea a buscar más insulina. Por lo visto, tiene diabetes.

—De acuerdo, pero llevaos a Jon, no quiero que se quede solo.

—Puedo pedir que venga alguien.

—¡No! —respondió Harry como un rayo—. De momento no quiero implicar a nadie más.

—Vale.

Harry suspiró.

—Oye, sé que entre tus obligaciones no se incluye cuidar niños. Dime si puedo hacer algo para compensarte.

—Bueno…

—Venga.

—Le prometí a Beate que una noche, antes de Navidad, la llevaría a que probase el bacalao macerado en sosa. La pobre no lo ha comido nunca.

—Una promesa es una promesa.

—Gracias.

—¿Halvorsen?

—¿Sí?

—Estás haciéndolo… —Harry tomó aire— bien.

—Gracias, jefe.

Harry colgó. Waits cantaba que los patines escribían «Alice» sobre el lago helado.

21

Sábado, 19 de diciembre.
Zagreb

Estaba tiritando de frío, sentado sobre un trozo de cartón en la acera que arrancaba del Sofienbergparken. Era la hora punta de la mañana y la gente caminaba apresurada por las calles. Aun así, hubo quienes dejaron unas coronas en el vaso de papel que tenía delante. Pronto sería Navidad. Le dolían los pulmones, porque se había pasado la noche respirando humo. Levantó la vista y contempló la calle Gøteborggata.

De momento, era lo único que podía hacer.

Pensó en el Danubio que pasaba por Vukovar. Paciente e imparable. Como él mismo. Debía esperar a que llegase el tanque, a que el dragón sacara la cabeza de la cueva. Jon Karlsen tenía que volver a su casa. Se fijó en unas rodillas que se habían detenido justo delante de él.

Miró hacia arriba y vio a un hombre con un bigote mustio de color rojizo y un vaso de papel en la mano. El bigote mustio dijo algo. En voz alta y muy enojado.

—*Excuse me?*

El hombre contestó algo en inglés. Algo acerca del territorio.

Notó la pistola en el bolsillo. Con una bala. Prefirió sacar el trozo de cristal grande y afilado que tenía en el otro bolsillo. El mendigo lo miró con inquina, pero se fue.

Rechazó la idea de que Jon Karlsen no volviera. Tenía que volver. Y, mientras tanto, él sería como el Danubio. Paciente e imparable.

—Adelante —dijo la mujer regordeta y sonriente del apartamento del Ejército de Salvación situado en la calle Jacob Aall.

Pronunciaba la ene apoyando la punta de la lengua en el paladar, como hacen quienes han aprendido el idioma siendo ya adultos.

—Espero no molestar —dijo Harry antes de entrar en compañía de Beate Lønn.

El suelo estaba casi cubierto de calzado de todos los tamaños, grandes y pequeños.

La mujer negó con la cabeza cuando hicieron ademán de ir a quitarse los zapatos.

—Frío —dijo—. ¿Hambre?

—Gracias, acabo de desayunar —dijo Beate.

Harry negó amablemente con la cabeza.

Ella los condujo hasta el salón. Alrededor de una mesa halló a quienes Harry supuso que serían los miembros de la familia Miholjec: dos hombres adultos, un chico de la edad de Oleg, una niña pequeña y una muchacha que Harry supuso que debía de ser Sofia. Con un bebé en el regazo, escondía los ojos tras un flequillo negro que le caía como una cortina.

—*Zdravo* —dijo el hombre mayor.

Era delgado y tenía el pelo encanecido pero muy denso y una mirada que Harry reconoció enseguida. La mirada airada y rebosante de miedo del proscrito.

—Es mi marido —explicó la mujer—. Entiende noruego, pero no habla mucho. Este es el tío Josip. Ha venido a visitarnos por Navidad. Y mis hijos.

—¿Los cuatro? —preguntó Beate.

—Sí —rió ella—. El último fue un regalo de Dios.

—Una verdadera preciosidad —dijo Beate haciéndole carantoñas al bebé, que respondió con un gorjeo entusiasta.

Y como Harry ya había imaginado, su colega empezó a pellizcarle la mejilla regordeta y rosada. Les daba a Beate y Halvorsen un año, máximo dos, antes de que ellos también tuvieran un ejemplar como aquel.

El hombre dijo algo y la mujer le contestó. Luego se dirigió a Harry:

—Quiere que diga que en Noruega solo queréis que trabajen los noruegos. Él lo intenta, pero no encuentra trabajo.

Harry se encontró con la mirada del hombre e hizo un gesto de afirmación que no fue correspondido.

—Aquí —dijo la mujer señalando un par de sillas.

Se sentaron. Harry vio que Beate había sacado el bloc de notas antes de que él empezara a hablar.

—Hemos venido para preguntar por…

—Robert Karlsen —dijo la mujer mirando a su marido, que asintió con la cabeza.

—Eso es. ¿Qué nos podéis contar acerca de él?

—No mucho. Apenas lo conocíamos.

—Apenas. —La mujer reparó un instante, como por casualidad, en Sofia, que guardaba silencio en su asiento, con la nariz hundida en el alborotado pelo del bebé—. Jon le pidió a Robert que nos ayudase este verano a mudarnos del pequeño apartamento de la puerta A. Jon es una buena persona. Lo arregló todo para que nos dieran un piso más grande cuando tuvimos a este elemento, ya sabes —rió aludiendo al bebé—. Pero Robert estuvo mucho rato hablando con Sofia. Y… bueno, solo tiene quince años.

Harry vio cómo la cara de la joven cambiaba de color.

—Ya. Nos gustaría hablar con Sofia.

—Adelante —dijo la madre.

—Preferiblemente a solas —explicó Harry.

El padre y la madre intercambiaron una mirada elocuente. La tensión duró solo unos segundos, pero a Harry le dio tiempo a interpretarla. Quizá antes la decisión la hubiera tomado el padre, pero en aquella nueva realidad, en aquel nuevo país donde la mujer había demostrado más capacidad de adaptación, ella era la que decidía. Le hizo un gesto de aprobación a Harry.

—Sentaos en la cocina. No os molestaremos.

—Gracias —dijo Beate.

—Nada de gracias —contestó la mujer muy seria—. Queremos que cojáis al que lo hizo. ¿Sabéis algo de él?

—Creemos que es un asesino a sueldo que vive en Zagreb —explicó Harry—. Por lo menos, ha llamado desde Oslo a un hotel de allí.

—¿A qué hotel?

—Al International —contestó, y vio cómo se cruzaban las miradas del padre y del tío.

—¿Sabéis algo? —preguntó Harry.

El padre negó con la cabeza.

—Si fuera así, os estaría muy agradecido —dijo Harry—. Ese tipo está buscando a Jon y ayer mismo cosió a balazos su apartamento.

Harry vio que la expresión del padre se transformaba en incredulidad. Pero siguió callado.

La madre se encaminó a la cocina mientras Sofia la seguía a regañadientes. Como la mayoría de los adolescentes, supuso Harry. Como lo haría Oleg dentro de unos años.

Cuando la madre se marchó, Harry se hizo cargo del bloc de notas mientras Beate se sentaba en una silla enfrente de Sofia.

—Hola, Sofia, yo me llamo Beate. Tú y Robert, ¿erais novios?

Sofia bajó la mirada y negó con la cabeza.

—¿Estabas enamorada de él?

Nueva negativa silenciosa.

—¿Te hizo daño?

Por primera vez desde que llegaron, Sofia retiró la cortina de pelo negro y miró directamente a Beate. Harry supuso que detrás de tanto maquillaje se escondía una chica guapa. Ahora reconocía al padre en la indignación y el recelo de su mirada. Reparó en el cardenal que tenía en la frente y que el maquillaje no podía disimular.

—No —contestó ella.

—¿Tu padre te ha dicho que no digas nada, Sofia? Porque lo estoy viendo.

—¿Qué es lo que ves?

—Que alguien te ha hecho daño.

—Eso es mentira.

334

—¿Cómo te hiciste esa marca en la frente?

—Me di con una puerta.

—Eso sí que es mentira.

Sofia resopló.

—Te las das de lista cuando, en realidad, no sabes nada. Solo eres una vieja policía que habría preferido quedarse en casa con sus niños. Ya te he visto ahí dentro.

Aunque aún rezumaba ira, el tono de su voz parecía relajarse. Harry le daba una frase más, máximo dos.

Beate suspiró.

—Tienes que fiarte de nosotros, Sofia. Y debes ayudarnos. Estamos intentando pararle los pies a un asesino.

—Pero no es culpa mía.

Se le ahogó la voz de repente y Harry constató que solo había sido capaz de pronunciar otra frase. Y acudieron las lágrimas a sus ojos. Una tromba de lágrimas. Sofia se inclinó y volvió a quedar oculta tras la cortina del flequillo.

Beate le puso una mano en el hombro, pero ella la apartó.

—¡Marchaos! —gritó.

—¿Sabías que Robert estuvo en Zagreb este otoño? —preguntó Harry.

Ella miró rápidamente a Harry con una expresión incrédula emborronada de maquillaje aguado.

—¿Así que no te lo contó? —dijo Harry—. Entonces ¿tampoco te contó que estaba enamorado de una tal Thea Nilsen?

—No —dijo ella llorosa—. ¿Y qué?

Por la expresión de su cara, Harry intentaba averiguar si la información la había impresionado, pero resultaba difícil con toda aquella pintura negra corriéndole por las mejillas.

—Estuviste en la tienda de Fretex preguntando por Robert. ¿Qué querías?

—¡Pedirle un cigarrillo! —gritó Sofia furiosa—. ¡Vete!

Harry y Beate se miraron. Y se levantaron.

—Reflexiona un poco. Llámame luego a este número —le rogó Beate dejando la tarjeta de visita en la mesa.

La madre los esperaba en el pasillo.

—Lo siento —dijo Beate—. Parece que se ha puesto bastante nerviosa. Quizá debas hablar con ella.

Salieron a la calle Jacob Aall y a aquella fría mañana de diciembre y echaron a andar hacia la calle Suhm, donde Beate había encontrado un aparcamiento solitario.

—*Oprostite!*

Harry y Beate se volvieron. La voz surgió de las sombras de la entrada, donde se entreveían las ascuas de dos cigarrillos. Las ascuas cayeron al suelo y dos hombres surgieron de la oscuridad y empezaron a caminar hacia ellos. Eran el padre de Sofia y el tío Josip. Cuando llegaron a su altura, se detuvieron.

—Así que el hotel International, ¿eh? —preguntó el padre.

Harry asintió.

El padre echó una mirada rápida a Beate con el rabillo del ojo.

—Voy a buscar el coche —dijo Beate.

Harry nunca dejaba de sorprenderse de aquella chica, que, pese a haber pasado buena parte de su corta vida escrutando grabaciones de vídeo y pistas técnicas, había desarrollado una inteligencia social muy superior a la suya.

—Trabajé primeros años de... tú sabes... empresa de mudanza. Pero espalda *kaput*. En Vukovar era *electro engineer*, ¿comprendes? Antes de la guerra. Aquí no me dan una mierda.

Harry asintió con la cabeza. Y esperó.

El tío Josip dijo algo.

—*Da, da* —murmuró el padre dirigiéndose a Harry—. Cuando el ejército yugoslavo iba a ocupar Vukovar en 1991, ¿sí? Había un chiquillo allí que hizo explotar doce tanques con... *landmines*, ¿sí? Lo llamábamos *mali spasitelj*.

—*Mali spasitelj* —dijo el tío Josip con devoción.

—El pequeño redentor —tradujo el padre—. Era su... el nombre que decían por walkie-talkie.

—¿El nombre en clave?

—Sí. Después de capitulación de Vukovar los serbios lo buscaron. Pero no consiguieron. Algunos dijeron que había muerto. Y otros no creyeron... Decían que nunca había sido... existido, ¿sí?

–¿Qué tiene que ver eso con el hotel International?

–Después de la guerra, la gente de Vukovar no tenía donde vivir. Todo eran escombros. Así que algunos vinieron aquí. Pero la mayoría a Zagreb. El presidente Tudjman...

–Tudjman –dijo el tío mirando al cielo.

–... y su gente les dieron habitaciones en un hotel grande y viejo donde los podían vigilar. Control, ¿sí? Comían sopa y no les daban trabajo. A Tudjman no le gusta gente de Slavonia. Demasiada sangre serbia. Entonces empezaban serbios que habían estado en Vukovar a ser muertos. Y venían rumores. Que *mali spasitelj* había vuelto.

–*Mali spasitelj* –rió el tío Josip.

–Dijeron que croatas podían recibir ayuda. En hotel International.

–¿Cómo?

El padre se encogió de hombros.

–No sé. Rumores.

–Ya. ¿Hay alguien más que tenga información sobre ese... ayudante y sobre el hotel International?

–¿Alguien más?

–¿Alguien del Ejército de Salvación, por ejemplo?

–Sí, claro. David Eckhoff sabe todo. Y ahora los otros también. Él dio palabra... después de comida en fiesta en Østgård este verano.

–¿Palabra? ¿Un discurso?

–Sí. Él contó *mali spasitelj* y que algunos siempre están en guerra. Que la guerra nunca termina. Es verdad también para ellos.

–¿De verdad? ¿Eso dijo el comisionado? –preguntó Beate mientras entraba con el coche en el túnel de Ibsen iluminado, frenaba y se quedaba la última de una cola que no avanzaba.

–Según el señor Miholjec –dijo Harry–. Y, al parecer, todos estaban allí. Robert también.

–¿Y tú crees que eso le puede haber dado a Robert la idea de contactar con un asesino a sueldo?

Beate tamborileaba impaciente con los dedos en el volante.

–Bueno. Por lo menos podemos afirmar que Robert ha estado en Zagreb. Y si él sabía que Jon se estaba viendo con Thea, también tenía un móvil. –Harry se frotó la barbilla–. Oye, ¿puedes encargarte de que lleven a Sofia a ver a un médico para que le hagan un reconocimiento completo? Si no me equivoco, hay más cardenales. Intentaré coger el avión que sale mañana a Zagreb.

Beate le lanzó una mirada rápida y penetrante.

–Si vas a ir al extranjero, debería ser para ponerte en contacto con la policía del país. O de vacaciones. El reglamento dice claramente que…

–Eso es, precisamente. Unas vacaciones de Navidad cortitas.

Beate suspiró dándose por vencida.

–Espero que entonces también le des vacaciones a Halvorsen. Queremos ir a Steinkjer a visitar a sus padres. ¿Dónde has pensado celebrar la cena de Navidad este año?

En ese momento sonó el móvil y Harry rebuscó en el bolsillo mientras contestaba:

–El año pasado estuve con Rakel y Oleg. Y el anterior, con mi padre y Søs. Pero este año aún no he tenido tiempo de pensar dónde voy a pasar la Navidad.

Estaba pensando en Rakel cuando se dio cuenta de que debía de haber pulsado el botón de responder cuando aún tenía el teléfono en el bolsillo. Y ahora distinguió su risa en el auricular.

–Puedes venir a casa –dijo ella–. En Nochebuena puede venir todo el que quiera y siempre necesitamos voluntarios para echar una mano. En Fyrlyset.

Harry no se dio cuenta de que no era Rakel hasta dos segundos más tarde.

–Solo llamaba para decirte que siento lo de ayer –añadió Martine–. No era mi intención salir corriendo de aquella manera. Es que me sentía un poco violenta. ¿Conseguiste las respuestas que querías?

—¡Ah, eres tú! —dijo Harry con lo que a él le pareció una voz neutral que, pese a todo, provocó la mirada velocísima de Beate. Y su inteligencia social superior—. ¿Puedo llamarte luego?

—Por supuesto.

—Gracias.

—No hay de qué —respondió Martine en un tono de voz serio, pero Harry podía oír la risa aprobatoria—. Solo una cosa insignificante.

—Vale.

—¿Qué haces el martes? Es decir, la insignificante Nochebuena.

—No lo sé.

—Nos sobra una entrada para el concierto del auditorio.

—Vale.

—No parece que vayas a morirte de entusiasmo.

—Lo siento. Tengo mucho trabajo y me imponen un poco esos acontecimientos a los que hay que asistir de traje.

—Y los artistas son demasiado corrientes y aburridos.

—Yo no he dicho eso.

—No, lo he dicho yo. Y cuando decía que nos sobraba una entrada, en realidad quería decir que me sobra a mí.

—¿Y?

—Es una oportunidad de verme con vestido. Un vestido que me queda bien. Solo me falta un chico alto y algo mayor a juego. Piénsatelo.

Harry se echó a reír.

—Gracias, lo pensaré.

—No hay de qué.

Beate no dijo ni una palabra después de que colgara, ni comentó nada sobre la sonrisa que aún lucía en la cara, solo mencionó que, según el boletín meteorológico, las máquinas quitanieves tendrían bastante trabajo en los próximos días. A veces Harry se preguntaba si Halvorsen era consciente de la suerte que había tenido.

Jon Karlsen seguía sin aparecer. Se levantó anquilosado de la acera junto al Sofienbergparken. Era como si el frío surgiera del interior de la tierra para inyectársele en el cuerpo. La sangre empezó a circularle por las piernas en cuanto se puso a andar, pero entonces tuvo que dar la bienvenida a los dolores. No había contado las horas que pasó allí sentado con las piernas cruzadas y el vaso de papel delante, mientras observaba a cuantos entraban y salían del edificio de la calle Gøteborggata, pero ya empezaba a disiparse la luz del día. Metió la mano en el bolsillo.

Las limosnas cosechadas seguramente le alcanzarían para un café, para algo de comer y quizá para un paquete de cigarrillos.

Se fue rápidamente hacia el cruce, en dirección a la cafetería donde le habían dado el vaso de papel. Había visto un teléfono colgado en la pared, pero descartó la idea. Se detuvo frente a la cafetería, bajó la capucha azul y contempló un momento su reflejo en la ventana. No era de extrañar que la gente creyera que era un pobre necesitado. La barba le crecía rápidamente y en la cara tenía las marcas del hollín del fuego que había encendido en el contenedor.

En el reflejo vio el semáforo cambiar a rojo y un coche que se detenía a su lado. Echó un vistazo al interior del vehículo mientras sujetaba el pomo de la puerta de la cafetería. Y se quedó de piedra. El dragón. El tanque serbio. Jon Karlsen. En el asiento del acompañante. A tan solo dos metros de él.

Entró en la cafetería y se fue rápidamente hasta la ventana para observar el coche desde dentro. Creyó reconocer al hombre que conducía, pero no se acordaba de dónde lo había visto. En el Heimen. Sí, era uno de los agentes que acompañaban a Harry Hole. En el asiento trasero iba una mujer.

El semáforo cambió a verde. Salió corriendo justo a tiempo de ver el humo blanco del tubo de escape del coche, que aceleraba calle arriba siguiendo la orilla del parque. Y echó a correr detrás. Al fondo, a lo lejos, vio que el coche giraba hacia la calle Gøteborggata. Comprobó los bolsillos. Notó el trozo de cristal de la ventana de la cabaña en sus dedos casi insensibles. Las piernas no le obedecían, eran como prótesis muertas, y pensó que, si daba un mal paso, se le quebrarían como témpanos.

El parque, con los árboles y el jardín de infancia, y las lápidas del cementerio, todo temblaba ante su vista como reflejado en una pantalla saltarina. Rozó la pistola con la mano. Debía de haberse cortado con el trozo de cristal porque la culata estaba pegajosa.

Halvorsen aparcó justo enfrente del número 4 de la calle Gøteborggata y Jon y él salieron del coche para estirar las piernas mientras Thea entraba a buscar su insulina.

Halvorsen miró a un lado y a otro de la calle desolada. Jon también parecía inquieto mientras daba pataditas para entrar en calor. A través de la ventanilla del coche, Halvorsen veía el salpicadero y la funda con el arma reglamentaria, que se había quitado porque se le clavaba en el costado mientras conducía. Si algo sucedía, podría alcanzarla en dos segundos. Encendió el móvil y vio que había recibido un mensaje durante el trayecto. Pulsó un botón y una voz conocida le dijo que tenía un mensaje. Halvorsen escuchó con atención, su sorpresa iba en aumento. Vio que Jon se percataba de la voz del teléfono y que se le acercaba. La sorpresa de Halvorsen se convirtió en incredulidad.

Cuando colgó, Jon lo miró inquisitivamente, pero Halvorsen no dijo nada, sino que marcó rápidamente un número.

—¿Qué pasa? —preguntó Jon.

—Era una confesión —dijo Halvorsen.

—¿Y qué vas a hacer ahora?

—Informar a Harry.

Halvorsen levantó la vista y constató que Jon tenía la cara distorsionada, que tenía los ojos desorbitados y sombríos y que parecían estar viendo a través de él, más allá de él.

—¿Pasa algo? —preguntó Halvorsen.

Harry cruzó la aduana y entró en el modesto edificio de la terminal de Pleso, donde metió la VISA en un cajero que, sin protestar, le dio kunas por valor de mil coronas. Metió la mitad en un sobre marrón antes de salir fuera y sentarse en un Mercedes con la placa azul de los taxis.

—Hotel International.

El taxista metió la marcha y empezó a conducir sin mediar palabra.

Una capa de nubes bajas derramaba su lluvia sobre los campos ocres que, salpicados de manchas de nieve gris, flanqueaban la autovía que conducía hacia el noroeste a través del paisaje cambiante que era el camino a Zagreb.

Al cabo de un cuarto de hora, vio que Zagreb cobraba la forma de bloques de hormigón y campanarios que se recortaban contra el horizonte. Pasaron junto a un río tranquilo y negro que Harry supuso que sería el Sava. Entraron en la ciudad por una avenida ancha que parecía sobredimensionada para el escaso tráfico que circulaba por ella, dejaron atrás la estación de ferrocarril y un parque grande y abierto sin gente, con un gran pabellón acristalado. Unos árboles desnudos extendían sus tenebrosos dedos invernales.

—Hotel International —dijo el taxista deteniéndose frente a un impresionante coloso de hormigón gris del tipo que los países comunistas solían edificar para la clase gobernante que viajaba.

Harry pagó el taxi. Uno de los porteros del hotel, disfrazado de almirante, ya había abierto la puerta del coche y lo esperaba con un paraguas y una sonrisa de oreja a oreja.

—*Welcome, sir. This way, sir.*

Harry puso el pie en la acera en el mismo momento en que dos huéspedes del hotel salían por la puerta giratoria y entraban en un Mercedes que había ido a recogerlos. Detrás de la puerta giratoria centelleaba una gran lámpara de cristal. Harry se detuvo.

—*Refugees?*

—*Sorry, sir?*

—Refugiados —repitió Harry—. Vukovar.

Harry notó las gotas de lluvia en la cabeza, ya que el paraguas y la amplia sonrisa desaparecieron de repente, y el dedo índice enguantado del almirante señaló a una puerta más abajo en la fachada.

Lo primero que Harry pensó al cruzar el umbral y verse en una recepción grande y desnuda de alto techo abovedado fue que allí olía a hospital. Y que las cuarenta o cincuenta personas que había de pie o sentadas junto a las dos largas mesas dispuestas en el centro de la recepción —o que hacían cola delante del mostrador para recibir su ración de sopa— parecían pacientes. Quizá tuviese algo que ver con la ropa. Ropa deportiva amorfa, jerséis desgastados y zapatillas con agujeros que indicaban una dejadez absoluta por lo que se refería al aspecto físico. O tal vez fueran las cabezas gachas sobre los platos de sopa y las miradas cansinas y abatidas que apenas le prestaban atención.

Echó un vistazo al local y se detuvo en el bar. Parecía un puesto de salchichas sin clientes, solo un camarero que hacía tres cosas a la vez: sacar brillo a un vaso, comentar el partido de la tele que colgaba del techo con los hombres de la mesa más cercana, y vigilar a Harry hasta en el más mínimo movimiento.

Harry intuía que había llegado al lugar correcto y se encaminó a la barra. El camarero se pasó la mano por el pelo engominado.

—*Da?*

Harry intentaba hacer caso omiso de las botellas alineadas en la repisa, al fondo del puesto de salchichas. Pero hacía rato que había reconocido a su viejo amigo y enemigo Jim Beam. El camarero siguió la mirada de Harry y señaló, interrogante, la botella cuadrada llena de líquido dorado.

Harry negó con un gesto. Y tomó aire. No había razón alguna para complicar las cosas.

—*Mali spasitelj*. —Lo dijo tan bajito que, debido al ruido de la tele, solo pudo oírlo el camarero—. Estoy buscando al pequeño redentor.

El camarero miró a Harry con atención antes de contestarle en inglés con un fuerte acento alemán:

343

—No conozco a ningún redentor.

—Me ha dicho un amigo de Vukovar que *mali spasitelj* puede ayudarme.

Harry sacó el sobre marrón de la chaqueta y lo dejó en la barra.

El camarero miró el sobre sin tocarlo.

—Eres policía —dijo.

Harry negó con la cabeza.

—Mentira —dijo el camarero—. Me he dado cuenta desde el primer momento.

—Lo que has visto es a alguien que ha sido policía durante doce años, pero que ya no lo es. Lo dejé hace dos años.

Harry miró al camarero a los ojos. Y se preguntó por qué tipo de delito lo habrían condenado. El tamaño de los músculos y los tatuajes indicaban que, fuese lo que fuese, tuvo que cumplir condena bastante tiempo.

—Aquí no vive nadie que se llame el redentor. Y los conozco a todos.

El camarero estaba a punto de darse la vuelta cuando Harry se inclinó sobre la barra y lo sujetó por el antebrazo. El camarero miró la mano de Harry, y este pudo notar cómo se hinchaban los bíceps del hombre. Harry lo soltó.

—Un traficante que vendía droga delante de su colegio le pegó un tiro a mi hijo porque le dijo al tipo que, si continuaba, se chivaría al director.

El camarero no contestó.

—Tenía once años —dijo Harry.

—Señor, no tengo ni idea de por qué me cuenta esto.

—Para que entiendas por qué voy a seguir aquí sentado hasta que venga alguien que me pueda ayudar.

El camarero asintió lentamente con la cabeza. La pregunta llegó como un rayo:

—¿Cómo se llamaba tu hijo?

—Oleg —dijo Harry.

Se miraron. El camarero guiñó un ojo. Harry notó el móvil vibrando silenciosamente en el bolsillo, pero lo dejó sonar.

El camarero puso la mano encima del sobre marrón y lo empujó hacia Harry.

—No es necesario. ¿Cómo te llamas y en qué hotel te estás hospedando?

—Vengo directamente del aeropuerto.

—Escribe tu nombre en esta servilleta y alójate en el hotel Balkan, al lado de la estación de ferrocarril. Cruza el puente y sigue recto. Espera en la habitación. Alguien se pondrá en contacto contigo.

Harry iba a decir algo, pero el camarero se había vuelto hacia la televisión para volver a comentar el partido.

Ya en la calle, comprobó que tenía una llamada perdida de Halvorsen.

—*Do vraga!* —dijo con un suspiro—. ¡Joder!

La nieve de la calle Gøteborggata parecía un sorbete rojo.

Estaba confuso. Todo había ocurrido tan deprisa… La última bala que le disparó a Jon Karlsen mientras escapaba había dado en la fachada del edificio emitiendo un sonido suave. Karlsen había logrado entrar por la puerta y desaparecer tras ella. Se puso en cuclillas y notó cómo el trozo de cristal sangriento le desgarraba la tela del bolsillo. El policía estaba boca abajo con la cara hundida en la nieve, que absorbía la sangre de los cortes que tenía en el cuello.

El arma, pensó, y cogió al hombre por los hombros para darle la vuelta. Necesitaba algo con lo que disparar. Un golpe de viento le apartó el pelo de la cara, de una palidez anormal. Buscó rápidamente en los bolsillos del abrigo. La sangre manaba sin cesar, espesa y roja. Solo le dio tiempo a notar el sabor a bilis antes de que la boca se le llenase de vómito. Se dio la vuelta y el contenido amarillento del estómago se estampó contra el hielo. Se limpió la boca. Los bolsillos. Encontró una cartera. La cinturilla del pantalón. ¡Joder, agente, deberías haber llevado una pistola si pretendías proteger a alguien!

Un coche dobló la esquina y se acercó a ellos. Cogió la cartera, cruzó la calle y empezó a andar. El coche se detuvo. No tenía que correr. Echó a correr.

Resbaló en la acera, delante de la tienda de la esquina, y aterrizó sobre la cadera, pero se levantó enseguida, sin sentir dolor. Continuó rumbo al parque, el mismo trayecto que había hecho a la carrera la vez anterior. Era una pesadilla, una pesadilla con acontecimientos sin sentido que no dejaban de repetirse. ¿Estaba volviéndose loco o todo aquello estaba ocurriendo de verdad? El aire frío y la bilis le ardían en la garganta. Había llegado hasta la calle Markveien cuando oyó las primeras sirenas policiales. Y entonces lo sintió. Tenía miedo.

22

Sábado, 19 de diciembre.
Miniatura

La Comisaría General resplandecía como un árbol navideño en la oscuridad de la tarde. Dentro, en la sala de interrogatorios número 2, se encontraba Jon Karlsen con la cabeza apoyada en las manos. Al otro lado de la pequeña mesa redonda que había en la sala se hallaba la agente de policía Toril Li. Entre ellos había dos micrófonos y la copia de la primera declaración. A través de la ventana, Jon podía ver a Thea, que esperaba su turno en la sala contigua.

–¿Así que os atacó? –dijo la agente mientras leía la declaración.

–El hombre de la chaqueta azul vino corriendo hacia nosotros con una pistola.

–¿Y luego?

–Todo sucedió muy rápido. Pasé tanto miedo que solo puedo recordar fragmentos. Tal vez se deba a la conmoción cerebral.

–Comprendo –contestó Toril Li con una expresión que indicaba todo lo contrario. Echó una mirada a la luz roja para comprobar que la máquina siguiese grabando–. Pero ¿Halvorsen fue corriendo hacia el coche?

–Sí, allí tenía la pistola. Me acuerdo de que la dejó encima del salpicadero antes de salir de Østgård.

–¿Y tú qué hiciste?

–Yo estaba aturdido. Primero pensé en esconderme en el coche, pero cambié de idea y salí corriendo hacia la entrada del edificio.

—¿Y entonces te disparó el agresor?

—Al menos, yo oí una detonación.

—Continúa.

—Pude abrir la puerta y, cuando miré hacia fuera, el tipo había alcanzado a Halvorsen.

—¿No logró meterse en el coche?

—No. Se quejaba de que la puerta tendía a atascarse por el frío.

—¿Así que atacó a Halvorsen con una navaja, no con una pistola?

—Eso parecía desde donde yo me encontraba. Se le abalanzó por detrás y le pinchó varias veces.

—¿Cuántas veces?

—Cuatro o cinco. No lo sé… Yo…

—¿Y luego?

—Bajé corriendo la escalera del sótano y llamé al número de emergencias.

—Pero ¿el asesino no fue detrás de ti?

—No lo sé, la puerta estaba cerrada con llave.

—Pero él podría haber roto el cristal. Es decir, ya había apuñalado a un policía.

—Sí, tienes razón. No lo sé.

Toril Li echó un vistazo a la copia impresa.

—Encontramos vómito al lado de Halvorsen. Suponemos que procede del agresor, pero ¿podrías confirmarlo?

Jon negó con la cabeza.

—Yo me quedé en la escalera del sótano hasta que llegasteis. Tal vez debería haber ayudado… pero yo…

—¿Sí?

—Tenía miedo.

—Creo que hiciste lo correcto. —De nuevo aquella contradicción entre la expresión de la cara de la agente y sus palabras.

—¿Qué dicen los médicos? ¿Va a…?

—Lo más probable es que siga en coma hasta que mejore su estado. Pero todavía no sabemos si sobrevivirá. Sigamos.

—Es una pesadilla recurrente —susurró Jon—. Siguen ocurriendo las mismas cosas. Una y otra vez.

—No quisiera tener que repetir que debes hablar al micrófono —dijo Toril Li con un tono neutral.

Harry se hallaba en el hotel, contemplando la ciudad oscura por la ventana, llena de antenas de televisión torcidas y destartaladas que hacían señas y gestos extraños a un cielo de color ocre. Las alfombras y las gruesas y oscuras cortinas amortiguaban el sonido de la cadena sueca de televisión. Max von Sydow interpretaba a Knut Hamsun. La puerta del minibar estaba abierta. En la mesa del salón había un folleto del hotel. La primera página mostraba una foto de la estatua de Josip Jelačić en Trg Jelačića, y encima de Jelačić había cuatro botellines. Johnnie Walker, Smirnoff, Jägermeister y Gordon's, así como dos botellas de la marca Ožujsko. Todas cerradas. De momento. Había pasado una hora desde que Sarre le llamó contándole lo ocurrido en la calle Gøteborggata.

Quería estar sobrio cuando hiciera esa llamada.

Beate contestó al cuarto tono.

—Está vivo —dijo antes de que a Harry le diera tiempo a preguntar—. Le han puesto un respirador y está en coma.

—¿Qué dicen los médicos?

—No lo saben, Harry. Podría haber muerto allí mismo. Al parecer, Stankic intentó cortarle la aorta, pero Halvorsen tuvo tiempo de interponer la mano. Tiene un corte muy profundo en el dorso y hemorragias de cortes en unas venas más pequeñas a ambos lados del cuello. Stankic le ha asestado varias puñaladas en el pecho justo encima del corazón. Según los médicos, lo ha rozado.

De no ser por aquel temblor casi imperceptible en la voz, se habría dicho que hablaba de una víctima cualquiera. Y Harry sabía que probablemente ese era el único modo en el que Beate podía expresarse en aquellos momentos, como si lo ocurrido formase parte del trabajo. En el silencio que siguió a aquellas palabras, resonó la ira en la voz atronadora de Max von Sidow. Harry buscaba palabras de consuelo.

—He hablado con Toril Li —dijo en lugar de consolarla—. Me repitió el testimonio de Jon Karlsen. ¿Tienes algo más?

—Encontramos la bala en la fachada, a la derecha de la puerta de entrada. Los chicos de balística están examinándola, pero estoy casi convencida de que coincidirá con las de la plaza Egertorget, las del apartamento de Jon y las que encontramos en el Heimen. Es Stankic.

—¿Qué te hace estar tan segura?

—Una pareja que iba en coche y se detuvo al ver a Halvorsen tendido en la acera asegura que una persona que parecía un mendigo cruzó la calle justo delante de ellos. La chica vio por el retrovisor que el supuesto mendigo se desplomó en la acera un poco más abajo. Comprobamos el lugar. Mi colega, Bjørn Holm, encontró una moneda extranjera tan hundida en la nieve que primero pensamos que llevaba allí varios días. Él tampoco sabía de dónde procedía, porque lo único que podía leerse en la moneda era «Republika Hrvatska» y «Cinco kunas». Así que lo averiguó.

—Gracias, sé la respuesta —dijo Harry—. Así que se trata de Stankic.

—Para estar totalmente seguros, hemos tomado unas muestras del vómito que había sobre el hielo. El forense va a cotejar el ADN con el pelo que encontramos en la almohada de la habitación del Heimen. Nos darán los resultados mañana, espero.

—Entonces, por lo menos sabes que contamos con rastros de ADN.

—Bueno. Una charca de vómito no es el sitio ideal para encontrar ADN. Las células de superficie de las mucosas se esparcen en un volumen de vómito tan grande... Y el vómito, al aire libre...

—... está expuesto a contaminación procedente de muchísimas fuentes de ADN. Ya sé todo eso, pero tenemos algo con lo que trabajar. ¿Qué estás haciendo ahora?

Beate suspiró.

—El Instituto Veterinario me ha enviado un SMS bastante extraño y pensaba llamarlos para ver qué quieren.

—¿El Instituto Veterinario?

–Sí, encontramos unos trozos de carne a medio digerir en el vómito, así que se lo enviamos para un análisis de ADN. La idea era cotejarlo con el archivo de carne que utiliza la Escuela Superior de Agricultura de Ås para rastrear la carne hasta su lugar de origen y su productor. Si se trataba de una calidad especial, quizá pudiéramos relacionarla con el sitio de Oslo donde la comió. Son palos de ciego, pero si Stankic ha encontrado donde esconderse las últimas veinticuatro horas se moverá lo menos posible. Y si ya ha comido en un sitio cercano, es probable que vuelva allí.

–Bueno, ¿por qué no? ¿Qué dice el SMS?

–Que en todo caso vendría de un restaurante chino. Bastante críptico.

–Ya. Llámame cuando sepas algo más. Y…

–¿Sí?

Harry sabía que lo que estaba a punto de decir era totalmente absurdo: que Halvorsen era un valiente, que hoy en día los médicos podían arreglarlo casi todo, y que, seguramente, las cosas irían muy bien.

–Nada.

Después de colgar, Harry se volvió hacia la mesa y las botellas. Pito, pito, gorgorito… Terminó en Johnnie Walker. Harry sujetaba la botella en miniatura con una mano mientras torcía o, mejor dicho, retorcía el corcho con la otra. Se sentía como Gulliver. Apresado en un país extraño con botellas de pigmeo. Aspiró el olor dulce y familiar desde la estrecha boca de la botellita. Solo había un trago, pero el cuerpo ya se había puesto en guardia ante el ataque del veneno y estaba preparado. Harry temía las primeras arcadas inevitables, pero sabía que eso no lo detendría. Knut Hamsun decía en la tele que estaba cansado y que no podía escribir más.

Harry tomó aire como si fuese a estar buceando un buen rato.

Sonó el teléfono.

Harry vaciló. El teléfono enmudeció después del primer tono.

Alzó la botella cuando el teléfono sonó otra vez. Y volvió a enmudecer.

Comprendió que lo llamaban desde la recepción.

Dejó la botella en la mesilla de noche y esperó. Cuando sonó por tercera vez, cogió el auricular.

–*Mister Hansen?*

–*Yes.*

–Hay alguien que quiere verlo en recepción.

Harry miró al gentleman de la chaqueta roja que ilustraba la etiqueta de la botella.

–Dígale que bajo enseguida.

–*Yes, sir.*

Harry sujetaba la botellita con tres dedos. Echó la cabeza hacia atrás y vació el contenido en la garganta. Cuatro segundos más tarde vomitaba la comida del avión doblado sobre el inodoro.

El recepcionista señaló la fila de asientos próximos al piano, uno de los cuales ocupaba, muy erguida, una mujer menuda de pelo cano con un chal negro sobre los hombros. Observó a Harry con sus ojos castaños y apacibles mientras él se acercaba. Se detuvo delante de la mesa, donde había una pequeña radio a pilas. Unas voces apasionadas comentaban algún partido, puede que de fútbol. El sonido se mezclaba con el del pianista, que, detrás de la mujer, deslizaba las yemas de los dedos por las teclas, produciendo con sus acordes un mejunje de música ambiental a base de melodías clásicas del cine.

–*Doctor Zhivago* –dijo ella haciendo un gesto con la cabeza hacia el pianista–. Bonito, ¿verdad, *míster Hansen?*

Su pronunciación y el acento inglés eran correctos. Sonrió como insinuando que había dicho algo divertido y, con un movimiento de la mano discreto pero decidido, le indicó que se sentara.

–¿Le gusta la música? –preguntó Harry.

–¿No le gusta a todo el mundo? Yo solía enseñar música.

Se inclinó hacia delante y subió el volumen de la radio.

–¿Tiene miedo de que nos oigan?

Ella se recostó en el sillón.

–¿Qué quiere, Hansen?

Harry repitió la historia del vendedor de drogas que frecuentaba las inmediaciones del colegio de su hijo mientras notaba cómo la bilis le ardía en la garganta y la jauría de perros que le habitaba el estómago le mordisqueaba y exigía más a gritos. La historia no parecía convincente.

—¿Cómo me has encontrado? —preguntó ella.

—Me informó una persona de Vukovar.

—¿De dónde vienes?

Harry tragó saliva. Notaba la lengua seca e hinchada.

—Copenhague.

Ella lo miró. Harry esperó. Sintió una gota de sudor que le rodaba entre los omoplatos y otra que empezaba a formarse en el labio superior. A la mierda con esto, necesitaba la medicina. La necesitaba ya.

—No me creo lo que dices —dijo ella por fin.

—De acuerdo —dijo Harry poniéndose de pie—. Tengo que irme.

—¡Espera! —La voz de la mujer menuda sonó decidida. Le indicó que volviera a sentarse y añadió—: Eso no significa que no tenga ojos en la cara.

Harry se sentó en el sillón.

—Veo el odio —dijo ella—. Y el dolor. Y puedo oler el alcohol. Creo esa parte de tu hijo muerto. —Sonrió—. ¿Qué quieres que se haga?

Harry intentaba concentrarse.

—¿Cuánto cuesta? ¿Y cómo de rápido puede hacerse?

—Depende, pero no encontrarás un artesano más barato que los nuestros. Desde cinco mil euros, más gastos.

—De acuerdo. ¿La semana que viene?

—Eso… puede ser un plazo demasiado ajustado.

El titubeo de la mujer duró una fracción de segundo, pero fue suficiente. Suficiente para que él lo supiera. Y Harry vio que, en aquel momento, ella supo que él lo sabía. Las voces de la radio chillaban agitadas y el público del fondo gritaba de alegría. Alguien había metido un gol.

—¿No estás segura de que tu artesano vuelva tan pronto? —dijo Harry.

Ella lo miró un buen rato.

—Todavía eres policía, ¿verdad?

Harry hizo un gesto afirmativo.

—Soy comisario en Oslo.

La mujer sufrió un leve tic en la comisura del ojo.

—Pero no soy un peligro para ti —aseguró Harry—. Croacia no entra en mi jurisdicción y nadie sabe que estoy aquí. Ni la policía croata ni mis superiores.

—¿Y qué quieres entonces?

—Negociar.

—¿El qué?

Ella se inclinó sobre la mesa y bajó el sonido de la radio.

—Tu artesano por mi hombre, que es vuestro objetivo.

—¿Qué quieres decir?

—Un intercambio. Tu hombre por Jon Karlsen. Si abandona la persecución de Karlsen, lo dejaremos ir.

Ella enarcó una ceja.

—¿Tanta gente para proteger a un solo hombre de un solo artesano, señor Hansen? ¿Y tienen miedo?

—Tememos que se produzca un baño de sangre. Tu artesano ya ha matado a dos personas y ha herido con una navaja a uno de mis colegas.

—¿Ha…? —Ella se calló—. Eso no puede ser cierto.

—Si no le dices que vuelva, habrá más muertos. Y uno de ellos será él.

Ella cerró los ojos. Se quedó así un rato. Luego tomó aire.

—Si ha matado a uno de tus colegas, querréis venganza. ¿Cómo podré fiarme de que respetaréis vuestra parte del acuerdo?

—Me llamo Harry Hole. —Dejó su pasaporte en la mesa—. Si llega a saberse que he estado aquí sin permiso de las autoridades croatas, tendremos un conflicto diplomático. Y me quedaré sin trabajo.

La mujer sacó unas gafas del bolso.

–¿Así que te ofreces como rehén? ¿Te parece que eso suena verosímil, señor… –se puso las gafas en la nariz y leyó en el pasaporte–: Harry Hole?

–Es lo que tengo para negociar.

Ella asintió con la cabeza.

–Comprendo. ¿Y sabes qué? –Se quitó las gafas–. Quizá habría estado dispuesta a hacer el trueque. Pero ¿para qué, si no tengo forma de decirle que vuelva?

–¿Qué quieres decir?

–No sé dónde está.

Harry la observó. Vio el dolor en la mirada. Y percibió el temblor en la voz.

–Bueno –dijo Harry–. Entonces tendrás que negociar con lo que tienes. Dame el nombre de la persona que encargó el asesinato.

–No.

–Si el policía muere… –dijo Harry, sacando una foto del bolsillo y dejándola sobre la mesa–, lo más probable es que también muera tu artesano. Parecerá que un agente de policía tuvo que disparar en defensa propia. Así es. A no ser que yo pueda evitarlo. ¿Lo comprendes? Dime, ¿es esta persona?

–El chantaje funciona mal conmigo, señor Hole.

–Volveré a Oslo mañana por la mañana. Anoto mi número de teléfono en el dorso de la foto. Llámame si cambias de opinión.

Ella cogió la foto y la metió en el bolso.

Harry lo dijo bajito y rápido:

–Es tu hijo, ¿verdad?

Ella se quedó de piedra.

–¿Qué te hace pensar eso?

–Yo también tengo ojos en la cara. Sé ver el dolor.

La mujer se quedó inclinada sobre el bolso.

–¿Y qué me dices de ti, Hole?

Ella levantó la mirada.

–¿Acaso no conoces al policía herido? Lo digo por la facilidad con que renuncias a la venganza.

Harry tenía la boca tan seca que su propia respiración le quemaba.

—Así es —dijo—. No lo conozco.

A Harry le pareció oír el canto de un gallo mientras la seguía con la mirada a través de la ventana, hasta que torció a la izquierda en la acera de enfrente y desapareció.

De nuevo en la habitación, Harry apuró el resto de las botellas en miniatura, vomitó una vez más, se bebió la cerveza, vomitó, se miró en el espejo y bajó en el ascensor al bar del hotel.

23

Noche del domingo, 20 de diciembre.
Los perros

Estaba sentado en la oscuridad del contenedor, intentando pensar. La cartera del policía contenía dos mil ochocientas coronas noruegas. Y si recordaba bien el cambio, tenía suficiente para comer, comprarse una chaqueta nueva y pagarse un billete de avión a Copenhague.

El problema era la munición.

El tiro de la calle Gøteborggata había sido el séptimo y último. Había ido a la zona de Plata para preguntar dónde podía conseguir balas de nueve milímetros, pero solo había recibido miradas vacías por respuesta. Y sabía que, si seguía indagando, tenía muchas posibilidades de toparse con un policía.

Tamborileó con la Llama MiniMax vacía en el suelo de metal. En la tarjeta de identificación policial le sonreía un hombre. Halvorsen. Estaba totalmente seguro de que ya habrían levantado un cerco impenetrable alrededor de Jon Karlsen. Solo quedaba una posibilidad. Un caballo de Troya. Y él sabía quién tendría que ser ese caballo. Harry Hole. Calle Sofie número 5, era la única dirección a nombre de Harry Hole en toda Oslo, según la mujer del servicio de información telefónica. Miró el reloj y se puso tenso.

Oyó pasos fuera.

Se levantó a toda prisa, cogió el trozo de cristal con una mano y la pistola con la otra y se quedó al lado de la puerta.

Se abrió la ventanilla. Vio una silueta que se recortaba contra las luces de la ciudad. De pronto, la persona entró deprisa y se sentó en el suelo con las piernas cruzadas.

Contuvo la respiración.

Nada.

Con el crujido de una cerilla se iluminaron la esquina y la cara del intruso. Sujetaba una cucharilla en la misma mano que la cerilla. Con la ayuda de la otra mano y de los dientes abrió una pequeña bolsa de plástico. Reconoció al chico de la chaqueta vaquera azul.

Aliviado, volvió a respirar. Los movimientos rápidos y eficaces del chico cesaron de repente.

—¿Hola? —El chico miró hacia la oscuridad al tiempo que se apresuraba a guardar la bolsa en el bolsillo.

Carraspeó antes de emerger de las sombras que se extendían más allá del resplandor de la cerilla.

—*Remember me?* —El chico lo miró asustado—. Hablé contigo frente a la estación de ferrocarril. Te di dinero. Te llamas Christopher, ¿verdad?

Kristoffer se quedó boquiabierto.

—*Is that you?* El extranjero que me dio un billete de quinientas. Vaya. Sí, reconozco la voz pero… ¡Ay! —Kristoffer dejó caer al suelo la cerilla apagada. En la oscuridad, su voz sonaba más cerca—: ¿Te parece bien que comparta camarote contigo esta noche, colega?

—Lo tendrás para ti solo. Estaba a punto de mudarme.

Kristoffer encendió una nueva cerilla.

—Es mejor que te quedes aquí. Habrá más calor si nos quedamos los dos. Lo digo de verdad, tío.

Adelantó una cucharilla y vertió un líquido de una botella pequeña.

—¿Qué es eso?

—Agua y ácido ascórbico.

Kristoffer abrió la bolsa y echó el polvo en la cuchara sin derramar ni una pizca antes de cambiarse de mano la cerilla con una habilidad extraordinaria.

—Esto se te da bien, Christopher.

Estuvo contemplando al drogadicto mientras colocaba la llama en la parte inferior de la cuchara y sacaba una nueva cerilla, que sostuvo con mano firme.

—En Plata me llaman «Steadyhand».

—Ya veo por qué. Oye, tengo que irme. ¿Por qué no cambiamos de chaqueta? Quizá así sobrevivas esta noche.

Kristoffer miró su finita chaqueta vaquera y luego la azul del otro, más gruesa.

—Vaya. ¿Lo dices en serio?

—Claro.

—Coño, qué buena persona eres. Espera a que me pinche. ¿Te importa sujetarme la cerilla?

—¿No sería más fácil que sujetara la jeringuilla?

Kristoffer lo miró.

—Oye, puede que sea un novato, pero no voy a tragarme el truco más antiguo de los drogatas. Tú sujeta la cerilla.

Cogió la cerilla.

Cuando el polvo se disolvió en el agua y se transformó en un líquido de color marrón, Kristoffer colocó un poco de algodón en la cuchara.

—Para quitarle la mierda a la droga —contestó antes de que el otro tuviera tiempo de preguntar, succionó el líquido con la jeringuilla a través del algodón y le puso la aguja—. ¿Ves qué piel tan fina? Apenas una marca, ¿lo ves? Y tengo las venas gruesas y buenas. Tierra virgen, dicen todos. Pero dentro de un par de años se pondrá amarilla a causa de las costras inflamadas, igual que la de los demás. Y se acabará eso de Steadyhand. Lo sé y, aun así, sigo. De locos, ¿no?

Kristoffer agitaba la jeringuilla mientras hablaba para enfriarla. Se había atado una goma alrededor del antebrazo y se llevó la punta de la aguja a la vena que se enroscaba por debajo de la piel como una serpiente azulada. El metal la atravesó lentamente. Y comenzó la perfusión de la heroína en la sangre. Se le entrecerraron los párpados y la boca. Se le dobló el cuello, le cayó hacia atrás la cabeza y su mirada encontró el cadáver colgante del perro.

Se quedó un rato mirando a Kristoffer. Tiró la cerilla quemada y se bajó la cremallera de la chaqueta azul.

Cuando por fin obtuvo respuesta, Beate Lønn apenas pudo oír la voz de Harry, acallada por la versión disco de «Jingle Bells» que sonaba de fondo. Pero lo que oyó le bastó para comprender que no estaba sobrio. No porque farfullase, al contrario, articulaba. Le habló de Halvorsen.

—¿Taponamiento cardiaco? —gritó Harry.

—Hemorragias internas que llenan de sangre el espacio que hay alrededor del corazón y le impide latir correctamente. Tuvieron que extraerle mucha sangre. Se ha estabilizado, pero sigue en coma. Solo nos queda esperar. Te llamaré si ocurre algo.

—Gracias. ¿Alguna otra cosa que debería saber?

—Hagen mandó a Jon Karlsen y Thea Nilsen de vuelta a Østgård, en compañía de dos niñeras. Y yo he hablado con la madre de Sofia Miholjec. Prometió que hoy mismo llevaría a Sofia al médico.

—Ya. ¿Qué pasa con el informe del Instituto Veterinario sobre los restos de carne hallados en el vómito?

—Me dijeron que habían contemplado lo del restaurante chino porque China es el único país donde saben que la gente come ese tipo de cosas.

—¿Qué cosas?

—Perro.

—¿Perro? ¡Espera!

La música se extinguió y Beate pudo apreciar el ruido del tráfico. Y la voz de Harry volvió:

—Pero en Noruega no sirven carne de perro…

—No, es un poco raro. El Instituto Veterinario pudo determinar la raza, así que voy a llamar al Club Noruego de Perreras. Tienen un registro de todos los perros de raza y de sus dueños.

—No sé de qué nos servirá. Debe de haber cien mil perros en Noruega.

—Cuatrocientos mil. Por lo menos uno en cada familia. Lo he comprobado. Pero en este caso se trata de una raza poco común. ¿Has oído hablar del metzner negro?

—Repite, por favor.

Ella lo repitió. Y durante unos segundos solo oyó el tráfico de Zagreb antes de que Harry exclamase:

—¡Pero si es lógico! Un hombre sin un lugar donde cobijarse… ¡Cómo no se me había ocurrido!

—¿El qué?

—Sé dónde se esconde Stankic.

—¿Cómo?

—Tienes que hablar con Hagen y que te den una autorización para avisar al grupo Delta para que prepare una acción armada.

—¿Dónde? ¿De qué estás hablando?

—El puerto de contenedores. Stankic se esconde en uno de los contenedores.

—¿Cómo lo sabes?

—Porque no hay tantos sitios en Oslo donde se pueda comer un jodido metzner negro. Encárgate de que el Delta y Falkeid levanten un cerco de hierro alrededor del puerto de contenedores hasta que yo llegue mañana, en el primer avión disponible. Pero nada de detenciones mientras no esté yo. ¿Está claro?

Después de que Beate colgara, Harry se quedó de pie en la calle, mirando hacia la puerta del bar del hotel. Sonaba estrepitosamente aquella música artificial. Lo aguardaba el vaso aún medio lleno de ponzoña.

Ahora lo tenía, tenía a *mali spasitelj*. Lo único que necesitaba era tener la cabeza despejada y el pulso firme. Harry pensó en Halvorsen. En su corazón, que se ahogaba en sangre. Podía ir directamente a su habitación, donde ya no quedaba alcohol, cerrar la puerta y tirar la llave por la ventana. O podía volver al bar a terminar su copa. Harry tomó aire temblando y apagó el móvil. Acto seguido, entró en el bar.

Hacía ya un buen rato que los empleados habían apagado las luces y abandonado el Cuartel General del Ejército de Salvación para volver a sus casas, pero en el despacho de Martine todavía brillaba la luz. Marcó el número de Harry, mientras le daba vueltas a las mismas preguntas: si aquello resultaba más interesante porque era mayor; si se debía a que daba la sensación de encerrar tantos sentimientos encontrados; o quizá porque se le veía tan perdido. El episodio presenciado en la escalera con aquella mujer desaliñada debería haberla espantado, pero, por alguna razón, el efecto fue exactamente el contrario, estaba más ansiosa todavía por… Exacto, ¿qué era lo que realmente quería? Martine dejó escapar un suspiro cuando oyó la voz que informaba de que el teléfono estaba apagado o fuera de cobertura. Llamó a información y le dieron el número de su teléfono fijo de la calle Sofie y lo marcó. El corazón le brincó en el pecho al oír su voz. Pero solo era un contestador. ¡Tenía la excusa perfecta para pasarse al salir de la oficina y él no estaba en casa! Martine dejó un mensaje. Que tenía que darle la entrada para el concierto de Navidad con antelación, ya que ella tendría que estar ayudando en el auditorio desde por la mañana.

Colgó y, en ese preciso instante, se dio cuenta de que había alguien que la observaba desde el umbral.

—¡Rikard! No hagas eso, me has asustado.

—Lo siento, ya me iba y solo quería comprobar si había alguien más. ¿Te llevo a casa?

—Gracias, pero…

—Pero si ya te has puesto la chaqueta. Vente conmigo, así no tendrás que entretenerte activando la alarma.

Rikard se echó a reír con esa risa suya entrecortada. La semana anterior, Martine se quedó la última y tuvo que activar la alarma, pero la hizo saltar dos veces. Al final, tuvo que pagar a la empresa de seguridad para poder salir.

—De acuerdo —dijo—. Te lo agradezco.

—No… —Rikard moqueaba— hay de qué.

El corazón le latía con fuerza. Percibió enseguida el olor de Harry Hole. Abrió sigilosamente la puerta de la habitación y tanteó con la mano hasta dar con el interruptor de la pared. La otra mano empuñaba una pistola que apuntaba a la cama, apenas visible en la oscuridad. Tomó aire y pulsó el interruptor. La luz bañó el dormitorio. Era una habitación prácticamente desnuda, con una cama sencilla hecha y vacía. Al igual que el resto del apartamento. Ya había comprobado las demás habitaciones. Y ahora se encontraba en el dormitorio y notaba que el pulso volvía a estabilizarse. Harry Hole no estaba en casa.

Se guardó la pistola descargada en el bolsillo de la sucia chaqueta vaquera y notó que, con la culata, pulverizaba las pastillas desodorantes que había cogido de los servicios de la estación de Oslo S, al lado del teléfono público desde el que llamó para conseguir la dirección de la calle Sofie.

Entrar fue más fácil de lo que había imaginado. Estuvo a punto de darse por vencido cuando, después de haber llamado dos veces al telefonillo, no obtuvo respuesta. Pero entonces empujó la puerta y resultó que estaba encajada en el marco sin haberse cerrado del todo. Se debería al frío. En el tercer piso se veía el nombre de Harry Hole escrito en un trozo de cinta adhesiva. Puso la gorra en la ventanilla que había justo encima de la cerradura y metió el cañón de la pistola por el cristal, que se quebró con un sonido frágil.

El salón daba al patio interior, así que se atrevió a encender una lámpara. Miró a su alrededor. Sencillo y espartano. Ordenado.

Pero su caballo de Troya, el hombre que lo podía llevar hasta Jon Karlsen, no estaba. De momento. Pero quizá tuviera un arma o munición. Empezó a registrar los posibles escondrijos en los que un policía guardaría el arma, revisó cajones, armarios y miró debajo de la almohada. Como no encontró nada, se aplicó a buscar lo más sistemáticamente posible en todas las habitaciones; sin resultado. Retomó la búsqueda al cabo de un rato, ya sin atender a plan alguno, lo cual demostraba que no se había rendido del todo y que estaba desesperado. Debajo de una carta que halló en la mesa del teléfono de la entrada encontró una tarjeta de identificación policial con la foto de Harry Hole. Se la guardó en el bolsillo. Buscó entre los libros y los discos que llenaban las estanterías colocados por orden alfabético. En la mesa del salón había un montón de papeles. Los repasó y se detuvo en la foto de un motivo del que, a lo largo de su vida, había visto muchas variantes: un hombre muerto de uniforme. Robert Karlsen. Vio el nombre de Stankic. Encontró un formulario con el nombre de Harry en la parte superior y lo recorrió con la mirada, deteniéndose en una cruz estampada a la altura de una palabra conocida. Smith & Wesson 38. La persona que firmaba el documento había escrito su nombre con mucha floritura. ¿Un permiso de armas? ¿La retirada del permiso?

Se rindió. Al final iba a resultar que Harry Hole sí llevaba un arma.

Fue al baño, estrecho pero limpio, y abrió el grifo. El agua caliente le daba escalofríos. El hollín de la cara tiñó el lavabo de negro. Cambió al agua fría, que disolvió la sangre coagulada de las manos y volvió rojo el lavabo. Se secó y abrió el armario que había sobre el lavabo. Encontró un rollo de gasa con el que se vendó la mano y la herida producida por el cristal.

Faltaba algo.

Vio un cabello corto y tieso al lado del grifo. Como después de un afeitado. Pero no había navaja de afeitar, ni espuma para el afeitado. Ni cepillo de dientes, pasta ni bolsa de aseo. ¿Estaría Hole de viaje, en medio de una investigación de asesinato? ¿O estaría en casa de alguna novia?

Entró en la cocina y abrió el frigorífico, que contenía un cartón de leche que había caducado hacía seis días, un bote de mermelada, queso blanco, tres latas de conserva de estofado de carne. En el congelador había pan negro en una bolsa de plástico. Sacó la leche, el pan y dos de las latas de conserva, y encendió la cocina. Al lado del tostador había un periódico de ese día. Leche fresca, periódico fresco. Se inclinaba por la teoría del viaje.

Había sacado un vaso del armario y estaba a punto de ponerse leche cuando un sonido le hizo soltar el cartón, que acabó estrellándose en el suelo.

El teléfono.

La leche chorreaba por los azulejos de terracota mientras oía el timbre que sonaba insistente en la entrada. Al cabo de cinco timbrazos, se oyeron tres sonidos mecánicos y, de repente, una voz de mujer llenó la habitación. Hablaba rápido y, por el tono, parecía alegre. Rió antes de colgar. Le notó algo en la voz.

Puso las latas abiertas en la sartén caliente, tal y como lo habían hecho durante el asedio. No porque no tuvieran platos, sino porque así todo el mundo sabía que las porciones eran del mismo tamaño. Y se encaminó a la entrada. En el pequeño contestador negro parpadeaba una luz roja junto al número dos. Pulsó el botón de reproducción. La cinta rebobinó.

–Rakel –dijo la voz de mujer.

Sonaba más mayor que la que acababa de hablar. Después de haber pronunciado algunas frases le pasaba el auricular a un chico que habló con entusiasmo. Después se oyó de nuevo el último mensaje. Y constató que no se lo estaba imaginando: ya había oído antes esa voz. Era la chica del autobús blanco.

Cuando terminó, se quedó de pie observando las dos fotografías que había en la parte inferior del marco del espejo. En la primera aparecían Hole, una mujer morena y un niño que, con los esquís clavados en la nieve, entornaba los ojos mirando a la cámara. La otra era una instantánea antigua de colores desvaídos y mostraba a una niña y a un niño en bañador. Ella tenía rasgos mongoloides, él los de Harry Hole.

Se sentó en la cocina a comer, pero aguzando el oído para percibir cualquier sonido que procediera de la escalera. Había pegado el cristal roto de la puerta con un trozo de cinta adhesiva transparente que había encontrado en el cajón de la mesilla del teléfono. Cuando terminó de comer, fue al dormitorio. Allí dentro hacía frío. Se sentó en la cama y pasó la mano por las sábanas. Olfateó la almohada. Abrió el armario ropero. Encontró unos calzoncillos bóxer grises y ajustados y una camiseta blanca con el dibujo de una especie de Shiva de ocho brazos y la palabra FRELST debajo, y JOKKE & VALENTINERNE encima. La ropa olía a detergente. Se desnudó y se puso la ropa limpia. Se tumbó en la cama. Cerró los ojos. Pensó en la fotografía de Hole. En Giorgi. La pistola debajo de la almohada. A pesar de estar muerto de sueño, sintió la erección, sintió que la verga se levantaba hacia el algodón ajustado pero suave de los calzoncillos. Y se durmió plenamente convencido de que, si alguien tocaba la puerta de entrada, él se despertaría.

«Prever lo imprevisible.»

Ese era el lema de Sivert Falkeid, jefe de asalto Delta, el grupo de operaciones especiales de la policía. Falkeid estaba en la colina que se recortaba detrás del puerto de contenedores, con el walkietalkie en la mano y el ruido de los taxis nocturnos y los camiones que regresaban a casa por Navidad a sus espaldas. Junto a él estaba el comisario jefe Gunnar Hagen, con el cuello de la chaqueta de camuflaje subido. En la oscuridad fría y helada que se extendía a sus pies aguardaban los chicos de Falkeid. Este miró el reloj. Las tres menos cinco.

Hacía diecinueve minutos que uno de los pastores alemanes de la unidad canina había detectado una presencia humana dentro de un contenedor rojo. Aun así, a Falkeid no le gustaba aquella situación, a pesar de que la misión pareciera normal... Eso no era lo que le disgustaba.

Hasta ahora todo había salido a pedir de boca. Solo habían pasado tres cuartos de hora desde la llamada de Hagen hasta que los cinco elegidos para la misión estuvieron preparados en comisaría. El grupo Delta se componía de setenta personas, la mayoría hombres muy motivados y bien entrenados, con una media de edad de treinta y un años. Los llamaban según la necesidad y el trabajo incluía lo que se conocían como «misiones armadas complejas», categoría dentro de la que se enmarcaba aquella operación. A los cinco agentes del grupo Delta se había sumado una persona del comando especial de Defensa. Y ahí empezaba lo que no le gustaba. Se trataba de un tirador profesional al que Gunnar Hagen había llamado personalmente. Se hacía llamar Aron, pero Falkeid sabía que nadie del comando especial utilizaba su verdadero nombre. Era una unidad secreta desde sus inicios, en 1981, y hasta la famosa operación Enduring Freedom, que se llevó a cabo en Pakistán, los medios no lograron averiguar detalles concretos de aquella unidad extremadamente entrenada, pero que, en opinión de Falkeid, se parecía más a una hermandad secreta.

—Me fío de Aron. —Esa había sido la escueta explicación de Hagen—. ¿Te acuerdas del tiroteo en Torp en el 94?

Falkeid recordaba perfectamente el caso de los rehenes en el aeropuerto de Torp. Él estaba allí. Nadie supo jamás quién había hecho el disparo que le salvó la vida. La bala penetró por la axila de un chaleco antibalas que habían colgado delante de la ventanilla del coche y la cabeza del atracador armado explotó como una sandía en el asiento trasero de un Volvo novísimo, que el concesionario aceptó, lavó y volvió a vender después de aquello. Eso no le preocupaba. Ni tampoco que Aron hubiese traído un rifle que Falkeid no había visto jamás. Las iniciales MÄR de la culata no le decían nada. Aron se encontraba ahora en algún lugar, con una mira láser y gafas de visión nocturna, y acababa de informar de que veía perfectamente el contenedor. Aron gruñía por toda respuesta cuando Falkeid le pedía que lo conectase con la red de comunicación. Pero tampoco era eso. Lo que tanto desagradaba a Falkeid de aquella situación era que, allí, Aron no pintaba nada. Realmente, no necesitaban a un tirador profesional.

Falkeid dudó un instante. Y se llevó el walkie-talkie a la boca.

—Señala con la linterna cuando estés listo, Atle.

Junto al contenedor rojo se encendió y se apagó una luz.

—Todos están en sus posiciones —dijo Falkeid—. Estamos listos para actuar.

Hagen asintió con la cabeza.

—Bien. Antes de empezar quiero que confirmes que compartes mi opinión, Falkeid. Que es mejor llevar a cabo la detención ahora en lugar de esperar a que llegue Hole.

Falkeid se encogió de hombros. Amanecería dentro de cinco horas. Stankic saldría y podrían cogerlo con los perros en campo abierto. Corría el rumor de que Gunnar Hagen lo tenía en mente para el puesto de comisario jefe que quedaría vacante con el tiempo.

—Parece razonable —respondió Falkeid.

—Bien. En mi informe explicaré que fue una valoración conjunta, por si alguien piensa que adelanté la detención para que se me adjudicara el mérito.

—No creo que nadie crea tal cosa.

—Bien.

Falkeid pulsó el botón del walkie-talkie.

—Listos dentro de dos minutos.

Hagen y Falkeid exhalaron al mismo tiempo y el vaho llegó a mezclarse y a formar una nube antes de desaparecer.

—Falkeid… —Se oyó por el walkie-talkie. Era Atle. Susurró—: Un hombre acaba de salir por la puerta del contenedor.

—*Stand-by* todo el mundo —dijo Falkeid con voz firme y tranquila. «Prever lo imprevisible»—. ¿Sale?

—No, se ha parado. Él… parece que…

Un disparo único reverberó en la oscuridad del fiordo de Oslo. Después, todo quedó en silencio.

—¿Qué demonios es eso? —preguntó Hagen.

«Lo imprevisible», pensó Falkeid.

24

Domingo, 20 de diciembre.
Promesas

Era domingo por la mañana, muy temprano, y estaba dormido. En el apartamento de Harry, en la cama de Harry, con la ropa de Harry. Tenía las pesadillas de Harry. Con fantasmas, siempre con fantasmas.

Se oyó un sonido muy débil, como de arañazos en la puerta de la casa. Pero fue más que suficiente. Se despertó, metió la mano por debajo de la almohada y, en cuestión de segundos, ya estaba de pie. El suelo helado le quemaba las plantas descalzas mientras se encaminaba a la entrada de puntillas. A través del rugoso cristal de la puerta distinguió la silueta de una persona. Había apagado todas las luces de dentro y sabía que nadie podría ver nada desde fuera. La persona parecía estar encorvada manoseando algo. ¿Acaso no lograba meter la llave en la cerradura? ¿Estaría borracho? Tal vez no hubiese estado de viaje, sino bebiendo toda la noche.

Se colocó a un lado de la puerta y tendió la mano hacia el frío metal del picaporte. Contuvo la respiración mientras notaba la fricción de la culata de la pistola en la otra mano. Tuvo la sensación de que la persona que había al otro lado de la puerta también contenía la respiración.

Esperaba que no causara más problemas de los necesarios, que Hole fuera lo bastante sensato como para comprender que no tenía elección: o lo llevaba a donde estaba Jon Karlsen o, si no era posible, se las ingeniaba para traer a Jon Karlsen al apartamento.

Con la pistola en alto para que se viera enseguida, abrió la puerta de golpe. La persona que había al otro lado se sobresaltó y retrocedió un par de pasos hacia atrás.

Había algo por fuera, sujeto al picaporte. Un ramo de flores envuelto en papel y plástico. Con un sobre grande pegado al papel.

La reconoció enseguida, pese a la expresión de miedo.

—*Get in here* —dijo bajito.

Martine Eckhoff vaciló hasta que él levantó un poco más la pistola.

Le indicó que fuese al salón y la siguió. Le pidió educadamente que se sentara en el sillón de orejas antes de acomodarse en el sofá.

Finalmente, ella apartó la vista de la pistola y lo miró.

—Siento el atuendo —dijo—. ¿Dónde está Harry?

—*What do you want?* —preguntó ella.

Le sorprendió su voz. Una voz tranquila, casi cálida.

—Quiero a Harry Hole —dijo—. ¿Dónde está?

—No lo sé. ¿Qué quieres de él?

—Deja que yo haga las preguntas. Si no me cuentas dónde está Harry Hole, tendré que dispararte. ¿Lo comprendes?

—No sé dónde está. Así que, adelante, dispara si crees que te servirá de algo…

Buscó el miedo en sus ojos. En vano. Quizá fueran las pupilas, tenían algo raro.

—¿Qué haces aquí? —preguntó él.

—He traído una entrada para un concierto que le prometí a Harry.

—¿Y flores también?

—Una ocurrencia, nada más.

Cogió el bolso que ella había dejado encima de la mesa, rebuscó dentro hasta encontrar su cartera y una tarjeta bancaria. Martine Eckhoff. Nacida en 1977. Dirección: Sorgenfrigata, Oslo.

—Tú eres Stankic —dijo ella—. Estabas en el autobús blanco, ¿verdad?

Él volvió a mirarla y ella le sostuvo la mirada. Luego hizo un gesto afirmativo.

—Estás aquí porque quieres que Harry te lleve hasta Jon Karlsen, ¿no? Y ahora no sabes qué hacer, ¿me equivoco?

—Cállate —dijo él en un tono que no había pretendido.

Ella tenía razón, todo se desmoronaba a su alrededor. Se quedaron en silencio en el salón a oscuras mientras fuera amanecía.

Al cabo de unos minutos, Martine volvió a tomar la palabra.

—Yo te puedo llevar hasta Jon Karlsen.

—¿Cómo? —preguntó sorprendido.

—Sé dónde está.

—¿Dónde?

—En una granja.

—¿Cómo lo sabes?

—Porque el Ejército de Salvación es el propietario de la granja y yo soy quien custodia las listas en las que figura quién la ocupa. La policía me llamó para confirmar si podían disponer de ella sin ser molestados durante los próximos días.

—Muy bien. Pero ¿por qué ibas a querer acompañarme hasta allí?

—Porque Harry no te lo dirá —contestó ella—. Y le dispararás.

Al mirarla comprendió que hablaba en serio. Asintió lentamente con la cabeza.

—¿Cuántos hay en la granja?

—Jon, su novia y un policía.

Un policía. Un plan empezaba a cobrar forma en su cabeza.

—¿Cuánto se tarda en llegar hasta allí?

—Entre tres cuartos y una hora, contando con el tráfico de la mañana —dijo ella—. Tengo el coche ahí fuera.

—¿Por qué quieres ayudarme?

—Ya te lo he dicho. Solo quiero que esto acabe.

—¿Eres consciente de que, si me tomas el pelo, te meteré un tiro en la cabeza?

Ella asintió.

—Salimos ahora mismo.

A las siete y catorce minutos Harry supo que estaba vivo. Lo supo porque podía sentir el dolor en cada fibra nerviosa. Y porque los perros que llevaba dentro querían más. Abrió un ojo y miró a su alrededor. Vio la ropa esparcida por el suelo de la habitación del hotel. Al menos estaba solo. La mano apuntó al vaso que había en la mesilla de noche y atinó. Vacío. Pasó un dedo por el fondo y lo chupó. Estaba dulce. El alcohol se había evaporado.

Se levantó de la cama y se llevó el vaso al baño. Evitó mirarse en el espejo mientras llenaba el vaso de agua. Bebió lentamente. Los perros protestaban, pero logró mantenerlos bajo control. Luego otro vaso. El avión. Se miró la muñeca. ¿Dónde demonios estaba el reloj? ¿Y qué hora era? Tenía que salir, tenía que ir a casa. Pero antes, una copa… Encontró los pantalones; se los puso. Notaba los dedos entumecidos e hinchados. La bolsa. Allí. El neceser. Los zapatos. Pero ¿dónde estaba el móvil? Desaparecido. Marcó el nueve para contactar con recepción y oyó cómo la impresora escupía una factura detrás del recepcionista, que le repitió la hora hasta tres veces sin que Harry fuese capaz de enterarse.

Harry logró balbucir algo en inglés, aunque ni él mismo fue capaz de entender sus palabras.

—*Sorry, sir* —dijo el recepcionista—. *The bar doesn't open till three p.m. Do you want to check out now?*

Harry hizo un gesto de afirmación y buscó el billete de avión en la chaqueta que estaba a los pies de la cama.

—*Sir?*

—*Yes* —contestó Harry antes de colgar.

Se recostó en la cama para seguir hurgando en los bolsillos del pantalón, pero solo encontró una moneda de veinte coronas. Y, de repente, se acordó de lo que había ocurrido con el reloj. Cuando iban a cerrar el bar y él fue a pagar la cuenta, le faltaban unas cuantas kunas, así que puso sobre los billetes una moneda de veinte coronas y se dio media vuelta. Pero antes de llegar a la salida, oyó una exclamación de enfado y notó un dolor en la nuca. Miró al suelo y vio la moneda de veinte coronas dando saltos entre sus pies.

Así que volvió a la barra y el camarero murmuró que aceptaba el reloj como compensación por lo que debía.

Harry recordó que se le habían roto los bolsillos de la chaqueta, así que tanteó y encontró el billete de avión dentro del forro del bolsillo interior. Cuando logró sacarlo, buscó la hora de salida. En ese momento llamaron a la puerta. Primero una vez y luego otra, más fuerte.

Harry apenas recordaba lo que había pasado después de que cerrase el bar, así que si aquello tenía que ver con algo sucedido en ese intervalo de tiempo, había pocas razones para creer que le esperase nada agradable. Claro que también cabía la posibilidad de que alguien hubiese encontrado su móvil. Se acercó renqueando a la puerta y la entreabrió.

–*Good morning* –dijo la mujer–. O tal vez no.

Harry intentó sonreír y se apoyó en el marco de la puerta.

–¿Qué quieres?

Ahora que se había recogido el pelo, le recordaba aún más a una profesora de inglés.

–Hacer un trato –dijo ella.

–Ah. ¿Y por qué no ayer?

–Porque quería saber lo que hacías después de nuestro encuentro. Si te encontrabas con alguien de la policía croata, por ejemplo.

–¿Y sabes que no lo hice?

–Estuviste bebiendo en el bar hasta que cerró, y luego te marchaste tambaleándote a tu habitación.

–¿También tienes espías?

–Vamos, Hole. Tienes que coger un avión.

Fuera había un coche esperándolos. Con el camarero del bar que lucía los tatuajes carcelarios al volante.

–A la catedral de San Esteban, Fred –dijo la mujer–. Y rápido, el avión sale dentro de hora y media.

–Sabes mucho sobre mí –dijo Harry–. Y yo no sé nada de ti.

–Puedes llamarme Maria –dijo ella.

La torre de la imponente catedral de San Esteban desapareció en la bruma de la mañana que se arrastraba sobre Zagreb.

Maria condujo a Harry por la nave central, donde apenas había gente. Pasaron junto a los confesionarios y delante de una selección de santos con sus correspondientes bancos para la oración. De los altavoces camuflados surgían los acordes de grabaciones de cantos corales cuyo sonido apagado y temblón quizá pretendía inducir a la contemplación, aunque a Harry le hizo pensar en el hilo musical de un supermercado católico. Lo guió hasta una nave lateral y, tras cruzar una puerta, llegaron a una habitación pequeña con bancada doble. La luz de la mañana entraba roja y azul por los cristales tintados. Dos velas encendidas se alzaban a ambos lados de una figura de Cristo crucificado. Delante del crucifijo había una figura de cera arrodillada con el rostro vuelto hacia el cielo y los brazos levantados en una plegaria desesperada.

—El apóstol Tomás, patrón de los albañiles —explicó ella inclinando la cabeza y santiguándose—. El que quería morir con Jesús.

Tomás el incrédulo, pensó Harry mientras ella se inclinaba sobre su bolso, sacaba una pequeña vela con una foto de un santo, la encendía y la colocaba delante del apóstol.

—Arrodíllate —le pidió ella.

—¿Por qué?

—Tú haz lo que te digo.

Aunque a regañadientes, Harry hincó las rodillas en el terciopelo rojo y deshilachado del reclinatorio y apoyó los codos en el reposabrazos inclinado de madera renegrida a causa del sudor, la grasa y las lágrimas. Curiosamente, resultó ser una postura bastante cómoda.

—Juro por el Hijo de Dios que voy a cumplir mi parte del acuerdo.

Harry vaciló. Luego inclinó la cabeza.

—Juro… —empezó ella.

—Juro…

—En nombre del Hijo, mi redentor.

—En nombre del Hijo, mi redentor.

—Hacer lo que esté en mi mano para salvar al que llaman *mali spasitelj*.

Harry lo repitió.

Ella se levantó.

–Aquí es donde me encontré con mi cliente –dijo–. Aquí me encargó el trabajo. Vámonos, este no es sitio para negociar con el destino de los humanos.

Fred los llevó al gran parque abierto del rey Tomislav y esperó en el coche mientras Harry y Maria buscaban un banco. Las briznas de hierba resecas se esforzaban por erguirse, pero el viento frustraba sus empeños una y otra vez. Al otro lado del viejo pabellón de exposiciones resonó la campana de un tranvía.

–No le vi la cara –dijo Maria–. Pero tenía voz de persona joven.

–¿De persona joven?

–En octubre llamó por primera vez al hotel International. Cuando el asunto guarda relación con los refugiados, le pasan la llamada a Fred. Y él me la pasó a mí. La persona que llamó aseguró hacerlo en nombre de otra persona que quería permanecer en el anonimato y que deseaba encargar un trabajo que debía ejecutarse en Oslo. Recuerdo que de fondo había mucho ruido de tráfico.

–Una cabina de teléfonos.

–Probablemente. Yo le dije que nunca hacía negocios por teléfono ni con anónimos, y colgué. Al cabo de dos días volvió a llamar y me citó tres días después en la catedral de San Esteban. Me indicó la hora exacta a la que debía presentarme y las señas del confesionario al que debía acudir.

Delante del banco donde se hallaban se alzaba un árbol, en una de cuyas ramas vino a aterrizar un grajo. El animal inclinó la cabeza y los miró con pesadumbre.

–Aquel día la iglesia estaba llena de turistas. Yo entré en el confesionario acordado a la hora acordada. Había un sobre sellado en una silla. Lo abrí. Dentro encontré instrucciones detalladas sobre dónde y cómo había que liquidar a Jon Karlsen, un adelanto en dólares americanos que excedía la suma que solemos pedir por ese concepto, así como una propuesta de los términos en los que cerraríamos el trato. Además, decía que el intermediario con quien yo ya había hablado por teléfono se pondría en contacto conmigo para recibir mi respuesta y acordar los detalles relativos al pago, en el caso de que yo aceptara. El intermediario sería nuestro único medio de contacto, pero, por razones de seguridad, él no estaba al tanto de los detalles de la operación y, por lo tanto, yo tampoco debía revelar nada bajo ninguna circunstancia. Me llevé el sobre, salí del confesionario y de la iglesia y volví al hotel. Media hora más tarde llamó el intermediario.

–Es decir, ¿la misma persona que te había llamado desde Oslo?

–No se presentó, pero, como antigua profesora, suelo fijarme en cómo hablan inglés los demás. Y esa persona tenía un acento muy personal.

–¿De qué hablasteis?

–Le dije que lo rechazábamos por tres razones. Primero, porque tenemos por norma conocer los motivos del contratante para solicitar el encargo. Segundo, porque, por razones de seguridad, nunca permitimos que otros decidan la hora y el lugar. Y tercero, porque no trabajamos con contratantes anónimos.

–¿Qué contestó?

–Dijo que él era el responsable del pago, así que me tendría que contentar con su identidad. Y me preguntó cuánto le costaría que yo prescindiera de las otras objeciones. Luego me reveló lo que estaba dispuesto a pagar. Y yo…

Harry la observó mientras buscaba las palabras inglesas correctas.

–… no estaba preparada para una suma como aquella.

–¿Qué propuso?

–Doscientos mil dólares. Es quince veces más de lo que solemos cobrar.

Harry asintió despacio.

–Y entonces dejó de interesarte el motivo.

–No te pido que lo entiendas, Hole, pero teníamos un plan desde el principio. Pensábamos volver a Vukovar en cuanto hubiésemos reunido el dinero necesario. Empezar una nueva vida. Cuando llegó esta oferta, comprendí que era nuestro billete de salida. Sería el último trabajo.

—¿Así que renunciaste a los principios idealistas de vuestro negocio de asesinato? —preguntó Harry mientras buscaba los cigarrillos.

—No querrás decir que tú te dedicas de forma idealista a la investigación de asesinatos, ¿verdad, Hole?

—Sí y no. Uno tiene que comer.

Ella sonrió brevemente.

—Entonces no hay mucha diferencia entre tú y yo, ¿no es cierto?

—Lo dudo.

—¿Ah, sí? Si no me equivoco, tú, como yo, esperas que paguen los que se lo merecen, ¿verdad?

—Eso cae por su propio peso.

—Pero no es tan evidente, ¿no? Descubriste que la culpabilidad contenía matices que se te escapaban cuando decidiste hacerte policía y salvar del mal a la humanidad. Que había poca maldad, pero mucha fragilidad humana. Muchas historias tristes en las que reconocerse a uno mismo. Pero, como bien dices, uno tiene que comer. Así empezamos a mentir… Tanto a los que nos rodean como a nosotros mismos.

Harry no encontraba el mechero. Si no lograba encender pronto el cigarrillo, explotaría. No quería pensar en Birger Holmen. Ahora no. Notó un roce rasposo en los dientes cuando mordió el filtro.

—¿Cómo dices que se llamaba ese intermediario?

—Preguntas como si ya lo supieras —dijo ella.

—Robert Karlsen —dijo Harry rascándose la cara con la palma de la mano—. Él te dio el sobre con las instrucciones el 12 de octubre.

Ella enarcó una ceja perfecta.

—Encontramos su billete de avión. —Harry sintió un escalofrío. El viento lo atravesó como un espectro—. Y cuando volvió a casa ocupó, sin saberlo, el puesto de la persona cuyo destino él mismo había sellado. Es para partirse de risa, ¿verdad?

Ella no contestó.

—Lo que no entiendo —dijo Harry— es por qué tu hijo no suspendió el encargo cuando se enteró por la televisión o la prensa de que había matado a la persona encargada de pagar la factura.

—Él nunca sabe quién es el contratante ni qué ha hecho la víctima —dijo ella—. Es mejor así.

—¿Para que no pueda delatar a nadie si lo cogen?

—Para que no piense. Para que se limite a ejecutar el trabajo confiando en que yo habré hecho las evaluaciones correctas.

—¿Tanto morales como económicas?

Ella se encogió de hombros.

—Por supuesto, en este caso habría sido una ventaja que hubiese sabido quién era el contratante. El problema es que no se puso en contacto con nosotros después del asesinato. Ignoro la razón.

—No se atreve —contestó Harry.

Ella cerró los ojos y Harry vio que a la mujer se le contraían los músculos de la cara…

—Según tu propuesta, mi parte del acuerdo consiste en traer de vuelta a mi artesano —le dijo la mujer—. Supongo que comprendes por qué no puedo hacer lo que me pides. Pero te he facilitado el nombre de la persona que nos hizo el encargo. Hasta que él no se ponga en contacto con nosotros, no puedo hacer más. Aun así, ¿mantendrás tu parte del acuerdo? ¿Querrás salvar a mi hijo?

Harry no contestó. El grajo despegó de repente de la rama y una lluvia de gotas cayó en la gravilla delante de ellos.

—¿Crees que tu hijo se detendrá si se entera de lo escasas que son sus posibilidades?

Ella sonrió con una mezcla de ironía y tristeza y negó con la cabeza.

—¿Por qué no?

—Porque no teme a nada y es testarudo. Se parece a su padre.

Harry observó a aquella mujer delgada de cabeza erguida y pensó que no estaba tan seguro de que lo último fuese cierto.

—Recuerdos a Fred. Cogeré un taxi para ir al aeropuerto.

La mujer se miró las manos.

—¿Crees en Dios, Harry?

—No.

—Aun así, has jurado ante Él que salvarías a mi hijo.

—Sí —dijo Harry poniéndose de pie.

Ella se quedó sentada mirándolo.

—¿Eres hombre de palabra?

—No siempre.

—No crees en Dios —dijo ella—. Ni tampoco en la palabra que das. Entonces ¿qué te queda?

Él se abrigó bien con la chaqueta.

—Dime, ¿en qué crees?

—Creo en la promesa siguiente —respondió Harry—. Uno puede cumplir una promesa pese a no haber cumplido la anterior. Creo en volver a empezar. Me parece que no lo he dicho… —Hizo una seña con la mano para detener un taxi que se acercaba con su placa azul—. Pero esa es la razón por la que trabajo en este gremio.

Ya en el taxi, Harry cayó en la cuenta de que no llevaba dinero suelto. Le dijeron que en el aeropuerto de Pleso había cajeros donde podía utilizar la VISA. Se pasó todo el camino manoseando la moneda de veinte coronas. El recuerdo de la moneda dando vueltas en el suelo del bar del hotel luchaba por imponerse a la idea de la primera copa que se tomaría en el avión.

Ya había amanecido cuando Jon se despertó con el ruido de un coche que llegaba a Østgård. Se quedó mirando al techo. Había sido una noche larga y fría y no había dormido mucho.

—¿Quién será? —preguntó Thea, que, hacía solo unos segundos, dormía profundamente.

Jon le notó la preocupación en el tono de voz.

—Seguramente, el relevo del policía —contestó Jon.

Se apagó el motor y se oyó el ruido de dos puertas que se abrían y se cerraban. Se acercaban dos personas. Pero no oyeron voces. Policías taciturnos. Desde la sala de estar, donde se había instalado el policía, pudieron oír que llamaban a la puerta. Una vez. Dos veces.

—¿No piensa abrir? —susurró Thea.

—¡Calla! —dijo Jon—. Quizá haya salido. Puede que esté en la letrina.

Llamaron por tercera vez. Fuerte.

—Voy a abrir —dijo Jon.

—¡Espera! —le rogó ella.

—Tenemos que dejarles entrar —dijo Jon pasando por encima de ella para vestirse.

Abrió la puerta que daba al salón. En el cenicero de la mesa había una colilla humeante, y en el sofá, una manta. Volvieron a llamar. Jon miró por la ventana, pero no vio el coche. Qué extraño. Se puso justo delante de la puerta.

—¿Quién es? —gritó, ya menos seguro.

—Policía —dijo una voz fuera.

Cabía la posibilidad de que estuviese equivocado, pero le pareció apreciar un acento raro en la voz.

Se sobresaltó ante un nuevo aporreo. Extendió una mano temblorosa hacia el picaporte. Respiró hondo y abrió la puerta de golpe.

El viento gélido arremetió contra él como una pared de agua y el contraluz cegador del sol matutino que tan bajo brillaba en el horizonte lo obligó a entornar los ojos hacia las dos siluetas que aguardaban en el porche.

—¿Sois el relevo? —preguntó Jon.

—No —dijo una voz de mujer que Jon reconoció en el acto—. Ya ha terminado todo.

—¿Que ha terminado? —preguntó Jon, sorprendido, poniéndose la mano sobre los ojos a modo de visera—. Hola, ¿eres tú?

—Sí, tenéis que hacer la maleta, os llevaremos a casa —dijo ella.

—¿Por qué?

Ella se lo contó todo.

—¡Jon! —gritó Thea desde el dormitorio.

—Un momento —dijo Jon, y dejó la puerta abierta mientras regresaba a la habitación.

—¿Quién es? —preguntó Thea.

—Es la policía que me interrogó —dijo Jon—. Toril Li. Y un tipo que también se apellida Li, creo. Dicen que Stankic está muerto. Le han disparado esta noche.

El policía que los custodiaba volvió de la letrina, guardó sus cosas y se marchó. Diez minutos más tarde, Jon se colgaba la mochila del hombro, cerraba la puerta y echaba la llave. Fue pisando sus propias huellas en la nieve profunda hasta llegar a la fachada de la casa, contó cinco tablas y colgó la llave en el gancho que había por dentro. Luego se apresuró a unirse a los demás, que ya iban camino del Golf rojo que, expulsando un humo blanco, los aguardaba con el motor en marcha. Se acomodó en el asiento trasero al lado de Thea. El coche echó a andar y él la rodeó con el brazo y la estrechó antes de inclinarse entre los asientos delanteros.

—¿Qué ocurrió anoche en el puerto de contenedores?

La agente Toril Li miró a su colega Ola Li, que iba en el asiento del acompañante.

—Dicen que, al parecer, Stankic intentó empuñar un arma —explicó Ola Li—. En fin, eso cuenta ese tirador profesional del comando especial.

—¿Y no fue así?

—Depende de lo que entiendas por arma —dijo Ola mirando a Toril Li, a quien le costaba mantenerse seria—. Cuando le dieron la vuelta tenía la bragueta abierta y la polla fuera. Parece que había salido a la puerta para mear.

Toril Li carraspeó, irritada.

—Esto es totalmente *off the record* —dijo Ola Li rápidamente—. Como ya sabréis, ¿verdad?

—¿Quieres decir que le pegasteis un tiro a bocajarro? —dijo Thea, incrédula.

—Nosotros no —dijo Toril Li—. El francotirador del comando especial de Defensa.

—Creen que Stankic oyó algo y volvió la cabeza —dijo Ola.

—Porque la bala le ha entrado por detrás de la oreja y le ha salido por la nariz. Y pim, pam, fuera.

Thea miró a Jon.

—Ha debido de utilizar una munición algo especial, desde luego —dijo Ola pensativo—. Bueno, pronto lo comprobarás, Karlsen. Si logras identificar al tipo, me quito el sombrero.

—De todas formas, habría sido difícil —dijo Jon.

—Sí, lo hemos oído —apuntó Ola haciendo un gesto de negación con la cabeza—. *Visage du pantomime*, vamos, hombre. *Bullshit*, digo yo. Pero eso también es totalmente *off the record*, ¿vale?

Siguieron un rato en silencio.

—¿Cómo sabéis que es él? —preguntó Thea—. Quiero decir, si tiene la cara destrozada…

—Reconocieron la chaqueta —dijo Ola.

—¿Eso es todo?

Ola y Toril intercambiaron miradas.

—No —dijo Toril—. Había sangre seca tanto en la chaqueta como en el trozo de cristal que hallaron en el bolsillo. Están cotejando esa sangre con la de Halvorsen.

—Todo ha terminado, Thea —dijo Jon atrayéndola hacia sí.

Ella apoyó la cabeza en su hombro y él aspiró el olor de su cabello. Pronto dormiría. Mucho tiempo. Entre los respaldos vio la mano de Toril Li sobre el volante. Conducía pegada a la derecha de la carretera cuando se cruzaron con un pequeño coche eléctrico de los que la Casa Real le había regalado al Ejército de Salvación.

25

Domingo, 20 de diciembre.
El perdón

Los diagramas, los números, el sonido regular de la frecuencia cardiaca infundían cierta sensación de control.

Halvorsen llevaba una mascarilla que le cubría la boca y la nariz y, en la cabeza, algo que se parecía a un casco y que, según había explicado el médico, registraba los cambios en la actividad cerebral. Tenía los párpados oscurecidos por una fina red de capilares. Harry pensó que nunca lo había visto de aquel modo. Jamás había visto a Halvorsen con los ojos cerrados. Siempre los tenía abiertos. Alguien abrió la puerta a su espalda. Era Beate.

—Por fin —dijo ella.

—Vengo directamente del aeropuerto —susurró Harry—. Parece un piloto de un caza durmiendo.

No comprendió lo siniestra que era la metáfora hasta que vio la sonrisa forzada de Beate. Si no hubiese tenido el cerebro tan entumecido, quizá hubiera elegido otra. O habría mantenido la boca cerrada. La razón por la que era capaz de mostrar una especie de fachada era que el avión entre Zagreb y Oslo solo se encontraba en espacio aéreo internacional durante hora y media, y la azafata encargada del alcohol pareció atender absolutamente a todo el mundo antes de reparar en la lucecita encendida en el asiento de Harry.

Salieron fuera y encontraron un sofá al final del pasillo.

—¿Alguna novedad? —preguntó Harry.

Beate se pasó la mano por la cara.

—El médico que realizó el reconocimiento de Sofia Miholjec me llamó ayer por la tarde. No pudo encontrar otras lesiones que el cardenal de la frente y opina que es muy probable que se diera contra una puerta, tal y como explicó Sofia. Dijo que se tomaba muy en serio lo del secreto profesional, pero su mujer lo había convencido de que debía informar, ya que se trataba de la investigación de un asunto muy grave. Le tomó una muestra de sangre a Sofia, pero los resultados del análisis no mostraron nada anormal hasta que él, siguiendo una intuición, pidió que se comprobase si había rastro de la hormona GHC. El nivel deja poco margen de duda, según dice.

Beate se mordió el labio inferior.

—Interesante intuición —dijo Harry—. Pero no tengo ni idea de lo que es la hormona GHC.

—Sofia estuvo embarazada hace poco, Harry.

Harry intentó silbar, pero tenía la boca demasiado seca.

—Tendrás que ir a hablar con ella.

—Sí, claro, como la última vez nos hicimos amigas del alma… —resopló Beate.

—No tienes que hacerte su amiga. Solo quieres averiguar si la violaron.

—¿Si la violaron?

—Intuición.

Beate exhaló un suspiro.

—De acuerdo. Pero ya no corre tanta prisa.

—¿Qué quieres decir?

—Después de lo que ha pasado esta noche…

—¿Qué ha pasado esta noche?

Beate lo miró.

—¿No lo sabes?

Harry negó con la cabeza.

—Te dejé al menos cuatro mensajes en el teléfono.

—Perdí el móvil ayer, pero dímelo.

Vio que Beate tragaba saliva.

—Mierda —dijo Harry—. Dime que no es lo que creo que es.

—Le han pegado un tiro a Stankic. Murió en el acto.

Harry cerró los ojos y distinguió la voz de Beate muy a lo lejos.

—Stankic hizo ademán de coger algo y, según el informe, le advirtieron a gritos que se detuviese.

«Informe —pensó Harry—. Tan rápido.»

—Desgraciadamente, la única arma que encontraron fue un trozo de cristal en el bolsillo. Tenía sangre, y el forense ha prometido que tendrán los resultados mañana. Probablemente tuvo la pistola escondida hasta que volvió a necesitarla. Tampoco llevaba documentación encima.

—¿Encontrasteis alguna otra cosa?

La pregunta de Harry salió automáticamente, porque sus pensamientos se encontraban en otro lugar. Exactamente, en la catedral de San Esteban. «Juro por el Hijo de Dios.»

—Tenía los utensilios para drogarse en un rincón: jeringa, cucharilla, esas cosas. Y algo más interesante aún, un perro muerto colgando del techo. Un metzner negro, según el guarda del puerto. Habían cortado trozos del cuerpo.

—Me alegra oírlo —murmuró Harry.

—¿Cómo?

—Nada.

—Eso explica, como mencionaste, los trozos de carne hallados en el vómito de la calle Gøteborggata.

—¿Participó alguien más en la operación, aparte del grupo Delta?

—No, según el informe.

—¿Quién ha firmado el informe?

—El jefe del dispositivo, por supuesto, Sivert Falkeid.

—Por supuesto.

—En todo caso, ya se ha acabado.

—¡No!

—No tienes por qué gritar, Harry.

—No se ha acabado. Donde hay un príncipe, hay un rey.

—¿Qué te pasa? —Beate tenía las mejillas encendidas—. Muere un asesino a sueldo y tú hablas de él como si fuera… un amigo.

Halvorsen, pensó Harry. Beate había estado a punto de decir Halvorsen. Cerró los ojos y en el interior de los párpados divisó una luz roja centelleante. Como velas, pensó. Como las velas en la iglesia. Solo era un niño cuando enterraron a su madre. En Åndalsnes, con vistas a la montaña, lo que ella había pedido cuando cayó enferma. Y allí estuvieron, su padre, Søs y él oyendo al pastor hablar de una persona a la que no conocía, porque su padre no fue capaz de llegar a conocerla. Y puede que Harry lo supiera ya entonces, que sin ella no había familia. Y el abuelo, cuya alta estatura había heredado Harry, se encorvó y, echándole el aliento mezclado con olor a alcohol en la cara, le dijo que así debía ser, que los padres se iban los primeros. Harry tragó saliva.

—He localizado a la jefa de Stankic —dijo—. Y ha confirmado que el asesinato fue encargado por Robert Karlsen.

Beate lo miró estupefacta.

—Pero eso no es todo —dijo Harry—. Robert solo era un intermediario. Hay alguien detrás.

—¿Quién?

—No tengo ni idea. Solo sé que se trata de alguien que se puede permitir pagar doscientos mil dólares por un asesinato.

—¿Y todo eso te lo contó la jefa de Stankic? ¿Así, sin más?

Harry negó con la cabeza.

—Hicimos un trato.

—¿Qué clase de trato?

—No querrás saberlo.

Beate parpadeó asombrada. Luego asintió con la cabeza. Harry miró a una mujer mayor que avanzaba cojeando apoyada en unas muletas y se preguntó si la madre de Stankic y Fred leerían los periódicos noruegos en internet. Si ya se habrían enterado de que Stankic había muerto.

—Los padres de Halvorsen están comiendo en la cafetería. Voy a verlos. ¿Quieres venir, Harry?

—¿Cómo? Perdón. He comido en el avión.

—Lo valorarán. Dicen que hablaba de ti con cariño. Como de un hermano mayor.

Harry negó con la cabeza.

—Más tarde, quizá.

Cuando Beate se marchó, Harry volvió a la habitación de Halvorsen. Acercó la silla a la cama, tomó asiento y miró la cara pálida que descansaba en la almohada. En la bolsa llevaba una botella de Jim Beam sin abrir que había comprado en la tienda libre de impuestos del aeropuerto. «Somos nosotros contra la jauría», murmuró. Harry apretó la punta del dedo corazón contra el pulgar, justo por encima de la frente de Halvorsen. Con el dedo corazón, le asestó al agente un fuerte golpe entre los ojos, pero los párpados no se movieron.

—Yashin —susurró Harry notando que tenía la voz gangosa.

El filo de la chaqueta impactó contra el borde de la cama con un sonido seco. Harry hurgó con la mano. Había algo dentro del forro. El móvil desaparecido.

Cuando Beate regresó con los padres de Halvorsen, él ya se había marchado.

Estaba tumbado en el sofá con la cabeza en el regazo de Thea, que veía una película antigua en la tele, y Jon podía distinguir la voz nítida de Bette Davis mientras miraba al techo y se decía que conocía ese techo mejor que el suyo. Y si se concentraba, al final vería algo conocido, algo diferente a la cara destrozada que le habían mostrado en el frío sótano del Rikshospitalet. Y cuando le preguntaron si aquel era el hombre que había visto en la puerta de su apartamento, el mismo que más tarde agredió al policía con una navaja, él negó con la cabeza.

—Pero eso no quiere decir que no sea él —dijo Jon, y ellos respondieron con un gesto de afirmación y tomaron nota antes de sacarlo de allí.

—¿Estás seguro de que la policía no quiere que duermas en tu apartamento? —preguntó Thea—. Habrá muchos comentarios si te quedas aquí esta noche.

—Es la escena de un crimen —dijo Jon—. Estará sellado hasta que terminen las indagaciones.

—Sellado —dijo ella—. Como unos labios que guardan un secreto.

Bette Davis le estaba echando la bronca a una mujer más joven, y los violines entonaban una melodía de gran intensidad dramática.

—¿En qué piensas? —preguntó Thea.

Jon no contestó. No le dijo que le había mentido al asegurarle que todo había acabado. Que no se acabaría hasta que él hiciese lo que tenía que hacer. Y lo que tenía que hacer era coger el toro por los cuernos, pararle los pies al enemigo, ser un soldadito valiente. Porque él ya lo sabía. Porque la verdad era que en la calle Gøteborggata, cuando Halvorsen escuchaba el mensaje telefónico de Mads Gilstrup, el mensaje de su confesión, él estaba lo bastante cerca como para oírlo.

Llamaron a la puerta. Ella se levantó rápidamente como si agradeciese la interrupción. Era Rikard.

—¿Molesto? —preguntó.

—No —dijo Jon—. Ya me iba.

Jon se vistió en medio de un silencio atronador. Cuando cerró la puerta tras de sí, se quedó unos segundos escuchando sus voces. Susurraban. ¿Por qué susurrarían? Rikard parecía enfadado.

Cogió el tranvía que iba hasta la ciudad y luego el metro de Holmenkollen. En condiciones normales, un domingo nevado como aquel, el metro de Holmenkollen iba lleno de gente que volvía con los esquís al hombro, pero, al parecer, aquel día casi todos habían pensado que hacía demasiado frío para esquiar. Se apeó en la última estación y contempló Oslo, que se extendía a sus pies.

La casa de Mads y Ragnhild estaba situada sobre una cima. Jon nunca había estado allí antes. La verja era relativamente estrecha, como la entrada de los coches, rodeada por un grupo de árboles que ocultaban la casa desde la carretera. Era un edificio bajo construido en armonía con el terreno, de forma que uno no se daba cuenta de lo grande que era hasta haber entrado y haberla visto por dentro. Por lo menos, eso decía Ragnhild.

Jon llamó al timbre y, al cabo de unos segundos, una voz le habló desde un altavoz que él no logró ver.

—Vaya. Jon Karlsen.

Jon miró a la cámara que había sobre la puerta.

—Estoy en el salón —dijo la voz de Mads Gilstrup riendo un poco—. Supongo que conoces el camino.

La puerta se abrió y Jon Karlsen accedió a un vestíbulo tan grande como su apartamento.

—¿Hola?

Un eco breve y duro fue cuanto oyó por respuesta.

Se adentró por un pasillo que, suponía, terminaba en un salón. En las paredes colgaban lienzos sin marco con dibujos al óleo de colores fuertes. Percibió un olor muy particular, que ganaba intensidad a medida que avanzaba. Pasó por una cocina con una isla y una mesa de comedor con una docena de sillas. El fregadero estaba lleno de platos y vasos y botellas vacías de cerveza y licor. Allí reinaba un olor empalagoso a comida rancia y a cerveza. Continuó pasillo arriba. Ropa tirada por el suelo. Miró por la puerta de un baño. Olía a vómito.

Dobló la esquina y, de repente, se desveló ante él una vista panorámica de Oslo y del fiordo que solo había visto en las excursiones que hacía con su padre por Nordmarka.

En medio del salón había una gran pantalla donde pasaban sin sonido unas fotografías de lo que parecía la grabación casera de una boda. Un padre llevaba a la novia al altar, que saludaba a los invitados que había a ambos lados del pasillo. Solo se oía el ligero zumbido del ventilador del proyector. Delante de la pantalla vio el alto respaldo de un sillón negro y, al lado, en el suelo, dos botellas vacías y una medio llena.

Jon carraspeó fuerte y se acercó.

El sillón dio la vuelta, lentamente.

Y Jon se detuvo en seco.

En el sillón había un hombre en el que apenas reconoció a Mads Gilstrup. Llevaba una camisa blanca y limpia y unos pantalones negros, pero iba sin afeitar y tenía la cara hinchada, los ojos desteñidos, con una película gris blancuzco. Tenía en el regazo una escopeta negra de doble cañón en cuya culata se distinguían unos dibujos de animales tallados en rojo oscuro. Tal y como estaba sentado, el cañón apuntaba directamente a Jon.

—¿Te dedicas a la caza, Karlsen? —preguntó Mads Gilstrup con la voz ronca y distorsionada por el alcohol.

Jon negó con la cabeza sin apartar la vista de la escopeta.

—En nuestra familia cazamos de todo —dijo Gilstrup—. Ninguna presa es demasiado pequeña, ni demasiado grande. Creo que se podría decir que es nuestro lema familiar. Mi padre ha matado a cualquier bicho que pueda moverse. Cada invierno se iba a un país donde había animales que todavía no había cazado. El año pasado fue a Paraguay. Por lo visto, allí tienen un puma de los bosques que es excepcional. Yo no valgo para eso. Según mi padre, no tengo la sangre fría que hace falta. Solía decir que el único animal que había logrado capturar era esa de ahí. —Mads Gilstrup señaló a la pantalla con la cabeza—. Supongo que insinuaba que ella me capturó a mí.

Mads Gilstrup dejó la escopeta en la mesa, a su lado, y le indicó que se sentara con un gesto de la mano.

—Siéntate. Vamos a firmar un acuerdo de traspaso completo con tu jefe, David Eckhoff, la semana que viene. En primer lugar, y en relación a las propiedades de la calle Jacob Aall, mi padre quiere darte las gracias por recomendar la venta.

—No es necesario dar las gracias —dijo Jon sentándose en el sofá negro. La piel era suave y estaba helada—. Fue una evaluación puramente profesional.

—¿Ah, sí? Cuéntame.

Jon tragó saliva.

—Resultado de la valoración de la utilidad que puede tener el dinero bloqueado en una serie de inmuebles, en comparación con la utilidad de disponer de liquidez a la hora de emprender otros trabajos y acciones a las que también nos dedicamos.

—Pero puede que otros vendedores hubiesen puesto los inmuebles a la venta.

—A nosotros también nos hubiera gustado hacerlo. Pero vosotros nos lo pusisteis muy difícil al dejar claro que, si ibais a pujar por el conjunto de los inmuebles, no aceptaríais subasta alguna.

—Aun así, tu recomendación fue decisiva.

—Yo valoré la oferta como buena.

Mads Gilstrup sonrió.

—Joder, podíais haber conseguido el doble.

Jon se encogió de hombros.

—De haber dividido las propiedades, tal vez habríamos conseguido algo más, pero vuestra solución nos evita un proceso largo y laborioso. Y los del Consejo Superior le otorgaron prioridad a la confianza que les inspiráis como arrendadores. Tenemos bastantes inquilinos en los que pensar. Es imposible saber lo que habrían hecho con ellos otros compradores con menos escrúpulos.

—La cláusula que estipula congelar los alquileres y mantener los inquilinos actuales solo es válida durante dieciocho meses.

—La confianza es la más importante de las cláusulas.

Mads Gilstrup se inclinó hacia delante.

—Eso es verdad, Karlsen. ¿Sabías que he estado al tanto de tu relación con Ragnhild todo este tiempo? A Ragnhild suelen salirle esas rosetas en la cara cuando acaba de follar. Y le salían en cuanto se pronunciaba tu nombre en la oficina. ¿Le leíste versos de la Biblia mientras te la follabas? Porque ¿sabes qué? Creo que le habría gustado. —Mads Gilstrup se recostó en el sillón con una risa forzada y pasó la mano por la escopeta que había sobre la mesa—. Tengo dos cartuchos de perdigones en esta arma, Karlsen. ¿Has visto lo que pueden hacer esos cartuchos? Ni siquiera necesitas apuntar muy bien, solo hay que disparar y… ¡Pum! Te estampa en mil pedazos en la pared de enfrente. Fascinante, ¿no te parece?

—He venido a decirte que no quiero que seamos enemigos.

—¿Enemigos? —resopló Mads Gilstrup—. Vosotros siempre seréis mis enemigos. ¿Te acuerdas del verano que comprasteis Østgård y el mismísimo comisionado Eckhoff me invitó a ir? Yo daba lástima, era ese pobre niño cuyas memorias de la infancia habíais comprado. Vosotros sois muy sensibles cuando se trata de esas cosas. ¡Dios mío, cómo os odio! —rió Mads Gilstrup—. Yo miraba mientras vosotros jugabais y lo pasabais bien, como si aquel lugar os perteneciese. Sobre todo tu hermano, Robert. A él le gustaban las niñas pequeñas. Les hacía cosquillas y se las llevaba al granero y… —Mads movió el pie y le dio a la botella, que cayó con un pequeño sonido sordo. El alcohol dorado salió a borbotones extendiéndose por el parqué–. Vosotros no me veíais. Nadie me veía, como si no estuviese allí; solo os preocupabais los unos de los otros. Así que pensé: seré invisible. Pues os voy a enseñar lo que pueden hacer las personas invisibles.

—¿Por eso lo hiciste?

—¿Yo? —Mads se echó a reír–. Yo soy inocente, Jon Karlsen. Nosotros, los privilegiados, siempre lo somos, eso ya deberías saberlo. Siempre tenemos la conciencia tranquila porque podemos comprar la de otros. Los que existen para servirnos se encargan del trabajo sucio. Es la ley de la naturaleza.

Jon hizo un gesto de afirmación.

—¿Por qué llamaste a ese policía y confesaste?

Mads Gilstrup se encogió de hombros.

—Pensé llamar a ese otro, Harry Hole. Pero el tío no tenía tarjeta de visita, así que llamé al que había dejado su número. No sé qué Halvorsen. No me acuerdo, estaba borracho.

—¿Se lo has contado a alguien más? —preguntó Jon.

Mads Gilstrup negó con la cabeza, cogió del suelo la botella volcada y tomó un trago.

—Solamente a mi padre.

—¿A tu padre? —dijo Jon–. Sí, claro.

—¿Claro? —rió Mads–. ¿Quieres a tu padre, Jon Karlsen?

—Sí. Mucho.

—¿Y no estás de acuerdo con que el amor por el padre es una maldición? —Jon no contestó, así que Mads siguió–: Mi padre estuvo aquí justo después de que yo hubiera llamado al policía, y, cuando se lo dije, ¿sabes lo que hizo? Fue a buscar su palo de esquí y me atizó. Y el muy cabrón todavía pega con fuerza. Odio la fuerza, ¿sabes? Me dijo que si le contaba algo a alguien, si manchaba el buen nombre de la familia, me mataría. Lo dijo así, literalmente. ¿Y sabes qué? —De repente, se le llenaron los ojos de lágrimas y el llanto le ahogó la voz–: A pesar de todo, le quiero. Y creo que por eso me odia tanto. Que yo, su único hijo, sea tan débil que ni siquiera pueda pagarle su odio con odio.

Dejó caer la botella sobre el parqué y la habitación retumbó.

Jon entrecruzó las manos.

–Escúchame. El policía que escuchó tu confesión está en coma. Y si me prometes que no vas a ir detrás de mí ni de los míos, yo te prometo no revelar lo que sé sobre ti.

Mads Gilstrup parecía no estar escuchando a Jon, ya que había apartado la mirada hacia la pantalla donde los novios les daban la espalda.

–Mira, ahora es cuando dice sí. Veo ese instante una y otra vez. Porque no lo puedo entender. Ella juró. Ella… –Él negó con la cabeza–. Yo creí que lograría que me quisiera de nuevo. Si era capaz de llevar a cabo este… crimen, me vería como soy. Un delincuente tiene que ser valiente. Fuerte. Un hombre, ¿no? No solo… –respiraba fuerte por la nariz mientras escupía las palabras– el hijo de alguien.

Jon se levantó.

–Tengo que irme.

Mads Gilstrup hizo un gesto de afirmación.

–Tengo algo que te pertenece. Llamémoslo… –se apretó el labio pensativo– un regalo de despedida de parte de Ragnhild.

Jon miraba con atención la bolsa negra que le había dado Mads Gilstrup mientras viajaba en el metro de Holmenkollen.

Hacía tanto frío que los que se habían atrevido a salir a dar su paseo dominical caminaban con los hombros encogidos y las cabezas gachas enterradas en gorros y bufandas. Pero Beate Lønn no sentía el frío mientras llamaba al timbre de la familia Miholjec en la calle Jacob Aall. De hecho, no había sentido nada desde la última noticia que le dieron en el hospital.

–El corazón no es el principal problema –dijo el médico–. Tiene dañados otros órganos. Sobre todo los riñones.

La señora Miholjec esperaba a Beate en la puerta y la condujo hasta la cocina, donde su hija Sofia se manoseaba el pelo. La señora Miholjec echó agua en la cafetera y sacó tres tazas.

—Quizá sea mejor que Sofia y yo nos quedemos a solas —dijo Beate.

—Ella quiere que yo esté presente —dijo la señora Miholjec—. ¿Café?

—No, gracias, tengo que volver al Rikshospitalet. Esta charla no durará mucho.

—De acuerdo —dijo la señora Miholjec tirando el agua.

Beate se sentó enfrente de Sofia intentando captar su mirada, pero ella seguía estudiándose las puntas del pelo.

—¿Estás segura de que no quieres que hagamos esto a solas, Sofia?

—¿Por qué? —preguntó ella con ese tono arisco que los adolescentes enfadados utilizan con una eficacia asombrosa para conseguir lo que quieren: hacer enfadar a los demás.

—Son asuntos bastante personales, Sofia.

—¡Esta señora es mi madre!

—De acuerdo —dijo Beate—. ¿Has abortado?

Sofia se puso rígida. Esbozó una mueca, una mezcla de ira y dolor.

—¿De qué hablas? —dijo, pero no pudo ocultar la sorpresa en la voz.

—¿Quién era el padre? —preguntó Beate.

Sofia seguía desenmarañando enredos inexistentes. La señora Miholjec las miraba boquiabierta.

—¿Tuviste relaciones sexuales voluntarias con él? —dijo Beate—. ¿O te violó?

—¿Cómo te atreves a decirle eso a mi hija? —dijo la madre—. Solo es una niña. No te atrevas a hablarle como si fuese una… una puta.

—Tu hija ha estado embarazada, señora Miholjec. Solo quiero saber si tiene alguna relación con el caso de asesinato en el que estamos trabajando.

La mandíbula inferior de la madre parecía estar a punto de desencajarse, hasta que por fin abrió la boca. Beate se inclinó hacia Sofia.

—¿Fue Robert Karlsen, Sofia? ¿Fue él?

A la joven empezó a temblarle el labio inferior.

La madre se levantó de la silla.

—¿Qué está diciendo, Sofia? ¡Dile que no es verdad!

Sofia apoyó la cara en la mesa y se cubrió la cabeza con los brazos.

—¡Sofia! —gritó la madre.

—Sí —susurró Sofia llorosa—. Fue él. Fue Robert Karlsen. No creí... No tenía ni idea de que... era así.

Beate se levantó. Sofia sollozaba y su madre las miraba como si acabasen de darle una bofetada. Beate solo se sentía entumecida.

—Esta noche han cogido al hombre que mató a Robert —dijo—. Un comando especial le disparó en el puerto de contenedores. Está muerto.

Buscaba reacciones, pero no hubo respuesta alguna.

—Me voy.

Nadie le prestó atención y se dirigió sola hasta la puerta.

Estaba junto a la ventana contemplando el paisaje blanco y ondulado. Parecía un mar de leche que, de repente, se hubiera congelado. Entreveía casas y graneros rojos en algunas de las cimas. El sol brillaba sobre la colina, suspendido a muy baja altura, y parecía extenuado.

—*They are not coming back* —dijo él—. Se han ido. O puede que nunca hayan estado aquí. Quizá me has mentido.

—Han estado aquí —contestó Martine apartando la olla de la placa—. Hacía calor cuando llegamos y tú mismo has visto las huellas en la nieve. Algo habrá pasado. Siéntate, la comida está lista.

Dejó la pistola al lado del plato y se comió el estofado. Se dio cuenta de que las latas eran de la misma marca que las que había comido en el apartamento de Harry Hole. En el alféizar de la ventana había una radio antigua de color azul. Sonaba música pop interrumpida por una voz ininteligible. En ese momento pusieron algo que él ya había oído en una película, algo que su madre tocaba de vez en cuando en el piano que tenía delante de la ventana, que «era la única ventana de la casa con vistas al Danubio», como solía decir su padre en tono burlón cuando quería tomarle el pelo a su madre. Y si ella se dejaba irritar, él siempre terminaba la controversia preguntando cómo una mujer tan inteligente y guapa podía haberle elegido a él como marido.

—¿Harry es tu novio? —preguntó él.

Martine hizo un gesto de negación.

—Entonces ¿por qué le llevas una entrada para un concierto?

Ella no contestó.

Él sonrió.

—Creo que estás enamorada de él.

Ella levantó el tenedor apuntándole como si quisiera subrayar algo, pero cambió de idea.

—¿Y tú? ¿Hay alguna chica esperándote en tu país?

Él negó con la cabeza mientras bebía un vaso de agua.

—¿Por qué no? ¿Demasiado trabajo?

Él derramó agua en el mantel. La tensión, pensó. Es la razón por la que, de repente, estalló en carcajadas y no pudo controlarse. Ella también se echó a reír.

—O tal vez seas marica —dijo ella secándose una lágrima de risa—. Es posible que en tu país te espere un chico.

Él rió todavía más. Y siguió haciéndolo después de que ella hubiese parado.

Sirvió más estofado en los dos platos.

—Ya que te gusta tanto, te doy esto —dijo él tirando una foto encima de la mesa.

Era la fotografía que había encontrado en el espejo del pasillo donde aparecía Harry con la mujer morena y el niño. Ella la cogió y la estudió.

—Se le ve contento —dijo en voz baja.

—Quizá se sentía feliz en aquel momento.

–Sí.

Una penumbra grisácea se había ido colando por las ventanas y se había apoderado de la habitación.

–Quizá pueda sentirse feliz de nuevo –musitó ella.

–¿Crees que es posible?

–¿Volver a sentirse feliz? Por supuesto.

Miró la radio que había detrás de ella.

–¿Por qué me ayudas?

–Ya te lo he dicho. Harry no te habría ayudado y entonces…

–No te creo. Tiene que haber algo más.

Ella se encogió de hombros.

–¿Puedes decirme lo que pone aquí? –le preguntó mientras desdoblaba el impreso que había encontrado entre el montón de papeles en la mesa de salón de Harry antes de pasárselo.

Martine empezó a leer mientras él observaba la foto de Harry de la tarjeta de identificación encontrada en el apartamento. Miraba por encima de la cámara. Comprendió que Harry estaba mirando al fotógrafo en lugar de a la cámara. Y pensó que aquello quizá dijera algo sobre el hombre de la foto.

–Le retiran algo que se llama Smith & Wesson 38 –dijo Martine–. Le piden que entregue este documento firmado cuando quiera recogerla en la oficina de suministros de la Comisaría General.

Él asintió lentamente con la cabeza.

–Y está firmado en el original, ¿verdad?

–Sí. Por… vamos a ver… el comisario Gunnar Hagen.

–En otras palabras, Harry no ha recogido su arma. Y eso quiere decir que es inofensivo. Que ahora mismo está totalmente indefenso.

Martine parpadeó asombrada.

–¿En qué estás pensando?

26

Domingo, 20 de diciembre.
El truco de magia

Las farolas se encendieron en la calle Gøteborggata.

—Vale —le dijo Harry a Beate—. ¿Halvorsen estaba aparcado aquí?

—Sí.

—Salieron. Y Stankic les atacó. Primero disparó a Jon, que logró huir y esconderse en el patio interior. Y entonces atacó a Halvorsen, que estaba metiéndose en el coche para coger el arma.

—Sí. Encontraron a Halvorsen tendido al lado del vehículo. Hallamos sangre en los bolsillos del abrigo y de los pantalones, además de en la cinturilla. No es suya, así que suponemos que pertenece a Stankic, que debió de registrar a Halvorsen. Y se llevó su cartera y su móvil.

—Ya —dijo Harry frotándose la barbilla—. ¿Por qué no se limitó a dispararle? ¿Por qué usar una navaja? No fue por no hacer ruido; ya habría despertado a los vecinos al disparar a Jon.

—También nos lo hemos preguntado nosotros.

—¿Y por qué usa la navaja con Halvorsen y escapa? La única razón por la que le atacó tuvo que ser para quitarlo de en medio y coger a Jon. Pero no lo intentó.

—Lo interrumpieron. Llegó un coche, ¿no?

—Sí, pero estamos hablando de un tío que acaba de darle un navajazo a un policía en plena calle. ¿Por qué iba a asustarle un coche que pasaba por allí? ¿Y por qué utilizó la navaja si ya había sacado la pistola?

–Quién sabe.

Harry cerró los ojos. Beate pisoteaba la nieve con los pies.

–Harry –dijo–. Tengo ganas de irme de aquí, yo…

Harry abrió los ojos lentamente.

–No tenía más balas.

–¿Cómo?

–Era la última bala de Stankic.

Beate suspiró.

–Es un profesional, Harry. No puedes quedarte sin munición así como así, ¿no?

–Exacto –dijo Harry animado–. Si tienes un plan detallado de cómo vas a matar a un tío y para eso necesitas una o dos balas como mucho, no te traes todo un arsenal de munición. Vas a entrar en un país extranjero, escanearán tu equipaje y tendrás que ocultarlo en algún sitio, ¿verdad?

Beate no contestó y Harry continuó:

–Stankic le dispara a Jon su última bala y falla. Entonces ataca a Halvorsen con un arma punzante. ¿Por qué? Sí, para quitarle el arma reglamentaria y dar caza a Jon. Por eso hay sangre en la cinturilla del pantalón de Halvorsen. Ahí no buscas una cartera, sino un arma. Pero no encuentra el revólver porque no sabe que está en el coche. Y mientras Jon se esconde en el edificio, Stankic solo tiene una navaja. Así que lo deja y se larga.

–Buena teoría –dijo Beate bostezando–. Podríamos haber preguntado a Stankic, pero está muerto.

Tuvo el tacto suficiente para no comentarle que apestaba a borracheras pasadas y recientes. Y también la inteligencia suficiente para saber que aquello no le confortaría. Pero él supo que, en aquellos momentos, Beate no confiaba en él.

–¿Qué dijo el testigo del coche? –preguntó Harry–. ¿Que Stankic huía por el lado izquierdo de la calle?

–Sí, lo siguió por el retrovisor. Y cayó en la esquina de allí abajo. Donde encontramos una moneda croata.

Harry miró hacia la esquina. Allí fue donde vio al mendigo del bigote colgante la última vez que estuvo en aquella calle. Quizá él hubiese visto algo.

Pero estaban a veintidós grados bajo cero y allí no había nadie.

—Vamos a ver al forense —dijo Harry.

Sin mediar palabra, fueron conduciendo por la calle Tofte hasta la circunvalación Ring 2. Ya habían pasado por delante del hospital de Ullevål, los jardines blancos y las casas de hormigón de estilo inglés de la calle Sognsveien cuando, de repente, Harry rompió el silencio.

—Métete en el carril de la derecha y para.

—¿Ahora? ¿Aquí?

—Sí.

Ella miró por el retrovisor y obedeció.

—Pon el intermitente —dijo Harry—. Escúchame con atención. ¿Te acuerdas del juego de la intuición que te enseñé?

—¿Te refieres a ese en el que se tiene que hablar antes de pensar?

—O decir lo que piensas antes de pensar que no deberías pensar eso. Vacía el cerebro.

Beate cerró los ojos. Fuera del coche, una familia pasaba esquiando por la acera...

—¿Lista? Vale. ¿Quién mandó a Robert Karlsen a Zagreb?

—La madre de Sofia.

—Ya —dijo Harry—. ¿De dónde has sacado eso?

—No tengo ni idea —contestó Beate y abrió los ojos—. Que sepamos, ella no tiene móvil. Además, tampoco responde al perfil. Tal vez sea porque es croata como Stankic. Mi subconsciente no debería pensar en términos tan complicados.

—Todo lo que dices puede ser cierto —dijo Harry—. Menos lo último de tu subconsciente. Vale. Pregúntame.

—¿Tengo que preguntar... en voz alta?

—Sí.

—¿Por qué?

—Hazlo —dijo él cerrando los ojos—. Estoy listo.

—¿Quién envió a Robert Karlsen a Zagreb?

—Nilsen.

—¿Nilsen? ¿Qué Nilsen?

Harry volvió a abrir los ojos.

Parpadeó un tanto aturdido por las luces del tráfico que venía de frente.

—Pues habrá sido Rikard.

—Divertido juego —dijo Beate.

—Arranca —dijo Harry.

La oscuridad se cernía sobre Østgård. La radio parloteaba en el alféizar.

—¿Es cierto que nadie puede reconocerte? —preguntó Martine.

—Claro que sí —dijo él—. Pero lleva su tiempo. Lleva su tiempo aprenderse mi cara. Solo que no hay tantos que se hayan tomado ese tiempo.

—Así que no eres tú, son los demás.

—Puede ser. Pero no he querido que me reconozcan, se debe a… algo que hago.

—Huyes.

—No, todo lo contrario. Me infiltro. Invado. Me hago invisible y me cuelo donde quiero.

—Pero si nadie te ve, ¿para qué sirve?

La miró sorprendido. Salió una musiquita de la radio y una voz de mujer empezó a hablar con el tono neutral y serio propio de una locutora de noticias.

—¿Qué dice? —preguntó él.

—Que hará más frío. Cerrarán las guarderías. Se recomienda a las personas mayores que se queden en casa y no escatimen electricidad.

—Pero tú me viste. Me reconociste.

—Yo miro a las personas —dijo ella—. Las veo. Es mi único talento.

—¿Por eso me ayudas? —preguntó él—. ¿Por eso no has intentado escapar?

Ella lo miró.

—No, no es por eso —dijo finalmente.

—¿Por qué?

—Porque quiero que Jon Karlsen muera. Quiero que esté más muerto que tú.

Él se sobresaltó. ¿Estaba loca?

—¿Yo, muerto?

—Es lo que han estado diciendo en las noticias de las últimas horas —dijo ella señalando la radio con la cabeza.

Ella tomó aire y habló con la voz autoritaria y grave de una locutora de noticias:

—El hombre sospechoso de cometer el asesinato de la plaza Egertorget murió anoche por los disparos del grupo de operaciones especiales de la policía, durante una operación en el puerto de contenedores. Según el responsable de la operación, Sivert Falkeid, el sospechoso se negó a entregarse e hizo ademán de sacar un arma. El jefe del grupo de Delitos Violentos de la policía, Gunnar Hagen, informó de que, como manda el procedimiento, remitirán el caso al SEFO. Hagen asegura que este caso es un nuevo ejemplo de que la policía se enfrenta a una criminalidad organizada cada día más violenta y que la discusión sobre la idoneidad de que los agentes vayan armados no solo debe girar en torno a una aplicación efectiva de la ley, sino también a la propia seguridad de los agentes de policía.

Parpadeó, asombrado. Dos veces. Tres veces. Y lo entendió. Christopher. La chaqueta azul.

—Estoy muerto —dijo—. Por eso se habían ido cuando llegamos aquí. Creen que se ha acabado. —Puso la mano sobre la de Martine—. Tú quieres que Jon Karlsen muera.

Ella miró al infinito. Tomó aire para decir algo, pero lo expulsó como si las palabras que había elegido no fueran las adecuadas. Lo intentó de nuevo. Al tercer intento dijo:

—Porque Jon Karlsen lo sabía. Lo supo todos estos años. Y por eso le odio. Y por eso me odio a mí misma.

Harry miraba el cuerpo desnudo e inerte que yacía sobre el banco. Casi había dejado de impresionarlo verlos así. Casi.

Hacía unos catorce grados en la habitación, y la voz de la forense resonó fuerte y seca en las paredes lisas de hormigón al contestar a la pregunta de Harry:

—No, no habíamos pensado hacerle la autopsia. Ya tenemos suficiente cola y la causa es bastante obvia, ¿no crees?

Señaló el agujero grande y negro de la cara, que le había borrado la mayor parte de la nariz y el labio superior, dejando al descubierto la boca y los dientes de la mandíbula superior.

—Menudo cráter —dijo Harry—. No parece el resultado de un MP-5. ¿Cuándo recibiré el informe?

—Pregunta a tu jefe. Ha pedido que se lo envíe directamente a él.

—¿Hagen?

—Sí. Si es urgente, tendrás que pedirle una copia.

Harry y Beate intercambiaron una mirada elocuente.

—Mirad —dijo la forense con un movimiento en la comisura de los labios que Harry interpretó como una sonrisa—. Tenemos poca gente de guardia los fines de semana y se me ha amontonado un poco la cosa. Si me perdonáis...

—Naturalmente —dijo Beate.

La forense y Beate se encaminaron a la puerta, pero ambas se detuvieron cuando oyeron la voz de Harry.

—¿Alguien ha reparado en esto?

Se volvieron hacia Harry, que estaba inclinado sobre el cadáver.

—Tiene marcas de agujas. ¿Habéis comprobado si había drogas en la sangre?

La forense dejó escapar un suspiro.

—Entró esta mañana; solo hemos tenido tiempo de enfriarlo.

—¿Y cuándo lo podréis hacer?

—¿Es importante? —preguntó ella, y continuó al ver que Harry vacilaba—: Te agradecería que contestaras con sinceridad, porque si tenemos que darle prioridad, significa que los otros asuntos que reclamáis se retrasarán más aún. Esto es siempre un infierno antes de las navidades.

—Bueno —dijo Harry—. Quizá se pusiera alguna inyección. —Se encogió de hombros—. Pero está muerto. Así que no tiene la menor importancia. ¿Le habéis quitado el reloj?

—¿El reloj?

—Sí. El otro día llevaba un Seiko SQ50 cuando sacó dinero de un cajero.

—No llevaba reloj.

—Ya —dijo Harry mirando su propia muñeca desnuda—. Lo habría perdido.

—Voy a pasarme por la unidad de cuidados intensivos —anunció Beate una vez fuera.

—De acuerdo —dijo Harry—. Cogeré un taxi. ¿Confirmarás la identidad?

—¿A qué te refieres?

—Para que estemos seguros de que ese de ahí dentro es Stankic.

—Por supuesto, el procedimiento normal. El cadáver tiene sangre del tipo A, lo que concuerda con la que encontramos adherida a los bolsillos de Halvorsen.

—Es el tipo de sangre más corriente en Noruega, Beate.

—Bueno, pero van a comprobar también el perfil de ADN. ¿Tienes dudas?

Harry se encogió de hombros.

—Hay que hacerlo. ¿Cuándo?

—Como muy tarde el miércoles, ¿vale?

—¿Tres días? No vale.

—Harry...

Harry alzó los brazos al aire rindiéndose.

—Bueno. Yo me voy. Duerme un poco, ¿vale?

—Sinceramente, tú pareces necesitarlo más que yo.

Harry le puso la mano en el hombro. Notó lo delgada que estaba bajo la chaqueta.

—Es fuerte, Beate. Y tiene ganas de seguir aquí, ¿de acuerdo?

Beate se mordió el labio inferior. Parecía que intentaba decir algo, pero se quedó en una sonrisa apresurada y un gesto de afirmación con la cabeza.

Harry sacó el móvil en el taxi y marcó el número de Halvorsen. Como esperaba, no hubo respuesta.

Luego marcó el número del hotel International. Conectó con la recepción y les pidió que lo pusieran con Fred, el del bar.

—¿Fred? ¿De qué bar?

—*The other bar* —contestó Harry—. Soy el policía —dijo Harry cuando contactó con el camarero del bar—. El que estuvo ahí ayer preguntando por *mali spasitelj*.

—*Da?*

—Tengo que hablar con ella.

—Ya ha recibido la mala noticia —dijo Fred—. Adiós.

Harry se quedó sentado un rato oyendo las interferencias. Luego se metió el teléfono en el bolsillo interior y contempló las calles muertas por la ventanilla. Pensó que estaría en la catedral encendiendo una vela.

—El restaurante Schrøder —dijo el taxista al tiempo que frenaba.

Harry estaba sentado a su mesa de siempre mirando dentro de un vaso medio lleno de cerveza. El llamado restaurante era en realidad un sencillo y ajado antro de copas, pero con un aura de orgullo y dignidad que posiblemente se debiera a la clientela, al personal, y a los excelentes cuadros, un poco fuera de lugar, que adornaban las paredes ahumadas. O al hecho de que el restaurante Schrøder hubiera sobrevivido durante tantos años mientras muchos locales del vecindario cambiaban de letrero y de propietario.

Era domingo por la noche, antes del cierre, y no había mucha gente. Pero acababa de entrar un cliente nuevo, que echó un vistazo al local mientras se desabrochaba el abrigo que llevaba sobre la chaqueta de tweed, antes de ir derecho a la mesa de Harry.

—Buenas noches, amigo mío —dijo Ståle Aune—. Esta parece ser tu esquina favorita.

—No es una esquina —contestó Harry sin farfullar—. Es un rincón. Las esquinas están por fuera. Uno dobla la esquina, no se sienta en ella.

—¿Qué pasa con la frase «la mesa de la esquina»?

—No es una mesa que esté en una esquina, sino una mesa con esquina. Como el sofá de esquina.

Aune sonrió, satisfecho. Era su tipo de conversación favorito. La camarera se les acercó y, al oírlo pedir un té, le dedicó una mirada breve y desconfiada.

—Entonces supongo que a uno tampoco lo mandan a «la esquina de la vergüenza» —dijo ajustándose la pajarita de lunares rojos y negros.

Harry sonrió.

—¿Intentas contarme algo, señor psicólogo?

—Bueno, supongo que me llamaste porque querías que te contase algo.

—¿Cuánto cobras últimamente por decirle a la gente que está actuando de forma vergonzosa?

—Cuidado, Harry. El beber no solo te vuelve irritable, sino también irritante. No he venido para quitarte la autoestima, los cojones o la cerveza. Pero ahora mismo tu problema es que las tres cosas se encuentran en ese vaso.

—Qué razón tienes —dijo Harry levantando el vaso—. Y por eso pienso bebérmelo rápidamente.

Aune se levantó.

—Si quieres hablar de tu afición a la bebida, lo haremos como siempre, en mi despacho. Esta consulta ha terminado, y tú pagas el té.

—Espera —dijo Harry—. Mira esto. —Se dio la vuelta y dejó el resto del medio litro en la mesa vacía que había detrás de ellos—. Es mi truco de magia. Termino la borrachera con un vaso de medio litro que bebo durante una hora. Un sorbito cada dos minutos. Como una píldora para dormir. Luego voy a casa y a partir del día siguiente me mantengo sobrio. Quería hablar contigo sobre la agresión a Halvorsen.

Aune dudó un instante. Y volvió a sentarse.

—Un asunto horrible. Me han contado los detalles.

—¿Y qué ves?

—Vislumbro, Harry. Vislumbro y casi ni eso. —Aune hizo un gesto cortés a la camarera que le trajo el té—. Pero, como sabes, vislumbro mejor que los otros zánganos de mi profesión. Lo que veo son similitudes entre este ataque y el asesinato de Ragnhild Gilstrup.

—Te escucho.

—Una ira profunda e intensa que ha encontrado su vía de escape. Violencia condicionada por la frustración sexual. Los ataques de ira son, como sabes, típicos en casos de trastornos de personalidad extremos.

—Sí, pero esta persona parece capaz de controlar su ira. Si no, hubiésemos tenido más pistas en los distintos escenarios del crimen.

—Interesante observación. Puede tratarse de una persona violenta impulsada por la ira o de una «persona que practica la violencia», como nos obligan a llamarlo los mandamases de mi profesión. Algo que en el día a día puede parecer flemático, casi defensivo. El *American Journal of Psychology* acaba de publicar un artículo sobre este tipo de personas que padecen lo que ellos llaman *slumbering rage*. Yo lo llamo «Doctor Jekyll y mister Hyde». Y cuando mister Hyde despierta…

Aune movía el dedo índice al mismo tiempo que daba un pequeño sorbo al té.

—… es el Apocalipsis y el Ragnarök al mismo tiempo. Pero, una vez que se desata, no controlan su ira.

—No parece un rasgo de personalidad muy adecuado para un asesino a sueldo.

—Desde luego que no. ¿Adónde quieres llegar?

—Stankic pierde las formas en el asesinato de Ragnhild Gilstrup y en el ataque a Halvorsen. Hay algo… poco clínico. Y diferente a los asesinatos de Robert Karlsen y de los otros de quienes nos ha informado la Europol.

—¿Un asesino a sueldo enfadado e inestable? Bueno. Hay muchos pilotos de avión inestables, y también encargados del funcionamiento de las centrales nucleares. No todo el mundo tiene el trabajo que debería, ¿sabes?

—Brindemos por ello.

—En realidad, no estaba pensando en ti. ¿Sabes que tienes ciertos rasgos narcisistas, comisario?

Harry sonrió.

—¿Quieres contarme por qué estás avergonzado? —preguntó Aune—. ¿Crees que acuchillaron a Halvorsen por tu culpa?

Harry carraspeó.

—Bueno. Fui yo quien le dijo que tenía que cuidar de Jon Karlsen. Y fui yo quien debía haberle enseñado dónde hay que llevar el arma cuando se hace de niñera.

Aune hizo un gesto de afirmación.

—Así que todo es culpa tuya, como de costumbre.

Harry volvió la cabeza a un lado y miró a su alrededor. Las luces habían empezado a parpadear y los pocos clientes que quedaban terminaron sus copas y empezaron a ponerse las bufandas y los gorros. Harry dejó un billete de cien encima de la mesa y sacó la bolsa por debajo de la silla de una patada.

—Dejemos eso para la próxima vez, Ståle. Llevo sin pasar por casa desde que llegué de Zagreb, y ahora voy a dormir.

Harry caminaba detrás de Aune hacia la puerta y, aun así, logró resistir y no volverse a mirar el vaso con el resto de cerveza que seguía en la mesa, detrás de ellos.

Harry reparó en el cristal roto cuando se disponía a abrir la puerta con la llave, y soltó un taco. Era la segunda vez que le robaban en lo que iba de año. Se fijó en que el ladrón se había tomado su tiempo para pegar el cristal y no llamar la atención de otros inquilinos que pasaran por allí. En cambio, no había tenido tiempo de llevarse el equipo de música y la tele. Comprensible, ya que ninguno de los dos aparatos eran modelos de este año. Ni del año pasado. Y no había más objetos de valor.

Alguien había revuelto el montón de papeles que dejó sobre la mesa del salón. Fue al baño y vio que habían rebuscado en el armario de las medicinas que tenía encima del lavabo, así que tenía que tratarse de un drogadicto.

Se sorprendió al ver un plato y una lata de estofado vacía en la encimera. ¿Se habría consolado comiendo, aquel ladrón desafortunado?

Cuando Harry se acostó, notó el dolor inminente y confió en dormirse mientras seguía más o menos medicado. La luna entraba por entre las cortinas y trazaba en el suelo una raya blanca hasta la cama. Giraba de un lado a otro mientras esperaba a los fantasmas. Ya podía oír el murmullo: era cuestión de tiempo. Y a pesar de saber que se trataba de una paranoia fruto de la borrachera, le pareció notar el olor a sangre y muerte que exhalaban las sábanas.

27

Lunes, 21 de diciembre.
El discípulo

Alguien había colgado una corona navideña en la puerta de la sala de reuniones de la zona roja.

Tras la puerta cerrada, la última reunión matutina del grupo de investigación tocaba a su fin.

Harry estaba delante de los reunidos, llevaba un traje oscuro y muy ajustado y sudaba.

—Ya que tanto Stankic, el autor material del crimen, como el instigador, Robert Karlsen, han muerto, este grupo de investigación se disolverá al acabar la reunión —anunció Harry—. Eso significa que este año la mayoría de vosotros podréis disfrutar de unas verdaderas vacaciones de Navidad. Pero hablaré con Hagen y le pediré que me permita disponer de algunos de vosotros para seguir investigando. ¿Alguna pregunta antes de terminar? ¿Sí, Toril?

—Dices que el contacto de Stankic en Zagreb confirmó nuestra sospecha de que Robert Karlsen había encargado el asesinato de Jon. ¿Quién habló con el contacto y cómo?

—Lo siento, pero ahora no puedo entrar en eso —dijo Harry sin prestar atención a la expresiva mirada de Beate y notando cómo el sudor le corría por la espalda. No porque le molestaran el traje o la pregunta, sino porque estaba sobrio—. De acuerdo —dijo Harry—. Lo siguiente será averiguar con quién trabajaba Robert. A lo largo del día, avisaré a los afortunados que van a participar en todo esto. Hagen dará una conferencia de prensa más tarde y se encargará de decir lo que hay que decir. –Harry agitó la mano–. Venga, corred hacia vuestros montones de papeles.

–¡Eh! –gritó Skarre por encima del ruido del movimiento de sillas–. ¿No vamos a celebrarlo?

El ruido enmudeció y los reunidos miraron a Harry.

–Bueno –dijo el comisario–. No sé exactamente qué tenemos que celebrar, Skarre. ¿Que hayan muerto tres personas? ¿Que el instigador siga en libertad? ¿O que tengamos a un agente en coma?

Harry lo miró, pero no hizo nada por romper el incómodo silencio que siguió a sus preguntas.

Cuando todos se fueron, Skarre se acercó a Harry, que estaba ordenando las notas que había redactado a las seis de la mañana para colocarlas en la carpeta.

–*Sorry* –dijo Skarre–. Una sugerencia poco acertada.

–No pasa nada –dijo Harry–. Supongo que tu intención era buena.

Skarre carraspeó.

–No se te suele ver con traje.

–El entierro de Robert Karlsen es a las doce –dijo Harry sin levantar la mirada–. He pensado pasar por allí y ver quién se presenta.

–Comprendo. –Skarre se balanceaba sobre los talones.

Harry dejó de mirar los papeles.

–¿Quieres algo más, Skarre?

–Sí, bueno. Estaba pensando que, como muchos de los del grupo tienen familia y les hace ilusión la Navidad, y yo estoy soltero…

–¿Ajá?

–Sí, me presento voluntario.

–¿Voluntario?

–O sea, que tengo ganas de seguir trabajando en el caso. Si tú quieres, claro –dijo enseguida.

Harry miró con atención a Magnus Skarre.

–Sé que no te gusto –dijo Skarre.

—No es eso —dijo Harry—. Ya he decidido quiénes van a continuar. Y son los que considero los mejores, no los que me gustan.

Skarre se encogió de hombros y tragó saliva.

—Vale. Feliz Navidad, entonces.

Se encaminó hacia la puerta.

—Por eso —dijo Harry mientras guardaba las notas dentro de la carpeta— quiero que te centres en la cuenta bancaria de Robert Karlsen. Comprueba los ingresos y los reintegros de los últimos seis meses y toma nota de las irregularidades.

Skarre se detuvo y se volvió, perplejo.

—Harás lo mismo con Albert y Mads Gilstrup. ¿Entendido, Skarre?

Magnus Skarre asintió, entusiasmado.

—Pregunta también en Telenor si Robert y Gilstrup mantuvieron alguna conversación telefónica durante ese periodo. Ah, y ya que parece que Stankic se llevó el móvil de Halvorsen, averigua si se ha hecho alguna llamada desde su número. Habla con el abogado policial para acceder a las cuentas bancarias.

—No hace falta —dijo Skarre—. Según la nueva normativa, tenemos derecho de acceso permanente.

—Ya. —Harry miró a Skarre muy serio—. Ya sabía yo que no estaba de más contar en el equipo con alguien que hubiese leído la normativa.

Y salió por la puerta a toda prisa.

Robert Karlsen no había alcanzado el grado de oficial, pero, dado que había muerto en acto de servicio, decidieron enterrarlo en el área que el Ejército reservaba a sus oficiales en el cementerio de Vestre Gravlund. Después del oficio, como siempre, tendría lugar una ceremonia conmemorativa en los locales que el Ejército poseía en Majorstua.

Cuando Harry entró en la capilla, Jon se volvió a mirarlo, sentado con Thea en la primera fila. Harry supuso que los padres de

Robert no estaban presentes. Él y Jon tuvieron contacto visual y Jon hizo un saludo breve y serio con la cabeza, pero Harry advirtió la gratitud en su mirada.

Como era de esperar, la capilla estaba repleta hasta el último banco. La mayoría de los presentes llevaba el uniforme del Ejército de Salvación. Harry vio a Rikard y a David Eckhoff. Y, a su lado, a Gunnar Hagen. Pero también estaban unos cuantos buitres de la prensa. En ese momento, Roger Gjendem se sentó en el banco que tenía cerca y le preguntó si sabía por qué no había acudido el primer ministro, tal como se había anunciado.

—Pregunta en el gabinete del primer ministro —contestó Harry, que sabía que aquella mañana la oficina había recibido una llamada discreta de las altas esferas de la Comisaría General, informando del posible papel de Robert Karlsen en el asesinato.

En cualquier caso, en la oficina del primer ministro habían pensado que el jefe del gobierno tenía que dar prioridad a otras reuniones urgentes.

El comisionado David Eckhoff también había recibido una llamada de la comisaría que provocó pánico en el Cuartel General, sobre todo porque una de las personas clave en los preparativos funerarios, su hija Martine, había informado aquella mañana de que estaba enferma y no iría a trabajar.

Sin embargo, el comisionado anunció con voz firme que un hombre es inocente mientras no se demuestre lo contrario. Además, añadió que ya era demasiado tarde para alterar el programa, que la función tenía que continuar. Y también que el primer ministro le había confirmado su participación en el concierto de Navidad, programado para la noche del día siguiente en el auditorio.

—¿Algo más? —susurró Gjendem—. ¿Alguna novedad respecto a los asesinatos?

—Seguro que os han informado —dijo Harry—. Todo lo relacionado con la prensa pasa por Gunnar Hagen y el portavoz de prensa.

—Ellos no dicen nada.

—Parece que tienen muy claro cuál es su trabajo.

—Venga, Hole, sé que está pasando algo. Ese policía al que hirieron con un arma blanca en la calle Gøteborggata, ¿está relacionado con el asesino que os cargasteis ayer por la noche?

Harry negó con la cabeza de una manera que podía significar tanto «No» como «Sin comentarios».

En ese momento cesaron los acordes del órgano, enmudeció el murmullo y la chica que debutaba se presentó y cantó un himno muy conocido, con aire muy seductor, con amago de gemidos y mareando la última nota por una montaña rusa tonal que le habría envidiado la mismísima Mariah Carey. Durante un segundo, Harry sintió una imperiosa necesidad de tomar una copa. Finalmente, la chica cerró la boca con una mueca de dolor e inclinó la cabeza ante la lluvia de flashes. Su representante sonrió satisfecho. Obviamente, él no había recibido una llamada de la Comisaría General.

Eckhoff habló a los congregados sobre el valor y el sacrificio.

Harry no lograba concentrarse. Miró el féretro y pensó en Halvorsen. Y en la madre de Stankic. Y, cuando cerró los ojos, pensó en Martine.

Después, seis oficiales sacaron el féretro. Jon y Rikard iban delante.

Jon resbaló en el hielo cuando giraron en el sendero de gravilla.

Harry abandonó el lugar mientras los demás seguían reunidos alrededor de la tumba. Atravesaba la parte vacía del cementerio en dirección al Frognerparken, cuando oyó crujir la nieve tras de sí.

Primero pensó que sería un periodista, pero cuando advirtió la respiración rápida y jadeante reaccionó sin pensar y se dio la vuelta.

Era Rikard, que se detuvo en seco.

—¿Dónde está? —preguntó resoplando.

—¿Dónde está quién?

—Martine.

—He oído decir que está enferma.

—Eso, enferma. —El pecho de Rikard se movía agitado—. Pero no está en su casa guardando cama. Y tampoco lo estaba anoche.

—¿Cómo lo sabes?

–¡No…! –El grito de Rikard sonó como un alarido de dolor y se le distorsionó la cara como si ya no controlara su propia mímica. Pero tomó aire y, con lo que Harry interpretó como un gran esfuerzo, terminó por tranquilizarse. Entonces susurró–: A mí no me vengas con esas. Yo lo sé. La has engañado. Mancillado. Está en tu apartamento, ¿verdad? Pero no puedes…

Rikard dio un paso hacia Harry, que sacó automáticamente las manos de los bolsillos del abrigo.

–Escucha –dijo Harry–. No tengo ni idea de dónde está Martine.

–¡Mientes! –Rikard cerró las manos y Harry comprendió que era urgente encontrar las palabras adecuadas para tranquilizarlo.

Apostó por estas:

–Solo un par de cosas que deberías tener en cuenta en estos momentos, Rikard. Yo no soy muy rápido, pero peso noventa y cinco kilos y una vez hice un agujero en una puerta de roble con la mano. Y la pena mínima según el artículo 127 de la ley penal, relativo a la violencia contra un funcionario público, es de seis meses. O sea, te arriesgas a acabar en el hospital. Y en la cárcel.

Rikard lo fulminó con la mirada.

–Nos veremos, Harry Hole –dijo, se dio la vuelta y echó a correr por la nieve entre las lápidas, en dirección a la iglesia.

Imtiaz Rahim estaba de mal humor. Acababa de discutir con su hermano si colgarían los adornos navideños en la pared de detrás de la caja registradora. Imtiaz opinaba que bastante tenían con vender calendarios navideños, carne de cerdo y productos cristianos como para encima profanar a Alá siguiendo esa clase de costumbres paganas. ¿Qué dirían sus clientes paquistaníes? Pero su hermano opinaba que debían pensar en otros clientes. Por ejemplo, los de la finca que había al otro lado de la calle Gøteborggata. No pasaría nada porque dieran a la tienda de ultramarinos un toque de cristianismo en aquellas fechas. Imtiaz había ganado la virulenta discusión, pero no se sintió satisfecho.

Por eso dejó escapar un suspiro cuando sonó furiosa la campanilla que tenía encima de la puerta y un hombre de traje oscuro, alto y ancho de hombros entró y se acercó a la caja registradora.

—Harry Hole, de la policía —dijo el hombre y, durante un momento de pánico, Imtiaz pensó que en Noruega había una ley que obligaba a todos los comercios a poner adornos navideños—. Hace unos días había un mendigo delante de esta tienda —dijo el policía—. Un tío pelirrojo con un bigote así. —Deslizó la mano por el labio superior y la bajó por un lado de la boca.

—Sí —dijo Imtiaz—. Lo conozco. Le pagamos por los cascos de las botellas.

—¿Sabes cómo se llama?

—El menda. O el cobra.

—¿Qué dices?

Imtiaz rió. Volvía a estar de buen humor.

—Es mendigo, ¿verdad? Y cobra por las botellas...

Harry hizo un gesto de afirmación.

Imtiaz se encogió de hombros.

—Fue mi sobrino quien me enseñó ese...

—Ya. No está mal. Así que...

—No, no sé cómo se llama. Pero sé dónde puedes encontrarlo.

Espen Kaspersen estaba, como de costumbre, en la biblioteca central Deichmanske, en el número 1 de la calle Henrik Ibsen, delante de un montón de libros, cuando se dio cuenta de que alguien se inclinaba sobre él. Miró hacia arriba.

—Hole, de la policía —dijo el hombre sentándose en la silla que había al otro lado de la larga mesa.

Espen vio que la chica que estaba leyendo al fondo de la mesa lo miraba. En ciertas ocasiones algún empleado nuevo se empeñaba en registrarle la mochila cuando salía. Dos veces se le había acercado una persona para pedirle que se fuera porque apestaba tanto que no podían concentrarse en su trabajo. Pero era la primera vez que la policía se dirigía a él. Bueno, menos cuando pedía en la calle.

—¿Qué lees? —preguntó el policía.

Kaspersen se encogió de hombros. Enseguida se dio cuenta de que hablarle de su proyecto a aquel hombre era perder el tiempo.

—¿Søren Kierkegaard? —dijo el policía mirando las tapas del libro—. Schopenhauer. Nietzsche. Filosofía. ¿Eres un pensador?

Espen Kaspersen resopló.

—Intento encontrar el camino correcto. Y eso implica reflexionar sobre la condición del ser humano.

—¿No es eso ser un pensador?

Espen Kaspersen miró al hombre. Tal vez se hubiera equivocado con él.

—Hablé con el encargado de la tienda de ultramarinos en la calle Gøteborggata —dijo el policía—. Dice que te pasas los días aquí. Y cuando no estás aquí, pides en la calle.

—Sí, es la vida que he elegido.

El policía sacó un bloc de notas, y Espen Kaspersen le facilitó su nombre completo y su domicilio con su tía abuela en la calle Hagegata.

—¿Profesión?

—Monje.

Espen Kaspersen vio, para su satisfacción, que el policía lo anotaba sin rechistar.

El policía asintió con la cabeza.

—Bueno, Espen. No eres drogadicto, así que ¿por qué te dedicas a pedir?

—Porque mi cometido es servir de espejo al ser humano para que pueda verse a sí mismo y ver lo que es grande y lo que es pequeño.

—¿Y qué es lo grande?

Espen suspiró, desalentado, como si estuviera cansado de repetir lo obvio:

—Caridad. Repartir y ayudar al prójimo. La Biblia trata casi exclusivamente de eso. La verdad es que tienes que buscar muy bien para encontrar algo sobre el coito antes del matrimonio, el aborto, la homosexualidad y el derecho de las mujeres a hablar en asambleas. Pero, por supuesto, es más fácil para un fariseo hablar bien alto de lo secundario que decir y hacer lo que implica grandeza, lo que la Biblia confirma enérgicamente: que uno debe donar la mitad de sus posesiones a quien no tiene nada. Miles de personas mueren cada día sin haber oído la palabra de Dios porque esos cristianos se aferran a sus bienes terrenales. Yo les doy una oportunidad para reflexionar sobre eso.

El policía hizo un gesto de afirmación.

Espen Kaspersen se asombró.

—Por cierto, ¿cómo sabías que no soy drogadicto?

—Porque te vi hace unos días en la calle Gøteborggata. Estabas pidiendo y yo iba con un hombre joven que te dio una moneda. Pero tú la cogiste y se la tiraste enfadado. Eso no lo habría hecho un drogadicto, por pequeña que fuera la moneda.

—Me acuerdo de eso.

—Y luego me pasó lo mismo a mí en un bar de Zagreb hace dos días, y empecé a cavilar. Quiero decir que algo me ordenó que cavilase, pero no lo hice. Hasta ahora.

—Existe una razón para que yo tirase aquella moneda —contestó Espen Kaspersen.

—De eso me di cuenta de repente —dijo Harry, y dejó una bolsa con un objeto encima de la mesa—. ¿Es esta la razón?

28

Lunes, 21 de diciembre.
El beso

La conferencia de prensa se estaba celebrando en la sala de consignas, situada en la cuarta planta. Gunnar Hagen y el comisario jefe de la policía judicial estaban en la tarima y sus voces resonaban en la amplia sala medio vacía. Habían pedido a Harry que estuviese presente por si Hagen necesitaba consultarle algún detalle relacionado con la investigación. Pero las preguntas de los periodistas se centraban en el dramático episodio del disparo en el puerto de contenedores, y las respuestas de Hagen variaban entre «Sin comentarios» y «Debemos dejar que SEFO conteste a eso».

A la pregunta de si la policía sabía si el asesino tenía un cómplice, Hagen contestó:

—De momento, no, pero estamos realizando una investigación minuciosa.

Cuando acabó la conferencia de prensa, Hagen llamó a Harry. Mientras la sala se vaciaba, Hagen se acercó al borde de la tarima de forma que tuvo que agachar la cabeza para mirar a aquel comisario tan alto.

—Dejé muy claro que quería que todos mis comisarios llevasen armas a partir de hoy. Te di un recibo firmado, así que ¿dónde está la tuya?

—He estado ocupado en una investigación y no le he dado prioridad a eso, jefe.

—Pues dásela. —Las palabras resonaron en la sala de consignas.

Harry hizo un gesto lento de afirmación.

—¿Algo más, jefe?

Ya en su despacho, Harry se quedó sentado mirando la silla vacía de Halvorsen. Luego llamó a la oficina de pasaportes situada en la primera planta y pidió una relación de los pasaportes emitidos a la familia Karlsen. Cuando una voz nasal de mujer preguntó si le estaba tomando el pelo, le dio el número de identificación personal de Robert y, con el registro civil y un ordenador de velocidad media, la búsqueda dio cuatro resultados: Robert, Jon, Josef y Dorthe.

—Los pasaportes de los padres, Josef y Dorthe, fueron renovados hace cuatro años. A Jon no le hemos emitido el pasaporte. Y vamos a ver… la máquina va muy lenta hoy… Sí, aquí está, el pasaporte de Robert Karlsen fue emitido hace diez años y caduca dentro de poco, así que le puedes decir que…

—Está muerto.

Harry marcó el número interno de Skarre y le pidió que fuera enseguida.

—Nada —dijo Skarre, que, por casualidad o por un repentino ataque de tacto, se sentó en el borde de la mesa en lugar de en la silla de Halvorsen—. He comprobado las cuentas de Gilstrup y no hay nada que lo relacione con Robert Karlsen ni tampoco hay cuentas en Suiza. Lo único anormal es un reintegro de cinco millones de coronas en dólares de una de las cuentas de la compañía. Llamé a Albert Gilstrup y le pregunté, y él admitió que era el pago extra de Navidad que correspondía a los jefes de puerto de Buenos Aires, Manila y Bombay, a los que Mads suele visitar en diciembre. Vaya gremio con que se relaciona esa gente.

—¿Y la cuenta de Robert?

—Ingresos por sueldo y pequeños reintegros.

—¿Y llamadas de Gilstrup?

—Ninguna a Robert Karlsen. Pero encontramos algo cuando buscamos en el contrato de Gilstrup. Adivina quién ha llamado a Jon Karlsen un motón de veces y, en alguna ocasión, a altas horas de la noche.

—Ragnhild Gilstrup —contestó Harry, y vio la cara desilusionada de Skarre—. ¿Alguna otra cosa?

—No —reconoció Skarre—. Aparte de un número conocido. Mads Gilstrup llamó a Halvorsen el mismo día que lo atacaron. Llamada perdida.

—De acuerdo —dijo Harry—. Quiero que mires otra cuenta.

—¿Cuál?

—La de David Eckhoff.

—¿El comisionado? ¿Qué quieres que busque?

—No estoy seguro. Solo hazlo.

Cuando Skarre se hubo ido, Harry marcó el número del forense, donde la técnico prometió enseguida, y sin ponerse demasiado tiquismiquis, que enviaría un fax con la fotografía del cadáver de Christo Stankic para su identificación a un número de fax que Harry dijo que pertenecía al hotel International de Zagreb.

Harry dio las gracias, colgó y marcó el teléfono del hotel.

—Debemos saber qué hacer con el cuerpo —dijo cuando consiguió que lo pasaran con Fred—. Las autoridades croatas no conocen a ningún Christo Stankic y, por tanto, no han solicitado la repatriación.

Diez segundos más tarde distinguió el educado inglés de Maria.

—Propongo un intercambio —dijo Harry.

Klaus Torkildsen, del centro de operaciones de Telenor, región Oslo, solo tenía una meta en la vida: que lo dejasen en paz. Y como sufría de sobrepeso, sudaba constantemente y, por lo general, siempre andaba de mal humor, su deseo solía cumplirse. En las relaciones que lo unían con otras personas, procuraba mantener la mayor distancia posible. Por eso pasaba mucho tiempo encerrado en un cuarto del departamento de operaciones rodeado de máquinas que daban mucho calor y ventiladores que daban fresquito, donde unos pocos, si es que había alguno, sabían exactamente a qué se dedicaba y que era indispensable. La necesidad de distancia quizá también fuera la razón por la que, durante varios años, se dedicó al exhibicionismo, ya que de esa manera de vez en cuando podía conseguir satisfacción con una pareja que se encontrara tanto a cinco como a cincuenta metros de distancia. Pero, más que nada, Klaus Torkildsen quería paz. Y esta semana ya había tenido suficiente lío. Primero llamó ese Halvorsen pidiendo la intervención de la línea de un hotel en Zagreb. Luego Skarre, que quería una lista de llamadas entre Gilstrup y un tal Karlsen. A ambos los enviaba Harry Hole, con el que Klaus Torkildsen estaba en deuda. Y esa fue la única razón por la que no colgó cuando Harry Hole llamó.

—Tenemos algo que se llama centro de respuesta policial —le dijo Torkildsen desabrido—. Si actuáis según las normas, debéis llamar ahí para pedir ayuda.

—Lo sé —dijo Harry. Y no necesitó decir nada más—. He llamado a Martine Eckhoff cuatro veces y no me contesta —dijo Hole—. Nadie del Ejército de Salvación sabe dónde está, ni siquiera su padre.

—Ellos serían los últimos en saberlo —dijo Klaus sin saber nada de esas cosas, solo porque era un tipo de conocimiento que podía adquirirse si uno iba mucho al cine. O, como en el caso de Klaus Torkildsen, si iba demasiado al cine.

—Creo que ha apagado el teléfono, pero me preguntaba si podrías hacerme el favor de localizarlo. Para saber, al menos, si está en la ciudad.

Klaus Torkildsen suspiró. Pura coquetería, porque le encantaba realizar esos pequeños trabajos para la policía. Sobre todo los que no eran muy lícitos.

—Dame su número.

Quince minutos más tarde Klaus le devolvió la llamada para decir que al menos la tarjeta SIM estaba en la ciudad. Dos estaciones base, ambas en el lado oeste de la E6, habían recibido señales. Le explicó la ubicación de las estaciones base y el radio de acción que tenían. Y como Hole le dio las gracias y colgó rápidamente, supuso que le había sido de ayuda y volvió contento a echar un vistazo a las carteleras de cine.

un sueño agradable del que él no quería despertar, de momento. Pero debía hacerlo.

—¿Tienes visita? —preguntó.

—¿Yo? No…

—Me pareció oír voces.

—Ah, eso —dijo ella soltándolo—. Era la radio. La apagué cuando oí que llamaban a la puerta. Admito que tenía miedo. Y resulta que eres tú.

Le pasó la mano por el brazo.

—Harry Hole.

—Nadie sabe dónde estás, Martine.

—Qué bien.

—Algunos están preocupados.

—¿Ah, sí?

—Sobre todo Rikard.

—Pues olvida a Rikard.

Martine cogió a Harry de la mano y lo llevó hasta la cocina. Sacó dos tazas de café azules del armario. Harry se fijó en que había dos platos y dos tazas en el fregadero.

—No pareces muy enferma —dijo él.

—Solo necesitaba tomarme un día libre después de todo lo que ha pasado. —Sirvió el café en la taza y se lo pasó—. Solo, ¿verdad?

Harry hizo un gesto de afirmación. Ella tenía la calefacción a tope y él se quitó la chaqueta y el jersey antes de sentarse a la mesa de la cocina.

—Pero mañana es el concierto de Navidad y tengo que volver —suspiró ella—. ¿Vas a venir?

—Bueno. Me habían prometido una entrada…

—¡Di que vas a venir! —Martine se mordió repentinamente el labio—. Vaya, nos había conseguido entradas para el palco de honor. Tres filas detrás del primer ministro. Pero tuve que dar la tuya a otra persona.

—No importa.

—De todas formas habrías estado solo; yo tengo que trabajar entre bambalinas.

—Entonces no iré.

—¡No! —rió ella—. Quiero que estés allí.

Lo cogió de la mano, y Harry miró la de ella, tan pequeña, apretándole y acariciándole la suya, enorme en comparación. Había tanto silencio que pudo oír que la sangre le rugía en los oídos como una catarata.

—He visto una estrella fugaz de camino —dijo Harry—. ¿No es curioso? Asistir a la perdición de un planeta se supone que da suerte.

Martine asintió con la cabeza. Se levantó sin soltar la mano de Harry, rodeó la mesa, y se sentó a horcajadas sobre él. Le puso la mano en la nuca.

—Martine… —empezó.

—Chsss… —Le puso el dedo índice en la boca.

Y sin apartar el dedo, se inclinó hacia delante y le dio un ligero beso en los labios.

Harry cerró los ojos y esperó. Sintió que el corazón le latía pesado y suave, pero al mismo tiempo totalmente silencioso. Imaginó que esperaba que su corazón latiese al mismo ritmo que el suyo, pero, en realidad, solo sabía una cosa, que tenía que esperar. Notó que separaba los labios y él abrió la boca enseguida, replegó la lengua hacia el fondo de la cavidad bucal y la pegó a los dientes para recibir la de ella. El dedo, con un sabor excitante y amargo a jabón y café, le ardía en la punta de la lengua. Ella se aferró con más fuerza a su nuca.

Y entonces notó la lengua. Apretaba el dedo, de modo que tenía contacto con ella por los dos lados, y pensó que estaba dividido, como la lengua de una serpiente. Que se estaban dando dos medios besos.

De repente lo soltó.

—Sigue con los ojos cerrados —le susurró al oído.

Harry echó la cabeza hacia atrás y resistió la tentación de ponerle las manos en las caderas. Pasaron los segundos. Y sintió la suave tela de algodón contra el dorso de la mano cuando su camisa cayó al suelo.

—Ya puedes abrirlos —susurró ella.

Harry obedeció. Y se quedó sentado mirándola. Lucía una expresión en la que se mezclaban la angustia y la expectación.

—Qué guapa eres —dijo él con una voz que se había vuelto extraña y grave. Pero también desconcertada.

Vio que ella tragaba saliva. Y una sonrisa triunfal se le extendió por el rostro.

—Levanta los brazos —le ordenó ella. Agarró el faldón de la camiseta y se la quitó—. Y tú eres feo —dijo—. Maravilloso y feo.

Harry notó un pinchazo embriagador cuando ella le mordió el pezón. Le acariciaba la espalda con una mano mientras la otra ascendía entre las piernas. Sintió en el cuello la respiración acelerada mientras le agarraba la hebilla con la mano. Él le rodeó la espalda arqueada con el brazo. Y entonces lo notó. Un temblor involuntario de sus músculos; una tensión que no lograba ocultar. Ella tenía miedo.

—Espera, Martine —susurró Harry.

La mano de ella quedó congelada.

Harry se inclinó muy cerca de su oído.

—¿Quieres esto? ¿Sabes dónde te estás metiendo?

Notó su respiración, húmeda y rápida, contra la piel cuando jadeó:

—No, ¿y tú?

—No. Tal vez no debamos…

Ella se levantó. Le lanzó una mirada herida y desesperada.

—Pero yo… noto que tú…

—Sí —dijo Harry acariciándole el pelo—. Tengo ganas de ti. He tenido ganas de ti desde la primera vez que te vi.

—¿Hablas en serio? —preguntó ella, cogiéndole la mano y poniéndosela contra la ardiente mejilla.

Harry sonrió.

—Por lo menos la segunda vez.

—¿La segunda vez?

—Vale, la tercera, entonces. Toda buena música necesita un poco de tiempo.

—¿Y yo soy buena música?

—Miento, fue la primera. Pero eso no quiere decir que sea fácil, ¿de acuerdo?

Martine sonrió. Y se echó a reír. Y Harry también. Martine se inclinó y apoyó la frente contra su pecho. Ella reía entre suspiros a la par que le golpeaba en el pecho, y hasta que Harry no notó que sus lágrimas le caían por el estómago no se dio cuenta de que estaba llorando.

Jon se despertó porque tenía frío. O eso creyó. El apartamento de Robert estaba oscuro y no encontró otra explicación. Pero el cerebro rebobinó, y entonces comprendió que lo que había interpretado como los últimos retazos de un sueño, en realidad no lo eran. Había oído una llave en la cerradura. Y que la puerta se abría. Y ahora, alguien respiraba en la habitación.

Con una sensación de *déjà vu*, de que todo en esta pesadilla se repetía una y otra vez, se volvió rápidamente.

Había una figura inclinada sobre la cama.

Jon respiraba con dificultad cuando el miedo a morir le atacó hincándole los dientes en la carne y dando con los nervios del periostio. Porque tenía la certeza total, estaba completamente seguro de que esa persona quería verlo muerto.

—*Stigla sam* —dijo la figura.

Jon no sabía muchas palabras croatas, pero las que había aprendido de los inquilinos de Vukovar eran suficientes para que pudiese unirlas e interpretar lo que había dicho la voz.

—Ya estoy aquí.

—¿Siempre has sido un solitario, Harry?

—Eso creo.

—¿Por qué?

Harry se encogió de hombros.

—Nunca he sido muy sociable.

—¿Eso es todo?

Harry expulsaba oes de humo hacia el techo y notó que Martine le olfateaba el jersey. Estaban echados en el dormitorio, él encima del edredón, ella debajo.

—Bjarne Møller, mi anterior jefe, dice que la gente como yo siempre elige el camino que exige mayor resistencia. Es parte de lo que él llama nuestra «naturaleza puñetera». Y por eso siempre terminamos solos. No sé. A mí me gusta estar solo. Y es posible que con el tiempo haya empezado también a gustarme la imagen de mí mismo como solitario. ¿Qué me dices de ti?

—Quiero que me cuentes más.

—¿Por qué?

—No lo sé. Me gusta oírte hablar. ¿Cómo es posible que a alguien le guste la imagen de sí mismo como un ser solitario?

Harry dio una profunda calada. Mantuvo el humo en los pulmones y pensó que uno debería saber hacer figuras de humo que lo explicasen todo. Espiró el humo con un largo siseo.

—Creo que uno tiene que encontrar algo que le guste de sí mismo para sobrevivir. Algunos dirían que estar solo es algo insociable y egoísta. Pero eres independiente y no arrastras a nadie contigo en el descenso. Mucha gente teme quedarse sola. Pero yo me sentía libre, fuerte e invulnerable.

—¿Fuerte por estar solo?

—Sí. Como dijo el doctor Stockman: «El hombre más fuerte del mundo es el que está más solo».

—¿Primero Süskind y ahora Ibsen?

Harry sonrió.

—Era una frase que solía citar mi padre —suspiró y dijo—: Antes de morir mi madre.

—Has dicho que te hacía invulnerable. ¿Ya no es así?

Harry se dio cuenta de que la ceniza del cigarrillo le caía sobre el pecho. Lo dejó.

—Conocí a Rakel y... sí, también a Oleg. Establecí un vínculo con ellos. Y eso me abrió los ojos para que me diera cuenta de que había otras personas en mi vida. Personas que eran amigos y que se preocupaban por mí. Y que las necesitaba. —Harry sopló al ascua del cigarrillo que se reavivó un instante–. Y lo que era peor, que tal vez me necesitaran.

—Y entonces ¿ya no eras libre?

—No. No, entonces ya no era libre.

Se quedaron mirando la oscuridad.

Martine puso la nariz contra su cuello.

—Los quieres mucho, ¿verdad?

—Sí. —Harry la estrechó entre sus brazos–. Sí, los quiero.

Cuando ella se quedó dormida, Harry se levantó de la cama y la arropó con el edredón. Miró el reloj de Martine. Eran exactamente las dos de la madrugada. Se fue al pasillo, se puso las botas y abrió la puerta a la noche estrellada. De camino a la letrina se fijó en las pisadas al tiempo que intentaba acordarse de si había nevado después del domingo por la mañana.

La letrina no tenía luz, pero encendió una cerilla para orientarse. Cuando la cerilla estaba a punto de apagarse, vio dos letras talladas en la pared debajo de una fotografía amarillenta de la princesa Grace de Mónaco. Y en la oscuridad, Harry pensó en la persona que una vez se sentó allí como él lo estaba ahora, y con una navaja y aplicación, había formulado esa sencilla declaración: «R + M».

Cuando salió del retrete, notó un movimiento rápido en la esquina del granero. Se detuvo. Había algunas pisadas en esa dirección.

Harry titubeó. Porque allí estaba otra vez. Esa sensación de que algo estaba a punto de suceder, ahora mismo, algo predestinado que no podía evitar. Metió la mano por dentro de la puerta del retrete y encontró la pala que había visto antes. Echó a andar pisando las huellas hacia la esquina del granero.

Se detuvo en la esquina y agarró la pala con fuerza. Su propia respiración le tronaba en los oídos. Dejó de respirar. Ya. Debía ocurrir ya. Harry dobló la esquina con un salto y la pala en ristre.

Allí delante, en medio del campo que brillaba embrujado y tan blanco que lo cegó bajo la luz de la luna, avistó un zorro corriendo hacia la arboleda.

Se desplomó pesadamente contra la puerta del granero.

Cuando oyó un golpe en la puerta, saltó hacia atrás.

¿Lo habrían descubierto? La persona que había al otro lado de la puerta no debía entrar.

Lamentó su propio descuido. Bobo le hubiese echado la bronca por exponerse de esa forma más propia de un aficionado.

La puerta estaba cerrada, pero aun así miró a su alrededor para ver si había algo que pudiera utilizar en caso de que la persona averiguase la forma de entrar.

Un cuchillo. El cuchillo de pan que Martine acababa de utilizar. Estaba en la cocina.

Hubo otro golpe en la puerta.

Y además tenía la pistola. Descargada, era cierto, pero bastaría para asustar a un hombre sensato.

El problema era que dudaba de que este lo fuese.

La persona había llegado en coche y había aparcado frente al apartamento de Martine en la calle Sorgenfrigata. No lo vio hasta que, por casualidad, se acercó a la ventana y echó un vistazo a la fila de coches aparcados a un lado de la acera. Entonces reparó en la silueta inmóvil que aguardaba dentro de uno de ellos. Y cuando vio que la silueta se inclinaba hacia delante para ver mejor, supo que era demasiado tarde. Que lo habían descubierto. Se apartó de la ventana y esperó media hora, luego bajó los estores y apagó todas las luces del apartamento de Martine. Ella dijo que las podía dejar encendidas. Las estufas del apartamento tenían termostato y, como el noventa por ciento de la energía de una bombilla es calorífica, la electricidad que se ahorraba apagando una bombilla desaparecía porque la estufa compensaba la pérdida de calor.

—Una simple cuestión de física —dijo ella.

Quizá podría haberle advertido sobre aquel hombre. ¿Sería un pretendiente loco? ¿Un ex novio celoso? Al menos no era policía, porque el de allí fuera empezó otra vez con ese aullido afligido y desesperado que le ponía la piel de gallina.

431

—¡Mar-tine! ¡Mar-tine! —Luego unas palabras temblorosas en noruego. Y después, casi sollozando, añadió—: Martine…

No sabía cómo había logrado entrar en el portal, pero ahora pudo oír que se abría otra puerta y también una nueva voz. Y entre las desconocidas palabras sueltas distinguió una que ya había aprendido: «policía».

Y la puerta del vecino se cerró de golpe.

Oyó que la persona que aguardaba al otro lado de la puerta suspiraba desalentada y arañaba la puerta con los dedos. Y, finalmente, pasos que se alejaban. Respiró, aliviado.

Había sido un día muy largo. Martine lo llevó a la estación de ferrocarril por la mañana, y cogió el tren de cercanías hasta el centro. Lo primero que hizo fue ir a la agencia de viajes de la estación, donde compró un billete para el último vuelo a Copenhague que salía la noche siguiente. No habían reaccionado al apellido noruego que les había facilitado. Halvorsen. Pagó con el dinero de la cartera de Halvorsen, dio las gracias y se fue. Desde Copenhague, llamaría a Zagreb para pedirle a Fred que volase hasta allí con un pasaporte nuevo. Si tenía suerte, estaría en casa para Nochebuena.

Había ido a tres peluquerías, pero todos negaron con la cabeza y dijeron que en plenas fiestas la cola era muy larga. En la cuarta señalaron con la cabeza a una chica muy joven que masticaba chicle y estaba en un rincón con pinta de perdida. Él entendió que se trataba de una aprendiz. Después de varios intentos explicándole lo que quería que le hiciese, acabó por enseñarle la foto. Entonces la chica dejó de masticar, lo miró con unos ojos embadurnados de rímel y preguntó en un inglés de la MTV:

—*You sure, man?*

Después cogió un taxi que lo llevó a la dirección de la calle Sorgenfrigata, abrió la puerta con las llaves que le había dado Martine y se sentó a esperar. El teléfono sonó algunas veces, pero por lo demás todo estuvo tranquilo. Hasta que cometió la estupidez de acercarse a la ventana en una habitación iluminada.

Se dio la vuelta para volver al salón.

En ese momento hubo un ruido muy fuerte. El aire vibraba, la lámpara de techo tembló.

—¡Mar-tine!

Oyó que la persona cogía carrerilla, se acercaba corriendo y se abalanzaba otra vez contra la puerta, que parecía abombarse dentro de la habitación.

Su nombre sonó dos veces más, seguido de dos golpes. Luego oyó pies que bajaban las escaleras corriendo.

Se marchó al salón y se quedó junto a la ventana observando a la persona que salía precipitadamente. Cuando el hombre se detuvo para abrir la puerta del coche y la luz de la farola lo iluminó, lo reconoció. Era el chico que le había ayudado en el Heimen. Niclas, Ricard... algo así. El coche arrancó con un estruendo y aceleró en la oscuridad invernal.

Una hora más tarde estaba durmiendo, soñando con paisajes donde había estado alguna vez y no se despertó hasta que oyó unos pies que corrían y el ruido de los periódicos aterrizando frente a las puertas de la escalera.

Harry se despertó a las ocho. Abrió los ojos y olió la manta de lana que le cubría medio rostro. El olor le recordaba a algo. Se la apartó de la cara. Había dormido profundamente, pero no recordaba haber soñado y estaba de un humor extraño. Entusiasmado. Sencillamente, contento.

Fue a la cocina y preparó el café, se lavó la cara en la pila y tarareó la canción de Jim Stärk «Morning Song». Al este, el cielo se sonrojaba como una virgen sobre la baja colina y la última estrella estaba a punto de palidecer y desaparecer. Un mundo místico, nuevo e intacto se desvelaba al otro lado de la ventana de la cocina, y ondeaba blanco y optimista hacia el horizonte.

Cortó rebanadas de pan, encontró queso, echó agua en un vaso y café humeante en una taza limpia, lo puso todo en una bandeja y la llevó al dormitorio tratando de mantener el equilibrio.

El pelo negro y despeinado apenas asomaba por encima del

edredón y la respiración apenas se oía. Dejó la bandeja en la mesilla de noche, se sentó al borde de la cama y esperó.

El olor a café se esparció lentamente por la habitación.

La respiración se volvió irregular. Pestañeó. Lo vio, se frotó la cara y se estiró con movimientos desmesurados. Era como si alguien le estuviese dando vueltas a un dímero. La luz que le irradiaban los ojos fue aumentando gradualmente hasta que una sonrisa se le dibujó en la boca.

—Buenos días —dijo él.

—Buenos días.

—¿Desayuno?

—Ya. —Ella sonrió de oreja a oreja—. ¿Tú no vas a tomar?

—Yo espero. De momento me conformo con uno de estos, si te parece bien.

Sacó el paquete de cigarrillos.

—Fumas mucho —dijo ella.

—Siempre lo hago después de una recaída. La nicotina aplaca las ganas.

Ella probó el café.

—¿No es una paradoja?

—¿El qué?

—Que tú, que siempre has temido no ser libre, te volvieses alcohólico.

—Sí.

Harry abrió la ventana, encendió el cigarrillo y se acomodó en la cama, a su lado.

—¿Es eso lo que temes cuando estás conmigo? —preguntó ella acurrucándose a su lado—. ¿Que te haga sentir atado? ¿Es por eso… por lo que no quieres… hacer el amor conmigo?

—No, Martine. —Harry dio una calada al cigarrillo, hizo una mueca y la miró con desaprobación—. Es porque tú tienes miedo.

Se dio cuenta de que se ponía rígida.

—¿Tengo miedo? —preguntó ella con sorpresa en la voz.

—Sí. Y yo también lo tendría si fuese tú. En realidad, nunca he entendido que las mujeres se atrevan a compartir cama y casa con personas que físicamente les son totalmente superiores. –Apagó el cigarrillo en el platito que estaba en la mesilla de noche–. Los hombres nunca se atreverían a hacer algo así.

–¿Qué te hace pensar que tengo miedo?

–Puedo sentirlo. Tomas la iniciativa y quieres mandar. Pero lo haces porque tienes miedo de lo que pueda pasar si me dejas mandar a mí. Y eso está bien, pero no quiero que lo hagas si tienes miedo.

–¡Pero no puedes decidir lo que yo quiero! –exclamó ella exaltada–. Aunque tenga miedo.

Harry la miró. De repente, ella lo abrazó y hundió la cara en su cuello.

–Debes de pensar que soy muy rara –dijo ella.

–En absoluto –contestó Harry.

Ella lo agarró con fuerza. Lo sujetó.

–¿Y qué ocurrirá si sigo teniendo miedo? –susurró Martine–. ¿Y si nunca…? –Enmudeció.

Harry esperó.

–Algo pasó –dijo ella–. No sé qué.

Y esperó.

–Sí sé qué –dijo ella–. Me violaron. Aquí en la granja, hace muchos años. Y eso me destrozó.

El grito gélido de un grajo en la arboleda rompió el silencio.

–¿Quieres…?

–No, no quiero hablar de ello. Tampoco hay mucho de qué hablar. Hace mucho tiempo de eso y ya lo he superado. Solo tengo… –se acurrucó a su lado otra vez– un poquitín de miedo.

–¿Lo denunciaste?

–No. No tuve valor.

–Sé que es duro, pero deberías haberlo hecho.

Ella sonrió.

–Sí, he oído que se debe hacer. Porque le puede tocar a otra chica, ¿no?

–No es una tontería, Martine.

–Perdona, papá.

Harry se encogió de hombros.

—Ignoro si trae cuenta cometer crímenes, lo que sí sé es que se repiten.

—Porque está en los genes, ¿verdad?

—No lo sé.

—¿Has leído algo sobre la investigación de adopciones? Está comprobado que los hijos de padres delincuentes que crecen en una familia normal con otros niños y sin saber que son adoptados tienen más posibilidades de llegar a convertirse en delincuentes que otros hijos de la familia. Y, por lo tanto, tiene que existir un gen de la delincuencia.

—Sí, lo he leído —contestó Harry—. Es posible que ciertas formas de actuar sean hereditarias. Pero me inclino a creer que todos somos incorregibles, cada uno a su manera.

—¿Crees que somos animales de costumbres programados?

Le hizo cosquillas a Harry con un dedo, debajo de la barbilla.

—Creo que lo mezclamos todo en un gran problema aritmético, el deseo y el miedo, la emoción y la codicia, todo eso. Y el cerebro es increíblemente bueno, casi nunca calcula mal, por eso siempre encuentra las mismas respuestas.

Martine se levantó apoyándose en los codos y miró a Harry.

—¿Y la moral y el libre albedrío?

—También se incluyen en el gran problema aritmético.

—Así que opinas que un delincuente siempre…

—No. De ser así, no podría soportar mi trabajo.

Ella le pasó un dedo por la frente.

—¿De modo que piensas que la gente puede cambiar?

—Al menos, eso espero. Que la gente aprenda.

Martine apoyó la frente en la de él.

—¿Y qué se puede aprender?

—Se puede aprender… —empezó, pero los labios de ella lo interrumpieron— a no estar solo. Se puede aprender… —Martine deslizó la punta de la lengua por la barbilla— a no tener miedo. Y uno puede…

—¿Aprender a besar?

—Sí. Pero no si la chica se acaba de despertar y tiene esa desagradable película blanca en la lengua que…

Le estampó la palma de la mano en la mejilla con un chasquido y una risa tintineante, como cubitos de hielo en un vaso. Se fundieron en un beso cálido y ella lo cubrió con el edredón, y le subió el jersey y la camiseta. Harry sintió la piel cálida y suave de su vientre.

Él le deslizó la mano por debajo de la camisa y por la espalda, recorrió con ella los omoplatos, huesudos debajo de la piel, y los músculos, que se contraían y se relajaban a medida que Martine se contoneaba acercándosele.

Harry le desabrochó la camisa lentamente y le sostuvo la mirada mientras le pasaba la mano por el vientre, las costillas, y con la yema del dedo pulgar y el dedo índice le atrapó el pezón. La respiración de él se mezclaba con la de ella, que lo besaba con la boca abierta. Y cuando Martine le llevó la mano hacia las caderas, Harry supo que esta vez no podría parar. Que tampoco quería.

—Están llamando —dijo ella.

—¿Cómo?

—El teléfono que llevas en el bolsillo del pantalón está vibrando. —Se echó a reír—. Mira…

—*Sorry.*

Harry sacó el teléfono mudo del bolsillo, se incorporó e, inclinándose por encima de ella, lo dejó en la mesilla de noche. Pero se quedó en posición vertical bailando con la pantalla hacia él. Intentó ignorarlo, pero era demasiado tarde. Ya había visto que era Beate.

—Mierda —murmuró—. Un momento.

Se sentó y contempló la cara de Martine, que a su vez contemplaba la suya mientras hablaba con Beate. Y sus caras, como en un espejo, parecían estar jugando a un juego de pantomima. Además de verse a sí mismo, Harry pudo ver su miedo, después su dolor y finalmente la resignación reflejada en su rostro.

—¿Qué ocurre? —preguntó ella cuando colgó.

—Ha muerto.

—¿Quién?

—Halvorsen. Ha muerto esta noche. A las dos y nueve minutos. Mientras yo estaba en el granero.

CUARTA PARTE

EL INDULTO

29

Martes, 22 de diciembre.
El comisionado

Era el día más corto del año, pero al comisario Harry Hole le resultó interminable incluso antes de que hubiera comenzado.

Después de que le comunicaran la muerte de Halvorsen, salió a dar una vuelta caminando sobre la nieve hasta la arboleda y se quedó allí sentado, contemplando el nacimiento del día. Esperaba que el frío lo congelase, lo aliviase o, al menos, lo dejara entumecido.

Luego regresó. Martine lo miró inquisitivamente, pero no dijo nada. Tomó una taza de café, le dio un beso en la mejilla y se marchó al coche. Vista por el retrovisor, Martine, de brazos cruzados, le pareció aún más pequeña que en la escalera.

Harry pasó por su casa, se duchó, se cambió de ropa y repasó tres veces los papeles de la mesa del salón antes de rendirse muy sorprendido. Por enésima vez desde antes de ayer no quiso mirar el reloj con tal de no verse la muñeca desnuda. Buscó el reloj de Møller en el cajón de la mesilla de noche. Todavía funcionaba y tendría que servirle. Se fue a la Comisaría General en coche y aparcó en el garaje, al lado del Audi de Hagen.

Cuando subió a la sexta planta, oyó el repiquetear de voces, pasos y risas en el patio interior. Pero cuando la puerta del grupo de Delitos Violentos se cerró a su espalda, fue como si, de pronto, alguien hubiese bajado el volumen. En el pasillo se encontró con un policía que lo miró, meneó la cabeza sin decir nada y continuó.

–Hola, Harry.

Se dio la vuelta. Era Toril Li. Pensó que era la primera vez que la colega lo llamaba por su nombre de pila.

–¿Qué tal lo llevas? –preguntó.

Harry quería contestar; abrió la boca, pero de repente notó que no tenía voz.

–Hemos pensado que podíamos guardar un minuto de silencio en memoria de Halvorsen después de la reunión matutina –se apresuró a decir Toril Li como para rescatarlo.

Harry asintió mudo y agradecido.

–Quizá puedas conseguir que venga Beate.

–Por supuesto.

Harry se quedó delante de la puerta de su despacho. Temía ese momento. Entró.

En la silla de Halvorsen había una persona sentada, recostada hacia atrás mientras se balanceaba arriba y abajo, como si llevase tiempo esperando.

–Buenos días, Harry –lo saludó Gunnar Hagen.

Harry colgó la chaqueta en el perchero sin contestar.

–Lo siento –dijo Hagen–. No ha sido muy apropiado.

–¿Qué quieres?

Harry se sentó.

–Expresarte mi pesar por lo ocurrido. Voy a hacer lo mismo en la reunión matutina, pero quería comunicártelo a ti primero. Jack era tu más estrecho colaborador.

–Halvorsen.

–¿Cómo dices?

Harry apoyó la cabeza en las manos.

–Lo llamábamos Halvorsen a secas.

Hagen asintió con la cabeza.

–Halvorsen. Una cosa más, Harry…

–Creí que tendría en casa el recibo para recoger el arma –dijo Harry con la mano en la boca–. Pero ha desaparecido.

–Ah, eso… –Hagen se movió, parecía sentirse cómodo en la silla–. Ahora no pensaba en eso. A propósito de la reducción de gastos, pedí que la oficina de viajes me proporcionase todas las facturas relacionadas con la detención. Y resulta que has estado en Zagreb. No recuerdo haber autorizado un viaje al extranjero. Y si la policía noruega ha realizado alguna investigación allí, habrá contravenido el reglamento.

Por fin lo habían encontrado, pensó Harry, que seguía con la cabeza apoyada en las manos. Era el error que estaban esperando. La razón formal para darle una patada a ese comisario alcoholizado y dejarlo donde debía estar, entre los civiles incivilizados. Harry intentó analizar lo que sentía. Pero lo único que sentía era alivio.

—Mañana tendrás mi renuncia en tu mesa, jefe.

—No sé de qué estás hablando —dijo Hagen—. Supongo que no ha habido una investigación en Zagreb. Habría sido muy embarazoso para todos.

Harry levantó la vista.

—Tal y como yo lo interpreto, has realizado un breve viaje de estudios a Zagreb.

—¿Un viaje de estudios, jefe?

—Sí, un viaje de estudios no especificado. Y aquí tienes mi consentimiento escrito a tu solicitud verbal de realizar un viaje de estudios a Zagreb. —Una hoja A4 escrita a máquina voló sobre la mesa y aterrizó delante de Harry—. Y no se hable más de este asunto. —Hagen se levantó y fue hasta la pared donde colgaba la fotografía de Ellen Gjelten—. Halvorsen es el segundo compañero que pierdes, ¿verdad?

Harry asintió. Se hizo el silencio en la oficina estrecha y sin ventanas de Harry Hole.

Hagen carraspeó.

—¿Te has fijado en ese pequeño trozo de hueso que tengo en la mesa? Lo compré en Nagasaki. Es una copia del dedo meñique incinerado de Yoshito Yasuda, un conocido jefe de un batallón japonés. —Se volvió hacia Harry—. Los japoneses suelen incinerar a sus muertos, pero en Birmania los tenían que enterrar porque eran demasiados y pueden transcurrir hasta diez horas antes de que el fuego consuma un cadáver por completo. Así que le cortaban el dedo meñique al muerto, lo incineraban y lo enviaban a los familiares. En la primavera de 1943, tras una batalla decisiva en Pegu, los japoneses se vieron obligados a retirarse y a esconderse en la jungla. El jefe de batallón, Yoshito Yasuda, imploró a sus superiores que lo dejasen atacar aquella noche, para así recuperar los huesos de sus hombres muertos. Se lo negaron, el enemigo era muy superior en número; y esa noche lloró delante de sus hombres a la trémula luz de la hoguera mientras les comunicaba la decisión del comandante. Pero cuando vio la desesperación en los rostros de sus hombres, se secó las lágrimas, sacó la bayoneta, puso la mano encima de un tocón, se seccionó el meñique y lo tiró a la hoguera. Los hombres gritaron de alegría. El comandante se enteró, y al día siguiente los japoneses atacaron con todas sus fuerzas.

Hagen fue hasta la mesa de Halvorsen y cogió un sacapuntas que miró con atención.

—He cometido unos cuantos errores durante mis primeros días como jefe. Por lo que a mí respecta, cualquiera puede ser la causa indirecta de que Halvorsen haya muerto. Lo que intento decir... —dejó el sacapuntas y tomó aire— es que me gustaría hacer lo mismo que Yoshito Yasuda y despertar vuestro entusiasmo. Pero que no sé exactamente cómo.

Harry no tenía ni idea de lo que podía decir y prefirió seguir callado.

—Así que lo diré de esta manera, Harry: quiero que encuentres a la persona o las personas que están detrás de estos asesinatos. Eso es todo.

Los dos hombres evitaron mirarse. Hagen juntó las manos de golpe para romper el silencio.

—Pero me harías un favor si llevases un arma, Harry. Y, ya sabes, ante los demás... Por lo menos hasta pasado Año Nuevo. Entonces anularé la orden.

—De acuerdo.

—Gracias. Te firmaré un nuevo recibo.

Harry asintió con la cabeza y Hagen fue hacia la puerta.

—¿Qué tal fue? —preguntó Harry—. El contraataque japonés.

444

–Ah, eso. –Hagen se volvió con una sonrisa irónica–. Los aniquilaron.

Kjell Atle Orø llevaba diecinueve años trabajando en la oficina de suministros, en el sótano de la Comisaría General, y allí estaba aquella mañana, sentado delante de la quiniela, preguntándose si debía atreverse a apostar por una victoria para el Fulham, en su encuentro en campo contrario contra el Arsenal, programado para el día de Navidad. Tenía pensado darle la quiniela a Oshaug cuando se fuese a comer, así que corría prisa. Por eso soltó un taco entre dientes cuando oyó que alguien hacía sonar la campana de metal.

Se levantó suspirando. Orø había jugado con el Skeid en primera división, tuvo una carrera larga y libre de lesiones; de ahí que siempre anduviese amargado al pensar que el tirón, en apariencia inocente, que sufrió en aquel partido con el equipo de la policía fuese el responsable de que aún hoy, diez años más tarde, cojease de la pierna derecha.

Un hombre con el pelo rubio cortado a cepillo lo aguardaba delante del mostrador.

Orø cogió el recibo que este le entregaba y observó las letras, que cada día le parecían más pequeñas. La semana anterior, cuando le dijo a su mujer que quería que le regalasen una tele más grande para Navidad, ella le contestó que más le valía pedir cita con el oftalmólogo.

–Harry Hole, Smith & Wesson 38, eso es –suspiró Orø, que se marchó renqueando hasta el almacén de las armas, donde encontró un revólver reglamentario que, a juzgar por su aspecto, había cuidado bien el propietario anterior.

En ese momento le dio por pensar que también iría a parar allí el arma del policía al que apuñalaron en la calle Gøteborggata. Cogió la funda del revólver y las tres cajas de munición correspondientes y volvió a salir.

–Firma aquí la entrega –dijo señalando el recibo–. Y muéstrame la identificación.

El hombre, que ya había dejado el carné en el mostrador, cogió el bolígrafo que Orø le dio y firmó donde le indicaban. Orø miró la tarjeta de identificación de Harry Hole y lo que había escrito. ¿Podría el Fulham parar a Thierry Henry?

—Y recuerda, dispara solo a los chicos malos —dijo Orø, pero no obtuvo respuesta.

Cojeando de vuelta al boleto de la quiniela, se le ocurrió que quizá no fuese tan extraño que el policía pareciese tan contento. En el carné de identidad ponía «Grupo de Delitos Violentos», ¿no era allí donde trabajaba el agente asesinado?

Harry aparcó el coche en el centro Hennie-Onstad, en Høvikodden, y bajó la pendiente que, desde el hermoso edificio de pocas plantas, descendía hasta el mar.

Sobre la capa de hielo que llegaba hasta Snarøya, pudo ver una figura solitaria y oscura.

Tanteó con el pie un témpano de hielo que se inclinaba sobre la playa. Se rompió con un sonido cristalino. Harry gritó el nombre de David Eckhoff, pero la figura que aguardaba sobre el hielo no se movió.

Soltó un taco y, pensando que el comisionado no debía de pesar menos de los noventa kilos que pesaba él, se balanceó entre los témpanos encallados y puso los pies con sumo cuidado sobre la traicionera base camuflada bajo la nieve. Aguantó su peso. Avanzó por el hielo con pasos cortos y rápidos. Estaba más lejos de lo que parecía desde la orilla. Cuando Harry estaba lo suficientemente cerca como para confirmar que aquella figura que veía sentada en una silla plegable, con una chaqueta de piel de lobo e inclinada sobre un agujero en el hielo con un anzuelo emplomado en la manopla, era realmente el comisionado del Ejército de Salvación, entendió por qué no le había oído.

—¿Estás seguro de que el hielo aguanta, Eckhoff?

David Eckhoff se volvió y lo primero que hizo fue reparar en las botas de Harry.

–El hielo del fiordo de Oslo en diciembre nunca es seguro –dijo exhalando un vaho helado y gris–. Por eso está prohibido pescar solo. Pero yo siempre utilizo un par de estos. –Hizo un gesto hacia los esquís que llevaba en los pies–. Distribuyen el peso.

Harry asintió lentamente con la cabeza. Le parecía que el hielo crujía bajo sus pies.

–En el Cuartel General me dijeron que te encontraría aquí.

–El único sitio donde uno puede escuchar sus propios pensamientos.

Eckhoff tiró del anzuelo.

Al lado del agujero tenía el diario *Dagbladet* y una caja de cebo sobre la que había una navaja. La primera página anunciaba un tiempo más cálido a partir del primer día de Navidad. Nada sobre la muerte de Halvorsen. Había entrado en la imprenta demasiado pronto.

–¿Tienes mucho en qué pensar? –preguntó Harry.

–Bueno. Mi esposa y yo vamos a ser los anfitriones del primer ministro durante el concierto de Navidad que se celebra esta noche. Y también está la venta de las propiedades inmobiliarias a Gilstrup, que habrá que firmar esta semana. Sí, hay cosas.

–En realidad, yo solo quería hacerte una pregunta –dijo Harry concentrándose en mantener el peso bien repartido entre los dos pies.

–¿Sí?

–Le pedí al oficial Skarre que averiguase si se había efectuado alguna transferencia entre tu cuenta y la de Robert Karlsen. No había ninguna a su nombre. Pero sí a nombre de otro Karlsen, que transfirió sumas con bastante regularidad. Josef Karlsen.

David Eckhoff se quedó mirando el círculo de agua negra sin inmutarse.

–Mi pregunta es –dijo Harry clavando la mirada en Eckhoff–: ¿por qué el padre de Jon y de Robert lleva doce años transfiriéndote ocho mil coronas cada cuatro meses?

Eckhoff dio un respingo, como si un pez grande hubiese mordido el anzuelo.

–¿Qué me dices? –dijo Harry.

—¿De verdad es tan importante?

—Eso creo, Eckhoff.

—De todas formas, debe quedar entre tú y yo.

—No puedo prometer nada.

—Entonces, no puedo contártelo.

—Pues tendré que llevarte a la comisaría y pedirte que prestes declaración.

El comisionado levantó la vista, cerró un ojo y observó a Harry con detenimiento, como para valorar la fuerza de un adversario potencial.

—¿Y crees que Gunnar Hagen lo permitirá? ¿Que permitirá que me lleves a comisaría?

—Ya veremos.

Eckhoff iba a decir algo, pero guardó silencio, como si pudiese oler la determinación de Harry. Y Harry pensó que el líder de la manada lo es no solo por su fuerza física, sino también por su capacidad para interpretar una situación.

—Bien —dijo el comisionado—. Pero es una historia muy larga.

—Tengo tiempo —mintió Harry, que notaba cómo el frío del hielo le atravesaba las suelas de los zapatos.

—Josef Karlsen, el padre de Jon y Robert, era mi mejor amigo. —Eckhoff clavó la vista en algún lugar de Snarøya—. Estudiábamos juntos, trabajábamos juntos. Ambos éramos ambiciosos y prometedores. Pero lo más importante es que compartíamos la visión de un Ejército de Salvación fuerte que hiciera el trabajo de Dios en la tierra. Que venciera. ¿Lo comprendes?

Harry hizo un gesto de afirmación.

—Pasamos juntos los diferentes grados —continuó Eckhoff—. Y, con el tiempo, ciertas personas nos consideraron rivales para el puesto que yo ocupo ahora. Yo no pensaba que el puesto fuera tan importante: lo que nos movía era el proyecto. Pero cuando me eligieron a mí, algo le pasó a Josef. Fue como si se hubiese venido abajo. Y quién sabe, uno no se conoce a sí mismo del todo; quizá yo hubiese reaccionado de la misma manera. En cualquier caso, a Josef le dieron el puesto de confianza de jefe de administración y, aunque las familias siguieron manteniendo el contacto como siempre, ya no era lo mismo… –Eckhoff buscaba las palabras–. La confianza. Había algo que atormentaba a Josef, algo horrible. En otoño de 1991, nuestro contable, Frank Nilsen (el padre de Rikard y Thea) y yo lo descubrimos. Josef había cometido un desfalco.

–¿Qué pasó?

–La verdad, en el Ejército de Salvación tenemos poca experiencia en esas cosas, así que hasta que no supimos lo que debíamos hacer, Nilsen y yo no se lo dijimos a nadie. Como es lógico, me sentía decepcionado por la acción de Josef, pero al mismo tiempo vi una relación causal en la que yo mismo estaba involucrado. Y seguramente podría haber afrontado mi elección y su rechazo con más… sensibilidad. Sea como fuere, el ejército estaba entonces en un periodo de reclutamiento escaso y no gozaba de la amplia aceptación que tiene hoy en día. Sencillamente, no nos podíamos permitir un escándalo. Yo había heredado de mis padres una casa de verano al sur del país que utilizábamos muy poco, ya que casi siempre pasábamos las vacaciones en Østgård. Así que la vendí deprisa y obtuve suficiente para cubrir el déficit de caja antes de que todo saliese a la luz.

–¿Tú?´ –dijo Harry–. ¿Tú cubriste el desfalco de Josef con tu propio dinero?

Eckhoff se encogió de hombros.

–No había otra solución.

–No es que sea muy corriente en una empresa que el jefe en persona…

–Pero esto no es una empresa corriente, Hole. Hacemos el trabajo de Dios. Y, por tanto, se convierte en algo personal.

Harry asintió lentamente con la cabeza. Pensó en el hueso del dedo meñique sobre el escritorio de Hagen.

–¿Y luego Josef Karlsen dimitió y se fue al extranjero con su esposa? ¿Sin que nadie se enterara de nada?

–Le ofrecí un puesto inferior –dijo Eckhoff–. Naturalmente, no podía aceptarlo. Hubiese provocado demasiadas preguntas. Tengo entendido que viven en Tailandia, cerca de Bangkok.

—¿Así que la historia del campesino chino y la serpiente era pura trola?

Eckhoff sonrió y negó con la cabeza.

—No. Josef era un escéptico. Y esa historia lo impresionó mucho. Josef dudaba como todos dudamos de vez en cuando.

—¿Tú también, comisionado?

—Yo también. La duda es la sombra de la fe. Ocurre como con el valor, comisario. Si no tienes la capacidad de dudar, tampoco puedes ser creyente. Si no sientes miedo, tampoco puedes ser valiente.

—¿Y el dinero?

—Josef insiste en devolvérmelo. No porque quiera el desagravio. Lo que pasó pasado está, y no gana suficiente para que logre reunirlo nunca. Pero tengo la impresión de que para él es un ejercicio de penitencia que cree que le sienta bien. ¿Y por qué negárselo?

Harry asintió.

—¿Sabían Robert y Jon algo de esto?

—No lo sé —dijo Eckhoff—. Nunca lo he mencionado. Y solo me ha preocupado que la acción del padre no fuera un obstáculo en la carrera de sus hijos en el Ejército. Sí, sobre todo en la de Jon. Él se ha convertido en uno de nuestros activos profesionales más importantes. Lo de la venta de inmuebles es un ejemplo. Primero el de la calle Jakob Aall, pero habrá más. Tal vez Gilstrup vuelva a comprar Østgård. Si esa venta de inmuebles hubiese tenido lugar hace diez años, habríamos necesitado a todos los consultores del mundo para llevarla a cabo. Pero con personas como Jon, disponemos de esos activos en nuestras propias filas.

—¿Quieres decir que Jon se ha hecho cargo de la venta?

—No, por supuesto que no. Naturalmente, la decisión se tomó en el Consejo Superior. Pero sin el trabajo que realizó de antemano y sin sus conclusiones convincentes, creo que no nos habríamos atrevido a hacerlo. Jon es el hombre del futuro para nosotros. Por no decir el hombre del presente. Y la mejor prueba de que el padre de Jon no es un obstáculo en su camino es que esta noche Thea Nilsen y él se sentarán junto al primer ministro en el palco de honor. –Eckhoff frunció el entrecejo–. Por cierto, he intentado dar con Jon hoy, pero no contesta. ¿No habrás hablado con él, por casualidad?

–Pues no, lo siento. Supongamos que Jon no está…

–¿Perdón?

–Supongamos que Jon hubiera desaparecido, quiero decir. Según el plan del asesino, ¿quién ocuparía su lugar?

David Eckhoff no enarcó solo una ceja, sino ambas.

–¿Esta noche?

–Me refiero más bien a su puesto de trabajo.

–Ah, sí. Bueno, supongo que no hablo de más cuando digo que habría sido Rikard Nilsen. –Rió entre dientes–. Ciertas personas dicen que ven paralelismos entre Jon y Rikard y Frank y yo en aquel momento.

–¿La misma competición?

–Donde hay personas, hay competidores. También en el Ejército. Esperemos que así sea; un poco de competición coloca a las personas donde pueden realizar el mejor trabajo y servir a la comunidad. Bueno, bueno. –El comisionado sacó el sedal–. Espero que esto haya contestado a tu pregunta, Harry. Frank Nilsen puede confirmar la historia relativa a Josef, pero espero que comprendas por qué no me gustaría que esto se supiese.

–Tengo una última pregunta, ya que estamos tratando los secretos del Ejército.

–Venga –dijo el comisionado, impaciente, mientras guardaba el equipo de pesca en una mochila.

–¿Sabes algo de una violación perpetrada en Østgård hace doce años?

Harry supuso que un rostro como el de Eckhoff tenía una capacidad limitada para mostrar sorpresa. Y como el hombre ya parecía haber rebasado ese límite con creces, supo que aquello era una novedad para el comisionado.

–Tiene que tratarse de un error, comisario. Si no, sería horrible. ¿De quién se trata?

Harry esperó que su propio rostro no delatase nada.

451

—El secreto profesional me impide decírtelo.

Eckhoff se rascó el mentón con la manopla.

—Por supuesto. Pero ese delito… ¿no habrá prescrito?

—Depende de cómo se mire —contestó Harry mirando hacia la orilla—. ¿Nos vamos?

—Es mejor que nos vayamos por separado. El peso…

Harry tragó saliva y asintió con la cabeza.

Cuando por fin alcanzó la orilla sano y salvo, se giró sobre sí mismo. Se había levantado algo de viento y la nieve se deslizaba por encima del hielo como una manta de humo flotante. Eckhoff parecía estar caminando sobre nubes.

Entretanto, en el aparcamiento, las ventanillas del coche de Harry habían adquirido una fina capa de escarcha. Entró, arrancó el motor y puso la calefacción al máximo. El calor ascendía hacia el cristal helado. Mientras esperaba a tener visibilidad, pensó en lo que había dicho Skarre. Que Mads Gilstrup había llamado a Halvorsen. Sacó la tarjeta de visita que aún conservaba en el bolsillo y marcó el número. No hubo respuesta. Cuando se disponía a guardar el móvil de nuevo, recibió una llamada. Vio en la pantalla el número del hotel International.

—*How are you?* —preguntó la voz de mujer en su inglés sobrio.

—Así, así —dijo Harry—. ¿Ha recibido…?

—Sí.

Harry tomó aire profundamente.

—¿Era él?

—Sí —dijo ella con un suspiro—. Era él.

—¿Está totalmente segura? Es decir, no es tan fácil identificar a una persona solo en…

—¿Harry?

—¿Sí?

—*I'm quite sure.*

Harry supuso que la profesora de inglés le podía haber contado que, aunque ese «quite sure» significaba literalmente «bastante segura», en aquel contexto lingüístico significaba más bien «totalmente segura».

—Gracias —dijo, y colgó.

Confiaba sinceramente en que la profesora de inglés tuviera razón. Porque ahora empezaba todo.

Y eso fue lo que pasó.

Harry puso en marcha el limpiaparabrisas, que empezó a barrer pequeños fragmentos de escarcha a ambos lados, y entonces sonó el teléfono por segunda vez.

—Harry Hole.

—Soy la señora Miholjec, la madre de Sofia. Dijiste que podía llamar a este número si…

—¿Sí?

—Ha pasado algo. A Sofia.

30

Martes, 22 de diciembre.
El silencio

El día más corto del año.

Eso decía la primera página del periódico *Aftenposten* que Harry tenía delante en la mesa de la sala de espera de Urgencias de la calle Storgata. Miró el reloj de la pared antes de acordarse de que ya había recuperado su propio reloj.

—Te recibirá ahora, Hole —gritó una voz de mujer desde la ventanilla donde había explicado el motivo de su visita: quería hablar con el médico que hacía unas horas había atendido a Sofia Miholjec y a su padre—. Tercera puerta a la derecha por el pasillo —gritó la mujer.

Harry se levantó y abandonó al grupo silencioso y miserable de la sala de espera.

Tercera puerta a la derecha. Naturalmente, las casualidades podrían haber mandado a Sofia a la segunda puerta a la derecha. O la tercera a la izquierda. Pero, claro, era la tercera puerta a la derecha.

—Hola, he oído que eras tú —sonrió Mathias Lund-Helgesen antes de ponerse en pie y estrecharle la mano—. ¿Qué puedo hacer por ti esta vez?

—Se trata de una paciente que has atendido esta mañana, Sofia Miholjec.

—Bien. Siéntate, Harry.

Harry no se dejó alterar por el tono de camaradería del médico, pero era una invitación que no estaba dispuesto a aceptar. No porque fuera demasiado orgulloso, sino porque sería incómodo para ambos.

—La madre de Sofia me ha llamado y me ha dicho que esta mañana se despertó al oír un llanto procedente de la habitación de Sofia —dijo Harry—. Y que cuando entró en la habitación, encontró a la hija ensangrentada y magullada. Sofia contó que había salido con una amiga y se había resbalado en el hielo de vuelta a casa. La madre despertó al padre y él la trajo aquí.

—Puede ser verdad —dijo Mathias.

Se había inclinado hacia delante apoyándose en los codos como para demostrar que aquello le interesaba de verdad.

—Pero la madre dice que Sofia miente —continuó Harry—. Cuando Sofia y el padre se marcharon al hospital, ella examinó la cama y halló sangre no solo en la almohada, sino también en las sábanas. «Ahí abajo», según ha descrito.

—Mmm.

Aquella respuesta de Mathias no era ni afirmación ni negación, sino un tono que Harry sabía que practicaban en la clase de terapia de la carrera de psicología. La entonación ascendente del final estaba pensada para animar al paciente a que continuase. Y la entonación de Mathias había subido.

—Sofia se ha encerrado en su habitación —dijo Harry—. Está llorando y no quiere contar nada. Y según la madre, no lo hará. La mujer ha llamado a las amigas de Sofia. Ninguna de ellas la vio ayer.

—Comprendo.

Mathias se apretó el puente de la nariz, entre los ojos.

—¿Y ahora quieres pedirme que me olvide del secreto profesional por ti?

—No —contestó Harry.

—¿No?

—Por mí no, por ellos. Por Sofia y sus padres. Y por otras chicas a las que puede haber violado y por aquellas a las que violará.

—Qué barbaridad. —Mathias sonrió, pero la sonrisa se apagó en cuanto vio que Harry no la correspondía. Carraspeó antes de añadir–: Doy por hecho que comprendes que al menos debo meditarlo, Harry.

–¿La violaron anoche o no?

Mathias dejó escapar un suspiro.

–Harry, el secreto profesional es…

–Sé lo que es el secreto profesional –dijo Harry–. Yo también estoy sujeto a él. Cuando te pido que lo rompas en este caso no es porque me tome a la ligera el principio del secreto profesional, sino porque he realizado una valoración del carácter grave del delito y del peligro de repetición. Si quieres fiarte de mí y apoyarme en mi valoración, te estaré muy agradecido. Si no, tendrás que vivir con ello de la mejor forma que sepas.

Harry se preguntaba cuántas veces habría recitado esa regla en situaciones similares.

Mathias parpadeó boquiabierto.

–Me vale que hagas un gesto de negación o de afirmación –dijo Harry.

Mathias Lund-Helgesen hizo un gesto de afirmación.

Había vuelto a funcionar.

–Gracias –dijo Harry poniéndose de pie–. ¿Va todo bien entre Rakel, Oleg y tú?

Mathias Lund-Helgesen repitió el gesto de afirmación y le dedicó una sonrisa desganada por respuesta. Harry se inclinó y le puso la mano en el hombro.

–Feliz Navidad, Mathias.

Lo último que Harry vio antes de salir fue a Mathias Lund-Helgesen sentado en la silla con los hombros caídos y con pinta de haber recibido una buena bofetada.

El último rayo de luz se abría paso por entre las nubes anaranjadas que pendían sobre los abetos y los tejados de las casas, al oeste del mayor cementerio de Noruega. Harry pasó junto al monumento en memoria de los caídos en Yugoslavia durante la guerra, la sección del Partido de los Trabajadores y las lápidas de los primeros ministros Einar Gerhardsen y Tryggve Bratteli, hasta la sección particular del Ejército de Salvación. Tal y como esperaba, encontró a Sofia al lado de la tumba más nueva. Estaba sentada en la nieve muy derecha y envuelta en un anorak de plumas enorme.

—Hola —dijo Harry sentándose a su lado.

Encendió un cigarrillo y echó hacia arriba el humo azul, que un viento gélido arrastró consigo.

—Tu madre me ha dicho que te habías ido —continuó Harry—. Y que te habías llevado las flores que te compró tu padre. No era difícil saber adónde irías.

Sofia no contestó.

—Robert era un buen amigo, ¿verdad? Uno en quien podías confiar. Y con quien podías hablar. No era un violador.

—Lo hizo Robert —susurró ella con tono exánime.

—Las flores que hay en la tumba de Robert son tuyas, Sofia. Creo que fue otra persona quien te violó. Y creo que ha vuelto a hacerlo esta noche. Y que posiblemente lo haya hecho más veces.

—¡Déjame en paz! —gritó intentando levantarse—. ¿Me oyes?

Harry sujetaba el cigarrillo con una mano y con la otra la cogió del brazo y tiró de ella con fuerza hacia la nieve.

—El que está ahí está muerto, Sofia. Pero tú estás viva. ¿Me entiendes? Tú estás viva. Y si piensas seguir viviendo, tenemos que cogerlo. Si no, seguirá adelante. No fuiste la primera y no serás la última. Mírame. ¡Mírame, te digo!

Sofia se sobresaltó ante aquel tono tan enérgico y lo miró automáticamente.

—Sé que tienes miedo, Sofia. Pero te prometo que lo cogeré. Cueste lo que cueste. Lo juro.

Harry vio que algo se despertaba en su mirada. Y si no andaba muy errado, era una llama de esperanza. Aguardó. Y ella susurró unas palabras ininteligibles.

—¿Qué has dicho? —preguntó Harry inclinándose hacia ella.

—¿Quién va a creerme? —susurró ella—. ¿Quién va a creerme ahora… que Robert está muerto?

Harry le puso la mano en el hombro con mucho tacto.

–Inténtalo. Ya veremos.

Las nubes anaranjadas habían empezado a adquirir un matiz rojizo.

–Amenazaba con arruinarlo todo si yo no hacía lo que me mandaba –explicó ella–. Se encargaría personalmente de que nos echaran del apartamento y nos enviaran de vuelta. Pero no teníamos adónde volver. Y si se lo hubiera dicho a ellos, ¿quién me habría creído? ¿Quién…?

Ella enmudeció.

–… si no Robert –concluyó Harry.

Y esperó.

Harry encontró la dirección en la tarjeta de Mads Gilstrup. Quería hacerle una visita. Y, en primer lugar, preguntarle por qué había llamado a Halvorsen. Al ver la dirección se dio cuenta de que pasaría por delante de la casa de Rakel y Oleg, que también estaba en la zona de Holmenkollåsen.

No aminoró la marcha al pasar, solo echó un vistazo a la entrada de coches. La última vez que la casualidad lo llevó por allí, vio un Jeep Cherokee delante del garaje y supuso que era del médico. Ahora solo estaba el coche de Rakel. Había luz en la habitación de Oleg.

Harry tomaba las curvas entre los chalés más caros de Oslo hasta que la carretera se enderezó y siguió subiendo por una escarpada pendiente que dejaba a un lado el obelisco blanco de la capital, el salto de esquí de Holmenkollen. Se extendían a sus pies la ciudad y el fiordo, cubierto de finas capas de humo helado que flotaban entre las islas cubiertas de nieve. El día más corto, que en realidad solo consistía en una salida y una puesta de sol, parpadeaba, y hacía ya un buen rato que habían empezado a encender las luces allá abajo, como las velas de adviento en una última cuenta atrás.

Ya casi tenía todas las piezas del rompecabezas.

Después de haber llamado cuatro veces a la puerta de entrada de Gilstrup sin que nadie le abriera, Harry se dio por vencido.

Cuando regresó al coche, avistó a un hombre que salía de la casa vecina a hacer footing. Se acercó a Harry y le preguntó si era un conocido de los Gilstrup. No quería meterse en la vida privada de nadie, pero habían oído un ruido muy fuerte en la casa esta mañana, y Mads Gilstrup acababa de perder a su esposa, así que tal vez fuera buena idea llamar a la policía. Harry volvió, rompió la ventana contigua a la puerta de entrada y una alarma se disparó inmediatamente.

Y mientras la alarma aullaba sus dos únicos tonos una y otra vez, Harry encontró el salón. Pensando en el informe, miró el reloj y recordó que Møller lo había adelantado dos minutos. Quince treinta y siete.

Mads Gilstrup estaba desnudo y ya no tenía nuca.

Estaba de lado en el suelo de parqué frente a una pantalla iluminada, y daba la sensación de que la escopeta con la culata ensangrentada le creciera de la boca. El arma tenía un cañón largo y, por cómo estaba echado, a Harry le pareció que Mads Gilstrup había utilizado el dedo gordo del pie para disparar. Eso no solo requería cierto poder de coordinación, sino también un fuerte deseo de morir.

La alarma se detuvo de repente y Harry pudo oír el susurro del proyector, que mostraba una fotografía de cerca, fija y vibrante, de unos novios abandonando la iglesia. Los rostros, las sonrisas blancas y el traje blanco de la novia aparecían cubiertos de un enrejado de sangre que se había solidificado sobre la pantalla.

En la mesa del salón, metida en una botella vacía de coñac, estaba la carta de despedida. Era breve: «Perdóname, padre. Mads».

31

Martes, 22 de diciembre.
La resurrección

Se miró en el espejo. Algún día, quizá el próximo año, al salir de la pequeña casa de Vukovar por la mañana, ¿pondría esa cara cuando alguno de los vecinos los saludase con una sonrisa y un *Zdravo*? Como se saluda a alguien conocido y de confianza. A una buena persona.

—Perfecto —dijo la mujer a su espalda.

Supuso que se refería al esmoquin que llevaba puesto. Se hallaba frente al espejo de una tienda que ofrecía tanto servicios de tintorería como alquiler de trajes.

—*How much?* —preguntó él.

Le pagó y prometió devolver el esmoquin antes de las doce del día siguiente.

Luego salió a la oscuridad gris. Encontró una cafetería. Pudo tomar una taza de café y la comida no era muy cara. No le quedaba más que esperar. Miró el reloj.

Había comenzado la noche más larga. Cuando Harry se marchó de Holmenkollen, el atardecer teñía de gris las fachadas y los campos, pero ya antes de llegar a Grønland el crepúsculo había recobrado el derecho sobre los parques.

Llamó a la judicial de guardia desde la casa de Mads Gilstrup para pedir que mandasen un coche. Y se fue sin tocar nada.

Aparcó en el garaje de la Comisaría General, en la plaza K3 de la policía judicial, y subió al despacho. Desde allí llamó a Torkildsen.

—El teléfono móvil de mi colega Halvorsen ha desaparecido y quiero saber si Mads Gilstrup ha dejado algún mensaje en ese móvil.

—¿Y si lo ha hecho?

—Quiero escuchar el mensaje.

—Eso es intervención telefónica, y no me atrevo —suspiró Torkildsen—. Llama a nuestro centro de atención policial.

—Entonces necesitaré una autorización del juez, y no tengo tiempo para eso. ¿Alguna sugerencia?

Torkildsen reflexionó.

—¿Tiene Halvorsen un ordenador?

—Estoy sentado a su lado.

—No, olvídalo.

—¿En qué pensabas?

—Puedes tener acceso a todos los mensajes de tu móvil a través de la página web de Telenor Mobil, pero, claro, tendrías que tener su contraseña para acceder a los mensajes.

—¿Es una contraseña que elige el cliente?

—Sí, pero si no la tienes, te va a hacer falta mucha suerte para...

—Vamos a intentarlo —dijo Harry—. ¿Cuál es la dirección de la página web?

—Te va a hacer falta mucha suerte —repitió Torkildsen con el tono de alguien que no está acostumbrado a tener demasiada suerte.

—Tengo el presentimiento de que sé cuál es —dijo Harry.

Con la página web abierta, Harry rellenó el espacio destinado a la contraseña: «Lev Yashin». Un mensaje lo informó de que la contraseña introducida era incorrecta. De modo que probó con «Yashin», a secas. Y allí estaban. Ocho mensajes. Seis de Beate. Uno de un número de Trøndelag. Y uno del número de móvil de la tarjeta de visita que Harry sostenía en la mano: Mads Gilstrup.

Harry pulsó el botón de reproducción, y la voz de la persona que hacía menos de media hora había visto muerta en su propia casa le habló con voz metálica a través del altavoz del ordenador.

Oído el mensaje, ya tenía la última pieza del rompecabezas.

—Pero ¿nadie sabe dónde se ha metido Jon Karlsen? —preguntó Harry a Skarre por teléfono mientras bajaba la escalera de la Comisaría General—. ¿Has probado en el apartamento de Robert?

Harry entró por la puerta de la oficina de suministros e hizo sonar la campana que estaba en el mostrador delante de él.

—También he llamado —contestó Skarre—. Pero no contestan.

—Pásate por allí. Entra si no abre nadie, ¿de acuerdo?

—La científica tiene las llaves y son más de las cuatro. Beate suele estar allí por las tardes, pero hoy, con lo de Halvorsen y…

—Olvida las llaves —dijo Harry—. Llévate un pie de cabra.

Harry oyó pies que se arrastraban. Al cabo de unos segundos entró un hombre con una bata azul de trabajo, la cara llena de arrugas y unas gafas encajadas en la punta de la nariz. Sin mirar a Harry, cogió el recibo que este había dejado sobre el mostrador.

—¿Y el permiso de registro? —dijo Skarre.

—No hace falta, el que nos dieron todavía vale —mintió Harry.

—¿De verdad?

—Si alguien pregunta, es una orden directa mía, ¿vale?

—Vale.

El hombre de la bata azul gruñó. Negó con la cabeza y le devolvió el recibo.

—Te llamo luego, Skarre. Parece que tengo un problema…

Harry guardó el teléfono en el bolsillo y miró al hombre de la bata azul sin entender nada.

—No puedes recoger la misma arma dos veces, Hole —dijo el hombre.

Harry no entendía lo que quería decir Kjell Atle Orø, pero supo lo que significaba el picor en la nuca. Y cayó en la cuenta de que la pesadilla no había terminado. Acababa de empezar.

La mujer de Gunnar Hagen se alisó el vestido antes de salir del baño. Su marido estaba frente al espejo de la entrada intentando anudarse la pajarita negra del esmoquin. Ella se quedó a su lado, segura de que pronto empezaría a gruñir irritado y le pediría ayuda.

Esa misma mañana, cuando llamaron de la Comisaría General para informar de la muerte de Jack Halvorsen, Gunnar dijo que ni tenía ganas ni le parecía apropiado ir a un concierto. Y ella supo que sería una semana de muchas cavilaciones. A veces se preguntaba si había alguien, aparte de ella, que supiera lo mucho que esas cosas afectaban a Gunnar. En cualquier caso, más tarde, el comisario jefe superior pidió a Gunnar que asistiese al concierto de todas formas, ya que el Ejército de Salvación había decidido que se guardaría un minuto de silencio por el fallecimiento de Jack Halvorsen, y era natural que su superior asistiera en representación de la policía. Pero ella sabía que no le hacía gracia; la gravedad de la situación le oprimía como un casco demasiado pequeño alrededor de la frente.

Hagen refunfuñó y se quitó la pajarita.

—¡Lise!

—Estoy aquí —dijo ella tranquilamente, colocándose tras él con la mano tendida—. Dámela.

Entonces sonó el teléfono que estaba en la mesilla, debajo del espejo. Él se agachó para cogerlo.

—Hagen.

Lise oyó una voz lejana al otro lado de la línea.

—Buenas tardes, Harry —dijo Gunnar—. No, estoy en casa. Mi mujer y yo vamos al auditorio, así que he venido pronto. ¿Alguna novedad?

Lise Hagen vio cómo el casco imaginario le presionaba todavía más mientras escuchaba un buen rato y en silencio.

—Sí —dijo al fin—. Llamaré a la judicial de guardia y daré la alarma. Implicaremos en la búsqueda a todo el personal disponible.

Dentro de poco saldré para el auditorio y estaré allí un par de horas, pero tendré el móvil en vibración todo el tiempo, así que puedes llamar.

Colgó.

—¿Qué pasa? —preguntó Lise.

—Uno de mis comisarios, Harry Hole, acaba de venir de la oficina de suministros donde tenía que recoger un arma con el recibo que le di esta mañana. Se lo di para reemplazar uno anterior que se había extraviado después de un robo en su apartamento. Resulta que esta mañana alguien recogió un arma y munición con el primer recibo.

—Lo peor que podía pasar... —dijo Lise.

—No —suspiró Hagen—. Desgraciadamente, no es lo peor. Harry tiene sus sospechas sobre quién puede haber sido. Así que llamó al forense y ellos se lo han confirmado.

Lise vio con espanto que el rostro de su marido se oscurecía. Como si no se hubiese dado cuenta de las consecuencias de lo que Harry le había contado hasta que no se oyó contándoselo a su mujer.

—Los análisis de sangre del hombre que matamos en el puerto de contenedores demuestran que no es la misma persona que vomitó al lado de Halvorsen. Ni el que manchó su abrigo de sangre. Ni el que dejó pelo en la almohada del Heimen. En pocas palabras, el hombre que matamos no es Christo Stankic. Si Harry tiene razón, significa que Stankic todavía está ahí fuera. Con un arma.

—Pero... entonces quizá esté todavía persiguiendo a ese pobre hombre, ¿cómo se llamaba?

—Jon Karlsen. Sí. Y por eso tengo que llamar a la judicial de guardia y movilizar a todo el personal disponible para buscar tanto a Jon Karlsen como a Stankic. —Se presionó los ojos con el dorso de la mano como si fuera ahí donde se concentrara el dolor—. Y Harry acaba de recibir una llamada de un agente que ha entrado en el apartamento de Robert Karlsen para buscar a Jon.

—¿Y?

—Allí parecía que hubiera habido una pelea. Y las sábanas… estaban manchadas de sangre, Lise. Y ni rastro de Jon Karlsen, solo una navaja debajo de la cama con sangre negra y coagulada en la hoja.

Apartó las manos de la cara, y ella vio en el espejo que tenía los ojos enrojecidos.

—Esto es horrible, Lise.

—Lo entiendo, Gunnar, querido. Pero entonces… ¿quién es la persona que matasteis en el puerto de contenedores?

Gunnar Hagen tragó saliva antes de contestar:

—No tenemos ni idea, Lise. Lo único que sabemos es que vivía en un contenedor y que tenía heroína en la sangre.

—Dios mío, Gunnar… —Le puso la mano en el hombro e intentó captar su mirada en el espejo.

—Y al tercer día resucitó —susurró Gunnar Hagen.

—¿Cómo?

—El redentor. Lo matamos el sábado por la noche. Hoy es martes. Es el tercer día.

Martine Eckhoff estaba tan guapa que Harry se quedó sin aliento al verla.

—Hola, ¿eres tú? —dijo con esa voz grave de contralto que Harry recordaba de la primera vez que la había visto en Fyrlyset.

En aquella ocasión iba vestida de uniforme. Ahora, en cambio, se le plantó al lado con un vestido sencillo y elegante sin mangas, y tan deslumbrante y negro como su cabello. Los ojos le brillaban más grandes y oscuros que de costumbre. Y tenía la piel blanca, delicada, casi transparente.

—Me estoy poniendo guapa —rió—. Mira.

Levantó la mano con lo que a Harry le pareció un movimiento increíblemente ligero, como de ballet, una prolongación de otro movimiento igualmente grácil. En la mano sostenía una perla blanca con forma de lágrima que reflejaba la discreta luz de la escalera de su apartamento. La otra perla le colgaba de la oreja.

—Pasa —dijo ella, y dio un paso hacia atrás y sosteniendo la puerta.

Harry cruzó el umbral y se acercó a Martine, que lo esperaba con los brazos abiertos.

—Qué bien que hayas venido —dijo ella, y le echó en el oído una vaharada cálida de aliento al susurrarle—: No he podido dejar de pensar en ti ni un segundo.

Harry cerró los ojos, la abrazó con fuerza y notó el calor de su cuerpo menudo y suave como el de un gato. Era la segunda vez en menos de veinticuatro horas que estaba así, abrazándola. Y no quería dejarla. Porque sabía que era la última.

El pendiente se le quedó pegado a la mejilla, bajo el ojo, como una lágrima ya fría.

Se apartó.

—¿Pasa algo? —preguntó ella.

—Sentémonos —dijo Harry—. Tenemos que hablar.

Entraron en el salón y ella se sentó en el sofá. Harry se puso al lado de la ventana mirando a la calle.

—Hay alguien sentado en un coche mirando hacia arriba —dijo. Martine suspiró.

—Es Rikard. Me está esperando, va a llevarme al auditorio.

—Ya. ¿Sabes dónde está Jon, Martine? —Harry se concentró en el reflejo de su cara en la ventana.

—No —dijo ella mirándolo a los ojos—. ¿Crees que existe alguna razón especial por la que debería saberlo? Por el modo en que me lo preguntas, digo. —El tono dulzón se había disipado.

—Acabamos de entrar en el apartamento de Robert y creemos que Jon ha estado allí —dijo Harry—. Encontramos sangre en una cama.

—No lo sabía —contestó Martine con una sorpresa que parecía auténtica.

—Sé que no lo sabías —dijo Harry—. El forense está comprobando el tipo de sangre. Bueno, ya lo habrán hecho. Y estoy bastante seguro de cuál será el resultado.

—¿Jon? —dijo ella sin aliento.

—No —dijo Harry—. Pero tal vez eso era lo que tú esperabas.

—¿Por qué dices eso?

—Porque fue Jon quien te violó.

Un silencio sepulcral se adueñó de la habitación. Harry aguantó la respiración y oyó la de ella, que, jadeante, tomaba aire y luego, mucho antes de que el aire tuviera tiempo de llegar a los pulmones, lo expulsaba otra vez.

—¿Qué te hace pensar eso? —preguntó ella con un levísimo temblor en la voz.

—Me contaste lo que sucedió en Østgård y, después de todo, no hay tantos violadores. Y Jon Karlsen es un violador. La sangre que hallamos en la cama de Robert pertenece a una chica que se llama Sofia Miholjec. Fue al apartamento de Robert ayer por la noche porque Jon Karlsen le ordenó que lo hiciese. Como habían acordado, ella entró con una llave que en su día le había dado Robert, su mejor amigo. Después de violarla, le pegó. Ella contó que solía hacerlo.

—¿Solía hacerlo?

—Según Sofia, la violó por primera vez una tarde del pasado verano. Sucedió en el piso de la familia Miholjec mientras los padres estaban ausentes. Jon entró con la excusa de que tenía que inspeccionar el piso. Al fin y al cabo, era su trabajo. Igual que era su trabajo decidir quién podía quedarse en los apartamentos.

—¿Quieres decir… que la amenazaba?

Harry hizo un gesto afirmativo.

—Dijo que echarían a la familia y los mandarían de vuelta a su país si Sofia no hacía lo que él le ordenaba y guardaba el secreto. Que la suerte y la desgracia de la familia Miholjec dependían de él. Y de la obediencia que mostrara ella. La pobre chica no se atrevió a desobedecerlo. Pero cuando se quedó en estado, tuvo que acudir a alguien para que le ayudara. Un amigo en el que pudiera confiar, alguien mayor que ella capaz de organizar el aborto sin hacer preguntas.

—Robert —dijo Martine—. Dios. Acudió a Robert.

—Sí. Y aunque no le dijo nada, cree que Robert supo que había sido Jon. Y yo también lo creo. Porque Robert sabía que Jon ya había violado antes, ¿verdad?

Martine no contestó, sino que se acurrucó en el sofá, se llevó las rodillas hasta el pecho y se rodeó los hombros desnudos con los brazos, como si tuviese frío o quisiese desaparecer dentro de sí misma.

Cuando Martine empezó a hablar, lo hizo tan bajito que Harry podía oír el tictac del reloj de Bjarne Møller.

—Yo tenía catorce años. Mientras lo hacía, me quedé allí tendida pensando que, si me concentraba lo suficiente en las estrellas, podría ver a través del techo.

Harry la escuchó mientras hablaba de aquel caluroso día de verano en Østgård, de sus jueguecitos con Robert, de la mirada reprobatoria de Jon, que estaba muerto de celos. De cuando la puerta de la letrina se abrió y apareció Jon con la navaja de su hermano. De la violación y del dolor que vino después, cuando ella se quedó llorando mientras él regresaba a casa. Y de lo increíble que le pareció que los pájaros empezaran a cantar justo después.

—Pero lo peor no fue la violación —dijo Martine con una voz cargada de llanto, aunque tuviese las mejillas secas—. Lo peor fue que Jon lo sabía. Sabía que no tenía que amenazarme para hacerme callar. Que jamás lo delataría. Sabía que yo era consciente de que, aunque mostrase mi ropa destrozada y me creyeran, siempre quedaría una pizca de duda sobre la causa y sobre la culpa. Y que se trataba de una cuestión de lealtad. ¿Sería yo, la hija del comisionado, la persona que metería a nuestros padres y a todo el Ejército en un escándalo de consecuencias devastadoras? Y durante todos estos años, cuando veía a Jon, me lanzaba esa mirada que decía: «Lo sé. Sé que temblaste de miedo, y después te quedaste llorando en silencio para que nadie te oyese. Lo sé, y a diario soy testigo de la cobardía muda con la que actúas». —La primera lágrima le cayó por la mejilla—. Y por eso lo odio tanto. No porque me violase, eso podría habérselo perdonado. Sino porque iba por la vida haciéndome ver que lo sabía.

Harry se fue a la cocina y cogió un trozo de papel de cocina.

—Cuidado con el maquillaje —dijo pasándole el papel—. El primer ministro y esas cosas.

Ella se presionó con cuidado debajo de los ojos.

—Stankic estuvo en Østgård —dijo Harry—. ¿Lo llevaste tú?

—¿De qué hablas?

—Ha estado allí.

—¿Por qué lo dices?

—Por el olor.

—¿El olor?

Harry afirmó con la cabeza.

—Un olor dulzón, como de perfume. Lo noté la primera vez que abrí la puerta a Stankic en casa de Jon. La segunda vez fue cuando estuve en su habitación del Heimen. Y la tercera vez, cuando desperté en Østgård esta mañana. El olor estaba impregnado en la manta. —Miró con atención las pupilas de Martine con forma de ojo de cerradura—. ¿Dónde está, Martine?

Martine se levantó.

—Creo que debes irte.

—Contéstame primero.

—No tengo por qué contestar a algo que no he hecho.

Ella ya había llegado a la puerta del salón cuando él la alcanzó. Se puso delante de ella y la agarró por los hombros.

—Martine…

—Tengo que llegar a tiempo a un concierto.

—Mató a uno de mis mejores amigos, Martine.

Su rostro esbozó una expresión severa cuando contestó:

—Tal vez no debió entrometerse.

Harry la soltó como si se hubiese quemado.

—No puedes permitir que mate a Jon Karlsen. ¿Qué pasa con el perdón? ¿No es algo que va con los de tu gremio?

—Eres tú quien cree que la gente puede cambiar —dijo Martine—. No yo. Y no sé dónde está Stankic.

Harry la soltó, y ella se fue al baño y cerró la puerta. Harry se quedó allí de pie.

—Y te equivocas en cuanto a nuestro gremio —gritó Martine desde detrás de la puerta—. No se trata de perdón. En realidad, todos estamos en el mismo gremio. Se trata de la salvación, ¿no es cierto?

A pesar del frío, Rikard había salido del coche y estaba apoyado en el capó con los brazos cruzados. No correspondió al saludo de Harry cuando el agente pasó a su lado.

32

Martes, 22 de diciembre.
Exodus

Ya eran las seis y media de la tarde, pero en el grupo de Delitos Violentos había una actividad febril.

Harry encontró a Ola Li junto al fax. Echó un vistazo al mensaje que estaba entrando. El remitente era la Interpol.

—¿Qué pasa, Ola?

—Gunnar Hagen ha llamado a todo el mundo y ha movilizado a todos los miembros del grupo. Han venido todos. Vamos a coger al tipo que mató a Halvorsen.

Harry advirtió la rabia contenida en la voz de Li e instintivamente comprendió que reflejaba la atmósfera que reinaba aquella tarde en la sexta planta.

Harry entró en el despacho de Skarre, que estaba detrás de la mesa hablando rápido y alto por teléfono.

—Podemos causaros a tus muchachos y a ti más problemas de lo que tú te crees, Affi. Si no me ayudas, si no sacas a tus chicos a la calle, subirás al primer puesto en nuestra lista de *most wanted*. ¿Me explico? Así que: croata, estatura media...

—Pelo rubio cortado a cepillo —dijo Harry.

Skarre levantó la vista y saludó a Harry con un gesto.

—Pelo rubio cortado a cepillo. Llámame cuando tengas algo. —Colgó—. Ahí fuera hay un ambiente parecido al Band-Aid. Todo el que puede moverse está participando en la búsqueda. Nunca he visto nada parecido.

—Ya —dijo Harry—. ¿Seguimos sin tener noticias de Jon Karlsen?

—Nada. Lo único que sabemos es que su novia, Thea, dice que habían quedado en verse en el auditorio esta noche. Parece que van a ocupar el palco de honor.

Harry miró el reloj.

—Entonces a Stankic le queda hora y media para hacer su trabajo.

—¿A qué te refieres?

—He llamado al auditorio. Las entradas están agotadas desde hace cuatro semanas, y no dejan pasar a nadie que no tenga entrada, ni siquiera al vestíbulo. Lo que significa que, en cuanto Jon acceda al auditorio, estará a salvo. Llama a Telenor y pregunta si Torkildsen está trabajando y si puede rastrear el teléfono móvil de Karlsen. Ah, y procura que tengamos suficientes agentes armados frente al auditorio, y que todos conozcan la descripción. Y luego llama a la oficina del primer ministro e infórmalos de las medidas especiales de seguridad.

—¿Yo? —preguntó Skarre—. ¿A la oficina del primer ministro?

—Claro que sí —dijo Harry—. Ya eres un niño grande.

Desde el teléfono de su despacho, Harry marcó uno de los seis números que se sabía de memoria.

Los otros cinco eran el de Søs, el de casa de sus padres en Oppsal, el móvil de Halvorsen, el viejo teléfono privado de Møller y el desconectado de Ellen Gjelten.

—Rakel.

—Soy yo.

Harry oyó que tomaba aire.

—Me lo imaginaba.

—¿Por qué?

—Porque estaba pensando en ti. —Rió bajito—. Así son las cosas, ¿no? ¿O qué?

Harry cerró los ojos.

—He pensado que quizá podría ver a Oleg mañana —dijo él—. Como hablamos.

–¡Qué bien! –dijo ella–. Se pondrá contentísimo. ¿Quieres venir a buscarlo aquí? –Y añadió cuando percibió su vacilación–: Estamos solos.

Harry se debatía entre preguntar o no lo que quería decir con eso.

–Intentaré llegar sobre las seis –dijo.

Según Klaus Torkildsen, el móvil de Jon Karlsen se encontraba en la zona este de Oslo, en Haugerud o Høybråten.

–Eso no nos ayuda mucho –dijo Harry.

Después de haber pasado una hora entrando inquieto de despacho en despacho para ver qué tal iban los demás, Harry se puso la chaqueta y dijo que se iba al auditorio.

Aparcó en zona prohibida, en una de las pequeñas calles que había alrededor de Victoria Terrasse, pasó junto al Ministerio de Asuntos Exteriores y bajó la ancha escalera hasta la calle Ruseløkkveien antes de girar a la derecha, en dirección al auditorio.

En la enorme plaza que se abría frente a la fachada de cristal, personas vestidas de fiesta apremiaban el paso bajo un frío penetrante. Delante de la entrada había dos hombres fornidos con abrigos negros y auriculares. Cubriendo la fachada, había otros seis agentes de uniforme a los que los asistentes, que no estaban habituados a ver a la policía de la ciudad equipada con pistolas automáticas, miraban curiosos entre tiritones.

Harry reconoció a Sivert Falkeid entre los uniformados y se le acercó.

–No sabía que habían avisado al grupo Delta.

–Es que no nos han avisado –dijo Falkeid–. Llamé a la judicial de guardia y pregunté si podíamos echar una mano. Era tu compañero, ¿verdad?

Harry asintió con la cabeza, sacó un paquete de cigarrillos del bolsillo interior y le ofreció uno a Falkeid, que lo rechazó con un gesto.

–¿Todavía no ha aparecido Jon Karlsen?

–No –respondió Falkeid–. Y cuando llegue el primer ministro, no dejaremos pasar a nadie más al palco de honor. –En ese momento entraron dos coches negros en la plaza–. Mira por dónde.

Harry vio salir del coche al primer ministro, al que se apresuraron a acompañar adentro. Al abrirse la puerta, Harry entrevió al comité de recepción. También tuvo tiempo de avistar a un David Eckhoff que sonreía de oreja a oreja, y a una Thea Nilsen no tan sonriente. Ambos lucían el uniforme del Ejército de Salvación.

Logró encender el cigarrillo.

–Joder, qué frío hace –dijo Falkeid–. He perdido la sensibilidad en ambas piernas y la mitad de la cabeza.

«Qué envidia», pensó Harry.

Cuando llevaba el cigarrillo por la mitad, dijo en voz alta:

–No va a venir.

–Eso parece. Esperemos que no haya encontrado a Karlsen.

–Estoy hablando de Karlsen. Ha comprendido que el juego se ha acabado.

Falkeid se quedó mirando a aquel investigador corpulento al que había considerado con madera para formar parte del grupo Delta antes de que le llegaran los rumores de su alcoholismo y su rebeldía.

–¿Qué clase de juego es este? –preguntó.

–Es una historia muy larga. Voy a entrar. Si Jon Karlsen aparece por fin, hay que detenerlo.

–¿Karlsen? –Falkeid parecía desorientado–. ¿Y Stankic, qué?

Harry soltó el cigarrillo, que chisporroteó en la nieve amontonada alrededor de los pies.

–Eso –dijo con calma–. ¿Y Stankic, qué?

Estaba sentado en la penumbra manoseando el abrigo que tenía en el regazo. De los altavoces surgían los tenues acordes de un arpa. Los pequeños conos de luz de los focos barrían desde el techo las cabezas del público, estrategia que, supuestamente, debía crear gran expectación ante lo que no tardaría en suceder sobre el escenario.

Un grupo de unas doce personas entró en la sala y produjo un revuelo entre los espectadores de las primeras filas. Algunos hicieron amago de levantarse, pero volvieron a ocupar sus asientos entre susurros y murmullos. Era obvio, en aquel país no se trataba a los dirigentes políticos electos con tanta deferencia. El grupo se acomodó en las tres primeras filas, que habían estado vacías la media hora que él llevaba esperando.

Vio a un hombre trajeado con un cable que le llegaba hasta el oído, pero ningún policía de uniforme. La presencia policial en el exterior tampoco era alarmante. En realidad, él temía que fuesen más. Martine le había contado que asistiría el primer ministro. Por otro lado, ¿qué importancia tenía el número de policías? Él era invisible. Más invisible que de costumbre. Miró satisfecho a su alrededor. ¿Cuántos cientos de hombres en esmoquin habría allí? Ya podía imaginarse el caos. Y la retirada, sencilla pero eficaz. Se había pasado por allí el día anterior y había encontrado una vía de escape. Y lo último que hizo antes de entrar en la sala esa noche fue controlar que nadie le hubiese puesto una cerradura a las ventanas de los servicios de caballeros. Aquellas ventanas, sencillas y con un cristal opaco, podían sacarse, eran lo bastante grandes y se hallaban a tan poca altura que podría alcanzar la cornisa exterior fácil y rápidamente. Desde allí, solo tendría que dejarse caer unos tres metros y aterrizar en los techos de los coches que estaban debajo, en el aparcamiento. Luego tendría que ponerse el abrigo, salir directamente a la concurrida calle Haakon VII y recorrer a buen paso los dos minutos y cuarenta segundos que lo separaban de la estación del Teatro Nacional, donde el tren del aeropuerto paraba cada veinte minutos. El tren que esperaba coger era el de las veinte diecinueve. Antes de salir de los servicios de caballeros y subir a la sala, se metió dos pastillas desodorantes en el bolsillo.

Tuvo que enseñar la entrada por segunda vez para acceder a la sala. Negó sonriente con la cabeza cuando la señora le pregun-

475

tó algo en noruego señalando su abrigo. La mujer examinó la entrada y le indicó una butaca en el palco de honor, que no consistía más que en cuatro filas como las demás, situadas en medio de la sala y separadas del resto para la ocasión con una cinta roja. Martine le había dicho dónde se sentarían Jon Karlsen y su novia Thea.

Ahí estaban. Echó un vistazo al reloj. Las ocho y seis minutos. La sala estaba en penumbra y el contraluz del escenario era demasiado fuerte para que pudiera identificar a las personas de la delegación, pero, de repente, la luz de los reflectores bañó uno de los rostros. Solo vislumbró fugazmente una cara pálida y atormentada, pero no le cupo la menor duda. Era la mujer que vio en el asiento trasero junto a Jon Karlsen en la calle Gøteborggata.

Al parecer, había algo de confusión sobre la distribución de las primeras butacas, pero sus ocupantes se decidieron por fin y el muro que formaban sus cuerpos descendió cuando se sentaron. Apretó la culata del revólver que escondía bajo el abrigo. En el tambor había seis cartuchos. No estaba acostumbrado a aquel tipo de arma, que tenía el gatillo más duro que una pistola, pero se había pasado todo el día practicando y ya controlaba el lugar donde el gatillo efectuaba el disparo.

Como a una señal invisible, se hizo la calma en la sala.

Un hombre uniformado se adelantó, probablemente dio la bienvenida y luego dijo algo que hizo que todos se levantaran. El hombre contempló a cuantos le rodeaban en silencio, con la cabeza inclinada. Quizá hubiese muerto alguien. Luego el hombre añadió algo más y todos se sentaron.

Y, finalmente, se levantó el telón.

Harry aguardaba en la oscuridad, a un lado del escenario, viendo cómo subía el telón. La luz del borde del escenario no le permitía ver al público, pero podía sentir su presencia entre ellos, como la respiración de un gran animal.

El director de la orquesta levantó la batuta y el coro de góspel de la tercera banda de música más importante de Oslo entonó la canción que Harry había oído en el Templo.

«¡Dejad que ondee la bandera de la salvación! ¡En marcha, partiremos a la guerra santa!»

—Perdón —oyó decir a alguien. Se volvió y vio a una mujer joven con gafas y auriculares—. ¿Qué haces aquí? —preguntó ella.

—Policía —dijo Harry.

—Soy la regidora y he de pedirte que no te pongas en medio.

—Estoy buscando a Martine Eckhoff —dijo Harry—. Me dijeron que estaría aquí.

—Está allí —dijo la regidora señalando el coro.

Y entonces la vio. Estaba al fondo, en el último peldaño, y cantaba con una expresión grave, casi atormentada. Como si estuviera cantando sobre un amor perdido en lugar de sobre la lucha y la victoria.

A su lado se encontraba Rikard, que, a diferencia de ella, tenía una sonrisa de felicidad en los labios. Su rostro se transformaba completamente cuando cantaba. Nada quedaba de aquella expresión dura y apocada que lo caracterizaba; sus ojos jóvenes irradiaban esplendor, como si creyera de todo corazón lo que estaba cantando, que conquistarían el mundo para la causa del buen Dios, por la causa de la misericordia y el amor al prójimo.

Y, para su sorpresa, Harry se dio cuenta de que el texto era impresionante.

Cuando terminaron, tras los aplausos del público, se dirigieron a un lateral. Rikard descubrió la presencia de Harry y lo miró, perplejo, pero no dijo nada. Cuando lo vio Martine, bajó la vista e intentó esquivarlo describiendo un arco. Pero Harry fue rápido y le cortó el paso.

—Te doy una última oportunidad, Martine. Por favor, no la malgastes.

Ella lanzó un fuerte suspiro.

—Ya te he dicho que no sé dónde está.

Harry la cogió por los hombros y susurró:

—Te condenarán por cómplice. ¿De verdad quieres darle esa satisfacción?

—¿Satisfacción? —Sonrió cansada—. Al lugar donde va no disfrutará de ninguna satisfacción.

—¿Y la canción que acabáis de cantar, «que misericordioso se compadece y es el verdadero amigo de los pecadores»? ¿No significa nada, son solo palabras?

Ella no respondió.

—Comprendo que esto es más difícil que ese perdón fácil que prodigas en Fyrlyset para mayor gloria tuya —dijo Harry—. Un drogata que, impotente, roba a personas anónimas para satisfacer su necesidad, ¿qué es eso? ¿Qué es eso comparado con perdonar a alguien que realmente necesita tu perdón? ¿Un verdadero pecador que va camino del infierno?

—Basta —dijo ella, compungida y, sin fuerzas, intentó apartarlo de un empujón.

—Todavía puedes salvar a Jon, Martine. Para que pueda tener otra oportunidad. Para que tú tengas otra oportunidad.

—¿Te está molestando, Martine? —se oyó la voz de Rikard.

Harry apretó el puño derecho sin darse la vuelta, preparándose mientras contemplaba los ojos llorosos de Martine.

—No, Rikard —dijo ella—. Estoy bien.

Harry oyó que los pasos de Rikard se alejaban mientras él seguía mirándola. Empezó a sonar una guitarra. Luego, el piano. Harry reconoció la canción. De aquella noche en la plaza Egertorget. Y de la radio, en Østgård. «Morning Song». Sentía como si hubiese transcurrido una eternidad.

—Ambos morirán si no me ayudas a detener esto —dijo Harry.

—¿Por qué dices eso?

—Porque Jon es un caso *borderline* y actúa empujado por su ira. Y Stankic no tiene miedo a nada.

—¿Y tú pretendes hacerme creer que estás tan interesado en salvarlos porque es tu trabajo?

—Sí —contestó Harry—. Y porque se lo prometí a la madre de Stankic.

–¿A la madre? ¿Has hablado con su madre?

–Juré que intentaría salvar a su hijo. Si no detengo a Stankic, le dispararán. Como al del puerto de contenedores. Créeme.

Harry miró a Martine, luego le dio la espalda y echó a andar. Ya había alcanzado la escalera cuando oyó su voz:

–Está aquí.

Harry se puso rígido.

–¿Cómo?

–Le di tu entrada a Stankic.

En ese momento se encendió la luz del escenario.

Las siluetas de quienes ocupaban las butacas de delante se recortaban con nitidez en la cascada de luz de un blanco reluciente. Se hundió en la butaca, levantó la mano con cuidado y apoyó el corto cañón contra el respaldo de la butaca de delante, de modo que tuviera vía libre para disparar a la espalda vestida de esmoquin que estaba sentada a la izquierda de Thea. Haría dos disparos. Luego se levantaría y dispararía una tercera vez, si fuera necesario. Pero él sabía que no haría falta.

Notó el gatillo más ligero que en ningún otro momento del día, pero sabía que se debía a la adrenalina. Aun así, ya no tenía miedo. El gatillo se deslizaba más y más y ya había llegado al punto en que dejaba de oponer resistencia, a ese medio milímetro que constituía la tierra de nadie del gatillo, donde uno no tenía más que relajarse y seguir apretando porque ya no había vuelta atrás; donde uno había cedido el control a las implacables leyes de la mecánica y al azar.

La cabeza que coronaba la espalda contra la que la bala no tardaría en hacer impacto se volvió hacia Thea y le dijo algo.

En ese momento, su cerebro registró dos detalles: que, curiosamente, Jon Karlsen llevaba esmoquin y no el uniforme del Ejército de Salvación, y que existía un error en la distancia física que mediaba entre Thea y Jon. En una sala de conciertos con la música alta, unos novios se habrían apoyado el uno en el otro.

El cerebro intentó invertir la marcha del acto ya iniciado, la contracción del dedo índice alrededor del gatillo.

Resonó el estallido.

Fue tan fuerte que a Harry le pitaban los oídos.

—¿Cómo? —gritó a Martine para hacerse oír en medio del estrépito que el arrebato convulso del batería había provocado con los platillos y que había dejado momentáneamente sordo a Harry.

—Está en la fila diecinueve, tres filas detrás de Jon y del primer ministro. Butaca veinticinco. En el centro. —Intentó sonreír, pero los labios le temblaban demasiado—. Te conseguí la mejor entrada de la sala, Harry.

Harry la miró. Y echó a correr.

Jon Karlsen intentaba que sus piernas se moviesen como palillos de tambor sobre el andén de Oslo S, pero nunca fue un gran corredor. Las puertas automáticas lanzaron un largo suspiro y se cerraron antes de que el tren plateado del aeropuerto se pusiera en movimiento justo en el momento en que llegaba Jon. Suspiró aliviado y dejó la maleta en el suelo, se quitó la mochila y se sentó en uno de los bancos de diseño del andén. Pero no soltó la bolsa negra, que tenía en el regazo. Diez minutos para la próxima salida. No pasaba nada, iba bien de tiempo. Tenía un montón de tiempo. Tanto, que casi podría desear tener un poco menos. Miró la boca del túnel por donde aparecería el siguiente tren. Cuando Sofia se hubo marchado y él se quedó dormido de madrugada en el apartamento de Robert, tuvo un sueño. Un sueño desagradable en el que el ojo de Ragnhild lo miraba fijamente.

Echó un vistazo al reloj.

Ya habría empezado el concierto. Y allí estaba la pobre Thea sin él, sin entender nada. Y, por cierto, los demás tampoco. Jon se calentó las manos con el aliento, pero la temperatura era tan baja y el aire húmedo se enfriaba con tanta rapidez que las manos se le helaban más aún. Tenía que hacerlo de esa manera, no había otra forma. Todo había ido demasiado lejos, las cosas se le habían escapado de las manos, no podía arriesgarse a permanecer allí más tiempo.

Era culpa suya, sola y exclusivamente. Aquella noche había perdido el control con Sofia. Debería haberlo imaginado. Toda la tensión acumulada tenía que salir de alguna forma. Lo que lo enfureció de aquel modo fue que Sofia se dejara sin decir palabra, sin emitir un solo sonido. Se limitó a clavarle esa mirada suya hermética e introvertida. Como un cordero propiciatorio. Así que la golpeó en la cara. Con el puño. Al reparar en que se le había rajado la piel de los nudillos, la golpeó de nuevo. Qué estúpido. Para no tener que verla, la había puesto de cara a la pared, y no fue capaz de tranquilizarse hasta después de haber eyaculado. Demasiado tarde. Al verla cuando se marchaba, comprendió que no podría zafarse con las explicaciones de siempre, que se había dado con una puerta o que había resbalado en el hielo.

Otra razón por la que no podía quedarse era la llamada muda que había recibido el día anterior. Rastreó el número entrante. Provenía de un hotel en Zagreb. Hotel International. No tenía ni idea de cómo habían conseguido su número: no estaba registrado. Pero se imaginaba lo que eso significaba: aunque Robert estuviera muerto, no daban el encargo por cumplido. No había contado con esa posibilidad, y no se lo explicaba. Quizá pensaran enviar a otro hombre a Oslo. En cualquier caso, tenía que irse.

El billete de avión que tan precipitadamente había comprado le llevaría a Bangkok vía Amsterdam. Y estaba emitido a nombre de Robert Karlsen. Como el que compró para ir a Zagreb en octubre. Y ahora, como entonces, tenía el pasaporte del hermano, expedido hacía diez años, en el bolsillo interior. Nadie podría negar el parecido entre él y el hombre de la fotografía. Todos los empleados del control de pasaportes daban por hecho que, en un plazo de diez años, un joven podía cambiar.

Después de comprar el billete fue a la calle Gøteborggata, preparó la maleta y una mochila. Todavía faltaban diez horas para la salida del avión y tenía que esconderse. Así que se marchó a uno de los apartamentos de alquiler del ejército llamados «semiamueblados», situado en Haugerud, de cuya llave tenía copia. El apartamento llevaba vacío dos años, tenía desperfectos causados por la humedad, un sofá y una butaca cuyos rellenos sobresalían por el respaldo, además de una cama con un colchón lleno de manchas. Allí era donde Sofia tenía que presentarse obligatoriamente todos los jueves a las seis de la tarde. Algunas de las manchas eran de ella. Otras las había hecho él cuando estaba solo. Y en esas ocasiones, siempre pensaba en Martine. Su apetito solo se vio satisfecho una vez: esa era la sensación que buscaba desde entonces. Y no la encontró hasta aquel momento, con una chica croata de quince años.

Un día del pasado otoño, Robert fue a buscarlo, indignado, para contarle que Sofia lo había confesado todo. Jon se puso tan furioso que apenas pudo dominarse.

Fue tan… humillante… Igual que aquella vez, cuando tenía trece años, y su padre le pegó con el cinturón porque la madre había descubierto manchas de semen en sus sábanas.

Y cuando Robert lo amenazó con delatarlo a la dirección del Ejército de Salvación si se acercaba otra vez a Sofia, Jon supo que solo le quedaba una alternativa. Y no fue dejar de ver a Sofia. Porque lo que ni Robert ni Ragnhild ni Thea comprendían era que él no podía prescindir de aquello, porque era lo único que lo liberaba y le proporcionaba satisfacción plena. En un par de años Sofia sería demasiado mayor y tendría que buscarse a otra. Pero hasta entonces podía seguir siendo su princesita, la luz de su alma y el fuego de sus riñones, como lo fue Martine aquella noche, en Østgård, la primera vez que funcionó la magia.

Llegaron más personas al andén. Quizá no ocurriese nada. Puede que bastara con esperar a ver qué sucedía en un par de semanas y regresar después. Regresar junto a Thea. Sacó el teléfono, encontró su número y escribió un mensaje:

«Mi padre está enfermo. Vuelo a Bangkok esta noche. Te llamo mañana».

Lo envió y acarició la bolsa negra. Cinco millones de coronas en dólares. Su padre se alegraría mucho cuando se enterara de que por fin podía pagar la deuda y ser libre. «Asumo los pecados de otros –pensó–. Los libero.»

Miró hacia el túnel, la cuenca negra del ojo. Las ocho y dieciocho minutos. ¿Dónde estará?

¿Dónde estaba Jon Karlsen? Clavó la vista en la hilera de espaldas que tenía delante al tiempo que bajaba el revólver. Los dedos habían acatado su orden y relajado la presión sobre el gatillo. Nunca sabría lo cerca que había estado de disparar. Pero de algo estaba seguro: Jon Karlsen no estaba allí. No había ido. Esa era la razón de la confusión con las butacas cuando se disponían a tomar asiento.

Se suavizó la música, las escobillas se arrastraban discretamente sobre la piel del tambor y el rasgueo de la guitarra se ralentizó cuando los dedos del guitarrista pasaron del galope al mero trote.

Vio que la novia de Jon Karlsen se agachaba y que movía los hombros como si estuviese buscando algo en el bolso. Se quedó quieta unos segundos con la cabeza gacha. Al cabo de unos instantes, se incorporó de nuevo y él la siguió con la mirada mientras, con movimientos bruscos e impacientes, ella se abría paso por la fila de personas que se levantaban para dejarla pasar. Enseguida supo lo que tenía que hacer.

–*Excuse me* –dijo, y se levantó.

Apenas advirtió las miradas de censura de la gente que se levantaba suspirando como si se tratara de un gran esfuerzo. Solo le preocupaba una cosa: que su última oportunidad de coger a Jon Karlsen estaba a punto de abandonar la sala.

Se detuvo en cuanto llegó al vestíbulo y oyó cómo la puerta acolchada se cerraba a sus espaldas al tiempo que la música enmudecía como con un chasquido. La joven no había ido tan lejos. Se hallaba junto a la columna central del vestíbulo, tecleando. Dos hombres de traje hablaban junto al otro acceso a la sala; dos empleadas del guardarropa miraban ausentes al infinito desde detrás del mostrador. Comprobó que el abrigo que llevaba sobre el brazo ocultaba bien el revólver, y ya se disponía a acercarse a la joven cuando oyó pasos corriendo a su derecha. Se dio la vuelta con el tiempo justo de ver a un hombre corpulento con las mejillas sonrosadas y los ojos muy abiertos que se aproximaba a la carrera. Harry Hole. Sabía que era demasiado tarde, que el abrigo le impediría apuntarle a tiempo con el revólver. El policía le dio un manotazo en el hombro y él se tambaleó hacia atrás y se dio contra la pared. Y vio desconcertado cómo Hole agarraba el picaporte de la puerta de la sala, la abría y desaparecía.

Con la cabeza apoyada en la pared, cerró los ojos. Luego se irguió despacio, vio que a la chica le bailaban los pies de impaciencia, con el teléfono pegado a la oreja y con una expresión de desesperación en la cara, y se encaminó hacia ella. Se le plantó directamente delante, apartó el abrigo para que pudiera ver el revólver y dijo despacio y con claridad:

—*Please, come with me*. Si no, tendré que matarte.

Se le ensombreció la mirada cuando el miedo le dilató las pupilas. Dejó caer el móvil.

El móvil cayó e impactó con las vías emitiendo un pequeño ruido. Jon clavó la vista en el teléfono, que seguía sonando. Un segundo antes de ver en la pantalla que era Thea, pensó que tal vez fuese la voz muda de la noche anterior que volvía a llamar. No había dicho ni una palabra, pero se trataba de una mujer, ahora estaba seguro. Era ella, fue Ragnhild quien llamó. ¡Basta! ¿Qué estaba ocurriendo? ¿Estaba a punto de volverse loco? Se concentró en la respiración. Ahora no podía perder el control.

Se aferró a la bolsa negra en cuanto vio aparecer el tren en el andén.

La puerta del tren exhaló un suspiro, él entró, dejó la maleta en el portaequipajes y encontró un asiento libre.

La butaca vacía lo hizo pensar en el hueco de carne que queda cuando te sacan una muela. Harry examinó los rostros que había a ambos lados de la butaca, pero eran demasiado viejos, demasiado jóvenes o del sexo contrario. Fue corriendo hasta la primera butaca de la fila diecinueve y se agachó junto al hombre canoso que había allí sentado.

—Policía. Estamos…

—¿Cómo? —dijo el hombre poniéndose la mano tras la oreja.

—Policía —dijo Harry más alto.

Se dio cuenta de que en una fila un poco más adelante un hombre de cuya oreja salía un cable empezaba a moverse mientras hablaba con la solapa de su chaqueta.

—Estamos buscando a una persona que estaba sentada hacia la mitad de esta fila —explicó Harry—. ¿Has visto a alguien irse o v…?

—¿Cómo?

Una señora mayor, obviamente, la acompañante del caballero en aquella velada, se inclinó hacia delante:

—Acaba de salir. Es decir, de la sala. En mitad de la canción…

A juzgar por el tono de sus últimas palabras, la señora suponía que esa era la razón por la que la policía quería localizar al individuo.

Harry volvió a recorrer el pasillo a toda prisa, abrió la puerta, corrió por el vestíbulo y bajó la escalera hasta el rellano donde se hallaba la puerta de salida. Al ver la espalda uniformada de fuera, gritó mientras todavía estaba en la escalera:

—¡Falkeid!

Sivert Falkeid se dio la vuelta, vio a Harry y abrió la puerta.

—¿Acaba de salir un hombre por aquí, ahora mismo?

Falkeid negó con la cabeza.

—Stankic está aquí —dijo Harry—. Da la alarma.

Falkeid asintió con la cabeza y levantó la solapa.

Harry volvió deprisa al vestíbulo, reparó en un teléfono móvil pequeño y rojo que estaba en el suelo y preguntó a las señoras del guardarropa si habían visto a alguien salir de la sala. Se miraron y contestaron con un no sincronizado. Preguntó si había otras salidas aparte de la escalera que daba al vestíbulo.

—Solo la salida de emergencia —dijo una de ellas.

—Sí, pero hace tal ruido al cerrar que la habríamos oído —dijo la otra.

Harry se apostó de nuevo junto a la puerta de la sala y escrutó el vestíbulo de izquierda a derecha mientras intentaba pensar en posibles vías de escape. ¿Le habría contado Martine la verdad? ¿Era realmente Stankic quien había ocupado aquella butaca segundos antes? En ese mismo momento comprendió que así era. El olor dulzón aún flotaba en el ambiente. El tipo estaba allí cuando Harry llegó. Y en ese momento comprendió por dónde había escapado Stankic.

Cuando Harry abrió la puerta de los servicios de caballeros sintió la bofetada del aire gélido que entraba por la ventana abierta del fondo de la habitación. Se acercó a la ventana, miró hacia abajo, a la cornisa y al aparcamiento, y dio un golpe en el marco.

—¡Joder, joder!

Hubo un sonido procedente de uno de los cubículos.

—¿Hola? —dijo Harry muy alto—. ¿Hay alguien ahí?

Le respondió el agua del urinario, que corrió con un rumor irascible.

Allí estaba ese sonido otra vez. Como un lloriqueo. La mirada de Harry barrió los cubículos y encontró la que lucía la señal roja de ocupado. Se puso boca abajo en el suelo y vio unas pantorrillas y unos zapatos de tacón.

—Policía —gritó Harry—. ¿Estás herida?

El lloriqueo cesó.

—¿Se ha ido? —preguntó una voz temblorosa de mujer.

—¿Quién?

—Me dijo que debía permanecer aquí al menos quince minutos.

—Se ha ido.

La puerta del aseo se abrió. Thea Nilsen estaba sentada en el suelo, entre la taza y la pared, con la cara embadurnada de maquillaje.

—Amenazó con matarme si no le decía dónde estaba Jon —explicó llorosa. Como pidiendo disculpas.

—¿Y qué le has dicho? —preguntó Harry, y le ayudó a sentarse sobre la taza del váter.

La joven parpadeó confusa.

—Thea, ¿qué le has dicho?

—Jon me ha mandado un mensaje de texto —dijo ella mirando la pared de los servicios con expresión ausente—. Dice que su padre ha caído enfermo. Vuela a Bangkok esta noche. ¿Te lo puedes creer? Precisamente esta noche.

—¿Bangkok? ¿Se lo dijiste a Stankic?

—Esta noche íbamos a saludar personalmente al primer ministro —dijo Thea con una lágrima rodándole por la mejilla—. Y ni siquiera contestó cuando le llamé, ese… ese…

—¡Thea! ¿Le has dicho que Jon iba a coger un avión esta noche?

La joven asintió con la cabeza como una sonámbula, como si todo aquello no fuera con ella.

Harry se levantó y fue al vestíbulo, donde Martine y Rikard hablaban con un hombre que Harry reconoció como un miembro del equipo de seguridad del primer ministro.

—Anula la alarma —gritó Harry—. Stankic ya no está aquí.

Los tres se volvieron hacia él.

—Rikard, tu hermana está ahí dentro. ¿Puedes ocuparte de ella? Martine, ¿puedes venir conmigo?

Sin esperar respuesta, Harry la cogió del brazo y ella tuvo que apremiar el paso para seguirlo bajando la escalera hacia la salida.

—¿Adónde vamos? —preguntó Martine.

—Al aeropuerto de Oslo.

—¿Y para qué quieres que vaya yo?

—Vas a ser mis ojos, querida Martine. Vas a ayudarme a ver al hombre invisible.

Examinó sus propias facciones en el reflejo de la ventanilla del tren. La frente, la nariz, las mejillas, la boca, el mentón, los ojos.

Trató de averiguar qué era, dónde estaba el secreto. Pero no apreció nada de particular por encima del pañuelo rojo, solamente una cara sin expresión con unos ojos y un cabello que, contra la pared del túnel entre Oslo S y Lillestrøm, parecían tan negros como la noche que reinaba fuera.

33

Martes, 22 de diciembre.
El día más corto

Harry y Martine tardaron exactamente dos minutos y treinta y ocho segundos en cubrir corriendo la distancia que separaba el auditorio del andén de la estación del Teatro Nacional, donde, dos minutos más tarde, subían a un tren InterCity que se dirigía a Lillehammer, pero con parada en Oslo S y en el aeropuerto de Oslo. Era un tren más lento, pero tardarían menos que si esperaban la próxima salida del tren del aeropuerto. Se sentaron en los dos únicos asientos libres de un vagón repleto de soldados que volvían a casa de permiso de Navidad y una pandilla de estudiantes con cartones de vino y gorros de Papá Noel.

—¿Qué ha ocurrido? —preguntó Martine.

—Jon pretende huir —dijo Harry.

—¿Sabe que Stankic sigue vivo?

—No huye de Stankic, sino de nosotros. Sabe que lo hemos descubierto.

Martine lo miró con los ojos abiertos de par en par.

—¿Qué habéis descubierto?

—Ni siquiera sé por dónde empezar.

El tren entró en la estación de Oslo S. Harry escrutó el andén, pero no vio a Jon Karlsen.

—Todo empezó cuando Ragnhild Gilstrup le ofreció dos millones de coronas a Jon por ayudar a Gilstrup a comprar parte del patrimonio inmobiliario del Ejército de Salvación —dijo Harry—.

Él rechazó la oferta, porque no sabía si ella tenía los escrúpulos necesarios para mantener la boca cerrada. En cambio, a sus espaldas, contactó directamente con Mads y Albert Gilstrup. Exigió cinco millones, sin que Ragnhild se enterara del acuerdo. Ellos aceptaron.

Martine se quedó boquiabierta.

—¿Cómo sabes todo eso?

—Parece que, tras la muerte de Ragnhild, Mads Gilstrup se vino más o menos abajo. Decidió revelar todos los detalles del acuerdo. Así que llamó al contacto que tenía en la policía. El número de teléfono que aparecía en la tarjeta de visita de Halvorsen. Halvorsen no contestó, pero Mads dejó la confesión grabada en el contestador. Hace un par de horas reproduje el mensaje. Entre otras cosas, dice que Jon exigía que el acuerdo se redactase por escrito.

—Jon es una persona ordenada —dijo Martine en voz baja.

El tren salió del andén, pasó por la casa del jefe de estación, llamada Villa Valle, y se adentró en los barrios que quedaban al este de la ciudad, con sus paisajes grises de patios interiores adornados con bicicletas, tendederos vacíos y ventanas tiznadas.

—Pero ¿qué tiene esto que ver con Stankic? —preguntó ella—. ¿Quién hizo el encargo? ¿Mads Gilstrup?

—No.

La nada negra del túnel los engulló y en la oscuridad su voz resultaba casi inaudible con el traqueteo de los raíles de fondo.

—¿Fue Rikard? Di que no fue Rikard…

—¿Por qué crees que fue Rikard?

—La noche que Jon me violó, fue él quien me encontró en la letrina. Le dije que había tropezado en la oscuridad, pero no me creyó, lo vi. Me ayudó a acostarme sin despertar a los demás. Y pese a que nunca haya dicho nada, siempre he tenido la sensación de que vio a Jon y adivinó lo que había pasado.

—Ya —dijo Harry—. ¿Así que por eso te protege con tanto ahínco? Parece que Rikard te quiere de verdad.

Ella asintió con la cabeza.

—Será por eso por lo que… —empezó, pero enmudeció.

—¿Sí?

—Por eso deseo que no haya sido él.

—En ese caso, tu deseo se ha cumplido.

Harry echó un vistazo al reloj. Llegarían al cabo de quince minutos.

Martine lo miró, desconcertada.

—¿Tú… tú no estarás diciendo…?

—¿El qué?

—¿No estarás diciendo que mi padre sabía lo de la violación? ¿Que él… ha…?

—No, tu padre no tiene nada que ver. La persona que encargó el asesinato de Jon Karlsen…

De repente salieron del túnel al cielo negro y estrellado que se extendía sobre los blancos campos helados.

—… es el propio Jon Karlsen.

La señora que lucía el uniforme de SAS entregó a Jon el billete con una sonrisa de blanqueador dental y pulsó el botón que tenía delante. Un cling resonó sobre sus cabezas y el siguiente en la cola se acercó corriendo al mostrador blandiendo el número como si fuese un machete.

Jon se volvió hacia el vestíbulo de salidas, que era inmenso. Había estado allí antes, pero nunca había visto a tanta gente. El ruido de voces, pasos y mensajes ascendía hasta la bóveda, alta como la de una iglesia. Una cacofonía expectante, una mezcla de idiomas y fragmentos de opiniones que no entendía. Vuelva a casa por Navidad. Viaje al extranjero por Navidad. Ante los mostradores de facturación, colas inmóviles se retorcían siguiendo las cintas de la barrera como boas constrictor que hubiesen comido de más.

«Respira —se dijo—. Hay tiempo de sobra. No saben nada. Todavía no. Puede que nunca se enteren.» Se puso detrás de una señora mayor y se agachó para ayudarla a mover la maleta cuando la cola avanzó unos veinte centímetros. Ella se volvió y le sonrió para mostrarle su agradecimiento, y Jon reparó en la piel de la anciana, que parecía una tela muy pálida y fina tensada alrededor de una calavera.

Le devolvió la sonrisa y, finalmente, ella se dio la vuelta. Pero, bajo el ruido de los vivos, no dejaba de oír los gritos de ella. Un sonido insoportable y constante al que trataba de imponerse un electromotor con sus bramidos. Cuando salió del hospital y se enteró de que la policía estaba registrando su apartamento, se le metió en la cabeza la idea de que podrían encontrar el acuerdo con Gilstrup Invest. Ese acuerdo según el cual Jon recibiría cinco millones de coronas si el Consejo Superior recomendaba la oferta firmada por Albert y Mads Gilstrup. Por eso, después de que la policía lo llevase al apartamento de Robert, se marchó a la calle Gøteborggata para recoger el documento. Pero cuando llegó, alguien se le había adelantado. Ragnhild. Ella no lo había oído por el ruido de la aspiradora que estaba utilizando. Estaba sentada leyendo el contrato. Lo había visto. Había descubierto sus pecados como su madre descubrió las manchas de semen en las sábanas. Y como su madre, Ragnhild quería humillarle, destruirle, delatarle a todo el mundo. Contárselo a su padre. Ella no debía ver. «La privé de los ojos —pensó—. Pero ella seguía gritando.»

—Ningún mendigo renuncia a una limosna —dijo Harry—. Forma parte de la naturaleza del asunto. Caí en la cuenta en Zagreb. O, mejor dicho, la cuenta me cayó encima. Bajo la forma de una moneda noruega de veinte coronas que me tiraron. Y cuando la vi dando saltos en el suelo, me acordé de que, el día anterior, el grupo que examinó el escenario del crimen había encontrado una moneda croata pisoteada en la nieve frente a la tienda de la esquina de la calle Gøteborggata. La relacionaron automáticamente con Stankic, que se había fugado en esa dirección mientras Halvorsen yacía en el suelo desangrándose un poco más arriba en esa calle. Soy escéptico por naturaleza, pero cuando, estando en Zagreb, vi aquella moneda de veinte coronas, fue como si algún poder superior hubiera querido enseñarme algo. La primera vez que vi a Jon, un mendigo le tiró una moneda a la espalda. Me acuerdo que me sorprendió que un mendigo rechazara una limosna. Ayer encontré al mendigo en la biblioteca Deichmanske y le enseñé la moneda que había encontrado el equipo de técnicos. Me confirmó que la moneda que le había arrojado a Jon era extranjera y que cabía la posibilidad de que se tratara de la que yo le estaba enseñando. Sí, lo más probable era que sí.

—Es decir, que Jon ha visitado Croacia al menos una vez. Pero eso está permitido, ¿no?

—Claro que sí. Lo extraño es que me dijo que nunca había estado en el extranjero, aparte de en Dinamarca y Suecia. Lo comprobé con la oficina de pasaportes y nunca habían expedido ninguno a nombre de Jon Karlsen. En cambio, hace diez años, se expidió uno a nombre de Robert Karlsen.

—Puede que Robert le diese la moneda a Jon.

—Tienes razón —dijo Harry—. La moneda no demuestra nada. Pero hace que un cerebro un tanto lento como el mío empiece a pensar. ¿Y si Robert nunca fue a Zagreb? ¿Y si fue Jon? Jon tenía la llave de todos los apartamentos de alquiler del Ejército de Salvación, incluida la del apartamento de Robert. ¿Y si cogió el pasaporte de Robert y, haciéndose pasar por él, se fue a Zagreb y se presentó como Robert Karlsen cuando encargó el asesinato de Jon Karlsen? ¿Y si en todo momento su plan fue matar a Robert?

Martine, perdida en sus cavilaciones, se mordía la uña.

—Pero si Jon quería matar a Robert, ¿por qué encargó el asesinato de sí mismo?

—Para procurarse una coartada perfecta. Si detenían a Stankic y este confesaba, nunca se sospecharía de Jon. Él era la víctima. El hecho de que Jon y Robert cambiasen el turno de guardia precisamente ese día se achacaría a una casualidad del destino. Stankic solo seguía las instrucciones. Y cuando tanto Stankic como los de Zagreb descubrieran que habían matado a quien encargó el trabajo, no tendrían motivos para rematarlo liquidando a Jon. No habría nadie que pagara la factura. En realidad, el plan era genial. Jon podía prometer a los de Zagreb todo el dinero que pidiesen como pago posterior, ya que después no existiría dirección alguna donde mandar la factura. Como tampoco existiría la única persona que podría refutar que fue Robert quien estuvo en Zagreb aquel día, y que tal vez pudiese presentar una coartada para cuando se encargó el asesinato: Robert Karlsen. El plan era como un círculo lógico que se cerraba, la ilusión de una serpiente que se come a sí misma, una construcción autodestructiva donde todo habría desaparecido después, sin que quedara ni un cabo suelto.

—Un hombre organizado —dijo Martine.

Dos de los estudiantes habían empezado a entonar una cancioncilla típica de los brindis intentando que fuese a dos voces, acompañados por el estrepitoso ronquido de uno de los reclutas.

—Pero ¿por qué? —preguntó Martine—. ¿Por qué tenía que matar a Robert?

—Porque Robert suponía una amenaza. Según la mayor Rue, Robert amenazó con «destruirlo» si se acercaba otra vez a una mujer en particular. Mi primer pensamiento fue que se refería a Thea. Pero al parecer tenías razón al decir que a Robert no le interesaba ella. Jon insistía en que Robert estaba obsesionado con Thea con el único propósito de que luego pareciera que su hermano tenía un motivo para desearle la muerte. La amenaza de Robert tenía que ver con Sofia Miholjec. Una chica croata de quince años que acaba de confesármelo todo: que Jon la obligaba a tener relaciones sexuales con él regularmente bajo la amenaza de echar a su familia no solo del piso del Ejército de Salvación, sino también del país, si se negaba o se lo contaba a alguien. Pero cuando se quedó embarazada fue a ver a Robert, que le ayudó y le prometió que le pararía los pies a Jon. Por desgracia, Robert no acudió directamente a la policía ni a los mandos del Ejército de Salvación. Supongo que lo consideró un problema familiar y quiso resolverlo sin implicar a nadie más. Me he dado cuenta de que en el Ejército de Salvación eso es una tradición.

Martine miraba fijamente los campos cubiertos de nieve que, bajo la palidez nocturna, desfilaban moviéndose como olas.

—Así que ese era el plan —dijo ella—. ¿Y qué falló?

—Lo de siempre —contestó Harry—. El tiempo.

—¿El tiempo?

—Si esa noche no se hubiese cancelado el vuelo a Zagreb debido a la nevada, Stankic habría llegado a su casa, se habría enterado de que, desgraciadamente, había matado al que le encargó el asesinato y la historia habría terminado ahí. Pero Stankic tuvo que quedarse una noche más en Oslo y descubrió que había matado a la persona equivocada. Lo que no sabe es que Robert Karlsen también es el nombre del contratante, así que sigue con su caza.

El altavoz anunció que llegaban al aeropuerto de Oslo: «Gardermoen, andén derecho».

—Y ahora vas a atrapar a Stankic.

—Ese es mi trabajo.

—¿Vas a matarlo?

Harry la miró.

—Mató a tu amigo —añadió Martine.

—¿Te lo contó él?

—Dije que no quería saber nada, así que no me contó nada.

—Soy policía, Martine. Detenemos a las personas para ponerlas en manos de la justicia.

—¿Ah, sí? Entonces ¿por qué no has dado la voz de alarma? ¿Por qué no has avisado a la policía del aeropuerto? ¿Por qué no están los de Operaciones Especiales camino del aeropuerto con las sirenas a todo volumen? ¿Por qué estás solo?

Harry no contestó.

—Ni siquiera hay más personas que estén al tanto de lo que acabas de contarme, ¿verdad?

Harry vio aparecer por la ventanilla del tren las superficies lisas de diseño en hormigón gris del aeropuerto.

—Nuestra parada —anunció.

34

Martes, 22 de diciembre.
La crucifixión

Solo una persona separaba a Jon del mostrador de facturación cuando lo notó. Un olor dulzón a jabón que le recordaba vagamente a algo. Algo que había sucedido no hacía mucho. Cerró los ojos y trató de recordar de qué se trataba.

—¡El siguiente, por favor!

Jon se acercó, puso la maleta y la mochila en la cinta de equipajes y dejó el billete y el pasaporte sobre el mostrador, delante de un hombre que lucía un buen bronceado y la camisa blanca de la línea aérea.

—Robert Karlsen —dijo el hombre mirando a Jon, que respondió con un gesto de afirmación—. Dos bultos. ¿Ese es el equipaje de mano? —Señaló con la cabeza hacia la bolsa negra.

—Sí.

El hombre pasó unas cuantas hojas, escribió algo en el teclado y la impresora escupió entre siseos unas tiras que indicaban que el equipaje iba a Bangkok. Y entonces Jon recordó de dónde reconocía el olor. De aquel segundo en la puerta de su apartamento, el último segundo en que se sintió a salvo. Del hombre que se presentó al otro lado de la puerta, diciendo en inglés que tenía un mensaje antes de empuñar una pistola negra. Se obligó a no darse la vuelta.

—Buen viaje, Karlsen —dijo el empleado entregándole el billete y el pasaporte con una sonrisa ultrarrápida.

Jon apremió el paso hacia las colas que se formaban frente a los escáneres de los guardias de seguridad. Mientras se metía el billete en el bolsillo, echó un rápido vistazo por encima del hombro.

Lo miró directamente a él. Durante un momento de locura se preguntó si Jon Karlsen lo habría reconocido, pero lo pasó de largo con la mirada. Lo que le inquietaba era que Karlsen parecía asustado.

Había llegado algo tarde para atraparlo en el mostrador de facturación. Y ahora el tiempo apremiaba, porque Jon Karlsen ya se había puesto en la cola del control de seguridad, donde todo pasaba por el escáner y el revólver estaba condenado a ser descubierto. Tenía que hacerlo en ese momento.

Tomó aire. Cerró y abrió el puño alrededor de la culata del revólver oculto bajo el abrigo.

Lo que deseaba por encima de todo era disparar a su objetivo en el acto, como solía hacer. Pero, aunque luego pudiera perderse entre la multitud, cerrarían el aeropuerto, controlarían la identidad de todos los pasajeros y no solo perdería el avión a Copenhague, que saldría dentro de cuarenta y cinco minutos, sino la libertad de los próximos veinte años.

Se dirigió hacia Jon Karlsen, que estaba de espaldas. Tenía que hacerlo rápido, con determinación. Debía acercarse a él, incrustarle el cañón en las costillas y darle un ultimátum de una manera rápida y fácil de entender. Después lo conduciría tranquilamente por el vestíbulo de salidas abarrotado de gente hasta el aparcamiento. Y, detrás de un coche, le pegaría un tiro en la cabeza, escondería el cuerpo bajo el vehículo y se desharía del revólver antes de pasar por el control de seguridad, puerta 32, vuelo a Copenhague.

Ya tenía el revólver a medio camino y estaba a dos pasos de Jon Karlsen cuando, de repente, este se salió de la cola y echó a andar hacia el otro lado del vestíbulo a paso ligero. *Do vraga!* Se volvió y empezó a seguirlo, pero se obligó a no correr. «No te ha visto», se repetía.

497

Jon se decía que no debía echar a correr, que con eso solo mostraría que lo había descubierto. No había logrado reconocer la cara, pero tampoco hacía falta. El tipo llevaba el pañuelo rojo. En la escalera que llevaba al vestíbulo de llegadas, Jon notó que empezaba a sudar. Cuando llegó al fondo, torció en dirección contraria y, una vez fuera del campo de visión de quienes transitaban la escalera, sujetó bien la bolsa que llevaba debajo del brazo y echó a correr. Las caras de las personas que venían de frente pasaban como en volandas, con las cuencas vacías de los ojos de Ragnhild y su imparable grito. Bajó corriendo otra escalera y, de repente, no había nadie a su alrededor, solo un aire húmedo y frío y el eco de sus propios pasos y de su respiración en un pasillo ancho con inclinación descendente. Entonces se dio cuenta de que había llegado al edificio del aparcamiento y vaciló un instante. Dirigió la mirada al ojo negro de una cámara de vigilancia como si fuese a darle una respuesta. Más adelante, sobre una puerta, vio un cartel iluminado que era como una reproducción de sí mismo: un hombre allí plantado sin saber qué hacer. Los servicios de caballeros. Un escondite. Fuera del alcance de las miradas. Podía encerrarse allí. Y no salir hasta justo antes de que despegara el avión.

Oyó el eco de pasos que se acercaban rápidamente. Fue corriendo hasta los servicios, abrió la puerta y entró. El cuarto brilló con una luz blanca, como imaginaba que se le desvelaría el cielo a un moribundo. Teniendo en cuenta lo alejados que estaban los servicios en el edificio, le parecieron de unas proporciones desmedidas. Filas vacías de tazas blancas se alineaban contra la pared, a la espera; unos cubículos blancos en la de enfrente. Oyó que la puerta se cerraba a sus espaldas emitiendo un pequeño clic metálico.

El aire en el pequeño cuarto de vigilancia del aeropuerto de Oslo era de una calidez y una sequedad bastante incómodas.

–Ahí –dijo Martine señalando.

Harry y los dos guardias de Securitas sentados en las sillas se volvieron primero hacia ella y luego hacia la pared de pantallas a la que estaba señalando.

—¿Dónde? —preguntó Harry.

—Ahí —repitió ella acercándose a la pantalla, que mostraba un pasillo vacío—. Lo he visto pasar. Estoy segura de que era él.

—Esa es la cámara de vigilancia del pasillo del edificio del aparcamiento —dijo el guardia de Securitas.

—Gracias —dijo Harry—. A partir de aquí me encargo yo.

—Espera —dijo el guardia de Securitas—. Esto es un aeropuerto internacional y, aunque tengas identificación policial, necesitas una autorización para…

Se detuvo de repente. Harry había sacado un revólver de la cinturilla del pantalón y ahora lo sujetaba en la mano.

—Digamos que, de momento, esto será suficiente. ¿Te parece?

Harry no esperó respuesta.

Jon sabía que alguien había entrado en los servicios. Pero tan solo oía el rumor del agua en los lavabos con forma de lágrima que había enfrente del cubículo en el que se había encerrado.

Se sentó en la tapa del váter. Los cubículos estaban abiertos por la parte superior, pero las puertas llegaban hasta el suelo, así que no tuvo que subir las piernas.

El rumor del agua cesó y oyó un sonido de chapoteo.

Alguien estaba meando.

El primer pensamiento de Jon fue que se trataba de otra persona, no de Stankic, que nadie tenía tanta sangre fría para pensar en orinar antes de matar. El segundo fue que igual era verdad lo que el padre de Sofia había contado del pequeño redentor, cuyos servicios podían contratarse por cuatro perras en el hotel International de Zagreb. Decían que era intrépido.

Jon oyó claramente el sonido de una braguera al cerrarse y luego la música que interpretaba el agua con la orquesta de la porcelana blanca.

Calló la música del váter como bajo la dirección de una batuta y Jon distinguió el agua que salía de un grifo. Un hombre se estaba lavando las manos. A conciencia. Cerró el grifo. Más pasos. La puerta chirrió ligeramente. El clic metálico.

Jon se encogió sobre la taza del váter con la bolsa en el regazo. Llamaron a la puerta del cubículo.

Tres golpes ligeros, pero con el sonido de algo duro. Como el acero.

La sangre se negaba a fluir por el cerebro. No se movió, solo cerró los ojos y contuvo la respiración. Pero le latía el corazón. Había leído en algún sitio que los oídos de ciertos depredadores podían captar el sonido del corazón de la víctima y que así daban con ellas. A excepción de los latidos, reinaba un silencio absoluto. Apretó los ojos con fuerza y pensó que, si se concentraba, podría ver a través del techo el cielo estrellado frío y sin nubes; el plan y la lógica de los planetas, invisible pero reconfortante; el sentido de todo.

Y se produjo el ruido inevitable.

Jon notó en la cara la presión del aire y por un momento creyó que se trataba de un disparo. Abrió los ojos con cautela. Donde antes estuvo la cerradura había ahora astillas y la puerta colgaba torcida.

El hombre que tenía delante se había desabrochado el abrigo. Llevaba debajo una chaqueta negra de esmoquin y una camisa tan blanca y reluciente como las paredes que se alzaban detrás. Y anudado al cuello, un pañuelo de seda rojo.

«Vestido para la ocasión», pensó Jon.

Respiró el olor a orina y a libertad mientras miraba a la persona que se encogía frente a él. Un chico escuálido, presa del pánico, temblando mientras esperaba la muerte. En otras circunstancias se habría preguntado qué habría podido hacer aquel muchacho de mirada azul. Pero, por una vez, lo sabía. Y por primera vez desde lo del padre de Giorgi durante la comida de Navidad en Dalj, le reportaría una satisfacción personal. Ya no tenía miedo.

Sin bajar el revólver, echó un vistazo al reloj. Faltaban treinta y cinco minutos para la salida del avión. Fuera había visto la cámara de vigilancia. Eso quería decir que, probablemente, también habría cámaras de vigilancia en el edificio del aparcamiento. Tenía que hacerlo allí dentro. Sacarlo y meterlo en el cubículo de al lado, pegarle un tiro, cerrar el cubículo desde dentro y salir. No encontrarían a Jon Karlsen hasta que no cerrasen el aeropuerto por la noche.

—*Get out!* —dijo.

A Jon Karlsen se le veía perdido, en trance. No se movía. Puso el dedo en el gatillo y le apuntó. Karlsen salió lentamente del cubículo. Se detuvo. Abrió la boca.

—¡Policía! Suelta el arma.

Harry sujetaba el revólver con ambas manos apuntando a la espalda del hombre del pañuelo de seda rojo cuando oyó la puerta cerrarse a su espalda con un clic metálico.

En lugar de dejar el revólver en el suelo, el hombre lo mantuvo firme contra la cabeza de Jon Karlsen y dijo con una pronunciación inglesa que Harry reconoció muy bien:

—*Hello,* Harry. ¿Tienes buena línea de tiro?

—Perfecta —contestó Harry—. Línea directa, atravesándote la nuca. He dicho que sueltes el arma.

—¿Cómo puedo estar seguro de que vas armado, Harry? Yo tengo tu revólver.

—Llevo un arma que perteneció a un colega. —Harry vio su propio dedo deslizarse alrededor del gatillo—. Jack Halvorsen. El que atacaste con una navaja en la calle Gøteborggata.

Harry vio que el hombre que tenía delante se ponía rígido.

—Jack Halvorsen —repitió Stankic—. ¿Qué te hace pensar que fui yo?

—Tu ADN en el vómito. Tu sangre en su abrigo. Y el testigo que tienes delante.

Stankic hizo un gesto lento de afirmación.

—Entiendo. He matado a tu colega. Pero si realmente lo crees, ¿por qué no me has pegado un tiro?

–Porque esa es la diferencia entre tú y yo –dijo Harry–. Yo no soy un asesino, sino un policía. Así que si dejas el revólver en el suelo, ahora, solo te quitaré la mitad de tu vida. Unos veinte años. Tú eliges, Stankic.

A Harry empezaban a dolerle los músculos de los brazos.

–*Tell him!*

Harry comprendió que Stankic se lo había gritado a Jon cuando vio que este se sobresaltaba.

–*Tell him!*

La nuez de Jon subía y bajaba como un corcho. Luego negó con la cabeza.

–¿Jon? –dijo Harry.

–No puedo…

–Va a dispararte, Jon. Habla.

–No sé lo que queréis que…

–Verás, Jon –dijo Harry sin apartar la vista de Stankic–. Nada de lo que digas con una pistola en la cabeza puede utilizarse en tu contra en un juicio. ¿Comprendes? Ahora mismo no tienes nada que perder.

El hombre del esmoquin ejerció cierta presión en el gatillo del revólver y las superficies duras y lisas reprodujeron el sonido con una agudeza anómala de metal en movimiento y de resortes que se ajustan.

–¡Para! –Jon se protegió con los brazos–. Lo contaré todo.

Jon se encontró con la mirada del policía por encima del hombro de Stankic. Y supo que estaba al tanto de todo. Quizá lo sabía desde hacía tiempo. El policía tenía razón, no tenía nada que perder. Nada de lo que dijera podría utilizarse en su contra. Y lo curioso era que quería contarlo. Realmente, nada le gustaría más.

–Estábamos fuera del coche esperando a Thea –dijo Jon–. El policía estaba escuchando un mensaje que le habían dejado en el contestador del móvil. Oí la voz de Mads. Y cuando el policía dijo que era una confesión, supe que te llamaría, que estaba a punto de ser descubierto. Tenía la navaja de Robert y reaccioné instintivamente.

502

En su cabeza rememoró cómo había intentado inmovilizar los brazos del policía por atrás, pero él consiguió liberar una mano colándola entre la navaja y la garganta. Jon hizo varios cortes en esa mano sin llegar a la carótida. Furioso, zarandeó al policía de derecha a izquierda como un muñeco de trapo mientras lo golpeaba una y otra vez, hasta que la navaja finalmente entró en el pecho y, tras una sacudida, el cuerpo y los brazos del policía quedaron inertes. Recogió su móvil del suelo y se lo guardó en el bolsillo. Solo le faltaba darle el golpe de gracia.

—Pero ¿Stankic os interrumpió? —preguntó Harry.

Jon había levantado la navaja para degollar al policía desmayado cuando oyó que alguien gritaba en un idioma extranjero. Levantó la vista y vio a un hombre con una chaqueta azul que se les acercaba corriendo.

—Llevaba una pistola, así que tuve que largarme —dijo Jon notando cómo la confesión lo purificaba, lo liberaba de la carga. Vio que Harry asentía con la cabeza, que el hombre alto y rubio comprendía. Y perdonaba. Y se sintió tan emocionado que notó el nudo del llanto en la garganta cuando prosiguió—: Me disparó mientras corría. Estuvo a punto de alcanzarme. Estuvo a punto de matarme, Harry. Es un asesino, está loco. Tienes que matarlo, Harry. Tenemos que pararle los pies, tú y yo… nosotros…

Vio cómo Harry bajaba el revólver despacio y lo guardaba en la cintura del pantalón.

—¿Qué… qué haces, Harry?

Aquel policía tan alto se desabrochó el abrigo.

—Me cojo las vacaciones de Navidad, Jon. Hasta luego.

—¿Harry? Espera…

La certidumbre de lo que estaba a punto de suceder absorbió en cuestión de segundos toda la humedad de la garganta y la boca de Jon, y las mucosas secas lo obligaban a articular con dificultad.

—Podemos repartirnos el dinero, Harry. Oye, podemos repartirlo entre los tres. Nadie tiene por qué enterarse.

Pero Harry ya se había dado la vuelta y se dirigió a Stankic en inglés:

—Me parece que en esa bolsa encontrarás dinero suficiente para construir más de un hotel International en Vukovar. Y tu madre querrá ofrecerle una parte al apóstol de la catedral de San Esteban.

—¡Harry! —El grito de Jon resonó ronco, como el estertor de un moribundo—. ¡Todo el mundo merece una segunda oportunidad, Harry!

El policía se detuvo con la mano en el picaporte.

—Busca en el fondo de tu corazón, Harry. ¡Ahí hallarás algo de perdón!

—El problema es… —Harry se frotó la barbilla— que yo no trabajo en el gremio del perdón.

—¿Cómo? —preguntó Jon sorprendido.

—Redención, Jon. Redención. Eso es a lo que me dedico. También yo.

Cuando Jon oyó la puerta cerrarse detrás de Harry, vio que el hombre vestido de fiesta levantaba el revólver. Miró fijamente la oscura cuenca del ojo del cañón, el miedo se había transformado en dolor físico y ya no sabía a quién pertenecían los gritos: si a Ragnhild, a sí mismo o a alguno de los otros. Pero antes de que la bala le pulverizase la frente, Jon Karlsen tuvo tiempo de hallar la respuesta a una pregunta a la que había dado muchas vueltas a lo largo de años de duda, vergüenza y plegarias desesperadas: que no había quien escuchara los gritos ni las plegarias.

El redentor de Jo Nesbo
se terminó de imprimir en septiembre de 2017
en los talleres de
Litográfica Ingramex, S.A. de C.V.
Centeno 162-1, Col. Granjas Esmeralda, C.P. 09810
Ciudad de México.